上代日本の文学と時間

粂川光樹
KUMEKAWA Mitsuki

笠間書院

目次

付説

まえがき

本書は、主に上代日本文学の文献資料を素材として、「文学と時間」に関連する諸問題を考察しようとするもので、かりに哲学的あるいは文化人類学的な時間論に重複する側面があるとしても、これ自体はあくまでも文学論である。

この主題の中には、循環する時間と流れ去る時間、叙事詩の時間と抒情詩の時間、過去意識と未来意識、生者の時間と死者の時間、など、二項対立的に把握される文芸意識の諸問題も含まれている。

標題の「時間」を、ここで定義することは難しい。より限定して「時間意識」と言えば、問題は一応明瞭になるのであるが、たとえば表現者が「意識しない」時間もまた文学に関わる場合があることを考慮して、曖昧ではあるが単に「時間」としたのである。

私が「文学と時間」を研究課題とする理由は、大別して二つある。その一つは、以下に叙事詩・抒情詩の別を例として述べるように、文芸の発想を分析する上で「時間」が重要な鍵になるからであり、もう一つは、諸文化圏を横断して「文学」を論じ合うような場合に、「時間」は世界共通の術語として有効に機能すると思われるからである。

以下しばらく「叙事詩と抒情詩」をとりあげて、私の関心の一端を述べてみたい。

叙事詩の内容は通常、数年、数世代、数世紀、また時には開闢以来というような、相当に長い時間を含む。そしてその時間は、すでに完了しており、作者はその時間の全貌を俯瞰し、展望し、反芻し得る高台の上にいる。作者は、その完了した時点からもう一度事の発端に立ち返り、おおむね時間の流れに沿って下降しながら物語って行く。つまり作者は、彼が今日生きて創作している「現在」の位置に固定・束縛されることがなく、以上のような時間の幅の中の、適宜の一点を、物語の「現在」として拾い上げ、彼自身をその時点に住まわせることが出来る。過去の事件を扱うにもかかわらず、その意味で、叙事詩人と事件との間には時間的距離が介在しない。しかも、作者の主たる関心は、事件そのものの紆余曲折、繁栄や衰亡といった変遷にあり、それはほとんど歴史家の場合と同じである。歴史家と異なるのは、叙事詩人にあっては、その関心が宗教的・哲学的・美的感情と分かちがたく結合しているという点であろう。

他方、抒情詩もまた、時には、数年、数世代、また開闢以来の長い時間を扱うことがある。しかし、叙事詩人とは違って抒情詩人の視座は、彼が今日生きて創作している彼自身の「現在」から、ついに離れることがない。したがって、彼にとっての「過去」は、常に時間の距離の、振り返り見る彼方にあり、彼にはその距離を縮小することも、まして解消することも出来ない。過去は、憧憬の、理想の、また時には焦燥や、悔恨の対象とならざるを得ないのである。

かように考えれば、叙事と抒情両者の区別は明快であるが、個々の作品の実際は、必ずしも二者択一的に単純ではない。一人の詩人の中に、そして一篇の詩の中にさえ、両者の要素が同時に混在することは、しばしば認められる事実である。

こうしたことを念頭に置きつつ、私は記紀神話や万葉集の歌や歌人を対象として、日本古代文学の発想について考えを進めた次第であるが、その際留意しなければならなかったのは、この種の試みがともすれば陥りがちな観念論や抽象論から、いかにして身を守るかということであった。終始、文献学的方法に依拠したのは、そのためである。

内容は、私が過去四十年余にわたって散発的に、しかし同じ課題に拘泥して、諸誌に発表して来たものの集成である。古い論考をいま省みて、不満な点は多いのであるが、再考する余裕を持たないので、おおむね初出のまま再録した。ただし、明らかな誤謬の訂正、配列上必要な加筆や削除、表現の統一など、相当量の補修は施してある。

なお、付説として「本居宣長の時間」および「万葉集の未来」の二篇を附した。後者は「万葉集」自体の今後の存在価値を論じたもので、その「未来」は、本書第一章から第四章までが論じる、作品内部の「未来」とは文脈を異にするが、ひとつの問題提起として、ここに収録したのである。

凡　例

一、原典の引用は、原則として『日本古典文学大系』（岩波書店）に依拠した。
一、万葉集の歌番号は、松下大三郎・渡辺文雄編『国歌大観』の番号を用いた。
一、たとえば「いにしへ」「すでに」「経（ふ）」など、時間を表現する語彙を、品詞の別に関係なく一括して、「時間詞」「時間語」などと呼称した箇所がある。
一、古事記および日本書紀の両方に小異をもって現れる同一記述や類同歌謡を引用する場合には、原則として、古事記から引用した。
一、注はすべて巻末にまとめて記載した。
一、主題の性格上、広範囲の読者を想定したので、引用の本文には振りがなを多用した。
一、年代は、原則として西暦を用いたが、発行年が和年号で示されている出版物などについては、和年号を踏襲した場合もある。

第一章　懐古的抒情の研究

第一節　懐古的抒情の展開

記紀歌謡と万葉歌とを、それぞれひと纏めにして巨視的に比較するとき、両者を区別する最も見やすい事実の一つは、「いにしへ」に対する抒情が前者には無く、もっぱら後者において認められるということである。試みに検索語としてイニシへ、ムカシなど、過去を意味する名詞を取り上げて見ると、それらの語彙は記紀歌謡には全く含まれておらず、この事が既に端的に記紀歌謡の「過去」に対する無関心を物語っていると見当をつけてもよさそうである。少なくともそれは、イニシへ、ムカシのように概念化された「過去」が記紀歌謡には関係のないものであることを示している。他方、万葉集はその第一期から四期までの全体にわたって、合計百例以上の当該語彙を含み持っているのである。たとえば私たちはただちに人麻呂の「情《こころ》もしのに古《いにしへ》思ほゆ」や、赤人の「哭《ね》のみし泣かゆ古思へば」や、家持の「心いたく昔の人し思ほゆるかも」を思い出すであろう。現象として見れば、このような懐古的抒情は、万葉集に至って突然に登場したのであり、後にも述べるように、その出現の唐突さには、ある種の文学史的意味が含まれているが、しかしその現象の背後には、当然またそこに到る潜在的な準備が記紀世界の内部で進行していたであろうことも想像に難くないのである。

巨視的に見て記紀歌謡が「過去」に無関心であることは事実であるとしても、それを包みこんでいる古事記や日本書紀は、まさに「稽古照今」の歴史意識の産物なのであるから、その述作者なり編者なりの過去意識と歌謡との間には何らか注意すべき関係が存在したものと想定しなければならない。

便宜上、まず記紀の神話を取り上げて考えて見よう。そこでは「過去」はなお十分に過去としての時間的独立を得ていないように思われる。その時間的輪郭の不透明は、一つには事件の回復可能性・反復性によって、また一つには空間観念との未分化によって、もたらされている。たとえば岐美二神の最初の結婚の失敗は、天つ神の詔に従い「亦還り降りて改め言」うことによって元の時点に回帰した。石屋戸に隠れた天照大御神は神々の呪術によって復活する。大穴牟遅は八十神に殺される都度、御祖命《みおやのみこと》によって、また神産巣日《かみむすひ》之命によって再生された。そこには「とりかえしがつかない」という過去の特質は欠如している。

別天神たちは「身を隠し」ても高天原という空間に永住する。紀によれば、仕事を果たした諸神は淡路の幽《かくれ》宮《みや》に「寂然《しづか》に長く」隠れた。あるいはまた天に昇って日の少《わか》宮に「留り宅《す》」んだとも伝えられる。大国主は「百足らず八十《やそ》坰手《くまで》に隠りて侍ひなむ」と言って国を譲った。少名毘古那や御毛沼命は常世へ、稲氷命は妣《はは》の国へ帰って行く。ここでは死は、時間的な事件であるよりも、空間的な事件であるように思われる。

ただし、神話の中にも、事件の非回復性・時間的不可逆性という視点が全く欠落しているわけではない。幽明境を別った岐美二神の復縁は結局成らず、迩迩《にに》芸能《ぎの》命は石長比売《いはながひめ》を返したが故に永遠の生命を喪失した。そこには、人間の生死の現象や寿命に関する、ある観念的な思考の反映が見られよう。さらに、須佐之男《すさのを》——大穴牟遅《おほなむち》——事代主《ことしろぬし》と系譜の続く「根の堅州《かたす》国」の神話には、いわば「世代交替劇」の視点の存在が指摘できそうである。黄泉比良坂《よもつひらさか》に追い到った須佐之男命が「遥《はろばろ》に望《みさ》けて」大穴牟遅の神に権力の委譲を言い渡す場面は、遡って、同じ場所での岐美二神の事戸渡しを思い出させるものであるが、いずれの場合にも、対峙する一方には、もはやこの世ならぬ者、力を譲る者、未来を持たぬ者がおり、他の一方には、力を受ける者、なお生成し発展する者、未来に開かれた者がいる。したがって右に言う「遙に望けて」の「遙に」の内容は、単に空間的な距離ではなく、未来へと展開する時間的距離の意識をも何ほどか合わせ持つものとして理解されるべきであろう。そして須佐之男を通してこの時間的距離を見つめている目は、ここに展開する世代交替の劇を遠いまなざしで見つめている、いわば叙事詩人的な視線と同質であり、そしてその視線はとりもなおさずこの神話を最終的にまとめた者の「歴史的時間」の意識によって支えられている、ということになろう。

こうして神話の中にも、非回復的な時間への意識はわずかに認められるのであるが、しかしその説話的関心はおおむね時間の流れる方向に沿って未来の方へと働いており、たとえば事件の、その「とりかえしのつかなさ」を回転軸として意識が過去への追慕や哀惜に向かう、という具合にはなっていない。

タヂマモリの物語（垂仁記・垂仁紀）はその点で、神話との間に若干の距離を見せている。タヂマモリが天皇の命を受けて辛苦の末に常世の国から帰ってみると、天皇は既に崩じていた。常世の国の永遠の時間は、タヂマモリの努力を裏切って、ついに天皇を時間の有限から救済することがなかった。この時間的齟齬の悲劇性が、「叫び哭きて」天皇の墓前に死んだタヂマモリの描写を通して記紀ともに強調されているが、時間の非回復性が情緒を伴って表出されているところに注目されるのである（日本書紀ではそれはほとんど忠誠心の顕彰という道徳的情緒に近接しているが）。

時間にかかわる情緒性は、ヤマトタケルの物語（景行記・景行紀）、特にその東征伝において、さらに一段と顕著である。主として古事記によりながら、この物語の時間的性格を吟味してみよう。出発にあたって倭建命には二つの未来が予見あるいは期待されていた。一つは例の「吾既に死ねと思ほし看《め》すなり」に示される死の予見であり、同時にもう一つは任を遂げての帰郷である。文芸としてのヤマトタケル物語はこの二つの結末——矛盾でありながらも漠として一つの終末を形成するところの——によって未来の方から逆に枠組みされている。実際、ヤマトタケル東征の記述には、事象を未来つまり結末の方から逆に過去へと振り返って見る視線がたえず働いていることが観察される。「亦還り上らむ時に婚《まぐは》ひせむと思ほして」「それより入り幸《い》でまして」（「入り」は進んで行くこちら側からだけの発想ではなく、迎え入れる側に立っての発想も取り込んだ表現であろう。神武記東征伝では「上り行《い》づ」「廻り幸づ」「幸行《い》づ」が用いられている。）「先の日に期《ちぎ》りたまひし美夜受比売《みやずひめ》の許に入り坐しき」「今殺さずとも、還らむ時に殺さむ」「其地に忘れたまひし御刀、失せずて猶ありき」——すなわちここでは、未来へ流れる時間と過去に遡る時間とがカスガイ状に交錯しつつ、全体として結末の死からの照射を受けているのである。ここに物語の叙事詩的性格の一端が見られると思うが、それは今は措くとしよう。「七日の後……御櫛海辺に依りき」「夜には九夜、日には十日を」「年が来経《ふ》れば……月は来経《へ》行く」のように時間の経過が、しばしば小刻みなテンポをもって示される点にも注目される。以下に見るように、この物語の中に置かれた数篇の歌謡には、時間の意識にかかわる、ある情緒的性格が負荷されているが、それはまず、右に指摘して来たような物語の時間的構造を基盤として初めて生じ得た変化であったと言うべきであろう。

（ア）　さねさし　相武《さがむ》の小野に　燃ゆる火の　火中に立ちて　問ひし君はも　（記24）

この歌を、野遊びの習俗を背景にした民謡であろうとする従来の説に対して土橋寛氏は、（注1）(1)「はも」という追憶的表現が万葉集に多いこと、(2)野焼きの火の中に立って妻問うような状況は野遊びにおいては考えられないこと、(3)「相模」という特定の地名が歌われていること（以上採意）などを挙げて、これを物語歌（個人的創作歌）と見るべきことを主張された。この歌がほぼ完成した短歌形式を備えていることも、この推定に根拠を与えるであろう。ただしそのようにこれが物語に合わせての創作歌であるとすると、物語の中に肝心の「火中に立ちて問ひし」事実が示されていないことの矛盾が問題にならざるを得ない。説話のその部分が脱落したと考えるのが最も合理的な解釈であるが、そもそも当該歌の成立を新しいものとしての推論であるからには、この脱落という解釈にも無理があるように思われ、なお疑問は残るのである。だが、いずれにしても、物語の述作者がこの歌をここに置いて、回想的慕情を強調的に提示したことは注目に値する。その態度はヤマトタケルの「阿豆麻波夜《あづまはや》」という嘆きの提示に通じること、もちろんである。紀によればその嘆きは「毎《つね》に弟橘媛を顧《しの》ひたまふ情」によるのである。こうした回想的慕情は、いずれもほぼ直接に、対象である人格に向けられており、必ずしもその過去性に向けられているものではないから、これをただちに懐古的抒情と同一視するわけにはいかないが、この歌が万葉懐旧歌の抒情の質に接近していることは確かである。

（イ）　大和は　国の真秀《まほ》ろば　畳《たた》なづく　青垣《あをかき》　山籠《やまご》もれる　大和しうるはし（記30・紀22）

（ウ）　はしけやし　我家の方よ　雲居立ち来も（記32・紀21）

国見の歌の展開を、本稿の主題に即して筋道立てるならば、それは、国見・国ぼめ歌→望郷歌→懐郷歌の順序になるであろう。望郷歌は空間的距離を置いての、また懐郷歌は時間的距離を置いての国ぼめである。独立歌謡としての（イ）は典型的な国見歌であり、（ウ）は望郷歌である。「千葉の葛野を見れば」（記41・紀34）、「……葛城高宮我家のあたり」（記58・紀54）、「埴生坂我が立ち見れば」（記76）なども同様の望郷歌であるが、（イ）（ウ）の古事記の歌を特に懐郷歌的なものにしているのは、背景である物語の文脈である。いったい、望郷歌が懐郷歌に転じるためには、その地に戻ることが困難または不可能な状況が条件として必要である。貴種流離譚はその意味において懐郷歌の土壌であった。

（エ）　嬢子《をとめ》の　床の辺に　我が置きし　つるぎの大刀　その大刀はや　（記33）

は守護霊である草薙剣との別離を内容とする倭建命の〝辞世〟歌である。辞世歌として万葉集・大津皇子の磐余の池の鴨の歌との類似点が指摘し得るが、一つの微妙な相違は、大津の歌では、明日も健在であろう鴨に比べて自分は今日を限りにこの世から消えるのだという、現在から未来にわたる不条理の感覚が一首の主想をなしているのに、（エ）の歌では、「わが置きし」という過去に想念の軸が置かれ、もはやそこに戻り得ない、見放されている、とう流離の距離（空間的にも時間的にも）の感覚が一首の主想をなしている点である。ここにも、ヤマトタケル物語の懐古的傾向は指摘できるであろう。

「とりかえしのつかなさ」への認識や関心は、さらに雄略記・赤猪子の物語において観察される。「天皇大く驚きて『……徒に盛りの年を過ぐしし是れ甚愛悲し《いとかなし》』とのりたまひて」「爾に赤猪子の泣く涙、悉に其の服《け》せる丹《に》楷《ずり》の袖を湿《ぬ》らしつ」といった記述の背後には、「時間の悲劇」に注がれる述作者の文学的情緒の介在することを認めないわけにはいかない。

（オ）　引田の　若栗栖原《わかくるすばら》　若くへに　率寝《ゐね》てましもの　老いにけるかも　（記93）

（カ）　日下江《くさかえ》の　入江の蓮《はちす》　花蓮　身の盛り人　羨《とも》しきろかも　（記95）

はもと歌垣における揶揄や勧誘の歌であった[注2]としても、この物語の中ではそれは若い日を惜しみ悔いる懐古的な傾向の抒情歌として存在しているわけである。このように歌垣の歌が物語と結びつくことによって懐古的傾向を持った抒情歌へと転化した例としては、他にも「蓴《ぬなは》繰り　延《は》へけく知らに　我が心しぞ　いや愚《をこ》にして　今ぞ悔しき」（記44・紀36）、「多遅比野《たぢひの》に寝むと知りせば」（記75）などを挙げることができよう。

懐古性への傾斜はまた、神事歌系統のものにも認められる。

（キ）この御酒《みき》は　我が御酒ならず　酒《くし》の司《かみ》　常世にいます　石立《いは》たす　少名《すくな》御神の　神寿《かむほ》き　寿き狂ほし　豊寿《とよほ》き　寿き廻《もとほ》し　献《まつ》り来し　御酒ぞ　残《あ》さず飲《を》せ　ささ（記39・紀32）

飲酒歌・謝酒歌はこのほかに（記40・紀33）（記48・紀39）（記49）があるが、いずれもそこに酒の由来を歌い込める。（キ）について言えば、「我が御酒ならず」の神聖化が、祖霊の国「常世」にいます少名御神に由来するものとされ、神話的古代への回帰が示唆される。記40番歌の「歌ひつつ醸みけれかも」、紀33番歌の「歌ひつつ醸みけめかも」もまた目前の酒の価値の根拠を過去に求めて回想する。

（ク）神風の　伊勢の　伊勢の野の　栄枝《さかえ》を　五百経《いほふ》る懸《か》きて　其《し》が　尽くるまでに　大君に　堅く　仕へ奉らむと　我が命も　長くもがと　言ひし工匠《たくみ》はや　あたら工匠はや（紀78）

死罪にのぞむ木工《こだくみ》闘鶏《つげ》御田《のみた》を惜しみ命乞いする、という歌謡の末尾部を除外すると、これはたとえば顕宗天皇の室寿ぎとも同類の寿歌である。室寿ぎは本来、家主の長寿と繁栄を祝う、未来志向のものであるが、ここではそれが「と言ひし工匠はや」という回想の中に取り込められている。

いったい、永久未来への志向はそれ自体の中に、ある種の過去性を含んでいる。なぜなら、第一に、現在から未来に至る時間の意識は、方向性はそのままに時代を一桁平行移動（ずらして繰り上げ）することによって、容易に過去から現在に至る時間の意識へと転化するからであり、第二に、現在から未来へ向かう意識の射程の深さは、現在を原点としていわば点対称的にその方向を逆にするとき、ただちに現在から過去へと向かう射程の深さに転化するからであり、第三に、永久未来という一種の無時間性は悠久過去という一種の無時間性といわば円環をなして融けあっているからである。たとえば「沖つ鳥鴨着《ど》く島に我が率寝《ゐね》し妹は忘れじ世の尽《ことごと》に」（記8・紀5）、

「大和辺に西風《にし》吹きあげて雲離れ退《そ》き居りとも我忘れめや」（記55）、「山越えて海渡るともおもしろき今城《いまき》の中《うち》は忘らゆましじ」（紀119）などの「いつまでも忘れない」という歌は、未来を語ることによって過去をしのんでいる例である。

次に、死者への哀傷や追慕について考えよう。すでに神話の中にも「愛《うつく》しき我が那爾妹《なにも》の命を子の一つ木《け》に易《か》へつるかも」や「天若日子の父……またその妻子聞きて降り来て哭き悲しみて」などの記述があるが、それらは主として死の事実および死者に対する直接的な感情を内容とするもので、特に「過去」という時間性を問題にしているのではなかった。アメワカヒコの葬礼に関しては書紀本文に「而八日八夜啼哭悲歌」とあり、その「悲しび歌《しの》ぶ」の内容としてわれわれは、あるいはヤマトタケルの葬歌のごときを想定してよいかもしれない。「なづきの田の稲幹に」以下四首の葬歌は、それ自体には悲傷性や追懐性を含んでおらず、おそらくは独立歌謡がこの場面に採択され、（注3）その文脈によって悲傷性・追懐性を負荷されたのである。

聖徳太子の片岡の歌（紀104）は、目前に臥している飢えた人への同情を主調とし、追懐的性格は備えていないが、造媛《みやつこひめ》の死をいたんで野中川原《のなかのかはらの》史満《ふひとまろ》が中大兄に奉った挽歌「山川に鴛鴦《をし》二つ居て」（紀113）「本毎《もとごと》に花は咲けども」（紀114）には「誰か率《ゐ》にけむ」「何とかも……また咲き出来ぬ」のような追懐的表現が見られる。それは、受け取りようによっては激情を喚起されるような内容の歌であり、皇太子が「善きかも悲しきかも」と感動したのは、そのようなものとしてこの歌を受け取ったことの証左であるが、しかし右の追懐表現は、表現として必ずしもその感動を支えるだけの客観的確実性を持っていない。歌はなお古代的無表情の側面を多く残していると思われる。

（ケ）　飛鳥川　漲《みなぎら》ひつつ　行く水の　間《あひだ》もなくも　思ほゆるかも（紀118）

斉明天皇の建王《たけるのみこ》挽歌の右の一首には「思ほゆるかも」という注目すべき語句がある。万葉集には、額田王の

「けだしや鳴きしあが念《も》へるごと」（2・一一二）、古集の「面白くして古思ほゆ」（7・一二四〇）、人麻呂の「情《こころ》もしのに古思ほゆ」（3・二六六）などをはじめとして、過去と「思ふ」「思ほゆ」との結びつきの例が豊富であるが、記紀歌謡ではこの（ケ）の歌が唯一の例である。ただしこの歌には何が「思ほゆる」のかは明示されていない。したがってそこにただちに万葉的な「いにしへ」の概念を補って考えることは危険であり、ここではやはり建王という具体的な人格を「思ほゆ」の直接の対象として理解するのが自然であるかもしれない。

以上、私は主として神話および歌謡に見られる懐古的傾向を観察して来た。たとえば、歌垣の歌、国見の歌、室寿ぎなどが、わずかながらもその本来の機能を離れて過去志向的な情緒を担うように変化した、その経過の一端が眺められたと思う。それらはなお決して十分に懐古的な抒情歌に転じてはいないけれども、いわばその境界の数歩手前で足踏みしつつ明日の出発を待っているように見える。

私はここでしばらく「抒情」の観点を離れ、より現実的な場面において当時どのような時間意識が存在したのか、という点について考えようと思う。言いかえればそれは、歌謡を取り巻く時間的状況は何であったか、を問うことである。素材として再び日本書紀を取り上げた。

第一に観察されるのは、過去（過去そのもの、または過去から現在に至る時間の過程）に、現在の物事の原点・基準・規範を求める思想である。「聖は君にして愚は臣なるは古今の常典」（仁徳紀）、「古の人言へること有り、臣を知るは君に若くは莫し」（雄略紀）、「古より今に迄《いた》るまでに、祥瑞時に見えて、有徳に応ふること、其の類多し」（孝徳紀）など、その例は少なくない。「古の人云へること有り、匹夫の志も奪ふべきこと難し」（雄略即位前紀）が『論語』子罕篇を踏んでいるように、故事に類するものの多くは、漢籍にその出典が求められる。「古より今に至るまで」の類の表現が頻用されるが、その「古」は、明確にある時代（たとえば欽明紀五年十一月の条に引く聖明王のことば「任那の国と吾が百済と、古より以来、子とも弟ともあらむことを約《むす》べり」における「古」が肖古王・貴首王の時代を指すごとき）もあり、また特定の内容を持たず漠然と国家の始源などを指す場合（たとえば景行紀四十年七月の「往古より以来、未だ王化に染《したが》はず」のごとき）もある。垂仁紀二十八年十一月の、殉死を禁じる詔の「其れ古の風と雖も良からずは何ぞ従はむ」のように古風が批判される場合もあるが、「雖」の語が示すとおりそれには尚古の風の存在が前提になっている。

第二に観察されるのは、「すでに多くの年を経た」という、ある種の感慨の存在である。「天祖《あまつみおや》の降跡《あまくだ》りましてより以逮《このかた》、今に一百七十九万二千四百七十余歳。而るを遼邈《とほくはるか》なる地、猶未だ王沢に霑《うるほ》はず」（神武即位前紀）、「然れども三才顕《みつのみちあらは》れ分れしより以来、多《さは》に万歳を歴《へ》ぬ」（允恭紀四年九月）、などがその例で、感慨と言っても、「多年を経たのにまだ何何だ」あるいは「多年を経たので曖昧化した」のような意味に用いられ、時間の経過そのものを抽象的に対象とした例は見出せない。なお、神話的・皇統譜的過去の登場はそう多くない。神武即位前紀の例はすでに挙げたが、他には、継体二十四年二月の詔、宣化元年五月の詔、孝徳大化三年四月の詔、持統三年五月の詔の中に散見するだけである。

第三に観察されるのは、「未来永久にわたって何々」という表現が頻繁にあらわれることである。未来意識と過去意識との相関についてはすでに私見を述べたが、右の事実は当時の過去意識を考える上でやはり見逃せない。書紀に見られるこの永久未来にかかわる想念はおよそ三種に大別し得る。（A）長寿・繁栄等をことほぐもの（顕宗即位前紀「惟《おもひみ》るに大王《みこ》は……克く四維《よも》を固めて、永く万葉《よろづよ》に隆にしたまふ」など）、（B）愛・忠誠等の不変を誓うもの（神功紀四十九年三月百済王の盟「今より以後、千秋万歳に、絶ゆること無く窮ること無けむ」など）、（C）現状を未来にわたって記念しようと願うもの（継体紀八年正月「匝布屯倉《さほのみやけ》を賜ひて、妃の名を万代に表せ」など）、の三種がそれである。

観察の第四項を述べる前に、ここで留意して置きたいのは、以上見て来たような、過去に原点や規範を求める例、時代の経過をことあげする例、永久未来にかかわる例、の大部分が詔勅ないしはそれに類するものの中に見出されるという事実である。例の採否にどうしても主観が入るので、計量には若干の揺れがあり得るが、私のおおよその調べでは、全例は60あり、そのうち、(a)詔勅中にあらわれるもの36例（60％）、(b)上奏文・外交文など公的文言中にあらわれるもの16例（27％）、両者合計52例（87％）で、(c)地の文中にあらわれるものは8例（13％）である。(b)の発話主体は、皇太子・大臣・大連・外交使節・将軍などで、やや特殊なものとして将軍の妻（舒明紀九年是歳）、時の賢人（天智紀八年十月）の二例が含まれている。(a)(b)はすべて人のことば、つまり「　」の中にあらわれる例であり、(c)だけが書紀編述者の直接表現ということになる。

この現象が意味するところは、おそらく次のようなものであろう。

（一）　詔勅、外交文等は、内容・発想・修辞ともにほとんど中国のそれの模倣であるから、規範としての過去・理想としての未来の観念がそれらの中だけに見られるとすれば、そのような観念そのものもまた外来のものと見なし得ること。

（二）　そのような過去・未来に言及することは、おおむね政治的な行為であり、そのような過去・未来の観念は支配者層に帰属するものであったこと。

（三）　そのような過去・未来を想起することは、第一人称的な行為（言語主体の主観的な行為）であったこと。

このような外来の時間観念がやがて情緒として定着し和歌的表現を得て行くところに万葉懐旧歌の展開の一因があるのではないかと考えられる。

さて脱線したが、書紀中の時間の問題として第四に観察されるのは、以上とは別種の、土着的な過去が存在することである。それは挿話としての説話を率いる、昔語り的な「いにしへ」の意識である。たとえば「昔一人《ひと》有りて、艇《をぶね》に乗りて但馬国に泊れり」(垂仁紀八十八年七月)、「一人の老夫有りて曰さく『是の樹は歴木《くぬぎ》といふ。嘗《むかし》、未だ僵《たふ》れざる先に、朝日の暉《ひかり》に当りて、即ち杵嶋山《きしまのやま》を隠しき……』」(景行紀十八年七月)、「俗の曰へらく『昔、一人有りて、菟餓《とが》に行きて……』」(仁徳紀三十八年七月)などを例として掲げることができる。それは「古老相伝旧聞異事」に属する、いわば風土記的な過去である。

およそ以上が、書紀に見られる過去意識の主要なものであり、いわば書紀の歌謡を取り囲む時間的「環境」である。最後に挙げた「風土記的な」過去は別として、さきに吟味した公的な過去意識・時間意識は、歌謡とどのような関係を持ち得るであろうか。両者の質はたいそうかけ離れており、遂に平行線をたどる以外はないかに見受けられる。けれども私たちは両者の間に、公文的性格と詩的性格とを兼ね持つところの中間項が存在することを思い出すのであって、言うまでもなくそれは記紀に名のみをとどめて具体的内容を残さない「フトノリト」であり「シノヒコト」の類である。祝詞は延喜式から察する限り、抒情性の高いものであり、七、八世紀の段階では、それを奏することが宗教的実修であると同時に、一種の芸術的行為でもあったことが考えられるであろう。振り返って気付かれるのは、記紀の過去意識の中に、神話的・皇統譜的過去への情緒的志向が——系譜そのものが詳密に語られているという事実を除外すれば——比較的希薄にしか認められなかった点である。おそらく、そのような情緒は存在しなかったのではなく、祝詞においてその表現を得ていたのであり、書紀がその祝詞の文言を記録しなかったままのことなのではあるまいか。他方、シノヒコトの方は、文選の誄・哀策文等から推定され、また幾らかは書紀自体の記述を通じて想像される。たとえば日本武尊を失って「昼夜喉咽《むせ》びて、泣《いさ》ち悲びたまひて標擗《みねう》ち」たもうた景行天皇の「何の禍ぞも、何の罪ぞも、不意《ゆくり》之間《もなく》、我が子を倏亡《あからめさ》すこと」ということばなどもそうであるが、更にまた長く引用するならば、欽明紀十六年二月の条、聖明王の死をいたんで蘇我の臣が百済の王子恵に対して述べたとされる、

……豈図りきや、一旦《にはか》に眇然《はるか》に昇遐《わか》れて、水と与に帰ること無くして、玄室《くらきや》に安みせむとは。何ぞ痛きことの酷《から》き。何ぞ悲しきことの哀《あから》しき。凡そ存含情《こころあるもの》、誰か傷悼《いたみ》せざらむ。

の例も挙げられる。これについては芸文類聚所引の晋郭璞元皇帝哀策文が出典として指摘されている。これらもまた抒情性の高いもので、人人の情緒に訴え、あるいはそれを育んだであろうことが想像されるのである。

こうして万葉前夜の文学的状況では、「過去」という時間にかかわる、さまざまの観念や情緒が、系統を異にして散在していたのであった。要約すれば、一方には政治を場とする公的文言の流れがあり、他方には習俗に発する伝承歌謡の流れがあり、中間には、宗教や儀礼を場とするノリトやシノヒコトの流れがあった。それらは無関係ではなかったが、相互に影響を与え合うよりは、むしろそれぞれの場で独自の成熟を果たしつつ、次の万葉時代の到来を待ったのである。外来の時間観念などは、この間に、情緒の次元で消化される必要があった。

そしてこの、潜在的に蓄えられた抒情的エネルギーが、やがて統合され和歌形式に集約されて、万葉懐旧歌の一見唐突な登場となるためには、いくつかの現実的な契機が介在しなければならなかった。望郷歌が懐郷歌に転化するには、もはや故郷に帰ることができないという意識が関与する。同様の事情は懐古的抒情詩の全体について考えられるのであって、政治的動乱、遷都、都市の崩壊など、歴史の不可逆性・一回性を印象づける事件の続発は、右の契機の一つであった。政治の変動を担った人たちが、同時に文学の担い手でもあったという事情、それは他方、文学を担う人たちが変動の中心部にまきこまれて行ったという事情でもあるが、それらもまた右の契機の一つであることは言うまでもない。

第二節　懐古的抒情の成熟

まえがき

私は前節の末尾において、万葉前夜の文学的状況では、一方には政治を場とする公的文言の流れがあり、他方には習俗に発する説話や歌謡の流れがあり、中間には宗教や儀礼を場とするノリトやシノヒコトの流れがあって、それぞれに「過去」という時間にかかわる観念や情緒を育てていたことを述べ、そこに潜在的にたくわえられてきた抒情的エネルギーが、やがて統合され和歌形式に集約されて、万葉懐旧歌の一見唐突な登場となる事情を予想的に記しておいた。

本節では、これを引きつぎ、万葉懐旧歌に焦点を置いて、万葉集における懐古的抒情の成熟の過程を観察しようと思う。

一　懐旧歌の諸相

１　古代歌謡型の継承

記紀歌謡のうち、追憶や回想を表現しているものとして、

(a)　沖つ鳥鴨着く島に我が率寝し妹は忘れじ世のことごとに（記8、紀5、火遠理命）

(b)　葦原のしけしき小屋に菅畳いやさや敷きて我が二人寝し（記19、神武天皇）

(c)　さねさし相武の小野に燃ゆる火の火中に立ちて問ひし君はも（記24、弟橘比売）

(d)　孃子《をとめ》の床の辺に我が置きしつるきの太刀その太刀はや（記33、倭建命）

(e)　……下泣きに　我が泣く妻を　昨夜《こぞ》こそは　安く肌触れ（記78、紀69、軽太子）

の五首を挙げることができる。このほかに、歌謡として扱われてはいないが、

(f)　吾妻はや（倭建命）

をも加えてよかろう。

これらのものには、ほぼ共通して、次のような性格が認められる。

①「場所」＋「行為」＋「対象たる人物や事物」＋「簡単な感情表現」という構造を持つこと。

②　一回的経験の回想であること。

③　対象の行為、または主体の行為、あるいは対象自体に対する執着が主想をなしていること。

④　性的交渉が背景になっていること。

⑤　回想的ではあっても、時間の経過そのものへの関心は認められないこと。

⑥ 形容語、特に主体の情動を客体化して提示するような形容語がないこと。

⑦ 助動詞「き」（連体形「し」）が強力に、そして場合によってはそれのみで、回想的感情を支えていること。

⑧ 「はも」「はや」などの感動助詞を伴う場合があること。

このような性格を共有するという意味で、私たちはここに一つの類型の存在を認めてよかろうと思う。そして、その抒情を今かりに「古代歌謡型」の懐古的抒情と名付けることにしよう。

　このような古代歌謡型の、発生や展開の時期の上限を見定めることは困難であるが、例歌ａｂｃｅが歌垣などの習俗に関連すると考えられることによって、また、例歌ｂが第三句および第六句に「わが二人寝し」を繰り返し持つ対立様式から第三句のそれを欠く統一様式へと移行し、同時に旋頭歌から短歌へと移行して行く例と考えられること（注1）によって、その時期はおぼろげながら推定できる。

　さて、この古代歌謡型の懐古的抒情は、万葉集の中に楔状に食い込み、全篇を縦貫して引き継がれている。以下にその諸相を眺めてみよう。

○「――し」型の懐旧歌

例歌ｂ「……わが二人寝し」のように、助動詞「き」の連体形「し」が文末にあって懐古的抒情を担う例は、万葉集に、次の七例を拾うことができる。

わが背子を大和へ遣るとさ夜深けて暁《あかとき》露にわが立ちぬれし（2・一〇五、大伯皇女）

大船の津守の占《うら》に告らむとはまさしに知りてわが二人宿《ね》し（2・一〇九、大津皇子）

ま草刈る荒野にはあれど黄葉《もみぢば》の過ぎにし君が形見とぞ来し（1・四七、人麻呂）

今のみの行事《わざ》にはあらず古の人そまさりて哭《ね》にさへ泣きし（4・四九八、人麻呂）

潮気立つ荒磯にはあれど行く水の過ぎにし妹が形見とそ来し（9・一七九七、人麻呂歌集）
……古の　賢しき人も　後の世の　鑑にせむと……持ち帰り来し（16・三七九一「竹取」）
故郷は遠くもあらず一重山越ゆるがからに思ひそわが為し（6・一〇三八、高丘河内連）

ただしいずれも、抒情の集中度、濃密度において、記歌謡b例に及ばない。あるいは内容多岐にわたり、あるいは理に走り、あるいは過去よりも現状説明に重点を置くなどして、助動詞「き」（「し」）の抒情性は弱められている。思うに、これらの内容に抒情性を付与するにはもはや「き」（「し」）では活力が不十分なのであって、複雑化する内容に対応すべき別種の抒情表現がさらに必要になった、ということなのではなかろうか。この「――し」型が、どちらかと言えば万葉前期に集中している点も、このことに関係があろうかと思われる。

○「――はも」型の懐旧歌

例歌cのように助詞「はも」をふくむ歌は万葉集に多く見られる。それらの用例から帰納すれば、「ハモ」は、文中にあって連用の文節に接するものと、文末にあって体言に接するものとに大別できる。ここではもっぱら後者について考えたい。

この「ハモ」は、「遠く離れている恋人や、大切にしているもの、或いは死んだ人などを回想・愛惜・追懐する心持を表わす助詞」（古典体系4・七六一頭注）であり、「ハモに上接する体言は、ハによって個性的な存在として取り立てられ、モの結合によって喚体表現の対象とされる。そのため、特別な、極限的な状況にある対象への詠歎になりやすく、かつそのような状況は、話し手と過去に特定の交渉があって現在は存在しないものや遠くはなれているものの表現に適しているのである」（『時代別国語大辞典』上代編）といった性質のものである。

以下、「ハモ」を文末に持つ万葉歌（さらに感動詞が加えられている例4・七六一をふくめた）のうち、過去志向を持つものを、ほぼ年代順に列挙して、その性格を考察しようと思う。ただし、空間的思慕の思郷歌・望郷歌の類と、時間的思慕の懐郷歌の類とを峻別することは不可能であるから、ここでは、多少とも過去志向の要素を認めうるものは、できる限り広く拾うことにした。

(ア)　梯立《はしたて》の倉椅川《くらはしがは》の石《いは》の橋はも壮士時《をざかり》にわが渡りてし石の橋はも（7・一二八三、人麻呂歌集）
(イ)　焼津《やきつ》辺《べ》にわが行きしかば駿河なる阿倍の市道《いちぢ》に逢ひし児らはも（3・二八四、春日老）
(ウ)　古《いにしへ》に梁《やな》打つ人の無かりせば此処もあらまし柘《つみ》の枝はも（3・三八七、若宮年魚麻呂）
(エ)　夕さればみ山を去らぬ布雲《にのぐも》の何《あぜ》か絶えむと言ひし児ろばも（14・三五一三、東歌）
(オ)　赤駒が門出をしつつ出でかてに為《せ》しを見立てし家の児らはも（14・三五三四、東歌）
(カ)　防人に立ちし朝明《あさけ》の金門出《かなとで》に手放れ惜しみ泣きし児らばも（14・三五六九、防人）
(キ)　泊瀬《はつせ》川速み早瀬を掬《むす》び上げて飽かずや妹と問ひし君はも（11・二七〇六、未詳）
(ク)　しなが鳥猪名山《ゐなやま》響《とよ》に行く水の名のみ縁《よ》さえし隠妻《こもりづま》はも（11・二七〇八、未詳）
(ケ)　朝な朝な草の上白く置く露の消なば共にといひし君はも（12・三〇四一、未詳）
(コ)　所射鹿《いゆしし》をつなぐ川辺の和草《にこぐさ》の身の若かへにさ寝し児らはも（16・三八七四、未詳）
(サ)　早河の瀬にゐる鳥の縁《よし》を無み思ひてありしわが児はもあはれ（4・七六一、大伴坂上郎女）
(シ)　かくのみにありけるものを萩の花咲きてありやと問ひし君はも（3・四五五、余明軍）
(ス)　天地と共に久しく住まはむと思ひてありし家の庭はも（4・五七八、大伴三依）
(セ)　大海の奥処《おくか》も知らず行くわれを何時《いつ》来まさむと問ひし児らはも（17・三八九七、傔従）
(ソ)　大君の命《みこと》かしこみ出で来れば吾《わ》ぬ取り著きて言ひし子なはも（20・四三五八、防人）

(タ)　闇の夜の行く先知らず行くわれを何時来まさむと問ひし児らはも（20・四四三六、防人）

先に私が「古代歌謡型」の特徴として挙げた八項目は、これらの歌においてどのように認められるであろうか。特徴の顕著なものには◎、可能性の高いものには○、可能性の低いものには△、きわめて稀薄なものおよび無であるものには×の記号を用いて、次ページに表示する。ただし、特徴の①については、とくに具体的な「場所」の提示を重視し、③については、主体または対象の「行為」への執着を重視し、④については、性行為そのものだけでなく結婚関係をもふくめて扱った。⑤について言えば、全例を通じて、時間の経過への感慨はことばとしては表現されていないのであるが、なおそのような感慨の存在を全く否定することはできないので、ひとしく○印を付けておいた。⑧は、そもそも「ハモ」をふくむ歌を拾っての論であるから、その意味では無用の項目であるが、一覧表としての機能を持たせるために、あえて重複して欄を設けた。

これらの点から考察すれば、右の万葉歌（ア〜タ）について、次のように言うことができる。

(一)　「き」と「はも」とがつねに同伴し対応している。ア、ウ、コの三例において追懐性がやや認められるのを例外とすれば、時間の経過そのものへの関心は歌に明言されておらず、過去の時間的深さも示されていないが、この「き」との対応によって、「はも」には何らかの程度の懐旧性が付与されていると認められる。

(二)　専門歌人による作は少なく、ほとんどが東歌・防人歌・作者未詳歌などであって、文化的周圏に偏在しているようである。それが周圏において生育したものであるか、それとも中央から伝播したものであるかは断定しがたい。

(三)　ウの歌の作者若宮年魚麻呂の存在に注目される。年魚麻呂は、3・三八八、三八九番歌の左注に「右歌若宮年魚麻呂誦之」云々とあり、8・一四二八〜一四三〇番歌の左注にも「右二首若宮年魚麻呂誦之」とある

	①場所の提示	②一回的経験の回想	③主・客の行為への執着	④性的交渉が背景	⑤時間経過への関心	⑥主体の情動を提示する形容語句がない	⑦「き」(「し」)が回想的感情を支える	⑧「はも」「はや」などを伴う
ア	◎	◎	◎	○	○	◎	◎	◎
イ	◎	◎	◎	◎	○	◎	◎	◎
ウ	△	○	◎	○	○	◎	○	◎
エ	×	○	○	◎	○	◎	◎	◎
オ	△	◎	◎	○	○	◎	◎	◎
カ	△	◎	◎	○	○	◎	◎	◎
キ	○	◎	◎	◎	○	◎	◎	◎
ク	△	×	×	◎	○	◎	◎	◎
ケ	×	△	○	◎	○	◎	◎	◎
コ	×	○	◎	◎	○	◎	◎	◎
サ	×	×	○	×	○	◎	◎	◎
シ	×	○	◎	×	○	◎	◎	◎
ス	×	×	△	×	○	◎	◎	◎
セ	×	○	○	○	○	◎	◎	◎
ソ	×	○	◎	○	○	◎	◎	◎
タ	×	○	○	○	○	◎	◎	◎

とおり、歌の伝誦者として知られる人物であるが、その人の作歌ウが「はも」で終り、またその伝誦歌一四二九番にも「はも」がふくまれていることは、この型式が、古風なもの、あるいは伝承性・伝誦性に富むものとして当時の人々に意識され、宴席などで享受されていたことの可能性を示唆するものであろう。すなわちその抒情性は、個人的でなく集団的、民謡的なものとして機能していたと推定される。

(四)　「古代歌謡型」の構造のうちで、具体的な場所の提示(固有名詞など)が最も早く脱落する。ついで、経験の一回性が鮮明度を弱める。

(五)　右とほぼ平行して、上《かみ》の句の序化、修辞化、観念化が進行する。あるものは叙景的になり(エ、ケ)、あるものは世界観・人生観的になる(シ、ス、タ)。

2　六番歌七番歌が提起する問題

山越しの風を時じみ寝る夜おちず家なる妹を懸けて偲ひつ（1・六、軍王）

右は「幸㆓讃岐国安益郡㆒之時軍王見㆑山作歌」と題詞のある五番歌への反歌である。以下にただちに述べるように、この歌に懐古性を認めるかどうかは問題であるが、その可能性をふくむ万葉歌として、最も古いものの一つと言える。

さて、私たちが最初に直面するのは、思郷歌、望郷歌、懐郷歌における懐古的性格をどう認定し評価するか、という原則上の問題である。故郷を思い、残した人を思うということは、それらの現在を思いやることであるが、それは当然にまた、別れる以前の故郷や人を懐かしく思い出すことであるから、その意味では、すべての思郷歌は懐古的性格を持っているのである。すなわちそこでは、空間的距離への詠嘆と時間的距離への詠嘆とが多かれ少なかれ重複する。

思い合わされるのは、記紀の国偲ひ歌「愛しきよし我家の方ゆ雲居立ち来も」であって、これを紀に従って景行天皇巡狩の時の御製と考えれば望郷歌としての性格が強まるが、記に従って倭建命の臨終の歌とすれば、もはや帰り得ぬ故郷を懐かしむ、懐郷歌としての性格が加わるのである。

万葉集に戻って言えば、そこには膨大な数の思郷歌がふくまれており、その一部が壊古的抒情と分け目なくつながっていることは間違いない。本稿では、考察の対象として、それらをできるだけ広範囲にとりあげたいと考える。

さて、右の六番歌で注目されるのは、「偲ひつ」という、主体の情緒的行為を述べる語が存在することであり、さらにその語に「寝る夜おちず」「懸けて」という時間的継続の様態を示す修飾語が付けられていることである。

これらは「古代歌謡型」の懐旧歌には見られないことであり、歌の主想が対象にのみ限定されるのではなくして、作歌主体の情動にまで及んでいることを示すものである。さきに「古代歌謡型」として挙げた諸歌謡とこの歌との、実際の作歌年次の先後を立証するのは困難であるが、一般に作歌主体の情動の客体化・素材化が詩史的発展に伴って出現するものであることを考えるならば、この六番歌の発想は、「古代歌謡型」よりも新しい展開として認めてよいであろうと思う。「偲ふ」自体の懐古性・抒情性については続いて述べる。

秋の野のみ草刈り葺き宿れりし宇治の京の仮盧し思ほゆ（1・七　額田王）

言うまでもなくこの歌も、万葉懐旧歌として最も早い時期のものの一つである。そして、六番歌の懐古性が上述の意味で希薄であったのに対して、この七番歌のそれはより明白である。「宿れりし」時期については、すでに左注の論じるところであり、歌の制作年代に皇極、孝徳、斉明の諸説があること、また作者についても太上天皇とする説のあること、周知のとおりであるが、いずれにしてもこれが過去の経験（伝聞でなく、直接の体験と考えるべきであろう）への回想ないし追憶であることは明らかである。一首の抒情性に最もかかわりの深い末句「思ほゆ」について、以下しばらく考えてみたい。

○「おもほゆ」型の懐古的抒情

過去への関心や執着を示す動詞として「おもふ」「おもほゆ」「しのふ」「しのはゆ」の用例を吟味した。結果の一部を次に表示する。見出しの動詞は終止形に改めて示したが、実際には他の活用形であらわれている例が多い。「思ほゆ」には「思はゆ」の例が含まれ、「しのふ」の総数には「賞美する」意味のものも含まれている。「懐古関係」というのは、関心や執着が過去に向けられているものであるが、上記の思郷歌の場合のように境界のあいまいなものについても、できるだけ広く拾って入れてある。語彙「いにしへ」との観念連合というのは、たとえば「古思ほゆ」のようなもののことで、「神代」「亡き人」の語もここに含めた。

	(a)万葉集中の用例数	(b)懐古関係 用例数	(b)懐古関係 (a)に対する%	(c)語彙「いにしへ」との観念連合 用例数	(c)語彙「いにしへ」との観念連合 (a)に対する%	(c)語彙「いにしへ」との観念連合 (b)に対する%
思ふ	589	23	3.9	6	1.0	26.1
思ほゆ	124	31	25.0	10	8.1	32.0
しのふ	104	9	8.7	0		
しのはゆ	5	0				

右の表からわかるように、懐古的志向を表現する際に最も使用瀕度が高く、また「古」との観念連合が濃密である動詞は「思ほゆ」であって、他の動詞との数量的差異は顕著である。当時「古」は、それを能動的に回復すべき対象として意識せられるのではなく、受動的・自然発生的に「思はれる」ものとして意識される傾きがあったものと推定することが許されるかもしれない。

次に、その「思ほゆ」の、万葉集中の用例について観察されるいくつかの特徴を挙げてみよう。

(1)　時代順による傾向性は認められない。「思ほゆ」の内容はもとより区々であるが、初期万葉から末期万葉までのどの部分にいずれの用法が現れたとしても、不自然とは言えない。

(2)「思ほゆ」の対象は、明示されている場合には、時間的に隔てられたもの、たとえば過去の事物や事象や人物であったり、空間的に隔てられたもの、たとえば故郷や恋人であったりすること、当然である。しかし、対象が明示されていない場合も多く、そのような場合の対象の大部分は、恋の相手と考えられる。

(3)「思ほゆ」の内容および対象の属性、あるいは対象に投射される主体の情緒や感情で、明示されているものは四〇例程度に過ぎないが、それらを分類して提示すれば、

① 面白し、楽し、にこやか、めづらし、など愉悦につながるもの。

② かなしく、さぶしく、情ぐく、哭きし、など哀愁につながるもの。

③ 根深く、恋しく、乏しき、着ほしき、など恋緒・執着・憧憬をあらわすもの。

④ 間遠く、年月のごと、年は経ぬべく、千歳にもがと、語りつぐべく、など主観的時間性にかかわるもの。

⑤ 面影に、はろばろに、おぼほしく、おぼつかなし、夢のごと、など朦朧性・夢幻性につながるもの。

などがある。ただし、これらはいま便宜上分類して示したまでで、実際にはしばしば相互に滲透している。なお、数的に最も多い「消ぬべく思ほゆ」は、成句として、考察の外に置いた。

(4)「思ほゆ」の程度や様態を示す語には、

① しくしく、間なく、止まず、繁く、昨日も今日も、など頻度や程度を表わすもの（全例の約60％）

② こころもしのに、こころもとけず、こころにしみて、こころにのりて、こころもけやに、など心情・情緒の深さを表わすもの（全例の20％弱）。

③ もとな、つばらつばらに、おぼほしく、など情動的・没理性的傾向を表わすもの。

がある。さらに前項(3)のうちで本項にもまたがる機能を備える語たとえば、かなしく、根深く、はろばろに、夢のごと、などもここに加えておくべきであろう。

(5)「おもほゆるかも」のように、抒情性のある助詞「かも」を従える例が多い。「かも」は、先行部分にすでに潜在する感情を強調する機能を持つものと言えようが、その意味でこれは、本来「思ほゆ」に抒情的性格が潜在することの証左であろう。しかしまた反面、「思ほゆ」のみでは一首の抒情を担いきることができず、さらに「かも」の追加が必要になったものとも見ることができるのであって、そうだとすればそれは、一首の抒情性の濃密化と、「思ほゆ」の機能の限界とを物語るものと考えなければならない。

以上「思ほゆ」の特徴として(1)〜(5)の諸点を指摘したのであるが、そこで触れた、時間的遠隔性、空間的遠隔性、愉悦、哀愁、恋緒、憧憬、主観的時間性、朦朧性、夢幻性、情緒、没理性的傾向、などにあらためて注目すれば、「思ほゆ」がいかに浪漫的な性格を備えた語であるかが認識せられるのである。もちろん、個々の用例が等しくかような浪漫的意味を担っているということではないが、少なくとも、「思ほゆ」が、文脈に応じて、かかる浪漫性を盛り得る器であったということは確かである。

なお、記紀歌謡では、「思ほゆ」はただ一例、斉明紀建王挽歌第三に、

飛鳥川　漲《みなぎら》ひつつ行く水の間《あひだ》もなくも思ほゆるかも　（紀118）

とあるのみであるが、「間もなくも」という形容句のあること、助詞「かも」を従えていることから推して、他の万葉歌の場合と質的に差はないものと思われる。

次に「思ふ」について考える。右の表に示したとおり、その懐古性との関連は、数量的には比較的希薄である。しかし、いったんそれが懐古的内容を持った場合、すなわち、「旅宿りせす古思ひて」（1・四五、人麻呂）、「眠《い》も

寝らめやも古思ふに」(1・四六、人麻呂)、「見れどもさぶし亡き人思へば」(3・四三四、河辺宮人)、「哭のみし泣かゆ古思へば」(3・三二四、赤人)、「遠けども心もしのに君をしそ思ふ」(20・四五〇〇、市原王)、「古を思ほすらしもわご大君」(18・四〇九九、家持)のような例を見れば、それらを質的に「思ほゆ」とは異なるものとするべき理由はないように思われる。ただし、「思ほゆ」の受動性に対する「思ふ」の積極性と、右の「思ふ」の例歌の作者の顔ぶれとをあわせて考えるならば、「いにしへ」を「思ふ」という積極的な懐古性の、いわば文化的中央性を指摘することができるのではなかろうか。

さて「思ひ——」の熟合語は、すべて以上の考察に含めて来たが、特にここで、「思ひ出づ」について言及しておきたい。それはとりわけ回想性にかかわることばだからである。

「思ひ出づ」は、万葉集に十二例あるが、それらについて気付かれる点は次のようなものである。

(1) 12例中7例は、巻10 11 12にある作者未詳歌であり、他の4例は大伴家持、残る1例は大伴池主のものである。

(2) 「思ひ出づ」る対象は、自己の体験の範囲内にある人物や家郷であって、それ以前の遠い過去は入っていない。

(3) 明らかに過去を回想している例は、家持の亡妾悲傷の一首(3・四七三)のみである。他は「過去をふりかえる」というよりも「現前に思いうかべる」意に解した方が妥当であろう。

かくして「思ひ出づ」には、懐旧的性格が比較的希薄であることが知られるのである。

次に「しのふ」であるが、用例の半数近く(44例)は、「しのはむ」「しのはせ」「しのへ」など、時間とともに過去のことになって行く現在の事象を、未来から回想することを志向するものである。私が仮に「ブーメラン式」と名付けたく思うこの回想形式については、項をあらためて後に述べる。（本書37ページ参照）。

「しのふ」が、現在から過去への懐旧性を備える明白な例は、次の五例にすぎない。

うつせみの世は常なしと知るものを秋風寒み偲ひつるかも（3・四六五、家持、亡妾悲傷）

行方なくあり渡るとも霍公鳥《ほととぎす》鳴きし渡らばかくやしのはむ（18・四〇九〇、家持、遙聞霍公鳥喧）

山吹の花取り持ちてつれもなく離《か》れにし妹を偲ひつるかも（19・四一八四、留女之女郎）

……さ宿し妻屋に　朝には　出で立ち偲ひ　夕には　入りゐ嘆かひ……（3・四八一、高橋朝臣、悲傷死妻）

……語り継ぎ　偲ひ継ぎ来し　処女らが　奥津城どころ　われさへに　見れば悲しも　古思へば（9・一八〇一　福麻呂歌集、葦屋処女）

右、いずれも万葉第四期の作品である。

3　懐古性の契機

懐古的抒情が成熟するためには、「いにしへ」への憧憬や、「いにしへ」を規範とする意識や、「もはやとりかえしがつかない」という過去への認識や、過去を回復し持続させたいという欲求やが存在しなければならない。万葉集の場合、それらはどのような経過をたどって成立していったであろうか。考えられるいくつかの項目を、順不同のまま以下に列記してみよう。

㈠　呪術的世界の破綻

死からの復活が呪術によって可能であると信じられているか、あるいはそのような信仰が人々の生活を律しているような場合には、「とりかえしのつかなさ」への悔恨や詠嘆が文芸の内質となることは考えにくいであろう。

かかる呪術的世界の衰弱や破綻の時期に至って、はじめて懐古的抒情は出現するものと思われる。そのような兆候は、万葉以前の時代に遡って認められるであろうが、それが文学の主想に影響を及ぼすのは、おそらく万葉第一期および第二期の頃である。額田王の「かからむの懐《こころ》知りせば大御船泊《は》てし泊《とま》りに標《しめ》結はましを」（2・一五一）における「かからむ」の語や、人麻呂の泣血哀慟歌「……術《すべ》を無み妹が名呼びて袖そ振りつる」（2・二〇七）における「術《すべ》を無み」の語には、生の復活に関する無力感、絶望感が読みとられる。

㈡　体系神話の成立

体系神話の成立によって、具体的古代像が人々に共有されることとなった。王権や皇統の讃美がただちに神話的古代を喚起するという構造が、特に人麻呂およびそれ以後の作品を特徴づけることは言うまでもない。「大君の遠の朝廷《みかど》とあり通ふ島門《しまと》を見れば神代し思ほゆ」（3・三〇四、人麻呂）、「ひさかたの天《あま》照る月は神代にか出でかへるらむ年は経につつ」（7・一〇八〇）、「ひさかたの　天の戸開き　高千穂の　嶽に天降《あも》りし　皇祖《すめろき》の　神の御代より……」（20・四四六五、家持）のように、「神代」が古代憧憬の対象ないしは場として確立する。

㈢　伝説、説話、故事への関心

宮廷社会、官僚社会に、伝説、故事、出来事などの情報が流通し共有されるようになったことが、過去への関心を育てたであろう。史書の編纂、地方伝承の収集などがこの気運を醸成したものと思われる。㈤に述べる、旅の機会の増加、交通の発達といった事情もその背景となっている。「玉くしげ見諸戸山を行きしかば面白くして古思ほゆ」（7・一二四〇、古集）、「磐代の野中に立てる結び松情も解けず古思ほゆ」（2・一四四、長意吉麻呂）、「はだ薄久米の若子が座しける三穂の石室《いはや》は見れど飽かぬかも」（3・三〇七、博通法師）、「古ゆ人の言ひける老人《おいひと》の変若《を》つとふ水そ名に負ふ滝の瀬」（6・一〇三四、大伴東人）などのほか、七夕、竹取、手古奈、桜児、縵児、鎮懐石、浦島、柘枝など多くの伝説関係歌のあることは、あらためて説くまでもない。

㈣　政変、遷都など

七世紀から八世紀にかけての政治変動、権力闘争、戦乱、氏族の盛衰、遷都などが、それぞれの過去への複雑な心理や感情を醸成した。「古に恋ふらむ鳥は霍公鳥けだしや鳴きしわが念へる如」（2・一一二、額田王）、「阿騎の野に宿る旅人打ち靡き眠も寝らめやも古思ふに」（1・四六、人麻呂）、「淡海の海夕波千鳥汝が鳴けば情もしのに古思ほゆ」（3・二六六、人麻呂）、「移り行く時見る毎に心いたく昔の人し思ほゆるかも」（20・四四八三、家持）、「三香の原久邇の京は荒れにけり大宮人の移ろひぬれば」（6・一〇六〇）などを一部の例として挙げておこう。

㈤　離京・離郷の機会の増大

行幸従駕、官僚の地方赴任、防人派遣、など旅行や異郷在住の機会が増大し、思郷歌、望郷歌の類が大量に生まれたが、その一部は懐旧的性格の強いものである。行路死人歌も、その生前を偲ぶという点で懐旧的である。「葦辺行く鴨の羽がひに霜降りて寒き夕べは大和し思ほゆ」（1・六四、志貴皇子）、「わが命も常にあらぬか昔見し象の小河を行きて見むため」（3・三三二、大伴旅人）、「海原を八十島隠り来ぬれども奈良の都は忘れかねつも」（15・三六一三、遣新羅使人）、「芦垣の隈処《くまと》に立ちて吾妹子が袖もしほほに泣きしそ思はゆ」（20・四三五七、防人刑部直千国）、「風速の美保の浦廻《うらみ》の白つつじ見れどもさぶし亡き人思へば」（3・四三四、河辺宮人）。

㈥　過去の規範化

過去そのもの、または過去から現在に至る時間の過程に、現在の事物の原点、基準、規範を求める態度は、記紀風土記の、起源説明説話などに広く認められ、また漢籍を下敷きとする「聖は君にして愚は臣なるは古今の常典」（仁徳紀）、「古の人言へること有り、匹夫の志も奪ふべきこと難し」（雄略即位前紀）などの例も書紀に多くを拾うことができる。そして、同様の発想は万葉作品の中に数多く認められるところである。「……古昔も　然にあれこそ　うつせみも　嬬を　あらそふらしき」（1・一三、中大兄）、「古にありけむ人もわがごとか妹に恋ひつつ寝ねかてずけむ」（4・四九七、人麻呂）、「……古の　賢しき人も　後の世の　鑑にせむと……持ち還り来し」（16・三七九一、「竹取」）、「夜ぐたちて鳴く川千鳥うべしこそ昔の人もしのひ来にけれ」（19・四一四七、家持）。

㈦　吉野の聖化

吉野の地と「永遠」の観念との結びつきは、万葉集において顕著に認められるところである。詳細は本書第二章第四節に譲るが、吉野には、非常に早い時期に朝廷に服属した先住山岳民族があって、鉱産物等の産品によって、経済的、軍事的に大和朝廷を支えたものと思われる。したがって吉野はまた、政治的にも重要な場所であり、公的な宗教儀礼の実修の場所でもあった。その宗教を古い層から挙げるならば、山岳信仰、呪術的自然信仰、仏教、道教と指折ることができ、それらが累積しつつ聖地としての吉野を形造って行くのである。中国仙境文学の影響も濃い。天武以降の朝廷と吉野との密接な関係は、史書の示すとおりである。持統天皇の頻繁な吉野行幸が「変若」の霊力を求めての禊ぎにあった、とする想定には説得性があるであろう。（注2）

こうした事情を背景に持つため、吉野にかかわる万葉懐旧歌には、独特の神秘性、憧憬性、文芸性が認められる。「山の際《ま》ゆ出雲の児らは霧なれや吉野の山の嶺にたなびく」（3・四二九、人麻呂）、「古の賢しき人の遊びけむ吉野の川原見れど飽かぬかも」（9・一七二五、麻呂、人麻呂歌集）、「幣帛《みてぐら》を　奈良より出でて……吉野へと　入り坐す見れば　古思ほゆ」（13・三二三〇）、「み吉野の滝の白波知らねども語りし継げば古思ほゆ」（3・三一三、土理宣令）、「古を思ほすらしもわご大君吉野の宮をあり通ひ見す」（18・四〇九九、家持）。

㈧　仏教の影響

仏教的無常観、とくに具体的には火葬による肉体の無化が、懐古的抒情の質に微妙な変化をもたらしている。火葬は肉体の一回性、非回帰性、つまり「とりかえしのつかなさ」を強烈に印象づけたであろうが、しばしば「雲」と表現されるその煙は、かえって原初的、汎神論的な自然の一部に還元されて、故人追憶のよすがとなっている。故人の再生を期待することはもはやあり得ないのであるが、その諦念の上でありし日をしのぶという、追憶としてはより純化された抒情性が生まれてきた。霧を歌い雲を歌って、それは、いわば叙景歌に近づいている。追憶が自然の景に滲透して、客観的な美を創造しているのである。「隠口《こもりく》の泊瀬の山の山の際《ま》にいさよふ雲は妹にかもあらむ」（3・四二八、人麻呂、土形娘子火葬）、「山の際ゆ出雲の児らは霧なれや吉野の山の嶺にたなびく」（3・四二九、人麻呂、溺死出雲娘子火葬）、「隠口の泊瀬の山に霞立ち棚引く雲は妹にかもあらむ」（7・一四〇七、挽歌）。

これらの火葬歌を、たとえば天智大后倭姫王の「青旗の木幡の上をかよふとは目には見れども直に逢はぬかも」（2・一四八）と比較するとき、同じくいわば浮遊霊的な想念を根底に持ちながら、倭姫王の歌の実体的な情念と、これら歌群の一種昇華された抒情との間には懸隔のあることが認められるのである。

4　時間経過への感動

必ずしも懐古ということに直接につながるわけではないが、時間の持続そのもの、あるいは時間の経過そのものを対象として生ずる抒情性について、ここで考えておきたい。

(ア)　ひさかたの天照る月は神代にか出でかへるらむ年は経につつ（7・一〇八〇）

右は、月の永却回帰を讃美して歌ったものだが、原点としての「神代」の観念と、回帰への希求と、そして回帰することなく経過する時間への認識とが、すべて成立していなければ、この歌の発想はあり得ない。

(イ)　去年見てし秋の月夜は照らせれど相見し妹はいや年さかる（2・二一一、人麻呂）

人の死は、時の経過を抒情することの重要な契機であった。円環と直線との二つの時間の対立を、この人麻呂の歌は、より明確に歌っている。しかも抒情の主調は「いや年さかる」という、時間の経過を対象とする部分に置かれている。

(ウ)　冬過ぎて春し来れば年月は新なれども人は旧りゆく（10・一八八四、「歎旧」）

これも同様の発想であって、二つの時間の対立は、自然の時間と人間の時間の対立と言いかえることもできるが、この歌の主調は人間的時間の経過そのものを「嘆く」ところにある。この歌に続く一八八五番歌「物皆は新しきよしただしくも人は旧るきしよろしかるべし」は、前歌に対する機智的、挨拶的な答歌であり、旧りゆくことをよしとして、やはり時間経過への関心を表現しているものである。

(エ)　古のふるき堤は年深み池のなぎさに水草生ひにけり（3・三七八、赤人）

(オ)　妹が見し屋前《には》に花咲き時は経ぬ吾が泣く涙いまだ干なくに（3・四六九、家持）

(カ)　移り行く時見るごとに心いたく昔の人し思ほゆるかも（20・四四八三、家持）

これらの歌は、人の死を悲しむ歌、ないしはその可能性の高い歌であるが、その主想において、時間の経過そのものへの詠嘆が相当の重みを占めつつある点を見逃すことができない。

死と並んで「老」もまた、時間の経過を印象づける契機であった。

(キ)　世間《よのなか》の　術なきものは　年月は　流るる如し　取り続き　追ひ来るものは　百種に　迫め寄り来る……

（5・八〇四、憶良）

(ク)　天地の　遠き始めよ　世の中は　常無きものと……ぬばたまの　黒髪変り　朝の咲《ゑ》み　暮《ゆふべ》変らひ……逝く水の　留らぬ如く　常も無く　移ろふ見れば　にはたづみ　流るる涙　止《とど》みかねつも（19・四一六〇、家持）

人間の時間の経過は、ここでは、「世間無常」のものとして意識されている。

時間の経過が「清」なるもの、また「聖」なるものとして、対象を荘厳する場合もある。

(ケ)　一つ松幾代か経ぬる吹く風の声《おと》の清きは年深みかも（6・一〇四二、市原王）

(コ)　……臣の木も　生ひ継ぎにけり　鳴く鳥の　声《おと》も変らず　遠き代に　神さびゆかむ　行幸処《いでましどころ》

（3・三二二、赤人）

(サ)　ももしきの大宮人の飽田津《にきたつ》に船乗しけむ年の知らなく（3・三二三、赤人）

特に(サ)の例の「年の知らなく」は、いわば「年深み」の究極であり、かような朦朧化、不可知化によって、古を荘厳し、絶対化し、そこに抒情的な美を実現しているのである。

以上に挙げた(ア)〜(サ)が、万葉集において、時間の経過そのものを対象として抒情が成り立っている例のすべてであるが、ほぼ共通して認められることは、そこに何らかの「理」が介入しているということである。

すなわち、例(ア)(イ)(ウ)では、それぞれ二つの時間が対比され、多くは逆接接続助詞「ども」を含む知的判断を経て、一方の時間に感情が強調されていく。(エ)では、年の深まりと水草の繁茂との因果関係が語られ、(オ)では「いまだ干なくに」という逆接的条件が加えられ、(キ)(ク)では無常観が説かれ、(ケ)(コ)でも、因果関係への論理的思考が働いている。これらはすべて、万葉集において、時間の経過そのものに対する意識の観念化・抽象化・論理化が進んでいることの証左と言えよう。

ただし、そのような傾向は記紀歌謡においても認められないわけではない。時間経過への関心が「理」にかかわりなく展開することはあり得ないのであろう。しかし、記紀歌謡ではその「理」は、より事実に密着し、その意味でより現実的、感覚的であって、そこに万葉歌との差が見られる。記紀歌謡の例を、便宜上テーマ別に整理して左に掲げておく。

1　旅　――「新治筑波を過ぎて幾夜か寝つる」（記25・紀25）、「日日並べて……」（記26・紀26）
2　旅・恋――「君待ちがたに……襲の裾に月立たなむよ」（記28）、「君が行き日《け》長くなりぬ」（記88）
3　恋　――「妹は忘れじ世のことごとに」（記8、紀5）、「数多《あまた》は寝ずにただ一夜のみ」（紀66）、「其《し》が離《あ》れ
ばうら恋《こほ》しけむ鮪《しび》突く志毘《しび》」（記110）
4　生涯――「汝こそは世の長人」（記71）、「吾こそは世の長人」（記72）、「汝こそは世の遠人　汝こそは国の長人」（紀62）「若くへに率寝てましもの老いにけるかも」（記93）、「身の盛り人羨しきろかも」（記95）
5　寿歌――「大物主の醸みし御酒幾久幾久」（紀15）、「吾が常世たち」（顕宗紀、室寿）

5　未来からの追憶

懐古・懐旧というとき、現在から過去を思うのが普通であるが、時間の桁を一つずらして、未来から現在を振り返り、過去化された現在を追憶するという発想が存在する。たとえば、

沖つ島荒磯の玉藻潮干満ちて隠ろひゆかば思ほえむかも（6・九一八、赤人）

は、その典型的なものの一つであるが、眼前の玉藻を賞讃するにあたって、そこに時間の経過を導入し、未来の側に視座を移して、すでに過去の残像となりつつある（「隠ろひ行かば」）現在の玉藻に愛惜の念を寄せる、という構造になっている。この歌は「神亀元年甲子冬十月五日幸于紀伊国時」云々の題詞を持つ長歌の第一反歌である

が、その長歌の末尾は、

……風吹けば　白波騒き　潮干れば　玉藻刈りつつ　神代より　然そ尊き　玉津島山

であって、そこでは、修辞にかかわる事ではあるが、「風吹けば」「潮干れば」のように、眼前の景の描写ではなく長い時間にわたる観念的な叙景があって、その時間は遠く神代にまで及んでいる。第一反歌は、この神代から現在に至る時間に、未来の側の時間を接続させ、未来から現在を照射しているのである。その意味でこの一組の歌の「現在」は、長い時間の流れの中に設定され、過去と未来の両方からはさまれ、固定されているということになるが、その過去が悠久過去によって荘厳されているのに対して、未来は永遠未来というようなものではなく、「思ほえむかも」という個人的な、そして時間の距離としては比較的短い未来に限定されているのである。第一反歌にあるものは、こうして見出される、いわば「懐しき現在」を追想する個人の抒情である。

このように、過去化した現在を未来から追憶する発想を、今仮りに「ブーメラン式」(注3)と名付けておく。ブーメラン式が成立するためには、時間の経過そのものへの認識・観念・関心・感慨の存在が前提として必要であろう。しかし、それは必ずしも、前項に指摘したような万葉的「理」を伴うものとは限っていない。「忘るまじ」「しのはむ」「語り継げ」などの語をふくむ歌の発想は、ほとんどこのブーメラン式と境界なしに隣接しており、それらは、すでに万葉第一期あるいはそれ以前から存在していた。書紀歌謡、斉明天皇の「山越えて海渡るともおもしろき今城の中は忘らゆましじ」はその一例である。大津皇子の臨終歌「ももづたふ磐余の池に鳴く鴨を今日のみ見てや雲隠りなむ」にも、未来から今日を愛惜する発想が認められよう。

以下さらに、ブーメラン式の例を列挙しておく。「絶ゆることなくまた還り見む」(1・三七、人麻呂)、「皇子の御門の荒れまく惜しも」(2・一六八、人麻呂)、「明石大門に入る日にか」(3・二五四、人麻呂)、「今見つる吉野の川を何時かへり見む」（9・一七二〇、元仁）、「朝立ち去なば　後れたる　われか恋ひなむ　旅なれば　君か偲はむ」（13・三二九一）、「あらたまの　立つ月ごとに……かけて偲はな　畏かれども」（13・三三二四）、「われは恋ひむな逢はむ日までに」（12・三一八八）、「いにしへの人さへ見きとこを誰か知る」（7・一一一五）、「常にや恋ひむいや毎《とし》年《のは》に」（16・三七八七）、「荒雄らがよすかの山と見つつ偲はむ」（16・三八六二、志賀白水郎歌）、「後見む人は語り継ぐがね」（3・三六四、金村）、「後の代の　聞き継ぐ人も　いや遠に　偲ひにせよと」（19・四二一一、家持）、「はふ葛の絶えず偲はむ」（20・四五〇九、家持）。

用語「しのふ」については、懐古性を持つものとして五つの例を先に挙げたのであったが、加えて、四例のブーメラン式、すなわち、13・三三二四、16・三八六二、19・四二一一、20・四五〇九、を指摘することができる。「しのはな」「しのはむ」「しのひにせよ」など、「しのふ」は、未来にかかわって用いられる率の高いことばである。

6　題詞・左注の懐古性

題詞や左注の中に示されている懐古的感情が、万葉懐旧歌を考える上での重要資料であることは言うまでもない。ただし本稿では、この問題に立ち入るべき用意がないので、二、三の例を挙げるにとどめて、後考を期することとしたい。

○天皇御覧昔日猶存之物当時忽起感愛之情（1・八、左注）
○遷都寧楽之後怜旧作此歌歟（3・二五七〜二六〇、左注）
○……懐古旧而傷志年矢不停憶平生……（5・八六四、詞、吉田宜書簡）

○……不勝感旧之意述懐一首（19・四一七七、詞）

二　詩史的考察

ここでは、懐古的抒情の成熟の様相を、万葉の四期区分に従って略述しようと思う。

○第一期

初期万葉の懐古的抒情については、軍王の六番歌、額田王の七番歌に関連してすでに述べた。重ねて言えば、軍王の思郷歌は、時間の経過に対する意識がわずかながら認められ、思郷歌が懐郷歌的性格を帯びる例の一つを提供している。そして、一回的に体験された事件への回想というよりは、「偲ひつ」という、現在の自己の感情を客体化して表現することの方に主想が傾いている点も抒情詩の問題として注目してよい。

額田王の歌は、七番歌に限らず、懐古性に関連するものが多い。八番歌「熟田津に……」は、左注によれば「天皇御覧昔日猶存之物当時忽起感愛之情」の所産であり（この左注に従えば歌は斉明御製となるが）、九番歌「莫囂円隣之……」は、下句「いたたせりけむ」によって懐古的性格が推定され、一五一番歌「かからむの懐知りせば……」は不可能であったことを可能であったかに述べて悔恨を強調したもので、その根底には「取りかえしがつかない」死への認識がある。一一二番歌「古に恋ふらむ鳥は」は、弓削皇子への答歌であるが、激動の生涯を晩年からふりかえる趣の静謐な抒情を汲みとることができる。懐古の鳥としての「ほととぎす」は、古く中国に蜀魂の伝説があるが、(注4)日本の文学ではこの弓削皇子と額田王との贈答歌が初出である。そしてこの例によって、懐古という心的態度が当時すでに文芸発想の類型として存在していたであろうことが推定されるのである。

○第二期

「古思ほゆ」「古思ふ」などの語句は、この期にはじめて登場する。「古集」の成立を人麻呂以前と考えれば、

玉くしげ見諸戸山を行きしかば面白くして古思ほゆ（7・一二四〇）

がその初出例となる。三輪山の伝説の昔を懐しむ内容であって、過去が悔恨や愛惜でなく、「面白し」という情調を通して想起されている点が特徴的である。

しかし、言うまでもなく、この期の懐古的抒情を代表するものは柿本人麻呂である（本書214ページ以下参照）。人麻呂には、悠久の過去から永遠の未来にわたる絶体的、根源的な時間、すなわち万物が回帰すべき神話的な時間があり、人の死や旧都の荒廃やは、かかる不滅の時間からの、あり得べからざる逸脱として意識せられた。したがってそのような機会に、人麻呂が文学によって実現を試みようとした第一の希望は、逸脱の修復であり、根源への回帰であり、過去の全き反復であった。そして、回帰や反復の不可能であることがもはや明瞭である時には、痛烈な悔恨の情が吐露されることとなったのである。

このような悔恨や悲傷は、しかしそのすべてを人麻呂個人の資質に帰すべきものではない。時代の理念の代弁者としての人麻呂がそこに考えられなければならないであろう。

「近江の旧堵を感傷みて」高市黒人が「古の人にわれあれやささなみの故き京を見れば悲しき」と歌ったときも、大きく言えば、人麻呂同様の感慨がそこにこめられていたはずである（本書239ページ以下参照）。ただし人麻呂に較べて黒人のこの歌は、より強く個人の立場、個人の情緒に固執している。黒人には、人麻呂が持ったような根源的時間や回復すべき時間的故郷の意識は希薄であった。黒人の「過去」は、自己の感覚によって体験された過去であり、それは「残像」として、意識の次元の「現在」に重複して、二重構造を形成している。黒人特有の「物恋し」は、時間的に隔てられているものをかえりみて慕うのではなく、次元を異にして現在に持続している

「現在化した過去」を慕うところの、浪漫的性格の濃いものである。

○第三期

「哭のみし泣かゆ古思へば」（3・三二四）と歌った山部赤人において、「いにしへ」への関心はもちろん明瞭に認められるが、しかしその「過去」は「とりかえしのつかない」ものとして痛恨されるべき過去ではなく、またそこに回帰したりその反復を求めるために心に葛藤を生じるような過去でもない（本書247ページ以下参照）。かえってそれは、時間の流れに組み込まれながらもその中で固定され美化されて行くような過去である。言いかえれば、その過去は遠景の中に「現存」している。そして、たとえば「遠き代に神さびゆかむ行幸処」（3・三二二）の一句に読みとれるように、赤人にあっては、「未来」もまた単純に未来として望見されるのではなく、いよいよ「過去」を深め行くものとして機能しているようである。

大伴旅人には、「われ」が時間的あるいは空間的な「原点」から不条理にも引き離されてあるという意識の、執拗な訴えがある（本書264ページ以下参照）。しかし、その原点は、それが宇宙大の根源的なものであった人麻呂の場合とは異なって、自己の体験の範囲の中に小さく限られて存在している。「わが命も常にあらぬか昔見し象の小河を行きて見むため」（3・三三二）が一つの典型的な例であるが、旅人の歌の主要な主題は、「追憶」「懐郷」「嘆老」であり、いずれも「わが盛り」の日々への強い執着によって彩られている。黒人の場合にも、赤人の場合にも、過去はいわば現在の「景」の中に画鋲を以てピン止めされたのであったが、旅人の場合には、過去はいよいよ「とりかえしのつかぬもの」「遠く消え行くもの」として、個人の愛惜の対象となっている。そしてその分だけ抒情は深められていると言えるであろう。

一方、山上憶良の作品には、個人の過去に触れたものが稀である（本書276ページ以下参照）。彼がむしろ積極的に扱ったのは、一つには規範ないしは典拠とすべき故事であり、一つには神話的ないしは説話的な過去であった。しかしそれらも、その固有の過去性、すなわち、遡る時間的距離や、生起の一回性において活用されているのではなく、いわば現存する遺産として現在的に活用されているのであって、憶良の「過去」は素材的であり伝聞的であったと言わなければならない。その回想には情感を伴うことが少なく、彼の作品に懐古的抒情性を認めることは困難である。

高橋虫麻呂の「過去」もまた、素材的、伝聞的ではあるが、しかしこれを憶良と同列に論じることはできない（本書299ページ以下参照）。虫麻呂の発想は、「古の事そ思ほゆる」（9・一七四〇）の一句に最も端的に示されている。以下、虫麻呂にとって「古」とは何であったかを吟味してみたい。

まずその「古」は、「遠き世にありける事」（9・一八〇七）であるが、それは現在と無縁の過去ではなく、「今までに絶えず言ひ来る」（9・一八〇七）ところの、また「遠き世に語り継がむと」（9・一八〇九）するところの、すなわち過去・未来に一貫する連続性をもって現存する過去である。したがってそれは、「釣船のとをらふ見れば……思ほゆる」（9・一七四〇）、「昨日しも見けむがごとも思ほゆる」（9・一八〇七）、「新喪のごとも哭泣きつる」（9・一八〇九）のように、容易に喚起され、彷彿として眼前に再現される過去である。

いかにも、「若かりし肌も皺みぬ、黒かりし髪も白けぬ」（9・一七四〇）、「いくばくも生けらじものを」（9・一八〇七）のように、虫麻呂において、生の一回性や時間の不可逆性についての認識がないわけではないが、それもまた、語り継がれることによって総体として回復されるところの、説話内部の過去である。

菟原処女の第一反歌「葦屋の菟原処女《うなひをとめ》の奥つ城を行き来と見れば哭のみし泣かゆ」（9・一八一〇）は、一見、時間の経過や、そのもたらす侵食に対する虫麻呂の感動を示しているかのようである。しかしこの「哭のみし泣かゆ」は、先行長歌の末尾を受けたもので、それは処女の悲劇そのものに対して「新喪のごとも」流される涙である。すなわちそれは、再現された場面の内部に帰属すべき涙であって、横たわる古と今との時間はむしろ無化されており、したがって時間の経過そのものは感動の対象となっていない。

虫麻呂にとって過去は、つねにみずからたぐり寄せ参画することのできる、ある近しい、親しみ深い存在であって、愛惜や痛恨の対象となるような、とりかえしのつかない過去ではなかった。既存の伝説に題材をとっている点で、その「過去」は素材的・伝聞的であるけれども、それは規範や典拠として作用するのでなく、「現在」にもあり得る一つの生き方として提示され感情移入されている。

虫麻呂の作品は浪漫的性格の濃いものであるが、その抒情性は、厳密に言えば、懐古的ではなく共時的なものと言うべきであろう。

○第四期

大伴家持の懐旧歌は、題材上も、発想の類型上も多岐にわたり、それ以前の万葉懐旧歌の集大成の観がある（本書363ページ以下参照）。それらの歌のうちから、題材上また発想上典型的と思われる例を、本節一の3（30ページ以下）で言及した項目にほぼ対応させつつ、以下に引用してみよう。

〔懐　郷〕　春の日に張れる柳を取り持ちて見れば都の大路思ほゆ（19・四一四二）

〔恋　緒〕　あらたまの年かへるまで相見ねば心もしのに思ほゆるかも（17・三九七九）

〔挽　歌〕　かからむとかねて知りせば越の海の荒磯の波も見せましものを（17・三九五九）

〔亡妻挽歌〕　佐保山にたなびく霞見るごとに妹を思ひ出泣かぬ日は無し（3・四七三）

〔旧　都〕　高円の野の上の宮は荒れにけり立たしし君の御代遠そけば（20・四五〇六）

〔規範・先例〕　夜ぐたちて鳴く川千鳥うべしこそ昔の人もしのひ来にけれ（19・四一四七）
〔吉　野〕　古を思ほすらしもわご大君吉野の宮をあり通ひ見す（18・四〇九九）
〔神　話〕　ひさかたの　天の戸開き　高千穂の　嶽に天降りし……（20・四四六五）
〔伝　説〕　……皇神祖《すめろき》の　神の大御代に　田道間守　常世に渡り……（18・四一一一）
〔継続性〕　……古よ　今の現に……（18・四〇九四）
　　天地の　初の時ゆ……（19・四二一四）
〔無　常〕　……逝く水の　留らぬ如く　常も無く　移ろふ見れば　にはたづみ　流るる涙　止みかねつも（19・四一六〇）

これらに加えて、家持において最も特徴的であるのは、時間の経過そのものに対する感慨の存在することである。たとえば、

　妹が見し屋前に花咲き時は経ぬわが泣く涙いまだ干なくに（3・四六九）

は、憶良の「妹が見し楝《あふち》の花は散りぬべしわが泣く涙いまだ干なくに」（5・七九八）を下敷きにしているが、家持歌の主想は、わずかながらも直接の亡妻悲傷から逸脱して、「時は経ぬ」という感懐の方に移行しつつあることが認められよう。また、

　移り行く時見る毎に心いたく昔の人し思ほゆるかも（20・四四八三）

は、伝統的な「〜見れば〜」の型を踏んでいるが、その「見る」ことの対象は具体的な事象ではなく、観念化された「時間」そのものとなっている。「常も無く移ろふ見れば」（19・四一六〇）や「うつせみの常無き見れば」（19・四一六二）なども、家持の「見る」の対象が抽象的観念であることの例である。

概して家持の懐旧歌には、切迫した感情の伴うものがない。「古」は激情によってではなく、むしろ諦念を伴う穏やかな感情によってかえりみられている。もちろんこの傾向はすでに万葉第三期の歌人たちに見られたものであるが、家持にあっては、その時間意識にこめられた抽象性・観念性が、懐旧歌の抒情の質を特徴づけていると言えるであろう。

以上、懐古的抒情の成熟の過程を、主として万葉集中央歌壇の作者と作品によって略述した。

第二章　古事記の時間

第一節　古事記の「今」

古事記の時間意識を考えるために、ここでは「今」ということばとその周辺を整理しようと思う。「今」という漢字は、古事記原文中に(注1)七四個ふくまれているが、そのうち五九個は独立してあらわれ、残る一五個は、「今日」四例、「今夜」二例、「今時」二例、「今之時」一例、「今旦」一例、「今者」五例(注2)のように、熟字の一部をなしている。右の七四個のほかに、いずれも歌謡の中であるが、一字一音の「伊麻」が三例ある。以上合計七七のことばが、これからの考察の対象である。

これらイマ関係のことばは、大きく二つに分けることができる。すなわち、第一は古事記成立の時であるイマ、第二は物語りの場面の中のイマである。ここでは仮りに、前者を成立時現在、後者を歴史的現在と呼んでおこう。上記七七例中、成立時現在に属するものが二六例、歴史的現在に属するものが五一例ある。

一　成立時現在のイマ

もし和銅五年正月廿八日をもって古事記成立の時とするならば問題は簡単であるが、「原古事記」(注3)の成立にまでさかのぼって考えるとき、この種のイマの性格を見きわめることは困難である。しかし、いずれにせよ、最後の編者は安萬侶であって、その安萬侶の筆を経た「古事記」原文中の注記的イマは、そのまま安萬侶のイマと見なすことが許されるであろう。

Ⅰ　「序」にあらわれる成立時のイマ（二例）

○「烟を望みて黎元を撫でたまひき。今に聖帝と伝ふ。」

この「今」は、そのまま和銅五年に重ねることができる。そしてそれは、仁徳天皇の時代を過去としてとりあげ、それに対置された「今」である。もっとも、単に仁徳期↕和銅という対比が問題なのではない。さかのぼって崇神、神武、さらに神々からの諸時代がかえりみられ、それが、「今」という時点で受けとめられる、という構造になっている。そうしてさらに時の流れを俯観する形で「歩驟各異に、文質同じからずと雖も、古を稽《かむが》へて」云々としめくくられることになる。

○「是をもちて今、或は一句の中に、音訓を交へ用ゐ」云々

これは、機械的に言えば、和銅四年九月十八日以後のある時から、和銅五年正月廿八日に至るまでの「今」である。もちろん、力点はその下限にある。そしてこの「今」も、たしかにその対比としての過去を「已に訓に因りて述べたるは、詞心に逮《およ》ばず」以下の試行錯誤の過程にすえているのであるが、しかし過去——現在という時の意識はここでは淡い。むしろこの「今」は、「今仮りに」「最上の解決ではないかもしれないが、とにかく」という意味を示しているようである。

Ⅱ　本文にあらわれる成立時のイマ

(a)神の縁起にかかわるもの（五例）

○「故、其の一尋和邇は、今に佐比持神と謂ふ」（火遠理命）など。

(b)事物の縁起にかかわるもの（一例）

○「この王子の作りたまひし矢は、即ち今時の矢なり。是を穴穂箭と謂ふ。」（允恭記。原文分注。）など。

(c)地名の縁起にかかわるもの（十例）

○「故、其地をば今に須賀と云ふ。」（須佐之男命）など。

(d)歌謡の縁起にかかわるもの（二例）

○「故、今に至るまで其の歌は、天皇の大御葬に歌ふなり。」（景行記）など。

(e)風習などの縁起にかかわるもの（五例）

○「是を以ちて今に至るまで、その子孫、倭に上る日は、必ず自ら跛《あしなへ》くなり。」（顕宗記）など。

(f)問題になる一例

「如此《かく》歌ひて、即ち宇伎由比《うきゆひ》為て、宇那賀気理弖《うながけりて》今に至るまで鎮まり坐す。」（八千矛）は、右の数例と共通する性格のものであるが、語法上の疑問がある。「イマに至るまで」（「至今」「至于今」「至今時」「至于今日」）の例は、成立時現在のイマと歴史的現在のイマをあわせて、古事記の中に八例あるが、この例と雄略記の一例をのぞいて、用言の連用形に後続することがない。四例までが「故」「是以」などの接続辞に続き、他の二例は「——は」という主語を受ける形になつていて、（注4）いずれも文章または文中の段落から遠くない位置にある。雄略記の「爾赤猪子答白、其年其月、被二天皇之命一、仰二待大命一、至レ于二今日一経二八十歳一。」の「大命を仰ぎ待ちて」は「イマに至るまで」が連用形に続く例であるが、「仰待」という動詞が下の「経」という動詞と質的に重なるものであるから異和感を与えない。ところが、この「即為二宇伎由比二而、宇那賀気理弖、至レ今鎮坐也。」の、「宇那賀気理弖」と「(至今)鎮坐」との間には飛躍がある。「宇那賀気理弖」に、「互に項に手を懸て、親く並居を云」(真淵説、「古事記伝」による)というのとは別の意味を認めればともかく、そうでないとすると、そのあとに「〇〇の地にとどまった」というような記述がほしいところである。(注5) 校本によると、真福寺本では、「宇那賀気理弖(六字以音)玉今鎮坐也」となっており(道祥本以下は「至今」)、ここに何か問題のあることがうかがわれる。(注6)

さて、話をもどして右に挙げてきた本文中の成立時現在のイマが共通に備える性質について考えてみたい。いったい、過去を説くのに現在(成立時のイマ)をひきあいに出す、という場合、その効果には二つの面があるであろう。一面ではそれは過去を断絶の相において強調する。他面またそれは過去から現在への連続性を印象づける。右に見た、古事記の「成立時のイマ」二六例は、編集技術を論じた序の第二例をのぞいて、すべて後者の効果によつて用いられていると言える。これらのイマには、ある種の自足と落着きとはあっても、過去との切面を示してそれにはげしく対立するという姿勢はない。そして考えてみればこのことは、皇室および国家組織に歴史的権威を与えることを目標のひとつとして、天武朝に企画され、元明朝に完成した「古事記」の性質からして、おそらく当然のことであつたのである。(注7)

二　歴史的現在のイマ

1　「序」にあらわれる歴史的現在のイマ

この種のイマ五二例のうちで、序の中に見える二例は、本文中の例と同列には扱い難いので、まずこれらについて見ておきたい。

○「古を稽《かむが》へて風猷《ふういう》を既に頽れたるに縄《ただ》し、今に照らして典教を絶えむとするに補はずといふこと莫し。」

「歩驟各異に、文質同じからずと雖も」それぞれの時代の為政者が「古を稽へ」「今を照し」たというのであるから、この「今」は、それぞれの為政者の時点での歴史的現在を示す。ただし、いわゆるhistorical presentが感情移入を要件とするのにくらべて、これはきわめて突き放された「今」であって、それはほとんど「その時」ということばと等価である。

○「ここに天皇詔りたまひしく『朕聞く、諸家の賷る帝紀及び本辞、既に正実に違ひ、多く虚偽を加ふと。今の時に当たりて、其の失を改めずは、未だ幾年をも経ずしてその旨滅びなむとす。』」

これは、天武帝のことばの中の「今」である。そしてその「今」は、「既に正実に違ひ」の「既に」や、「未だ幾年を経ずして」や、あとの「後葉に流へむと欲ふ」の「後葉に」と呼応して時間的関連の中に置かれている。この「今」の文化的意味については、あらためて説くまでもないであろう。

2　本文にあらわれる歴史的現在のイマ

次に、本文中の歴史的現在のイマ五〇例について観察しよう。一見して顕著な性格は、そのほとんど（四八例）が、会話文（歌謡をふくむ）の中にあらわれることである。そこで、地の文中の二例は後（65ページ）にまわして、まずこの四八例をとりあげることにしたい。

㈠　イマの時間的範囲

宣長は、稲羽之素菟が和邇の背から地に下りようとする「今将下地時」に注して次のように記している。（「古

事記伝」十之巻）

凡そ今《イマ》と云に三意《ノ》あり、一《ツ》には、字の如く常云今《フ》なり、二《ツ》には、今一《イマヒトツ》など云て、有《ル》が上《へ》に猶添《ナホソヘ》むとするを云、三《ツ》には、将《スル》レ然《ラムト》ことの近きを云、〔俗にやがてともおつゝけとも云に同じ、即今《チインマ》にともいふなり、〕今返来《イマリコ》むなど云是《レ》なり、〔此《レ》に又一《ノ》意あり、今早《イマハヤク》と催《モヨホ》すにいふ是なり、○又今者《イマハ》と云て、今は此《レ》ぞ限《リ》と云意に用ることあり、〕こゝは其意にて、地に下《オリ》むとするほどの近きを云、（以下略）

ところで、宣長の云う「字の如く常云今《フ》」もまた、詳しく見れば単純ではない。過去にすそを引く「今」もあり、ほぼ純粋に現在である「今」もある。

厳密に言えば、そもそも「今」を、過去——現在——未来という直線系列に組み込んでよいかどうかが、まず問題である。少なくともそれを自明のこととするわけにはいかない。以下の私の分類は、全くこの直線系列にたよっているが、しょせん、それはひとつの作業仮説であるということを確認しておきたいと思う。さて、宣長の言にまつまでもなく、「今」には種々のものがあり、それを時間の「今」に限っても（宣長の言う第二の「今」には空間的な意味もあるだろう）、総合して考えればそこにかなりの幅がある。たとえば現代語で「今ここにいたが、もういない」と言うときの今は、「今」の幅を過去の方向に拡張していると言えるだろう。つまりこの「今」は「今」の振幅の内部で言えば最も古い「今」である。それに対して、「今、行くから、もう少し待って」と言うときの今は、「今」の幅を未来の方向にひきのばす。これは同じく「今」の振幅のうちで、未来の方にある「今」である。

右の過去的「今」はまた、次のように説明することもできる。「今はいたが、もういない」は、「今はいたが、今はもういない」ということである。話者は時の流れに速度をあわせて、それぞれの時点での「今」について語つている。（速度をあわせて、と言っても現実の時の動きに話の速度をあわせることはできないのだから、すべて象徴上の問題である。）そこで右の「今」に番号をつけて「今1にはいたが、今2にはいない」のように言えば事情はかなりはっきりする。時間の原点を「今2」に置くならば「今1」は当然、過去的な今になるであろう。

そこで、あくまでもイマの範囲の中でのことであるが、過去的なイマ、原点である今、未来的な今、を結ぶ線上に、古事記の今をそれぞれ位置づけてみるとどうなるか。以下はその試みである。

(a)単純過去的イマ（七例）

現在（単純現在的イマ）に対して不連続な関係で先行するイマを言う。「サキホド」「チョットマエ」にあたる。いまその全例を列挙すれば、

(1) ここに二柱の神、議りて云ひけらく、「今吾が生める子良からず。（以下略）」（伊邪那岐・伊邪那美）

(2) 故、豊玉毘売命、その歎きを聞かして、その父に白ししく、「三年住みたまへども、恒は歎かすことも無かりしに、今夜《こよひ》大きなる一歎《なげき》為《し》たまひつ。若《も》し何の由有りや。」とまをしき。（火遠理命）

(3) 故、其の父の大神、其の聟夫に問ひて曰ひしく、「今旦《けさ》我が女の語るを聞けば（以下略）」（同右）

(4) 故、その父の大神、其の聟夫に問ひて曰ひしく、「今旦我が女の語るを聞けば、『三年坐せども、恒は歎かすことも無かりしに、今夜大きなる歎きしたまひつ。』と云ひき。（以下略）」（同右）

(5) 「僕は国つ神、名は石押分《いはおしわく》の子と謂ふ。今、天つ神の御子幸行でましつと聞けり。（以下略）」（神武記）

(6) 爾《ここ》に答へて白ししく、「今、火の稲城を焼く時に当りて、火中に生れましつ。（以下略）」（垂仁記）

(7) 其の犬を賜ひ入れて詔らしめたまひしく、「是の物は、今日道に得つる奇しき物ぞ。故、都摩抒比《つまどひ》の物。」と云ひて賜ひ入れたまひき。（雄略記）

となる。これらのイマはいずれも、会話が行なわれている時よりも時間的にさかのぼった時点をさしている。たとえば⑵の会話は、「今旦」なされたものであることが⑶に語られているが、つまり⑵の「今夜」云々は、その翌朝に、過去の出来事として話されたことになる。⑴以下⑹まで、すべて同様に本文の文脈から、その過去性を確かめ得る。

とはいえ、このような機械的推論のみで、これらのイマの性質を見極めたことには、やはりならない。たとえば⑹の「今」は、その部分に遠く先行する記述「如此《かく》逗留《とどこほ》れる間に、其の妊ませる御子既に産《あ》れましつ。故、其の御子を出して、稲城の外に置きて、天皇に白さしめたまひつらく、『若しこの御子を、天皇の御子と思ほし看さば、治め賜ふべし。』とまをさしめたまひき。」云々によって、その単純過去性を確かめ得るにしても、なお単にそのように時点指示的なことばとだけ言い切ることのできない機能をここで果しているようである。この「今」は、続く「火の稲城を焼く時」と同格である、と一応言うことができるが、それならばなぜわざわざここに「今」と言う必要があったのか。おそらくそれは第一に、「ほかならぬこの時」「まさにその異常の時」として「火の稲城を焼く時」を強調的に修飾するためであったろう。また第二に、演劇的現前性、観者参入型の共時性を保障するためであったろう。しかしさらに言えば、この「今」は、「火の稲城を焼く時」を修飾することによってその役割をおえているのではなく、「――焼く時に当たりて、火中に生れましつ。」までの全体に影響力を持っているのである。それは、「火の稲城を焼く時に当たりて、火中に生れましつ。」という単純過去の場面へと、あらためて時の原点を投げ返し、そうすることで相対的に、過去を現在化していると言えよう。（つまりこの「今」は、現代語の「そもそも」に近い要素も含んでいるのである。）

(b)半過去的イマ（四例）

これもまた「サキホド」「チョットマエ」であるが、そこに生起したことがらが現在の時点まで存続あるいは継続して、その間の断層を見出せないものである。

(1)「吾は天照大御神の伊呂勢なり。故今、天より降り坐しつ。」（須佐之男命）

(2)「今汝が子、事代主神、如此白しぬ。亦白すべき子有りや。」（葦原中国平定）

(3)「今、葦原中国を平け訖《ことむを》へぬと白せり。故、言依さしたまひし随に、降りまして知らしめせ。」（天孫誕生）

(4)故、先づ八咫烏を遣はして、二人に問ひて曰ひしく、「今、天つ神の御子幸でましつ。汝等仕へ奉らむや。」（神武記）

たとえば(1)は、「天より降り」た行為そのものはすでに過去に属するが、その今は、いま足名椎手名椎の目の前にいる須佐之男の存在を包んでいる。英文法のことばを借りれば、それは現在完了的なイマである。第(2)例から第(4)例まで、いずれも文脈によつて、その半過去性を確かめ得る。また、(1)(2)(4)例に共通し、おそらくは(3)例をも含めることができると思われる「今」の性質のひとつは、その現前性、つまり「目の前に見えている」ということである。(1)についてはすでに述べた。(2)では、遠出していた言（事）代主が呼びもどされ、父の大神に対して直接「恐《かしこ》し。この国は、天つ神の御子に立奉らむ。」と言うわけであるが、右の(2)はその場面の継続と考えることができる。(4)では、八咫烏は天つ神の御子の使いであり身代りであって、その八咫烏が「今」二人の目の前にいるのである。

(c)現在のイマ（二八例）

これは、過去や未来を含まないイマである。もちろん時間の「今」は、過去や未来などの「非今」と対比されることによって成り立つので、その意味ではどのような「今」も孤立的ではあり得ない。たとえば、沼河比売の次の歌「伊麻許曾婆　和杼理邇阿良米　能知波　那杼理爾阿良牟遠」の今は、後（未来）との対比において存在する。けれども、この沼河比売の「今」は前項(a)(b)の意味においては過去をも未来をも内包していない。

いま考察の対象としている四八例のイマのうち半数以上が、この種の現在的イマである。私は二八例を数えたが、この判定にはどうしても主観が入るので、見方によってはその数はかなり減るにちがいない。しかしそれにしても、この種のイマが最も多いことはたしかであろう。なお、二、三の例を任意に挙げておく。

○後に木花之佐久夜毘売、参出て白しく、「妾は妊身《はら》めるを、今産む時に臨《な》りぬ（以下略）」（木花之佐久夜毘売）

○「僕は手悉に傷《お》ひぬ。矢も亦尽きぬ。今は得戦はじ。如何か。」（安康記）

○「凡そ朝廷の人等は、旦は朝廷に参赴き、昼は志毘の門に集へり。また今は志毘必ず寝つらむ。また其の門に人無けむ。故、今にあらざれば謀るべきこと難けむ。」（清寧記）

さて、いま考察の対象としている四八例中に二例ある「至《ルマデ》二イマ《ニ》一」および五例ある「自《ヨリ》二イマ一」の「イマ」をこの項にふくめることには、多少の説明を要するであろう。具体例をまず示せば、前者の二例とは、

○「……往古より今時に至るまで、臣連の王の宮に隠ることは聞けど、未だ王子の臣の家に隠りましを聞かず。（以下略）」（安康記）

○爾に赤猪子、答へて白しく、「其の年の其の月、天皇の命を被りて、大命を仰ぎ待ちて、今日に至るまで八十歳を経き。（以下略）」（雄略記）

であるが、これらのイマは、ある継続の最後の時点、つまり到達点を示している。そして、到達点を過程の一部と考えるか、それとも過程とは別の次元のものと考えるかは、かなり厄介な問題である。ここでは私は、到達点を過程から切り離し、それ自体は継続を内包しないと見る立場をとった。というのは、もしこの種のイマに半過

去的な性格を認めるならば、「至」の意味が明確さを失なうからである。そしてこのことは、出発点を示す後者のイマ、たとえば、

○「……是を以ちて吾《われ》御名を献らむ。今より後は、倭建御子と称ふべし。」（景行記）

ほか四例についても適用すべきであると考えた。「至今」「自今」の類をここに分類したのは以上の理由である。

(d)半未来的イマ（八例）

これは、現時点から未来の一時点へと連続的な幅をもっているイマである。未来完了的なイマと言うこともできようか。たとえば、

○「……吾はや飢《ゑ》ぬ　島つ鳥　鵜養が伴　今助《す》けに来ね」とうたひき。（神武記）

の「今」は現時点のイマであってもよく、しかし「なるべく早い未来」であってもよいわけであり、しかもそれらの時点は「今」の中に等質に期待されている。さきに宣長の注を挙げた稲羽の素菟の「今地に下りむとせし時」もこれであろう。なお、一、二の例を挙げておく。

○「……珍しき宝、多《さは》にその国にあり。吾今その国を帰《よ》せ賜はむ。」（仲哀記）

○「然らば今還り下りて、墨江中王を殺して上り来ませ。（以下略）」（履中記）

(e)単純未来的イマ

現在の時点が何らかの意味で区切られ、その断層の向う側に存在する未来のイマである。「ヤガテ」「ソノウチニ」というのに近い。ただし、ほぼ確かにこれにあたると思われるのは左の一例だけである。

○「汝は夫に嫁《あ》はざれ。今喚《め》してむ。」とのらしめたまひて、宮に還り坐しき。（雄略記）

(イ)　イマの主体

以上見てきたように、イマは一定の時間的範囲であるが、ここではそれが主として誰によって（あるいは何によって）領有されているか、を考えたいと思う。別のことばで言えば、それはイマという時間を背景として展開する行動や状況の主人公は誰か、ということである。第一人称、第二人称という文法用語は、この場のものとして必らずしも適切ではないが、便宜上、以下それに従って整理する。ただし、この分類もまたひとつの作業仮説であることを言っておきたい。見かけの主体の背後に真の主体がかくれている、というような場合も少なくないからである。

(a)第一人称

四八例中、半分の二四例までが、第一人称（我、吾、僕など。また明記されていないが意識として「我々」である場合も。）を主体としている。左に数例をかかげる。

○「山佐知《さち》も、己が佐知佐知、海佐知も、己が佐知佐知。今は各佐知返さむ。」（火遠理命。主体は「（われわれ）」）

○「……妾今、本の身を以ちて産まむとす。願はくは、妾をな見たまひそ。」（火遠理命。主体は「妾《あ》」）

○また御歌曰みしたまひしく、「（中略）我が心しぞ　いや愚《をこ》にして　今ぞ悔しき」（応神記、主体は「我」）

○ここに赤猪子、答へて白ししく、「（中略）今は容姿既に耆《お》いて、更に恃む所無し。」（雄略記、主体は「（妾）」）

(b)第二人称

イマを背景に展開する行動の主人公が第二人称（汝など。人名であって呼びかけ的に用いられているものも含む。）であるものは六例あるが、その行動は当然第一人称者の命令や指示によるわけであるから、事実上そのイマを領有しているのは第一人称者であると言うこともできる。左に一例のみを示す。

○其の王子答へて詔りたまひしく、「然らば更に為むすべ無し。今は吾を殺《し》せよ。」とのりたまひき。（安康記）

この例では、右の事情に加えて、殺されるのが「吾」であることによって、「今」はいっそう緊密に第一人称に結びついている。

(c)第三人称

まず十一個の例（全例）を列挙する。

(1)「天皇既に吾死ねと思ほす所以か、何しかも（中略）今更に東の方十二道の悪しき人等を平け《ことむ》に遣はすらむ。（以下略）」（景行記）

(2)爾に天照大御神、高木神の命もちて、（中略）「今、葦原中国を平け訖《を》へぬと白せり。（以下略）」とのりたまひき。（邇邇芸命）

(3)先づ八咫烏を遣はして、（中略）「今、天つ神の御子幸でましつ。汝等仕へ奉らむや。」といひき。（神武記）

(4)爾に具さに請ひけらく、「今如此言《かくこと》教へたまふ大神は、その御名を知らまく欲し。」（仲哀記）

(5)「今汝が子、事代主神、如此白しぬ。亦白すべき子有りや。」ととひたまひき。（葦原中国平定）

(6)豊玉毘売命（中略）白ひしく、「三年住みたまへども、（中略）今夜大きなる一歎為《し》たまひつ。若し何の由ありや。」とまをしき。（火遠理命）

(7)「今旦我が女の語るを聞けば、『三年坐せども、（中略）今夜大きなる歎為《し》たまひつ。』と云ひき。（以下略）」（火遠理命）

(8)「今、火の稲城を焼く時に当りて、火中に生れましつ。（以下略）」（垂仁記）

(9)「茲の倭国に、吾を除きて亦王は無きを、今誰れしの人ぞ如此て行く。」（雄略記）

(10)「ももしきの　大宮人は（中略）今日もかも　酒みづくらし　（以下略）」（雄略記）

⑾　「今、天津日高の御子、虚空津日高《そらつひこ》、上つ国に出幸でまさむと為《し》たまふ。（以下略）」（火遠理命）

(1)例の「今」の主体は天皇であるが、それは倭建命の推察の中での天皇であり、また「なほ吾既に死ねと思ほしめすなり。」という被害意識に直結するものでもある。この意味でこれは、第三人称ではあっても、第一人称的性格の濃い「今」であると言うべきであろう。

(2)例の「平け訖へぬと白せり」の「白」は、建御雷の神の復奏を言う。そして天照大御神・高木神は、もともとその命令者であったのだから、言いかえればこの文は、自己の目的の果たされたことの宣言である。つまり、この(2)例の「今」も第一人称的な「今」である。

(3)例の「天つ神の御子」は、八咫烏のことばであるから第三人称になっているが、八咫烏は「天つ神の御子」の使い、つまり身代りであるから、これは第一人称にひとしい。

(4)例の「如此言教之大神」は、見かけは第三人称であるが、呼びかけ、つまり第二人称として用いられており、さらにこの「今」が下の「欲知其御名」にまで効果を及ぼしている点から言えば、第一人称的と言うこともできる。

(5)(6)(7)(8)の四例に共通するのは、それぞれの「今」を背景とする行為の主体——(5)では「汝子、事代主神」、(6)(7)では「(夫)」、(8)では「火」ともとれるがむしろ「(子)」と考えるべきだろう——が、対話者にとってきわめて身近かな人間だという点である。つまりそれは、たしかに第三者ではあるが「我——汝」の輪の中に存在するのであり、「今」の性格もそのことによって決定されているわけである。

(9)例では行為の主体は一応「誰人」という疑問の第三人称であるが、実はむしろ、疑問を投げている「吾」が、この「今」を領有しているのである。

このように見てくると、純粋に第三人称的主体をもつイマは、⑽⑾の二例だけということになるが、⑽は歌謡として特殊であるから、けっきょく残るのは第⑾例のみである。

そうして、この第⑾例をも含めて、これら十一例にほとんど共通して言えることは、さきに「半過去的イマ」の頃で述べた「現前性」が、話者である第一人称をめぐってここに存在しているということである。

(d)事物・動物など

(1)「……是の高志の八俣の遠呂智、年毎に来て喫へり。今其が来べき時なり。故、泣く。」とまをしき。（須佐之男命）

(2)「……然るに今吾が足得歩まず、当《た》芸《ぎ》当《た》芸《ぎ》斯《し》玖《く》成りぬ。」とのりたまひき。（景行記）

これらもまた第一人称的である。(2)については言うまでもあるまい。(1)の「今」も、その背景となっているのは「(われわれ)」の被害意識あるいは恐怖である。

(e)　無人称

次に挙げるようなイマは、これを特定の人称に結びつけることが比較的困難なので、かりに無人称として一括しておく。しかし、これらもまた何らかの意味で一人称的であることは、以上に述べて来た諸例と同様である。

○「……往古より今時に至るまで、臣連の王の宮に隠ることは聞けど（以下略）」（安康記）

○「……大命を仰ぎ待ちて、今日に至るまで八十歳を経き。今は容姿既に耆いて、更に恃む所無し。（以下略）」（雄略記）

○「……亦今は志毘必ず寝つらむ。亦其の門に人無けむ。故、今に非ざれば謀るべきこと難けむ。」（清寧記）

(ウ)　何に対するイマか

もともと時間のイマは、「イマではない何か」に対比されてのみ成立する相対的観念である。その「何か」は、文中に明示されている場合もあり、また想像によるしかない場合もある。いま用例は省略するが、明示されているものとしては、「恒」「往古」「能知」「還《ル》時」があり（四八例中各一例。ただし「恒」は同文で重出。）、比較的明確に補えるものとしては、「明日」「旦・昼」などがある。しかし、例数として最も多いのは、明示はしていないがかなりはっきりと「これまで」「今以前」を意識している場合の約十例である。以上以外の多数の例は、それもあえて分析すれば分類はできるであろうが、むしろ対置意識のないもの、として扱うのが適当であると思われる。

(エ)　イマの含蓄

「これまでは違ったがモハヤコレマデ」という諦念的イマが五例観察される。その一、二をあげれば、

○稽首《のみ》白しく、「僕は今より以後は、汝命の昼夜の守護人と為りて仕へ奉らむ。」（火遠理命）

○「然らば更に為むすべ無し。今は吾を殺せよ。」（安康記）

のようである。この諦念的イマに対して「これまでは違ったがコレデヤレヤレ」式の完了満足的イマは見あたらない。（のちにのべる垂仁および仁徳記の各一例がこれにあたるが、これらは本文に疑問が残る。）

次に、期待あるいは予定の線上にあるイマがある。木花之佐久夜毘売および豊玉毘売命のことばに共通して見える「今臨二産時一」、あるいは足名椎の「……毎レ年来喫。今其可レ来時。」などがその例である。

含蓄といえば、すでに触れた「現前性」についても思い出しておくべきだろう。時間指示のはたらきによってではなく、むしろ「コノ通リ」「イマ目ノマエニアルヨウニ」という意味を添えるために置かれている「今」が数例は存在する。

さて、以上(ア)から(エ)まで、歴史的現在のイマのうち、会話（歌謡をふくむ）文中にあらわれる四八例を対象とし

て見てきたわけであるが、最後に、同じく歴史的現在のイマであって地の文の中にあらわれる二例を吟味しようと思う。

(1)　然是御子、八拳鬚至レ于二心前一、真事登波受。故、今聞二高往鵠之音一、始為二阿芸登比一。(垂仁記)

この「今」については、すでに宣長が次のように疑問を投げている。

此は市師池軽池に、率て遊べる時を指て、今と云る如くにも聞ゆれども、然には非じ、然るにてもなほ、今と云むは、穏ならず聞ゆ、抑二俣舟を池に浮べて遊べるをも、物言賜はぬ故の為事《シワザ》と見るときは、今と云は、其時を指て云る如くなれども、若然らば、初に先此御子真事登波受と云て、次に在尾張国云々、率二遊其御子一之時、聞二高往復鵠之音一、とあるべきに、然らざれば、池に遊べるは、真事登波受には関《アツ》からぬ事と聞えたり (『古事記伝』二十五之巻)、

そうして宣長はこの「今」を「尒」の誤字とし、ココニと読ませている。ただし、古写本の諸本はすべて「今」となっており、宣長の挙げた理由だけでこれをただちに誤字とすることは早計であろう。この点については文末でもう一度触れる。

(2)　後見二国中一、於レ国満レ烟。故、為二人民富一、今科二課役一。是以百姓之栄、不レ苦二役使一。(仁徳記)

この「今」は、延佳本では「令」としている。宣長は「今」のままで「イマハトミツギエダチオホセタマヒキ」と読み、さらに「延佳本に、令と作《カケ》るは、さかしらに、改めつるにや、わろし」と言っている (『古事記伝』三十五之巻) が、文脈および用字上、これが「令」の誤字である可能性は大きいと思う。

以上(1)(2)両例ともに、文字に疑問がある。すでに述べたように、本文中のこの種のイマはこの二例のみであり、そのことがすでに例外的なのであるから、その扱いは特に慎重を要するであろう。

けれども、もしこれらが誤字でなく、また付近に脱文等もないとした場合、それらの「今」が持つ意味は大きいと思う。それは阿礼や安萬侶をもふくめて、特定または不特定の古事記の「語り手」が、物語りの次元に自己を投げ入れた、数少ない例となるからである。

第二節　古事記の「スデニ」

〔一〕　一覧表

古事記の時間意識を考えるために、ここでは「スデニ」ということばとその周辺を整理しようと思う。古事記の文中で「スデニ」にあたる文字には「既」「已」の二種があり、(注1)前者が三七例、後者が四例、合計四一例という数である。これらの文字は、諸本によって、ハヤク、ハヤクヨリなどの読みが与えられている場合もあるが、いまは読み方にかかわらず、すべて既・已の文字を対象とすることにした。ついでながら、古事記にはスデニの仮名書き例はないが、「天下　須泥尒於保比氏　布流雪乃」（万葉集17・三九二三）、「是時素戔嗚尊年已長矣」〈已須氐尓〉（神代紀上・私記乙本）などによって、スデニという上代語の存在に疑問はない。

まず、右の素材を一応処理しやすい程度に整理して表示すれば次のようになる。表の第一、第二段には目次を示した。(注2)表の第三段には「スデニ」をふくむ文を摘出した。「既」「已」は太字で示し、それが修飾する語句に傍線をつけた。また、各摘出文の上に通し番号をつけて、のちの指摘の便をはかった。通し番号が「　」で囲まれているのは、その「スデニ」が会話文または独白文（「……と思ふ」の類）の中にあらわれることを示す。「　」のないものは地の文である。表の第四段には、同一文脈内にあらわれる時間詞（注3）のうちで「スデニ」と関係のあるものを摘出し、相互の位置関係を示した。表の第五段には、「既・已」の存否にかかわりなく、各条段にあらわれる時間詞を数種類（注4）採集して示した。文字の下の数字は瀕度数であるが、一回のみのものには特に1とは記さなかった。

目次		スデニをふくむ文	同一文脈内時間詞（○はスデニの位置）	同一段内時間詞の例
序	稽古照今	1 混元**既**凝、気象未效。	○＝未	未
		2 稽古以縄風猷於**既**頽、照今（略）	古―○―今	
	撰録発端	3 **既**違正実、多加虚偽。当今之時、不改其失、未経幾年其旨欲滅。	○―当今―未経幾年	未
	古事記成立	4 **已**因訓述者、詞不逮心。		更2
別天神・神世七代				
岐美二神	国土固成・二神結婚			
	大八島国			猶、更
	神々生成	5 **既**生国竟、更生神。	○＝更	未、遂、更
	火神被殺			
	黄泉国			速、未、猶2
	禊祓と神々			速
	三貴子分治・須佐之男涕泣			

天照と須佐之男命	須佐之男昇天・安河の誓約			
	勝さび			猶
	天岩屋戸・五穀の起源・大蛇退治			
大国主神	稲羽の素兎			急
	八十神迫害			
	根国訪問	「6」其父大神者、思**已**死訖、（略）	○＝訖	速、遂、
	沼河比売			未、伊麻陀2
	須勢理嫉妬・大国主神裔・少名毘古那・大年神神裔			
葦原中国平定	天菩比神			速、更、
	天若日子・建御雷神			
	事代主神			未2
	建御名方神			
	国譲り	「7」此葦原中国者、随命**既**献也。		更
邇邇芸命	天孫誕生・猨田毘古神・天孫降臨			
	猨女の君			速
	木花佐久夜			
火遠理命	海幸と山幸			遂2、猶

	海神宮			猶
	火照命服従			更
	葺不合命	「8」妾**已**妊身、今臨産時。	○—今臨時	未
神武	東征			速2、波夜、猶、
	皇后選定			更
	当芸志美美	「9」吾者不能殺仇。汝命**既**得殺仇。		
綏靖・安寧・懿徳・孝昭・孝安・孝霊・孝元・開化				
崇神	后妃皇子女・神々の祭祀			
	三輪山伝説			未
	建波邇安王			更
	所知初国天皇			
垂仁	后妃皇子女			
	沙本毘古	10 逗留之間、其所妊之御子**既**産。	間—○	遂、猶、急2
	本牟智和気			遂、更、
	円野比売			遂
	多遅摩毛理	11 将来之間、天皇**既**崩	間—○	遂2
景行	后妃皇子女			
	大碓命			更

	小碓西征	「12」 若有未誨乎。答白**既**為泥疑也。	未＝○	未、猶
		13 爾臨其楽日、（略）服其姨之御衣御裳、**既**成童女之姿、		
	小碓東伐	「14」 天皇**既**所以思吾死乎、	○－間－未経幾時－今更	速、未、遂、猶、更、急
		「15」 因此思惟、猶所思看吾**既**死焉。	今更－猶－○－焉	
	倭建命薨去			猶、更、急
	倭建の子孫			
成務				
仲哀	后妃皇子女			
	神功皇后	16 未幾久而、不聞御琴之音。即挙火見者、**既**崩訖。	未幾久－○－訖	未2、猶、更
		17 其御船之波瀾、押騰新羅之国、**既**到半国。於是其国王畏惶奏言、	○…於是	
	忍熊王	「18」 先令言漏之御子**既**崩。		更2
		「19」 権而令云、息長帯日売命者**既**崩。故、無可更戦。	○＝更	
		20 於是其将軍**既**信詐、弭弓蔵兵。	○－更	
	気比大神	21 毀鼻入鹿魚、**既**依一浦。	○…於是	
応神	后妃皇子女			

	大山守と大雀	「22」兄子者、**既**成人、是無悒。弟子者未成人、是愛。	○＝未	未
	矢河枝比売・髪長比売・国主			
	大山守の反	23 詐以舎人為王、（略）**既**如王子之坐所而、更為其兄王渡河之時、具餝船檝者、	○―更	早、波夜、猶、更
		24 其王子者、服布衣褌、**既**為賎人之形、	○…於是	
		25 相譲之間、**既**経多日。	○―経多日―一二時	
		26 故、海人**既**疲往還而泣也。	経多日―一二時―○	
	天之日矛			猶、更、
	下氷壮夫・天皇の子孫			
仁徳	后妃皇子女・黒日売			
	八田若郎女			更
	女鳥王			
	雁の卵			伊麻陀、都毘邇
	枯野			
履中	后妃皇子女			
	墨江中王			猶
	水歯別命	「27」為吾雖有大功、**既**殺己君是不義。		遂

		「28」**既**行其信、還惶其情。		
		「29」政**既**平訖参上侍之。	○—訖	
反正		30 御歯長一寸広二分、上下等斉、**既**如貫珠。		
允恭	后妃皇子女・即位と氏姓			
	軽太子			未
安康	押木の玉縵			
	目弱王の乱			未、更2
	忍歯王の難	「31」未寤坐。早可白也。夜**既**曙訖。	未—早—○—訖	早、未2
雄略	后妃皇子女・皇后求婚			
	赤猪子	32 仰待天皇之命、**既**経八十歳。	待—○—経—八十歳	更2
		「33」望命之間、**已**経多年。姿体痩萎、更無所恃。	望—間—○—経多年—更	
		34 然天皇、**既**忘先所命之事、	○—忘—先	
		「35」今容姿**既**耆、更無所恃。	今—○—更	
		「36」於是天皇、大驚、吾**既**忘先事。	於是…○—忘—先	
	吉野			更
	葛城山	37 彼時有（略）登山上人。**既**等天皇之鹵簿。		

	金鉏岡			猶
清寧	二王子発見			遂
	袁祁・志毘	「38」汝命不顕名者、更非臨天下之君。是**既**汝命之功。故、吾雖兄猶（略）	更—○—猶	猶、遂
顕宗	置目老媼			
	御陵の土	「39」還上復奏言、**既**掘壊也。爾天皇、異其早還上而詔、	還…○—早…還	早
		「40」故、少掘其陵辺。**既**以是恥、足示後世。		
仁賢				
武烈		41　天皇**既**崩、無可知日続之王。		
継体・安閑・宣化・欽明・敏達・用明・崇峻・推古				

〔二〕　問題点

次に、右の表が提供する問題のいくつかを観察して、後の考察のよりどころとする。

A　会話文、独白、地の文中の「スデニ」

結論を言えば、文章の右の三種の区別は、そこにふくまれる「スデニ」の性格に、意義ある差異を与えていない。たとえば時間詞「イマ」は、原則として地の文中にあらわれることがなく、その意味において第一人称的世界の時間を表現するものであった（本書53ページおよび60ページ以下参照）。しかしここに見るように、「スデニ」は引用符の内外に自由に出入りする。

B　「スデニ」の分布

「スデニ」のあらわれかたには、いちじるしいムラがある。集中度が密なのは、上巻の序、中巻の景行記（小碓の西征、同東伐）、仲哀記（神功皇居の新羅征討、忍熊王の反逆）、下巻の履中記（水歯別命と曽婆訶理）、雄略記（赤猪子）、顕宗記（御陵の土）である。これらがいずれも説話的な部分であることを考えれば、帝皇日継を中心とする綏靖記以下開化記まで、および継体記以下の部分に「スデニ」があらわれないことは理解できるけれども、それならば、説話に富む上巻において、序以外にほとんど「スデニ」があらわれない（四例のみ）のはなぜであろうか。中・下巻に散在する用例から推せば、たとえば天の岩屋戸の段の「葦原中国悉闇」など「既闇」とあってもよさそうであり、須佐之男命の大蛇退治の段の「随レ告而如レ此設備待之時」の文中にも「既」が入って不思議はない。以上が第一の疑問である。またもし何らかの理由によって上巻に「スデニ」がまれである事情があったとしても、集中度の高い中・下巻の中で、ひとり仁徳記の説話群の中に「スデニ」が全くあらわれないのはなぜであろうか。それが第二の疑問である。なお、この「スデニ」の分布は、表の第五段にかかげた他の時間詞の分布ともあまり一致していない。

C　「スデニ」の被修飾語

第一に気付かれるのは、ここに二つの類型表現が散在することである。すなわち(1)「既崩」の型、(2)「既経×年」の型、である。「既崩」が垂仁、景行、仲哀記にほとんど集中して、他には武烈記に一例あるのみであること、「既経×年」が応神、雄略記のみにあらわれること（ただし「未経×年」が序および景行記に一例ずつある）、にも何かの意味があるであろうか。

第二に気付かれるのは、「スデニ」の被修飾語の中に、マイナス価値を持つものが相当多いということである。ここでマイナス価値というのは、死、壊、忘など、残念さをともなう事象を大ざっぱにさしているつもりである。たとえば「死」がプラス価値であるような場合もあろうが、いまは常識的に考えておく。そこで「スデニ」の被修飾語をおおよそ、マイナス価値からプラス価値に向かう順序で列挙すれば次のようになる。二回以上出るものには、その瀕度数を付記した。

崩5、死3、殺2、為泥疑、耆、頽、疲、忘2、掘壊、信〔詐〕、恥／平、到〔平国〕、依〔一浦〕、経3、曙、如〔貫珠〕、如〔王子之坐所〕、等〔鹵簿〕、行〔其信〕、為〔賎人之形〕、為〔汝命之功〕、成〔童女之姿〕、成〔人〕、述、献、凝、妊、生、産

右のうちで純粋に非時間的なスデニの三例をのぞき、「恥〔ハジミセツ〕」までをマイナス価値と考えて計算すると、マイナス価値の語は全体の約半数（四九％）をしめることになる。

D　関連する時間詞

「スデニ」に対して最も密接な関係をもつ時間詞は「未」と「更」である。「未」は1 12 22の文例に見られるように、「スデニ」の反対概念である。「更」は、5 23の文例のように「スデニ」を前段階としてその後段階の時をあらわす場合と、19 35の文例のように、それぞれの「スデニ」とほとんど同じ内容をあらわす場合とがある。〔注5〕

〔三〕考　察

A　スデニの意味範囲

スデニの意味は、空間と時間の両域にまたがっている。【空間のスデニ（3例）】第4例の「已因訓述者」の「已」は、下の「全以音連者」の「全」との対応からわかるように時間を含んでいない。第7例の「既」も、下文に「唯僕住所者」という条件があることから、時間のスデニではなく、すべての土地を、という空間のスデニであることがわかる。第30例の「既」も、あきらかに非時間的である。【時間のスデニ（20例）】以上に対して、1 2 3 5 8 10 11 12 14 15 16 18 19 21 22 31 32 33 41の例では、いずれもそのスデニが時間に属するものであると考えるべき文脈上の根拠がある。その根拠の多くは、前後に存在する時間詞であるが、たとえば第21例は、先行する夢の神意をあらわすものとして時間の系列に組みこまれているのである。ところで時間のスデには、ほとんどalready あるいは early as expected の意味であるが、第14 15例の「既」では、これを speedy あるいは quickly の意味にとる宣長の説がある。[注6]【時空のスデニ】しかしながら、残る18例のスデニは、空間時間の両様に解釈ができる。（というより、それらはそもそも時空未分化の内容をそなえていると言うべきかもしれない。）たとえば第39例では、この「既」の両面性が説話の展開に役割を果たしている。意祁の命は、御陵の土をほんの少し掘っただけで帰って来て、「既に掘り壊《こぼ》ちぬ」と天皇に報告する。つまりこの「既」の第一義は、モハヤスンデシマッタという時間的意味だけであって、全部・完全に、という意味ではない。しかしこの「既」は、そのあわせもつ空間的意味によって、墓の完全な破壊を求める天皇をまるめこむ可能性をもっている。そこにいわば、意祁命の報告のトリックがあり、この話のおもしろさもあるのである。第20例の「既」には、「スッカリ全部」「アタマカラ」という空間的なものとならんで、忍熊王が敗退する時間的過程の表現という性質もあるとしなければならない。また34 36例の「既」などは、時間の色が濃いとはいえ、「スッカリ」「全部」という空間的なものがあるであろう。9 13の二例でも、時空両様の意味の混在が見られるが、その空間的意味はここでは抽象化されており、「十分に」「申し分なく」「りっぱに」というほどの意味に転じていると言える。また、27 40の二例は、ともに時間色の濃いものであるが、それらは単なる完了表現ではなく、「ーシタカラニハ」「ーシタ以上」というような、条件法的な扱いになっている。

B　スデニの含蓄

古事記全体を通じて観察されることであるが、「スデニ」を含む文が各章段の尾部に立つことはない。つまり、「スデニ」を含む文は内容として完結することがなく、かならず話はさらに続くのである。一つの「既」が終ったとき、われわれは次の緊張に組みこまれてゆく。たとえば第16例を見よう。「幾久《いくだ》もあらずて、御琴の音聞こえざりき」に至るそれまでの期待や危惧は「既崩訖」によって一応完了するが、文脈はそれで切れるのではない。どうしたことか、どうすればいいのか、という次の緊張が「ここに驚き懼《お》ぢて」以下の文へと読む者を急がせるのである。これは一つの例にすぎないが、すべて時間のスデニには、この種の性質がそなわっているようである。いわば語り手は、事件の終末までをすでに見通す位置にあり、そのプログラムの道程にひとつひとつ「既」というクサビを打ち込んで行く、というような具合になっている。(時間の)スデニは「あることがらが期待や危惧を経て実現に至ったことを表わす。」と『時代別国語辞典』上代篇の説明にあるが、つけ加えて言えば、その期待や危惧は語り手にとってはもちろん、読者にさえもその一部は予見されているところのプログラムであって、「スデニ」は、その過程を結末の方から振り返り、結末へ結末へと呼びこんで行く姿勢をもっている。

ではその結末とは何か。たしかにそれは、個々の説話の筋の結末であるのだが、私にはしかし、それ以上の、個々の説話を統一する次元の「結末」の存在が、あるように疑われてならない。語り手がその次元に立って振り返り、次々に「スデニ」という道標を打ちこみながら読者を手招きしている、そういう次元の結末でそれはある

（本書「まえがき」参照）。

学問を離れて、私はひとつの推測をつけ加えたい。「スデニ」の集中度が序において高いこと、序以外の上巻の説話にはほとんど「スデニ」が見られないこと、また中・下巻のうちにもその頻度にいちじるしいバラツキのあること、などの事実は、「スデニ」が何らかの意味で古事記の編纂に関連していることを想像させないであろうか。近似の時間詞「未」「更」「猶」などがほぼ全篇に等しく散在することを考えると、やはりこのバラツキは無視しがたいという気がする。もちろんこの「スデニ」の現象を、たとえばただちに神田秀夫氏の「飛鳥層」「白鳳層」の区分、あるいは「仁徳グループ」と「継体グループ」の区分(注7)に結びつけることはできないであろう。しかし、そのなかばはマイナス価値であるところの、もろもろの異常な出来事を、ひとつひとつ「スデニ」の語でピン止めしながら、いわば前のめりの姿勢で「結末」へと急ぐ一個の語り手を考えるとき、私はやはりそこに、白鳳の時代と政治を、そしてまたそれをうけた古事記編者の「叙事詩人」的な息づかいを、あわせて想像してみたくなるのである。

さきに「問題点」の項で挙げた二つの疑問に、私は直接答えることができなかったが、ここに記した私の「想像」が、その解答への何らかのヒントになることを願って稿を閉じる。

第三節　記紀の「涙」と時間

まず古事記本文を引く。

――又天皇、三宅連等の祖、名は多遅摩毛理《たぢまもり》を常世の国に遣はして、登岐士玖能迦玖能木実《ときじくのかくのこのみ》を求めしめたまひき。故、多遅摩毛理、遂に其の国に到りて、其の木実を採りて縵《かげ》八縵、矛八矛を将《も》ち来りし間に、天皇既に崩りましき。爾に多遅摩毛理、縵四縵、矛四矛を分けて、大后に献り、縵四縵、矛四矛を天皇の御陵の戸に献り置きて、其の木実を擎《ささ》げて、叫び哭きて白ししく、「常世の国の登岐士玖能迦玖能木実を持ちて参上りて侍ふ。」とまをして、遂に叫び哭きて死にき。（垂仁記）

多遅摩毛理は、いったいなぜ、叫び哭いたのであろうか。日本書紀の記述は、もう少し詳しくその点を説明しているように見える。すなわち、

田道間守、是に、泣《いさ》ち悲歎《なげ》きて曰さく、「命を天朝に受《うけたまは》りて、遠くより絶域に往る。（中略）是を以て、往《ゆき》来《かよ》ふ間に、自づからに十年に経《な》りぬ。豈期《おも》ひきや、独峻《たか》き瀾《なみ》を凌ぎて、更《また》本土に向《まうでこ》むといふことを。然るに聖帝の神霊に頼りて、僅に還り来ること得たり。今天皇既に崩りましぬ。復命《かへりことまう》すこと得ず。臣生けりと雖

も、亦何の益かあらむ」とまうす。乃ち天皇の陵に向《まゐ》りて、叫《おら》び哭きて自ら死《まか》れり。群臣聞きて皆涙を流す。という記事によれば、田道間守の「叫び哭き」の理由は、最も直接的には「今天皇既に崩りましぬ。復命すこと得ず。」という点にあったと理解される。そしてもちろん、その背後に、十年にわたる辛苦が徒労に終ったことへの悲しみがあったことも、あわせて理解されるのである。だが、この日本書紀の記述も、多遅摩毛理の涙をなお十分には説明していない。「今天皇既に崩りましぬ。復命すこと得ず。」ということが、なぜ彼を「叫び哭」かしめるのであるか――

この問題を解くために、以下、迂遠ではあるが、古事記および日本書紀の記事にあらわれる、すべての涙を分析して、古代の人々の流した涙の、どのような部分が文学作品の中に汲み上げられてきたかを見てみようと思う。そしてそれらの涙の中に、多遅摩毛理の「叫び哭き」を位置づけてみようと思うのである。

泣患、流涕、哀号、歔欷、伊佐知流、などのことばをたよりとして、泣く声、泣く動作、あるいは涙の存在など、泣くことに関連する事例を記紀の記事中にさぐってみると、それを示すことばは、延べおよそ一二〇回（記四〇、紀八〇）あらわれるが、一つの事件について頻出することばをひと括りにして、「涙をともなう事件」の件数としてみると、それはおよそ四〇例になるのである。それらのうちで最も多い場合は、送葬儀礼におけるミネまたはそれに類するもので、記紀を通じて約一〇例ある。それは、たとえば、

○天の若日子の父（中略）降り来て哭き悲しみて、乃ち其処に喪屋を作りて、河鴈《かはがり》を岐佐理《きさり》持とし、鷺を掃《ははき》持とし、翠鳥《そにどり》を御食人《みけびと》とし、雀を碓女とし、雉を哭女とし、かく行ひ定めて、日八日夜八夜を遊びき。（記上、天若日子）

○新羅の王、天皇既に崩りましぬと聞きて、驚き愁へて、調の船八十艘、及び種種の楽人八十を貢上る。是、

対馬に泊りて、大きに哭《みねたてまつ》る。（中略）難波より京に至るまでに、或いは哭き泣ち、或いは舞ひ歌ふ。遂に殯宮に参会《つど》ふ。（紀、允恭四二年正月）

などであり、いま例には引かなかったが、持統紀に見える天武殯宮のミネは、その代表的なものである。この、公式の「場」の要求として存在する涙の中にも、もちろん個人の感情の流露があったはずであるが、いま両者を分離して考えることはむずかしい。ただし、わずかの例外がなくはない。斉明天皇紀四年五月の条に見える、

皇孫建王、年八歳にして薨《う》せましぬ。今城谷《いまきのたに》の上に、殯《もがり》を起てて収む。天皇、本より皇孫の有順《みさをか》なるを以て、器重《ことにあが》めたまふ。故、不忍哀《あからしび》したまひ、傷み慟《まど》ひたまふこと極めて甚《にへさ》なり。群臣に詔して曰はく、「万歳千秋の後に、要ず朕が陵に合せ葬れ」とのたまふ。廼ち作歌して曰はく、

今城なる　小丘《をむれ》が上に　雲だにも　著くし立たば　何か歎かむ（紀116）

射ゆ鹿猪《しし》を　認《つな》ぐ川上《へ》の　若草の　若くありきと　吾が思はなくに（紀117）

飛鳥川　漲《みなぎら》ひつつ　行く水の　間も無くも　思ほゆるかも（紀118）

天皇、時時に唱ひたまひて悲哭《みね》す。

は、同じくミネの伝統の上にありながら、すでに個人の抒情を表面に打ち出しているようである。

以下、「涙をともなう事件」を順次とりあげながら、必要な注を加えて行くことにする。すでに述べた、ミネに類する場合については、単に「ミネ」と記すにとどめる。また引用の本文は、事件が記紀に共通する場合には、古事記から採ることにする。

(1)伊邪那岐（「愛しき我が那邇妹の命を、子の一つ木に易へつるかも」と謂《の》りたまひて、乃ち御枕方に匍匐《はらば》ひ、御足方に匍匐ひて哭きし時、御涙に成れる神は、香山の畝尾の木の本に坐して、泣沢女神と名づく。）――ここに、かけがえのないもの

への哀惜の情がこめられていることは認められる。しかしこの涙を、ミネの儀礼から切り離して理解することはまちがいであろう。死別を悲しむ涙である。

(2)速須佐之男命（命《よ》さし国を治らずて、八拳須心《やつかひげむね》の前に至るまで、啼き伊佐知伎《いさちき》。其の泣く状は、青山は枯山の如く泣き枯らし、河海は悉に泣き乾しき。）――この涙は、「妣の国」への思慕の涙と考えることも不可能ではないが、日本書紀神代第五段第二の一書に「此の神、性《かむさがさがな》悪くして、常に哭き恚《ふつく》むことを好む」とあり、第六の一書に「八握鬚髯生ひたり。然れども天下を治さずして常に啼き泣ち恚恨《ふつく》む」とあるのによれば、「妣の国」へ行かれないことの不満の方に力点を置いて理解すべきものであろう。

(3)足名椎・手名椎（「汝が哭く由は何ぞ。」と問ひたまへば、答へ白言ししく、「我が女は、本より八稚女在りしを、是の高志の八俣の遠呂智、年毎に来て喫へり。今其が来べき時なり。故、泣く。」とまをしき。）――娘との死別を苦しむ涙である。

(4)稲羽の素兎（和邇、我を捕へて悉に我が衣服を剝ぎき。此れに因りて泣き患ひしかば……）――肉体的苦痛。

(5)御祖の命＝刺国若比売（即ち其の石に焼き著かえて死にき。爾に其の御祖の命、哭き患ひて、天に参上りて……）（其の氷目矢を打ち離ちて、拷《う》ち殺しき。爾に亦、其の御祖の命、哭きつつ求げば……）――死別の苦痛。乞い泣き。

(6)須勢理毘売（是に其の妻須世理毘売は、喪具を持ちて、哭きて来、其の父の大神は、已に死にぬと思ひて其の野に出で立ちたまひき。）――死別の苦痛。

(7)天若日子（＝この部分、記の文はすでに引いたので紀から引く＝天稚彦が妻下照姫、哭き泣《いさ》ち悲哀《かなし》びて、声天に達《きこ》ゆ。）（而して八日八夜、啼《おら》び哭き悲び歌《しの》ぶ。）――ミネ。死別の悲しみ。

(8)天若日子（皆哭きて云ひしく、「我が子は死なずて有り祁理《けり》。我が君は死なずて坐し祁理。」と云ひて、手足に取り懸りて哭き悲しみき。）――この「悲しむ」は、痛切な感動を言うので、ここの涙は、よろこびの感涙であろう。

(9)石長比売（＝記には涙の記事がないので紀、神代下第九段第二の一書、一云を引く。＝磐長姫恥ぢ恨みて、唾《つば》き泣《いさ》ちて曰はく、「顕見蒼生《うつしきあをひとくさ》は、木の花の如に、俄に遷転《うつろ》ひて衰去《おとろ》へなむ」といふ。）――恨み。くやし泣き。

(10)火遠理命（「我と兄と鉤《つりばり》を易へて、其の鉤を失ひつ。是に其の鉤を乞ふ故に、多くの鉤を償へども受けずて、『猶其の本の鉤を得む。』と云ひき。故、泣き患ふぞ。」）――困惑。

(11)沙本毘売（三度挙《ふ》りたまひしかども、哀しき情に忍びずて、頸を刺すこと能はずして、泣く涙御面に落ち溢れき。＝垂仁記）――生者への愛情の故に流された涙として最初の例である。ただし、日本書紀の記事（垂仁五年十月）によれば、三角関係に立たされた女性の困惑の涙である。他にも問題があるので、書紀の文をも左にかかげる。

「妾、兄の王の志に違ふこと能はず。亦天皇の恩を背くこと得ず。告言《まう》さば兄の王を亡してむ。言さずは社稷を傾けてむ。是を以て、一たびは以て懼り、一たびは以て悲しぶ。俯し仰ぎて喉咽《むせ》び、進退《しじま》ひて血泣《いさ》つ。（中略）眼涕《なみだ》自づから流る。則ち袖を挙げて涕を拭ふに、袖より溢《も》りて帝面《みおもて》を沾らしつ。……」

文中の「血泣」の字は、欽明紀二三年六月の条の「泣血」とならんで、「血」と「泣」との熟語として記紀を通じてただ二つの例の一つである。また、涙と袖との結びつきは、これが最初の例である。

(12)誉津別王（是生年既に三十、八掬髯鬚むすまでに、猶泣《いさ》つること児の如し。＝垂仁紀二三年九月）――精神障害か。幼児的涙。

(13)倭彦命の近習者（是に、近習者を集へて、悉に生けながらにして陵の域《めぐり》に埋みて立つ。日を数《へ》て死なずして、昼に夜に泣《いさ》ち吟《のどよ》ふ。遂に死りて爛《く》ち臭《くさ》りぬ。＝垂仁紀二八年一一月）――肉体的苦痛。

(14)多遅摩毛理（前掲）

(15)倭建命（「天皇既に吾死ねと思ほす所以か……」とまをしたまひて、患ひ泣きて＝景行紀）――困惑、無念。

(16)倭建命（是に倭に坐す后等及御子等、諸下り到りて、御陵を作り、則ち其地の那豆岐田に匍匐ひ廻りて、哭為して歌曰ひたまひしく、云々＝景行記）（既にして能褒野に崩りましぬ。時に年三十。天皇聞しめして、寝、席安からむや。食、味甘からず。昼夜喉咽《むせ》びて、泣《いさ》ち悲びたまひて摽擗《みむねう》ちたまふ。＝景行紀四〇年是歳）――死別の悲しみ。ミネ。

(17)大雀命と宇遅能和紀郎子（海人既に往き還に疲れて泣きき。故、諺に「海人や、己が物に因りて泣く。」と曰ふ。＝応仁記、仁徳即位前紀）――困惑、肉体的苦痛。

(18)大雀命と宇遅能和紀郎子（時に大鷦鷯尊、摽擗《みむねをう》ち叫《おら》び哭きたまひて、所如知《せむすべ》らず。（中略）素服たてまつりて、発哀びたまひて、哭したまふこと甚だ慟《す》ぎたり。＝仁徳即位前紀）――ミネ。

(19)石之日売＝磐之媛（天皇、又歌して曰はく、「朝嬬の　避介《ひか》の小坂を　片泣きに　道行く者も　偶《たぐ》ひてぞ良き」皇后、遂に聴さじと謂して……＝仁徳紀二二年正月）――失意の涙かと思われるが意味未詳。いずれにしても恋愛関係であろう。

(20)国依媛（口持臣が妹国依媛、皇后に仕へまつる。是の時に適りて、皇后の側に侍ふ。其の兄の雨に沾るるを見て、流涕《かなし》びて歌して曰はく、「山背の　筒城宮に　物申す　我が兄を見れば　涙ぐましも」「……是を以て、泣《いさ》ち悲ぶらくのみ」＝仁徳紀三〇年一〇月）――兄の苦痛への同情、乞い泣き。

(21)時の人（蝦夷、叛けり。田道を遣して撃たしむ。則ち蝦夷の為に敗られて、伊峙水門《いしのみと》に死せぬ。時に従者有りて、田道の手纏を取り得て、其の妻に与ふ。乃ち手纏を抱きて縊《わな》き死ぬ。時人、聞きて流涕《かなし》ぶ。＝仁徳紀五五年）――死別だが血縁者のそれでなく間接的。同情、同感、愛惜など。

(22)軽太子と衣通王（＝歌＝「……下泣きに　我が泣く妻を　昨夜こそは　安く肌触れ」「天飛む　軽の嬢子　いた泣かば　人知りぬべし　波佐の山の　鳩の　下泣きに泣く」＝允恭記）――恋愛。

(23)允恭天皇の死の時（＝既出＝新羅の王、天皇既に崩りましぬと聞きて云々＝允恭紀四二年正月）――ミネ。

(24)日香蚊父子の周囲の軍衆（「吾が君、罪无くして死にたまふこと、悲しきかな。我父子三人、生きてましししときに事へまつり、死にますときに殉《したが》ひまつらずは、是臣だにもあらず」といふ。即ち自ら刎ねて、皇尸の側に死《みまか》りぬ。軍衆、悉に流涕《かなし》ぶ。＝安康紀元年二月）――同情、感動。

(25)佐伯部売輪（皇子の帳内佐伯部売輪、屍を抱きて駭《いわ》け惋《あわ》てて、所由《せむすべ》を解《し》らず。反側《こいまろ》び呼《よば》ひ号《おら》びて、頭脚に往還ふ。＝雄略即位前紀）――死別の興奮。ミネ的。

(26)赤猪子（爾に赤猪子の泣く涙、悉に其の服せる丹揩《にずり》の袖を湿《ぬ》らしつ。＝雄略記）――赤猪子の涙は、単に悲恋の涙であるだけでなく、時間の経過そのもの、あるいは時間が示す「非条理」に注がれていると言えそうである。そしてそれは同時に、「貞節」というような人倫的価値とも関連をもっているかに思われる。いま私が、時間の非条理云々というのは、話の筋そのものにもよるが、加えて、天皇の歌「引田の　若栗栖原　若くへに　率寝てましもの　老いにけるかも」や、赤猪子の答歌「日下江の　入江の蓮　花蓮　身の盛り人　羨しきろかも」などの内容にもよるのである。もちろん、これらの歌を地の説話から切り離すべきだという主張（たとえば吉永登氏「巫女の嘆き」『万葉』第六号）があり、また独立歌としての解釈のあることは承知しているが、私がいま問題にしているのは、すでに歌を組み入れて一つの作品を形成しているものについてである。私は、赤猪子の涙を、「天皇の歌を戴いて感激する赤猪子の単純さ」（上掲「巫女の嘆き」）に帰することはできないのではないかと考える。文脈から言っても、赤猪子の涙を、これらの贈答歌の内容から切り離すことは無理であろうし、そして歌の内容は、時間のもたらすひとつの齟齬にかかわっているからである。注意すべきことは、これらの歌と説話との統合がなされた時点において、そのような時間の悲劇を見通す「目」が介在したということ、――その目が誰の目であるかはわからないが、それは時間の悲劇を見つめていたということ、いうならば赤猪子の涙は、ほかならぬその「目」から流れ出る涙であったのだ、ということであろうと思う（本書8ページ参照）。

(27)雄略皇后（皇后、天に仰ぎて歔欷き、啼泣《いさ》ち傷哀《かなし》びたまふ。天皇、問ひて曰はく、「何の由ありてか泣ちたまふ」とのたまふ。皇后、床を避りて対へて曰したまはく、「此の玉縵は、昔妾が兄大草香皇子の、穴穂天皇の勅を奉りて、妾を陛下に進りし時に、妾が為に献れる物なり。故、疑を根使主に致して、不覚に涕垂りて哀泣ちらる」とまうしたまふ。＝雄略紀一四年四月）――恨み、愛惜。

(28)雄略天皇（天皇、疾彌甚し。百寮と辞訣れたまひて、並に手を握りて歔欷《なげ》きたまふ。＝雄略紀二三年八月）――死別の悲しみ。

(29)隼人（大泊瀬天皇を丹比高鷲原陵に葬りまつる。時に、隼人、昼夜陵の側に哀号《おら》ぶ。食を与へども喫はず。七日にして死ぬ。＝清寧即位前紀）――ミネ。

(30)弘計・億計（天皇の曰はく、「吾は、是去来穂別《いざほわけ》天皇の孫なり。而るを人に因《たしな》み事《つか》へ、牛馬を飼牧ふ、豈名を顕して害《ころ》されむに若かむや」とのたまふ。遂に億計王と相抱きて涕泣く。＝顕宗即位前紀）（言を発して慷慨《はげ》みて、流涕《かなし》ぶるに至ります。＝同上）――苦難の境涯を道にたがわず生きぬくことの自己感動。

(31)顕宗天皇・皇太子億計（「……広く御骨を求むれども、能く知りまつれる者莫し」とのたまふ。詔畢りて、皇太子億計と泣ち哭き憤惋《いた》みて、自ら勝《た》ふること能はず。＝顕宗紀元年二月）（掘り出してみたまふに、果して婦の語の如し。穴に臨みて哀号《さけ》びたまひ、言深《ねむごろ》に更慟《またまど》ひます。＝同上）――追慕。同情。

(32)飽田女《あくため》（女人有りて、難波の御津に居りて、哭きて曰はく、「母にも兄、吾にも兄。弱草の吾が夫何怜《つまはや》」といふ。哭く声、甚だ哀しくして、人をして腸を断たしむ。＝仁賢紀六年是秋）――別離の悲しみ。恋慕。

(33)影媛（是の時に、影媛、戮さるる処に遂ひ行きて、是の戮し已へつるを見つ。驚き惶みて失所して、悲涙目に盈てり。遂に歌を作りて曰はく、「石の上　布留を過ぎて　（中略）玉盌に　水さへ盛り　泣き沾ち行くも　影媛あはれ」（中略）家に還らむとするに臨みて、悲鯁びて言はく、「苦しきかな、今日、我が愛しき夫を失ひつること」といふ。即便ち灑涕《いさ》ちて愴み、心に纏れて歌ひて……以下略＝武烈即位前紀）――死別の苦痛。一部ミネ的。

(34)欽明詔文（況や、太子・大臣、趺蕚《みあなすゑ》の親《むつまじき》に処《ゐ》て、血に泣き怨を銜《ふふ》む寄《よせ》あり。＝欽明紀二三年六月）――悲憤。

(35)蘇我氏葬礼（是の日に、蘇我臣蝦夷及び鞍作が屍を、墓に葬ることを許す。復哭泣《ねっかひ》を許す。＝皇極紀四年六月）――ミネ類。

(36)斉明天皇（＝皇孫建王の死、既出）――死別、追慕。一部ミネ的。

(37)中大兄皇子（皇太子、一所に泊てて、天皇を哀慕《しの》ひたてまつりたまふ。乃ち口号《くつうた》して曰はく……＝斉明紀七年一〇月）――ミネ。

(38)斉明の殯（天皇の喪を以て、飛鳥の川原に殯す。此より発哀《みねたてまつ》ること、九日に至る。＝斉明紀七年一一月）――ミネ。

(39)天智の殯（郭務悰等（中略）三遍挙哀《みねたてまつ》る。＝天武紀元年三月）――ミネ。

(40)舎人王の殯（殯を臨《みそなは》して哭《みね》したまふ。＝天武紀九年七月）――ミネ。

(41)天武の殯（戊申に、始めて発哭《みねたてまつ》る。＝朱鳥元年九月）――ミネ。

(42)大津皇子の事件（妃皇女山辺、髪を被して徒跣にして、奔り赴きて殉《ともにし》ぬ。見る者皆歔欷《なげ》く。＝持統称制前紀）――死別。共感、同情。

(43)天武の殯（賓客に適《まう》でて慟哭《みねたてまつ》る。＝持統紀元年正月以下）――ミネ。

以上が、記紀に見られる、涙の事件のすべてである。各件の末尾に傍線をもって示したのが、それぞれの涙のおよその性格づけであるが、その大部分は物理的あるいは生理的次元における「刺激―反応」の型に属していると言ってよいであろう。そういう中にあって、多遅摩毛理の説話は、赤猪子の説話とともにやはり特異な存在であるように思われる。日本書紀の説明は、もう少しで、忠誠心を強調する道徳臭を感じさせるであろう。それは、景行紀において瀕死の日本武尊が天皇に奏したことば「……翼はくは曷《いづれ》の日曷の時にか天朝に復命さむと。然るに天命忽に至りて、隙駟《ひのあし》停り難し。（中略）豈身の亡びむことを惜しまむや。唯愁ふらくは、面《まのあたりつか》へまつらずなりぬることのみ」に共通する心的態度である。だが、その忠誠心の物語の底に透けて見えるのは、他ならぬ時間の物語ではなかろうか。「常世の国の非時《ときじく》の香菓《かくのみ》」に象徴される永遠不変への渇望が、この物語の、いわば大前提としてあるのであり、その永遠への期待がようやく満たされるかに見えながら、あえなくも崩れ去るところに、この物語の、時間の悲劇としての本当の意味があるのだと思う。

「常世の国」の永遠の時間は、多遅摩毛理の努力を裏切って、ついに天皇の時間の有限を救済することがなかった。それはちょうど、かの雄略天皇の不老の時間が、赤猪子の努力を裏切って、ついに彼女の時間の有限を救済しなかったのとよく似ている。多遅摩毛理も赤猪子も、まさにその時間の亀裂に涙を注いだのではなかったか。これらの説話を最後にまとめた人間は、そのようなものとして、多遅摩毛理や赤猪子やに涙を流させたのではなかったか。いわゆる「とりかえしがつかない」時間を意識する、その後の日本の文学の一つの方向が、ひそかに用意されつつあるのが感じられるようである。

第四節　吉野と永遠

吉野川石《いは》と柏と常磐なすわれは通はむ万代までに（万葉集7・一一三四）

万葉集には、吉野に関する歌が九五首散在するが、その半数に近い四二首が何らかの形で時間の観念を表出しており、さらに、そのうちの約二〇首は「永遠」の時間に触れている。もっとも、これらの判断にはどうしても主観が伴うから、上記の計数には、立場によって多少の相違が出るであろうが、それでも「時間」に対する関心を、万葉吉野歌の一特徴と考えることは許されると思う。そうした傾向は、いったいなぜ、またどのようにして生じたのであろうか。以下、万葉以前の吉野を対象として、この問題を検討してみたい。

文献にあらわれる吉野のうち、最も古い時代に比定して語られているのは、記・紀の神武東征伝に記される吉野である。ナガスネビコとの戦いに苦しんだ天皇軍は、方向を変えて熊野に入り、そこから八咫烏に導かれて大和をめざすのであるが、周知の通り、その順路は記・紀で記述を異にしている。すなわち、古事記では、熊野―吉野河の河尻〔贄持之子《にへもつのこ》、阿陀の鵜養の祖〕―〔井氷鹿《ゐひか》、吉野首等の祖〕―〔石押分之子《いはおしわくのこ》、吉野の国巣の祖〕―宇陀の穿《うかち》、となっているのに対して、日本書紀では、熊野—菟田の穿邑《うかちのむら》〔兄猾《うかし》・弟猾〕—吉野〔井光《ゐひか》、吉野首部が始祖〕—〔磐排別《いはおしわく》が子、吉野の国樔部が始祖〕—縁水《かはにそひて》西行〔苞苴担《にへもつ》が子、阿太の養鸕部が始祖〕—菟田の高倉山、となっており、古事記では、吉野川を下流から東へさかのぼって宇陀に入り、日本書紀ではまず宇陀に入ってから吉野川上流に出て西へくだった、というようにおよその方向付けがなされていることになる。地理的に見ると、熊野からの山越えでまず吉野川の河尻に出たという古事記の記述には無理があり、あるいは宣長の言うように（注1）「是は後に別に幸行《いでませ》る時の事なりしが、混《まが》ひつる伝ならむかし」といった事情を考えるべきであるかもしれない。しかし、神武の軍がまず宇陀の地に入ったとする日本書紀の記述もそのままに受け入れがたいことは、後に述べる通りである。ここで私は東征伝が事実譚であるかどうかを問題としているのではなく、その伝説としてのひずみや重層性を問題にしているのであるが、右のように吉野通過の経路が記紀で相異するという事実を一応頭におさめた上は、それよりもさらに確実な共通点、つまりこの神武吉野通過の記事が宇陀地方の平定の物語りと離れがたく結びついているという伝説上の共通点から出発するのが適当であろうと思う。

さて、吉野の地で天皇に出会う三人の人物、鵜養の祖であるニヘモツノコ、吉野首らの祖であるヰヒカ、国巣の祖であるイハオシワクノコの現われ方をみるに、そこには反抗者あるいは敵対者としての姿をほとんど読みとることができない。たとえば、イハオシワクノコの出現は、古事記では次のように述べられている。

　即ち其の山に入りたまへば、亦尾ある人に遇ひたまひき。此の人巖を押し分けて出で来りき。爾に「汝は誰ぞ。」と問ひたまへば、「僕は国つ神、名は石押分之子と謂ふ。今、天つ神の御子幸行でましつと聞けり。故、参向へつるにこそ。」と答へ曰しき。

ただちに思いあわされるのは、天孫降臨に先だって「天の八衢」にいて待ちうけていた猿田毘古（猨田彦）神のことである。松村武雄氏は、猨田彦神の出動を、（Ⅰ）本原的には「出迎へ」ではなくて「阻止」若くは「反抗」であったとする解釈、（Ⅱ）本来から「出迎へ」であったが、しかしその「出迎へ」は、邪霊祓禳を先位的な儀礼として含み持つ出迎へであったとする解釈、の両様の解釈が可能であるとしたうえで、後者の解釈への傾斜を示唆された。(注2) 私は、イハオシワクノコの場合には、儀礼的色彩を欠いている点や、「尾ある人」「巖を押し分けて」などの異類性の強調という点からみて、本原的には「阻止」「反抗」のあったことを想像すべきであろうと考える。けれどもこれを、同じ神武記の「尾生る土雲八十建」の記述と比べるならば、その阻止・反抗はすでに痕跡としてさえも影薄いものに転じていることが思われよう。吉野の国巣が先住土着民として大和朝廷に帰順したものであることは、書紀（応神一九年）の記述によっても明らかに察せられるが、その帰順は、神武東征伝において戦を交えたとされる諸氏族よりも一時代早かったものとみなしてよいのではあるまいか。

次にヰヒカについて考えたい。記では「井に光有りき」とし、紀では「人有りて……光りて尾あり」としている。光を帯びて登場してくる神には、少名毘古那の去った後、大国主神の前に「海を光《てら》して」依り来たった御諸山の神があり、また先にも引いたが、天孫降臨に先だって天の八衢に居て「上は高天の原を光し、下は葦原の中つ国を光す」猿田毘古神があり、垂仁紀の「海原を光して船より追ひ来た」った蛇神・肥長比売がある。いずれも、畏怖あるいは畏敬すべき土着神である。ヰヒカもまた、そのような国つ神のひとつと考えてよいであろう。しかし、その光が「井」とかかわっている点に、やはり見過ごし得ないものがある。例の火遠理命の海宮訪問の条に、

ここに海神の女、豊玉毘売の従婢、玉器を持ちて水を酌まむとする時に、井に光ありき。仰ぎ見れば、麗しき壮夫ありき。

とあるのをはじめ、「井」が神婚譚と関係深い存在であることを示す例がある。とすると、古事記伝の引くところだが、姓氏録大和国神別に伝えられる次の記事には無視しがたいものがあるとしなければならない。

吉野連《ハ》、加弥比加尼《カミヒカネ》之後也、謚《ハ》神武天皇行二幸吉野《ニ》一到二神瀬《ニ》一、遣レ人《ヲ》汲《シム》レ水《ヲ》、使者還《テ》曰、有二井光女一、天皇召問之、汝誰人《ハ》、答曰、臣《アレハ》是自レ天降来《ル》白雲別《ノ》神之女也、名曰《ハ》二豊御富一、天皇即名《ク》二水光姫《ミヒカト》一、今吉野連《ノ》所《ノ》祭水光神是也。

この種の説話の背景に、異氏族間の、結婚による交渉の事実を置いてみることができるとすれば、かの井ヒカにも何らかそのような説話的背景が存するのではなかろうか。

では、ニヘモツノコはどのような存在であったか。語の意味するところは、古事記伝の、「某之子《ナニノコ》といふ名は、浦嶋之子などの例なり、（中略）さて贄持てふ名は、此時に魚《ナ》を取て、大御贄を献しに因て賜へるものなるべし」につくされている。この「ニヘ」が農産物でなく魚であることは、農耕に不適なこの地の地形からも当然としてよい。ところで、来目歌の、

楯並めて　伊那瑳の山の　木の間よも　い行き目守《まも》らひ　戦へば　我はや飢ぬ　嶋つ鳥　鵜飼が伴《とも》　今助《す》けに来ね（記14・紀12）

の「鵜飼が伴」は、右の、阿陀の鵜養と考えるのが最も自然ではあるまいか。それは、(1)右の来目歌の置かれているエシキ討伐とニヘモツの記事との記述上の位置が近いこと、(2)エシキ討伐の記事が吉野の記事の後にあること、(3)エシキ討伐の記事の前後には阿陀の鵜養以外の「鵜飼」は見られないこと、の理由による。そして、来目歌が来目部によって奏せられた時期を、土橋寛氏の言われるようにその繁栄期の四世紀ごろと推定するならば、（注3）阿陀の鵜養の一族は、それ以前において、来目部に服属していたか、あるいは盟約関係にあったと見てよいもの

と思われる。なお、ついでに言えば、栢枝伝説が、この吉野川の養鸕部に伝えられたものと考えられることも注意しておいてよいであろう。

以上見てきたところを要するに、神武天皇の吉野通過にあたって出会った、ニヘモツ・ヰヒカ・イハオシワクたちは、いずれも土着の神であるが、その神を祖とする人人は、最初から天皇に対して無抵抗であったか、あるいはきわめて早い時期に他に先がけて帰順したものであったと考えられる。もっとも、前述のように書紀によれば神武の軍はまず宇陀の地に進み、エウカシを滅ぼしてのち吉野に入るのであるが、その入りかたは「吉野の地を省《み》たまはむとして」「親ら軽兵《いささけきいくさ》を率ゐて、巡り幸す」という無用心なもので、とうてい荒ぶる神神にたち向かう態度ではなく、すでに無抵抗であることがたしかめられている土地への、再度の巡幸という印象が強い。

私は、おそらく吉野は宇陀平定の根拠地としての性格をもっていたのであろうと思う。そして、記・紀の神武吉野通過の記事がこうして宇陀の平定と結びついているということは、言いかえればそれが大伴連らの祖である道臣命、および久米直らの祖である大久米命の活動と結びついているということである。天皇軍とエウカシ・オトウカシとの最初の接触は、古事記によれば吉野幸行の後、八咫烏によって果たされる。だが、これはおそらく鳥を神の使とする信仰に基づくものであって、その実質上の接触が道臣命、大久米命の二人に率いられた先遣隊によって行なわれたであろうことは、オトウカシの密告を受けてエウカシを追うのが右の二人であったとする古事記の記事や、八咫烏ではなく直接に道臣たちをもってエウカシを追わせている日本書紀の、これは吉野幸行前の記事のあり方によって、推定されるところである。

ところで、宇陀平定に果たした吉野の役割は、日本書紀にさらに詳しい。すなわち、神武即位前紀戊午年九月五日以下の記事は次のような内容になっている。

――五日、天皇は菟田の高倉山（奈良県宇陀郡大宇陀町）に登って域《くに》の中を望見した。すると、要害の地にはすべて八十梟《やそたける》や磯城《しき》彦などの敵が充満していた。天皇は、夢に「天香山《あめのかぐやま》の社の中の土《はに》を取りて、天平瓮《あまのひらか》八十枚《やそち》、并せて厳瓮《いつへ》を造りて、天神地祇を敬ひ祭れ。」云云という天神のことばを聞く。これを吉兆として、天皇は椎根津彦およびすでに帰順した弟猾を天香山に遣わして土を運ばせる。以下、原文（書き下し）を引く。

二の人、其の山に至ること得て、土を取りて来帰る。是に、天皇、甚《にへさ》に悦びたまひて、乃ち此の埴《はにつち》を以て、八十平瓮・天手抉《あめのたくじり》八十枚・厳瓮を造作りて、丹生《にふ》の川上に陟《のぼ》りて、用て天神地祇を祭りたまふ。（中略）又祈《うけ》ひて曰はく、「吾今当に厳瓮を以て、丹生之川に沈めむ。（中略）」とのたまひて、乃ち瓮を川に沈む。（中略）天皇大きに喜びたまひて、乃ち丹生の川上の五百箇の真坂樹を抜取《ねこじ》にして、諸神を祭ひたまふ。此より始めて厳瓮の置《おきもの》有り。時に道臣命に勅《みことのり》すらく、「今高皇産霊尊《たかみむすひのみこと》を以て、朕《われ》親ら顕斎《うつしいはひ》を作《な》さむ。汝を用て斎《いは》主《ひのうし》として、授くるに厳媛《いつひめ》の号《な》を以てせむ。（中略）」（中略）冬十月の癸巳の朔に、天皇、其の厳瓮の粮《おもの》を嘗《たてまつ》りたまひ、兵を勒《ととの》へて出でたまふ。先づ八十梟帥を国見丘に撃ちて、破り斬りつ。是の役《えだち》に、天皇《の》志、必ず克《か》ちなむといふことを存《たも》ちたまへり。

ここに言う丹生の川上を、東吉野村の丹生川上神社中社のあたりと考えるならば、吉野川の上流地域は呪術上の聖地としてこの神武即位前紀に示されているわけである。十月一日の記事にあるように、天皇は厳瓮に供した供御を食することによって、以後神の加護をうけ、戦に勝つ。「必ず克ちなむ」という天皇の自信は、ひとえにこの神事によって支えられているのである。

先まわりして言えば、私は右の記事の中に、後の壬申の乱における天武の行動や、万葉集の吉野讃歌の原質がすでに存在していると思う。大伴氏の祖道臣命が「斎王」とされていること、天皇が厳瓮の粮を食して後「兵を勒へて出でたまふ」たこと、神の加護が天皇の上にあること、などいずれも注目に値しよう。

「吉野の宮」という語がはじめて文献に見られるのは、日本書紀応神天皇一九年一〇月の条である。その有名な記事の一部を引く。

十九年の冬十月の戊戌の朔に、吉野宮に幸す。時に国樔人来朝《まうけ》り。因りて醴酒《こざけ》を以て、天皇に献りて、歌して曰さく、

橿《かし》の生《ふ》に　横臼《よくす》を作り　横臼に　醸《か》める　大御酒《おほみき》　うまらに　聞し持ち食《を》せ　まろが父《ち》（紀39）

歌既に訖《をは》りて、則ち口を打ちて仰ぎて咲ふ。今国樔人、土毛《くにつもの》献る日に、歌訖りて即ち口を撃ち仰ぎ咲ふは、蓋し上古の遺則なり。（以下略）

この勧酒歌を、他の酒の歌、たとえば記39番歌（この御酒は我が御酒ならず……）、記40番歌（この御酒を醸みけむ人は……）、記49番歌（須須許理が醸みし御酒に……）などと比較してみると、この詞章に「ことほぎ」的要素が希薄であることがわかる。ここには酒の歌がしばしば持つところの長命や平安無事を祈願することばはなく、したがってまた時間の意識との関連も存在していない。さて、古事記の方も、応神天皇の章に同じ歌を載せ同様の記事を加えているが、その直前に次のような記述がある。

又、吉野の国主等、大雀命の佩かせる御刀を瞻て歌曰ひけらく、

品陀の　日の御子　大雀　大雀　佩かせる大刀　本つるぎ　末ふゆ　冬木如《の》す　からが下樹の　さやさや
（記47）

この歌は、五世紀に実在したと考えられる「大雀命」すなわち後の仁徳天皇の名を歌いこんでいることから、その成立に二様の理解が可能である。ひとつは、まさにその故にこの歌は五世紀の成立であると考える立場であり（注4）、

もうひとつは、物語歌として後代の創作と考える立場である。（注5）前者の理解では、特定の皇子を歌った歌がいかにして伝承され得たか、という疑問が残り、後者の理解では、歌の前後にその物語歌の背景となる物語が存在しないのはなぜか、という疑問が残る。そのいずれとも決することはむずかしいが、ここで注目しなければならないのは詞章の中の「日の御子」の一句である。万葉集には「高照らす　日の御子」「高光る　日の御子」という表現が少なくないが、それらはいずれも万葉第二期の宮廷讃歌に集中して見出される。他方、この種の詞句は、右の国主の歌以外にもなおいくつか古事記歌謡中に散見する。すなわち、倭建命伝説の中の美夜受比売の歌（二八）、雁の産卵についての建内宿禰の歌（七二）、雄略記中の天語歌（一〇〇・一〇一）がそれである。阿蘇瑞枝氏は、このように万葉の時代よりも古く存在した「日の御子」の讃えごとが、天武天皇の歌謡への関心から宮廷歌謡としてとりあげられ、当時の日神信仰に裏打されて流行となったのが、万葉第二期の「高光る　日の御子」であると解されている。（注6）

ところで、万葉集中の「日の御子」の詞句のほとんどは、「永遠」という時の観念と何らかの意味で結びついている。では、古事記歌謡中の「日の御子」はどうであろうか。二八番歌では「あらたまの年が来経ればあらたまの月は来経往く」という時間の推移が歌われ、七二番歌では建内宿禰の長寿伝説が歌われ、一〇〇・一〇一番歌は宮ぼめを内容としている。宮ぼめ・室ほぎは、悠久不変の思想と結びつくものであるから、以上いずれも何らかの意味で時間の観念と無関係とは言いがたいが、「日の御子」自体の悠久性にはいずれも言及されていない。そして問題の「品陀の日の御子大雀」の歌の「日の御子」が、時間の観念と無縁であることはそれらの歌におけるよりも一層顕著な事実である。応神朝の吉野には、時間の意識を見出すことができないと言うべきであろう。

吉野の地にはじめて「永遠」に関する観念が導入されるのは、記・紀の叙述の順序にしたがって言えば、雄略天皇の時代である。赤猪子の物語をはじめとして、雄略記に時間の意識が比較的多く見出されるのは興味ある事実であるが、吉野に関する記事は次のようになっている。

天皇、吉野の宮に幸行《い》でましし時、吉野川の浜に童女有りき。其の形姿美麗しかりき。故、是の童女と婚ひして、宮に還り坐しき。後更に亦吉野に幸行でましし時、其の童女の遇ひし所に留まりまして、其処に大御呉床を立てて、其の御呉床に坐して、御琴を弾きて、其の嬢子に儛為しめたまひき。爾に其の嬢子の好く儛へるに因りて、御歌を作《よ》みたまひき。其の歌に曰ひしく、

呉床座の　神の御手もち　弾く琴に　儛する女　常世にもがも（記96）

といひき（以下略）。

右の歌について、土橋寛氏は、はじめ日本古典文学大系「古代歌謡集」の頭注で、「独立歌謡として、神前で舞う巫女の姿を讃めた歌と見る方が自然である。神楽歌か。」とされたが、のち考をあらためて、「高唐賦」などに影響された吉野仙境観によるものと推定された（注7）。同氏がはじめ「神楽歌か」と考えられたのは右の歌と、神楽歌の「霜八度置けど枯れせぬ榊葉の立ち栄ゆべき神の巫女かも」とを比較して、両者に巫女の讃美が共通し、前者の「常世にもがも」と後者の「立ち栄ゆべき」とが一致する、という二点に注目されたためであり、のち神仙譚と見ることに改められたのは、神事歌での弾琴者は女性による神懸り（または舞）を助ける地位にあるのが基本的パターンであるのに、この歌では「呉床居の神」が弾琴者となっていること、を重視されたためであった。

たしかに雄略記の右の部分は、神仙譚的イメージと合致するものがある。とりわけ、土橋氏が参考として言及されている『年中行事秘抄』の、天武天皇に関する記事、

本朝月令云、（中略）天皇御㆓吉野宮㆒、日暮弾㆑琴有㆑興。試楽之間、前岫之下、雲気忽起。疑如㆓高唐神女㆒。

髣髴応レ曲而舞（以下略）

を一つの異伝として媒介に置いてみると、雄略記の記事と吉野仙境観との間には容易に否定できない関係があるように思われもする。

だが他方、ここに中国仙境観を結びつけて解するとき、いくつかの疑問が生じることもまた事実である。第一に、吉野川のほとりで童女を婚《め》すこの話は、美和河のほとりで赤猪子を見染める話、春日行幸の途次媛女を見染める話などの、同じ雄略天皇の恋愛譚と同質で、何ら特異なパターンを示していない。第二に、たとえばここに「高唐賦」の投影を見るとすると、⑴懐王が夢で巫山の神女と契ったこと、⑵夢さめて後もその仙境の自然に神女の姿を見たこと、という原作の二層性がどのように生かされているかについて説明しがたい。あえて言えば「……宮に還り坐しき。後に更に亦吉野に幸行しし時に、其の童女の遇へりし所に留まりまして」のあたりを指摘することになろうが、それはやはり無理である。第三に、仙境としての情景描写を欠いている。第四に、もし中国仙境観が下敷きにあったとしても、それが文学表現としてこれほどまでに痕跡化するためには、よほどの時間が経過したか、あるいはよほど文芸的才能にめぐまれた個人が介在したか、のいずれかの条件が必要である。しかしそうしたことは考えにくい。第五に、歌謡を切り捨てて考えるとき、天皇が琴を弾き嬢女が舞うというパターンは、たとえば允恭紀七年一二月の条にも見られる通り珍らしいものではなく、特にこれを神仙譚に結びつける理由がない。

したがって問題はもっぱら歌謡の方に存在することになる。そして、この歌謡の理解は要するに次の二つの立場に要約されよう。⑴「神の御手もち」を、琴の奏者に神霊が宿るという信仰に基づく表現と考え、この歌謡を神事歌として理解する立場。（注８）⑵やはり中国的仙境観に基づく創作歌とする立場。後者の場合には、歌謡の成立時期は当然、吉野仙境観成立以後ということになる。

(1)(2)の立場のいずれにも正当性はあるように見えるのであるが、どちらかといえば前者の可能性の方がやはり大きいものと私には思われる。理由の第一は、地の文の前段（「宮に還りましき」まで）と後段（「後更に」以下）とは物語として一連のものであるが、後段の「大御呉床」と歌謡の「呉床座」とがまた密接につながっている。したがってこの部分は、前段・後段・歌謡で有機的な一体をなしていると考えたいが、地の文に中国的仙境観を認めがたいとすれば、この歌謡にもそれを認めることはできない、ということ。理由の第二は、中国的仙境譚の投影と考えると「神の御手もち」の「神」は雄略天皇としなければならないが、土橋氏も指摘されている通り、記・紀には天皇を単に「神」という例がなく、したがってここは雄略天皇が琴を弾くのを神に見たてたものと考えなければならない。しかしその解釈には地の文との関係からも無理が感じられること、である。

そこで、仮説ではあるが、一応の結論を述べるならば、雄略記の右の部分は、歌謡もふくめて、なお中国的神仙譚と内容的には関わっていないものと考えたい。いわばそれは、吉野が中国風に神仙化する、その一歩手前の姿を示していると言ってさしつかえないのではあるまいか。

ただし私は、雄略記をまとめたときの古事記編述者の頭の中に、中国的神仙譚、とくに高唐賦が連想されていたかもしれない、という可能性をまでも否定しようと言うのではない。彼は、右に見てきたように、高唐賦の日本版、吉野版を創作しようなどとは考えなかったであろうが、しかし説話の配列や展開にあたっては、あるいは中国の神仙譚を念頭に置いていたのではなかったか。「呉床座《あぐらゐ》の」の歌謡の次に、阿岐豆野での狩の場面が置かれていることは、やはり「高唐賦」の終末部、

於レ是乃縦《はなチ》ニ猟者ヲ一（中略）獲車已ニ実《みツ》。王将ニ欲ニスレバ往テ見レントヲ之。必ズ先斎戒シテ。差《えらビ》レ時ヲ択《えらビ》レ日ヲ。（以下略）

との対応をしのばせずにはいない。だがここでも、彼は材料の配列や展開ということ以上に内容にまでこの連想を拡大してはいない。「み吉野の　袁牟漏《をむろ》が嶽に　猪鹿伏すと　誰れぞ　大前に奏す」にはじまる歌謡は、日本書紀の雄略天皇四年八月二〇日の条に見える類歌よりはやや整合されているとはいえ、明らかに古風を伝えている。

なお、「高唐賦」に関連してもう一つ注目しておきたいのは、その末尾「延レ年益レ寿千万歳」という永遠志向が、雄略記には投影されていない、ということである。(歌謡の末尾「常世にもがも」はこれとは文脈を異にする。)雄略記ではじめてあらわれるところの、吉野にまつわる「永遠」の観念は、やはり固有の神事の方面から発達してきたものと見るべきであろう。

古人大兄も大海人も、いったん出家して吉野に入った。しかし、そのことに関する日本書紀の記事の中には、本稿の主題である時間の意識の表現を見ることができない。ただし、もし彼らの入ったのが比蘇寺(吉野寺)であったとすると、かすかな手がかりがないとは言えない。吉野寺について、さかのぼる欽明天皇紀一四年五月の条に次のような記事がある。

夏五月の戊辰の朔に河内国言さく、「泉郡の茅渟海《ちぬのうみ》の中に、梵音《のりのおと》す。震響《ひびき》雷の声の若し。光彩《うるは》しく晃《て》り曜《かかや》くこと日の色の如し。天皇心に異しびたまひて、溝辺直《いけへのあたひ》(割注略)を遣して、海に入りて求訪めしむ。是の時に、溝辺直、海に入りて、果して樟木《くすのき》の、海に浮びて玲瓏《てりかかや》くを見つ。遂に取りて天皇に献る。画工に命して、仏像二軀を造らしめたまふ。今の吉野寺に、光を放ちます樟の像なり。

ここには、新羅国の王子天の日矛の玄孫であって太陽神の後裔である田道間守の伝説と文脈を共にするものがある。あくまで空想の域を出ないが、もしかして比蘇寺と帰化人たちと日神信仰と非運の皇子との間に、ひとすじの糸が通ってぃはしないか。それを疑ってみるだけの理由はあるように思われる。
初期の吉野の時間に関する私の一考察はここでペンをおかなければならない。雨や水の神との関係、雲や霧そして死のイメージとの関係、狩猟地としての性格、吉野と伊勢との関係、等等の考察を通じて解明できる側面がなお多く残されていると思うけれども、今それらについては私の筆が及ばない。

なお、本書第四章第五節では、大伴旅人の「吉野讃歌」について詳細に論じる。

第五節　随想・古事記と時間

一

「景行天皇は」と三島由紀夫が倭建命を論じて言っている。「景行天皇は（中略）詩と政治とが祭儀の一刻において完全無欠に融合するやうな、古代国家の祭政一致の至福が破られたとき、詩の分離のみが、そしてその分離された詩のみが、神々の力を代表する日の来ることを、賢明にも予見されたにちがひない。自分の猛々しい王子《みこ》は、史上初のそのやうな役割を担ふべきである（中略）と思はれたに相違ない。」「文化意志はかくて隠密な勅命によって発したのだった。」こうしてヤマトタケルは当然「貶黜の憂目を負ひ、戦野に死し、その魂は白鳥となって昇天」する運命にあった、という。

「『日本文学小史』の内」という副題をつけた、この三島のエッセイ「『古事記』と『万葉集』」（「群像」昭四四年八月号）は、「文化意志」の強調によって、とりわけ濃厚に三島的な文学史試論である。私はこの稿で「文化意志」の問題を論じるつもりはないが、三島を引用した以上は多少の説明を加えておくべきであるかとおもう。三島によれば、芸術の原質であり、素材であるものは、もともと不気味で不健全なものである。そしてそれは、実は作品によって「癒やされて」いるのだという。この「癒やす」意志が、三島のいう「文化意志」というものであろう。

学術論文として読むとすれば、三島のヤマトタケルの解釈は、独断に満ちている。景行天皇が、右のような心眼を備えた予言者的存在であったわけもなく、ヤマトタケルの悲劇をわく付けている現実の権力闘争をわれわれが捨象して考えてよい理由もない。しかし、それにもかかわらず、三島的な解釈が、ヤマトタケルの孤独と流浪と敗北とを鮮明に提示し、古事記を文学作品として読むための一視点を確保していることはたしかである。そして、そのような読み方をともかくも許すところに、文学であり神話であり史書である古事記の、複雑な性格があるのだとも言えるだろう。

ヤマトタケルにとって、時間は、どのように流れただろうか。このような問を、私はそれほど大きな抵抗を感じないままに提出することができる。だが、同じような問を、たとえばイザナギについて、スサノオについて、ホヲリについて、ためらわずに設けることができるだろうか。ヤマトタケルには、それだけすでに、個人の顔と心とがそなわっているのである。能煩野における国思歌、

命の　全けむ人は　畳薦《たたみこも》　平群《へぐり》の山の　熊白檮《くまかし》が葉を　髻華《うず》に挿せ　その子（記31・紀23）

あるいは臨終の、

嬢子の　床の辺に　我が置きし　つるぎの大刀　その大刀はや（記33）

には、時代くだって万葉集、有馬の皇子の、

磐代の浜松が枝を引き結び真幸くあらばまた還り見む（2・一四一）

家にあれば笥に盛る飯を草枕旅にしあれば椎の葉に盛る（2・一四二）

あるいは大津の皇子の、

ももづたふ磐余《いはれ》の池に鳴く鴨を今日のみ見てや雲隠りなむ（3・四一六）

と、すでにたしかな音調で響きあうものがある。大津の歌の、明日もまた池に鳴くであろう鴨への思いや、助詞「や」にこめられた不条理への抗議とあきらめの語気やは、そのまま「命の全けむ人は」の歌に通じていよう。のちにあらためて述べようと思うが、これらの歌に共通するものは、物理的時間でもなく神話的時間でもなく、歴史的時間でもなく、名付ければ「個人的時間」とでも言うべき、自己の内面化された時間である。

だが一方、ヤマトタケルの歌と、有馬・大津の万葉歌との間に明確な相違のあることも、やはり見逃すわけにはいかない。万葉歌の方は、そのまま、作者である皇子たちにつながるが、ヤマトタケルの歌の方は、この物語の伝承者あるいは編者の存在を、ヤマトタケルと歌との間に、あくまで介在させて考えなければならないからだ。「命の　全けむ人は」の歌に、右のごとき内面性を付与している人間は、ヤマトタケルではなくて、この介在者なのである。ヤマトタケルにとって時間はどのように流れたか、というような問は、やはりそう容易には答えられないものなのだろう。

古事記を素材として、上代日本人の時間意識のありかたを考えよう、というのが本稿の目的なのであるが、こうしてその一端を見てきたとおり、この素材の性格は複雑であって、たとえばそれが、どの時代の、どういう人間の時間意識を反映しているのか、というようなことが、まず問題になってくる。前記エッセイにおいて三島は、民俗学や精神分析学を、癒やされていたものをわざわざ病気のところまで連れ戻す、という罪状によって告発しているが、古事記をその複雑性のままに受け入れようとする私としては、以下の考察の過程で、民俗学に導かれるところも当然少なくはないのである。

さて、三島は、倭建命をもって、詩と暴力の源泉である神的天皇・純粋天皇に擬し、景行天皇をもって、おだやかな人間天皇・統治的天皇に擬し、「神人分離」という図式を活用して論を展開しているのであるが、その後九代をくだる雄略天皇の事跡は、もし三島の図式に便乗して言うとすれば、ふたたび「神人統一」が成立した感を与えるものである。

雄略天皇すなわち大長谷若建命は、その直情径行、残虐性において、倭建命すなわち小碓命ときわめてよく似ている。記によれば、兄の安康天皇が目弱王に殺されたとき、兄弟の黒日子王および白日子王がその死に驚かなかったという理由で、たちまち彼らを殺してしまった。「すなはちその衿《と》を握りて引き率て来て、小治田に到りて、穴を掘りて立てる随に埋みしかば、腰を埋む時に至りて両《ふた》つの目走り抜けて死にき。」という記述は、小碓の命の「掻《つか》み批《ひし》ぎて、その枝を引き闕きて、薦につつみて投げ棄てつ。」の、ほとんど忠実な写しであると言ってもいい。

だが、小碓命が統治の座から放逐され流浪の果てに一生を終ったのとは逆に、大長谷命の方は、雄略天皇として王権をふるうこととなる。記紀の伝えるいくつもの挿話は、三島の言う「詩と暴力」が、この天皇のかたわらにあったことを伝えている。

例の、引田部の赤猪子の物語は、時間論の立場から見て、きわめて興味ある素材である。赤猪子の一生は、ただ「待つ」ことについやされた。「志を守り命《みこと》を待ちて、徒に盛りの年を過ぐしし、これいと愛悲《かな》し。」という雄略のことばは、そのままこの説話の主題であろう。「赤猪子の泣く涙、悉にその服せる丹揩《にずり》の袖を湿らしつ。」という記述にも抒情的な美しさがあるが「愛悲し」にせよ「涙」にせよ、そうした感動が、時間の経過そのものに向けられている、というところが最も注目すべき点である。そしてもうひとつ、ここで赤猪子ばかりが老い「痩せ萎《しぼ》み」、雄略の方はあい変らず若さのままに生きている、それもまた注目される点である。あとでもういちど触れるつもりだが、「ここをもちて今に至るまで、天皇命等の御命長くまさざるなり。」（木花佐久夜毘売の段）という、古事記をつらぬくひとつの思想との関連で考えるとき、この雄略不老の印象には興味深いものがある。

ところで、この説話にともなう四首の志都歌をめぐって、土橋寛氏の重要な指摘がある。私はそれを、日本古典文学大系の「月報」3に載せられた「古代歌謡と『檜山節考』」という随筆で読んだので、あるいはその後論文としてまとめられたものがあるかとは思うが、いま手もとの右月報によって要約すればその内容は次の通りだ。

柳田国男さんは、老いを嘆く特殊な気持が日本の文学に流れていること、しかもそれらの歌が楽しかるべき折に歌われるのはなぜかということ、を考えて、それは単なる老の嘆きではなく青年男女のための結婚媒介の意味で歌われたのではないか、と推測された。しかし、この推測を裏づける例としては、「老いたる骨に、日の光のうれしさよ。（中略）来る年には、私の骨の上に生えた青草を踏んで、また踊れ。踊れ、踊れ、若者達よ。」という、ロシアの民謡を引用された。これは春の年中行事として、若い男女が野中に集まり、食べ歌い踊る、そんな時ほとんど骨と皮になった婆さんが出てきて歌いだす歌だという。柳田さんの論文に感動した私（土橋氏）は、同様の例を日本に求めて長い間さがしまわり、意外にも身近な記紀歌謡の中にそれを見出す結果となった。それが赤猪子の物語の中にある四首の志都歌であり、もうひとつ、倭建の命の物語の中に出てくる「命の　全けむ人は」という国しのひ歌である。

この観点を念頭におけば、この雄略と赤猪子との物語は、より古い時代の衆庶の死生観・時間観をその基底にたたえていると見ることができる。その、「より古い時代の時間観」とは何か。それを単純に、生死が輪をなして連続する神話的時間として理解することはできないだろう。「若くへに　率寝てましもの　老いにけるかも」「み

のさかりびと　羨しきろかも」にこめられた、生の一回性への痛恨の情は、それを歌垣的場面においたとしてもなお、やはり全くは消し得ないものだと思われる。

　以上、私は長々と筆をついやして、けっきょく、古事記にこめられた時間意識の多様性・重層性を例示することに終始したわけである。だが一歩を退けて、古事記三巻の全像を視野におさめて考えるならば、そこには序に言うところの「天地開闢より始めて、小治田の御世にをはる」ひとつの、大きな時間の流れのあることがあきらかに見てとれるであろう。これは、史書としての古事記が当然、それをよりどころとして成立している時間的原理である。もちろん、日付を持たない古事記は厳密な意味で編年体史書ではない。その名は日本書紀にこそふさわしい。しかし、古事記の構造の基本は、年代を追って、事件と人脈の秩序を整えることにあると思う。天武朝においてこのような史書が企図されたことの意義については、改めて説くまでもない。ともかく、古事記全巻を通じて時間は、磁石に吸われる砂鉄のように、あるいは風になびく草の葉のように、ひとつの方向をたがえることなく流れている。この流れは、神々の系譜や、それを継ぐ人々の系譜やのありかたに明らかであるばかりでなく、古事記の文体そのものにも浸透して読みとれるように思われる。本章第二節で述べたことだが、そのひとつの例として、全篇四十一ヵ所に散在する「スデニ」という語を挙げてもよい。私見によれば、およそ「スデニ」をふくむ文が各章段の尾部に立つことはないのであって、話は必ず更に先へと進むのであり、一つの「スデニ」がおわったとき、読者は次のあらたな緊張へと組みこまれてゆく、といった具合である。そして語り手は、すべて事件の終末までを見はるかす位置にあり、その事件の道程にひとつひとつ「スデニ」というクサビを打ちこんでいくかのようである。言いかえれば「スデニ」は、その過程を結末の方から振り返り、結末へ結末へと読者を呼びこんでいく姿勢をもって用いられている。そしてその「結末」は、個々の説話の筋の結末であるだけでなく、それらを統一する次元の、比喩として言えば、七一二年的な結末であると言えそうに思われる。

私は、以上のような時間を「歴史的時間」として理解したい。歴史的時間は、第一に、それが社会における一回的事件の出現や消滅を契機として意識せられることにおいて、無時間的と規定される「神話的時間」や時計の時間である「物理的時間」から、自身を区別する。歴史的時間は、また第二に、過去から現在へという直線的かつ一方的指向性を有することにおいて、上述の「個人的時間」との相違を示す。つけ加えれば「個人的時間」とは没社会的・個我内面的な時間であって、そこでは過去・現在・未来といった時間の秩序が混乱し交錯しあう場合もある、そのような時間のことである。(注1)

そこで問題は、このようにして古事記をつらぬき流れる歴史的時間が、神話的時間や個人的時間やとの関係を、どのようにとり結んでいるか、ということであろう。神話的時間との関係については、西郷信綱氏の明快な解答(岩波新書「古事記の世界」第十章)がある。私なりに要約すれば、

自然暦においては、時間は季節を単位に円環を描いて年ごとにくりかえされる。時間がかかる円環をやぶり、継起的に、事件的に動き流れるものとして自覚されるようになるのは、天文暦によってであり、この変化は、あらたな政治社会、国家組織の形成過程における諸経験に媒介されたはずである。ここに時間は質的に転換するが、この転換を引きうけ、神話的時間を歴史的時間に翻訳する人物として創出されたのが神武天皇である。

という。右は、厳密な引用ではなく、たとえば「質的」というようなことばは原文にないが、大綱において採意のあやまりはないと思う。私は、西郷氏の示された、この古事記の時間構造を、今仮りに自分のことばで「皿まわし型」と呼ぶことにする。頭部に、円環をえがいて水平に回転する神話的時間があり、その下に一本、垂直に

垂れる棒状の歴史的時間があるからである。

この「皿」の部分の、神話的世界の内容は、ことばづかいの差はあるにせよ、折口信夫氏がくりかえし説かれ、その後の諸家もひとしく言及されたところであり、近くは西郷氏が右の書においてとくに「神話的時間観念」という章段を設けてまとめ論じておられる次第であるから、ここにあらためて述べる必要はないであろう。だが次に、「皿」と「棒」との接点に置かれる神武天皇の存在の意味については、もう少し説明を補なっておくべきであるかもしれない。循環する「皿」の時間から直行する「棒」の時間への移行、言いかえれば時間の観念における水平から垂直への移行は、古事記を離れた現実の生活にあっては、おそらく不均質に一進一退しつつ、徐々に進行したはずである。たとえば大化改新のような政治的事件や、天文・暦法の輸入という文化的事件やが、その進行を衝撃的に早めることはあったとしても、西郷氏の言われるところの「神話的残留磁気」は、その後ながく尾をひいて生きのびたにちがいないのである。つまり、現実における時間観念の移行は、決して、ある時点において九十度の変化を見る、といったものではなかった。おそらく古事記の骨格は、この現実における時間観念の移行が、ともかくも大勢として完了に近づいた、ある段階において組みあげられたものであろう。そうして、「皿」と「棒」との接点に位置づけられる、神武天皇の時間論上の意味も、右のような現実の段階において「創出」されたと見るべきなのであろう。

私は恣意的な比喩を用いて、西郷氏の論の真意をゆがめてしまったことを恐れる。だから、以下はこの水平・垂直の問題を、西郷氏を離れ、自分の文脈にひきとって考えて行こうとするのだが、ここでまず起こってくる疑問は、「棒」の部分の発想をささえている現実の時間観念、つまり垂直の、歴史的時間の観念が、神武以前の、つまり古事記上巻の神話的世界にも及んでいるのでないか、ということである。そうして実は、私はもうすでに、この点について、ひとつの結論めいたものを述べていたわけであった。例の、「天地開闢より始めて、小治田の御世におわる」時間の流れのことである。

ところで、日本の神話の中に時間を司る神が全く登場しないということは注目に値する。伊邪那伎の禊祓によって「御嚢」から化成した時置師神（時量師神）が、あるいはその唯一の例外であり得るかもしれないが、その霊格は不明であって、この神名の文字表記のみをもって時間の神の存在の根拠とすることはできない。もっとも、この神名は、そのままに見過ごし得ない問題を提供してはいる。たとえばこれを「解き置く」と解する立場に立てば、この霊格の、時との関連は一応否定されるけれども、それがなお時置師神（時量師神）という用字によって表現されている事実は、そのように表記された時点を下限とするある時期において時置師（時量師）なるものが、時と関連しつつ何らかの意味を持ち得ていたことを示している。そしてそのことは、この神が、その出自の如何にかかわらず、おそくとも右の用字を得た時点においては、何らかの意味で「時」との内容的関連を持っていたであろうことも推測させる。さらにまたこの神と同時に化生した神々がいずれも交通に関係した神々であることから推せば、すくなくともこの神が右の文字表記を得た段階を問題とするかぎり、時間と交通との間にいちじるしい異類感はなかったであろうこと、というよりむしろ何らかの同類性が意識されていたであろうことが想像できないこともない。

だがいずれにせよ、日本の神話の中に時間を司る神が全く、またはほとんど存在しないことは確かであり、そうしてそれは、時間というものが、それ自体として独立しては認識されることの全く、またはほとんどなかった事実を物語っている。もちろん、だからといって、日本の古代人たちにとって時間が存在しなかったとすることはできない。そしてそれならばいったい、古代の時間はどこにどう潜んでいたのだろうか。

世界の、さまざまな古代資料に散見するとおり、人間が時間を意識するための契機としては、天体の運行および人間の死の二つが最も強力なものとして挙げられよう。

天体の運行はたとえば昼夜の明暗や季節による寒暖など、直接感覚にうったえる変化として意識される場合もあり、また農・漁業や航海などの生活体験のつみかさねを通じて知識として意識される場合もあった。日本に於いて、天体の運行そのものへの関心が文献上稀薄であることは周知の通りである。もちろん、そのような関心が皆無であったのでないことは、日本書紀一書に「……時に天照大神、怒りますこと甚しくして曰はく、汝は是れ悪しき神なり、相見じ、とのたまひて、乃ち月夜見尊と、一日一夜、隔て離れて住みたまふ。」とある例などによっても知られはする。だが、これは孤例である。

次に、人間の死はどうか。時代と国とを問わず、宗教の多くは、肉体の死がこの生の真の終焉ではないことを説いている。しかし、そのような信仰のもとにあっても、肉体の死がひとつの決定的な区切りであることは、現実として認識され、受け入れられるところであった。生まれ、成熟し、衰え、死んで行く、生の経過への認識が、時間の意識と不可分の関係にあることは、ほとんど自明の理であろう。古代日本人の時間意識もまた、この面において強く喚起されていたようである。

例の、木花之佐久夜毘売の段、姉娘の石長比売を返された大山津見ノ神は言う。「……石長比売を使はさば、天つ神の御子の命は、雪零り風吹くとも、恒に石の如くに、常はに堅はに動かず坐さむ。（中略）此くて石長比売を返さしめて、独木花之佐久夜毘売を留めたまひき。故、天つ神の御子の御寿は、木の花の阿麻比のみ坐さむ。」

日本書紀では、本文中に「一に云はく」と小異を記して、「磐長姫恥ぢ恨みて、唾き泣ちて曰はく、顕見蒼生は、木の花の如くに、俄に遷転ひて衰去なむ、といふ。」とある。

生の経過の認識が、とくに「永遠」の観念と対置されて語られている点に注意したい。もっともこの例は、天孫族の短命を説明する説話であるところに特殊なものがあるかもしれない。しかしこの説話の話根が本源的には邇邇芸命を中心とする神話圏プロパーに属するものでなく、一個の民間説話であることは、松村武雄氏が大著『日本神話の研究』にくわしく考証されているところである。さてその「永遠」の観念であるが、それを表現していることば、「石長比売」「恒に石《いは》の如くに、常《とき》はに堅《かき》はに動かず」などの成りたちはどうか。日本古典文学大系「日本書紀」(上)補注1－六の説明によれば、トキハ、トコシナへ、トコシへは、もともと、土を盛りあげた台であるトコ(床)から出た語である。トキハは「床岩」であり、トコシナへニは「床石上に」である。その「床」の、安定不変の意が、やがて「永久」の意へと変化していったという。そしてそのような磐石と永久との結びつきの傍証として、同補注は神功紀四九年三月の個所、

「……故、磐石に居て盟ふことは、長遠にして朽つまじといふことを示す。」

を挙げている。

そもそも、時間と空間の観念が、両者区別しがたい場合の多いのは、ことがらの性質上、当然といえば当然のことである。たとえば「八拳鬚心《むね》の前に至るまで」とか、祝詞の例だが「荒塩の塩の八百道の八塩道の」などという表現には時間が色濃く結びついている。またたとえば、助詞ツは、天・沖・辺・上・下・遠・近・向・本など、地点・方角・位置・時などをあらわす名詞を受けることが多いという(古典文学大系「万葉集」2・一五三番歌注)が、そのことは、地点・方角・位置などが「時」と同類のものとして意識されていたことの傍証となろう。時間と空間の観念のいずれが早く発達するものであるか、いまのところ私たちには、それを見きわめる方法はない。しかしながら、それらの意識なり観念なりが、「どのようにして表現を得てきたか」という順序や形態につ

いてならば、ある程度は考えることができる。右に挙げたトキハ、トコシへなどもその例である。また、万葉集の

……遠き代に神さびゆかむ行幸処《いでましどころ》（3・三二二）

真珠つく遠《をち》をしかねて思へこそ一重衣を一人着て寝れ（12・二八五三）

などに見える「遠」は将来を意味するものであるが、それに対して古事記の「遠」がすべて空間的距離を示すものであることや、もういちど万葉集の

淡海の海奥つ島山奥まへてわが思う妹が言の繁けく（11・二七二八）

吾が恋は現在《まさか》も悲し草枕多胡の入野の於久（奥）も悲しも（14・三四〇三）

などに見える「奥」もまた将来を意味するものでありながら、同様の時間的用例を古事記の「オク」系の全例に見出せないことなど、これもそのような例である。

このほかにも、マサカ（現在）、ヲツ（変若）、トバ（永久）、ナガラフ（長らふ）など、万葉集にあって古事記には見あたらない、いくつかの時間関係のことばがある。また、もともと空間的な観念を示す「天地」の語が、神功皇后新羅征討の段では、「今より以後は（中略）年毎に船雙めて、船腹乾さず、梅檝乾さず、天地の共與、退むこと無く」云々として時間的に用いられているという例もある。

およそこれらの例は、時間の観念が空間の観念よりもおくれて、ときには空間の観念を基礎として、表現を得てきたものであること、そしてそれは時代が下るほど分化し、表現を豊富にしていったものであることを物語っている。このような時間表現の発展の構造を念頭において、私はもういちど、先ほどの「命短し」の問題にもどってみようと思う。そうして、できればそこから、「個人的時間」の問題を展望する何らかの立場をひきだしてみよう。おそらく「皿まわし型」のそれとは文脈を異にするけれども、空間的距離という水平的な観念が、次第

に垂直な時間的距離の意識を呼びさまして行く推移の過程がそこに姿をあらわしてくるのではないか、と私はいま漠たる予感をもっているのである。

二

古事記における「個人的時間」の問題を、個体の死を素材として、追ってみたい。以下、古事記本文中に記されているいくつかの「死」をとりあげ、そこに何らかの意識や感情が結びついているかどうか、また、結びついているとすれば、それはどのような意識や感情であるか、というような点を調べて行こうと思う。

㈠別天神および国常立神・豊雲野神

「独神と成り坐して、身を隠したまひき。」

この「隠レ身」には二様の解釈が成り立つ。終始姿をかくして見せなかった、というのがひとつ、ひとたびは見せた姿を隠してしまった、というのがもうひとつ、である。「葦牙の如く萌え騰る物に因りて成れる」というウマシアシカビヒコヂについての記述は、――これもまた、「因りて成れる」の解釈いかんによるが――それがひとたびはある姿を備えるものであったという後者の理解に可能性を与えるものであろう。さて、ここに示されている「隠レ身」が、一回的な生の終焉を意味するものでないことはもちろんである。別天神五柱は天上にあり、国常立はおそらく地上にあって、生き続ける。「隠レ身」はつまり、異次元的背景への引きこもりである。ふたたびアシカビヒコヂを例にとれば――というのも、この神だけが、ともかくもひとつの具体的イメージをともなっているからであるが――「萌え騰る」という生成の観念と離れがたく結びついているこの神は、「隠身」によって、その「生成」という発展・展開的時間から、天上の、無時間的あるいは非時間的な時間の中へ「移籍」するものと言ってよい。この、異なる時間体系の間の「移籍」は、古事記全篇にわたって興味ある問題を提供していると私は思うが、これについては、のちに、スサノオ・オホナムチに関連してもういちど触れるつもりである。ところで、この別天神等の「隠身」に関して、古事記は何ら、直接的な批評をつけ加えていない。「隠身」ということば自体が、この神たちのやがての活動をわずかに暗示するにとどまっているのであるが、読者はそこに、かえって、宏大無辺な宇宙空間的時間の世界を感得する、という具合になっているのである。

(二)伊邪那美神

「故、伊邪那美神は、火の神を生みしに因りて、遂に神避り坐しき。」

われわれがまず逢着するのは、この場合の「遂に」の含意は何かということである。「ツヒニ」と言っても、その内容には多くの差異があるわけであるが、いまそれらの内容の、考え得るすべてを挙げて一応の分類を試みるならば、およそ次ページのような表を得るであろう。

次に、古事記にあらわれる副詞ツヒニの全例を列挙する。

㋐伊邪那美神者、因㆑生㆓火神㆒、遂神避坐也。

㋑汝有㆓此間㆒者、遂為㆓八十神㆒所㆑滅、（大国主神、根国訪問）

㋒三度雖㆑乞、不㆑許。然遂纔得㆓相易㆒。（海幸彦と山幸彦）

㋓汝鉤者、釣㆑魚不㆑得㆓一魚㆒、遂失㆑海。（海幸彦と山幸彦）

㋔然遂殺㆓其沙本比古王㆒、（沙本毘古王）

㋕自㆓尾張国㆒伝以追㆓科野国㆒、遂追㆔到高志国㆓而、（本牟智和気王）

㋖又到㆓弟国㆒之時、遂堕㆓峻淵㆒而死。（円野比売）

㋗多遅摩毛理、遂到二其国一、採二其木実一、（多遅摩毛理）

㋘遂叫哭死也。（多遅摩毛理）

㋙那賀美古夜　都毘邇斯良牟登　加理波古牟良斯（仁徳天皇）

㋚爾遂兄　訖、次第将儛時、（清寧天皇）

- ツヒニ（時間の継続および その終結に関係）
  - 経過・結果（ある事の後）
    - 経過強調（いろいろと事件があった）（ひとつひとつ順序を踏んだ）（長い間の苦労であった）
      - 結果強調 ㋖
        - 満足 ㋒㋕㋗（目的が果たされた）
        - 残念 ㋓㋘（つまりはダメだった）（心配した通りになった）
      - 結果非強調（結果はこうだが、それはともかく）
    - 経過非強調（いろいろあったが、ともかくも）（そうしてばかりもいられないので）
      - 結果強調
        - 満足（目的が果たされた）
        - 残念 ㋑（つまりはダメだった）（心配した通りになった）
      - 結果非強調（客観的事実報告）（ああして、こうして、こうなった） ㋔㋚
  - 無限未来 ㋙（いついつまでも）

前表中に書き入れた㋑㋒などは、これらの例を一応あてはめてみたものである。結果はきわめて拡散している。そして実はこの表の適用にはかなりの無理があるのである。読みようによっては、ほとんどすべての例が、語り手による純客観的記述として、二重線内のところに分類され得る。また、満足といい残念という時に、それが誰の立場でそうなのか、という問題も残る。たとえば㋖の自殺の例などは、主観的には満足であり、客観的には悲劇であり、しかも同時に両様に読むことが可能であるから、表中に示したように、より上級の分類段階でとどめざるを得ない。こうして、これら古事記中の「ツヒニ」には、ひとつの傾向性は認められず、こうした観念的な手続きによっては㋐の含意を推定することができないわけである。

そこでこの伊邪那美の死の吟味には、他の手がかりを求めなければならない。その一つは、伊邪那岐の、「愛しき我が那邇妹の命を、子の一つ木に易へつるかも。」ということばである。ここには価値の比較があり、妹のみことの「かけがえのなさ」が語られている。では、その妹の「価値」の内容は何であろう。古事記は、たとえば伊邪那美の容姿の美しさというようなことについて何事も直接には語っていない。伊邪那美はただ、たとえば(1)伊邪那岐の「妹」である事実によって、(2)男神の問に答え、その誘いに「然善けむ」と応じたことによって、(3)御柱をめぐる唱和によって、(4)不具の子の出産によって、(5)国土と神々を産んだことによって、(6)「愛しき我が那邇妹命」と男神に呼ばれることによって、(7)ヨミの国での言動によって、一女神としての存在の印象を古事記の中に確保しているのである。

伊邪那美に関する、このような、直接的形容表現の不足なり欠如なりは、これを文学性の稀薄として受け取ることを許すかもしれない。しかし反面、それはかえって、そこに人間的な女神の姿の結像を可能にしている、と言うこともできる。つまりたとえば、右に挙げた(1)から(7)の項目を通して、われわれはそこに、結婚から死にいたる一女性の半生が投影されていることを感得するのであるが、伊邪那美という神格の、神としての内性や職能とは一応別個に、一女性の存在の――そしてその価値の――投影をここに見出すという理解のあり方は、必ずしも近代人の独断ではなく、古事記の本質から目をそらすものでもないであろう。国土の修理固成から黄泉国に至るまでの、いくつかの話群を統一しているものは、まさに伊邪那美の、一女性としての機能だからである。続く屍体窃視の場面をもふくめて、伊邪那美の神話を巨視的立場から眺めるならば、そこにはたしかに、ある「とりかえしのつかない」状況が語られていることが知られるのであって、この神話の語りくちの背後に、個人の生の一回性への関心が何ほどか存在することを、私は指摘してよいと思うのである。

もっとも、この「とりかえしのつかなさ」は、伊邪那岐が禁を破って一つ火をともしたことによってのみ決定的となったのである。二神の最初の婚姻の失敗は、「亦還り降りて改め言」うことで「とりかえし」がついたのであるし、「悔しきかも、速く来ずて。吾は黄泉戸喫しつ。」という状況も、なお黄泉神との交渉の余地を残していたわけである。「悔しきかも、速く来ずて。」ということばは、時間の齟齬がもたらす悲劇性への関心を暗示しながらも、その関心は別の文脈の中に解消していってしまう。たとえば時間を司る神の、かくれたる意志によって悲劇が将来される、というような構造にはなっていない。

いったい、古事記の中には、多くの一回的事件が語られているが、それがその一回性のゆえに「とりかえしがつかない」という意識なり観点なりから把握されている場合は、きわめて少ないのである。私は、それら少ない例として、木花之佐久夜毘売、多遅摩毛理、仲哀天皇、赤猪子、の物語を挙げ得ると思うが、右のように巨視的に見た伊邪那美の物語もまたこの例に加え得るであろう、というのがここでの一応の結論である。

(三)大穴牟遅神

大穴牟遅神は、いくたびか死の試練に耐えて生き続ける。その最後は、「……此の葦原の中つ国は、命の随に既に献らむ。ただ僕が住所をば……高天の原に氷木たかしりて治め賜はば、僕は百足らず八十坰手《くまで》に隠りて侍ひなむ。……」という次第であるが、これが人間的な「死」でないことはもちろんである。大穴牟遅もまた、無時間的時間の背景の中に退場して行く。

しかしながら、須佐之男――大穴牟遅――事代主・建御名方と系譜の続く、ネノカタスクニを背景としたこの神話には、いわば「世代交替劇」の視点が導入されている。あえて説明を加える必要はあるまいから、関係する一部分を引くにとどめよう。

故、其の寝ませる大神、聞き驚きて、其の室を引き仆したまひき。（中略）故爾に黄泉比良坂に追ひ至りて、遥に望《みさ》けて、大穴牟遅神を呼ばひて謂ひしく、「（略）おれ大国主の神となり、亦宇都志国玉の神となりて、其の我が女《むすめ》須世理毘売を嫡妻《むかひめ》として、宇迦能山の山本に、底津石根に宮柱ふとしり、高天の原に氷椽たかしりて居れ。是の奴。」といひき。

ヨモツヒラサカでの、この須佐之男の呼びかけの場面は、さかのぼって、同じ場所での伊邪那岐と伊邪那美との最後の問答を思い出させる。いずれの場合にも、対峙する一方には、もはやこの世ならぬ者、力をゆずる者、未来を持たぬ者、がおり、他の一方には、力を受ける者、なお発展し生成する者、未来に開かれた者がいる。伊邪那美は、引き塞えた千引石のむこう、伊邪那岐の肩越しにひろがる未来の中に、毎日千五百の産屋の立つことを展望しなければならなかった。須佐之男もまた同様の立場に立っている。

このように見てくると、ここに言う「遥（はろばろ）に望（みさ）けて」の「遥に」の内容が、単に空間的距離でなく、未来へと展開する時間的距離をもふくむものであろうという推定が可能になる。そしてもしそうならば、この時間的距離を見つめている目は、このネノカタスクニを背景とする世代交替の劇を大きく見つめている目と同質であり、そしてその視線をささえているものは、ほかならぬ「歴史的時間」の意識であると言わなければならない。

このことは、須佐之男なり大穴牟遅なりが歴史に生きる個人として、誤解をおそれずに言えば叙事詩的英雄個人として、ここに定着されていることを意味するであろう。大穴牟遅が最後に「百足らず八十坰手に隠りて侍う」、のは、この見解から言うならば、彼が歴史的時間から無時間的時間へと「移籍」することにほかならない。出雲の国の多芸志の小浜に、天の御舎《みあらか》を造り、天の御饗《みあへ》をたてまつり、燧臼《ひきりうす》燧杵《ひきりぎね》で火をおこし、「是の我が燧《き》れる火は」と荘重にうたう、かの儀礼は、時間的移籍の儀礼であるとも言うことができるかもしれない。

第三章　万葉集の時間

第一節　万葉集の「今」

一　対象

万葉集の時間意識を考えるために、ここではイマということばとその周辺を、発想分析の立場で整理しようと思う。まず、考察の対象を限定しておきたい。㈠題詞や左注など、歌の外部にあるイマは除外する。ただし「或本歌」などの注の中の歌はすべて拾った。㈡「イマシク」「イマサラニ」「イマゝタサラニ」「イマサラサラニ」は、いずれも固定した別語と認め除外した。㈢イマの「イ」が間投助詞あるいは接頭語とみとめられるもの（7・一三五九、10・一八五二）は除外した。㈣累加のイマ（久ならば今七日ばかり、の類。集中五例）も除外した。㈤一首中に二度あらわれるイマは、同性質のものでも別個に数えた（例、5・八二〇の梅の花今盛りなり思ふどちかざしにしてな今盛りなり）。ただし、イマカイマカ（10・二三二三、12・二八六四、20・四三一一）は、それぞれ一語として扱い、それ以上に分解しなかった。——以上の五条件を与えるとき、対象となるイマ（已麻、伊末、伊麻、異麻、今、今者、今時、且今）の数は、のべ一七二例、それをふくむ歌一七〇首、うち長歌一六首という数になる。

二　基準

次に、分析の基準について述べる。

㈠イマの性格　イマは、意味に染められた、ある時間の幅である。現在を、過去と未来との間にはさまれた無限分割の極限として、すなわち次元をもたない点のようなものとして考えることは論理的に矛盾するばかりでなく、われわれの経験的事実にも相反する。(注1)イマそのものは、あるいは透明無性格なものとして規定することができるかもしれないが、そのあらわれ方は、つねに何者かの所有として、何らかの感情や観念の価値を担うものとして、言いかえれば「人間的時間」として、その姿を示す。もしそうでなく、自己を「無」として表現するようなイマが、たとえ傾向としてであれ、文芸の中に存在するとすれば、私たちは、それをこそ貴重な例外として優遇しなければならないであろうが、少なくとも万葉集にはそのような例はない。以下の分析では、以上もろもろの価値的要素を、すべてイマの属性として考えることとする。

㈡イマの主体　集中にあらわれるイマは、その多くが連用修飾語的に、またわずかのものが連体修飾語的に用いられており、もしそのイマの主語を文法的に規定するとすれば、それは「イマの被修飾語を述語部分にふくむところの主語」とでも言わなければならないが、私がここで「主体」と称するのは必ずしもそのような文法的主語をさすのではなく、イマという時間を事実として、あるいは意識として、所有し支配するもの、という意味である。たとえば、

人は皆今は長しとたけと言へど君が見し髪乱れたりとも（2・一二四）

のイマの主体は何か。文脈をあきらかにするために語を補って散文化すれば、この歌は次のように読むことがで

きる。

(A)　人々はみな「汝が髪は今は長し」「(今は) たけ」などと言へど、わが髪はかねて君が見し髪なれば、乱れたるままにうち置きて、君をばしのぶよすがとせむと思ふなり。

ただしこれは、原歌中の引用句を直接話法として受けとった場合である。いったい、日本語では直接・間接語法の区別は明らかでなく、地の文の作者の声が引用の内部に影響を及ぼすのは常のことである。しかもこの歌は、前歌「たけばぬれたかねば長き妹が髪この頃見ぬに掻きれつらむか」への答歌と考えられ、そのイマが贈歌の「この頃」に対応するものであることを思いあわせれば、この歌の前半部は、間接話法をまじえて次のように散文化するのが妥当であろう。

(B)　今①は、人はみな、わが髪をば「今②は汝が髪は長し」「(今は②) たけ」と言へど、云々

では、イマ①の主体は何か。つまり、ほかならぬこの時点をイマとして認識し、その内容を所有し、支配し、充実している領有者は誰であろうか。言うまでもなく、それは「わが髪」の所有者である「われ」である。次に、イマ②の主体は何か。形式上それは「人はみな」の「人」である。しかし、引用句中の「汝が髪」が引用符を超えて「わが髪」に包みこまれている (「通底している」と言ってもいい) と同様に、このイマ②は引用符を超えてイマ①に包まれている。こうして、原歌「今は長しと」のイマの主体は「われ」であることが確定できる。ただし「わが髪」は「君が見し」という限定の中にあるのであり、またそのイマが前歌の「この頃」を受けていること上述の通りであるから、このイマの領有関係には「君」もまた重要な役割を担っているのは見逃せない。ここでのイマは、「われ」対「なんじ」の環の中にわくづけられている、と言うこともできよう。

(三) 何に対するイマか　原則としてイマは、「イマではないいつか」に対比されて成立する相対的観念である。

だから、それぞれの歌のイマが何に対比されているかを知ることは、イマの性格をたしかめる上の、手がかりの一つであると言える。

(A)　昔見し象《きさ》の小河を今見ればいよよ清けくなりにけるかも（3・三一六）

(B)　霍公鳥《ほととぎす》今鳴かずして明日越えむ山に鳴くとも験《しるし》あらめやも（18・四〇五二）

などは、過去や未来との対比が明白なものの例である。

(C)　今よりは秋風寒く吹きなむをいかにか独り長き夜を宿《ね》む（3・四六二）

この歌でも未来が問題になっていることは明らかであるが、それは(B)において今と未来とが対立的に対比されていたのとは事情を異にしている。「今より」「今まで」などの表現において、それによって示される時間の中にイマそのものがふくまれるかどうかは、文脈に即して見きわめるしかないであろう。この例では、すでに家持は妾の死を経験した後であるから、「いかにか独り長き夜を宿む」の境涯はもうはじまっており、イマはいわば未来の中に、その最も早い一部分として組み込まれているのである。つまりこのイマは、妾の生前という過去に対して比較されているものと見なければならない。

(D)　わが背子を今か今かと出で見れば沫雪《あわゆき》降れり庭もほどろに（10・二三二三）

このイマは「もっとずっと後だろうか、それとも今すぐだろうか」という意味で用いられているわけであるから、やはり「未来」に対して比較されているものと見るべきであろう。

(E)　憶良らは今は罷らむ子泣くらむそを負ふ母も吾を待つらむそ（3・三三七）

「罷る」時機が「今」であるという趣旨からして、このイマが「イマでない他の時」と対置されていることは明らかであるが、ではその「他の時」とは、過去か未来か。「この時間まで付き合ったのだからもう失礼する」

という文脈から言えば対比の対象は過去であり、「もっと後ではなくて今すぐに」という文脈から言えばそれは未来ということになる。そのいずれの一方を捨てても、私たちの判断は客観性を失なうであろう。そこで、以下の分析では、この種のイマの対比物をすべて「非今」ということで一括することにした。「潮もかなひぬ今は漕ぎ出でな」「今は吾は死なむよ」など、この類に帰すべきものと考える。

(F)　妹があたり今そわが行く目のみだにわれに見えこそ言問はずとも（7・一二一一）

今造る久邇の京に秋の夜の長きに独り寝るが苦しさ（8・一六三一）

これらの例では、イマの対比物を見出すのに無理がともなう。ここではイマは、ほとんど時間的に自足し、無性格に投げ出されているように見える。さきにイマを「原則として」相対的と言ったのは、このように規格をはずれるものがあるからである。枕詞、慣用句、序などの中のイマは、多くこの類のものと見なすことができるであろう。

㈣イマの範囲

イマが無限分割の極としての点ではなく、何らかの幅をもった時間帯であることは上に述べた。たとえばここに座標の原点としての絶対的現在を仮定する。すると、ひとしくイマと表現されつつも、その時間帯のひろがりには程度の差、方角の差のあることがわかる。まず、この原点に不連続な関係で先行するイマがある。俗諺の「今鳴いた鳥がもう笑った」に見られるような、「イマシガタ」「サキホド」にあたるイマである。これを仮に「単純過去のイマ」と呼んでおく。ただしこれは万葉集中には例がない。次に、同じく「サキホド」ではあるが、そこに生起した事がらが原点にまで存続して、その間に断層を見出せないものがある。「うちのぼる佐保の川原の青柳は今は春べとなりにけるかも」（8・一四三三）、「恋しけば形見にせむとわが屋戸に植ゑし藤波いま咲きにけり」（8・一四七一）などがその例で、完了の助動詞ヌと、「気がついてみると……だった」意の助動詞ケリとの組合わせがよくその性格を語っている。これらを「半過去のイマ」と呼ぶ。到達点を示す「今まで」という語句のイマも、この類のものとみなすのが適当であろう。次に、過去をも未来をも志向せず、そのまま原点の延長であるような時間の幅が存在する。「――寧楽の京師は咲く花の薫ふがごとく今盛りなり」などはその典型だが、集中の例ではこの種のイマが圧倒的に多い。これを「現在のイマ」と呼んでおく。次に、原点から未来の一点へと連続的な幅でひろがるイマがある。「見わたせば近きわたりを廻《たもとほ》り今か来ますと恋ひつつそ居る」（11・二三七九）の類で、これを「半未来のイマ」と呼ぶ。「今よりは」という、起点を示すイマは、すべて未来へと開かれているものと見て、この類に分類する。さて最後には、「単純未来のイマ」がある。原点との間に断層を置いて、未来の方角に存在するイマである。累加のイマを除外すれば、「妹が家に伊久里の森の藤の花今来む春も常如此《かく》し見む」（17・三九五二）が集中唯一の例と思われる。

㈤イマのふくみ（含蓄）

イマがさまざまの価値に染められて存在することは先にも述べた。たとえば、類歌も多いが、大伴坂上郎女の「今は吾は死なむよわが背生けりともわれに寄るべしと言ふといはなくに」（4・六八四）をとりあげてみよう。相手の心を得られない悲観や失望が、このイマの感情の論理の出発点であるが、「われに寄るべしと」云々は非難・怨恨の口ぶりに近く、「今は吾は死なむよ」は、いわば捨身・居直りの範囲に属する。ただしそれらは修辞の上の誇張であって、実は恋の心の綿々たる訴えであること言うまでもない。以上傍線をほどこした諸要素は、実はこの一首全体が担っている感情的価値であって、「今」一語から導き出されたものではないが、逆にこれらの価値がすべて「今」に集約的にかぶさっていっていることは否定できず、そしてそれは結局のところ、この「今」の属性であると考えるのと同じことである。以下の分析で「含み」と称するものは、すべてこのように、「今」にかかわる一首全体が「今」に課している価値要素をさすものである。

三　分析表

以上の規準にしたがって、一七二個のイマを分析したのが表1（次ページ）である。歌の配列は澤瀉・森本著『作者類別年代順万葉集』によった。鎮懐石歌の作者は旅人とするなど、作者推定も同書に準じた。最上欄に通し番号を付け、歌番号、作者に続けて、歌中のイマをふくむ部分を抄出した。文脈の明示を主眼としたので無理な句切れもある。主体は一人称・二人称・三人称（人および事物）に分類した。たとえば「妹」が呼びかけであれば二人称、客体化されていれば三人称であるとみなした。対比の欄で「特例」としたものの意味は後に述べる。イマの「範囲」の欄は、単純過去の例がなく、単純未来の例も上述の一例のみであるから、三分するにとどめた。右欄の一つに「時間意識」とあるのは、時間の推移等について関心が示されている歌、という意味である。また「間接表現」の欄を設けたのは、イマをふくむ歌が、「らむ」「らし」などの推量や「か」などの疑問のことばをあわせ持つことが多いであろうという見込みによるものである。最後に「場」の欄は、イマをふくむ歌がどのような背景で（たとえば遊宴など）作られたか、を考えるために設けたものである。この欄で用いた略号については144ページ（イマの場）で説明する。なお、いずれの欄についても選択は一個に限らず、該当するものにはすべて印を付けるようにした。分類による歪曲をできるだけ避けるためである。ただし重要度に応じて、重要なものから順次◎○△?の記号を用いることにした。

表1

区分	項目	1	2	3	4	5	6	7	8	9	10	11	12
	期	第1期	第1期	第1期	第2期	第2期	第2期	第2期	第2期	第2期	第2期	第2期	第2期
	巻	1	1	1	7	2	4	7	10	10	11	11	11
	歌番号	3	3	8	1243	219	498	1296	2014	2017	2379	2431	2445
	作者	中皇命	中皇命	額田王	古歌集	人麻呂	〃	〃歌集	〃〃	〃〃	〃〃	〃〃	〃〃
	用例	朝猟に今立たすらし	暮猟に今立たすらし	潮もかなひぬ今は漕ぎ出でな	たもとほり今そわが来る	おほに見しかば今ぞ悔しき	今のみの行事にはあらず古の	今つくる斑の衣面影に	秋萩咲きぬ今だにもにほひに行かな	日長きものを今だにも乏しむべしや	廻り今が来ますと恋ひつつそ居る	後も逢はむ……今ならずとも	知らずして恋せしよりは今こそ益れ
主体	第一人称（われ）	△	△	○	○	○	△	○	○	△	○	○	○
主体	第二人称（呼びかけ）			△				?		○	?		
主体	第三人称（ひと）	○	○				○	?			?		
主体	第三人称（もの・こと）							△					
対比	過去				○	○	◎						○
対比	未来							○			○	◎	
対比	非今			○					○	○			
対比	対比なし												
対比	特例	○	○										
範囲	半過去				○								
範囲	単純現在	○	○			○	○	○		○		○	○
範囲	半未来			○					○		○		
ふくみ	ダメデアル　悲観・失望・無常												
ふくみ	ヒトリサビシク　孤独・悲哀					○							
ふくみ	モハヤコレマデ　諦念												
ふくみ	アトノマツリ　悔恨					◎							
ふくみ	ワスレラレナイ　未練・懐旧・望郷					○							
ふくみ	セメテイマダケ　譲歩								◎	◎			
ふくみ	マタノチホド　慰撫・弁解						◎					◎	
ふくみ	アトハノトナレ　捨身・居直り												
ふくみ	ドウシテソンナ　非難・怨恨												
ふくみ	サゾツラカロウ　憂慮・危惧・同情												
ふくみ	オモウハカノヒト　恋					○	○	○	△	△	○	○	◎
ふくみ	イザ、ゼヒ、ケシテ　勧誘・決意・禁止			○									
ふくみ	ソウデアリタイ　願望・期待							○	○	○	◎	○	
ふくみ	ヤルコトハヤル　当然・義務・努力				○					△			
ふくみ	イマコソソノトキ　適時			◎									
ふくみ	イイモノハイイナ　観照・賞美・享受												
ふくみ	ホメヨタタエヨ　奉祝・賛美・憧憬	◎	◎					◎					
ふくみ	ユウコトナシ　現状満足・快適	○	○										
ふくみ	ヤレヤレゴキゲン　完了満足・歓喜			○	◎								
ふくみ	その他												
	時間意識						○						
	間接表現	らし	らし										
	イマの場（略号の説明はp.144に）	隊	隊	隊		挽	相		七夕	七夕	相	相	相

	13	14	15	16	17	18	19	20	21	22		23	24	25	26	27	28	29	30	31	32	33	34	35
	11	12	14	2	1	3	8	4	2	9		13	〃	〃	〃	14	〃	〃	11	〃	〃	〃	〃	〃
	2446	2855	3417	181	84	312	1535	516	124	1734		3261	3290	3321	3322	3399	3418	3577	2577	2579	2588	2602	2627	2663
	〃 〃	〃 〃	〃 〃	舎人	長皇子	字合	〃	阿倍女郎	園生羽女	小辨														
	今よりはわが玉にせむ	新墾の今作る路さやかにも	よそに見しよは今こそ勝れ	島の荒磯を今見れば生ひざりし草	秋さらば今も見るごと喜恋ひに	昔こそ……今は京引き都びにけり	わが背子を何時そ今かと待つなへに	糸もちて附けてましもの今そ悔しき	人はみな今は長しとたけと言へど	塩津菅浦今か漕ぐらむ	作者未詳　巻7、10〜14	為方のたづきも今はなし	古の神の時より…今の心も	今は明けぬと戸を開けて	いたくし恋ひば今還り来む	信濃路は今の墾道	占苗に事は定めつ今は如何にせも	背向に寝しく今し悔しも	今だにも目な乏しめそ	相見むと思ひし情今そ和ぎぬる	待ちし夜のなごりそ今も寝ねかてに	結びてし心ひとつを今解かめやも	はね蘰今する妹が	今はわが名の惜しけくも無し
	○	○	○	○	○	△	○	○	○	?		○	△	△	○	△	○	○	○	○	○	○		○
									△	?				○			?		△					
										?			○			?	?						○	
						○										?								
	○		○	○		◎		○				○	◎				○	○		○	○			○
					○		○								○				○					
																						○		
		○							○	○				○		○							○	
		○																						
						○								○						○				
		○	○	○	○			○	○	○		○	○			○	○	○			○		○	○
	○						○								○				○			○		
												◎												
				◎								○		◎				○						
																	◎							
								◎										◎						
				○				○													◎			
	○																		◎					
													◎											
																								◎
																	○							
																◎								
	○	○	◎				○	○	○			○	○	○	○	○	△	○	○	○	○	○	○	○
	○								◎													◎		
					○		◎			◎					◎				○					
	△					○								○			○							
										○														
					◎																		◎	
	◎																							
		◎				◎														◎				
				○		○							○											
										らむ														
	相	＼相	相	儀	宴			答	答			相	相	問答	問答	(相)	相	挽	(相)	(相)	相	(相)	＼相	相

57	56	55	54	53	52	51	50	49	48	47	46	45	44	43	42	41	40	39	38	37	36
				7																12	〃
1333	1211	1137	1112	1078	3143	3083	3070	3018	3001	2998	2957	2954	2945	2941	2936	2907	2881	2880	2869	2864	2781
凡に見しかど今見れば山なつかしも	妹があたり今そわが行く	われならば今は寄らまし	葉根蘰今為る妹を	今とかも妹が……待ちつつあるらむ	吾妹子に言問はましを今し悔しも	恋ふること益れば今は玉の緒の	ありさりてしも今ならずとも	後も逢はむ……今にあらずとも	外のみに君を相見て今そ惜しき	いま来むわれをよどむと思ふな	今よりは恋ふとも妹に逢はめやも	今よりは逢はじとすれや	待ちし夜の名残そ今も寝ねぬ夜の	思ひ遣るたどきもわれは今は無し	今は吾は死なむよわが背	大夫の聴き心も今は無し	為方のたどきも今は無し	現にも今も見てしか	今は吾は死なむよ吾妹	わが背子を今か今かと待ち居るに	もとも今こそ恋はすべなき
○	○	○			○	○	○	○	○	○	○	○	○	○	○	○	○	○	○	○	○
							△			△					△				△		
			○	○																	
○					○	○			○		○	○	○	○		○	○				○
							○	○												○	
		○		○						○					○				○		
	○																	○			
			○																		
○	○		○		○		○	○	○				○	○		○	○				○
		○				○				○	○	○			○			○	○	○	
														◎	○		◎		○	◎	
																○	○	○			
○					◎				◎												
◎					○				○		○	○	◎								
							◎	◎		◎											
						△									△	△			△		
○	○	○		○	○	◎	○	○	○	○	○	○	○	○	◎	◎	○	○	◎	○	◎
		◎										◎									
○	◎	○		◎			○	○			◎							◎		○	
										○											
	○																				
			?																		
				らむ																	
					相	相	相	相	相	(相)	相	相	相	相	(相)	相	相	相	(相)	相	相

58		1337		標刺さましを今ぞ悔しき	○				○						○					◎	○						○												ヒュ
59		1412		背向に寝しく今し悔しも	○				○						○			○		◎	○						○												挽
60	10	1855		桜花…恋の盛りと今し散るらむ				○			?	○			○																◎								
61		1863		去年咲きし久木今咲く				○				○			○																◎								
62		1878		今行きて聞くものにもが明日香川	○							○				○													○			◎							
63		1903		恋ふらくは…馬酔木の花の今盛り	○							○			○												◎												相
64		1923		白真弓いま春山に行く雲の	△			○				○			○	△		◎								○	○												相
65		1947		霍公鳥他時ゆは今こそ鳴かめ	△			○			○				○														○		◎								
66		1951		醜霍公鳥今こそは声の嗄るがに	△			○			○				○										○				◎		○								
67		1962		霍公鳥をは希しみ今か汝が来る	○	△						○			○						○											◎							
68		1973		楝の花は散り過ぎず今咲ける如				○		○					○														◎			○							
69		2035		年にありて今か纏くらむ			○				○				○												○				◎	○						らむ	七夕
70		2045		君が舟今漕ぎ来らし		○					○	△			○												○				○	◎						らし	七夕
71		2053		彦星の時待つ船は今し漕ぐらし			△	○			○	△			○												○				◎	○						らし	七夕
72		2061		君が舟出は今し為らしも		○	△				△	○			○												○				○	◎						らし	七夕
73		2106		秋萩時なれば今盛りなり	△			○			○	△			○																◎	○							
74		2118		萩の花今か散るらむ				○			△	○			○											○						◎						らむ	
75		2131		雁が音聞ゆ今し来らしも				○			△	○			○	△															○	◎						らし	
76		2134		雁が音聞ゆ今し来らしも				○			△	○			○	△															○	◎						らし	
77		2183		雁がねは今は来鳴きぬ	△			○			○			○		△															○	◎							
78		2210		山の木の葉は今し散るらむ				○				○			○																○	◎						らむ	
79		2211		立田山今こそ黄葉はじめてありけれ				○				○			○																○	◎							

104	103	102	101	100	99	98	97	96	95	94	93	92	91	90	89	88	87	86	85	84		83	82	81	80
4	5	5	6	5	3	17	8	8	3	17	4	8	8	4	5	5	5	3	5	3					
576	820	820	931	816	328	3915	1471	1470	308	3928	684	1474	1433	534	850	813	806	316	894	337		2323	2284	2279	2257
〃	〃	葛井大夫	車持千年	〃	小野老	〃	赤人	刀理宣令	博通法師	〃	〃	〃	坂上郎女	安貴王	〃	〃	〃	旅人	〃	憶良					
今よりは城の山道は不楽しけむ	思ふどち插頭にしてな今盛りなり	梅の花今盛りなり思ふどち	今のみに飽き足らめやも	梅の花今咲ける如散り過ぎず	寧楽の京師は…今盛りなり	野づかさに今は鳴くらむ鶯の声	植ゑし藤波いま咲きにけり	霍公鳥今しも鳴きぬ山の常陰に	常磐なる石室は今もありけれど	今のごと恋しく君が思ほえば	今は吾は死なむよわが背	今もかも大城の山に霍公鳥	青柳は今は昔べとなりにけるかも	今も見るごと副ひてもがも	梅の花今盛りなり見む人もがも	奇魂今の現に尊きろかむ	竜の馬も今も得てしか	昔見し象の小河を今見れば	神世より…今の世の人も悉	憶良らは今は罷らむ	第3期	わが背子を今か今かと出で見れば	ゆくりなく今も見が欲し秋萩の	わが郷に今咲く花の女郎花	衣手濡れて今だにも妹がり行かな
○	△	△	○	△			△			○	○	△	△	○			○	○		○		○	○	△	○
											△														
									△										○	△					
	○	○	△	○	○	○	○	○	○			○	○		○	○								○	
○									○							○		○	◎						
				○																		○			
			○				○				○						○			○					○
	○	○			○	○		○		○		○	○		○								○	○	
														○											
							○	○					△					△						○	
	○	○	○	○	○	○			○	○		○	○		○	○		○	○				○		
○	△										○						○			○		○			○
									◎		○														
◎																									
									○																
							○					◎													
																									○
											△														
											○														
○																									
										◎	◎			◎								○	○	◎	◎
																				◎					○
				◎								○		○	○		◎		○			◎	◎		
	○	○						○				○	◎							○					
	◎	◎		○		◎	◎	◎					○		◎									○	
			◎		◎											◎		◎	◎					○	
					○																				
							○		○							○			○						
						らむ						らむ													
相	宴	宴		宴						贈	相			相	宴		贈	奉勅	贈	宴			相	相	相

105	5	834	田氏肥人	梅の花今盛りなり百鳥の				○				○		△	○																○	◎							宴
106	9	1740	虫麻呂	帰り来て今のごと逢はむとならば	△		○				○				○														◎	○									
107	9	1749	〃	君が御行は今にしあるべし		○					○					○															◎	○							隊
108	9	1807	〃	古にありける事と今までに絶えず			○		◎						○						○												◎				○		
109	3	356	上古麻呂	明日香川今もかもとな夕さらず				○				○			○														○			◎						らむ	
110	17	3914	田口馬長	霍公鳥今し来鳴かば万代に				○			○					○															○	◎							宴
第4期																																							
111	4	590	笠女郎	年の経ぬれば今しはと勤よ		○			○						○												○	◎		○									贈
112	8	1435	厚見王	影見えて今か咲くらむ山吹の花				○				○			○																○	◎						らむ	
113	8	1458	〃	桜の花は今もかも松風疾み		△		○				○			○											△	○					◎						らむ	贈
114	8	1439	武良自	時は今は春になりぬと				○				○		○																	◎	○							
115	3	462	家持	今よりは秋風寒く吹きなむを	○				○							○		◎								○	○												挽
116	8	1627	〃	今も見てしか妹が咲容を	○							○				○											○		◎				○						贈
117	8	1631	〃	今造る久迩の京に	?		?	?	○				△		○			◎									○												贈
118	4	768	〃	今しらす久迩の京に	?		?	?	○				△		○			○									○		◎										贈
119	6	1037	〃	今造る久迩の都は	?		?	?	○				△		○																		◎					らし	讃
120	4	705	〃	葉根蘰今する妹を夢に見て	△		○					○			○												◎												贈
121	4	732	〃	今しはし名の惜しけくも…無し	○				○						○									◎			○												答
122	4	790	〃	今ならずとも君がまにまに	○	△				○					○								◎																贈
123	17	3965	〃	春の花今は盛りににほふらむ	△			○			○				○		○												◎		○	○						らむ	贈
124	17	3985	〃	絶ゆること無く古ゆ今の現に			△	○	◎						○																		◎				○		
125	17	3991	〃	かくし遊ばむ今も見るごと	○					○					○														○			◎							遊
126	17	4030	〃	鶯は今は鳴かむと片待てば	△			○			○					○	○								○							◎							
127	18	4063	〃	吾ご大君は今も見るごと	△		○			○					○														○				◎						宴

150	149	148	147	146	145	144	143	142	141	140	139	138	137	136	135	134	133	132	131	130	129	128
15	15	4	17	4	4	8	8	8	4	4	20	20	20	20	20	20	20	20	19	18	18	18
3713	3655	699	3952	625	644	1662	1622	1449	542	541	4498	4361	4360	4335	4317	4316	4311	4305	4175	4122	4094	4088
〃	未詳	大伴像見	〃	高安王	紀女郎	〃	〃	田村大嬢	〃	高田女王	〃	〃	〃	〃	〃	〃	〃	〃	〃	〃	〃	〃
黄葉は今はうつろふ	今よりは秋づきぬらし	後にも逢はむ今ならずとも	藤の花今来む春も	沖方行き辺に行き今や妹がため	今は吾は侘びそしにける	消ぬべきものを今までに	夕影に今も見てしか妹が光儀を	いま盛りなりわが恋ふらくは	今は逢はじとたゆたひぬらし	逢はむわが背子今ならずとも	今日の主人は…今も見る如	桜花今盛なり難波の海	今の世に絶えず言ひつつ	今替る新防人が船出する	秋野には今こそ行かめ物部の	野司に今咲けるらむ女郎花はも	秋風に今か今かと紐解きて	霍公鳥…今し来らしも	霍公鳥今来鳴き始む	古よ今の現に万調奉る最上と	清きその名を古よ今の現に	後も逢はむと…今のまさかも
△	△	○		○	○	○	○	△		○	△		△		○	△	○	△			○	○
								△	○	△												
											○		○	○			△			△		
○	?		○					○				○				○		○	○	○		△
	○				○	○			○				○							◎	◎	
		○								○	○						○					○
○															○			○	○			
				○			○	○				○		○		○						
			○											△								
				○	○														△			
○		○				○	○	○	○	○	○	○	○	○		○		○	○	○	○	○
	○		○				△								○		○					
																	○					
◎	○								○								○					
	◎				○																	
		◎								◎												
					◎																	
									◎													
○		○		○	○	◎	○	◎	○	○							○					
															○						○	
			○			○	◎				○			◎		○	◎			○		
				◎																		◎
															○							
			◎												◎	◎		◎	○			
											◎	◎	◎	○						◎	◎	○
																			◎			
○													○							○	○	
	らし								らし							らむ		らし				
隊	隊			贈	(相)	贈	贈	贈	相	(相)	宴										族	宴

172	171	170	169	168	167	166	165	164	163	162	161	160	159	158	157	156	155	154	153	152	151
20	20	20	18	9	18	18	17	3	6	15	15	15	4	8	4	18	18	17	17	8	15
4376	4363	4337	4067	1800	4052	4034	3956	482	1045	3758	3758	3769	706	1653	695	4133	4074	4005	3993	1481	3694
川上老	広足	牛麻呂	土師	〃歌集	〃	福麻呂	八千島	高橋朝臣	未詳	〃	宅守	狭野弟上	童女	犬飼娘子	広河女王	〃	〃	〃	池主	書持	六鯖
言申さずて今ぞ悔しけ	八十梶貫き今は漕ぎぬと	物言ず来にて今ぞ悔しき	霍公鳥今も鳴かぬか	仕へ奉りて今だにも国に罷りて	霍公鳥今鳴かずして	出でむと鶴は今そ鳴くなる	釣する舟は今こそば船枻打ちて	山をや今はよすかと思はむ	世間を常無きものと今ぞ知る	大宮人は今さへや人なぶりのみ	大宮人は今もかも人なぶりのみ	逢はずまにして今ぞ悔しき	葉根蘰今する妹は無かりしを	今の如心を常に思へらば	恋は今はあらじとわれは思へるを	すり袋今は得てしか	桜花今そ盛りと人は云へど	今見る人も止まず通はむ	卯の花は今そ盛りと…霍公鳥	霍公鳥今こそ鳴かめ友に逢へる時	悩み来て今だにも喪なく行かむと
○	○	○						○	○			○		○	○	○	△				○
				○									△	?		△					△
							○			○	○		○				△	○			
			○		○	○											○		○	○	
○		○						○	○	○	○	○			○	○					○
					○									○				○			
	○		○	○															○	○	
						○	○						○				○				
	○																				
				△	○	○		○	○	○	○	○	○	○	○		○	○	○		
			○	○			○	△								○				○	○
									◎												
								◎									◎				
								○	○												
◎		◎										◎									
○		○						○				○									
				◎																	◎
													○								
					△								◎		○						
										◎	◎										
	△		○					○		○	○	○	○	○	◎		○				
			◎	○	○									◎		◎		○		○	○
	◎			○										○							
																	○		○	◎	
			○		◎	◎	◎												◎		
																		◎			
									○												
										らむ	らむ										
隊	隊	隊	宴		宴	宴	宴			贈答	贈答		報		相	贈	贈	和	和		隊

四　考察

㈠分布　例数の作者別分布は表に見る通りである。個人では家持の二五例が抜群に多く、続く旅人・大伴坂上郎女・池主はいずれも四例、葛井大成・大伴田村大嬢が三例ずつである。歌集では人麻呂歌集に九例、虫麻呂歌集に三例が見られ、作者未詳歌では巻10に二四例、巻12に一六例、巻7と11に各七例といったところが目立っている。また、巻々の分布は次の通りである（カッコ内が例数）。巻1（四）、巻2（三）、巻3（八）、巻4（一七）、巻5（八）、巻6（三）、巻7（九）、巻8（二五）、巻9（五）、巻10（二六）、巻11（一一）、巻12（一七）、巻13（四）、巻14（四）、巻15（六）、巻16（〇）、巻17（一一）、巻18（九）、巻19（一一）、巻20（一一）。すなわち、巻4、8、10、11、12、17、20において多く、巻16、19において全く、またはほとんど見られない。

㈡イマは第何句にあらわれるか　短歌に限って見た結果は次の通り。第一句（二三）、第二句（四一）、第三句（二一）、第四句（三四）、第五句（三九）。七音句にやや多い、という以上に特別の意味づけは考えられない。

㈢イマを修飾する語　イマが修飾語によって限定されている例は皆無と言っていい。わずかに、(A)「――最《もとも》今《いま》社《こそ》恋《こひ》者《は》為便《すべ》無寸《なき》」（11・二七八二）、(B)「恋事《こふること》益《まされば》今者《いまは》――」（12・三〇八三）の二例が問題となるが、(A)の「最」は「為便無寸」にかかると見られ、(B)の「益」は「益れば」と訓まれる。ただし後者で「益れる」の訓を採れば、これはイマが修飾語を持つ集中唯一の例となる。

㈣イマの主体　一人称、つまり作者「われ」が主体である場合が圧倒的に多い。もちろん、すべての認識は終局のところ話者のものに帰着するわけであるが、ここではより狭い意味でなお、右のように判定される。イマと「私」との間に特殊な紐帯のあることは、哲学等の領域でしばしば論じられるところであるが、(注2)原理的な問題はさておくとして、たとえば古事記のイマをとりあげてみてもそれは容易に観察されるところである（本書第二章第一節参照）。編纂時の注記を除外して古事記本文を見てみると、イマはすべて会話文中および歌謡の中にあらわれて、地の文には姿を見せないが、それらのイマの主体はほぼすべて第一人称に帰属するか、第一人称に強く関連づけられるものであった。この見地からすれば、万葉集中とくにその第三期以降において、「私」との紐帯の比較的薄弱なイマが散見する事実は注目に値すると思われる。このことについては、後に各期のイマを比較する項でもう一度述べるつもりである。

㈤何に対するイマか　最も例数の多いのは、過去に対比されるイマである。その過去のうち九例が、神代・皇祖・伝説上の昔など、いわば悠久の過去・不定の過去を内容としているほか、枕詞的な数例（ほとんどは家持）を除けば、他はおおむね個人の経験の射程内にある、遠くない過去を対象としている。また、それらの悠久過去を意識している歌の作者が、未詳一人（13・三二九〇）以外は、人麻呂・憶良・虫麻呂・家持といった主流歌人に限られていることを考えると、悠久過去的発想は、イマとの関連で考える限り、一般には深く浸透していなかったものと見なければならない。さて、未来はどうか。イマの対比に未来を意識しているもの二四例、そのほとんどが、同じく個人の経験の射程内の、遠くない未来を意識している。わずかに家持の「吾ご大君は今も見る如」（18・四〇六三）に永遠未来の祈願が漂うだけである。次に、時の流れそのものに何らかの興味や感動を示している歌の数も多くない。第16 18 95 97 150 163例がそれであるが、うち、四例までが無常観的内容のものとなっている。なお、巻10の作者未詳歌群以下、対比の対象が「非今」および「なし」に移行あるいは拡散する傾向には、かなり顕著なものがある。

㈥イマの範囲　上述の通り、大部分が「現在」に集中している。数としては、半未来（四一例）が、半過去

（一一例）を大きく上回っているが、それらは表の最初から最後までを通じてほぼ均等に拡散しており、他の欄との間に意味ある相関を見出すことができない。第147例（17・三九五二）のイマは、集中唯一の単純未来の例と思われる。

(七)イマのふくみ（注3）

この「ふくみ」の表の各欄は、上から下へと、ほぼ暗↓明の順に配列してある。理屈から言えば、なお多くの項目を加えなければならないが、実例から帰納したのでこのようになったのである。そしてその暗↓明はおよそ「恋」の欄を境界として上下に分かれている。そこで、この点を目やすとして鳥瞰すれば、おぼろげながら全体の傾向が見てとれるはずである。それにしても、「恋」の欄が最も多く満たされていることが、まずわれわれの注意をひくであろう。だが、これをイマの特徴とするわけにはいかない。ここに言う「恋」は、単に異性間の恋愛だけでなく、すべて個人の間の恋情をふくめている（動植物や事物への恋は除外）のだが、そのような恋の歌は、私見によれば集中に二千七百首余り、全歌数の六〇％強を占める。右の表の一七二例中九一例に見られる「恋」の歌の比率は五三％であるから、ここではむしろ、関係は弱まっているのである。おそらくそれは、この「恋」との関連が、巻一〇の作者未詳歌群、第三期、および第四期（とくに家持）において希薄化し、代って「観照・賞美」との関連が著しくなっていることによるのであろう。「恋」と「観照・賞美」とは七夕歌の一部に例外はあるが、たがいに重なり合うことがほとんどない。そしてこの移行は、前々項に述べた「対比」の移行とある程度軌を一にしていると言うことができる。移行といえば、おぼろげながら、もう一つの移行が観察される。◎○△などの印の波が、表の先頭部の上方から表の中部の下方へとうねり、進んで表の末尾にかけて再び上方へと、これはかなり拡散しながら、やはりうねりを見せている。つまり全体が横「く」の字型になっている。これには、右に述べた「恋」↓「観照」の移行もふくまれているが、失望や孤愁などのいわば暗い情念がおもてだったり隠れたりする、その移行もまたふくまれているのである。

さて、全体として、どのような含蓄が有力であろうか。まず◎印について見てみよう。◎印は一首の歌の最も中心となる「ふくみ」の項目であって、一首について一つだけ選択したものである。多い方から五位までを挙げる。(1)「観照・賞美」、(2)「願望・期待」、(3)「恋情」および「奉祝・賛美」、(5)「後悔」および「適時」。次に○印や△印をふくめて見ることにする。○や△は、各歌について無制限に（複数を許して）選択したものである。たとえば第13例「白玉を纏きて持ちたり今よりはわが玉にせむしれる時だに」（11・二四四六）の主想は「現状満足・快適」であると見てその欄に◎印を付けたが、なおその他にも「恋情」および「譲歩」（―だに）があるので○印を、さらに今後の「努力」も多少におわせてあるので△印を付けた、といった具合である。さてこうして◎○△?を綜合した場合の順位は、(1)「恋情」、(2)「願望・期待」、(3)「観照・賞美」、(4)「適時」、(5)「懐旧・未練」ということになる。これらは、いずれの場合も第五位を例外として、みな、表の中央から上寄りに位置している。もし大ざっぱな言い方にも意味があるとすれば、イマの含蓄は傾向として明るい、と言うことが許されるであろう。

(八)イマと間接表現　願望や譲歩もふくめると、間接表現をそなえる歌は約六〇例、全例の三分の一ほどの数をしめるわけであるが、ここでは対象を限定して「らし」「らむ」をともなう例だけを見ることにする。一七〇首中の「らし」の数は一一で六・四%、「らむ」の数は一五で九・七%、合計二六例で一六・一%であるが、これを万葉集全歌に対する「らし」の数九九の二・二%、「らむ」の数一九九の四・四%、合計二九八例の六・六%と比較してみると約二倍半の密度となっている。しかもそのほとんどが巻10の作者未詳歌群と第三期および第四期に集中しているので、これらの歌と「らし」「らむ」との間には、何か意味のある関係があるものと思われる。結論だけを述べることにすれば、私はそれを、イマの歌の思弁化、抽象化、趣向化、類型化の一証左として理解してよかろうと考えるものである。

(九)イマの場　まず欄内の略号を説明しておきたい。「隊」とあるのは、官人たちの出張や防人の出発など、グループを背景として作られた歌の意味である。「宴」は饗宴の席で作られた歌およびそのために準備された歌や後日補入された歌をさす。七夕の歌の多くもこの種のものであろうが、必ずしもその背景を確定できないので別項「七夕」を立てた。「相」は相聞であるが、贈答関係の明白なものは「贈」「答」などの記号に代えた。「相」のうちで○印で囲んであるのは贈答や問答である可能性の大きいもの、逆に斜線で消してあるのはその可能性の小さいものである。

これらの基準に従って表を満たしてみると、イマの発想が、多く対人的な場でなされていることがわかってくる。さらに限定して、それを「対話的」と言いかえても、特にその性格をゆがめることにはなるまいと思う（それは歌の主語が時に第三者であることとも矛盾しない）。この表で空欄として残ったいくつかの歌も、それが右の性格のものであることを否定する要素は持っていないようである。

おそらく「今」という語は、その「場」に同席する人々の個々の時を共通の次元に調整し、連帯を強める作用を持つものであった（このことは、記紀歌謡のイマにおいて、より簡明に示されていると思う）。とはいえそれは無媒介的に外から「共通の時間」を導入するものであったのではない。グループの成員の意識に顕在し潜在する共通の経験や感動を、それはただ総括し増幅する働きを持つに過ぎないであろう。たとえば、かの久米歌のイマは戦闘の記憶と饗宴の感動とによって保証されているのであり、またたとえば家持の賀陸奥国出金詔書歌では、同族意識とその栄光の記憶とが、イマを支えているのである。巻10の作者未詳歌群や第三期・第四期の歌群において季節の花や鳥を主題とする歌が目立って多いのは、いまやそれらの花や鳥や季節感やが成員の靭帯であり、それを母胎とするイマの語が成員の連帯を再確認する、というようなグループが形成され完成されつつあったことを物語るものであろう。

㈩イマの変遷　表2は、万葉の各期のイマの性格を要約して示したものである。

第一期は例数にしてわずか三例、歌数にして二首であって、各項目の数字的処理は無意味であるから、省略した。

作者未詳歌群のうち巻7、11、12、13、14は、ほとんどの点で同一傾向を持つことが第1表で認められるので、ここでは一括して処理した。巻10は異質であるから、特にとり出した。

「対比」の欄の数字は、過去・未来・非今・対比なしの各例数の総和に対する%率を示す。

「ふくみ」の欄の数字は、各期の例数に「ふくみ」の項目数（20）を乗じた数（つまり「ふくみ」の欄すべてのマス目の数）に対する、得票数の%率を示す。各期とも、「計」欄で%率の上位1位および2位の数字は太字で示した。

具体的に説明するために、第二期を例にとってみよう。表1の第二期には、第4例から第22例まで、計19のイマの例が挙げてある。これに、「悲観・失望・無常」に始まり「その他」に終わる「ふくみ」の項目総数20を乗じると総マス数380の数を得るが、これが計算の分母となる。例として「恋」の項目を採ると、◎の例数は2であるから、これを分子として380で割り、100を掛けて得る数字0.53が、「恋」の欄の◎の%率である。さて、「計」の欄を左右にみわたすと「恋」の欄の3.16が最高位、「願望・期待」の欄の2.11が第二位の数値であるから、これらの数字を太字とし、念のため、表の左方にさらに「上位の二項目」の欄を設けて、取り立てておいた。

このようにして見ると、当面の問題に関する限り、巻10以外の作者未詳歌が第二期の歌と近似の性格をもち、

表2

				対比							主体						
諦念	孤独・悲哀	悲観・失望・無常	ふくみ／%		特例	対比なし	非今	未来	過去			第三人称　もの・こと	第三人称　ひと	第二人称呼びかけ	第一人称　われ		
	0.26		◎	「過去」強い	1	3	2	5	9	◎○	「われ」強い	1	1	1	15	○	第二期
	0.26		○							△		1		1	3	△	
			△							?			3	3	1	?	
			?		1	3	2	5	9	計		2	4	5	19	計	
	0.52		計%		5.0	15.0	10.0	25.0	45.0	計%		6.1	13.8	17.2	65.5	計%	
0.14	0.14	0.53	◎	「過去」最強	1	5	6	5	20	◎○	「われ」最強		4	1	31	○	作者未詳（12巻13 7 14 11）
	0.81	0.27	○							△				5	3	△	
			△							?		1	2	1		?	
			?		1	5	6	5	20	計		1	6	7	33	計	
0.14	0.95	0.81	計%		2.7	13.5	16.2	13.5	54.1	計%		2.1	12.8	14.9	70.2	計%	
	0.23		◎	「対比なし」強い		14	8	2		◎○	「事物」強い		1	2	6	○	作者未詳（巻10）
			○			3	4			△		15	2	1	6	△	
			△				1			?						?	
			?			17	13	2		計		15	3	3	12	計	
	0.23		計%			53.1	40.6	6.3		計%		45.5	9.1	9.1	36.4	計%	
	0.19	0.19	◎	「過去」もやや優勢だが「対比なし」強い	1	11		1	6	◎○	「事物」強い	15	3	1	8	○	第三期
0.19		0.19	○				8			△		1	2	1	7	△	
			△							?						?	
			?		1	11	8	1	6	計		16	5	2	15	計	
0.19	0.19	0.37	計%		3.7	40.7	29.6	3.7	22.2	計%		42.1	13.1	5.3	39.5	計%	
	0.40	0.08	◎	「過去」かなり強いが、全項に拡散	1	15	11	11	24	◎○	「われ」強まるが各人称に拡散	20	10	3	25	○	第四期
0.16	0.32	0.24	○		4					△		1	4	7	12	△	
			△							?		4	3	1	3	?	
			?		5	15	11	11	24	計		25	17	11	40	計	
0.16	0.73	0.32	計%		7.6	21.2	16.2	16.2	36.4	計%		26.9	18.3	11.8	43.0	計%	

										ふくみ								
	上位の二項目⇩	その他	完了満足・歓喜	現状満足・快適	奉祝・賛美・憧憬	観照・賞美・享受	適時	当然・義務・努力	願望・期待	勧誘・決意・禁止	恋	憂慮・危惧・同情	非難・怨恨	捨身・居直り	慰撫・弁解	譲歩	未練・懐旧・望郷	悔恨
	1恋 2願望		0.79	0.26	0.26	0.26			0.79	0.26	0.53				0.53	0.53		0.53
							0.26	0.53	1.32	0.26	2.63					0.26	0.79	
								0.53										
			0.79	0.26	0.26	0.26	0.26	1.05	**2.11**	0.53	**3.16**				0.53	0.79	0.79	0.53
「恋」の密度最も濃いが巻の性格から当然	1恋 2願望		0.14			0.14			0.68	0.41	0.68	0.14		0.14	0.53	0.14	0.41	0.68
							0.14	0.41	0.81		4.05		0.14				0.81	0.14
											0.27			0.53				
		0.14																
		0.14	0.14			0.14	0.14	0.41	**1.49**	0.41	**5.0**	0.14	0.14	0.68	0.53	0.14	1.20	0.81
	1適時 2観照					2.27	1.36		0.91		0.68							
					0.23	1.14	1.82		0.45	0.23	1.59	0.45	0.23			0.23	0.23	
					0.23	**2.27**	**3.18**		1.36	0.23	**2.27**	0.45	0.23			0.23	0.23	
	1観照 2適時				1.11	1.67	0.37		0.56	0.19	0.56						0.19	
				0.19		0.56	1.30	0.19	0.93			0.19	0.19				0.37	
														0.19				
				0.19	1.11	**2.22**	**1.67**	0.19	1.48	0.19	0.56	0.19	0.19	0.19			0.56	
「恋」をはじめ各項目の%低い。つまり拡散し多彩化している。	1恋 2願望		0.08		0.73	0.97	0.16	0.24	0.73	0.08	0.32	0.24	0.16	0.08	0.24	0.16	0.08	0.24
					0.24	0.32	0.4	0.24	0.97	0.16	1.85	0.08	0.16				0.40	
											0.08	0.08	0.08					
			0.08		0.97	1.29	0.56	0.48	**1.69**	0.24	**2.26**	0.40	0.40	0.08	0.24	0.16	0.48	0.24

巻10のそれが第三期の歌と近似の性格をもつものであることが明瞭に読みとられる。そして第四期の歌は、すべての点で拡散し、領域を広めている、と言えそうである。たとえば主体についてみると、第二期および巻10以外の作者未詳歌では、第一人称者が六五％以上を占め、第二人称者が一五％前後でそれに続き、第三人称「事物」の占める割合は四％にすぎない。それが巻10の作者未詳歌および第三期では、第一人称者が四〇％以下、第二人称者が一〇％以下に減少し、かわって第三人称の「事物」が四二％以上という高率を示すことになる。ここでは、イマをめぐる「われ」や「なんじ」は、いわば事物の背後にかくれ、事物を通すことなしには自己をあらわすことができないかのようである。それが第四期になると、ふたたび、わずかながら第一人称者の割合を増してくる。それはたとえば家持の歌がよく示しているように、作者の生活や感情が外面と内面、あるいは公と私というように分化し、拡散してきたことの結果であろうと思われる。

㈩疑問の二首　巻1の三番歌（第一例、第二例）および巻4の五三四番歌（第九〇例）のイマが特殊な性格のものであることは、諸注釈のひとしく注目するところである。どちらの場合にも、それを現実の時間とは次元を異にする、抽象的・観念的なイマであると考えることができそうに思われる。しかし、もしそうであるとしても、それは思弁的な抽象性でなく、いわば生活に即した抽象性であったであろう。前歌については弓ぼめの意味をふくむ宴飲歌かとする折口信夫氏説があり、後歌については既成の民謡によったかとする土屋文明氏説があって、澤瀉氏はその『注釈』に両者を引き、注目しておられる。たしかにこの両歌のイマには、古代の民謡や芸能のイマと相通うものがあるように思われる。ひとくちに言えばその性格は、想像の「視覚的現前性」ということではなかろうか。

第二節　万葉集の「待つ」

万葉人たちは、未来をどのようなものとして意識していたであろうか。本節では「待つ」ということばをとりあげて、この問題を考えようと思う。

論拠とした資料は次の通りである。

1　「待つ」意味で用いられた語彙マツ（熟語も）は字面に関係なく全部拾った。集中には「待つ」という語彙を用いずに「待つ」ことを歌った歌がもちろんあるが、この種の歌は今回は除外した。

2　語彙数は二九四、それらをふくむ歌数は二七六。そのうち重出歌を除き、また同一歌中の同一発想の語彙を除いた、語彙二七二個、歌二六八首を考察の対象とした。

3　恋愛歌に属する語彙一六五（対二七二比六一％）。うち、女が男を待つもの一二一（対一六五比七三％）、男が女を待つもの二八（同一七％）、処理困難一六（同一〇％）

4　家族関係等、準恋愛歌に属する語彙二九（対二七二比一一％）、うち女が待たれているもの二例のみ。

5　恋愛歌でないもの六五（対二七二比二四％）、処理困難一三例。

まず、待たれるものは何かを見ると、全例の七割強は恋人ないしは家族の一員としての個人である。それも、

あしひきの山のしづくに妹待つとわれ立ち濡れぬ山のしづくに（2・一〇七）

道の辺の草を冬野に履《ふ》み枯らしわれ立ち待つと妹に告げこそ（11・二七七六）

のように男が女を待つ場合はわずかであって、そのほとんどは、女が男を待っている。

夕されば君来まさむと待ちし夜のなごりぞ今も寝《い》ねかてにする（11・二五八八）

大海《わたつみ》の沖つ玉藻の靡き寝む早来ませ君待たば苦しも（12・三〇七九）

春花の移ろふまでに相見ねば月日数《よ》みつつ妹待つらむぞ（17・三九八二）

最後の歌は、待っている女を男が思いやっている例である。

母父《おもちち》も妻も子どもも高高に来むと待つらむ人の悲しさ（13・三三四〇）

これはたまたま挽歌であるが、待たれているのはやはり個人としての男である。なお、挽歌の「待つ」は集中に二一例あるが、すべて恋愛歌のそれと発想において異なるものはないと思われる。

さて、愛情関係の個人以外に、「待つ」ことの対象になっているものは何か。目立つのは、月・船・秋（秋萩をふくむ）・猪鹿《しし》・霍公鳥などである。これらのものはまた、「待つ」ことの直接の対象でないまでも、その「待つ」歌の中で重要な役割を背負っていることが多い。以下、それぞれについて二、三の例歌を挙げ、例数を記すが、この例数は歌に登場する件数であって、厳密に「待たれている」対象としてだけの件数ではない。

月（三四例）

熟田津《にきたつ》に船乗りせむと月待てば潮もかなひぬ今は漕ぎ出でな（1・八）

…あしひきの　山より出づる　月待つと　人にはいひて　君待つわれを（13・三二七六）

妹が目の見まく欲しけく夕闇の木の葉隠《ごも》れる月待つ如し（11・二六六六）
待ちがてにわがする月は妹が着る三笠の山に隠れてありけり（6・九八七）

船（二四例）
やすみししわご大君の大御船待ちか恋ふらむ志賀の辛崎（2・一五二）
わが舟は沖ゆな離《さか》り迎へ舟片待ちがてり浦ゆ漕ぎ会はむ（7・一二〇〇）
ささなみの志賀の辛崎幸くあれど大宮人の船待ちかねつ（1・三〇）
大船に真《ま》楫繁貫《かぢしじぬ》き時待つとわれは思へど月そ経にける（15・三六七九）

秋・秋萩（二一例）
天の河安の渡に船浮けて秋立ち待つと妹に告げこそ（10・二〇〇〇）
夕されば野辺の秋萩末《うれ》若み露にそ枯るる秋待ちがてに（10・二〇九五）
見まく欲《ほ》り恋ひつつ待ちし秋萩は花のみ咲きて成らずかもあらむ（7・一三六四）

猪鹿（五例）
あしひきの山つばき咲く八峯《やつを》越え鹿《しし》待つ君が斎《いは》ひ孀《つま》かも（7・一二六二）
………白栲《しろたへ》の袖纏《ま》き上げて猪鹿《しし》待つわが背（7・一二九二）
………高山の　峯のたをりに　射目立てて　しし待つが如　床敷きて　わが待つ君を……（13・三二七八）
………ひめ鏑《かぶら》　八つ手挟み　鹿《しし》待つと　わが居る時に　さを鹿の　来立ち嘆かく……（16・三八八五）

霍公鳥（五例）
霍公鳥《ほととぎす》待てど来鳴かず菖蒲《あやめ》草珠に貫く日をいまだ遠みか（8・一四九〇）

右の諸例のうち、秋に関する例数が多いのは、一つには七夕歌がまとまって存在するためであり、もう一つには秋萩が女性のイメージを負わされるためであると思われる。霍公鳥はすべて大伴家持の作歌中にあらわれている。ところで、月、船、猪鹿と「待つ」との関連には、より根源的なものがあるように感じられるがどうであろうか。気になるのは、これらの月、船、猪鹿などが一首の主想とは必らずしも関係がないような場合にも、「待つ」にひかれて歌中に登場してくる事実である。漁猟や狩猟の生活における印象の名残りが濃いことは容易に想像がつくけれども、私は今これ以上に推論する手だてを持ちあわさない。

ここで「待つ」の語義をたしかめておこう。「待つ」と言えば、待ち遠しい気持がともなうのが普通である。待ち遠しい、苦しい、もう待ち切れない、というふうにその気持は強まって行き、その果てに、待ってよかった、甲斐があったという解放感や、結局はだめであったという失望感や、それでもいつまでも待ち続けようという覚悟やが続くことになる。それらはいずれも、時間的距離の長さによってもたらされる心的な緊張にささえられている。しかし、そのような時間的距離感とはあまり関係のない「待つ」もある。たとえば、

あしひきの山行き暮し宿借らば妹立ち待ちて宿貸さむかも（7・一二四二）

恋しけば来ませわが背子垣つ柳末《やぎうれ》摘みからしわれ立ち待たむ（14・三四五五）

天の河川門《かはと》に立ちてわが恋ひし君来ますなり紐解き待たむ（10・二〇四八）

などは、ほとんど「受けいれる」「迎える」という意味であるし、

わが背子が古家《ふるへ》の里の明日香には千鳥鳴くなり島待ちかねて（3・二六八）

は、「探し求める」の意味に近い。また、例の鏡王女の、

風をだに恋ふるは羨《とも》し風をだに来むとし待たば何か嘆かむ（4・四八九）

の「待つ」は、先行の額田王歌の「君待つとわが恋ひをれば」にくらべるとき、すでに時間性を欠落させて、「恋人を持つ（身分）」というほどの意味に変じている。

「待つ」ことの情緒は、現実には、その対象と相逢うことによって解消するはずのものである。だから、そのような「待つ」が作品として定着することの意味は、やはり一応考えるに価しよう。そしてその意味は、おそらく二つしかないのであって、一つは贈答歌の場合のように、相手に対する直接の呼びかけ（あるいは証言）となることであり、もう一つは第三者的享受層の共有財産となることである。後者があらためて直接証言の具に用いられる（古歌を誦して相手への想いをのべるなど）場合もあるが、前者はやがて後者へと組みこまれて行くわけであり、そこでの「待つ」は、あるいは抽象化され、観念化され、あるいは何がしかの付加価値を負って客体化されるものと考えられる。それは、二人が相逢えば解消するはずの現実の情動的「待つ」とは異質のものであり、現実の「待つ」に対しては不可逆的な関係に立っていると言うべきであろう。私がさぐろうとするのは、そのような客体化あるいは作品化された時間意識であって、個々の現実の情動的「待つ」の内部の時間意識ではない。

ところで、「待つ」というのは、本来、同一事態の持続であるから、その内側に主観的に没入している限りは推移や変化を持たず、したがって時間性を持たないものと考えられる。「待つ」が時間化され客体化されるためには、外側が視野に入れられなければならない。それはちょうど、走る列車に乗っている人が窓外の景色の推移をながめることによってはじめて、列車が走っていることやその方向やを意識するようなものである。

(ア)わが背子を今か今かと待ち居るに夜の更けぬれば嘆きつるかも（12・二八六四）

(イ)……行きし君　何時来まさむと　玉梓の　道に出で立ち　夕卜《うら》を　わが問ひしかば　夕卜の　われに告《の》らく
　吾妹子や　汝が待つ君は　（略）　久にあらば　今七日ばかり　早くあらば　今二日ばかり　あらむとそ
　君は聞しし　な恋ひそ吾妹（13・三三一八）

(ウ)ありつつも君をば待たむ打ち靡くわが黒髪に霜の置くまでに（2・八七）

(エ)朝露の消やすきわが身老いぬともまた若ちかへり君をし待たむ《を》（11・二六八九）

これらの例歌は今かりにそれぞれが示す「時計の時間」の長さにしたがって配列したものである。(ア)では宵から夜更けに至る数時間、(イ)では二日ないし七日間、(ウ)では一生涯、(エ)ではその繰り返し、というわけで、「待つ」の時計の時間の幅は計量できる。もちろん右に述べたように、数時間であれ生涯であれ、待つ心情の刹那の密度は均質であるとしても、同一の心情を、「今か今か」という寸刻みの幅で表出するのと、「また若ちかへり」という悠長な幅で表出するのとでは、表現の問題として質的に相違するものがあるであろう。「待つ」がどのような時間的展望で表現されているかということが問題である。

ただし、私が視野に入れるべき「外側」と称するのは、この時計の時間それ自体ではない。「外側」として言いたいのは、(ア)にあっては「待つ」という同一事態の持続が「夜の更けぬれば」という外界の推移によっていわば叙景詩的に客体化されている事実、(イ)にあってはそれが呪術によっていわば叙事詩的に客体化されている事実、(ウ)(エ)にあってはそれが浪漫的自照性をともなっていわば抒情詩的に客体化されている事実である。

(ウ)を例にとって、この間の事情をさらに詳細に見てみよう。この八七番歌は、一首をはさんだ後に、
　　或本の歌に曰く、
　居明かして君をば待たむぬばたまのわが黒髪に霜はふれども

右一首、古歌集の中に出づ。

としてその異伝が八九番に配列され、また、巻12にも、

君待つと庭にし居ればうち靡くわが黒髪に霜そ置きにける（三〇四四）

或る本の歌の尾句に云はく、白栲《しろたへ》のわが衣手に露そ置きにける

という類歌が見られるものである。八七番歌の作者は磐姫皇后に仮託されているが、類歌の中でこの一首のみがそれほど古いものである蓋然性はなく、実はむしろ、八九番歌や三〇四四番歌などに類するものが、八五番以下の連作に適するように改変されたのだという澤瀉説（『注釈』）に従いつつ、さらに時間の立場から八七番歌を考えるとき、注目されるのは末句の「までに」という部分である。類歌の末句「霜はふれども」「霜そ置きにける」「露そ置きにける」が既定の事実の表現であるのに対して、この「霜の置くまでに」は未来にわたる観念の表現に変わっている。未来にわたる観念がリアリティーをもって視野の中に入って来、それによって「待つ」こと自体も観念化していると言えるであろう。

例示のわずらわしさは避けるけれど、「古今の相聞往来の歌」を集めた巻11、12を眺めると、恋をめぐって、自己の生命や生涯に想いを致す、といった発想に数多く出会う。両巻の歌を、明日香・藤原から奈良前期の時代の、平均的心情の表現とみなすならば、この時代の歌の中には、ある種の観念的人生観がなにほどか浸透していることを指摘してよかろうと思う。

かくしつつあが待つしるしあらぬかも世の人皆の常ならなくに（11・二五八五）

この歌をただちに「仏教の無常観が茲にもあらはれてゐる。一般社会への仏教の影響の大なるを知ることができる」（鴻巣『全釈』）とまで評することができるかどうか、私には判断できないが、この歌が作品として仏教歌とみ

なされ得るだけ十分に、すでに「観念」を吸いこんでいることは疑う余地がない。

それにしても万葉集の「待つ」が、千年、万年、あるいは「とこしへに」などの語彙とほとんど交渉を持たないのはなぜであろうか。わずかに、

相見ては千歳や去ぬる否をかも吾《われ》や然《しか》思ふ君待ちがてに（11・二五三九。14・三四七〇に重出）

の例があるが、これも未来の千年を「待つ」というのではない。

第三節　万葉集の「時」

『万葉集』には、時《とき》（時・等伎・登吉など）ということばの用例が230か所ほど（正確には後に述べる）に見出されるが、それらはそれぞれ、どのような意味や働きを持ち、どのような時間意識を反映しているであろうか。本節は、まず基礎資料としてその全例を一覧表に示し、ついで発想分析の立場から問題の所在を指摘しようとするものである。

一　用例

用例の採集は『総索引』に依ったが、同索引に洩れている一例（18・四一一一登吉）、および別訓（トキドキ・ヨリヨリ）によって採られている一例（11・二四五七）を補入した。巻10・二〇三三の「磨」はトキと読み得るかどうかに疑問があり、番外とすべきであったが、一応、総索引に従って例に加えた。ただし、実質的な考察の対象とはしなかった。また、巻2・一九一の歌の「春冬」をトキと読む説があるが、これは定訓としがたいので考察の対象とせず、番外として扱った。したがって、表の用例番号は230まで打ってあるが、実質的には二二九例を資料としたことになる。

これらの用例を澤瀉・森本『作者類別年代順萬葉集』の記載順序にしたがって類別したのが左に掲げる表である。

「用例番号」は、本稿の便宜のために付した通し番号であり、本稿で「第○例歌」のように言うのはこの番号のことである。

「長歌」欄その他小区画の部分では、該当のところを○印で示した。「恋」は、その歌が恋愛歌ないしそれに類するもの・それに関係の深いものである場合を示す。七夕歌は恋愛譚としての面を重視した。

「構造」は、歌中の「時」ということばが、修飾語を冠されているか・いないか、文の主語になっているか・いないか、などを見るために設けた欄である。「内側の主語・述語」というのは（以下しばらく英文法の用語を援用するが）、「時」が関係副詞であるような場合にその複文の従属節にふくまれる主語や述語のことである。ただし、単純な形容詞もこの欄に記入した。「外側」というのは主文であり、「時」を包む文脈的環境である。

「時なし」以下の細目については後に詳述する（170ページ以下）。

表・万葉集の「時」

用例番号	巻	歌番号	長歌	部立	恋	作者	本文	構造：内側の主語など	構造：内側の述語（修飾語）	構造：時	構造：時の述語など	構造：外側の主・述語など	「時なし」	〜において	原文表記「時」以外	備考
1	1	14		雑	◌	天智天皇	香具山と耳梨山とあひし時立ちて見に来し印南国原	香具山と耳成山とガ	あひし	時ニ				○		
2	2	150	○	挽	○	婦人（天智崩時）	…衣ならば脱く時もなくわが恋ふる君そ昨の夜…	衣ならば	脱く	時も	なく	わが恋ふる	○			
3	1	25	○	雑		天武天皇	み吉野の耳我の嶺に時なくそ雪は降りける			時	なくそ	雪は降りける	○			
4	〃	〃	○	〃		〃	その雪の時なきが如その雨の間なきが如	その雪の		時	なきが如		○			
5	2	159	○	挽	○	持統天皇	荒栲の衣の袖は乾る時もなし	衣の袖は	乾る	時も	なし		○			
6	7	1260		雑		古歌集	時じくに斑の衣着欲しきか島の榛原時にあらねども	榛原　ハ		時に	あらねども					
7	2	167	○	挽		柿本人麻呂	天地の初の時ひさかたの天の河原に	天地の	初の	時ニ				○		
8	〃	〃	○	〃		〃	神集ひ集ひ座して神分り分りし時に	神　ガ	分りし	時に				○		
9	1	49		雑		〃	日並皇子の命の馬並めて御猟立たしし時は来向ふ	日並皇子　ガ	御猟立たしし	時は	来向ふ					
10	2	199	○	挽		〃	万代に然しもあらむと木綿花の栄ゆる時に	（天下）ガ	栄ゆる	時に				○		
11	2	196	○	挽		〃	うつそみと思ひし時春べは花折りかざし		うつそみと思ひし	時ニ				○		
12	2	210	○	挽	○	〃	うつせみと思ひし時に一に云ふうつそみと思ひし取り持ちて		うつせみと思ひし	時に				○		
13	2	213	○	挽	○	〃	うつそみと思ひし時携へてわが二人見し		うつそみと思ひし	時ニ				○		
14	2	217	○	挽		〃	思ひ恋ふらむ時ならず過ぎにし子らが			時	ならず	過ぎにし子らが				
15	4	501		相	○	〃	未通女等が袖布留山の瑞垣の久しき時ゆ思ひきわれは		久しき	時ゆ		思ひきわれは				
16	7	1286		雑		人麻呂歌集	山城の久世の社の草な手折りそわが時と立ち栄ゆとも草な手折りそ	（草）ガ	わが	時と		立ち栄ゆとも				

17	9	1703		雑		〃	雲隠り雁鳴く時は秋山の黄葉片待つ時は過ぐれど	雁	鳴く	時 ニは		（われは）黄葉片待つ		○		
18	〃	〃		〃		〃	〃			時 は	過ぐれど					
19	9	1705		雑		〃	冬ごもり春べを恋ひて植ゑし木の実になる時を片待つわれぞ	植ゑし木の	実になる	時 を						
20	10	2005		秋雑	○	〃	天地と別れし時ゆ己妻は然ぞ年にある秋待つわれは	天地と	別れし	時 ゆ						
21	10	2013		秋雑	○	〃	天の河水陰草の秋風になびくを見れば時は来にけり			時 は	来にけり					
22	10	2028		秋雑	○	〃	君に逢はず久しき時ゆ織る服の白栲衣垢つくまでに		久しき	時 ゆ		織る服の				
23	10	2033		秋雑 七夕	○	〃	天の河安の河原に定まりて神競物磨待無									
24	11	2373		正述心緒	○	〃	何時はしも恋ひぬ時とはあらねども夕かたまけて恋は為方無し		恋ひぬ	時 とは	あらねども		○			
25	11	2415		寄物陳思	○	〃	少女らを袖布留山の瑞垣の久しき時ゆ思ひけりわれは		久しき	時 ゆ		われは思ひけり				
26	11	2446		寄物陳思	○	〃	白玉を纏きて持ちたり今よりはわが玉にせむしれる時だに		しれる	時 だに		わが玉にせむ		△		
27	11	2508		問答	○	〃	皇祖の神の御門を懼みと侍従ふ時に逢へる君かも		侍従ふ	時 に		逢へる君かも		○		
28	12	2852		寄物陳思	○	〃	人言の繁かる時は吾妹子し衣にありせば下に着ましを	人言の	繁かる	時 ニは				○		
29	2	177		挽		日並皇子宮舎人	朝日照る佐太の岡辺に群れ居つつわが泣く涙止む時も無し	わが泣く涙	止む	時 も	なし		○			
30	2	178		挽		〃	み立たしの島を見る時にはたつみ流る涙止めそかねつる		島を見る	時 ニ				○		
31	2	140		相	○	依羅娘子	な思ひと君は言へども逢はむ時何時と知りてかわが恋ひざらむ		逢はむ	時 ヲ		何時と知りてか				
32	13	3244		雑	○	不明	阿胡の海の荒磯の上のさざれ波わが恋ふらくは止む時もなし	わが恋ふらくは	止む	時 も	なし		○			
33	13	3260	○	相	○	〃	…飲む人の時じきが如吾妹子にわが恋ふらくは止む時もなし	わが恋ふらくは	止む	時 も	なし		○			
34	13	3262		相	○	〃	楉垣の久しき時ゆ恋すればわが帯緩ふ朝夕ごとに		久しき	時 ゆ		恋すれば				
35	13	3286	○	相	○	〃	玉欅懸けぬ時なくわが思へる君に依りては…		懸けぬ	時	なく	わが思へる	○			
36	13	3290		相	○	〃	古の神の時より逢ひけらし今の心も常忘らえず		古の神の	時 より						
37	13	3297	○	相	○	〃	玉欅懸けぬ時無くわが思ふ妹にし逢はねば		懸けぬ	時	なく	わが思ふ	○			
38	13	3324	○	挽		〃	万成に斯くしもがもと大船のたのめる時に		大船のたのめる	時 に				○		

39	13	3329	○	挽	○	〃	何時はしも恋ひぬ時とはあらねどもこの九月を		恋ひぬ	時とは	あらねども		○			
40	14	3352				〃	信濃なる須賀の荒野にほととぎす鳴く声聞けば時すぎにけり			時	すぎにけり				登伎	
41	14	3355		相	○	〃	天の原富士の柴山木の暗の時移りなば逢はずかもあらむ		木の暗の	時	移りなば				等伎	由都利奈波
42	14	3379		相	○	〃	わが背子を何どかも言はむ武蔵野のうけらが花の時無きものを		うけらが花の	時	なきものを		△		登吉	
43	14	3422		相	○	〃	伊香保風吹く日吹かぬ日ありといへど吾が恋のみし時無かりけり			時	なかりけり		○		等伎	
44	14	3493 或本		相	○	〃	遅速も君をし待たむ向つ嶺の椎の小枝の時は過ぐとも		椎の小枝の	時は	過ぐとも				登吉	
45	14	3572		譬喩	○	〃	何ど思へか阿自久麻山のゆづる葉の含まる時に風吹かずかも	ゆづる葉の	含まる	時に				○	等伎	
46	11	2457		寄物陳思	○	〃	大野らに小雨降りしく木の下に時と寄り来ねわが思ふ人			時と		寄り来ね				
47	11	2606		正述心緒	○	〃	人日多み常斯くのみし候はばいづれの時かわが恋ひざらむ		いづれの	時か		わが恋ひざらむ	△			
48	11	2612		正述心緒	○	〃	白栲の袖に触れてよわが背子にわが恋ふらくは止む時もなし	わが恋ふらくは	止む	時も	なし		○			
49	11	2626		寄物陳思	◌	〃	古衣打棄る人は秋風の立ち来る時にも思ふものそ	秋風の	立ち来る	時に		もの思ふ		○		
50	11	2633		寄物陳思	○	〃	真澄鏡手に取り持ちて朝な朝な見む時さへや恋の繁けむ		見む	時ニさへや		恋の繁けむ				
51	11	2641		寄物陳思	○	〃	時守の打ち鳴す鼓数み見れば時にはなりぬ逢はなくも怪し			時には	なりぬ					
52	11	2645		寄物陳思	○	〃	宮材引く泉の杣に立つ民の息ふ時無く恋ひわたるかも	民の	息ふ	時	なく	恋ひわたる	○			
53	11	2704		寄物陳思	○	〃	あしひきの山下響みゆく水の時ともなくも恋ひ渡るかも		ゆく水の	時とも	なくも	恋ひ渡る	○			
54	11	2741		寄物陳思	○	〃	大海に立つらむ波は間あらめ君に恋ふらく止む時も無し	君に恋ふらく	止む	時も	なし		○			
55	11	2775		寄物陳思	○	〃	山高み谷辺にはへる玉葛絶ゆる時なく見むよしもがも		絶ゆる	時	なく	見む	○			
56	11	2785		寄物陳思	○	〃	咲く花は過ぐる時あれどわが恋ふる心のうちは止む時もなし	咲く花は	過ぐる	時	あれど					
57	〃	〃		〃	○	〃	〃	心のうちは	止む	時も	なし		○			
58	11	2815		問答	○	〃	ま日長く夢にも見えず絶えぬともわが片恋は止む時もあらじ	わが片恋は	止む	時も	あらじ		○			
59	11	2823		問答	○	〃	かへらまに君こそわれに栲領巾の白浜波の寄る時も無き	波の	寄る	時も	なき					
60	11	2836		譬喩	○	〃	三島菅いまだ苗なれ時待たば着ずやなりなむ三島菅笠			時	待たば	着ずやなりなむ				

61	12	2878	正述心緒	○	〃	ぬまたばの寝ての夕の物思に割けにし胸は息む時もなし	割けにし胸は	息む	時も	なし		○		
62	12	2897	正述心緒	○	〃	如何ならむ日の時にかも吾妹子が裳引の姿朝に日に見む		如何ならむ	時にかも		見む		○	
63	12	2916	正述心緒	○	〃	玉かつま逢はむといふは誰なるか逢へる時さへ面隠しする		逢へる	時ニさへ		面隠しする		○	
64	12	2921	正述心緒	○	〃	手弱女は同じ情に暫しくも止む時も無く見てむとそ思ふ		止む	時も	なく	見てむ	○		
65	12	2949	正述心緒	○	〃	うたて異に心いぶせし事計よくせわが背子逢へる時だに		逢へる	時ニだに		事計よくせ		○	
66	12	2954	正述心緒	○	〃	今よりは逢はじとすれや白栲のわが衣手の乾る時もなき	わが衣手の	乾る	時も	なき		○		
67	12	2978	寄物陳思	○	〃	真澄鏡見ませわが背子わが形見持たらむ時に逢はざらめやも		わが形見持たらむ	時に		逢はざらめやも		○	辰
68	12	2990	寄物陳思	○	〃	少女らが績麻の絡垜打麻懸け績む時無しに恋ひ渡るかも		績む	時	なしに	恋ひ渡るかも	○		
69	12	2994	寄物陳思	○	〃	玉かづら懸けぬ時無く恋ふれども何しか妹に逢ふ時も無き		懸けぬ	時	なく	恋ふれども	○		
70	〃	〃	〃	○	〃	〃		妹に逢ふ	時も	なき				
71	12	3006	寄物陳思	○	〃	月夜よみ門に出で立ち足占してゆく時さへや妹に逢はざらむ		ゆく	時ニさへや		妹に逢はざらむ		○	
72	12	3030	寄物陳思	○	〃	思ひ出でて為方なき時は天雲の奥処も知らず恋ひつつそ居る		為方なき	時ニは		…恋ひつつそ居る		○	
73	12	3036	寄物陳思	○	〃	思ひ出づる時は為方無み佐保山に立つ雨霧の消ぬべく思ほゆ		思ひ出づる	時ニは		為方無み		○	
74	12	3045	寄物陳思	○	〃	朝霜の消ぬべくのみや時無しに思ひ渡らむ息の緒にして			時	なしに	思ひ渡らむ	○		
75	12	3081	寄物陳思	○	〃	玉の緒を片緒に搓りて緒を弱み乱るる時に恋ひずあらめやも		乱るる	時に		恋ひすあらめやも		○	
76	12	3088	寄物陳思	○	〃	恋衣着奈良の山に鳴く鳥の間無く時無しわが恋ふらくは	わが恋ふらくは		時	なし		○		
77	12	3139	羇旅	○	〃	玉桙の道に出で立ち別れ来し日より思ふに忘るる時無し		忘るる	時	なし		○		
78	12	3168	羇旅	○	〃	衣手の真若の浦の真砂子地間無く時無しわが恋ふらくは	わが恋ふらくは		時	なし		○		
79	12	3179	羇旅	○	〃	留りにし人を思ふに蜻蛉野に居る白雲の止む時も無し		止む	時も	なし		○		
80	12	3189一云	悲別	○	〃	あしひきの山は百重に隠せども君を思はく止む時もなし	君を思はく	止む	時も	なし		○		
81	12	3196	悲別	○	〃	春日野の浅茅が原におくれ居て時そとも無しわが恋ふらくは	わが恋ふらくは		時そとも	なし		○		
82	7	1311	譬喩　衣	○	〃	橡の衣は人皆事無しといひし時より着欲しく思ほゆ	人皆	事無しといひし	時　より		着欲しく思ほゆ			

83	7	1368		譬喩 雨	○	〃	石倉の小野ゆ秋津に立ち渡る雲にしもあれや時をし待たむ			時	をし		待たむ				
84	7	1371		譬喩 雲	○	〃	ひさかたの雨には着ぬを恠しくもわが衣手は干る時なきか	わが衣手は	干る	時		なきか		○			
85	7	1396		譬喩 藻	○	〃	紫の名高の浦の名告藻の磯に靡かむ時待つわれを		靡かむ	時	ヲ		待つわれを				
86	7	1402		譬喩 船	○	〃	こと放けば沖ゆ放けなむ湊より辺付かふ時に放くべきものか		湊より辺付かふ	時	に		放くべきものか		○		
87	10	1823		春雑 鳥	○	〃	朝井堤に来鳴く貌鳥汝だにも君に恋ふれや時終へず鳴く	君に恋ふれや		時		終へず	鳴く	△			
88	10	1854		春雑 花		〃	鶯の木伝ふ梅のうつろへば桜の花の時片設けぬ		桜の花の	時		片設けぬ					
89	10	1855		春雑 花	(○)	〃	桜花時は過ぎねど見る人の恋の盛りと今し散るらむ	桜花		時	は	過ぎねど					
90	10	1907		春相 花	○	〃	斯くしあらば何か植ゑけむ山吹の止む時もなく恋ふらく思へば		止む	時	も	なく	恋ふらく思へば	○			
91	10	1955		夏雑 鳥		〃	霍公鳥厭ふ時無し菖蒲蘰にせむ日此ゆ鳴き渡れ		厭ふ	時		なし		△			
92	10	1964		夏雑 蟬		〃	黙然もあらむ時も鳴かなむ晩蟬のもの思ふ時に鳴きつつもとな		黙然もあらむ	時	ニも		鳴かなむ		○		
93	〃	〃		〃		〃	〃		もの思ふ	時	に		鳴きつつもとな		○		
94	10	1969		夏雑 花		〃	わが屋前の花橘は散りにけり悔しき時に逢へる君かも		悔しき	時	に		逢へる君かも		○		
95	10	1980		夏相 鳥	○	〃	五月山花橘に霍公鳥隠らふ時に逢へる君かも		隠らふ	時	に		逢へる君かも		○		
96	10	1982		夏相 蟬	○	〃	晩蟬は時と鳴けども片恋に手弱女われは時わかず泣く	晩蟬は		時	と		鳴けども				
97	〃	〃		〃 〃	○	〃	〃	われは		時		わかず	泣く	○			
98	10	1994		夏相 露	○	〃	夏草の露分衣着けなくにわが衣手の乾る時もなき	わが衣手の	乾る	時	も	なき		○			
99	10	2053		秋雑 七夕	○	不明	天の河八十瀬霧らへり彦星の時待つ船は今し漕ぐらし			時	ヲ		待つ船は…				
100	10	2056		秋雑 七夕	○		天の河打橋渡し妹が家道止まず通はむ時待たずとも			時	ヲ		待たずとも				
101	10	2089	0	秋雑 七夕	○		天地の初めの時ゆ	天地の	初めの	時	ゆ						
102	10	2092	0	秋雑 七夕	○		天地と別れし時ゆ	天地と	別れし	時	ゆ						
103	〃	〃	〃	〃 〃	○	〃	あらたまの月を累ねて妹に逢ふ時候ふと立ち待つに		妹に逢ふ	時			候ふと				
104	10	2093		秋雑 七夕	○	〃	妹に逢ふ時片待つとひさかたの天の河原に月ぞ経にける		妹に逢ふ	時			片待つと				
105	10	2106		秋雑 花		〃	沙額田の野辺の秋萩時なれば今盛りなり折りて挿頭さむ			時		なれば	今盛りなり				

106	10	2109		秋雑 花		〃	わが屋前の萩の末長し秋風の吹きなむ時に咲かむと思ひて	秋風の	吹きなむ	時に		咲かむと		○		
107	10	2117		秋雑 花		〃	少女らに行相の早稲を刈る時に成りにけらしも萩の花咲く		刈る	時に	成りにけるかも					
108	10	2131		秋雑 雁	◌	〃	さ男鹿の妻どふ時に月を良み雁が音聞ゆ今し来らしも		妻どふ	時に				○		
109	10	2170		秋雑 霜		〃	秋萩の枝もとををに露霜置き寒くも時はなりにけるかも		寒くも	時は	なりにけるかも					
110	10	2202		秋雑 黄葉		〃	黄葉する時になるらし月人の楓の枝の色づく見れば		黄葉する	時に	なるらし					
111	10	2209		秋雑 黄葉	◌	〃	秋萩の下葉の黄葉花に継ぎ時過ぎ行かば後恋ひむかも			時	過ぎ行かば	後恋ひむかも				
112	10	2236		秋雑 雨	○	〃	玉欅かけぬ時なしわが恋は時雨し降らば濡れつつも行かむ	わが恋は	かけぬ	時	なし		○			
113	10	2251		秋相 水田	○	〃	橘を守部の里の門田早稲刈る時過ぎぬ来じとすらしも		刈る	時	過ぎぬ					
114	10	2341		冬相 雪	○	〃	思ひ出づる時は為方なみ豊国の木綿山雪の消ぬべく思ほゆ		思ひ出づる	時ニは		為方なみ		○		
115	5	804	○	雑		山上憶良	手携りて遊びけむ時の盛りを留みかね過し遣りつれ		遊びけむ	時の盛りを		留みかね過し遣り			等伎	
116	8	1520	○	秋雑 七夕	○	〃	牽牛は織女と天地の別れし時ゆいなうしろ川に向き立ち	天地の	別れし	時ゆ						
117	8	1526		秋雑 七夕	○	〃	玉かぎる髣髴に見えて別れなばもとなや恋ひむ逢ふ時までは		逢ふ	時までは		もとなや恋ひむ				
118	5	892	○	雑		〃	此の時は如何にしつつか汝が世は渡る		此の	時ニは		如何にしつつか		○		
119	5	793		雑	◌	大伴旅人	世の中は空しきものと知る時しいよよますます悲しかりけり		知る	時し		悲しかりけり			等伎	
120	3	439		挽	○	〃	還るべく時は成りけり京師にて誰が手本をかわが枕かむ		還るべく	時は	成りけり					
121	6	961		雑	○	〃	湯の原に鳴く芦鶴はわがごとく妹に恋ふれや時わかず鳴く			時	わかず	鳴く	○			
122	5	810		雑		〃	如何にあらむ日の時にかも声知らむ人の膝の上わが枕かむ		如何にあらむ日の	時にかも		わが枕かむ		○	等伎	
123	6	970		雑		〃	指進の栗栖の小野の萩の花散らむ時にし行きて手向けむ	萩の花	散らむ	時にし		行きて手向けむ		○		
124	4	526		相	○	大伴阪上郎女	千鳥鳴く佐保の河瀬のさざれ波止む時も無しわが恋ふらくは	わが恋ふらくは	止む	時も	なし		○			
125	4	527		相	○	〃	来むといふも来ぬ時あるを来じといふを来むとは待たじ来じといふものを		来ぬ	時	あるを					
126	8	1447		春雑		〃	尋常に聞くは苦しき呼子鳥声なつかしき時にはなりぬ	声	なつかしき	時には	なりぬ					
127	8	1450		春相	○	〃	情ぐきものにそありける春霞たなびく時に恋の繁きは	春霞	たなびく	時に		恋の繁きは		○		

128	4	585		相	○	〃	出でて去なむ時しはあらむを故に妻恋しつつ立ちて去ぬべしや		出でて去なむ	時　しは	あらむを					
129	4	619	○	相	○	〃	…大船のたのめる時にちはやぶる神や離けけむ		大船のたのめる	時　に		…ちはやぶる神や		○		
130	4	661		相	○	〃	恋ひ恋ひて逢へる時だに愛しき言尽してよ長くと思はば		逢へる	時ニだに		言尽してよ		○		
131	4	760		相	○	〃	うち渡す竹田の原に鳴く鶴の間無く時無しわが恋ふらくは	わが恋ふらくは		時	なし		○			
132	19	4221			○	〃	かくばかり恋しくしあらば真澄鏡見ぬ日時なくあらましものを		見ぬ	時	なく	あらまし	○		等吉	
133	3	423	○	挽		山前王(左注人麻呂?)	…九月の時雨の時は黄葉を折りかざさむと		時雨の	時　ニは		黄葉を折り…		○		
134	3	317	○	雑		山部赤人	天地の分れし時ゆ神さびて高く貴き	天地の	分れし	時　ゆ						
135	6	1005	○	雑		〃	…この川の絶えばのみこそももしきの大宮所止む時もあらめ		止む	時　も	あらめ					
136	4	573		相	○	沙弥満誓	ぬばたまの黒髪変り白髪ても痛き恋には会ふ時ありけり		会ふ	時	ありけり					
137	6	914		雑	○	車持千年	滝の上の三船の山は畏けど思ひ忘るる時も日も無し		思ひ忘るる	時　も	なし		○			
138	6	915		雑	○	〃	千鳥鳴くみ吉野川の川音なす止む時無しに思ほゆる君		止む	時	なしに	思ほゆる君	○			
139	6	929		雑		笠金村	荒野らに里はあれども大君の敷き坐す時は都となりぬ	大君の	敷き坐す	時　ニは		都となりぬ		○		
140	8	1453	○	春相	○	〃	玉欅懸けぬ時無く息の緒にわが思ふ君は		懸けぬ	時	なく	わが思ふ君は	○			
141	4	579		相	○	余明軍	見奉りていまだ時だに更らねば年月のごと思ほゆる君			時　だに	更らねば					
142	3	441		挽		倉橋部女王	大君の命恐み大殯の時にはあらねど雲がくります		大殯の	時　には	あらねど					
143	3	443	○	挽		大伴三中	…うつせみの惜しきこの世を露霜の置きて往にけむ時にあらずして			時　に	あらずして					
144	15	3701		遣新羅使人	○	〃	竹敷の黄葉を見れば吾妹子が待たむといひし時そ来にける	吾妹子が	待たむといひし	時　そ	来にける				等伎	
145	17	3891			○	不審	荒津の海潮干潮満ち時はあれどいづれの時かわが恋ひざらむ			時　は	あれど					
146	〃	〃			○	〃	〃		いづれの	時　か		わが恋ひざらむ	△			
147	6	971	○	雑		高橋虫麻呂	…露霜に色づく時に		露霜に色づく	時　に				○		
148	〃	〃	〃	〃		〃	…円つつじの薫はむ時の	丹つつじの	薫はむ	時（の）ニ				○		
149	〃	〃	〃	〃		〃	…桜花咲きなむ時に	桜花	咲きなむ	時　に				○		
150	9	1740	○	雑		虫麻呂歌集	春の日の霞める時に	春の日の	霞める	時　に				○		

151	9	1753	○	雑		〃	…女の神も幸ひ給ひて時となく雲居雨降る			時　と	なく	雲居雨降る	○		
152	9	1781		相		〃	海つ路の和ぎなむ時も渡らなむ斯く立つ波に船出すべしや	海つ路の	和ぎなむ	時　＝も		渡らなむ		○	
153	9	1807	○	挽		〃	…行きかぐれ人のいふ時いくばくも生けらじものを	人の	いふ	時　＝				○	
154	9	1809	○	挽	◌	〃	…八年児の片生の時ゆ小放髪に髪たくまでに		片生の	時　ゆ					
155	〃	〃	〃	〃	◌	〃	…見てしかと悒憤む時の		悒憤む	時（の）＝				○	
156	〃	〃	〃	〃	◌	〃	…垣ほなす人の誂ふ時	人の	誂ふ	時　＝				○	
157	〃	〃	〃	〃	◌	〃	…相結婚ひしける時は		相結婚しける	時　＝は				○	
158	〃	〃	〃	〃	◌	〃	…立ち向ひ競ひし時に		競ひし	時　に				○	
159	3	382	○	雑	◌	丹比国人	…筑羽の山を冬ごもり時じき時と見ずて行かば		時じき	時　と		見ずて行かば			
160	4	606		相	○	笠女郎	われも思ふ人もな忘れおほなわに浦吹く風の止む時なかれ	浦吹く風の	止む	時	なかれ		○		
161	3	398		譬喩	○	藤原八束	妹が家に咲きたる梅の何時も何時も成りなむ時に事は定めむ	梅の	成りなむ	時　に		事は定めむ		○	
162	8	1439		春雑		中臣武良自	時は今は春になりぬとみ雪降る遠き山辺に霞棚引く			時　は	春になりぬ				
163	3	467		挽	○	大伴家持	時はしも何時もあらむを情いたく去にし吾妹か若子を置きて			時はしも	何時もあらむを				
164	3	469		挽	○	〃	妹が見し屋前に花咲き時は経ぬわが泣く涙いまだ干なくに			時　は	経ぬ				
165	3	475	○	挽		〃	…いや日異に栄ゆる時に逆言の狂言とかも		栄ゆる	時　に				○	
166	4	745		相	○	〃	朝夕に見む時さへや吾妹子が見とも見ぬごとなほ恋しけむ		見む	時＝さへや		なほ恋しけむ		○	
167	4	789		相	○	〃	情ぐく思ほゆるかも朝霞棚びく時に言の通へば	朝霞	棚びく	時　に		言の通へば		○	
168	17	3947				〃	今朝の朝明秋風寒し遠つ人雁が来鳴かむ時近みかも	雁が	来鳴かむ	時	近みかも				等伎
169	17	3957	○		◌	〃	…馬とどめ別れし時に		別れし	時　に				○	
170	〃	〃	〃		◌	〃	…吾弟の命何しかも時しはあらむを			時　しは	あらむを				
171	17	3969	○			〃	…赤裳の裾の春雨ににほひ埿ちて通ふらむ時の盛りを徒に過し遣りつれ		…通ふらむ	時の盛りを	過し遣りつれ				
172	17	3985	○			〃	…秋の葉のにほへる時に出で立ちて振り放け見れば	秋の葉の	にほへる	時　に		出で立ちて		○	等伎
173	17	3987			◌	〃	玉匣二上山に鳴く鳥の声の恋しき時は来にけり	声の	恋しき	時　は	来にけり				登伎

174	17	4011	○			〃	…乞ひ祈みて吾が待つ時に少女らが夢に告ぐらく	吾が	待つ	時 に		少女らが		○	等吉	
175	18	4089	○			〃	…あはれの鳥と言はぬ時なし		言はぬ	時	なし		○		登枳	
176	18	4092				〃	霍公鳥いとねたけくは橘の花散る時に来鳴き響むる	橘の花	散る	時 に		来鳴き響むる			等吉	
177	18	4101	○		◌	〃	…妻の命の衣手の別れし時よぬばたまの夜床片さり		別れし	時 よ		夜床片さり			等吉	
178	18	4106	○		◌	〃	…春花の盛りもあらむと待たしけむ時の盛りそ		待たしけむ	時の盛り そ					等吉	
179	18	4111	○			〃	…八矛持ち参出来し時時じくの香の木の実を		参出来し	時 ニ		時じくの香の…		○	登吉	
180	19	4144				〃	燕来る時になりぬと雁がねは本郷思ひつつ雲隠り鳴く	燕	来る	時 に	なりぬと	雁がねは…鳴く				
181	19	4166	○			〃	時ごとにいや珍らしく八千種に草木花咲き			時ごとに		いや珍らしく		○		
182	19	4167				〃	時ごとにいや珍らしく咲く花を折りも折らずも見らくし好しも			時ごとに		いや珍らしく		○		
183	19	4169	○			〃	…直向ひ見む時までは松柏の栄えいまさね		見む	時までは		栄えいまさね				
184	19	4187	○			〃	…秋の葉の黄色ふ時にあり通ひ見つつ賞美め	秋の葉の	黄色ふ	時 に		あり通ひ		○		
185	19	4207	○			〃	…植木橘花に散る時を未だしみ来鳴かなく		花に散る	時 を	未だしみ	来鳴かなく				
186	19	4214	○			〃	天地の初の時ゆうつそみの八十伴の男は	天地の	初の	時 ゆ						
187	〃	〃	〃			〃	…咲く花も時に移ろふうつせみも常無くありけり			時 に	移ろふ					
188	〃	〃	〃			〃	…御母の命何しかも時しはあらむを真澄鏡見れども飽かず			時 しは	あらむを					
189	19	4226				〃	この雪の消残る時にいざ行かな山橘の実の照るも見む	この雪の	消残る	時 に		いざ行かな		○		
190	20	4314				〃	八千種に草木を植ゑて時ごとに咲かむ花をし見つつ賞はな			時ごとに		咲かむ花をし…		○	等伎	
191	20	4360	○			〃	物ごとに栄ゆる時と見し給ひ明らめ給ひ	物ごとに	栄ゆる	時 と		見し給ひ			等伎	
192	20	4398	○			〃	…舳向け漕がむと侍候ふとわが居る時に春霞島廻に立ちて	わが	居る	時 に				○	等伎	
193	20	4483				〃	移り行く時見る毎に心いたく昔の人し思ほゆるかも			時 ガ	移り行く	見る毎に				
194	20	4484				〃	咲く花は移ろふ時ありあしひきの山菅の根し長くはありけり	咲く花は	移ろふ	時	あり				等伎	
195	20	4485				〃	時の花いやめづらしもかくしこそ見し明めめ秋立つごとに			時の花		いや珍らしも				

196	4	759		相	◌	田村大嬢	いかならむ時にか妹を葎生のきたなき屋戸に入りいませなむ		いかならむ	時にか		妹を葎生の		○		
197	8	1551		秋雑		市原王	時待ちてふりし時雨の雨止みぬ明けむ朝か山のもみたむ			時ヲ		待ちて				
198	4	618		相		大神女郎	さ夜中に友呼ぶ千鳥もの思ふとわびをる時に鳴きつつもとな		わびをる	時に		鳴きつつもとな		○		
199	6	996		雑		海犬養岡麿	御民われ生ける験あり天地の栄ゆる時に遇へらく思へば	天地の	栄ゆる	時に		遇へらく思へば				
200	15	3591		遣新羅使人	○	未詳	妹とありし時はあれども別れては衣手寒きものにそありける		妹とありし	時は	あれども	別れては				
201	15	3600		遣新羅使人		〃	離磯に立てるむろの木うたがたも久しき時を過ぎにけるかも		久しき	時を	過ぎにけるかも					
202	15	3663		遣新羅使人	○	〃	わたつみの沖つ縄海苔来る時と妹が待つらむ月は経につつ		来る	時と		妹が待つらむ			等伎	
203	15	3679		遣新羅使人		〃	大船に真揖繁貫き時待つとわれは思へど月そ経にける			時ヲ		待つと…			等吉	
204	15	3688	○	遣新羅使人	◌	〃	…時も過ぎ月も経ぬれば今日か来む明日かも来むと			時も	過ぎ				等伎	
205	15	3713		遣新羅使人	○	〃	黄葉は今はうつろふ吾妹子が待たむといひし時の経ゆけば	吾妹子が	待たむといひし	時の	経ゆけば				等伎	
206	8	1579		秋雑		文馬養	朝戸あけてもの思ふ時に白露の置ける秋萩見えつつもとな		もの思ふ	時に		白露の置ける…		○		
207	8	1481		夏雑		大伴書持	わが屋戸前の花橘に霍公鳥今こそ鳴かめ友に逢へる時		友に逢へる	時ニ				○		
208	17	3993	○			大伴池主	…秋さらば黄葉の時に春さらば花の盛りに		黄葉の	時に				○	等伎	
209	17	4008	○		◌	〃	…月立たば時もかはさず石竹花が花の盛りに			時も		かはさず	△		等伎	
210	4	703		相	○	巫部麻蘇娘子	わが背子を相見しその日今日までにわが衣手は乾る時も無し	わが衣手は	乾る	時も	なし		○			
211	8	1492		夏雑	◌	遊行女婦	君が家の花橘は成りにけり花なる時に逢はましものを		花なる	時に		逢はましものを		○		
212	15	3749			○	茅上娘子	他国に君をいませて何時までか吾が恋ひ居らむ時の知らなく			時の	知らなく				等伎	
213	15	3770			○	〃	あぢま野に宿れる君が帰り来む時の迎へを何時とか待たむ			時の迎へを		何時とか待たむ			等伎	
214	15	3774			○	〃	わが背子が帰り来まさむ時の為命残さむ忘れたまふな	わが背子が	帰り来まさむ	時の為		命残さむ			等伎	
215	15	3780			○	中臣宅守	恋ひ死なば恋ひも死ねとや霍公鳥物思ふ時に来鳴き響むる		物思ふ	時に		来鳴き響むる		○	等伎	
216	15	3781			○	〃	旅にして物思ふ時に霍公鳥もとな勿鳴きそ吾が恋まさる		物思ふ	時に		霍公鳥…		○	等吉	
217	15	3782			◌	〃	雨隠り物思ふ時に霍公鳥わが住む里に来鳴き響もす		物思ふ	時に		霍公鳥…		○	等伎	

218	15	3784			◌	〃	心なき鳥にそありける霍公鳥物思ふ時に鳴くべきものか		物思ふ	時 に		鳴くべきものか		○	等伎	
219	16	3885		有由縁雑		乞食者	…葉猟仕ふる時にあしひきのこの片山に		仕ふる	時 に		あしひきの…		○		
220	〃	〃		〃		〃	…鹿待つとわが居る時にさを鹿の来立ち嘆かく	わが	居る	時 に		さを鹿の…				
221	17	3951				秦八千島	晩蟬の鳴きぬる時は女郎花咲きたる野辺を行きつつ見べし	晩蟬の	鳴きぬる	時 ニは		女郎花…		○	登吉	
222	18	4035				田辺福麻呂	霍公鳥いとふ時なし菖蒲草鬘にせむ日此ゆ鳴き渡れ		いとふ	時	なし		△		登伎	
223	18	4042				〃	藤波の咲き行く見れば霍公鳥鳴くべき時に近づきにけり	霍公鳥	鳴くべき	時 に	近づきにけり				登伎	
224	6	1056		雑		福麻呂歌集	をとめ等が績麻懸くとふ鹿背の山時の往ければ京師となりぬ			時 の	往ければ	京師となりぬ				
225	9	1792	○	相	○	〃	玉欅懸けぬ時無く口息まずわが恋ふる児を		懸けぬ	時	なく	わが恋ふる	○			
226	18	4053			◌	久米広縄	木の暗になりぬるものを霍公鳥何か来鳴かぬ君に逢へる時		君に逢へる	時 ニ				○	等吉	
227	20	4301			○	安宿王	稲見野のあから柏は時はあれど君を吾が思ふ時は実無し			時 は	あれど				等伎	
228	〃	〃			○	〃	〃	吾が	思ふ	時 は	実無し		○		登伎	
229	20	4382				大伴部広成	ふたほがみ悪しけ人なりあた病わがする時に防人にさす	わが	する	時 に		防人にさす		○	等伎	
230	20	4383				丈部足人	津の国の海のなぎさに船装ひ発し出も時に母が目もがも		発し出も	時 に		母が目もがも		○	等伎	
外番	2	191		挽		日並皇子宮舎人	けころもを春冬片設而幸しし宇陀の大野は思ほえむかも									春冬＝トキ？

二　分析

【一】「〜時なし」について

全例を見渡してまず気付かれるのは「〜の時もなし」のような類型表現が多いということである。その典型は、第32例その他に見られる「わが恋ふらくは止む時もなし」であると言えようが、また、第2例の「衣ならば脱く時もなくわが恋ふる君そ」や、第24例の「何時はしも恋ひぬ時とはあらねども」や、第35例の「玉欅懸けぬ時なくわが思へる」や、第137例の「思ひ忘るる時も日も無し」なども、同じ発想の慣用的表現であると言える。

それらの意味するところが、「中断する時期がない」ということなのか、それとも「終結する時期がない」ということなのかは判断できないが、いずれにしても、現代語の「常に」に対応する意味であるのは間違いがない。疑問なくこの類と認められるものが49例あるが、さらに、第42 47 87 91 146 209 222の7例も同類と解釈すべきであろうから、結局、この種の表現は56例（約25%）を数えることになる。それらに関して言い得る点を列挙しよう。

（1）成句的なものであるから、その「時なし」という表現の中からさらに「時」だけを抽出して吟味することは困難であり、またおそらく無意味である。

（2）56例中48例（86%）が恋愛歌あるいはそれに類する歌の中に見出される。

（3）前項と関連するが、56例中34例（60%）は作者未詳であり、ほとんど、巻10 11 12 13の巻々に集中して見出される。

（4）第2 3 4 5例など、天智・天武・持統期に最初の局部的集中が見られるが、そもそもこの期の例歌が少いのであるから、この現象を意味づけることは困難である。

（5）人麻呂作歌にはこの種の表現がない。人麻呂歌集歌（略体）に1例（第24例）がある。作者の明らかな用例の初出は第29例の日並皇子宮舎人等であるが、以後も、専門的歌人の作品には、きわめてまれにしかこの表現が見られない。すなわち、憶良には例がなく、大伴坂上郎女に3例、そして旅人、金村、虫麻呂、家持に各1例、という次第である。

（6）万葉集中の「いとまなし」という表現とは、語構成の類似にもかかわらず、内容的交渉が認められないようである。

【二】「〜の時に」について

全例中78例（34％）はこの種の、修飾語を受けて副詞節を作る関係副詞的な「時」であるが、その従属節の「内側」の内容は広範多岐にわたっており、それらを分類してそこに何らかの特徴を抽出することは容易ではない。わずかに指摘できるのは次のような点であろう。

（1）人麻呂作歌全9例中6例（66％、第7 8 10 11 12 13例）はこの種の「時（に）」であるが、その6例中5例までは過去を、残る1例（第9例）はいわば歴史的現在（すなわち過去性を負った現在）を示しており、人麻呂が「〜の時に」として想起する「時」のほとんどは、過去に属するものであると言える。他方、人麻呂歌集歌ではこの種の「時に」は12例中3例あるが、いずれも過去には関係がない。

（2）虫麻呂もこの種の表現の頻度が高い（12例中9例、75％）が、その「時」の内訳は、未来2、現在3、歴史的現在6、過去0という分布であって、この点から見る限り、その意識は必らずしも過去に向いてはいなかった、と考えるべきであろう。

（3）家持の場合は、33例中13例（39％）にこの表現が見られるが、そのほとんどは現在、未来、あるいは不定時を示しており、過去にかかわるものは2例（第165・169例、ともに挽歌）だけである。

（4）「もの思ふ時に」という表現は、第92例を除いては、文馬養、中臣宅守の歌にのみ集中してあらわれている。

以上のような特徴には、そこに若干の偶然的要素が見込まれはするが、なお、各作者の時間意識の指標として理解することが許されるであろうと思う。

【三】「〜の時ゆ」について

時ゆ・時よ・時より、のように時の起点およびその後の継続をあらわすものは、合計16例ある。その内訳は次の通り。

（1）天地創造など神話的起源を指示するもの9例。すなわち、人麻呂作歌2例（第7・8例）、人麻呂歌集歌1例（第20例）、作者未詳歌3例（第36・101・102例）、憶良1例（第116例）、赤人1例（第134例）、家持1例（第186例）。

（2）「久しき時ゆ」とするもの4例。すなわち、人麻呂作歌1例（第15例）、人麻呂歌集歌2例（第22・25例）、作者未詳歌1例（第34例）。その「久しき時」の内容は、いずれも、恋の相手をはじめて知って以来、あるいは相手に最後に会って以来の時間を「長い」として把握したものである。したがってそれは、個人の経験の範囲内にある「久しき時」である。

（3）具体的時点をさすもの3例。すなわち、作者未詳歌1例（第82例）、虫麻呂歌集歌1例（第154例）、家持歌1例（第177例）。その時点はいずれも個人の経験の範囲内にある。

以上を要するに、「〜の時ゆ」の内容は、神話的起点でなければ個人の経験の範囲内というわけで、世代を若干さかのぼるような、中間的時点にかかわるものは皆無である。

【四】修飾されていない「時」について

修飾語を持たない、裸の「時」について考えるにあたって、はじめに触れておきたいのは「久しき時」および「移り行く時」の二表現のことである。これらはたしかに見かけの修飾語を備えているが、他の場合とはちがって、修飾語である用言の主語がほかならぬ被修飾語「時」であり、つまり「時久し」「時移り行く」の倒置であるから、この「時」は修飾語の存在にもかかわらず、ある意味では裸である。ただし、「久しき時」全5例中4例は「久しき時ゆ」という慣用的表現であり、これについてはすでに前項に一括したので、あらためては述べない。残る1例（第201例）のことは後に「時を過ぐ」という表現を考察する際にまとめてとりあげようと思う。「移り行く時」については、一応この項にふくめて考え、後に「移り行く」という表現を考察する際に再度吟味するつもりである（本書第四章第八節参照）。

さて、修飾語を冠されない、裸の「時」は全部で47例あるが、そのうち【一】で述べた慣用表現「時なし」の類を除外し、上述の「久しき時」5例を除外すると、残るのは、第6 14 18 21 40 41 44 46 51 60 83 88 96 99 100 105 109 120 141 143 145 162 163 164 170 171 181 182 187 190 193 195 197 203 204 212 224 227例の38例である。これらの用例のほとんどは、「最も適する時期」「最も熟する時期」「盛りの時期」「時節」「その季節」「定められた、約束の時期」のような意味を持っている。個個の表現に色あいのちがいがあるのは当然だが、これらはおよそ同一の意味として一括し得る。そこでこれらもまた除外して考えると、残るのは第40 141 163 193 224の5例となる。以下この5例についてやや詳細に見てみたい。

（1）　第40例歌（14・三三五二　東歌）

信濃なる須賀の荒野にほととぎす鳴く声聞けば時過ぎにけり

この「時」の内容は何であるか。諸説を通覧してみよう。

『代匠記』(精)…時ノ至ルト云意ナリ…霍公鳥ハ農ヲ催ホス鳥ナレバ、サル心ナドニテモカクハヨメル歟
『考』…旅に在てとく帰らんことを思ふに、ほとゝぎすの鳴まで猶在をうれへたるすがたも意も京人の任などにてよめりけん、又相聞の方にも取ば取てん
『古義』…春の末かぎりに逢むと、人に約り置しを、得逢ずして…契りし時はや過にけり、と云るなり
『総釈』(折口)…旅人の歌と見る外に、いま一つの観方がある。其方が、民謡的である。鳥と農事との関係を深く考へてゐた時代の人が、ほととぎすが啼くと行はねばならぬ田の為事を思ひ出したと見るのである。さうすれば、『時過ぎにけり』は、深い抒情的の驚きでなくなる。単に田行事の時が過ぎた、すぐ着手しようといふ位になつて了ふ。
『評釈』(窪田)…須賀の荒野に住んでゐる庶民の、渡鳥のほととぎすの声によつて、時の推移を感じた心である。山の雪の消え方、渡鳥などで、農耕の時期を知るのは、庶民には普通のことで、これもそれと思はれる。
『全註釈』(武田)…時節の過ぎたことを詠嘆している。この時は、京に帰るべき時期と解せられるが、なお季節の移ったことを嗟嘆したものとも見るべきである。…詠嘆の調子のよく出ている歌だが、これを有しているのは、東歌としては純粋でない。
『私注』(土屋)…信濃の地に行はれた民謡と見るべきである。従つてトキスギニケリも、会ふべき時が過ぎ、会ふ機会が失はれるであらうといふ、恋愛感を表現して居ると見るのが最も自然であらう。(粂川注＝農耕時期説、京人旅行説に対してはともに否定的。)
『古典大系』(大意)…ホトトギスの鳴く声を聞いた。ああ、もうずいぶん時が過ぎたのだなあ。
『注釈』(澤瀉)(口訳)…ほととぎすの鳴く声を聞くと時を過ぎてしまったことだナア。

（条川注＝澤瀉氏はこの「時」が何であるかは断じていないが、訓釈の項に諸説を挙げたのち、大久保正氏の「東歌のほととぎす」の結論「私は東歌の中にたゞ一首しか姿をあらわしてゐない、見方によつてはまことに貴重とも思はれるほととぎすを、遺憾ながら本来の東歌の世界から追ひ出すことをもつて妥当とせざるを得ないのである」を穏当な説としている。）

以上を要するに、この「時」の解釈には、

（A）京人の帰京の時期

（B）逢う約束の時期

（C）農耕の時期

（D）時間の推移

の四説があり、論者によっては二説をあわせ提出している場合もあって、いずれとも結論の得がたい状況である。ただし大久保氏の論を尊重すればB・C両説の線は弱まり、残るAD両説（この二つは矛盾しないので共に成り立ち得るが）のうち、Dの「時間の推移」という抽象的時間意識の成立過程の究明がカギになることになろう。

思いあわされるのは、第40例以下第45例までに並ぶ巻14の「時」の用例が、他の巻巻のそれに較べて独得の様相を呈している事実である。第40例および第43例の「時」は修飾語を持っていない。第41例の「木の暗の」、第42例の「うけらが花の」、第44例の「椎の小枝の」の3例は、たしかに文法上の修飾語であるが、その実、修辞色の濃いもので、「時」の意味を限定する力は希薄である。実質的な修飾語を持つものは結局、6例中第45例1例のみであり、巻14の「時」がこの意味で独立の傾向を持つことが指摘できるであろう。また、6例中3例までの「時」が主語として述語動詞をとる構文になっているのも特異なことである。万葉集全体から見てやや特殊である、このような「時」の用例がなぜ巻14に集中しているのか、今のところ私には謎というほかはない。

ただ、今問題にしている第40例歌「ほととぎす鳴く声聞けば時すぎにけり」の「時」を、具体的な時点指示の「時」の概念から抽象的な時間の流れを意味する「時」の概念へと至る、過渡的な時間概念の表現であると仮定してみると、この仮定はかなりよく右の謎を説明するように思われる。なぜならば、固有の東歌の中から抽象的な時間概念が独自に発生してくることは考えにくいのに対して、「本来の東歌の世界から追い出」（大久保説）されたほととぎすの、「東歌としては純粋でない」（全註釈）、この第40例歌においては、そのような「時」の抽象化の蓋然性がある程度まで期待できると思われるからである。「時」を受ける動詞については後に述べるが、「時過ぎにけり」を、『代匠記』のように「時ノ至ルト云意」にとることは「過ぐ」の語義から言って無理であり、折口説のように「田行事の時が過ぎた、すぐ着手しよう」と解することも恣意的にすぎよう。「田行事の時が来た、さあ始めよう」というのならばわかるが、農民が大切な時期をはずして遅ればせに「すぐ着手しよう」と諧謔もなく歌うようなことがあり得るだろうか。ここはやはり、何らか予定されていた時点が過ぎ去ったことを嘆じているものと考えるのが自然だと思う。しかもその作者が土着の人でなく京に帰るべき人であってみれば、時点が過ぎた、という具体的認識が、時が流れた、という抽象的認識そして詠嘆へと転化するのもまた自然のことと思われるのである。

（2）第141例歌（4・五七九　余明軍）

見奉りていまだ時だに更《かは》らねば年月のごと思ほゆる君

『古義』…俗に未《マダ》時さへと云が如し…時は、四ノ時の時なり…時なりとも移ひなば、久しき事におもふも理なるに、まだ時さへ更らぬに、はや年月を経し如く、久しく相見奉らぬ事とおもはるゝよとなり

『評釈』（武田）…一時刻だけでも

『注釈』（澤瀉）…次の句の年月に対して日時といふ、その最も短い「時」の意である。

右、いずれも距離としての時間（期間）の、きわめて短いものを言っている。

（3）　第164例歌（3・四六九　家持）

妹が見し屋前に花咲き時は経ぬわが泣く涙いまだ干なくに

この歌の「時」については本書第四章第八節第二項（316ページ以下）で詳しく述べるので、ここではその要点だけを記す。原文「花咲時経去」を「花咲く時は経ぬ」と読んで、花の時節も過ぎたと解する説もあるが、これはやはり「花咲き」と連用中止法に読むべきである。したがって、この「時」は、具体的には妹の死から現在までの期間を意味する。ところで「時は経ぬ」という表現は万葉集中この家持の一首にだけ見られるもので、それは天平期特有の、新しい時間意識を反映しているものと推察できる。この歌は憶良の「妹が見し棟の花は散りぬべしわが泣く涙いまだ干なくに」の焼き直しであり、人麻呂以来の亡妻悲傷の系譜に属するものではあるが、すでに亡妻悲傷の「当事性」を回避して自己を「観照者」の位置に置こうとする志向が認められ、一首の抒情の重点は「わが泣く涙いまだ干なくに」にあるよりはむしろ「時は経ぬ」の方に移動していると思われる。ここにおいて「時」は、表現上の一つの抽象化に到達したと考えてよいのではなかろうか。

（4）　第193例歌（20・四四八三　家持）

移り行く時見る毎に心いたく昔の人し思ほゆるかも

「移りゆく」という修飾語の性格については上に述べた。また、この歌の「時」については同じく本書第四章第八節第三項（328ページ以下）で詳述するので、ここでは要点だけを記すことにする。

「時見る」の表現に対して『新考』は「時ならば時ニアフなどいふべく見ならば物ミルなど云ふべし。又ミルならば此巻の書式によれば見流と書くべし。おそらくはもと時相とありしを後人のトキアフにては辞を成さずと思ひてさかしらに相を見に改めしならむ。げに後世の語法ならばトキアフとは云ふべからざれど本集には後世ならば省くべからざるニを省ける例多ければトキニアフをトキアフと云へりとすべし」と言っているが、諸本「見」について本文の異同はなく、従いがたい。

さて、この「時」であるが、諸注の多くはこれを、奈良麻呂の変に至る当時の「時世」「時勢」と解している。広い意味ではその通りであろうが、しかしそこには問題がなくもない。というのも、この歌のよまれた天平勝宝九歳すなわち天平宝字元年六月二十三日は事件発覚の直前であり、その五日後には山背王が「橘奈良麻呂備二兵器一謀レ囲二田村宮一正四位下大伴宿禰古麻呂亦知二其情一」（続日本紀）と上告しているような微妙な時期である。三形王のことはつまびらかでないが、その宴席で家持が、時勢を諷し、あるいはやがての事件を念頭に置きもしたような歌を公表することは考えにくいのではあるまいか。『拾穂抄』は「彼人々其七月に或は死罪或は流罪におこなはれたり、心うかりし事ありき、たとひ家持卿は其事にあづからずとも朋友一族此さはぎあるべき折にいかで其心いたましからざらん、さしも忠節の先祖の名も口おしく侍けん（中略）其心をうつりゆく時見るごとに心いたく昔の人しおもほゆるとよみ侍しにや」と説明しているが、六月二十三日にはそれはまだ「心うかりし事ありき」という過去のことになりきってはいなかったはずである。この意味では『代匠記』の「昔ノ人ハ指トコロ有ヘシ」（精撰本）「これは三形王の父のおほきみ、たれとはしられねと、家持の得意にてかくはよまれたるなるへし」（初稿本）という推測の方が実情に近いかと思われる。私は、この歌における家持の感懐を、翌宝字二年二月の中臣清麻呂邸での宴席歌、

高円の野の上の宮は荒れにけり立たしし君の御代遠そけば（20・四五〇六）

の感懐にそのままつながる性格のものとして受けとるべきだと考える。この宴に歌を記したのは主人清麻呂・市原王・甘南備伊香・大原今城・三形王（御方王）と家持であり、このころの家持の交友関係は「こういう共に先帝の思い出を懐しむことのできる」「政界の主流からはずれた王族や旧王族たちの中にあった」（注1）のである。「時勢」は、家持自身の嘆老の感懐をもふくめ、広い意味で理解しなければならないであろう。

（5）　第224例（6・一〇五六　福麻呂歌集）

をとめ等が績麻《うみを》懸くとふ鹿背の山時の往ければ京師《みやこ》となりぬ

『全註釈』（武田）…時が行ったので。時が運行して、その時節に廻り合って、かような山間の僻地が、時勢に合って都となったことを感嘆している。

『私注』（土屋）…時が来れば都となつた。時が経て行くのは一方から見れば、其の時が来るのである。

『評釈』（窪田）…時の動きを、時の方を主として云つたもので、時節が移つて来たので。…僻地が京となることは古くは屢々あつたことなので類歌があり、陥るところは皇威を讃へることになるのである。

『注釈』（澤瀉）…時の推移に深い感慨をよせている。時が来たので。

類歌としては、たとえば宇合の「昔こそ難波田舎と言はれけめ今は京《みやこ》引き都びにけり」（3・三一二）などが挙げられよう。抽象的に把握された時間の経過が皇威の讃美につながるところに注目される。

【五】「時」の述語について

「時」が述語動詞ないしそれに準じるものの主語になっている場合のその述語について観察する。

（1）　あり

左に例歌番号を列記する。「時にあらず」（「時ならず」もふくむ）は、文法的には主述の関係にないが、便宜上カッコを付してあわせ記した。

第(6)(14)(39) 56 58 125 128 135 136 (142) (143) 145 163 170 188 194 227

これらの「時あり」については二つの共通点が見出される。第一は、その「時」が「場合」の意味であること（ただし第227例のみは「時節」）。第二は、その歌が逆説・戻続的文脈を持つこと、である。17例中11例は「を」「ど」「ども」などの逆接接続助詞によって「あり」が否定される構文になっているが、その種のねじれが比較的希薄に見える第136例や第194例も、常識や通念に対する例外を提示するという曲折・ねじれを含んでいる。

なお、「時あらず」の類の多くは【一】に述べた「時なし」と同様の発想の慣用句と考えられ、坂上郎女の第128例歌と家持の第163 170 188例歌に見られる「時しはあらむを」の類も個人的常套句の色あいが濃い。

（2）過ぐ

第18 40 44 111 113 (201) 204例歌にあらわれる。第201例歌の場合は「時を過ぐ」であるが、便宜上ここにふくめた。これらの例のうちで「時」を長さ（期間）としてとらえている（可能性の強い）ものは第40 201 204の3例である。

（3）なる（成る）

「時はなる」という、明らかな主述関係を示す例は、第109 120 162の3例だけであって、他の第51 107 110 126 180の5例は「時になる」の形である。しかし「時になる」の主語は何であるかと考えれば、それは（文面にはあらわれないが）やはりまた何らか「（時）」のようなものであるはずであるから、両者を一応ここに一括しておく。この項の「時」は当然、期間ではなく時点である。

（4）来《く》

第21 144 173例の3例がある。「時」は、約束の時刻、予定の時節、など待たれた時点を内容としている。

（5）　来《き》向ふ

第9例に見える。この例については本書第四章第二節（218ページ以下）で考察を試みるが、以下にその大意を略述したい。いったい、今こそ「来向ふ」と歌われる「御猟立たしし時」とはどのような「時」であろうか。それは、たとえば、「草壁皇子が、馬を並べて御狩にお出かけになった時刻」（日本古典文学大系）、「日並の皇子の尊が馬を並べて狩りに出られた同じその時刻」（日本古典文学全集）のように現代語にうつされているが、今たちもどって来るその「時」は、いったいどの程度に、ほかならぬ「草壁皇子の時間」であり得るのか。くだいて言えば、その時、(A)草壁皇子は馬を並べて（もういちど）狩にお出かけになるのか、それとも、(B)かって草壁皇子が狩に出られたのは（たとえば）X時という時刻であったが、まもなくそれと同じ時刻のX時が来るぞ、というようなことであるのか。(A)ならば、いわゆる幻視が、(B)ならば時間の回帰が問題になるであろう。しかし実のところ人麻呂にとって草壁皇子の死は、やはり一回的なもの、非回復性のものとして受けとめられていたであろう。この歌に幻視を見るにせよ回帰の思想を見るにせよ、そこには人麻呂の、確信よりはむしろ願望ないし鼓舞の発想が認められるのではあるまいか。

（6）　往く

第224例。この歌についてはすでに【四】の（5）（本書179ページ）で触れた。「時が経て行くのは一方から見れば、其の時が来るのである」（私注）、「時の動きを、時の方を主として云つたもの」（評釈）という説明はもっともであるが、それが当時の時間意識に沿うものであるかどうか、私には判断ができない。

（7）　経《ふ》

第164例。上述の通り「時は経（ぬ）」という表現は、万葉集中家持のこの歌にだけ見られるものである。動詞

「経」の用例は集中に約90を数えるが、そのほとんど（90％以上）は「年」「月」「幾世」など長い期間を意味する語を主語とする。すなわち「経」は本来、長い時間の経過を受けとめることばで、年、月、また世が経るというのは、その循環の長いひとめぐりを単位とする時間が経過することを指したものかと推定できる。家持が「経」の本来の主語「年・月」の代りに「時」をその主語として定立したことの一つの意味は、「時」に長い時間的距離感を与えたことにあると言えるであろう。（本書322ページ以下参照）

（8）　経《へ》ゆく

第205例。黄葉の「うつろふ」ことと、時の「経行く」こととが詩的等価をなして並置されている。この「時」は約束の時点の意味であるが、それが過ぎて行くことが「散る」「色あせる」印象をともなう点に注意される。

（9）　移《ゆつ》る

第41例。次項にまとめて考察する。

（10）　移りゆく

第193例。前項の「移る」もふくめて考えるが、万葉集中の「うつる」「ゆつる」の用例は、3・四五九（縣犬養人上）、4・六二三（池辺王宴誦歌）、8・一五一六（山部王）、11・二六七〇、11・二六七三、14・三三五五、20・四四八三（家持）、の7例があるのみである。「移る」の主語は、今問題の「時」2例以外には、（空の）月3例、黄葉1例、黄葉にたとえた君（の生命）1例である。作者名の明らかなものについて言えば、伝未詳の山部王を除き、いずれも作者は天平期の人物である。

「移る」の再活用動詞「うつろふ」が、語彙「時」の述語になっている例はないが、念のため「うつろふ」の全用例中、作者の明らかなものの分布を見れば、憶良1例、大伴坂上郎女1例、大伴坂上大嬢1例、大伴家持12

例、石上宅嗣1例であって、この場合の作者もまた万葉後期に集中しているのが特徴である。

（11）　更《かは》る

第141例。「かはる」（易・更・変・摂・替）が明確に時間にかかわる例としては、この歌以外に、2・一八〇、11・二七九二、13・三二三一、13・三三二九、18・四一二五、19・四一五四、19・四一五六、が挙げられるが、その主語（被修飾語の場合もふくむ）はすべて、「年」「年月」「月」「月日」のうちのいずれかである。「…この九月の　過ぎまくを　いたも為方《すべ》なみ　あらたまの　月のかはれば　為む為方の　たどきを知らに」（13・三三二九）、「あらたまの　年ゆき更り　春されば」（19・四一五六）の例に顕著なように、それらは時間の循環の一サイクルが終って次のサイクルに入ることをあらわしていると言えるだろう。余明軍の第141例歌において「時」が「更る」の主語として導入され、その「時」が「年月」に対照されている点に注目される。

【六】「時を」「時に」に連なる述語について

前項では「時」が主語の位置にあるものについて観察したが、本項では「時を待つ」「時に遇ふ」のように形式上「時」が目的語の位置にあるものをとりあげる。ただし「時にあり」「時を過ぐ」「時になる」の三表現については、便宜上すでに【五】で述べたので繰り返さない。

（1）　時（を）候《さもら》ふ

第103例、七夕歌である。『時代別国語大辞典上代編』はこの種の「さもらふ」を説明して、「時の至るのを待つ。風浪の和ぎ静まるのをうかがい待つ場合に用いることが多い。」と述べ、例としてこの歌のほかに、6・九四五、7・一一七一、11・二六〇六の歌、および「託レ称候レ風《カぜさもらふトイフニツケテ》、淹留数月」（雄略紀七年）、「海表之国、侯《さもらひテ》二海水一以来賓」（宣化紀元年）の文を挙げている。この歌では、天の河の風浪が意識されているであろう。

（2）時（を）待つ

第60 83 99 100 178 197 203 213例。ただし最後の第213例「帰り来む時の迎へを何時とか待たむ」には(A)「…の時を迎えるのを」、(B)「…の時にあなたをお迎えするのを」、(C)「…の時にあなたから来る迎えを」、の三解があるが、いま(A)解によってここにふくめた。万葉集にあらわれる「待つ」の意味や機能については本書第三章第二節（149ページ以下）でやや詳細に考察した。集中272例ある「待つ」の用例の七割強は、恋人ないし親しい人を「待つ」ものであるが、それ以外に、待つことの対象になっている主なものは、「（空の）月」34例、「船」24例、「秋（および秋萩）」21例、「猪鹿」5例、「霍公鳥」5例、などである。また、「時（を）待つ」の「時」は、いずれも「〜の熟する時」「〜の時節」「予定の時」などの時点を意味している。これらの「待つ」が千年、万年、あるいは「とこしへに」などの語彙とはほとんど交渉を持たない点にも注目されよう。

（3）時・片待つ

第104例。ひたすら待つ、の意。前項の説明に準じる。

（4）時片設く

第88例。『時代別国語大辞典』に「時が近づく。時間をあらわす語に続けて用いられる。その時間をマク（待ち受ける）意から転じたものか。」と説明されている。ところで、同じ「片設く」を用いた歌に、

褻《け》ころもを春冬片設けて幸《いでま》しし宇陀の大野は思ほえむかも（2・一九一、日並皇子宮舎人等）

があって、「春冬」をどう読むかに問題がある。澤瀉『注釈』は、武田『全註釈』が二字を合わせてトキと訓み、実際春季および冬季に宇陀の野に出遊せられた御事蹟を想起しての「時節」の意に解したのを敷衍して、「必ずしも皇子の御事蹟に即しなくても（中略）春冬の文字を狩猟の行はれる時節としてトキと訓ませたと見る事が出

来よう。時とすれば初句の枕詞との接続も『解き』とかけ言葉が極めて自然である。」として、春冬トキ説を支持している。特に枕詞との関係において、示唆多い説であると思う。そこでもしこの「春冬」をトキと訓じるとすれば、「時片設く」の用例は集中2例ということになるわけである。

　では、この「片設く」という動詞の性格はどのようなものであろうか。ふたたび『注釈』の説明を左に借用する。

> …攷證に「方儲《カタマケ》にて、皆その時を待まうけたる意也」とあるのがうなづかれるやうではあるが（中略）殊に「夕かたまけて恋はすべなし」（粂川注＝11・二三七三）の如きはそれ（粂川注＝他動詞としての解釈）では不都合である。人が夕を待つのでなくて、夕が近づくのである。そこで井上氏新考には右の「冬かたまけて」（粂川注＝10・二一三三）の例を引いて「自動詞なり」として補訂本には「語意は近づきてといふ事ならむ」とし、講義（粂川注＝山田孝雄『万葉集講義』）にも「春秋冬夕などを人が、待ち設くる意にはあらず、それらの時自身が用意する意にて近づかむとしてそのしるしの見え初めなどするを『かたまけ』といへるなるべし」とある。ともかく「近づいて」といふ意とすれば右にあげたどの例の場合でもあてはまる事は認められる。

たしかに「夕かたまけて恋はすべなし」の場合は自動詞としてしか理解できない。しかし「磯の間ゆ激つ山川絶えずあらばまたもあひ見む秋かたまけて」（15・三六一九）の場合は逆に「待ちうけて」の意の他動詞として理解する方が自然ではあるまいか。『注釈』が「ともかく」として断定を避けているように、動詞「かたまく」には自他両用の用法があったと考えるべきであろうし、そのような両面性はこの複合語彙の発展過程における異なった段階をそれぞれ反映していると見てよいのではあるまいか。その発展過程に関してはさきに引いた時代別国語大辞典のほか、日本古典文学大系の三六一九番歌の頭注、カタマケのカタは、時・方向などを漠然と指す。マケはマウケの約。起源的にはマは間、ウケは受け、maukë→makëであろう。然るべき間を受ける意から、あらかじめ用意する、待ち受ける意となり、カタマケと熟合して、時を待つ意となり、時が移って或る時期に達する意となった。

がある。（ただし同頭注はこの歌の場合を自動詞的に解して「時が移って秋になって」と説明している。）

ところで、動詞「かたまく」の主語ないし対象語となっているものは、今問題にしている第88例歌（10・一八五四）および2・一九一番歌（春冬）を除外すると、「秋」（15・三六一九）、「春」（5・八三八）、「冬」（10・二一三三）、「夕」（10・二一六三、11・二三七三）の四種にしぼられる。すなわちそれは循環する自然の運行の一区分である。除外した一九一番歌も字面を尊重すればこの類に入る。「…梅のうつろへば桜の花の時片設けぬ」として季節の推移を歌うこの第88例歌が「片設く」という動詞を用いているのは、「かたまく」のこの性格を正確に踏んでいるものと言えるであろう。

以上、四個の例について考察した。さらに、（5）時に遇ふ　第199例、（6）時に近づく　第222例、（7）時近み　第168例、（8）時を未だしみ　第185例、（9）時と見る　第191例、（10）時見る　第193例、（11）時の盛りを過ぐしやる　第115 171例、（12）時わずか　第97 121例、（13）時終へず　第87例、（14）時もかはさず　第209例、（15）時の盛りを留みかね　第115例、などの用例についても注意すべき問題は多いと思う。とりわけ、発話主体の立場（自己意識）と「時」の認識との関係に興味が抱かれるのであるが、それらは私としてなお分析の及ばない部分なので、本項は以上で閉じることにする。なお、語彙「ときじ」についても触れる余裕のなかったことを付記しておく。

第四節　万葉集の「涙」と時間

本節の主題は、やや抽象化して言えば、「時間に注がれた涙」を万葉集の中に探ることにある。もちろん、万葉集は歌集であるから、そこにあらわれる涙の質と量とをもってただちに古代人一般の感情生活をおしはかるわけにはいかない。たとえば、万葉集では、女の涙よりも男のそれが件数として圧倒的に多く、また恋愛に関する涙がこれも件数として他を大きくしのいでいるが、だからといって、古代では男がいつも恋の涙にくれていた、と結論づけることはできないであろう。もともと万葉集の作者としては女よりも男が多く、歌の内容では恋愛にかかわるものが大きな部分を占めているのであって、万葉集自体が、総体として、当時の人々の感情生活の一局部をしか反映していないという事実を、念頭に置く必要がある。あわせれば巨大な量におよぶはずの、古代人の涙の大部分は、文学とはかかわりのないところで流れ消え去ったはずなのである。したがって、本稿はあくまでも文学論の範囲にとどまるものであることを、まずことわっておきたい。

次に、考察の方法に関係することなので、私の関心のありようを、もう少し説明しておこうと思う。山部赤人が「神岳に登りて」作った長歌の一節、明日香の旧き京師《みやこ》は……見るごとに哭《ね》のみし泣かゆ古《いにしへ》思へば（3・三二四）は、日本の文学で、懐古の情が、はっきりと「泣く」ということばと結びついてあらわれる最初の例であるが――そしてこの感情の実質は前代の人麻呂の「阿騎の野に宿る旅人打ち靡き眠《い》も寝らめやも古思ふに」（1・四六）や「淡海の海夕波千鳥汝が鳴けば情もしのに古思ほゆ」（3・二六六）などへと容易にさかのぼることができるが、――外的刺激に対する物理的反応でなく、このような、いわば情調や観念やに媒介された涙が文学に登場してくる、その経過を跡づければどういう結果になるであろうか。つまり「涙」を文学史の流れの中に位置づけよう、というのが本稿のねらいである。

このような立場で万葉集を見るとき、目録・題詞・左注の中にあらわれる「涙」は、歌自体の中にあらわれるそれと、区別して考えることが必要になってくる。たとえば、巻16の三八一一―一三の歌は悲恋の娘子が死に瀕して歌うというおもむきであるが、それが「涙」をともなったということは、ただ左注の「歔欷流滞して、この歌を口号《くちずさ》み」云々によって知られるばかりである。『私注』に「後文に由縁が付けられてあるが、歌の趣は勿論臨終の娘子の作ではない。悲恋に痛み病む娘子等の心情を、娘子の立場から表現した民謡の一体といふべきで」あるとされているような成立事情を考えるとすれば、この「涙」は別人・後人の「解釈」から生まれたものであって、歌そのものに本来内在するものとは言い切れない。

そこで、私はまず歌そのものにあらわれる涙を考えてみようと思う。ナク（泣・哭・奈久）、ネ（泣・哭）、ナミダ（泣・涙・涕・渧・那美多）、ソデヒヅ（袂漬）、衣の袖は乾る時もなし、など「泣く」ことに直接関連のある語句を持つ歌を漏れなく拾い、たとえば一首の中に二件の涙をふくむものを二首として処理すると、九十九首の歌が浮かびあがる。これには、「……泣く子なす慕ひ来まして」（3・四六〇）や「……情のみ咽せつつあるに」（4・五四六）のように、比喩の性格が強く、直接の涙をともなわないと判断できるものは除外してあるが、「懸けて懸けて勿《な》泣かしそね」（16・三八七八）のように、禁止表現ではあっても可能性として「泣く」ことを前提としているものは含めてある。

いま、それらの例を列挙する煩雑は避けたいが、統計的に観察されるいくつかの特質をはじめに報告しておこう。偶然にも例数が約百例であるから、出てくる数字はほぼパーセンテージに一致する。(A)泣く主体＝男四四、女二八（「妻子ども」の妻をふくむ）、子供九（「妻子ども」の子をふくむ）、男女共通または男女不明一九、また、主体が一人称（われ）であることが明瞭なもの六八。(B)泣く理由＝①恋愛・夫婦関係五九（隔てられている二九、生別に際して一五、死別に際して一五）、②肉親・知人関係二一（隔てられている三、生別に際して五、死別に際して一三）、③比喩的五、④その他一七。――以上が数的分類の結果であるが、次に、これらを作者別年代順に配列してみて観察される特質のいくつかを記しておきたい。

「山科の御陵より退《そ》き散《あら》くる時」の額田王の長歌（2・一五五）の、

……哭のみを　泣きつつ在りてや　百磯城の　大宮人は　去《ゆ》き別れなむ

は、集中最も古い涙の表現であるが、天皇の死に対する作者の悲しみは、大宮人の客観描写に媒介されることによって格調を高めていると言えるであろう。また、同じ作者の晩年の歌、

古に恋ふらむ鳥は霍公鳥けだしや鳴きしわが念へる如（2・一一二）

の「鳴きし」は、作者の「泣く」をかけていると考えることが可能であろうが、そこまで汲みとって理解すれば、私たちはすでにここに、赤人の懐旧の涙の先蹤を見出すことになるのである。

泣血哀慟歌を作った柿本人麻呂は、意外にも、あまり「涙」を詠んでいない。歌集の二首（12・二八四九、二八

五七）を別にして人麻呂作歌を対象とすれば、2・二一〇番および2・二一三番歌にそれぞれ「みどり児の乞ひ泣く毎に」とあり、4・四九八番歌に「古の人そまさりて哭にさへ泣きし」とあり、2・一三五番長歌の末尾に、

……大夫と思へるわれも　敷栲の　衣の袖は　通りて濡れぬ

とあるのがその例のすべてである。一三五番歌の場合は、マスラヲと涙とを――もちろん逆接的にだが――組みあわせた、集中数少ない例であり、同種のものは、もう一首、大伴旅人の6・九六八番歌に見られるだけである。（4・六二七番歌の「恋水」をナミダとよむ説によればもう一例加わることになるが、今は「恋水」をヲチミヅとよむ説に従う。）つまり人麻呂の場合、みどり子を別とすれば、涙はすべて妹を恋するそれである。人麻呂における過去志向の強さは、さきにも挙げた阿騎の野に宿る旅人打ち靡き眠も寝らめやも古思ふに」（1・四六）や「淡海の海夕波千鳥汝が鳴けば情もしのに古思ほゆ」（3・二六六）やにも端的にあらわれており、とりわけ後者の例では千鳥の『鳴く』のが、詩的連想として、「情もしのに」『泣く』人の姿につらなりはするが、しかしなお、それらは直接には、泣くこと、涙することに結びつけられていないのである。

次に山上憶良の場合を見る。ここでまず目立つ特徴は、「涙」の仮構（フィクション）的性格ということである。宴を罷る歌（3・三三七）の「子哭くらむ」は写実というよりは罷宴の理由として観念的に設定された状況であるし、日本挽歌の反歌（5・七九八）の「わが泣く涙」も、ここに詠まれている女性を旅人の妻であるとする立場に立てば、やはり観念的・仮構的性格が指摘せられるであろう。七夕の歌（8・一五二〇）の「涙は尽きぬ」の主体は牽牛であり、貧窮問答歌（5・八九二）の「妻子どもは吟《によ》び泣くらむ」は「我よりも貧しき人」の場合を想定したものである。その涙に、否み得ぬ実感の重みがこめられているのは、結局、残る二首（老身重病の歌5・八九七およびその反歌八九八）の「……かにかくに思ひわづらひ哭のみし泣かゆ」「慰むる心はなしに雲隠り鳴き行く鳥の哭

のみし泣かゆ」に限られるのである。ところでこの最後の例は、先にあげた額田王の、「古に恋ふらむ鳥は……」(2・一一二)、および人麻呂の「……夕波千鳥汝が鳴けば……」(3・二六六)と比較するとき、興味ある相違を提示している。額田王や人麻呂の歌では鳥が鳴くことに実体的な意味があり、それがわずかに「泣く」ことを暗示するのであったけれども、この憶良の歌の場合、それを長歌の末尾と重ねあわせれば十分に明らかであるように、「雲隠り鳴き行く鳥の」は、ほとんどただ「哭のみし泣かゆ」をひき出すために置かれているわけである。もちろん「雲隠り鳴き行く」ところに晩年悲哀の暗喩はこめられているにせよ、一首の力点は「哭のみし泣かゆ」にあるとすべきであろう。以上を要するに、憶良の涙は、より観念的・仮構的であると同時に、その涙を強調する姿勢が強まっているとも言えるのである。

大伴旅人の場合はどうであろうか。その四例中三例までは、失なった妻を思っての涙である。

橘の花散る里の霍公鳥片恋しつつ鳴く日しそ多き (8・一四七三)

妹と来し敏馬《みぬめ》の崎を還るさに独りして見れば涙ぐましも (3・四四九)

吾妹子が植ゑし梅の樹見るごとにこころ咽せつつ涙し流る (3・四五三)

第一例は、旅人の妻大伴郎女の喪を弔うために大宰府に派遣された勅使石上堅魚の「霍公鳥来鳴き響《とよ》もす卯の花の共にや来しと問はましものを」の歌に「和ふる」旅人の歌であって、妻を失った境涯をホトトギスに託したものであるから、この「鳴く」は実質的には「泣く」を意味している。この歌は、ふたたび引けば額田王の「古に恋ふらむ鳥は霍公鳥……」(2・一一二)と共通するところが大きいが、一一二番歌ではホトトギスと「われ」とが並列的に対置されており、「鳴く」はほとんどホトトギスの文脈にのみかかわっているのにくらべて、この旅人の歌ではホトトギスと「われ」とが重ねられて一体化し、「鳴く」がそのまま「泣く」ことを表現しているところに、文芸意識の変化なり進展なりを見出すことができるのである。

第二例第三例では、時間の流れの中で不変のものと変化するものとの対比がおこなわれ、その不条理の認識において、涙が流されているのである。それは、状況や素材の相違を捨象して言えば、かつて人麻呂が近江荒都に寄せた心情と同種の性格を有している。そしてそのように大きく括って言うならば、この旅人の二首は、この種の心情が「涙」と結びついた最初の例とすべきであろう。

旅人の、もうひとつの用例は、すでに人麻呂の項で触れた、

大夫と思へるわれや水茎の水城の上に涙拭はむ（6・九六八）

で、遊行女婦児島の歌にこたえたものである。以上四例、要するに旅人の涙は、すべて人を恋うることを機縁として流されたのであった。

大伴坂上郎女には三例の涙がある。その一は、尼理願の死を悲しんだ歌（3・四六〇）であり、その二は、遠のいた男への怨恨の歌（4・六一九）であり、その三は、娘の坂上大嬢を思う歌（4・七二三）である。最後の例には文飾が感じられるけれども、三例ともにいわば直情的な涙であって、情調や観念による屈折や浄化の傾向は稀薄である。

山部赤人の用例はただ一つしかない。本節のはじめに挙げた「……見るごとに哭のみし泣かゆ古思へば」（3・三二四）がそれである。赤人の「古」については詳しい論考を要すると思うが、それは本書第四章第四節（247ページ以下）にゆずることとして今は先に進むことにしたい。

集中、涙の件数の最も多いのは大伴家持であって十一例を数える。そしてその「泣く」主体を見ると六例までは第三者である。すなわち、舎人（3・四七五）、若き児ども（17・三九六二）、雉（擬人化、19・四一四八）、母・妻

（20・四三九八）、父（20・四四〇八）、妻子（同上）となっている。たとえば三九六二番歌を例にとれば、それは「忽に枉疾に沈み、殆に泉路に臨む。よりて歌詞を作りて、悲緒を申ぶる一首」という題詞をもち、歌の末尾は「たまきはる命惜しけど為むすべのたどきを知らにかくしてや荒し男《を》すらに嘆き臥せらむ」で結ばれるものであるが、「涙」はこの感情には直接にかかわるものでなく、家で自分を待っている子どもたちを「彼此《をちこち》に騒き泣くらむ」と推量しているのであって、憶良の「宴を罷る歌」の場合と同質のものと考えられる。他の五例を吟味してもほぼ同様のことが言えると思うが、これら、第三者を主体とする涙の場合、いずれもそこに観念的・仮構的性格を見ることができるのである。ところで、残る五例はその主体が明確に「われ」であるか、あるいは「われ」と推定できるものであるが、そのうち「悲傷亡妾」を内容とする、

妹が見し屋前《には》に花咲き時は経ぬわが泣く涙いまだ干なくに（3・四六九）

は、旅人の四五三番歌「吾妹子が植ゑし梅の樹見るごとに」と類似した歌境を示している。ただし、旅人の歌が亡妻への涙を強調しているのに対して、家持のそれは、より強く「時は経ぬ」の詠歎を前面に押し出しているのであって、この相違はやはり見落しがたいものであろう（本書第四章第八節326ページ以下参照）。だが、さらに注目すべきは、巻19の四一六〇番「世間の無常を悲しぶる歌」である。いま煩を厭わず全文を引こう。

天地の　遠き始めよ　世の中は　常無きものと　語り継ぎ　ながらへ来《きた》れ　天の原　ふり放け見れば　照る月も　満ちかけしけり　あしひきの　山の木末《こぬれ》も　春されば　花咲きにほひ　秋づけば　露霜負ひて　風交へ　黄葉散りけり　うつせみも　かくのみならし　紅の　色も移ろひ　ぬばたまの　黒髪変り　朝の咲み　暮《ゆふべ》変らひ　吹く風の　見えぬが如く　逝く水の　留らぬ如く　常も無く　移ろふ見れば　にはたづみ　流

るる涙　止みかねつも

ここには、父旅人の、たとえばあの讃酒歌に見られる世間無常の観念が流れこんでいるのを見ることができよう。また、より直接的には憶良の「世間の住《とど》り難きを哀しぶる歌」（5・八〇四）の影響を言うべきだろう。また同じ憶良の、巻五巻頭に近い漢詩文、

蓋し聞く、四生の起滅は夢の皆空しきが方《ごと》く、……紅顔は三従と長《とこしなへ》に逝き、素質は四徳と永《とこしなへ》に滅ぶ。何ぞ、偕老の要期に違ひ、独飛して半路に生かむといふことを図らむ。蘭室に屏風徒らに張りて、断腸の哀しび彌《いよいよ》痛く、枕頭に明鏡空しく懸りて、染筠《せんゐん》の涙逾《いよいよ》落つ。（以下略）

もおそらくその下敷きとなったであろう。そして今、「涙」を中心にして言うならば、こうした「世間無常」の意識なり観念なりは、家持によってはじめて、和歌において「涙」と結合されたのであった。

以上、私は万葉集の歌そのものに見られる涙を、主要作者の順に従って観察してきた。次に、**目録・題詞・左注・漢詩文**（以下まとめて「詞《ことば》」と言う）についても考えてみたい。歌の中に泣くことの表現を持ち、詞の中にもそれに対応する表現を持っている歌または歌群の例は、全体で八例（2・一七七〜一七八、3・四六〇、3・四七〇〜四七四、4・六九〇、5・七九八、9・一八〇四、17・四〇〇八、19・四一六〇）あり、そこに見られる関連字句は、慟傷、悲嘆、悲緒、悲別、涙、哀死、悲である。そこでこれらの字句を、一般に涙と関係あるものと認め、これらの字句やそれに類するもの、および「歔欷」「哀咽」などあきらかに涙を表現している文字をふくむ詞の例を集中にさがすと、件数にして七十二例を得るのである。このことは言いかえれば、前述の八例をのぞく六十四例のものは歌の中には涙の表現を持たず、ただ詞によってのみその事実を示していることを意味している。

詞の中には、歌の作者自身によるものもあり、古い伝承もあり、また編者による加筆や陳述もふくまれていると考えられる。したがって本来ならば、それらの例ひとつひとつを歌の成立との関係において考察しなければならないのであるが、詞の個々の筆者を特定することができない現在において私たちに可能なのは、それらを万葉集の最終編纂時を下限とする「万葉時代」の、ある意識の反映として、等しなみに扱うことであろう。詞は、その歌の作者によるものであれ、第三者によるものであれ、いずれも何らかの「事実」に対する「解釈」であると考えてよい。そしてその解釈は、ある種の批評意識や物語意識、広義の文芸意識を伴っていると言えるであろう。

以下、このような観点に立って七十二例の素材を検討してみようと思う。

涙の原因は、死別(20)、生別(18)、自傷(6)、同情(10)、愛惜・無常(10)、旅苦(7)、病苦(1)、に大別される。(カッコ内は件数)。原因ごとに分け、作品の成立年代順(澤瀉・森本編『作者類別年代順万葉集』による)に見て行くと、次のようになる。作者名は歌番号の次に入れるべきものだが、便宜上、各末尾に置いた。

(A)　死別

約半数の11件は、亡妻悲傷ないしその類である。すなわち、

＊2・二〇七題詞「泣血哀慟」人麻呂
＊16・三七八六題詞「哀慟血泣」壮士
＊16・三七八八題詞「哀頽之至」壮士
＊5・七九四前漢文「断腸之哀」「染筠之涙」旅人(憶良)
＊5・七九三前漢文「崩心之悲」「断腸之泣」旅人
3・四七〇題詞「悲緒未息」家持

3・四六二題詞「悲傷亡妾」家持
3・四六五題詞「悲嘆秋風」家持
15・三六二六左注「悽愴亡妻」丹比大夫
3・四八一題詞「悲傷死妻」高橋朝臣
19・四二三六題詞「悲傷死妻」伝誦遊行女婦蒲生

であるが、＊印をつけたものは、いずれも「遊仙窟」に類句を見出すことができ、その影響が考えられるものである。（以下の＊も同じ）

他の9例中6例までは、兄弟など肉親との死別である（2・一六五題詞「哀傷」大来皇女、2・一六六左注「感傷哀咽」同、2・二〇三題詞「悲傷流涕」穂積皇子、9・一八〇四題詞「哀弟死去」福麻呂、16・三八六九左注「妻子之傷」志賀白水郎の妻子、17・三九五七題詞「哀傷」左注「感傷」家持）。

残る三例は、2・一七一題詞「慟傷」日並皇子舎人等、3・四二三題詞「哀傷」山前王、3・四五九左注「悲慟」縣犬養宿祢人上、である。

（B）　生別

(1)16・三八〇四番歌　まず題詞と歌とを引く。――

昔者壮士《をとこ》ありき。新たに婚礼を成せり。幾時も経ずして、忽に駅使となりて遠き境に遣さゆ。公事限有り、会期日無し。ここに娘子、感慟悽愴して疾疢《やまひ》に沈み臥《こや》りき。年を累ねて後に、壮士還り来りて、覆命既に了りぬ。すなはち詣りて相視るに、娘子の姿容の疲羸《ひるい》甚《はなは》な異にして、言語哽咽せり。時に、壮士哀嘆し涙を流し、歌を裁《つく》りて口号《くちずさ》みき。其の歌一首

かくのみにありけるものを猪名川の沖を深めてわが思へりける

右は相愛の男女が生き別れることによって流す涙の一件であるが、娘子のそれが直接、夫と離れてあることによるものであるのに対して、壮士の涙はより多く、時間のもたらす齟齬や変容への悔みに原因している。とくに、歌をも組み入れて時間論的観点から考えた場合、それは古事記の多遅摩毛理や赤猪子の伝説の骨格と異なるものではないことが指摘できるであろう。

(2)大伴旅人の周辺

4・五七八題詞「悲別」大伴三依
4・六九〇題詞「悲別」大伴三依
4・五七六題詞「悲嘆」葛井大成
4・五六七左注「悲別」山口若麻呂

たとえば三依の

照らす日を闇に見なして泣く涙衣濡らしつ干す人無しに（4・六九〇）

に見られるように、「悲別」の涙は「照らす日を闇に見なして」という観念的・知的次元でとらえられている。

また、遊行女婦児嶋*に関する

ここに娘子、此の別るることの易きことを傷み、彼の会ふことの難きことを嘆き、涕を拭ひて、みずから袖を振る歌を吟ふ。

という左注（6・九六六）を見ても、生きての別離がひとつの文学的テーマとして固定している（しつつある？）ことが感じられる。ここにも遊仙窟の影は濃い。

(3)大伴家持とその周辺

家持が任地越中を離れるにあたって人々ととりかわした別離の歌には、多く涙が伴っている。

京に入らむとき漸く近づき、悲情撥き難く、懐を述ぶる一首（17・四〇〇六題詞）の「悲情」は、その短歌に「わが背子は」云々とある如く、池主との別離の悲情を主想としており、それに答えた池主の、

……生別の悲しびの*腸を断つこと*萬廻なり。怨緒禁《とど》め難し。（17・四〇〇八題詞）

の「怨緒」は、その長歌の「哭のみし泣かゆ」に対応している。また、

ここに旧きに別るる悽、心中に鬱結す。渧を拭ふ袖は、何を以ちてか能く旱かむ。……（19・四二四八題詞）

など、いずれも別離の涙が文芸的・趣向的に扱われていることが知られる。

(4)弟上娘子と中臣宅守（15・三七二三以下）

題詞にはないが、目録では

中臣朝臣宅守娶蔵部女嬬狭野弟上娘子之時、勅断流罪配越前国也。於是夫婦相嘆*易別離会、各陳慟情贈答歌六十三首

となっており、少なくとも目録では、この二人の事件は、以上見てきたものと同様のワク組みで扱われていると言えるだろう。

(5)その他

16・三八一三左注「……于時娘子係恋傷心、沈臥痾疹、痩羸日異、忽臨泉路。於是遣使、喚其夫君来。而乃歔欷流渧、口号斯歌。……」車持氏娘子

16・三八五七左注「尓乃哽咽歔欷、高声吟詠此歌。」佐為王の近習婢

20・四四八二左注「悲別」藤原執弓
20・四四九一左注「薄愛離別悲恨」石川女郎

（C）自傷

2・一四一題詞「有馬皇子自傷結二松枝一歌」
1・二四題詞「麻続王聞レ之感傷和歌」
3・四一六題詞「大津皇子被レ死時磐余池陂流レ涕御作歌」

すべて受刑者の立場を語っているが、いずれも題詞は短かく、説話化の傾向は見られない。

（D）同情

全十例中四例（3・四一五、3・四二六、2・二二八、3・四三四）は行路死人歌であり、他の三例（1・二三、2・一四三、3・四四二）は、流刑、刑死、自経などへの同情である。ここでも題詞は短かく、文芸化の意識はとぼしいと言えよう。

（E）愛惜・懐旧・無常

懐旧の涙六例中五例までは旧都を想ってのものである。すなわち「近江」一例（1・三二題詞、高市古人）、「寧楽」三例（8・一六〇四題詞、大原今城、6・一〇四四題詞、作者未詳、6・一〇四七題詞、田辺福麻呂）、「久迩」一例（6・一〇五九題詞、福麻呂）がそれであるが、とりわけ一〇四四、一〇五九、一六〇四の三首の題詞には「荒墟」への悲傷であることが明示されている。

憶良の「士《をのこ》やも空しかるべき万代に語り続ぐべき名は立てずして」（6・九七八）の歌の左注「……於レ是憶良臣、報語已畢、有レ須拭レ涕悲嘆……」の涙は、「空し」くあることへの無念、諦念のそれであろう。

作者未詳巻10の一八八四、一八八五番歌の題詞は最も短かく「歎旧」とあるだけであるが、一八八五番歌の「人は旧きし宜しかるべし」という内容との間には一種の矛盾がある。題詞筆者の目は、「年月は新なれども人は旧りゆく」という一八八四番歌の方に主として注がれていたと思われる。

題詞の中に「悲」と結びついて「無常」の文字があらわれるのは、さきにあげた家持の「悲世間無常歌」（19・四一六〇）および、同じく家持の「臥㆑病悲㆓無常㆒欲㆑修㆑道作歌」（20・四四六八）だけである。

さらに（F）（G）としてあげるべき旅や病苦の涙については、省略する。以上、資料の分類に終始したが、目録・題詞・左注等の中の涙が、歌そのものの中の涙よりも範囲をひろげ、振幅を大きくしつつ、文芸化の方向に進んで行った、その経緯の一端は眺めることができたと思う。

第四章　万葉歌人の時間

第一節　中皇命の時間――「今立たすらし」考

一

天皇、宇智の野に遊猟したまふ時、中皇命《なかつすめらみこと》の間人連老《はしひとのむらじおゆ》をして献らしめたまふ歌

やすみしし　わご大君の　朝《あした》には　とり撫でたまひ　夕《ゆふべ》には　い倚《よ》り立たしし　御執《みと》らしの　梓《あづさ》の弓の　金《かな》弭《はず》の　音すなり　朝猟に　今立たすらし　暮《ゆふ》猟に　今立たすらし　御執らしの　梓の弓の　金弭《かなはず》の　音すなり（１・三）

反歌

たまきはる宇智の大野に馬並めて朝踏ますらむ其の草深野（１・四）

周知のように、万葉集巻一の、右の三、四番歌には、解釈上いくつかの問題があるが、その主なものとして、㈠中皇命とはだれか、㈡歌はだれの作か、㈢カナハズかナカハズか、またそれは何か、㈣「音すなり」の音は何の音か、㈤「朝猟に今立たすらし、夕猟に今立たすらし」と同時にいうのは矛盾ではないか、㈥中皇命は今どこにいるのか、などの点を挙げることができるであろう。本稿は、右に第五点として述べた「今立たすらし」に焦点

をしぼって、この歌にみられる時間の意識のありかたを考えようとするものである。

この問題は、すでに稲岡耕二氏の「中皇命（その二）」（『解釈と鑑賞』一九七一年七月号）にも整理して論じられているが、便宜上ここにあらためて諸説を概観し、さらに稲岡氏の所説に関しても検討を加えてみたいと思う。

たとえば『僻案抄』の「猟は一日の内、朝と暮とをよき時にすれば、「朝かりにや、夕かりにや、今弓づるの音するは、天皇の御狩に立給ふなるべしとおしはかり給ふ詞也」のように、特に矛盾を問題にしないものもあるが、それは、『新考』に「今は一つの時をさして云ふ語なれば朝と夕と二つをかけては云ふべからず」と述べられ、『全註釈』に「朝と夕と異る時間を一首中に並立させ、しかもそれを今立たすらしと受けたのは、その今がいづれの時であるかを明にすることが出来ない欠点がある。他の、長歌中に春と秋との景物を並叙したのと共に、印象の集中を妨げる不利益がある」と述べられている通り、たしかに不合理な表現であると、一応は認められるはずである。

そこでこの矛盾を克服する試みとして、『古義』の「朝猟夕猟とならべ云るは、上の朝庭夕庭をうけて文《あや》なせるのみなり、反歌に朝布麻須等六とあるにて、実は朝猟に出賜ふをきこしめしてよませ賜ふなり」や、『檜嬬手』の「此の四句朝猟爾の二句に用ありて、暮猟にの二句はたゞ調べの為にそへたるのみなり」や、『新考』の「反歌にアサフマスラムとあれば今とさしたるは朝の方なる事明なり。さればアサガリニイマタタスラシといふが主意にてユフガリニイマタタスラシは其副に云へるのみ」や、『全註釈』の「これは、歌ひものとして、調子に乗って、内容に多くを顧慮しなかった傾向があり、そこから生じた欠点と考へられる」「朝猟夕猟と分けていふことは（中略）例がある。朝の狩猟にの意」などのように、「夕猟」を単なる副えことばとして、意味上は無視する解釈が行なわれた。その論拠は、㈠「歌いもの」であるから調子を整えるため副えられた、㈡上の「朝には」

「夕には」に影響された文飾である、㈢反歌は「朝」のことしか言っていない、の三点にある。

一方、この「朝・夕」を両立し得るものと見て、矛盾を否定する解釈も生じた。『私注』が「之も朝夕の猟を一度に見るごとくで通俗理論には合はないのであるが、同じく詩的現実である」と述べ、西郷信綱氏『万葉私記』が「今立たすらし」を、宮廷を今出発する意にとったうえで「ここでは宇智野も朝猟も夕猟も、すべてみな、心像の世界においてとらえられており、まだ眼前の経験とはなっていないのだ」「あらゆる誤解は、詩的心像であるものを経験にひきもどし、『今』を宇智野で朝猟に出で立たんとする『今』であると見るに根ざしている」と述べているのは、いずれも右の「朝猟・夕猟」を詩的現実として一括しようとする試みであり、澤瀉『注釈』が折口信夫の「弓讃め」説を下敷きにしつつ「ある現実に即しての創作としては考へられず、猟の催された場合に、謡ひ物として謡はれたものと考へるべきだと思ふ」と述べているのも、その発想は異なるにせよ、非写実論としては同様の試みと言えるであろう。

稲岡氏の説（前掲論文）は、まず、猟に「立つ」のはどこからか、を問題にし、推古十九年紀の「夏五月の五日に、菟田野に薬猟す。鶏鳴時《あかつき》を取りて、藤原池の上《ほとり》に集ふ。会明《あけぼの》を以て乃ち往く」の記事に注目、問題の宇智野の猟も「同様に朝暗いうちに集まって出発したことも十分考えうる。菟田野の薬猟が、それ以上に詳細はわからないのは残念だが、この『会明』の出発は、朝猟への出発か、夕猟かなどということを問題にする人は、恐らくあるまいと思う。一日の猟に出発するのであって、日中の休息を含め、朝・夕の猟が行なわれ得たであろう。宇智野の猟も、朝猟か夕猟かどちらか一方のはずだときめてかかるのは、同様に間違っている」とし、続けて「一日の猟に出発すること、それが『朝猟に今立たすらし』『夕猟に今立たすらし』と対句で歌いこまれているのであることは、そこにしいて詩的心像とか詩的現実を引き合いに出さずとも、右のように考えれば容易に理解されうると思う。反歌にしてみても、『宇智の大野に朝踏ますらむ』と歌っているのは、作者が宇智野にいないことを暗に示しているもので、宮からの出発と見て支障はない」と結論づけたものである。

稲岡氏は、その後、あるシンポジウムで、この歌は、朝猟の場合は「暮猟」の部分を歌わず、暮猟の場合は「朝猟」の部分を歌わなかったのではないか、という興味深い発言をされているが、それは「いま思いついたことで、妙なことを申しあげれば」ということわり付きの即興の座談であるから、ここでは問題にすることを遠慮する（学生社「シンポジウム日本文学1・万葉集」39ページ参照）。

西郷説と稲岡説は、この「猟」を詩的心像とするか現実経験とするかにおいて対立するが、朝猟・夕猟を一日の猟として一括してとらえ、いまその猟にむかって宇智野以外のところから出発するのだ、という解釈においては一致している。宇智野以外のところからの出発、と解する点は、すでに『檜嬬手』の「此御歌は飛鳥岡本宮より吉野の西なる内野迄の行幸、且は猟などは終日のわざなれば、朝速くより出立せ給ふ事必せり。故に其の御従人たちは未明より鳴弭など引試みて勇み立ちけん音を聞かして、皇女ながらいさましく羨しくおもほしなりければ、此御歌は其御出立以前未明のほどによみて献り給ひし也」という記述に先例が見られるが、はたしてこのような解釈が妥当であるかどうかを、以下に考察してみよう。

二

実は、問題は、要するに、この「立つ」が出発の意味であるか否かという、ただ一点にかかっているのである。そこで、通常の手続きに従って、まず万葉集中の「猟」と「立つ」との結合の用例を検討する。

（1）当該歌（本文省略）

（2）日並皇子《ひなみしのみこ》の命《みこと》の馬並めて御猟立たしし時は来向ふ（1・四九、人麻呂、安騎野の歌）

（3）やすみしし　わご大王　高照らす　わが日の皇子の　馬並めて　み猟立たせる　弱薦《わかこも》を　猟路《かりじ》の小野に……（3―二三九、人麻呂、長皇子遊獦路池之時の歌）

（4）やすみしし　わご大君は　み吉野の　蜻蛉《あきづ》の小野の　野の上には　跡見《とみ》する置きて　み山には　射目立て渡し　朝狩に　鹿猪《しし》履み起し　夕狩に　鳥踏み立て　馬並めて　御狩そ立たす　春の茂野に（6・九二六、赤人）

（5）大夫は御狩に立たし少女らは赤裳裾引く清き浜廻《はまび》を（6・一〇〇一、赤人）

（6）手束弓《たつかゆみ》手に取り持ちて朝猟に君は立たしぬ棚倉の野に（19・四二五七、伝誦歌）

以上が用例のすべてである。

第（2）例（四九番歌）の問題部分について、岩波『古典大系』は〔大意〕の項で「馬を並べて御狩にお出かけになった時刻が今や迫って来る」（傍線粂川、以下同じ）とし、小学館『古典文学全集』は頭注に「ミカリの下に格助詞ニを省略した形」としたうえで下段に「馬を並べて狩りに出られた同じその時刻になった」と口語訳しているが、前者には「出発」のふくみが感じられ、後者は内容が必ずしも明確でない。澤瀉『注釈』は「馬を並べて御狩を催された、の意」とし、「立つ」の説明は巻1・三八番歌の「上つ瀬に鵜川を立ち」のところでの説明に譲っている。それは、

「立つ」は自動詞の場合四段活用であり、他動詞の場合は下二段活用であるが、（粂川注＝19・四一九〇、17・三九九一、17・四〇二三）などの例を見ると、他動詞でしかも四段に活用してゐる。しかもこれらはいづれも「催す」の意のものである。即ち、さうした特別の意をもつ「立つ」の語が他動四段に活用したものと思は

れる。

というものである。すなわち澤瀉氏はこの四九番歌の「御猟立たしし」の「立つ」をまず他動詞と判断し、ついでそれが四段活である点を根拠として「催す」の意味を導かれたものと思われるが、そもそもこの「立つ」がなぜ他動詞でなければならないか、ということについては説明がない。ただし『注釈』がこの第2例のほかに、第3・第4例の場合をも「催す」と解し、第1・第5・第6例ではそう解されていないところから察すれば、助詞をへだてずに「御猟」に直接接する「立つ」は「を」を先行させるべき他動詞（第4例の「そ」は強意であるから無視できる）とし、他方、助詞「に」に先行されている「立つ」は自動詞とするという判断があったのであろうか。

しかし、上引『古典文学全集』頭注のように、この「御猟立たしし」の「立た」の前に助詞「に」を補うこともまた可能なわけであるから、私たちはこの「立つ」が自動詞であるか他動詞であるかを形式の面から論じるよりも前に、その意味するところが何であるかを文脈の上から論じるべきであろうと思われる。

先行の第四五番長歌によれば、軽皇子の一行は「太敷かす京」をあとに、泊瀬の荒い山道を「朝越え」て、その日暮れ、「み雪降る阿騎の大野」に到着し夜営をしたことになる。そして四六番以下の短歌はいずれも阿騎の野に着いて後の、宵から朝までの情景・人事を、時間の推移に沿って歌ったものである。そこで四九番歌の「立つ」は、かりにこれを「出発する」の意味にとるとしても、その「出発」は遠い「京」からの出発ではなく、今いる阿騎の野からの出発でなければならないが、その阿騎の野自体がほかならぬ猟の目的地と考えられるから、出発と言ってもそれは地理的な出発ではなく、いわば行事の上の出発、つまり「猟にとりかかる」「猟をはじめる」というような意味のものと理解すべきであろう。「催す」意の他動詞とする澤瀉氏の説が比較的よくこの歌の場合に適合するのは、「催す」が「とりかかる」「はじめる」などと意味領域上重複するところがあるためと思われる。しかし「催す」は、「立つ」がふくみ持つところの「端緒性」「始動性」とでも言うべき意味あいを持ちあわせていない。この「立つ」はむしろ単純に自動詞に解し、しかも「出発する」とは何ほどか異なる意味をそこにくみ取るのが適当であろう。その意味については、後にまた触れることとしたい。

第（3）例（二三九番歌）の「み猟立たせる」の「立つ」の意味は何であろうか。『日本古典文学全集』は、頭注では「このタツは出発する意」としながらも、口語訳では「狩りに出かけていらっしゃる」（傍線・粂川）という、出発に重点があるのか、それとも現にそこにいることに重点があるのかが明らかでない表現になっている。『古典文学大系』の方も、頭注で「御猟にお出かけになっていらっしゃる」とし、これは現にそこにいることに重点がおかれているとわかるけれども、なお「み猟立たせる」の解釈として明確を欠くうらみがある。澤瀉氏『注釈』が「猟を催される」と解していることは、すでに述べた。

ところでこの歌は、その題詞によっても明らかなように、すでに遊猟の目的地である「猟路の小野」に到着しての歌である。そうして現に皇子は猟をしているのであり、野の動物たちがその皇子に奉仕するさまが眼前のこととして描かれている。「馬並めてみ猟立たせる」は、そのような皇子の現在の姿を表現していると理解するのが自然であろう。「この地を目的地として出発してきたところの」というふうに出発時にさかのぼって解することも不可能ではないが、そうしなければならない必然性は認められない。ここは単に「猟する」というのと大差のない意味に考えるべきものと思われる。

第（4）例（九二六番歌）では、「野の上には跡見すゑ置き」「み山には射目立て渡し」というように、猟の現場の光景が写実的に描かれ、それらを総括するかたちで「馬並めて御狩そ立たす」の句があるわけであるから、この「立つ」は、やはり「する」にほぼ相当する語であろう。まして反歌の「あしひきの山にも野にも御狩人得物《さつ》矢《や》手挟み散動《さわ》きたり見ゆ」を同時同景の詠と考えれば、右の「御狩そ立たす」が「出発」の意味でないことは明らかである。

第（5）例（一〇〇一番歌）では、「清き浜廻」における「大夫」と「少女」との行動が対句的に表現されているのであるから、「御狩に立たし」は、「赤裳裾引く」に匹敵する情態表現でなければならない。すなわち「立つ」は出発の意味ではあり得ないわけである。

第（6）例は、「朝猟に君は立たしぬ」だけを見れば、いかようにも解釈ができるが、その末句の構造が第4例の末句「御狩そ立たす春の茂野に」の構造に等しい点に注目するならば、おのずからその意味は限定されてこよう。第4例の「春の茂野に」は「ニ向カッテ」ではなく、「ニ於イテ」であった。同様に本例の場合も「棚倉の野に」は「ニ於イテ」であると考えるのが自然である。したがってこの「立つ」もまた、出発の意味ではないと判断される。

以上、当該の第三番歌をのぞくすべての用例を検証して得られたところは、㈠「御狩立たす」と「御狩に立たす」との間に、意味上の大差はない。前者の「立つ」を特に他動詞と考える必然性も認められない。㈡「猟」と結合して用いられた「立つ」には、「〜に向かって出発する」という意味はないようである。その意味にとればとれるものもないではないが、そうする必然性はない。――の二点である。したがって当該歌における「朝猟に今立たすらし」「夕猟に今立たすらし」の「立つ」も、「出発」の意味ではないと判断するのが妥当であると考えられる。もちろん、第（2）例以下のすべてが当該歌よりも時代的に後の作品であるから、（当該歌の成立事情を題詞の通りのものと考え、中皇命を間人皇女であると仮定しての話であるが）、証拠として必ずしも十分でないと言えようが、しかし人麻呂や赤人が従来の用法をあえてゆがめたということが考えにくい以上、この推論は認められてよいであろう。とすれば、『檜嬬手』の説も、西郷説も、稲岡説も成り立たないことになる。朝猟に今立ち、夕猟に今立つという、「今」の矛盾の問題は、また振り出しにもどってしまった。

論を先へと進める前に、ここでもう少し「御猟（に）立たす」の意味について吟味しておきたい。実質的にはそれは、ほとんど「猟をする」「猟に従事する」という意味と同様であること、すでに見てきた通りである。しかしながら動詞「立つ」が「猟」と結合して用いられるとき例外なく「立たす」という敬語表現となっていること、その主語が「わご大君」「日の皇子」「大夫」などにほとんど限られていること、に注目するならば、この「御猟（に）立たす」という成句（と呼んでさしつかえなかろう）のふくむところは、主体の威風を讃美する、一種晴れがましい情感であると言わねばなるまい。そのとき「立たす」は、馬上に立ちあがる〝指揮者〟の勇姿や、いまこそ仕事にとりかかって行くのだという彼の積極的な始動力やを、端的に反映することばだったのではなかろうか。もちろんそこに何らかの儀礼的性格を想定することも可能ではある。

三

さて、例の矛盾をどう解くか。少々乱暴な言い方になるが、実は私は、この矛盾は解かなくていいのだ、と思うのである。それもまた一つの解き方ではなかろうか。以下それについて説明しよう。一首の主想は「大君」の讃美にある。それは雄略記の、

やすみしし　吾が大君の　朝間《あさと》には　い倚り立たし　夕間《ゆふと》には　い倚り立たす　脇几《わきづき》が下の　板にもが　あせを（記一〇四）

という宮廷寿歌と発想も形式も類似している。ただし万葉三番歌の方がはるかに複雑な構造になっていることは

言うまでもない（稲岡氏は上掲論文で、雄略記の歌の対句「朝とには　いより立たし　夕とには　いより立たす」が同句の反復であるのに対して三番歌の対句が「朝には　取り撫でたまひ　夕には　いより立たしし」と異なった詞句で構成されている点に具体的な厚みが生じていること、また、「いより立たしし」と過去形を用いて過去と今とをくっきりと対置させ描きわけている点に、歌謡の表現を利用しながらも、そこからつき出ようとする個人の意識がうかがえること、を指摘しておられる）。

長歌では弓讃めを通して「大君」が讃美され、反歌では「大君」の讃美が叙景と一体になっている。助動詞「らし」や「らむ」からわかる通り、中皇命はいま猟の現場にはおらず、想像によって「大君」（の勇姿）を讃美している。「朝猟」も「夕猟」もその想像の中にあるのである。

そこに朝と夕とが並びうたわれている理由には、はじめに諸説に見た通り、さまざまのものがあるであろう。それらは互いに排除しあう「理由」ではなく、そのいずれもが重層して、この「朝・夕」の表現をもたらしていると考えてよいと思うが、中でもやはり大きいのは、先行の「朝にはとり撫でたまひ　夕にはい倚り立たしし」が影響している、という点であろう。しかもそれは単に修辞の問題としてそうなのではなく、そのような讃美の精神と様式とが踏襲され反復されているのだと言うべきである。朝だけを言うのでは足りず、夕だけを言うのでも足りない、朝猟・夕猟に立つ「わご大君」の勇姿を想像の中に浮かばせつつ繰り返し歌うところに、讃美の思いは十分の表出を果たし得るのであろう。

思うにいつの時代にも「今」は主体的に認識される時間である。ある時間を「今」と呼ぶことによって、人はその時間に参画しわがものとして領有する。この歌において「今」は、朝であるか夕であるかという区別として機能するのではなく、朝を自己（中皇命）に引きつけ、夕を自己に引きつけるものとして機能している。言いかえればこの「今」は、「わご大君」と自己とを同じ次元・同じ時間において共存せしめる靭帯である。俗な例だが、それはかの、日本国有鉄道讃歌の「今は山中、今は浜」を思い出させる。鉄道唱歌が次ぎ次ぎと「今」を追うことで、汽車のスピードを讃美しているように、この上代の長歌は積層する「今」によって皇威を讃美しているのである。

第二節　柿本人麻呂の時間

一

人麻呂の「時間」について、はじめてこれを独立した課題に扱ったのは森本治吉氏である。(注1)氏は人麻呂の代表作の九割までが「過去的な作品」であることに注目し、人麻呂には「現時」「過去」「神話」という時間的三次元が存在していること、しかも「その区切りは浅い表面的な線が界線として引かれてゐるだけにすぎない。だから、現在は忽ち過去と抱き合ふことが出来るし、神話も過去も直ちに現在の機構の中に参与することが出来る」ものであることを述べて、彼の「過去性」がその世界観に根ざすゆえんを説かれたのであった。

新らしいところでは、中西進氏の『柿本人麻呂』(注2)が、「喪失の時の意識」を批評の軸として各作品を分析し、時間論と銘打ってはいないけれども、時間の視点を明瞭に導入している。また、平野仁啓氏の「柿本人麻呂の時間意識の構造」(注3)がある。平野氏はまず、初期万葉の歌には時間についての表現がほとんど見出せないことを言い、近江荒都の歌をひいて、「簡単な言い方をすれば、(長歌の) 前半部には神話が表現され、後半部には現実の廃墟が表現されており、それぞれ原初へ回帰する神話的時間と現実における流れ去る時間とに対応している」「近江荒都の歌の構造は、長歌における神話と現実、それに反歌における人間の生の三つが対立的に組み合せられている、と言ってもよい」として、「神話的時間と流れ去る時間とのせめぎ合う時間の狭間から、人麻呂の歌風のさまざまな特徴が生まれてきた」ものとされた。標題の如く、これは「時間」の問題に焦点を据えた人麻呂論である。

以上いずれも、その大筋において異論の余地のないところと思われるし、人麻呂的時間の規定としては、すでにその大ワクは敷設されたものと考えてもよいであろう。本稿もまた、この大ワクを越えるものではおそらくないが、やや視点をあらため、二、三の問題を提起しようと試みる次第である。

日並皇子の挽歌（二・一六七）に典型的に示されている、長歌導入部の神話的、皇統譜的叙述の意義については、多くを述べる必要はあるまい。エリアーデは、諸民族の例をあげて、世界の誕生の読誦を聞くことが、創造のわざ、特に宇宙開闢と同時代の人となることを意味したこと、過ぎ去った時間を撥無して宇宙開闢を再現することにより、自らを周期的に再生しようとする、深い欲求の存在したことを述べているが（注4）、人麻呂長歌の皇統譜的叙述も、その系譜をさかのぼれば、右のような古代的時間意識のワクに収斂されるものであろう。

根源的存在、それは根源的な時間と言いかえてもいいが、かかる存在との接触を失なうまいという願望は、人麻呂において強烈であった。もちろん、宮廷儀礼歌をはじめとした公的な歌に示されるこの願望は、人麻呂個人の性向に帰せられるべきものではない。時代の理念の代弁者としての人麻呂を考えなければならないであろう。だが、この願望は、次のような、公的性格の多少とも薄い、旅の歌にもあらわれている。

大君の遠の朝廷《みかど》とあり通ふ島門《しまと》を見れば神代し思ほゆ（3・三〇四）

またそれは、さらに姿をかえて、次のような恋愛歌にも跡を残しているようである。

古にありけむ人もわがごとか妹に恋ひつつ寝《い》ねかてずけむ（4・四九七）

今のみの行事《わざ》にはあらず古の人そまさりて哭《ね》にさへ泣きし（4・四九八）

ここに神話的世界はないとしても、自己が根によって源初の存在とつながっており、自己の存在がその根を通して説明されることに、人麻呂の心は慰められるのであった。

次に考えてみたいのは、冒頭部分に示される神話的時間が、それぞれの挽歌の内部で、どう保持されて行くかという点である。日並皇子の挽歌の場合、皇子の死の叙述に続く、長歌の尾部は次の通りである。

いかさまに　思ほしめせか　由縁《つれ》もなき　真弓の岡に　宮柱　太敷き座し　御殿《みあらか》を　高知りまして　朝ごとに　御言問はさぬ　日月の　数多《まね》くなりぬる　そこゆゑに　皇子の宮人　行方知らずも

復活の期待のむなしさは「日月の数多くなりぬる」ことにおいて確認され、神話的時間は途切れてしまう。そうして、残された人々には、根を断たれた流浪の時が、行く方も知らず流れはじめる。かつて円環をなしていた時間は、ここに円環をほどいて、軌跡を下方に転じるのだ。高市皇子の挽歌（2・一九九）も事情はおよそ同じである。ただ、ここでは最後に、

然れども　わご大王の　万代と　思ほしめして　作らしし　香具山の宮　万代に　過ぎむと思へや　天の如ふり放け見つつ　玉襷　かけて偲はむ　恐《かしこ》かれども

とあって、それはすでに実質を失ない形骸化してはいるものの、なお神話的時間の影が、ひとつの救済として提示されていると言えるだろう。そして、このことは、明日香皇女の挽歌（2・一九六）の末尾にも共通する。

音のみも　名のみも絶えず　天地の　いや遠長く　偲ひ行かむ　み名に懸かせる　明日香河　万代までに

云々という部分である。

この永久未来の思想は、本来、讃歌に固有のものであろう。吉野讃歌（1・三六）はそれを、

この川の　絶ゆることなく　この山の　いや高知らす　水激《たぎ》つ　滝の都は　見れど飽かぬかも

と表現している。「この川の絶ゆることなく」が、おそらくは人麻呂の創始した表現であるということについては、曽倉岑氏の論（注5）にくわしい。ところで「万代」ということばであるが、これは吉野讃歌には見えず、右にあげた高市挽歌に三例、明日香皇女の挽歌に一例、集注してあらわれている。ついでに言えば、この語の用例は、万葉集を通じて四四例あり、人麻呂に関係のあるものは右の四例のほか、人麻呂作かと左注のある3・四二三番挽歌、人麻呂歌集歌である10・二〇二四および二〇二五番歌の三例をあげることができる。そうして、これらより時代をさかのぼる用例は万葉集にはないのであって、この語も人麻呂的な用語であると考えることができそうである。

ただし、万葉以外を見渡すと、日本書紀歌謡に一例、風土記の詩に一例を見る。すなわち、蘇我の馬子が推古天皇にたてまつった、

やすみしし　我が大君の　隠ります　天の八十蔭　出で立たす　御空を見れば　万代に　斯くしもがも　千代にも　斯くしもがも　千代にも　斯くしもがも　畏みて　仕へ奉らむ　拝《おろが》みて　仕へ奉らむ　歌附きまつる（紀102）

が前者であり、常陸風土記の、

愛しきかも　我が子孫　高きかも　神宮　天地の共《むた》　日月の共　人民《たみくさ》集ひ賀《ことほ》き　飲食《をしもの》豊かに　代代に絶ゆることなく　日《ひ》に日《け》に弥栄え　千秋万歳に　遊楽窮《たのしみきはま》らじ

が後者である。後者は、筑波の岳にまつわる古い伝承に関連しているが、原文は四言の漢文に整えられており、

これを材料とするには別考を要するので、いまは考慮の外に置く。阿蘇瑞枝氏(注6)は、前者の「畏みて仕へ奉らむ」以下をとらえ、この新らしい表現が「漸くこの時代、後の大化の改新につながる皇室の権威の認識が形式的にもせよ定着しつつあったことを示す」ものとしている。いかにも、「万代」がここに一例を持つのみで、次には初期万葉の時代を越え、人麻呂作品に集注的にあらわれるということは、この「未来」が、皇室讃美とわかちがたい性格のものであることを物語っていよう。結論を言えば、それは、「大君は神にし座せば」という新らしい信仰の確立によって明瞭な内容を与えられ、表現として定着するところの未来観念であったのである。なお、文選・陸士衡の「挽歌詩三首」にある、

重櫬の側に歎息し、我が疇昔の時を念ふ。三秋猶ほ収むるに足る。万世安んぞ思ふべき。

など、思い合わされるが、その「万世」が人麻呂作歌では挽歌のみにあらわれることに何らかの意味があるであろうか。

二

阿騎の野に宿る旅人打ち靡き眠《い》も寝らめやも古思ふに（1・四六）
ま草刈る荒野にはあれど黄葉《もみちば》の過ぎにし君が形見とぞ来し（1・四七）
東の野に炎《かげろひ》の立つ見えてかへり見すれば月傾きぬ（1・四八）
日並皇子《ひなみしのみこ》の命《みこと》の馬並めて御猟《みかり》立たしし時は来向ふ（1・四九）

四九番歌に歌われているのは、たしかにひとつの回帰の思想である。四五番長歌にそえられたこの四首の連作短歌は、夜から朝への自然の時間の運行を示しているが、それは「昼」の世界の復活を語るものとも言える。そ

の時間の流れに乗るように「御猟立たしし」過去は、未来の方から「来向ふ」のである。

　ところで、回帰は祭儀的実修によってのみ可能であった。今の場合、日並皇子の御猟立たしし過去の復活を保証するのは、四五番歌に「真木立つ荒山道を　石が根禁樹おしなべ」と歌われる、この遊猟の「山たづね」的性格であろう。軽皇子の行旅の目的が草壁皇子の鎮魂だけでなく、むしろ現実の遊猟そのものにあったとしても――そして人麻呂の長歌も、軽皇子の現実の行旅の讃美にはじまっているが――この一連の人麻呂の歌にあっては、けっきょく、この遊猟の鎮魂的側面が大きな比重を占めることになっているのは明らかである。長歌末尾の「古念ひて」は、全篇を重くおおうと同時に、この一篇の主題のありかを端的に示すものと思われる。それにしても、今こそ「来向ふ」と歌われる「御猟立たしし時」とはどのような時であろうか。それは、たとえば、「草壁皇太子が、馬を並べて御狩にお出かけになった時刻」（日本古典文学大系）、「日並の皇子の尊が馬を並べて狩りに出られた同じその時刻」（日本古典文学全集）というように現代語にうつされている。もちろんそれはその通りであるが、次のように問題をたててみると、事情は必らずしも明瞭ではなくなってくる。いまたちもどってくるその「時」は、いったいどの程度に、ほかならぬ「草壁皇子の時間」であるのか？

　くだいて言えば、その時、(A)草壁皇子は馬を並べて（もういちど）狩に出られるのか、それとも(B)かつて草壁皇子が狩に出られたのは午前×時という時刻であったが、まもなくそれと数字の同じ午前×時が来るぞ、というようなことであるのか。――極端な言い方のようだが、(A)ならば、いわゆる「幻視」というようなことが、(B)ならば、追憶のよすがということが問題になるのであって、いずれもあり得ることである。

　文学論として言うしかないが、四五番歌から四八番歌に至る文脈と語気は、それが(A)であることを要求していると思う。とりわけ、軽皇子の姿がすでに草壁皇子のそれと重ねられている、その発想のあり方を考えれば、このことは動かしがたい。

しかしながら、この断定には誰しもひとすじのためらいを感じることであろう。四九番歌が表現しようとしているのは、本当に過去の時間の、まったき復原であるのか？　このためらいの根拠の一つは、ほかならぬ四七番歌の中にも見出されると私は思う。「過ぎにし君」ということばである。

スグス、スグルをふくめて「過ぐ」関係の語は、万葉集中に一六四例ある。その語義は、空間的な通過をはじめとして多岐にわたるが、死を意味するものは、解釈上その可能性のあるものをあわせて、二四例である。内訳は、人麻呂作歌六例（1・四七、2・一九五、同一云、2・一九九、2・二〇七、2・二一七）、人麻呂歌集歌五例（7・一一一九、7・一二六八、9・一七九六、9・一七九七、11・二四五五）、憶良三例、家持三例、刑部垂麻呂一例、巻七未詳歌一例（一四一〇）、巻一三未詳歌一例（三三三三）、書持一例、高橋朝臣一例、池辺王一例、防人の妻か？一例、である。死を意味する「過ぐ」が、きわめて人麻呂的な修辞であったことがわかるであろう。では、人麻呂はその「過ぐ」にどのような観念をこめていたのか。

敷栲の袖かへし君玉垂の越野《をちの》過ぎゆくまたも逢はめやも（2・一九五）

右の一首によって見れば、(ア)空間観念と時間観念の重複、(イ)非回復性（一回性）がその特徴と考えられる。ただし(ア)は修辞上の特例かと思われ、たとえば一九九番長歌の「……香具山の宮　万代に過ぎむと思へや」などとはかなり性格を異にしているが、いま問題は(イ)にあるので、(ア)には立ち入らないことにする。さて、この観点を当面の安騎野の歌に導入すると、草壁皇子の死は、一回的なもの、非回復性のものとして理解されていた、ということになろう。この推論は、たとえば山本健吉氏の、ここでの鎮魂が、復活にかかわる「たまふり」の性格と死霊鎮撫の「たましづめ」の性格との新旧二様のものにわたっているという論(注7)などにもささえられる。

このように理解するならば、「御猟立たしし」の(A)的性格は、よほど(B)側に近寄ってくる。もちろん、たとえば(B)的傾向の極北に、

去年《こぞ》見てし秋の月夜は渡れども相見し妹はいや年さかる（2・二一四）

を置いてみるとき、安騎野の四九番歌の(A)的性格はいかにも顕著であるけれども、四九番歌の回帰の思想に、確信というよりは、願望、あるいは鼓舞の性格が影さしていることは、やはり理解しておかなければならないと思う。

三

安騎野遊猟の歌群、とりわけその長歌（1・四五）の中に、この世と幽界、現在と過去が、それぞれ重ねられていることは明らかである。同様の事情は、これまたすでに論じつくされているが、(注8)近江荒都歌（1・二九）にいちじるしい。それは、語句としては、例の「いかさまに思ほしめせか」にかかわる問題である。この語句に続く部分が必らず幽界を示す、という用語例からして、「天離る夷にはあれど　石走る淡海の国の楽浪の人津の宮」の、死の影におおわれた姿が感得される。「いかさまに思ほしめせか」を、今あらためて論じる準備はないが、ただひとつつけ加えれば、この語句が口誦歌（朗誦歌）においてひとつの機能的役割を担うものであったことに留意すべきではないかと思う。つまりこの語句は、死の事実の詩的指標《インデクス》であって、聞く人々は、この語を界として、以下に死が物語られるのを理解するのである。それは枕詞の機能にも通じるものがあったであろう。まず歴史的現在（非時間的、不定詞的現実）を歌い、途中で時間の次元を現在から過去へと一ケタずらせるのが、人麻呂長歌によく見られる手法である。「いかさまに思ほしめせか」も、そのような次元の移行の指標として機能して

いたのではなかろうか。

ところで二九番長歌を、その内容の時間に注意しつつ眺めてみると、次のような特異な現象に気付くのである。冒頭の「玉襷畝火の山の橿原の」から読んで行くと、私たちは時間の流れに沿いながら、自然に終末の「大宮処見れば悲しも」に導かれる。ところが逆に終末から時間をさかのぼってたどって行くと、どこかで軌道は途切れてしまい、「玉襷畝火の山の橿原の」に到達することができないのだ。それはあたかも、途中に落差をつけて重なっている、二段式の連続すべり台を滑降するようなものである。二九番歌の不可逆性は、おそらくはその内部時間の重層と落差によるものであろう。

「近海荒都を過ぎる時」という題詞によって、この長歌が、現在の廃墟に立って過去をふりかえり作られたものであることは知られる。しかしこれは、歌の作られた場の理解としては正しいが、作者の発想の説明としては、ある錯覚を一部にふくんでいよう。人麻呂がまず身を置いているのは過去である。神武天皇から（ということは神代からということだが）天智天皇に至る過去である。しかもこの過去は、未来にわたって滅びるべきではない時間であるから、人麻呂の主観にとっては、歴史的時間の過去ではなく、円環をなして未来に回帰すべき過去である。もし人麻呂の主観を離れて、なお私たちのことばを用いるならば、人麻呂は、過去から現在を――遠ざかり行く現在、脱線し衰滅してゆく現在――を見ているのであって、現在から過去をふりかえっているのではない。

もののふの八十氏河の網代木にいさよふ波の行く方知らずも（3・二六四）

も同様の発想ではなかろうか。

ところが二九番長歌の中での人麻呂の立場には、ある推移が認められるようである。「大宮は此処と聞けども大殿は此処と言へども」は、すでに衰滅する時間の側に身を置いての詠であろう。この、喪失の嘆きには、あきらかに回想の姿勢があり、もはや二度とは帰らぬものへの愛惜の情、痛恨のひびきが強いのである。

こうして、近江の荒都を過ぎた時に、人麻呂の現実の目に映じたものは、「春草の繁く生ひたる　霞立ち春日の霧れる」大宮の跡であったが、彼の胸裏には二様に流れる時間の意識が重なり合っていたことになる。偶然であるかも知れないが、二首の反歌、

ささなみの志賀の幸崎幸くあれど大宮人の船待ちかねつ（1・三〇）

ささなみの志賀の大わだ淀むとも昔の人にまたも逢はめやも（1・三一）

は、この二様の時間を一つずつ分けて担っているように思われる。言うまでもなく前者には、絶対的時間が不条理にも断ち切られたことへの悲嘆があり、後者には「昔の人」への愛惜があるであろう。

さて、この後者の感情を主想としているのが恋愛歌である。

四

「妻死りし後、泣血哀慟して作る歌」の一群（2・二〇七以下）と、「石見国より妻に別れて上り来る時の歌」の一群（2・一三一以下）とをとりあげたい。先行諸論文で慣例化しつつある略号になるべく一致させるよう、以下、各歌を次例のように略称する。

［泣血哀慟歌］

第一長歌（2・二〇七）…………慟・A・0　　第二長歌（2・二一〇）…………慟・B・0
同　第一短歌（2・二〇八）……慟・A・1　　第一短歌（2・二一一）……………慟・B・1
同　第二短歌（2・二〇九）……慟・A・2　　同　第二短歌（2・二一二）……慟・B・2

或本歌（2・二一三）……………働・C・0　　同　第二短歌（2・二一五）……働・C・2
同　第一短歌（2・二一四）……働・C・1　　同　第三短歌（2・二一六）……働・C・3
［従石見国別妻上来時歌］
第一長歌（2・一三一）……………石・A・O
同　第一反歌（2・一三二）……石・A・1　　同　第一反歌（2・一三六）……石・B・1
同　第二反歌（2・一三三）……石・A・2　　同　第二反歌（2・一三七）……石・B・2
同　或本反歌（2・一三四）……石・A・3　　或本歌（長歌2・一三八）…………石・C・O
第二長歌（2・一三五）…………石・B・O　　同　反歌一首（2・一三九）…石・C・1

まず、各長歌の構造を比較する。ただしそれぞれ「或本歌」は省略する。結果として、ほぼ次表のような分析が可能であると思われる。

	働A0（二〇七）	働B0（二一〇）	石A0（一三一）	石B0（一三五）
① 背景となる時間の説明		うつせみと思ひし時に		
② 背景となる土地の説明	軽の路は吾妹子が里にしあれば		石見の海角の浦廻を	つのさはふ石見の海の
③ 恋の実態・その深さ	ねもころに見まく欲し	春の葉の茂きが如く思へりし　妹	か寄りかく寄る　玉藻なす　寄り寝し妹	玉藻なす　靡き寝し児を……深めて思へど

④	恋の障害	人目を多み……人知りぬべみ	世の中を　背きし得ねば		
⑤	幸福の不十分	隠りのみ　恋ひつつあるに	たのめりし　児らにはあれど‖		さ寝し夜は　いくだもあらず
⑥	別離	黄葉の　過ぎて去にきと	入日なす　隠りにしかば	露霜の　置きてし来れば	這ふ蔓の　別れし来れば
⑦	別離直後の心情や実態	言はむ術　為むすべ知らに	みどり児の　乞ひ泣くごとに……昼はも　うらさび暮し		
⑧	追慕	わが恋ふる　千重の一重も……	嘆けども　せむすべ知らに　恋ふれども……		心を痛み　思ひつつ
⑨	追跡	軽の市に　わが立ち聞けば	石根さくみて　なづみ来し	万たび　かへりみすれど	かへりみすれと
⑩	追跡の無効	声も聞えず……一人だに　似てし行かねば	ほのかにだにも　見えぬ	いや遠に　里は放りぬ……	妹が袖　さやにも見えず……
⑪	追跡の無効にともなう心情	すべをなみ	吉けくもそなき	妹が門見む	大夫と　思へるわれも……
⑫	右にともなう行為	妹が名喚びて　袖ぞ振りつる		「靡けこの山」	衣の袖は　通りて濡れぬ

表について二、三の説明を加えておきたい。省略した「或本歌」のうち、〔慟C0〕は〔慟B0〕とほとんど同内容であるが、その末尾が、「うつそみと　思ひし妹が　灰にてませば」となっている点に相違がある。これ

は、右表の⑩「追跡の無効」にあてはまる部分である。次に、〔石A0〕〔石B0〕で「かへりみすれど」を⑨「追跡」にあてはめるとき〔慟A0〕〔慟B0〕が実際に歩いて行くのであるのにくらべて、その行為の質に相違のあることが問題になるであろう。たしかにこの違いには大きいものがあるけれども、それらがそれぞれの詩の中で果している相対的役割りを勘案し、構造の問題として考える今のばあい、この相違は一応無視し得るものと思う。まして、上代における「見る」行為に、今日よりも重い意味を読みとるべきであるとすれば(注9)なおさらである。〔石A0〕の「靡けこの山」は、「呼びかける」行為として理解することができるから⑪にあてはめることに問題はない。省略した〔石C0〕は、いま〔石A0〕と全く等しいと見てよかろう。

次に付属する短歌(反歌)を吟味する。〔慟A1〕は、ことばとしては長歌の「黄葉の過ぎて去にき」をうけているが、長歌での追跡が軽の市という現実の土地に向けられたのとはちがい、死者の住む山へと尋ねて行くことを歌っていて、内容としてはむしろ第二長歌〔慟B0〕に通じるのである。すなわちこの第一短歌は、長歌において軽の市に見出しえなかった妹を、さらに山道をわけて追跡するおもむきとなっているのであって、長歌の末尾を心情的に継承するばかりでなく、いわば叙事的にも継続発展させるという、反歌としては特異なあり方を示しているのである。誇張して言うならば、〔慟A0〕に展開するロマンスは〔慟A1〕を得てはじめてその筋を完結するのであり、そしてそこには二重の追跡がふくまれている、ということになろう。「山道知らずも」に決意を読むか諦念を読むかは議論のわかれるところであろうが、後者の存在を完全には否定できないとすれば、右の二重の追跡には、いずれも「すべなき」帰結(注10)がともなうわけである。いずれにしても、この短歌が上表⑨またはそれ以下にあてはめられるべきものであることは確かであろう。

〔慟A2〕は、〔慟A1〕よりは時をへだてて、のちに作者によって追加された可能性が強い。これに限らず、反歌の位置に置かれながら「短歌」と頭書されているものの特に第二首以下のものが、そのような事情にあるらしいことは、すでに稲岡耕二氏が詳しく論じられたところである。(注11) この点を勘案すれば、この短歌が長歌に対して発想上の距離をもっていることも了解されるのであるが、それにしてもこの短歌が過去への回想・追慕を内容としていることは読んで字の如しであって、上表⑧に関連づけても不自然とは言えないであろうと思う。以下、〔慟B1〕から〔石C1〕にいたるまで、長歌との密接度にはそれぞれに差があるけども、その追慕回想の性格は、すべてを通じて顕著である。

以上、見てきたところにしたがって、これら相聞長歌群に共通する発想を、さらに図式化してみると、

(1)　現実の恋
(2)　離別
(3)　追跡
(4)　追跡の無効
(5)　回想

という類型を得るのである。ただし(5)の「回想」は末尾に集中的にあらわれるというのでなしに、全篇をおおって表出されている場合もある。

私は、以下に、右のような類型を備えた文芸が人麻呂に先行して存在したか否かを追求しようと思うのであるが、その前に、泣血哀慟歌に関して若干の注を加えておきたい。周知の通り、この歌群については、(イ)各長歌の成立関係についての問題、(ロ)作者の体験と虚構の問題、をめぐって多くの論議が重ねられてきた。(注12) 私は今ここで右の問題に直接かかわる準備はないが、ただ、すでに提出されているどのような理解に立つとしても、次の疑問

が完全には解消しないのを感じるのである。すなわち、第二長歌に出てくる「みどり子」は、軽の地の「かくし妻」の世界とは異質であること。したがって、第一長歌と第二長歌とを文脈上続けることは無理であり、第二長歌は一応、独立した一首と認めなければならないこと。しかしそうなると第二長歌の歌い出しの唐突さが説明できないこと、である。非時制的な（つまり、見かけは現在であるが実は不定詞的な）叙述から出発し、途中で時制の指標《インデクス》を与えられるのが人麻呂長歌の全般的傾向である。「うつせみと思ひし時に」という第二長歌の冒頭は、いかにも不自然と言わざるを得ない。

さて本論にもどって、上に見たような人麻呂的過去志向（しばらく、定義を欠くままにこの語を用いる）を備えた文芸の存否を、遡って検証しよう。

まず、古事記、日本書紀、風土記に見える恋愛歌謡を、地の文から切り離して独立歌と見、かつその内容の過去性および文法上の過去の助辞の存否を目やすとして、調査して行くと、一応次のようなものを拾いあげることになる（番号は、古典文学大系『古代歌謡集』による）。【記】＝8 19 24 33 46 55 88 93、【紀】＝5 38 40 110 111 113 114、【風】＝2 12 13 14 15 16 17　しかし、これらのうち、たとえば

　葦原の　密《しけ》しき小屋《をや》に　菅畳《すがたたみ》　いやさや敷きて　我が二人寝し（記19）

　筑波峰《つくはね》に　逢はむと　言ひし子は　誰が言聞けばか　み寝逢はずけむ（風2）

などの類は、いわば現在的情念に表現を与えようとしているのであって、人麻呂的過去志向性とはへだたるものと考えられる。そこで基準をもう少ししぼってみると、おそらく残るのは次の二首にすぎない。

　さねさし　相摸の小野に　燃ゆる火の　火中に立ちて　問ひし君はも（記24）

　引田の　若栗栖原　若くへに　率寝てましもの　老いにけるかも（記93）

しかしこれらも、多少の回想性を内包しているとはいうものの、おそらく本来は農村の集団的行事を背景とした民謡であって、その主想は過去志向性にはないであろう。

　こうして、独立歌謡として扱うかぎり、記紀および風土記の恋愛歌謡には、人麻呂的過去志向の先蹤を見出すことができない。では、初期万葉についてはどうであろうか。阿蘇瑞枝氏は初期万葉の時代に属すべき恋愛歌として、長短あわせて三六首を挙げる。[注13] ただしそこには日本書紀歌謡六首がふくめられているので、私はいま、それらをのぞいた三〇首について見ることにする。記紀歌謡のばあいと同様の基準に照らして行くと、次のような歌群が一応浮かんで来る。

　　讃岐国安益郡に幸しし時、軍王の山を見て作る歌

霞立つ　長き春日の　暮れにける　わづきも知らず　村肝の　心を痛み……大夫と　思へるわれも　草枕旅にしあれば　思ひ遣る　たづきを知らに……思ひぞ焼くる　わが下ごころ（1・五）

　反歌

山越しの風を時じみ寝る夜おちず家なる妹を懸けて偲ひつ（1・六）

　　磐姫皇后、天皇を思ひたてまつる御作歌四首

君が行き日《け》長くなりぬ山たづね迎へか行かむ待ちにか待たむ（2・八五、以下三首略）

　　崗本天皇の御製一首

神代より　生れ継ぎ来れば　人多《さは》に　国には満ちて　あぢ群の　去来《かよひ》は行けど　わが恋ふる　君にしあらねば……（4・四八五）

　反歌

山の端にあぢ群騒き行くなれどわれはさぶしゑ君にしあらねば（4・四八六）
淡海路の鳥籠《とこ》の山なる不知哉川《いさやがは》日のこのごろは恋ひつつもあらむ（4・四八七）
　額田王、近江天皇を思《しの》ひて作る歌一首
君待つとわが恋ひをればわが屋戸のすだれ動かし秋の風吹く（4・四八八）
　鏡王女の作る歌一首
風をだに恋ふるは羨《とも》し風をだに来むとし待たば何か嘆かむ（4・四八九）

五番歌にしても四八五番歌にしても、その構成や語彙に人麻呂歌に通じるものがあるので引用したのだが、過去志向という点からすると、以上一一首のいずれにも、その性格は薄いのである。ここにある恋の嘆きは、次にのべる二、三の例外をのぞいては、いま隔てられて会い得ぬことの嘆きであり、思いはむしろ未来へと向けられているのであって、森本氏の上掲書に言う「云ふも帰らぬ過去の思ひ出」とは質を異にするのである。ただし、八五番から八八番に至る連作には、当面の視角からして見過ごしがたいもののあるのが事実である。こころみにこれらの歌の任意の一首をとりあげて、人麻呂相聞長歌の後に「反歌」として置いてみるとしよう。「君」を「妹」にかえるなど、若干の補正を加えるならば、その適合、その同質性には予期以上のものがあると言わなければならない。四八九番歌にも、それにやや近い性格が備わっている。

次に、万葉集第二期に属する恋愛歌を見る。人麻呂以外の作者による五七首を対象とし、右と同様の方法で調べると、一応、次の七首の歌が挙げられる。すなわち、60 69 107 109 123 124 310がそれである。そして、ただちに結論を言えば、これらの七首も、結局はこの検証から脱落するのである。

以上を要するに、人麻呂的過去志向性をもった歌は、初期万葉に考慮すべき例が若干あるが、人麻呂の先行時代にも同時代にも、おおむね見出すことができないということになろう。しかしながら、ここになお問題とすべき点が残っている。

私はさきに、人麻呂相聞長歌群に共通する発想を図式化して、⑴現実の恋、⑵離別、⑶追跡、⑷追跡の無効、⑸回想、としたが、実はこの型は、記紀の神話や説話の中にしばしば見出されるものである。そして、それらの神話や説話のいくつかは歌謡をともなっており、地の文と歌謡との相乗作用によって、ある種の過去志向性を示しているばあいがあると思われるのである。私が記紀風土記の歌謡の中に人麻呂的発想の先蹤を見出し得なかったのは、それら歌謡を背後の説話から切り離し独立歌として扱ったがためであって、これらを背後の説話の文脈にうずめて理解するならば、結論はおのずから異なってくるのではなかろうか。しばらく、神話や説話の世界に目を転じようと思う（本書第二章参照）。

神話や古代説話の中には、多くの一回的事件が語られているが、それがその一回性のゆえに「とりかえしがつかない」という意識なり観点なりから把握されている場合は、少ないのである。水蛭子を産んだ二神の結婚の失敗は婚儀をやりなおすことによって正常をとりもどした。岩戸がくれした天照大神も復活した。大穴牟遅は、八十神にいくたびか殺されながらも、生きかえることができた。復活の思想が、これら「とりかえしのついた」説話をささえているはずである。もっとも、私は、以下に拾ってゆく「とりかえしのつかない」説話が、ただちに復活の思想の弱まりを反映するものだと考えるわけではないが、ともかくも、いまは資料を見ることにしよう。

⑴　伊邪那岐の黄泉国訪問

神としての内性や職能を一応捨象して、女神伊邪那美の姿を巨視的に眺めるとき、私たちはそこに、結婚から死にいたる一女性の半生が投影されていることを見るであろう。そして、国土の修理固成から黄泉国に至るまでの、いくつかの話群を統一しているのが、ほかならぬ、この伊邪那美の一女性としての機能であることは言うまでもない。伊邪那美は死に、伊邪那岐はこれを黄泉国に「追跡」し、そしてその追跡は無効におわった。ここには、人麻呂相聞長歌の構造とのある種の符合があるようである。

(2)　彦火火出見尊と豊玉姫

海宮における恋、その終局、豊玉姫による追跡、破局、……というこの説話の型については説明を要しまい。尾部にはめこまれている歌謡

沖つ鳥　鴨着く島に　我が率寝し　妹は忘れじ　世の盡《ことごと》に（記8、紀5）

の過去性は、ひとえに説話との結合によって深められているのである。なお、丹後風土記逸文の浦島伝説も、この説話と同様に理解し得る。

(3)　倭建命と弟橘比売

「さねさし相模の小野に」の歌についてはさきにも触れた（本書228ページ）。いま私たちは説話の文脈においてこれをもう一度とりあげることができる。比売の入水による別離が過去を逆光によって浮かびあがらせ、一首に追懐の抒情を色濃く与えているのである。

(4)　応神天皇と兄媛

説明をはぶいて日本書紀を引く。――

（二十二年三月）　時に、妃兄媛《えひめ》侍り。（中略）対へて曰さく「近日、妾、父母を恋ふ情有り。便ち西望せるに因りて、自づからに歎かれぬ。冀はくは暫く還《かへりまか》りて、親省《とぶら》ふこと得てしか」とまうす。（中略）夏四月に、兄媛、大津より発船して往《まか》りぬ。天皇、高台に居しまして、兄媛が船を望《みそなは》して、歌して曰はく、

淡路嶋　いや二並び　小豆嶋《あづき》　いや二並び　寄ろしき嶋嶋　誰か　た去れ放《あら》ちし　吉備なる妹を　相見つるもの（紀四〇）

(5)　仁徳天皇と黒日売

これもただちに古事記から引けば——

然るに其の大后の嫉みを畏みて、本つ国に逃げ下りき。（中略）是に天皇、其の黒日売を恋ひたまひて（中略）其の島より伝ひて、吉備国に幸行でましき。（中略）天皇上り幸でます時、黒日売御歌を献りて曰ひしく、

倭方《やまとへ》に　西風《にし》吹き上げて　雲離れ　退《そ》き居りとも　我忘れめや（記五五）

なお、この歌、丹後風土記逸文の浦島伝説に類歌を持つこと、周知の通りである。

(6)　軽太子と軽大郎女

この物語と人麻呂の泣血哀慟歌との関連については、すでに伊藤博氏の論じられたところであるが、(注14)それを承けて渡辺護氏は、(注15)古事記における一連の歌謡を次のように分析・整理して示された。

設定(1)（二人の恋の性格）
　(2)(3)（愛の事実）
破局(4)(5)（発覚から捕えられるまで）
　(6)(7)（呼びかけ）
別離(8)(9)(10)(11)（応答）
終局(12)(13)（愛の歌）

右の番号(1)は記七八番歌、そして以下順次に対応して(13)は記九〇番歌をさすのである。一目して、人麻呂相聞長

歌の構造との類似が理解される。なお、渡辺氏は、「この物語の主題は、同母兄妹の恋という罪そのものにも、あるいは彼等の死にもない。二人の罪が宿命的に招く〝別離〟にこそあると思われる。」として、この「別離」の主題がそのまま人麻呂の泣血哀慟歌に継承されているとされる。聞くべき論と思われる。

(7)　磐姫皇后と天皇

万葉集巻2・八五番歌以下の一連の短歌群については、あらためて説明する必要もない。澤瀉氏はこれらの歌を、持統朝ごろの伝誦歌が磐姫皇后の作として仮托されたもの、とされ、伊藤博氏はさらに、この連作を構成した〝埋れたる作者〟こそほかならぬ人麻呂であったろうと論じられた(注16)。この推定には、なおひとつ、人麻呂以外ではあり得ないという決定的な根拠に欠ける点があると思うけれども、可能性としては大いに考えられることである。

(8)　雄略天皇と赤猪子

この物語も、赤猪子を中心として考えると、以上見てきたものと、同様の類型をそなえていることに気付かれる。「己が名は引田部の赤猪子と謂ふぞ。」「汝は夫に嫁はざれ。今喚してむ。」(以上、現実の恋)、「既に八十歳を経き。……天皇、既に先に命りたまひし事を忘らして……」(以上、終局)、「……己が志を顕し白さむとして参出しにこそ。」(以上、追跡)、「其の極めて老いしを憚りて、婚を得成したまはずて……爾に赤猪子の泣く涙、悉に其の服せる丹摺の袖を湿らしつ。」(以上、追跡の無効)

(9)　中大兄皇子と造媛

日本書紀(孝徳・大化五年三月)を引く。――

皇太子、始《いま》し大臣の心の猶し貞しく浄きことを知りて、追ひて悔い恥づることを生して、哀び歎くこと休み難し。（中略）造媛《みやつこひめ》、遂に心を傷《やぶ》るに因りて、死ぬるに致りぬ。皇太子、造媛徂逝《し》ぬと聞きて、愴然傷怛《い た》みたまひて、哀泣《かなし》みたまふこと極めて甚《にへさ》なり。是に、野中川原史満《のなかのかはらのふびとみつ》、進みて歌を奉る。歌ひて曰く、

山川に鴛鴦《をし》二つ居て　偶《たぐひ》よく　偶へる妹を　誰か率《ゐ》にけむ（紀一一三）

以上(1)から(9)まで長々と見てきたのは、古代における「とりかえしのつかない」説話の実例である。われわれは、これらの説話のそれぞれに文学的な美の存在を認めるが、その美を形づくっているのは、ほとんどのばあい、地の文でもなく、歌謡でもなく、まさに両者の組合せそのものであると言わなければならない。そしてこの美の中には、程度は人麻呂とへだたるとはいえ「とりかえしのつかないもの」に対する愛惜や追懐といった、切ない抒情もふくまれているのであるから、当然私たちの関心は、そのような過去志向的な美意識が、なにゆえに人麻呂の文学と相通じるものを持っているのか、またそういう中にもなお人麻呂独白のものがあるとすればそれは一体何であるのか――といった問題にむけられるであろう。（注17）

五

人麻呂は「動き」を持った詩人であった。高市挽歌によく示されているように、彼は「動く」ものを表現することにすぐれていたが、同時に詩の発想のあり方としても「歩きながら」ものを見る詩人であったと言えるであろう。人麻呂相聞歌の特徴の一つは、後髪をひかれる思いであと振りかえりつつ、しかもみずからはそれに遠ざかって歩き去らねばならない、という主体の動きにあったのである。

小竹《ささ》の葉はみ山もさやに乱るともわれは妹思ふ別れ来ぬれば（2・一三三）
青駒の足掻を早み雲居にそ妹があたりを過ぎて来にける（2・一三六）

去年《こぞ》見てし秋の月夜は照らせれど相見し妹はいや年さかる（2・二一一）

これらの短歌には、空間的にも時間的にも、「遠ざかる」こと、「過ぎ」行くことに敏感であった人麻呂の資質がうかがわれる。あえて勝手なイメージをもって説明することを許されるならば、私は人麻呂のこのような「動き」を船の航行にたとえてみたい衝動にかられる。それは、いくすじかの旗を後方になびかせながら、みずからは風にあらがい、遠くへ、異土へと海坂を越えて漕ぎ出て行く一隻の船の動きに似ていないだろうか。

珠藻刈る敏馬《みぬめ》を過ぎて夏草の野島の崎に舟近づきぬ（3・二五〇）

淡路の野島が崎の浜風に妹が結びし紐吹きかへす（3・二五一）

留火《ともしび》の明石大門《おほと》に入る日にか漕ぎ別れなむ家のあたり見ず（3・二五四）

これらの歌の発想が、右に挙げた相聞短歌のそれと類同関係にあることは容易に知られる。とりわけ二五一番歌のふくむ回想性、そして相矛盾した方向性は、誰の目にも明らかであろう。また、二五四番歌に示されている時間の意識にはさらに複雑なものがある。「家のあたり見ず」は、古典大系本の〔大意〕が「なつかしい家のあたりを、もはや見ることとなしに」、澤瀉氏『注釈』の〔口訳〕が「家郷のあたりも見られずに。」（傍線粂川）としているように家郷への追懐を内容としている。一首全体の時は、「留火の明日大門に入る日」という未来である。すなわちここには、「過去を追懐するべき未来」(注18)が「予見」せられているのであるが、一首の抒情を基礎づけているものは、明石大門と家郷との距離であるばかりではなく、またいくらかは「現在」の時点から明石大門に入る時点までの時間的距離でもあるであろう。そうして、ここでもまた、あの、根を離れて流浪して行くものの孤愁が一篇を包んでいる。未来は単純に未来としてあるのではなく、過去からの流離の距離としてあるのである。

もちろん、以上見てきたような性格は、人麻呂の羇旅歌のすべてをおおうものとはいえない。

飼飯《けひ》の海の庭好くあらし刈薦《かりこも》の乱れ出づ見ゆ海人の釣船（3・二五六）

には、時間の重圧からのがれて、現在という無風の時に自足している人麻呂の姿があり、また、現実の羈旅ではないが、「伊勢国に幸しし時、京に留れる柿本朝臣人麻呂の作る歌」と題詞にある、

鳴《あ》呼見《み》の浦に船乗りすらむ𡢳嬬《をとめ》らが珠裳の裾に潮満つらむか（1・四〇）

くしろ着く手節《たふし》の崎に今日もかも大宮人の玉藻刈るらむ（1・四一）

潮騒に伊良虞《いらご》の島辺漕ぐ船に妹乗るらむか荒き島廻《しまみ》を（1・四二）

の三首には、そこに共通する現在推量の助動詞「らむ」が物語る通り、同じく現在の時に抵抗なく安らいでいる人麻呂の呼吸が感じられる。けれども、これらはやはり、数少ない例外と言わなければならないであろう。

羈旅八首のそれぞれに必らず地名が読みこまれていることは呪術との関連において、よく指摘される。ところで、さらに気付かれることは、これらの八首のほとんどが、二つの地名あるいは地域をあわせふくんでいることである。二五〇、二五三の両歌は明瞭に二つの地名を挙げている。二四九番歌は第四、五句の定訓を得ないが、試訓のほとんどは第五句を地名としている。二五一番歌は、野島が崎および家郷の地を暗示し、二五四番歌も家郷を挙げる。二五五番歌では、夷の長路と大和島とに言及する。要するに、例外は二五二、二五六の二首だけである。さらにもし巻三の「筑紫の国に下りし時、海路にて作る歌」の一首（三〇三）を加えるならば、右の傾向はさらに強まることになる。私はいま、この現象のよって来るところが何であるかを説明することができないが、意図としてかそれとも結果としてか、それが人麻呂の、距離と時間とへの執着、言うならば複眼的な執着を表現していることはたしかであろう。

六

以上、人麻呂の時間を、諸作品の発想分析というかたちで眺めてきた。さまざまの次元の、さまざまの方向の、異質の時間が、そこにひしめきあっている姿が見られたと思う。こうした混沌を混沌のまま内にかかえて、人麻呂という詩人はその時代を生きたのであろう。ある根源的な存在から、現実が不条理にも遠ざかり行く姿を、人麻呂は「すべなき」思いで見つめていたにちがいないが、そうした思いを、彼はたとえば無常観というような観念に構築する姿勢を持たなかったようである。

人麻呂の時間を論じて、なお触れ得なかった問題は多い。人麻呂の出自の問題、持統朝の性格の問題、作品発表の場の問題などはもとより、人麻呂歌集歌のすべてをも視野の外部に残したことを残念に思う。

〔追記〕本節『人麻呂の時間』の内容は、最初「試論・人麻呂の時間」と題して、一九七三年に発表したものである。参考にした先行論文は、当然、それ以前の資料に限られており、今回若干の補訂を加えるにあたっても、それ以降の文献を改めて渉猟する余裕は持てなかった。したがって、その後管見に入ったものへの恣意的な言及は避けることとするが、例外として、森朝男著『古代文学と時間』（一九八九年、新典社）だけは、やはりここに挙げておきたい。同著の核心部分は「柿本人麿とその時間」に関する優れた考察であり、明らかに、この領域の研究に新たな一歩を加えたものと評価できるからである。

第三節　高市黒人の時間

かつて五味智英氏は、舟にかかわる黒人の歌の多くが、去って行く舟または姿を消してしまった舟を詠んだものであることを指摘し、その舟に象徴される黒人の「慟哭でもなく、動顚でもなく、想望でもない、杳然と漂ふ」寂寥感について論じられた。(注1)ここには黒人の時間意識を考えるための重要な示唆がふくまれていたと思う。

この主題に関して次に挙げるべきは、佐佐木幸綱氏の「高市黒人私記」(注2)である。同氏がこの感性豊かな論文に「遅れて来る人」という副題を付し、「黒人の目は、常に去ってゆくものの後姿に注がれている」「黒人はいつも来るのが遅すぎるのである。だから、黒人の歌にはドラマがない」「黒人がいつも遅れて来るのは……詩史の上にはじめて本格的に登場する〈私の〉ためらいとうしろめたさのあらわれではなかったか」と論じられたときに、黒人の時間意識の核心部分はほとんど提示しつくされたものと言ってよい。

以下の小論は、そのような黒人の発想を、主として語句の吟味にたよりながらさらに詳細に分析しようと試みるものである。

まず注目したいのは、黒人が悠遠の過去についても永久の未来についても歌うことがなかった、という単純な事実である。全作品十八首の短歌を通じて、触れられている最も古い過去は「ささなみの故き京」（1・三二）であって、黒人の生年は不明ながら、作歌年次の確実な一首（1・五八）の大宝二年（七〇二年）から察して、彼が近江朝の時代の生れである可能性はあり、かりにその後の生れとしても、この「故き京」は彼にとってさほど遠い過去ではなかった。また、作品が示す最も遠い将来は「吾妹子に……角の松原いつか示さむ」（3・二七九）というその「いつか」であって、それは彼自身の生涯の範囲を越えない、近い未来に限られている。

人麻呂が厳かに歌いあげ、のち金村や赤人たちに引き継がれていったところの皇統讃美、すなわち神話的過去への遡行や無窮の未来への祝福には、黒人はついに無縁であった。黒人を〈国つ神志向〉の歌人として古代精神史の中に位置づけたい、という森朝男氏の提言[注3]を借用して比喩として言うなら、黒人の時間は〈天つ神〉の恒久の時間にではなく、〈国つ神〉の、うらさび行きもする時間に属するのであった。

（一）　古の人にわれあれやささなみの故き京《みやこ》を見れば悲しき（1・三二）

（二）　ささなみの国つ御神の心《うら》さびて荒れたる京見れば悲しも（1・三三）

（三）　如是《かく》ゆゑに見じといふものを楽浪《ささなみ》の旧き都を見せつつもとな（3・三〇五）

（一）の歌の「古人爾和礼有哉」については多くのことが言われてきた。この句は、一方では「自分は古人ではないのに」という解釈と「自分は古人であるためか」という解釈とが対立し、他方では「古人」そのものの意味として「遠い昔の時代の人」あるいは「時代遅れの人」という二様の解釈が対立するため、それらの組合せによって少くとも四通りの理解が可能である。この句を詳細に考察した近代の論としては、かつて生田耕一氏に「『古人爾和礼有哉』の訓考」[注4]があり、近くは近藤章氏に「古《いにしへ》の人にわれあれや」[注5]がある。後者については後にあらためて言及するが、訓と釈義の問題は本稿の当面の関心からはやや外れるので、ここで深くは立ち入らない。

ただ、いずれの解に依るとしても明らかなことは、「古人爾和礼有哉」と言ったとき黒人は、完全には「今の人」でなく、しかもまた完全には「古の人」でもなかったという一事であろう。

もちろん、その黒人の「古」と「今」を矛盾・対立としてとらえることは間違っていない。稲岡耕二[注6]氏は、「古の人でもないのに『古の人にわれあれや』と歌う黒人は、古と今との、言い換えれば自己の内なる古きものと新しきものとの間の矛盾を意識し始めた、八世紀初頭の官人であった」「黒人は伝統的な集団感情から解き放たれ、分裂を余儀なくされた個人の内面の漠としたかげりを、その歌に結晶させたのである」として、彼の旅の歌の史的位置づけを試みられた。抒情詩の展開を考える上で重要な指摘であり、私もこの見解に賛同する者であるが、しかし黒人の「古」と「今」には、必ずしも矛盾・対立の図式では律しきれない他の一面があるので、本稿では特にその方面に照明を当ててみたいと考える。

「古人爾和礼有哉」という以上、黒人の心底に古と今との確たる区別が存在したであろうことは当然の前提であるはずであるが、他の歌を吟味するとき彼の時間の意識の中に過去と現在との融合とでも言うべき現象の見られることが気になるのである。このことを端的に示しているのが次の歌である。

（四）　率《あども》ひて榜《こ》ぎ行く舟は高島の阿渡の水門《みなと》に泊てにけむかも（9・一七一八）

時制を考えるなら、上句は当然「榜ぎ行く舟」でなく「榜ぎ行きし舟」でなければならない。しかし原文は「榜行舟薄」であって、音数上「コギユクフネハ」以外には訓みようがない。また、下句「極尓監鴨」があるので、上句だけをいわゆる歴史的現在と見るわけにはいかない。けっきょくこれは、現実には榜ぎ行きし舟であるものが、いわば残像として黒人の意識の中に存在し続けているものと解釈するしかないであろう。それがそのまま文法時制の「現在」の形をとったのであろう。それは、現実の時間とは次元を異にした、意識の次元での「現在」

である。

ここでついでに、右の歌の「けむかも」についても注意しておきたい。この「けむ」は分類上は過去推量と呼ばれているが、実際には必ずしも「今」の時点からふり返った過去が関心の対象になっているわけではない。逆に、「率ひて榜ぎ行きし」時点から見たその後のこと、つまり「今」をもふくめたその後の「未来」が、関心の、そして不安の対象となっているのである。現代語の「その後どうなったろうか」にあたるかと思うが、ここにも過去と現在との相互滲透のあることは認められよう。

さて、過去が残像として意識の次元の「現在」に生き続けるという構造は、

（五）　何処《いづく》にか船泊てすらむ安礼《あれ》の崎漕ぎ廻《た》み行きし棚無し小舟（1・五八）

にも顕著である。「漕ぎ廻み行きし」小舟は現実には視界の外に消えているわけであるが、その残像は歌の現在の中心にすえられており、それを対象として「らむ」という現在（ないし未来）推量がなされているのである。同様のことは

（六）　旅にして物恋しきに山下の赤のそほ船沖へ漕ぐ見ゆ（3・二七〇）

にも見られる。「山下の」は論議の多い句であるが、澤瀉氏（『注釈』）はこれを釈して「……『山下の』は現在舟のゐる場所ではない」「さうすれば山下の舟と沖の舟との共存を認める為には当然両者時を異にしたものと見るより仕方が無い」とされる。そうとすれば、この場合も、山下の船はいわば残像として黒人の意識の次元の「現在」を榜ぎ続けているものと理解されるのである。

ところで、黒人の発想に右のごとき性質があって、事実として本来は過去であるべきものが意識の次元では現在に属しており、見かけの上の現在形で表現されている場合があるとすれば、こんどは、もともと事実として現

在に属するものが現在形で表現されているという、ごくあたりまえの場合でも、実はそれは単純に事実の上の現在として最初から表現されているのではなくて、黒人の意識の次元での現在に移籍されて現在であるのだ、と考えるべきではなかろうか。事の性質上それを実証することは難しいが、

（七）桜田へ鶴鳴き渡る年魚市潟《あゆちがた》潮干にけらし鶴鳴き渡る（3・二七一）
（八）磯の崎漕ぎ廻《た》み行けば近江の海八十の湊に鵠《たづ》多《さは》に鳴く（3・二七三）
（九）婦負《めひ》の野の薄《すすき》押し靡《な》べ降る雪に屋戸借る今日し悲しく思ほゆ（17・四〇一六）

といった歌に、そのような可能性をさぐることができるかと思われる。（七）において「鶴鳴き渡る」こと、（八）において「漕ぎ廻み行く」こと、（九）において「薄押し靡べ」雪の降ることは、もとより（四）の「率ひて榜ぎ行」きし舟とはちがって全く現在に属することが明らかであるが、なお、それは瞬時の景の写し取りではなく、その背後に過去の時間の厚みを背負っているのだと考えてよさそうである。（七）の歌は「潮干る」以前の年魚市潟や鶴の存在を前提として成立っているのであるし、（八）の「磯の崎漕ぎ廻み行く」は、それに先立つ航行の長い経過を暗示するものであるし、（九）の「屋戸借る今日」も同様に、先立つ昨日また一昨日の旅の経過を言外に示しているのである。（四）（五）（六）に見られたあの過去の残像と質的に等価でもあるような、時間の厚みがここにはある。（四）（五）（六）ではその過去からの時間の中にたまたま「率ひて榜ぎ行く舟」や「漕ぎ廻み行きし棚無し小舟」や「山下の赤のそほ舟」があったのであるが、それに対して（七）（八）（九）の場合はその過去からの時間の中にたまたま表現対象としての具体物がゼロであったのであって、たとえば（六）において赤のそほ船が山下から沖に榜ぎ及ぶに要しただけの時間の幅は、（七）（八）（九）においてもまた発想の視野のうちに取り込まれ、質的に内蔵されているものと期待してよかろうと思う。

私がこれまで「意識の次元での現在」と仮に称してきたものは、ことばを変えて、「詩の次元での現在」「詩的現在」と呼んでもよい。そして、見て来たように黒人の詩的現在とは、過去によって裏打ちされ、あるいはその中に過去が滑り込んで来ているような、一種の時間帯なのであった。そこでは、現在から過去が振り返られているのではなく、かえって、過去から現在が振り返られているのだと言うこともできる。

もちろんこれは、(四)〜(九)の歌を手がかりにして考えて来たことであり、それぞれが内包する現実の過去は決して遠い過去ではなく現在にわずかに先行するだけの短い時間の過去であるから、これをもってただちに(一)〜(三)の歌をも説明することは適当ではなかろう。ただ、「古」と「今」との矛盾・対立が明確であるような(一)〜(三)の場合にも、おそらく右の発想の構造は影響を与えており、とりわけその下限の「今」は、右に述べた黒人の詩的「現在」であるだろうことに留意したいのである。

近藤章氏は(一)の歌を論じた上掲論文において、「……重視すべきことは、黒人という歌人が、自分自身をふっと彼方につき放して、現実ならざる世界に、自己と自己の魂を置くことのできる歌人なのではなかったか、と考えてみること」であり、「悲嘆にくれる自分は昔の人なのであろうかと一旦わが身を、現時点から遠く隔った『古』の時間に押しやりすえるところにこの歌の特色がある」ものとされた。そしてこの歌に見られるような「時間的な彼方への自己抛出」、あるいは「大和には鳴きてか来らむ」の歌に見られるような「空間的に自己を彼方にはなちやる」姿勢を、黒人における「現実遊離傾向、現実稀薄化現象」として指摘し、そこに黒人の抒情の原型があると述べられた。

私はこの近藤氏の論旨に対しても特に異論があるわけではなく、また近藤氏が黒人の歌に懐古的感傷などよりもむしろ一種の超現実的な芸術化の傾向を見ておられるらしいことに啓発される者であるが、その黒人の「現実遊離、現実稀薄化」が「現時点から遠く隔った『古』の時点に」（傍点粂川）わが身を押しやりすえることによって成立したと考えることには、なおいささかの疑問を持たざるを得ない。おそらくそれは遠い過去に身をすえることによってではなく、現実とは次元を異にする意識の中の時間、詩的時間の次元にわが身を押しやりすえることによって成立する非現実化なのであって、投射の時間的距離の遠近によるものではないであろう。

実際、（一）～（三）の歌を見ると、たしかにそれらは近江旧都への悲傷に満ちているが、しかしそこには過去の具体的場面への執着や、廃墟に過去の栄光や活気を重ね見るといった幻視のおもむきや、過去を再びとりもどそうという反復への希求やが存在していない。過去に対するそのような積極的な熱情がない。過去は過去として、諦念をもって受け容れられている。「とりかえしのつかなさ」への悔恨ではなく、かく成り果てて今あることの悲しみの方に抒情の力点は置かれているのである。

これが人麻呂の場合には、立ちもどるべき時間の原点が意識の中に存在し、にもかかわらずもはや立ちもどるすべもないことの痛恨があり、その原点からの流離の距離感がその詩情を濃いものにしていたのであった（本書第四章第二節214ページ以下参照）。比べて黒人には、そうした意味での時間的故郷が存在しない。黒人の「物恋し」は、隔てられているものを慕う心ではなく、そもそも無であるものを慕う心であるだろう。あたかもその作品の舟のように、黒人は時間の海の現在を放浪し漂流しているかに感じられる。

以上、主として過去および現在に関して黒人の発想を観察してきた。では黒人にとって「未来」はいかなるものであったろうか。それが永遠の未来というようなものでなく、たかだか自分の生の範囲に限られる近い未来であることはすでに述べた。黒人の、未来にかかわる数少い歌のほとんどは、現在に接して続くすぐ後の未来ばかりを扱っている。そしてその未来が、水平線に消えて行く小さな舟に象徴されるような、不安と憂愁に満ちたものであることなど、あらためて詳説する必要はないであろう。

（二〇）　わが船は比良の湊に漕ぎ泊てむ沖へな離《さか》りさ夜更けにけり（3・二七四）

など数首に見られる「舟泊て」は、それが無事になされるかどうかがそもそもの不安の内容であるが、無事に碇泊できたとしても、それは不安や憂愁の終了ではなくて、いわば一時の休止であるに過ぎない。いずれにしても舟は再び渺々たる水に漂い出なければならないからである。

（二一）　吾妹子に猪名野《ゐなの》は見せつ名次山角《なすぎやまつの》の松原いつか示さむ（3・二七九）

の歌に関して尾畑喜一郎氏が、(注7)「恐らく黒人の妻は、二人での『猪名野』の遊覧を最後に、亡き人の数に入ってしまったのであろう」と想像され、森朝男氏が(注8)黒人の北旅の歌に触れて「悲愁の羈旅歌人は、旅路の涯に鄙辺に死んだのかも知れぬ」と想像されたのは、事実はともかく、黒人作品が内包する不安と憂愁の「未来」を通して、薄倖な詩人の晩年を想定されたものであろう。かような想像を導くほどに黒人の「未来」はよるべないものとして作品の中に提示されている。

重要なことは、そのような黒人の未来が、いかなる観念的、思想的、また人倫的な救済とも結びついていないという点であろう。それは「天つ神」の永遠によっても、仏法の慈悲によっても、共同体の情愛によっても全く支えられていない。にもかかわらず黒人の歌が、時にあたかも叙事詩のような明澄を備えるのは何故であろうか。

第四節　山部赤人の時間

「赤人の心の底を流れていた、時の流れと変移への関心の実体を見究めることは、彼の叙景歌を考える上で決して軽い問題ではない」と吉井巌氏が『全注』巻六、赤人の九一九番歌に関連して述べておられるのに、私は大いに共感を覚える。

赤人の時間意識については、森本治吉氏の「赤人覚書」(『国語国文』昭和七年一〇月)をはじめとして、すでにかなりの量の発言がなされてきているが、一、二の例外を除けば、それらはいずれも時間論として体系的に論じられたものではなく、個々の作品の解釈や鑑賞の中で断片的に述べられたものであるから、実は同一である意見が一見相反することばで語られていたり、またその逆であったりする場合も少くない。本稿はそこに若干の私見を加えながら、それらをできる限り単一の座標軸のもとに整理し、標題に即して一つの展望を得ようと試みるものである。

はじめに、作品に示される過去、現在、未来について順次吟味し、最後に全体を概観しようと思う。

赤人の「過去」は、神話的な悠遠の過去と、現実的な特定の過去との、二つの部類に大別することができる。神話的な悠遠の過去は、しかしほとんど具体性をもって語られることがない。「天地《あめつち》の　分れし時ゆ」（3・三一七）、「皇祖神《すめろき》の　神の命の　敷きいます　国のことごと」（3・三二二）、「神代より然ぞ尊き　玉津島山」（6・九一七）、「天地の　遠きが如　日月の　長きが如」（6・九三三）、「わご大君の　神ながら　高知らします」（6・九三八）、「神さびて　見れば貴く」（6・一〇〇五）、「神代より吉野の宮に」（6・一〇〇六）がその主要なもので、この他に「やすみしわご大王」の例がさらに数例見られるだけである。なお「皇祖神」や「わご大王」は、実際にはほとんど特定の天皇を指すのであり、わずかに可能性として神話的悠遠過去を喚起するに過ぎない。

これらの実例のうちで、短いながらも最も具体性のあるのは、不尽山歌の「天地の分れし時ゆ」である。五味智英氏(注1)は、この句を詳細に吟味され、（一）万葉人一般が「天地」に対して感得していたものは「絶対的な神秘性、時間的な悠久性、空間的な無限性」であり、この赤人歌の場合にも、単にいわゆる時間的な荘重感だけが作用しているのではないこと、（二）「天地の分れし時ゆ」と相似た表現をしている歌の類を見るに、赤人以外のものはみな自然物を対象としておらず、山を対象としてこの句を用いた赤人歌は非凡であること、（三）最も時間的なるべきこの句に視覚性が賦与されて「天地剖判の初、清冽に若々しい天地の相とその間に立つ富士の嶺とのけざやかな想像直観を可能ならしめて」いること、を指摘された。赤人における時間性と空間性との交感という点が、本稿にとっては特に重要な示唆である。

それにしても、たとえば日並挽歌に典型的に見られるように、人麻呂の場合にはかくも具体的・追体験的に描かれた神話的過去が、赤人においてはただ「天地の分れし時ゆ」「神代より」と、観念的、抽象的、かつ簡略に表現されていることを、どう理解すればよいであろうか。ここには実は二様の問題がふくまれていると言える。

その一は、簡略化の問題であり、その二は、「ゆ」や「より」で示される時間的連続性の問題である。

簡略化に関して言えば、その原因としてまず考えられることは、作歌の場の変化であろう。風巻景次郎氏の論(注2)にたよりつつ述べるなら、それは一つには持統朝と聖武朝の行幸の性格の違い、従駕歌の場の違いであって、「聖武朝になつては、名勝の美を称し遊園宴を愉しむことの方が主たる動機になつてしまつ」たために神話的過去を長く叙述する必要がなくなったのであろう。またそれは「天皇と官僚群との間の社会的制度的な関係の変化、それに伴ふ天皇と官僚群との精神的紐帯の変化が生じつつあつた」ためでもある。神話的表現の簡略化は、天皇讃美の形式化の反映と見ることができよう。さらにまた「六朝隋唐風の侍宴従駕の詩を、それも外国語で綴りながら、その異国文化の外形から感じられる魅力に溺れてゐる聖武朝官僚」の新時代の意識のもとでは、その開化の風にとり残された赤人派の歌もまた、「新しい立場に押しやられざるを得な」かったという事情がある。「新室寿詞としての呪言を奏する意識を汲んでゐる人麿」的な叙事表現は衰退するしかなかったのであろう（以上引用符内は風巻論文）。

もちろん、簡略化は必ずしも神話的過去の意識の風化をのみ意味するものではない。「天地の分れし時」「神代」などの短い語句が、なおよく神話的世界の全体像を喚起し得たとすれば、それは、歌の場を赤人と共有する人たちの間に神話的世界がよく滲透し保存されていたことを証明するものでもある。神話的世界の常識化が逆に表現の簡略化を可能にしたという事情もあるいは考慮してよいであろう。しかしながら、叙述の簡略化・抽象化・象徴化が、神話的過去への熱気の稀薄化をもたらしていること（あるいはその逆の因果関係）はやはり動かしがたい事実である。

次に「ゆ」や「より」で示される時間的連続性の問題であるが、これには清水克彦氏の周到な論がある。(注3)氏はまず人麻呂の宮廷儀礼歌の歴史的叙述を日並皇子殯宮挽歌（2・一六七〜）を例として分析し、それが「当面の人物に過去の尊く讃うべき人物のイメージを重ね合せる事によって、当面の人物を権威づけ、それへの讃美を強調する」手法に基くもので、「必ずしも時間的連続の相において表現されたものではなかった」ことを述べ、対して天地開闢以来の長い歴史が「より」や「ゆ」などの一つの助詞に担わされてしまうという驚くべき簡略化抽象化の行なわれている赤人の場合には、その歴史的叙述が「人麻呂の場合とは違って、時間的連続の相において表現されている」ことに注目すべきであること、そしてこのような時間的連続の表現は、「対象に対するその評価の永続性、不変性をあらわす事を通して、対象への讃美の情をいっそう強調する役目」を果している点を指摘し、さらに説明して「事の発端は悠久の太古であり、以後の長い歴史には、具体的に特記すべきなんらの変更もないとする精神の所産」としてこれらの表現を理解したいと述べられた。

時間を連続の相において表現するということは、連続の相において認識するということでもあるが、清水氏の右の指摘は、赤人の時間意識を考える上で極めて重要である。

では、赤人における歴史的・現実的過去はいかなる性格のものであろうか。まずこの種の過去を素材としている赤人歌を列挙すれば、①伊予の温泉に至りて作る歌（飽田津の故事、3・三二二、三二三）、②神岳に登りて作る歌（明日香旧都を恋う、3・三二四、三二五）、③故太政大臣藤原家の山池を詠ふ歌（3・三七八）、④真間の娘子の墓を過ぎし時の歌（手児名を想う、3・四三一、四三二、四三三）が、そのすべてである。以下順を追って見て行きたい。

周知のように、①の長歌（3・三二二）の「射狭庭の岡に立たして歌思ひ辞思はしし」の主語が聖徳太子、舒明天皇、斉明天皇のいずれであり、「行幸処」が何時の行幸を指し、また反歌（3・三二三）の「大宮人の飽田津に船乗りけしむ」がいずれの際を意味しているか、は議論の多いところであるが、小論の直接の興味はなお他の方面にあるので、右の問題は、過去の宮廷にかかわる歴史的事実または伝承への赤人の関心、ということで一括して、先に進みたいと考える。この長歌は「Aを見ればB」の形をとっており、国見歌の構造を備える。Aは縮約すれば「み湯の上の樹群」であるが、それが冒頭の「皇神祖の神の命の」以下「歌思ひ辞思はしし」に至る長い修飾語を持っているわけである。そしてB部はAにおいて提示された対象を讃美している。形式は森朝男氏の言われる景物列叙型であり、内容は対象称揚型に近い。そして結果としてこの長歌は、A部において作者の、過去の事件への関心を語り、B部において眼前の景を叙すると共にAに提示された対象をそれによって讃美している(注4)のである。過去が変わることなく現在もあり、さらに未来にまで変わらず続いて行くであろうことを言っているのであるが、しかし歌の主想は必ずしも不変性、恒常性の強調にのみあるのではあるまい。「神さびゆかむ」は単に「神々しい姿で続いて行くだろう」ということではなく、「ますます古色を帯び神々しさを増すであろう」という意味であると思われる。「神さぶ」とは「神々しい様子を呈する、古色を帯びて神秘的な様子が見える」(時代別国語大辞典)ことである。つまり、時が経過してものが古くなるという、動きをふくんだことばである。「神さびゆく」の用例は他にないが、「古りゆく」の例、

冬過ぎて春し来《きた》れば年月は新なれども人は旧りゆく(10・一八八四)

から類推されるように、それはすでに古びた状態にあるものがそのままの状態を保持するということではなくて、その作用が継続し、加速し、累積して行くことを言うのであろう。

とすれば赤人の関心は、未来に向って今を遠ざかる時点1、時点2、……時点nにおいてそれぞれいっそう「神さび」ゆく「行幸処」の、ふところ深くなった過去への射程にこそ注がれているのだと考えなければならない。したがってまた、「遠き代に」を単純に「遠い未来に」と解することも疑問であって、ここで赤人が考えて

いるのは実は「遠い過去へと遠ざかり神さびゆくであろうような」行幸処の未来像なのであろうと思う。すなわちここで、未来は単純に未来としてあるのではなく、いよいよ過去を深めるものとしてあるのであり、後述するような「未来において過去をかえりみる」図式をここに認めることができるのである。

遠ざかると言っても、それは朧化を意味しない。対象の事物は過去へと遠ざかりつつも、スポットライトはそのものに当てられており、事物はかかる連続した時間の遠近法の中に確立されている。そしてその過去は、たとえば「とりかえしのつかない」過去として痛恨される対象ではなく、またそこへの回帰やその反復を願って心に葛藤を生じるような過去でもなく、かえって時間の流れに組みこまれ永遠化して行くことで賞美されるような過去なのである。反歌の尾句「年の知らなく」も、全くこの発想に従っている。

約言すれば、この長反歌の主想は、時間の推移そのものに対する感情であって、しかもその時間は定めなく流離する不安なものではなく、神さび永遠化する、ある核によって固定されるところの時間であった。

②に移ろう。今、念のため全歌を引く。

神岳に登りて、山部宿禰赤人の作る歌一首

三諸の　神名備山《かむなびやま》に　五百枝《いほえ》さし　繁《しじ》に生ひたる　つがの木の　いや継ぎ継ぎに　玉かづら　絶ゆることなく　ありつつも　止まず通はむ　明日香の　旧き京師《みやこ》は　山高み　河雄大《とほしろ》し　春の日は　山し見がほし　秋の夜は　河し清《さや》けし　朝雲に　鶴《たづ》は乱れ　夕霧に　河蝦《かはず》はさわく　見るごとに　哭《ね》のみし泣かゆ　古思へば

反歌

明日香河川淀さらず立つ霧の思ひ過ぐべき恋にあらなくに（2・三二五）

長歌の末尾「哭のみし泣かゆ古思へば」は、日本の文学で、懐古の情が「泣く」ことと結びついた最初の例として注目される。それより早く額田王の「古に恋ふらむ鳥は霍公鳥けだしや鳴きしわが念へる如」があり、人麻呂の「夕浪千鳥汝が鳴けば情もしのに古思ほゆ」があって、その「鳴く」はそれぞれかすかに人の「泣く」のを響かせてもいるが、しかしそこでは主体は鳥であって、対する「われ」との間になお距離があるのであった。

ところで、この赤人歌の涙は、どのような性格のものであろうか。それはいったい何に対して流されているのか。長歌の叙景部分「明日香の……河蝦はさわく」は現在の明日香の景観を述べたものであるが、そこには遷都を悲しみ、また旧都の荒廃を悲傷するような辞句がない。わずかに「河蝦はさわく」という、万葉集中当歌を除く十九個の「かはづ」の用例からして専ら田園的な閑雅をあらわすことのあきらかな一句が、人なき旧都の淋しさを表現しているが、それとてもここに展開される理想美の一要素として作用しているように思われる。この歌の下敷きと考えられる人麻呂の近江荒都歌（1・29）の「天皇の神の尊の……大殿はここと言へども」の相当部分が脱落し、「春草の茂く生ひたる　霞立つ春日の霧れる」の部分が極端に肥大し、人麻呂の歌にみなぎる廃墟の悲傷は、春秋朝夕の観念的美景を賞賛することに一転しているのである。そこに、「歴史的感動を軸にしなければならぬことを人麿から学んでゐても赤人の真実の感動は現実に眺める自然の景観の美しさの方に引かれる」（上掲風巻論文）発想の特徴が見られる。

この点、鴨君足人の左記の歌（それに続く二六〇番「或本歌」の左注に「右は、今案ふるに、都を寧楽に遷しし後、旧りにしを怜みて、この歌を作れるか」とある）、

天降《あも》りつく　天の芳来山《かぐやま》　霞立つ　春に至れば　松風に　池浪立ちて　桜花　木の晩茂《くれ》に　沖辺には　鴨妻
呼ばひ　辺《へ》つ方に　あぢむら騒き　百磯城《ももしき》の　大宮人の　退《まか》り出て　遊ぶ船には　梶棹も　無くて不楽《さぶ》しも
榜ぐ人無しに（3・二五七）

反歌二首

人榜がずあらくも著《しる》し潜《かづ》きする鶩《をし》とたかべと船の上に住む（3・二五八）

何時の間も神さびけるか香山《かぐ》の鉾榲《ほこすぎ》が本《もと》に薛生《こけむ》すまでに（3・二五九）

の叙景部分は、やや赤人歌との類似を思わせるけれども、この景は「木の晩（＝闇）茂に」の句に代表されるように廃墟の暗さをたたえている点、また、その叙景の後に「大宮人の……無くて」云々を従えている点でなお赤人歌とは異っているのである。

しかしながら他方、赤人反歌に端的に示されているように、過去への切なる思いが、この赤人長反歌成立のための重要な前提であるのは言うまでもないことである。過去の栄光や繁栄や、またそれに連なる人事や景観が、かく成り果てて今あることとの対比において恋い慕われるという懐旧歌の基本構造は、当然この歌にも期待されるべきものであろう。「古思へば」と結ばれている以上、「山高み……河蝦はさわく」現在の景観を通してそこに旧都の姿が透かし見られ、あるいは重ね合わされているのでなければならない。赤人の主観的な意図はやはりそこにあったであろう。長歌における旧都の現状描写の中に全く人物が点出されず、ただ山川雲霧鳥魚のみが提示されているのも、人麻呂ならば「昔の人にまたも逢はめやも」と表現したであろう空虚の感を、作品の場に演出する工夫であったかと考えられる。そして山川雲霧鳥魚もまたそれぞれに、少くとも赤人の主観としては、過去によってふちどられ、過去によって裏打ちされた重い存在であったはずである。

尾崎暢殃氏が、(注5)「赤人が神岳にのぼって歌詠をなしたということ自体、そこにこの詩人の詠史的立場が考えられるのであるが、この国の歴史を遼遠の太古にさかのぼって説きおこし、明日香の古京の荒廃を歎ずるというごとき構想には、一そう明らかにこの立場が感ぜられるのである」「真の意味での、人麿の伝えた詠史の精神の伝統は、赤人を最期として断絶したといってよいであろう」と論ぜられたのは、かかる赤人の主観的意図を汲みとっての発言であろう。

だが、赤人の意図は、見て来たごとく必らずしも成功していない。赤人の過去への想いは力弱く、過去の具体に触れ得ずして中途に尽きている。いかなる犠牲のもとにもあえて「過去」を領有しようといった気迫や、その結局の不可能に打ちのめされ、恨み、悲傷するといった情念の緊張がそこにはない。おそらく赤人にはその必要がなかったであろう。懐古の情は、情熱ではなく情調になっている。「孤悲」そのもの、「いにしへ」を思うこと自体が抒情の実質を形成しはじめている。比喩として言うことだが、涙は「古」にではなく、むしろ「古思ふ」浪漫的心情そのものに向って流されているのではなかろうか。

③は藤原不比等の死後その庭園の荒れたことを詠んだものであるが、その懐旧の情については、たとえば武田祐吉『山部赤人』（昭和一八年、青梧堂）が「作者の懐旧の情のよく出てゐる作」（75ページ）、「一身上の追憶ともいへるけれども、この歌に現はれた思想は、なほもつと思想風なものがあるやうに思はれる」（182ページ）と言い、土屋『私注』が「それ程さし迫つた懐旧の情に燃えて居るといふ態のものではない」と言うように、評家によって区々の受け止め方がされている。疑問は、なぜここに「昔者」「旧」などの過去にかかわる時間的語彙が重畳して用いられているのかという点である。あえてそこに時間の経過を強調したい動機——現実的にせよ文学的にせよ——があるものと思われるが、この点については後考を期したい。なお、上引の武田祐吉著は、特に赤人の「追憶思想」と題する一章節を設けており、赤人の「時間」に関する早い時期の言及として興味深い。

④次に手児名の歌を見る。森本治吉氏は上掲「赤人覚書」において以下のように述べられた（これはこの歌だけについて言われたものではないが、当歌に最も関係が深いので、ここに引くのである）。

赤人はまた、現在の時間のみを長歌の基調に採る。人麿・虫麿の如く、豊麗甘美な想像の翼に乗つて過去の国、想ひ出の世界に自らも翔り行きそれを再現して人をも恍惚たらしむる自在さを持たない。伊予の温泉の歌、真間の手児奈の墓の作、是等は素材としては如何にも過去の事象である。然るにそれが赤人の表現を経て現はさるる時、御湯に歌想ひ辞偲びされた貴人の姿、手児奈の有りし日の姿、其等のものは現れずして、唯現在の赤人が其等を過去の歴史的事実としてみた時の感想が、現はされてゐる。過去時が過去時として独立してゐなく「現在」の縄縛の下に意気地なく縛られてゐる。（中略）赤人に在つては、時間は常に一元的にだけ考へられてゐる。（中略）以上を要約すれば、赤人は空間的にも時間的にも唯「観る」作家であつた。「想ふ」詩人ではなかつた。（傍点原著者）

森本氏の説を別のことばで言えば、赤人には、過去に対して追体験風に参加してそれを「歴史的現在」風に表現する、というようなことがなく、過去は過去として距離を置いて現在の地点から眺められている、過去は「観る」対象としてのみあり、そうして観たときの赤人の感想だけが歌に表現されている、というのである。

川口常孝氏は、同様の問題に関して次のように言われる。(注6)

……虫麿の作品は、伝説を詠んだものもそうでないものも、「水江の浦島の子の家地見ゆ」（9・一七四〇）、「君が御行の今にしあるべし」（9・一七四九）……のように歌われていて……事象の今日性への還元がつねに目論まれているのである。……かくて赤人作歌が……今日性への還元のないことが、虫麿作品との対比において指摘されなければならないのである。虫麿の間接挽歌は、今日へ回帰することによって直接挽歌の規矩に乗ろうとするが、赤人のそれはそのような精神の機構を含まず、間接性は間接性のままに放置されてしまうのである。（傍点原著者。点線は引用者省略部分）

「過去時が過去時として独立していない」という森本氏のことばに対して、「今日性への還元がない」という川口氏のことばは、一見逆のことを意味しているかのようであるが、川口氏が「今日性への還元」の語で言おうとされたところは、過去を過去として放置せず、そこに追体験風に参加してそれを「歴史的現在」風に表現する（直接挽歌）、ということであろうから、実は両説の間にさしたる径庭はないのである。

さて実際に赤人長歌に即してみるに、歌は（A）手児名伝説の素描、（B）手児名の墓の現状、（C）「われは忘れず」、の三要素から成り、（A）過去、（B）現在、（C）現在（忘ラエヌカモの訓）または未来（忘ラマシジの訓）の順で展開している。「古に在りけむ人の」ということばで冒頭から過去の世界が導入される（A）部では、たとえば「帯解きかへて」のように具体的なイメージを喚起する力のある表現が並び、追体験的臨場感を提供するが、しかしそれらがわずか数句に限られること、しかも結局は、続く「葛飾の真間の手児名」にかかる修飾句として現実性から遊離すること、によって（A）部の過去世界への沈潜は十分に果たされずに終るのである。一首の主想は（B）および（C）にあるものと言ってよかろう。「松が根や遠く久しき」（松の根が長く延びているように時が永く経ったからであろうか、その墓は見えないが＝『古典大系』（大意））という（B）部は、事物を浸蝕してやまない時間の経過に対する感慨や詠嘆であり、また、かくして朧化して行くかに見える過去のロマンへの愛惜の表現でもある。ただしその伝説の「こと」や「名」はそのまま時間の浸食によってあえなく消滅するのではない。それが記憶の中に生き続けることが強調される。すなわち過去は、現在および未来にわたる時間の中に固定され、あるいは固定されることが願われている。恣意的な比喩だがあえて説明の便宜のために用いるとすれば　それはあたかも、長いトンネルの中を前進しつつ振返るとき、後にしてきた入口の景物が外光を受けて小さく　しかし鮮明に輝いて見えるようなものであって、過去は時間のトンネルの背景の一端に枠組みをもって鮮明に固定されているのである。

すなわちここには二つの時間が流れているものと言うべきかもしれない。過去を浸蝕する現実の時間と、過去を固定し永久化する人間的時間とがそれである。

赤人の作品に見られる「現在」の特徴のいくつかを、以下箇条書きにして掲げ、それぞれ一、二の例をもって説明しようと思う。

(A)その「現在」は、悠遠の過去に連続していたり、永久の未来に連続していたり、その両方にはさまれていたりする場合が多い。不尽山歌(3・三一七)がその典型的な例である。「現在」は過去および未来の永遠性で荘厳せられることによって、それ自体永遠化されているのである。

(B)その「現在」は、相当の長さと恒常性とをもった時間である。たとえば「春日野に登りて作る歌」の長歌(3・三七二)の現在は「朝さらず」「昼はも日のことごと」「夜はも夜のことごと」という長い時間にわたっており、その反歌(3・三七三)では「止めば継がるる」ような長きにわたる恋が歌われている。印南野の長反歌(6・九三八~)、吉野応詔長反歌(6・一〇〇五~)など例は多い。長歌の場合には対句表現を伴うのが常である。

(C)その「現在」は、過去や未来に対して逆接的に接合することはまれで、ほとんどが(意味上)順接的である。その例、「恋しけば形見にせむとわが屋戸に植ゑし藤波いま咲きにけり」(8・一四七一)、「……鳴く鳥の声も変らず遠き世に神さびゆかむ行幸処」(3・三二二)

(D)その「現在」の前にいわば序曲としての時間(「過去」というよりは、先行する「現在」)が設定されることが多い。その例、「若の浦に潮満ち来れば潟を無み葦辺をさして鶴鳴き渡る」（6・九一九）、「……真楫貫き　わが漕ぎ来れば　淡路の　野島も過ぎ……」（6・九四二）など、この時間設定については坂本信幸氏に論がある。（注7）氏は空間論として赤人の「叙景のために設定された」空間について述べた後、時間もまた赤人においては「設定された時間」であって、「田児の浦ゆうち出でて見れば」と歌われた時、すでに眺望のきかない所から富士の嶺を見ることができる空間に「うち出る」までの時間の設定があったこと、その見えない時間の存在が景を、すなわち心理空間を成り立たせるのであること、赤人はその時その時だけの切れ切れの時間の中では叙景できないのであり、外面的素材が心理的内面へ様式化するには（空間が内面空間として成り立つには）継続した不変の時間によって裏打ちされねばならないのであること、を指摘された。

以上、赤人の「現在」の特徴を四項にわたって挙げたのであるが、さらに吉野反歌二首

み吉野の象山《きさやま》の際《ま》の木末《こぬれ》にはここだもさわく鳥の声かも（6・九二四）

ぬばたまの夜の更けゆけば久木《ひさき》生《お》ふる清き川原に千鳥しば鳴く（6・九二五）

によって、問題を考えてみよう。これらの歌について森淳司氏は（注8）、人麻呂の場合と比較して赤人はここで「（長歌の）『わご大君』からも『絶ゆることなく』という連綿たる時間性からも離れて、じかに一人の歌人として」「……朝のひととき、夜のしじまを、いわば今のなまの世界を歌っている」「景は空間をもつが時間性を要しない。ここに人麻呂にみられない純粋の叙景歌の誕生がある」（傍点原著者）と述べられた。叙景歌と時間の関係に関する提言として興味深いが、はたしてこの景は空間性のみ持って時間性を持たないであろうか。

第一反歌の時刻がいつであるかについては、夜、昼その他諸説があるが、今は森氏に従って朝（早暁？）としておいてよい。とするとまず、第一反歌にあってはだんだんと夜の白み行く、そして第二反歌にあってはだんだ

んと夜の更けて行く、そういう時間の経過がそこにあることは明らかである。今仮りにこれを「自然の時間」と呼んでおく。ところがここにはまた、それとは異る時間の存在が認められる。鳥声が「ここだも」騒ぎ、千鳥の「しば鳴く」時間である。「しば」から当然言えることだが、その時間は瞬間ではなくて、ある幅を持った、持続する時間である。持続する時間であるが、それはまた、過去から未来へと変転する自然の時間ではなく、いずれの瞬間でそれを輪切りにしてみても常に、木末に鳥が騒いでいる、川原に千鳥が鳴いている、そんな同質の時間なのである。今仮りにこれを「静止の時間」と呼んでおく。この静止の時間は、現実の問題として言えば自然の時間の中の一小区間であるから、たとえば夜が明けてしまえばそれで終りという意味においては、限られた、むしろつかの間の時間である。けれどもその静止の時間の内側では、時は流れずしかも同質であるのだから、それは悠久・恒常の時間と相異するところがない。

このような、自然の時間と静止の時間との微妙な関係の中に、赤人の叙景歌の発想の秘密は横たわっているのであろう。第二反歌について吉井巌氏（上掲書）が、「夜を流れる時間のなかで千鳥のさえずりを聞く。場所は久しきを思わせる久木の立つ清き河原である。ここには時間と、時のさえずりとも思える世界のなかに寂としてとけ合う歌人・赤人の姿が見えるではないか。」と説かれたのも、このあたりの機微を指すものではあるまいか。

「過去」がそうであったと同様に、赤人の「未来」には、いわば神話的な無限の未来と、現実上の有限の未来との、二種類のものがある。

前者については、再び清水克彦氏の論（上掲）に耳を傾けねばならない。氏は、赤人の作品中の、「遠き世に神さびゆかむ　出幸処《いでましどころ》」（3・三二二）、「天地の　遠きが如　日月の　長きが如」（6・九三三）、「……此の川の

絶えばのみこそ　ももしきの　大宮処　止む時もあらめ」（6・一〇〇五）、など、将来に向っての永続、不変を願う表現を指摘され、かかる不変への願いが旅人や金村や憶良や虫麻呂にも共通するものであるとした上で、

赤人、およびその時代の永続性や不変性の表現は、その基盤に、将来へ向っての永続や不変に対する、不安や不信の情を蔵している。（中略）過去、現在、未来を通ずるものとしての永続や不変が、既定の事実として存在するものとは信じ得ず、かと言って一方、万物の「うつろひ」が事実として承認されるところ迄は到っていなかったが故に、彼らにとって、永続や不変に関する表現の内容は、有難き、しかし必らずしもあり得ないではない、或いは少くともあって欲しい事実だったのであり、だからこそ、その時期にこれらの表現は讃美の表現としての意味を荷う事が出来、同時に、好んでしばしば用いられたのである。

と思想史的に位置づけられた。万葉第三期の時間意識を浮き彫りにした卓説である。

「不変への願い」の例として清水氏が提示された右の用例群は、ある視点に立てば、さらに二つに分類することができる。第一は、天地日月と共に永久に存するであろうような、神や自然の摂理としての無限未来であり、第二は、「語り継ぎ言ひ継ぎゆかむ」「人にも告げむ」として示される、人間の意志や努力によって実現されるような無限未来である。これらについてもはや多くを述べる必要はないが、注意しておきたいことは、前者では儀礼の場のような、後者では伝説をわかちあう共同体のような、ある公共性がそれぞれの発想の背景になっているという点である。われひと共に同一の時間に参画する、という意識がそこにはあろう。

次に、現実上の有限未来について考える。もっとも、この範疇に属する作品には、たとえば「わが屋戸に韓藍《からあゐ》植ゑ生《おほ》し枯れぬれど懲りずてまたも蒔かむとそ思ふ」（3・三八四）のように、時間の問題としては特に注目に値しないものが多いのであるが、次の二首の場合には、特異な時間構造が指摘できるのである。

沖つ島荒磯の玉藻潮干満ちて隠ろひゆかば思ほえむかも（6・九一八）

明石潟潮干の道を明日よりは下咲《したゑ》ましけむ家近づけば（6・九四一）

第一歌には坂本信幸氏（前掲論文）が「仮定条件でもって（中略）未だ眼前に出現していない景を想像し、つまりは、干いている潮が満ちて、玉藻が隠れてゆくまでの長い時間を設定し、その上でその隠れた玉藻に対して思いを寄せる」と言われているような時間の設定があり、それを坂本氏は上引の通り「景を、心理空間を成り立たせるための時間設定」とされたのであるが、さらに私見を加えるなら、これら二首の歌は共通して、〝そのときそこで過去を回想するであろうような未来を、今から想定する〟という、ブーメラン式とでも称すべき屈折した構造（本書37ページ参照）を備えているのである。同様の発想はすでに人麻呂の「留火の明石大門に入る日にか漕ぎ別れなむ家のあたり見ず」（3・二五四）にも見られたが、右の赤人歌ではその時間的屈折はいっそう顕著である。

すなわちそれは、現在の景を現在見るままに叙述するのではなく、（A）視座を未来に移すことによって現在を過去として固定し、（B）その未来において抱くであろう自己の感情を想定し、（C）その感情によって現在の景をふり返って叙述する、という仕組みになっている。そしてその感情はおおむね、心地よき、恋しきものとして予想されているのであって、そうした手続きを経るとき現実の景は、いわば「懐しき現実」に変質して作品の中に定着するのである。

以上私は、先学の諸業績に学びながら、赤人における過去、現在、未来の意識を吟味して来た。はじめに記したように、関連の諸説をできる限り統一的な用語に置きかえて語りなおすことも拙稿の目的の一つであったが、なお触れ残した論もいくつかある。

中でも、梅原猛氏の『さまよえる歌集（注9）』には、時間論の視点が随所に示されていて興味深い。氏は次のように言われる。「彼は歴史詩人、あるいは回顧詩人と呼ばれるべきであると思う。彼の歌う自然は、単なる自然ではなく、何らかの歴史的由来をもった自然である。」「すべてを過去の相、終わってしまった事件の相において見る、それが彼の眼である。」「赤人を自然詩人、叙景詩人というけれど、彼はけっしてある時、ある場所に立って、具体的な自然を見て歌った詩人ではない。」「彼には、時間の意識はほとんどなく、彼の歌う自然は、具体的な自然であるより、観念化された自然なのである。」「赤人は永遠性の好きな詩人である。」「彼は、今彼が生きている現在という時間の重荷を逃れて、永遠性の中へ逃げこむ。永遠の過去性が、永遠に未来を支配する。冷凍化された時間、そういう時間が赤人の時間である。」（同書一三〇〜一五七ページ）

氏の論は、しばしばそれ自体詩的であることによって多義的であり、またその背景に「自己の意志を示すことを極端に恐れた」「自己隠蔽の詩人」赤人という認識があることによって特殊であるが、もし氏の言われる「冷凍化」が、私の言う「静止の時間」とどこかで交差するものとすれば、私が上述したところはまた、氏の時間論に対しても一つの座標軸として機能し得ようかと考える。

思うに赤人の本領は、流れる時間の中に流れない時間を設定するという困難な作業にあった。つまり、自然の時間を摂理として受容しながら、しかしそれによって浸食されることのないような静止した時間をそこに構築することであった。その魔術の重要な部分は、時間性と空間性との絶妙な交感によって果たされたと思われる。

時間の流れや淀みのことを考えるにつけても、風巻景次郎氏（上掲論文）が新時代における「赤人派」の政治的社会的境遇を論じて記された「激しい流れの一部に生じた淀みのやうに、急湍の近くにありながら静かに、彼らの意識は淀み、表面の動きから離れる。さうした意識の状況から、赤人の自然観照歌とも言ふべき作は生れて来たと言へるであらう。」という文章が、新しい意味を帯びてまた私の頭に浮かんでくる。

第五節　大伴旅人の時間

昔見し象《きさ》の小河を今見ればいよよ清《さや》けくなりにけるかも（3・三一六）

大伴旅人の「未だ奏上を経ざる」吉野讃歌のなりたちについては、先学諸氏によってその解明がいちじるしく進められていることは周知の通りである。(注1)長歌よりも反歌の方が先に作られたとまで考えてよいかどうかはともかくとしても、この長歌と反歌との間に、ある種の非連続性が読みとられることは確かであり、まさにその長・反歌の亀裂のはざまから旅人独自の歌の世界が展開していっていると考えることは正当性があると思う。旅人の「時間」を論じるにあたっては、私もまた、この吉野讃歌の考察から出発することにしたい。

「昔見し象の小河」は、ここでは「いよよ清けく」なった現在の小河への讃美を強める、踏み台の役割を果たしている。万葉集中に過去と現在とを対比して歌っている例は数多いが（本書第三章第一節141ページ参照）、そのすべてを検討しても、この三一六番歌のように「過去もよかったが現在はもっとよい」という内容をもつものは類例がない。そしてそれが懐風藻の旅人の詩「初春侍宴」の冒頭の

寛政情既遠　迪古道惟新（寛政の情既に遠く、迪古の道惟れ新し。）

の発想を引き継ぐものと見られることは伊藤博氏の指摘される通りである。(注2)昔から続いてきたよいものが、さらに今あらためてそのよさを益す、という趣向は両者に共通するものである。ところで、それならばこの「初春侍宴」冒頭部の発想も旅人の独創であったかと言えば、そうではなく、同じ懐風藻の藤原史の「春日侍宴」の詩に「塩梅道尚故文酒事猶新」とあるのや「遊吉野」の詩に「夏身夏色古　秋津秋気新　昔者聞汾后　今之見吉賓」とあるのも同工であり、古事記の上表文に「稽古以縄風猷於既頽、照今以補典教於欲絶」とあるのも大きく見ればの同様の発想のワクの中にあるものと言える。このような「昔」と「今」との対比の手法は中国詩文の影響によって当時の日本の漢詩文にも見られることとなった一様式であったと考えてよい。(注3)

過去を否定あるいは蔑視するのではなくむしろ讃美し、これをテコとして現在をさらに讃美するという、この、当時の日本詩文に見られる発想が、いずれも政治ないし公的儀礼にかかわっているという点に注目するならば、旅人の三一六番歌がなぜ万葉集中他に類例のない、この種の「昔－今」のとらえかたにおいて吉野を歌っているか、は容易に理解できるであろう。それはやはり、三一六番歌が公的儀礼歌として作られているからに違いない。

はじめに触れたように、この旅人の吉野讃歌では、長歌と反歌との間に、ある種の非連続性が感じられる。その主な原因は、反歌の中で重要な役割を果たしている「昔見し象の小河」のことが、長歌の中ではほとんど述べられていない、という点にあるであろう。長歌の一部を要約・反復し抒情的に歌いあげる、という反歌の一般的性格からして、右の反歌の「昔見し象の小河」の一句が唐突なものであることは否めない。

その「昔見し」は具体的には、持統天皇の吉野行幸に供奉しての経験を内容としていると思われる。しかしその吉野は、この一組の吉野讃歌に見るかぎり、公的・儀礼的印象において作者に受けとめられてはいない。もしかりに人麻呂ならば、その行幸を叙事詩風な表現によって長歌の中に歌いこんだかもしれない。しかし旅人の長歌にはその影だにも見られない。三一六番歌は、独立した抒情詩として十分鑑賞に耐えるのである。この短歌は、いかにも公的儀礼歌であるが故に、先に見たような特殊な「昔―今」の構造を備えているのではあるが、しかし、そこにはめこまれている「昔見し象の小河」のイメージは作者旅人にとって、より個人的なものであったのではあるまいか。それが反歌の冒頭に、ある主観性をもって唐突にこの句が置かれていることの意味なのではあるまいか。

「昔見し象の小河」という表現を、旅人は後にもう一度用いている。巻三の「帥大伴卿五首」としてまとめられている一連の歌群の中にそれは見られる。後の考察の便宜のために、ここでその五首全部を挙げておきたい。

わが盛また変若《をち》めやもほとほとに寧楽《なら》の京を見ずかなりなむ（三三一）
わが命も常にあらぬか昔見し象《きさ》の小河を行きて見むため（三三二）
浅茅原つばらつばらにもの思へば故《ふ》りにし郷し思ほゆるかも（三三三）
わすれ草わが紐に付く香具山の故りにし里を忘れむがため（三三四）
わが行きは久にはあらじ夢のわだ瀬にはならずて淵にあらぬかも（三三五）

この歌群の直前に小野老、大伴四綱の歌があり、四綱の「平城の京を思ほすや君」（三三〇）に答える形で旅人の三三一番歌以下が記されているので、この部分（三二八―三三五）は同一の宴席での歌と考えるのが自然であろう。ただし、三三五番歌は、「行き」が出発点での言い方であることからして、九州への出発の前の作かとも疑われるものであるが、反面、そのようなことばをあえて用いることによって、作者が九州に身を置きつつも意識としてはその赴任をなお都の側からの「旅」として把握し続けていること、それほどまでにも懐郷の念の強いこと、を表現したものと理解することができなくはない。そのうえ、かかる成立の問題は、本稿ではさしあたって重要な意味を持たないので、一応この歌も他の四首と同類のものとして扱っておくことにする。

さて、今かりに吉野讃歌の成立を神亀元年、三三二番歌の成立を神亀五年の頃と考えると、その間三、四年ということになるが、「昔見し象の小河」という詩句に結ばれた旅人のイメージは、おそらく両歌において等質のものであったと考えてよいであろう。それというのも、まず、「昔見し○○」という表現は旅人独特のもので、万葉集中には、のち大伴三依の歌に「昔見しより」の一例があるだけである。ひらたく言えば「昔見し象の小河」は、旅人が自分で編み出したお気に入りの慣用句、とでもいうべきものであったろう。しかもそれは「昔見し」という特定の経験に結びついたものであるから、容易には変質しない一定のイメージとして彼の中に固定していたはずである。だとすれば、わずか三、四年をへだてての用例は、ほぼ等質のものと断じてさしつかえあるまい。そして、三三二番歌の「象の小河」は、「寧楽の京」や「故りにし里」などと同列に、個人的・日常的な望郷の対象としての景観である。この性格は、右に挙げた理由によって、三一六番歌へと逆流させて理解することができると思う。

さて、三三一番歌の歌群の中には、旅人の時間意識の一面がかなり濃厚に見られるようである。そこで、なおしばらくその考察に紙面を用いたいと考えるが、巻五の梅花歌三十二首に続く「員外、故郷を思ふ歌」両首、

わが盛りいたく降《くた》ちぬ雲に飛ぶ薬はむともまた変若《を》ちめやも（八四七）

雲に飛ぶ薬はむよは都見ばいやしき吾が身また変若ちぬべし（八四八）

も、三三一番歌と同想の歌であるから、この二首をも当面の考察の中に加えておくことにする。

これらの七首の歌にほぼ共通する主題は、「追憶」「懐郷」「嘆老」であり、また、「わが」ということばの存在も共通点の一つとして注目されるところである。いっそうつづめて言えば、それは、「われ」が時間的・空間的

な「原点」から引き離されてあるという意識の、執拗なまでの訴えである。では、その「われ」とはいかなる「われ」であり、その「原点」とはいかなる「原点」であったであろうか。

およそこの七首の歌に見られる旅人の「われ」には、公的な性格を見出すことができない。それはひたすら自己の生命に執着し、あるいは自己の内部に沈潜する個人としての「われ」であって、作者が大宰の帥であることには関係がない。また、彼がそこから引き離されてあることを痛切に嘆いている「原点」は、時間的には自己の「盛り」の時すなわち若き日日であり、空間的にはそれらの日日を過した故郷の地、ないしは残してきた奈良の都である。

ここで旅人はしきりに「変若《を》つ」の語を用いている。この語の万葉集中の用例から帰納すれば、それは個人の生を規模とする回帰の思想であるが、作者不明の13・三二四五番歌、および11・二六八九番歌、またその類同歌12・三〇四三番歌の三首を別とすると、この語を最も多く、しかも最初に用いているのが旅人である。彼は、そのような回帰が実は不可能であることをもちろん知っており、まさにそのことが、これらの歌の哀切な抒情美を作りあげているわけである。

やがて変容し消滅して行く生命を予知しながら、つかの間の不変性（というのは語の矛盾であるが）を保持しようという悲願は、「変若」の語の用いられていない三三五番歌にもまた認められる。そこには、「夢のわだ」もまたいずれは時間と共に変容して「瀬」となるであろうという認識があり、その認識の上に立って、「淵」がなおしばし淵であり続けるようにと願われている。そしてそれは「我が行きは久にはあらじ」という限定においてのみ可能なのであるが、そこには一日も早い帰郷を望む切なる期待があり、またおそらくはその背後に、老齢の身をもって大宰府に日を過ごすことへの不安や不満が裏打ちされていたことと思われる。

以上に見てきた旅人の歌の発想の性格を、かりに、隆盛において衰退を予見し衰退において隆盛をかえりみること、あるいは、不変において消滅を予見し消滅において不変をかえりみること、というように敷衍して規定するならば、それは旅人の讃酒歌や亡妻悲傷歌の性格をおおうばかりでなく、また、時代の文芸の一傾向をも説明するもの、と言うことができそうである。

今の世《こ》にし楽しくあらば来む生《よ》には虫に鳥にもわれはなりなむ（3・三四八）

生者《いけるもの》つひにも死ぬるものにあれば今の世《こ》なる間は楽しくをあらな（3・三四九）

仏教的時間原理に乗りながら、その教理の否定を歌いあげた、この讃酒歌の現世至上主義は、たとえば天平二年の梅花の宴に、

青柳梅との花を折りかざし飲みての後は散りぬともよし（5・八二一、笠沙弥）

梅の花折りてかざせる諸人は今日の間は楽しくあるべし（5・八三二、荒氏稲布）

と歌った筑紫歌壇の人人の情感と相通じる境地であったと思われる。讃酒歌の背後に、旅人個人の、妻を失なった空虚感や、「賢しら」への反感や、境遇への不満やがあったこととは別に、その現世至上主義ないし刹那主義は、この時代の文学の一つの傾向と軌を一にするものであったと考えてよいであろう。

ところで、このように「未来を予見しつつ現在を享受する」という発想と「（ひたすらに）現実を享受する」という発想とは近接している。前者から後者が派生したとは必らずしも言えないが、現象として考えれば、前者の「未来を予見しつつ」の部分の意識が稀薄化し無化したところに残るものが後者であることもちろんである。

「後追和梅歌」歌の、

雪の色を奪ひて咲ける梅の花今盛りなり見む人もがも（5・八五〇）

では、稀薄化した「未来予見」の意識が痕跡的に読みとられ、梅花の宴の歌の、

梅の花今盛りなり思ふどち挿頭にしてな今盛りなり（5・八二〇、葛井大夫）

では、その意識はほとんど認めがたいまでに退化している。その宴の主人として旅人が、

わが園に梅の花散るひさかたの天より雪の流れ来るかも（5・八二二）

と歌ったのも、過去を思わず、未来を想わず、「言を一室の裏に忘れ、衿を煙霞の外に開き、淡然としてみづから放《ほしきまま》に、決然としてみづから足る」（梅花歌三十二首の序）といったこの宴の、現在に自足する意識のおのずからなる表現であったと言ってよい。そのような、当時の官人たちの意識は、巻三「帥大伴の卿の歌五首」に先だって並置されている小野老の、

あをによし寧楽の京師は咲く花の薫ふがごとく今盛りなり（三二八）

をも加えて考えるとき、いっそう明確に見てとることができる。

「今盛りなり」という時代の風潮に身を置き、その自足の想いをわけ持ちながら、一方で旅人は「わが盛いたくくたちぬ」（八四七）という「われ」の現実から逃れることはできなかった。梅花歌三十二首の直後に、旅人のこの八四七番歌が置かれていることには一種象徴的なものさえも感じられる。この矛盾は決して埋めることのできない性質のものであるが、それでも旅人にはその矛盾を解くかに見える二つの道があったのだ、と私は思う。その一つは、先にも触れたが、あの讃酒歌十三首に示された「験なき物を思はずは」「酒飲みて酔泣するになほ若かず」という苦しまぎれの悟りの境地に身を置くことであり、もう一つは、以下に述べる、神仙夢幻の世界に遊ぶことであった。

「遊於松浦河序」およびそれに続く一連の歌（八五三－八六三）の成立の事情、ことに中国神仙譚からの影響や、

吉野川のイメージとの重なり等については、すべて先学の研究に負うこととして再述を避け、私はただちにこれらの作品を時間論の立場から考察することにしたい。このフィクションに登場する人物、それは主人公である「われ」と、仙境の娘たちであるが、それらがみな若い、という単純な事実にまず注目すべきであろう。仙女たちが若いのは当然であるが、「われ」もまた若い。この主人公に老の嘆きは最初から無く、「変若」の喜びもまた存在していない。彼は、娘たちの恋の対象となる資格を、はじめから、無前提に備えて登場してくる。若いのは、また、人物だけではない。時は春、川の瀬は光り、そこに「さ走る」のは若鮎である。いわばすべてが「今盛りなり」の姿において存在しているのであるが、「盛り」という概念がなおその対概念との比較においてのみ意味を有する相対的概念であるとすれば、このフィクションの境地は、「盛り」の意識をも超越した絶対的な次元に展開されているものと言わなければならない。事実、この一連の作品の中には「今盛りなり」に相当する語句を見出すことができないのである。言いかえればそれは、過去－現在－未来という時間の系列から遊離した、無時間的次元であって、それはただフィクションにおいてのみ可能な設定であったはずである。一人称で書かれてはいても、旅人が作中人物の「われ」に自己を同化して「変若」を夢想したものとする理由はおそらく無い。それよりも、かかるフィクションの創造そのものが、旅人に現実からのしばしの解放を許したのだ、と考えるべきであろう。

最後に、巻三の亡妻悲傷歌の群（「向京上道之時作歌五首」および「還入故郷家即作歌三首」）を見よう。八首全体に共通するのは、妻と自分とが共有した事物が今もなお変わりなく存在することを挙げて、それにひきかえ妻はもういないという悲哀や空虚の感を歌っていることである。すなわち、

吾妹子が見し鞆《とも》の浦のむろの木は常世にあれど見し人そなき（四四六）

にはじまる三首では鞆の浦のむろの木が、また、

妹と来し敏馬《みぬめ》の崎を還るさに独りして見れば涙ぐましも（四四九）

にはじまる二首では敏馬の崎が、さらに、

人もなき空しき家は草枕旅にまさりて苦しかりけり（四五一）

にはじまる三首では、「家」「山斎」「梅の樹」が、それぞれ不変物として提示され、妹の死をきわだたせているわけである。

このような発想の構造は、すでに人麻呂の「泣血哀慟歌」の中にその先例を見る。すなわち、

去年見てし秋の月夜は照らせれど相見し妹はいや年さかる（2・二一一）

家に来てわが屋を見れば玉床の外に向きけり妹が木枕（2・二一六）

がそれである。ただ、人麻呂の場合にはそれぞれに先行する長歌があり、その長歌では、亡くなった妹をさらに追い求める姿が描かれ、たとえば二〇七番歌のように「妹が名喚びて袖ぞ振りつる」といった呪術的行為も示されている。そのような努力の果てに、妻の死はいわば段階を追って徐徐に主人公の主観を浸食して行ったのであった。

亡妻への執着の強さにおいては、もとよりいずれも甲乙をつけがたいが、旅人の場合妻の死は、より明確な一回的事件として認識されているふしがある。亡くなった妻をどこまでも追いかけて行こうとか、タマフリの呪術によって呼びもどそうかという発想は、旅人にあっては、わずかにその痕跡を、

磯の上に根這ふむろの木見し人をいづらと問はば語り告げむか（3・四四八）

にとどめているばかりである。その差はきわめてわずかながら、悲傷の力点は、どちらかといえば亡妻の身をい

たむというおもむきの人麻呂式から、どちらかといえば残されたわが身をいたむというおもむきの旅人式へと、かすかに移行していることが観察されるのである。

以下、これまでに述べて来たところを、若干異なる角度から要約しておくことにする。

(一)　過去との関連

旅人の歌に見られる「過去」は、そのほとんどが自己の体験の射程内に限られている。わずかな例外が、たとえば讃酒歌や、漢文の歌序に引用された故事伝説の類に見出されるが、それらのものの過去性は旅人の歌の内質に直接かかわるものとは言えない。したがって、旅人の「過去」の特徴は、それが「わが盛り」の日日への追憶と離れがたく結びついていることである。そもそも、旅人の歌がすべてその老年期の作品であることは軽視できない点であって、右の事情もそこに由来する部分が大きいであろう。しかし反面、それのみが彼の歌を決定しているのでないことは言うをまたない。たとえば悠久の過去へと想いを致すことは年令にかかわりなく可能だからである。旅人の「過去」の右のような性格は、やはり彼の個性と時代の思潮との産物であるにちがいなく、したがって私たちは老齢という点を一応は捨象して、旅人歌を他の作家の歌に比較することが許されると思う。例を人麻呂にとってみよう（本書第四章第二節215ページ参照）。同じく喪失の時への悲痛な想いを歌いながら、人麻呂にあっては、個人を超えた、宇宙大の、根源的な時間が「原点」として存在していた。それは万物が回帰すべき神話的な時間であった。その原点から不条理にも隔絶され、いわば歴史の中へ、一回的な事件の継起の中へと投げ出されて行った人間の悲劇を、人麻呂は見つめていたようである。しかし旅人には、そのような発想を認めることができない。根源的な存在との接触を失なうまいという願望や、救済としての神話的時間から見はなされた者の慟哭やは、もはや旅人にはかかわりのない世界であったと考えられる。

㈡　現在との関連

旅人がその個人的射程の中で直面していた未来は、老齢という生理的条件からも、妻の死という人生的条件からも、また藤原氏の隆盛という政治的条件からも、衰退と滅亡を予想すべき未来であった。すなわち彼の「現在」は、未来の方から絶えずおびやかされる現在であった。時代には「今盛りなり」として現代に自足する風潮があり、旅人もまた公人としてはその風潮に同じるところがあったけれども、彼の個人的現実はそのような安住を彼に許さなかった。彼が私人として現在を肯定するためには、酒に酔うことが必要であったのである。その酒は、古代伝承の讃酒歌・勧酒歌・謝酒歌の類が備えていた神事的な性格を失なっている。それは根の一端を中国の文化に持ち、ここにあたらしく日本文学に登場した人間的な酒であって、旅人の右に見たような「現在」をぬきにしては、この導入はあり得なかったと思われる。

㈢　未来との関連

旅人には、相反する二つの未来観が存在した。一つは「万代」永久の思想である。吉野長歌の「天地と長く久しく万代に変らずあらむ行幸の宮」の句、梧桐日本琴を房前に贈った書状の中の「唯恐百季之後空朽溝壑」以下の部分、また作者に疑問があるがなお旅人作に含めるとすれば松浦佐用比売の歌の「万代に語り継げとし」の句、などに見られるように、現世のこの時がずっと未来に続いて行くという観念である。しかし、それらは儀礼歌や社交歌の類にかぎって示されており、そこに旅人が主体的な重みをかけていたものとは考えられない。

もう一つの未来観は、「生ける者つひにも死ぬる者にあれば」という諦念ないしは覚悟であって、それが他界観念を伴なっていないところに特徴がある。旅人の未来は自己の生の射程内にのみ存在していた。したがってここでは未来からの救済を考えることができない。願い得るとすれば、それはただ個人の生のサイクルを過去にたちもどって再体験すること、未来を過去につなぐこと、つまり「変若つ」ことばかりである。

㈣　時間からの脱出

ただし旅人にはもう一つの救済があった。松浦歌群のような、フィクションの世界を創造することである。そこには、過去—現在—未来という現実の時間の圧力は及ばなかった。作品の内容も時間を超越していたが、何よりも仮構を構築する作業そのものが旅人を時間の重圧から解放したものと考えてよかろう。もっとも、そのような試みは、けっきょく永続性を持たなかった。旅人の作品は、やがて亡妻悲傷の抒情詩へと収斂して行き、神仙譚的フィクションは日本文学史に定着することなく終った。そして旅人は、ふたたび時間との勝ち目のないあらそいの中に身を沈めて行くのである。

以上四項にわたって、私は旅人の「時間」を整理してみた。彼の最晩年の作とされる、

指進《さしずみ》の栗栖の小野の萩の花散らむ時にし行きて手向けむ（6・九七〇）

には、あたかも戦い済んでの後にも似た、静謐な時の流れと、それをそのままに受け入れている作者の弱弱しい息づかいとが読みとれるように思われてならない。

第六節　山上憶良の時間

愛河波浪已先滅　苦海煩悩亦無結　（愛河の波浪は已先《すで》に滅《き》え、苦海の煩悩も亦結ぼほるといふことなし。）
従来厭離此穢土　本願託生彼浄刹　（従来《むかしより》この穢土《えど》を厭離《えんり》す。本願をもちて生を彼《そ》の浄刹に託《よ》せむ。）

日本挽歌（5・七九四）の前に置かれた、右の憶良の漢詩一首は、旅人の妻の死に対する哀悼の詩であると考えられる（注1）（以下この詩を「悼亡詩」、また先行の漢文一篇を「悼亡文」と呼ぶ）。ただし、この詩が死者哀悼の語句をふくまず、作者の感懐の吐露のみに終始している点に注目し、さらに悼亡文の形式上の特性をも論拠に加えて、この詩文が実は旅人に謹上されなかったであろうことを想定する説がある。（注2）哀悼儀礼文の枠組に留まり得なかった、根強い憶良の個我がそこに指摘されており、その個我の強さそのものにはもちろん私も異論はないが、しかしこの悼亡詩が挽歌性に欠けるということは正しいであろうか。以下しばらく、この詩の挽歌としての性格を吟味してみたいと思う。

この詩がだれの立場（視点）で作られているか、には多少曖昧なものがある。「愛河」の語の直接の出典として頭陁寺碑文の「愛流成レ海、情塵為レ岳」の李善注「……言人皆沈ニ於愛河一、則妻子財帛也」が小島憲之氏によって指摘されていることは周知の通りである。その「妻子」の関係から旅人の妻の死が暗示されているとすれば、悼亡詩第一句は妻を失った男の立場での発想とすべきであろう。古典大系頭注は第二句までの主体を右の男に置き、「係累（妻）もなくなってしまったばかりでなく、煩悩もまたなくなったの意」と説明している。しかし妻の死によって係累や煩悩が消え（て良かっ）たということを、当の男性に対して言うことはあり得ない。愛河の波浪・苦海の煩悩から（否応もなく）身を解き放たれたというのは、亡くなった妻の立場でのみ言えることであろう。すなわちこの第一、二句は、そこに旅人ないしは作者憶良の立場が全く入っていないとは言えないまでも、やはりまず亡くなった妻の立場を主として、詠まれたものと見るべきである（小島氏は上記李善注を挙げられるとともに陳徐陵、呉兆宜などによる用例も示されており、愛欲を流水にたとえて「愛河」とする一般的用法を、必ずしも排除されてはおられないと思う）。詩の第三・四句には、旅人および憶良の立場がより強く投影されているようであるが、これまた、実は死者自身の立場で詠まれていると考えるべきではあるまいか。いままさに煩悩を解脱し、穢土を離れてかの浄刹におもむくという、その死者の立場において未来の冥福を希求するのが、この第四句であろう。類似の発想が「恋男子名古日歌」（5・九〇四〜）にも見られる。その反歌二首は、親である「われ」の立場で歌われているにはちがいないが、その主想は亡児古日に寄り添う如くに展開し、ひとえに古日の、冥界への旅の安全無事を祈っているのである。

すなわち悼亡詩も、同様の構想において、旅人の妻に対する鎮魂の詩であり、そうであることによって同時に、残された旅人へのなぐさめの詩ともなり得ているのであって、その挽歌的機能はよく果たされているものと私は考えたい。なお、この亡妻を主体とする立場は、続く日本挽歌の前半にひき継がれる。

さて、問題は、悼亡文と悼亡詩との内容的関係である。悼亡文は、①生物すべて死を免れ得ないこと、②時間が早く過ぎること、③美も徳も消滅すること、④半ばにして妻を失うことの無常、⑤死すれば再び会う由のないこと、を順次述べている。②の後には、「嗟乎痛哉」、⑤の後には「嗚呼哀哉」の詠嘆が置かれる。

①〜⑤に示されたような運命（と仮に呼んでおく）を超克する術を、憶良はついに持ち得なかったと思われる。ただし彼がこの悼亡文において、その超克の方法に触れず、また超克の志向をも示さなかったのは、けだしこの種の文の性格の求めに従ったまでであろう。死者を送る者の立場にそって、運命のひとしく避け難いものであることを納得させ、永別の悲しみに共に涙することが、この文の、一貫して担うべき役割であった。

すなわち悼亡文と詩との関係は、文においては世の無常と残者の悲嘆を述べ、詩はそれを受けて死者の冥福を祈り、両両相俟って生者に対する慰藉と死者に対する鎮魂とを果たしているのであって、その発想は儀礼的・呪詞的であると言えよう。

この関係には、ふたたび「恋男子名古日歌」の、長歌と反歌の関係を連想させるものがある。長歌は「われ」の立場において古日の死までを描き、世の無常と残される者の悲嘆を述べ、反歌は、語法上は「われ」を主語としつつも、亡児古日を主人公としてその冥福を祈っている。第一反歌と第二反歌の間で死者の行く先の観念に相違があるが、それは憶良が、当時一般的であったと思われる他界観念の混淆ないし曖昧さに対してここで特には違和感を持たなかったことを示している。この両反歌の主たる関心は他界そのものの所在や形態にあるのではなく、死者の平安にあるのであった。

古日歌に対する右の理解を根拠の一とし、悼亡詩文の儀礼的呪詞的性格を根拠の二とし、他の憶良作品に統一的他界観の存在しないことを根拠の三として考えるとき、この悼亡詩の「彼浄刹」そのものに対しても、憶良の積極的関心は注がれていないと推定してよいのではあるまいか。

上述のように、悼亡詩文は、よくその挽歌的機能を果たしているが、死者への哀悼の心意のうちにも、当然、憶良個人の関心事はこめられているのであって、それは上記①②③の部分に最も顕著であると思われる。なぜならこの部分の内容は、その後繰り返して憶良の作品の主題となってあらわれるものであり、また彼が終生それに対してあらがわなければならなかった人生の課題でもあったからである。

②③の主題、すなわち時間による美・徳の浸食の問題を全篇に展開したのが、同じく神亀五年七月二一日の「哀世間難住歌」（5・八〇四）である。その序の「百年の賞楽」の出典として抱朴子（勤求）の「百年之壽、三萬餘日耳」以下が引かれるが、その引用部分に直接先行する「凌晷飇飛、暫少忽老。迅速之甚、諭レ之無物」という抱朴子文をも参考にするならば、この語句に託された憶良の、時間にかかわる切なる想いは、一層明らかに理解されるであろう。

さて長歌は「世間《よのなか》の術なきものは年月は流るる如し」と歌い出される。「世間」の語は万葉集の全44例中、憶良の用例9例で23％、かつ作者判明の先行例は人麻呂の泣血哀慟第二長歌の1例（およびそれに相当する或本歌の1例）のみであるから、憶良の個性を濃くただよわせた語であると言える。「世間」についてはすでに詳細な研究がなされているが、（注3）永藤靖氏は時間論の立場から次のように説明しておられる。（注4）

（大陸文化・仏教思想の移入によって、それまでの）世という無時間的な世界に、時間的な契機がはいってきた。（中略）世は限りなくくり返されていく循環ではなく、くり返すことのできない、非可逆性の時間、歴史的な時間のうつろいゆく流れであり、個人は（中略）その流れの中に身をまかせなければならないという意識が「世の中」という語にこめられた心であったろう。したがって「世の中」をうたう歌はほとんど悲哀の色調を帯びてくる。（カッコ内条川）

続く「術なし」の語も憶良の個性に深くかかわる語である。これについては高木市之助氏ほかに詳論がある[注5]のでここでは触れないことにする。

「年月は流るる如し」も、また憶良固有の表現である。小島憲之氏はこれを「飜訳的表現」とし、その典拠の一例として文選、謝霊運、擬二魏太子鄴中集一詩「歳月如レ流」を挙げておられる。[注6]実際、「年月は流る」の語句は、万葉集中、憶良のこの一例があるのみで、以後の万葉歌人への影響も見られないところから考えると、当時の人々の語感になじまないものがあったのであろう。

念のために述べるならば、万葉集において「年」を受ける述語は、動詞「経」が普通で「キフ」「キヘユク」各1例をあわせて42例、全例の70%をしめる。他にユキカヘル・ユキカハル・カヘル・カハル・ユク・キサル・ワタル・ハツ（極・竟）などの動詞や、フカシ・ナガシ系統の用言に続く場合が散見する。また「年月」を受ける述語としては、動詞フが2例、以下ナガル・アラタマル・ユク・ユキカハル・アラタ（ナリ）・ヒサシ各1例が観察される（本書第三章第三節181ページ参照）。他方、動詞「流る」を述語としてその主語に立つ名詞は、水・雨・川・涕などが普通で、他に黄葉・名などの語も見られるが、時間に関する語は、憶良のこの一例以外には見当たらない。

時間を流れとして見ること自体は、すでに人麻呂の「この川の絶ゆることなく」にあらわれているが、人麻呂の場合は未来永遠をことほぐ意味であったので、今の憶良の、無常感に彩られた「流る」とは性質を異にするものとしなければならない。

こうして、きわめて個性的な冒頭部を持つ「哀世間難住歌」であるが、以下の展開にもまた、作者の時間の意識をめぐって独特の曲折が見られる。

この長歌が構成において形式的整合性を志向していることは明らかである。そのあるべき姿は、（A）「世間の術なきものは……迫め寄り来る」を総論として冒頭に置き、次に（B）各論として青年から老年への変容を男女それぞれに分けて客観的に描き、最後に（C）両者を綜合し「手束杖腰にたがねて」以下の老醜や執着を結論として、全体をしめくくることにあったであろう。また、各論（B）の部分は、女性に関して、（b_1）楽しい少女時代、（b_2）「時の盛りを留みかね過し遣りつれ」という感慨的注記、（b_3）白髪や皺の出現、の順序で述べられているのと同様に、男性に関しても（b_1'）勇ましかった青年時代、（b_2'）「世間や常にありける」という感慨的注記、（b_3'）（たとえば）疲労衰弱、のような順序での叙述がなされるべきだったであろう。これを図示すれば

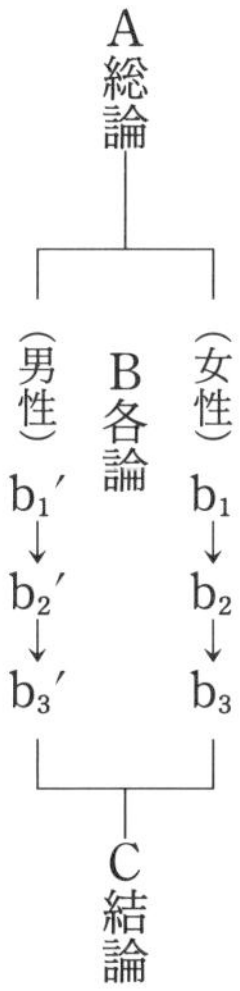

となる。ところが実際には各論の男性の部分でこの整合性は崩れはじめる。まずb_2'がb_1'の途中に割って入り、b_3'は欠落する。そしてその欠落部分を埋めるように、Cの部分がのしあがってくる。すなわち、

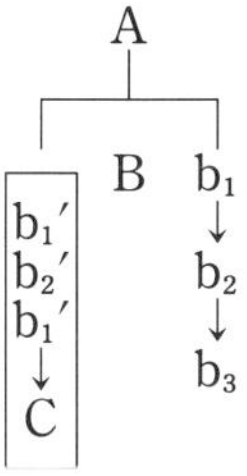

となり、b_1'に始まる男性系列がこの歌の主流となってしまうわけである。

このような構造上のねじれについては、すでに中西進氏が論述されており（注7）、私は別のことばと図式とで再説したに過ぎないのであるが、中西氏の次の指摘は時間の問題を考えるうえで示唆的である。

〔男性については老を描かず〕壮のみを描いて「世間や　常にありける」といった時には、作者はむしろ壮と対応して存在しているのだ。つまり老年の作者の、これは回想の形である（むろん壮時の描写が憶良自身の過去だという私小説論ではない）。一般的に老を主題として出発しながら、男性の描写に到って憶良はもはや他人事ではなくなったのである。（〔　〕内条川補入）

事情は、中西氏の言われる通りであろうと思われる。この回想の問題については、後にあらためて述べるつもりである（286ページ以下）。

さて、ここに「流るる」時間は、どのような時間であるか。「年月」と、続く「取り続き追ひ来るもの」との弁別は必ずしも明確でなく、私は多少とも重複した内容としてこれを理解するが、いまその点は惜くとしても、その時間が、とどめがたい勢をもって激しく人間を老へと追いやるものであることは確かである。それは、より具体的には人に変容を迫ってやまぬ「時間」、他人の嫌悪の的と化するまで自己を追いつめてくる「時間」である。多くの人々が指摘する通り「手束杖腰にたがねて」以下の描写には一種凄絶なリアリズムが感じられるが、それは憶良の視線が「手束杖」の背後にある、時間の容赦ない浸食作用にまで届いていたからにほかなるまい。この時代に、そうした「時間」を直視し、文学として定着し得たものは、やはり憶良を措いてはいなかったと言わなければならない。

ここに思い合わされるのが、大伴旅人の「遊於松浦河序」およびその歌群である（本書第四章第五節271ページ参照）。季節は春、若鮎さ走る川の瀬は光り、主人公「われ」もまた若く、乙女等に愛されている。憶良の表現を借りるなら、すべてが「時の盛り」にある。自己を主人公の「われ」に重ねて、このような神仙譚を創作すること自体が、老年であった旅人にとっては時間の重圧から脱出する一つの「術」であったかと私には思われるのであるが、この期の憶良にはそのような趣味もゆとりもなかったのであろう（この期の、とことわるのは、たとえば後の「沈痾自哀文」などに、私はかえってある種のゆとりを感じるからである。このことは285ページで述べる）。

次に、長歌末句の「命惜しけど」に短い吟味を加えよう。この歌の主題が、老（をもたらす時間）にあることは繰り返すまでもないが、老の先なる死について、末句に至るまで全く触れられていないことにも留意しなければならないであろう。「命惜しけど」の一句は、その位置からしても、すでに歌の中で語られたことに基づいての内容を持つはずであるから、もしそれが死の意味であるとすれば、唐突の感はまぬかれない。したがってこの「命」は、「死にのぞむ命」として死の側から把握するのではなく、「衰えつつある命」「かく衰えきたった命」「衰え果てて現にかくある命」というように生の側から把握してはじめて落ち着くように思われる（そう解するときは「惜し」の意味にも若干のふくらみが生じることになるが）。とすればここにあるのは、霊の除々なる衰亡という前時代的な観念である。他方、もちろん憶良はその衰亡が「たまふり」の呪術によって回復するとは信じていない。時間の浸食に対しては、ただ「術もない」としか言いようがなかったのである。

天平五年、死に近付いた時期の作と考えられる「悲歎俗道假合即離易去難留詩一首并序」（5・八九七の前。以下「悲歎俗道詩」と称する）は、五年前の悼亡文の主題の直接の延長と言ってよい。この漢序は三段に分けて扱われるのが普通である。その分け方には、論者によって微差があるが、村山出氏による整理[注8]をそのまま拝借すれば、(1)（竊に以みれば）仏儒の教化——（故に知りぬ）二導にして一如、(2)（但以）世・人の無常——（是に知りぬ）死の不可避、(3)（内教に曰く）生死の教説——（故に知りぬ）運命への嗟嘆、ということになる。

第二段が量的に最も多く、全体の50％強にあたるが、悼亡文の内容とこの第二段の内容とがかなりの部分に亙って重なり合う。すなわちこの段には、①世に不変のものは無いこと、②時間の速く過ぎること、③死のまぬかれがたきこと、④この世の終りを見る者はないこと、が述べられる。④だけは悼亡文になく、新しく加えられた部分である。

この「未レ聞下独存、遂見二世終一者上。」の一句は、超越者の存在を否定していることにおいて重要であるのは言うまでもないが、そのような超越者の存在について問うているという、そのこと自体においてもまた注目に価する。悼亡文に提示された問題は、ここに思索を深めあらためて提出されている。「世の終りを見る者」とは、世の外側に立つ者、この世の時間とは異なる時間に住む者である。その者の存否を尋ねることは、この世が滅びてもなお滅びないものの存否を尋ねることであり、宗教による救済の根幹を問うことである。憶良はかかる存在を「未だあるを聞かず」として否定する。憶良にとって、すべてはこの世の時間の内側にあって、その絶間なく速やかな浸食にさらされるものだった。したがって（というのが憶良の論理の方向であるが）、維摩大士も釈迦能仁も例外ではあり得ない。憶良は書かなかったけれども、そこにはさらに、老荘も葛洪も、と並記されてよかったであろう。沈痾自哀文に見られるように、この時期の憶良が抱朴子の世界に親しんでいることは事実であるが、究極的には彼はやはり徹底して道教的であり得なかった。憶良と道教との重なりは、道教の①儒教的側面、②合理的・科学的側面、③万物を変化の相においてとらえる側面、④生の欲望を肯定する側面、⑤永遠を希求する側面など、矛盾を含みつつも広範囲にわたったと考えられるが、道教の根本をなす楽天主義および神仙思想は、憶良はついにこれを受け容れることができなかったであろう。

悲歎俗道詩の「空与二浮雲一行二大虚一」が天仙飛翔と無縁であることは、もちろんである。「大虚」は、世の一切を「術なし」として諦観しなければならなかった憶良の、しかもなお悟りには徹し得ない不安な精神状況（注9）に対応する語であったと考えられる。

「沈痾自哀文」の時間については、おおむね以上に述べてきたところと重なるので筆を省くことにしよう。ただし発想に関して若干の私見を加えてみたいと考える。それはこの文における割注の多さのことである。井村哲夫氏はそれについて、一種自己弁護の性質を窺い得る、とされ、(注10)村山出氏はそれを、一つには四六文の形式におさめきれなかったものを補うためであり、二つには古人の言を引くことで自己の表現に普遍性を与えようとしたためである、と推定された。(注11)いずれもその通りであろうが、割注の中にはなお、それだけでは説明のつかないものがあるように思われてならない。たとえば、「鈞石」の注「二十四銖を一両となし、十六両を一斤となし、三十斤を一鈞となし、四鈞を一石となす、合せて一百二十斤なり。」や、文末の鼠の喩の注「已に上に見ゆ」などは、いかにも異様であって、そこに一種偏執的なものを感じるのは私だけでろうか。それは尋常の創作意欲とはいささか性質を異にするものであると思える。ことばは適当でないが、誇張すれば、内向的衒学趣味と言おうか、偽書贋作の楽しみと言おうか、インド式を連想させる細密主義と言おうか、ともかくその種の情熱を想定するのでなければ説明がつかないのではあるまいか。そしてこの情熱は、いまやむを得ず衒学、贋作などと不穏な言辞を用いたが、実は憶良をフィクションの創造へと駆り立てる貴重な衝動だったのではなかろうか。

沈痾自哀文は、ひたすら老を嘆き病をかこつ深刻な作品であるが、そこにこのような特殊な割注をほどこす憶良の意識には、自嘲か含羞かユーモアか、いずれにせよその主情的深刻さに対して結果として客観性を与えるような、別種の力が作用していたと考えてよい。それは、旅人の「遊於松浦河序」およびその歌群の創作に匹敵する、一種の切羽詰ったゆとりのようなものであったと思われる。

以上私は憶良の作品を任意に選んで、そこに介在する時間の問題を論じてきた。以下、作品の全体に配慮しつつ、過去、未来、現在の順で憶良の時間を整理してみよう。

㈠　過去との関連

憶良の作品には、自身の過去に触れるものがきわめて少ない。沈痾自哀文の「況むや、我胎生より今日に至るまでに、みづから修善の志あり、曾て作意の心無し」「謂ふこころは、過去に造る所の罪か、若しは現前に犯す所の過なるかを知らず（割注）」などがその少ない例である。そしてそれは、いかにも憶良個人の過去を問題にしているには違いないが、第一に具体性を欠き、第二に時間的距離を感ぜしめず、また第三に、因果律の問題として論理化されてしまっているので、個人の過去の輪郭はいちじるしく曖昧になっていると言わなければならない。

哀世間難住歌（5・八〇四）における壮年男子の描写部分に作者の回想性があるという中西氏の見解はすでに引いた。憶良がそこに個人的感懐を託したという意味でそれは全くその通りだが、該当部分、

……大夫の　男子さびすと　劔太刀　腰に取り佩き　猟弓《さつゆみ》を　手握り持ちて　赤駒に　倭文鞍《しつくら》うち置き　匍ひ乗りて　遊びあるきし　（中略）　少女らが　さ寝す板戸を　押し開き　い辿りよりて　真玉手の　玉手さし交へ　さ寝し夜の　幾許もあらねば……

の叙述はやはり概念的・類型的であって、中西氏も私小説的意味においてではないと断っておられる通り、そこに憶良個人の経験的過去は見られない。

恋男子名古日歌における幼児古日の描写はこれにくらべてはるかに具体的であり実感的でもあって、もし憶良の作品に個人的回想性を求めるとすれば唯一の例になるのではあるまいかと思われる。ただしこの回想性は、どちらかと言えば叙事詩的性格のものであって、そこに懐古的抒情を認めることは困難である。

回想性に続いて、次に悔恨の情を考えてみたい。言うまでもなく悔恨は、過去性の認識と切り離せない。日本挽歌の第三反歌、

悔しかもかく知らませばあをによし国内《くぬち》ことごと見せましものを　（5・七九七）

は明らかに過去のとりかえしのつかなさを正面にすえて歌ったものである。また、辞世歌とみなされる「士《をのこ》やも空しかるべき」の歌（6・九七八）およびその左注「憶良臣、報《こたへ》の語《ことば》已に畢《をは》り、須《しまらく》ありて涕《なみだ》を拭ひ、悲しび嘆きて、この歌を口吟《うた》ふ」からは、激しい悔恨の情が読みとられる。（注12）

ただし、このような悔恨の情は、右以外の作品には見出すことができない。また、日本挽歌の代作的性格、辞世歌において悔恨を抑制している倫理的・教条的要素などを考え、さらに、上述のような懐古性の欠如をも考えあわせるならば、憶良はやはり、個人の過去をふりかえる人ではなかったと言うべきであろう。

しかしながら他面において、憶良がむしろ積極的にかかわろうとした過去が二種類認められる。一つは、規範ないし典拠とすべき故事であり、もう一つは、神話的な過去である。

前者については例を挙げる必要もあるまい。それは悼亡文にも沈痾自哀文にも充満している。しかしそれらの故事も、その固有の過去性、すなわち遡る時間的距離や、生起の一回性において活用されているのではなく、いわば現存する遺産として、現在的情報価値において、活用されている場合が多いということは、留意しておいていいであろう。

後者すなわち神話的過去について吟味してみたい。

（ア）……古老相伝へて曰はく、往者《いにしへ》息長足日女命《おきながたらしひめのみこと》、新羅の国を征討し給ひし時に……

懸けまくは　あやに畏し　足日女《たらしひめ》　……　い取らして　斎《いは》ひ給ひし　真珠《またま》なす　二つの石を　世の人に
示し給ひて　万代に　言ひ継ぐがねと　……　神ながら　神さび坐す　奇魂《くしみたま》　今の現《をつつ》に　尊きろかむ
（5・八一三、鎮懐石歌）

（イ）神代より　言ひ伝て来らく　そらみつ　倭の国は　皇神《すめかみ》の　厳《いつく》しき国　言霊の　幸《さき》はふ国と　語り継ぎ
　　言ひ継がひけり　今の世の　人も悉　目の前に　……（5・八九四、好去好来歌）
（ウ）牽牛《ひこほし》は　織女《たなばたつめ》と　天地の　別れし時ゆ　いなうしろ　川に向き立ち……（8・一五二〇、七夕歌）

右の例をあえて分類すれば、（ア）は賛歌、（イ）は予祝歌、（ウ）は伝説歌と言えようが、いずれも人麻呂にかよう神話的・皇統譜的表現を備え、公的儀礼歌・宴席歌の伝統に沿うものである。

（ア）に関して井村哲夫氏は、たとえば「古思ほゆ」「見ればかなしも古思へば」などの詠懐のパターンがこの歌には見られないこと、憶良のことばが現前の石に終始することを指摘し、末句の詠嘆「今の現に尊きろかむ」に注意しておられる。(注13)また、最近では土井清民氏の詳細な論考(注14)がある。氏はまず、鎮懐石の伝説を持つ日本書紀、古事記、筑紫風土記逸文、筑前国風土記逸文の四書と憶良の歌とを比較して、憶良歌が古事記の立場に最も近接するものであることを証したのち、次のように述べておられる。

　神よせをする奇しき霊力を備えた皇后の手にかかって石は精霊を帯びたものとなり、「今の現に　尊きろかむ」と認識される。ここには過去と「今」との断絶はみられない。「古」から「今」へと継続して奇魂として認識されているのである。（中略）憶良の意向は、人々のこの石を敬拝する「今」を正当化することにあったといえる。

過去と今との断絶は見られない、という土井氏の指摘を私流に拡大して言えば、過去は現存する遺産として現在の中に包括されているわけであり、歌の力点は「今の現に尊きろかも」にあるとしてさしつかえないと思うのである。

（イ）の場合はどうか。たとえばこれを、同じ天平五年、同じ入唐使に笠金村が贈った長歌、

玉襷《たまたすき》　懸けぬ時無く　息の緒に　吾が念ふ君は　（中略）　難波潟　三津の埼より　大船に　真楫《しじ》繁貫き
白波の　高き荒海を　島伝ひ　い別れ行かば　留まれる　吾は幣《ぬさ》引き　斎《いは》ひつつ　君をば待たむ　はや還り
ませ（8・一四五三）

と比較してみるとき、好去好来歌が金村歌にもましていかに公的儀礼歌の正統の上に立っているかは明らかであろう。この憶良の歌には、「神代より」の過去と、今の世の「今」と、事了り還らむ日の「未来」とが緊密な関係で順次展開されているわけであるが、ここでは「過去」についてだけ考えるとして、「神代」という、はるかな時間を遡った、神話的根源的過去が、現在における「皇神の厳しき国」「言霊の幸はふ国」また「日の朝廷」を支えている、という発想は、日並挽歌や安騎野長歌における柿本人麻呂の「過去」と共通する性格のものであると言えよう。

ただそれが「言ひ伝て来らく……言ひ継がひけり」として伝承を、その始源の側からでなく、受け取る現在の側から把握している点に、人麻呂との微妙な相違が認められるのである。

（ウ）について。憶良の七夕歌の宮廷歌的性格はすでに先学たちによって指摘されている。「天地の別れし時ゆ」という神話的過去表現は、巻十の人麻呂歌集七夕歌の「八千戈の神の御世より」（10・二〇〇二）、「天地と別れし時ゆ」（10・二〇〇五）、「隔てに置きし神代し恨めし」（10・二〇〇七）などに類似句を持つが、この一連の人麻呂歌集七夕歌の背後には集団的かつ公的な宴歌の場、すなわち宮廷的な宴歌の場が想定せられる。[注15] そこに育成定着された素材や表現の伝統が憶良に引き継がれているのであるが、宴そのものも中国文学の影響のもとに詩宴としての性格を強めていったことは説明するまでもあるまい。

以上（ア）（イ）（ウ）三例ともに、この種の憶良の作品は、私たちに人麻呂的世界を思いおこさせるものである。しかしながら、憶良歌が内包する「現代」への傾斜の事実や、またそもそもこの種の作品が憶良に乏しいという事実やは、やはり憶良の本領がここにはなかったことを物語っているであろう。人麻呂にとって神話的根源的時間は、万物が回帰すべき原点であり、この系譜からの隔絶は癒しがたい痛恨であった。対して憶良の場合、その過去はいわば素材的であり伝聞的であったのである。

　この意味では、憶良は大伴旅人と共通する性格を備えている。旅人もまた、人麻呂のような皇統譜的過去への情熱とはかかわりのないところに自己の文学を築いたのであった。とは言え、旅人と憶良との時間的風景には一つの相違が存在する。「わが命も常にあらぬか昔見し象の小河を行きて見むため」（3・三三二）や「浅茅原つばらつばらにもの思へば故りにし郷し思ほゆるかも」（3・三三三）における旅人のような、切々とした懐郷や懐古の意識を、憶良はついに表現することがなかったからである。

　いまかりに、文学の問題として、ある作者の持つ過去の深さは、その過去にかけられる作者の主情の強さによって測られる、と考えるとすれば、憶良の過去は決して深い奥行きを持つものではなかったと言わなければならない。芳賀紀雄氏(注16)は、沈痾自哀文中の「我従二胎生一」の語をとらえ、「彼の『過去』はそれ（粂川注、母胎に生を受けた時）以前には遡及しないわけである。換言すれば、仏教の根本概念の一である無始時来における業というものへの顧慮が、いささかも見られぬことになる。」と述べられたが、本稿にとって教示されるところの大きい指摘である。

(二)　現在との関連

憶良の過去意識が現在意識の方向に牽引される傾向を持つことについては右に述べた。

彼の作品は、時の指示語がなくても、とくに現在に対する執着を語っている場合が少なくないが、ここでは「今」「この時」「今日」などの、現在を指示する語が備わっている場合の全例（ただし5・八九〇番歌の「今日今日と吾を待たすらむ」は現在と考えず除外した）を挙げてその内容を考察することにする。

（ア）　憶良らは今は罷らむ……（3・三三七）

（イ）……遂げ難く尽し易きものは百年の賞楽なり。古人の嘆きし所にして、今亦これに及《し》けり。

（5・八〇四、哀世間難住歌序）

（ウ）……み手づから　置かし給ひて　神ながら　神さび坐す　奇魂《くしみたま》　今の現《をつ》に　尊きろかむ

（5・八一三、鎮懐石歌）

（エ）百日《ももか》しも行かぬ松浦路今日行きて明日は来なむを……（5・八七〇）

（オ）……今日長に別れなば、いづれの世にか観ゆること得む……（5・八八六、熊凝歌序）

（カ）……妻子どもは　吟び泣くらむ　此の時は　如何にしつつか　汝が世は渡る……

（5・八九二、貧窮問答歌）

（キ）……今の世の人も悉　目の前に　見たり知りたり……（5・八九四、好去好来歌）

（ク）……我胎生より今日に至るまでに…（5・八九七、沈痾自哀文）

（ケ）……是時年七十有四…（同右）

（コ）……惟以《おもひみ》れば、人賢愚と無く、世古今と無く、咸悉《ことごと》に嗟嘆す。……（同右）

（サ）……今吾病の為に悩まされ…（同右）

（シ）……今妖鬼の為に枉殺せられて…（同右、割注）

右のうち（シ）は引用文なので除外して考える。

まず、これらの「現在」にはどのような「ふくみ」が託されているであろうか。ここに「ふくみ」というのは語の「意味」ではなく、語が文脈に対して与えている効果、あるいは文脈において与えられている色合い、のようなものである。当然この「ふくみ」の認定には主観による相違が生じるが、私は右の諸例について次のように考える。

（ア）期間の終了、決意。（イ）無常、悲観。（ウ）奉祝、賛美。（エ）時宜、疑問。（オ）期間の終了、永別、悲哀。（カ）貧窮、悲哀。（キ）奉祝、賛美。（ク）老病、悲哀。（ケ）老病、悲哀。（コ）諦念、感嘆。（サ）老病、悲哀。

右の「ふくみ」のうちで、明確にプラス価値を備えるものは（ウ）（キ）の二例だけである。この二歌の儀礼歌的・呪詞的な性格については上に述べた。憶良の個性的な発想は、したがって右の二歌以外のところに発揮されるものと見てよい。

（ウ）（キ）以外で明確なマイナス価値を持たないものは（ア）である。（ア）については後にあらためて考える（本書294ページ）として、残る八例の「ふくみ」が、ほぼ等しくマイナス価値――それは悲哀という点で共通するようであるが――を内容としているということは注目してよいであろう。憶良の「現在」の意識には、悲哀の感情や状況が付随している、ということになるが、私はその点をより明確にするために、ここに別種の文学を登場させてみたいと思う。

それは懐風藻であるが、その典型的作品に見られる「現在」は、憶良のそれと最も対立的であり、したがって照射の光源としての効果が期待できるからである。

はじめに、憶良とほぼ同時代、いわゆる懐風藻第三期に長屋王の詩苑につらなっていた人物たちの中から、二人の作品を挙げてその詩境を吟味することにしたい。

秋夜山池に宴す　　境部王

峰に対《む》かひて菊酒を傾け、水に臨みて桐琴を拍つ。帰を忘れて明月を待つ、何ぞ憂へむ夜漏の深きことを。(51)

左僕射長王が宅にして宴す　　箭集虫麻呂

霊台広宴を披《ひら》き、宝斝《か》琴書を歓ぶ。趙は発す青鸞の舞、夏は踊らす赤鱗の魚。柳条未だ緑を吐かね、梅蕊巳に裾に芳し。即ち是れ帰を忘るる地、芳辰の賞舒《はやしの》ぶること叵《かた》し。(82)

いずれも懐風藻侍宴詩として典型的なものと思うが、ここに共通して認められることの第一は、宴の場所の「別天地」的性格である。もちろん両詩の場は邸宅の庭園であり（51番詩も長王宅と解してよかろう）、「峰」も「水」も「柳」も「梅」も実は大自然そのものではなく、人工によって作られ空間的に限定された自然であるが、しかしそれは大自然そのものとしての象徴的意義を与えられている。この場所はまた、選ばれた少数の人たちだけの別天地である。百済公和麻呂の「初春於左僕射長王宅讌」の詩(75)に、「鶉衣野坐を追ひ　鶴蓋山家に入る」と明瞭に述べられている通り、山家すなわち長王の山斎に入り得る者は、王者・貴族の車だけであった。

第二に挙げるべきは、宴の時間の別次元的性格である。「帰を忘る」は原拠を持つ語句(注17)（文選、九歌山鬼）であるが、それは「夜漏の深きこと」つまり「時計の時間」を忘れることであった。侍宴の時に、宴の行われている現在の時を賛美するものの多いことは当然だが、厳密に言えばその現在は、過去・未来に対比される時計の現在ではなく、それとは次元を異にする、無時間的な時間だとしなければならない。もちろんそれは一つの理想であって、実際にはその時間がやがて時計の時間によって打ち切られるものであることは明らかである。したがって比喩的に言えば、懐風藻侍宴詩の「現在」は両端を時計の時間で限られた時間的空白すなわち「休暇」の時間であり、侍宴詩そのものは、とりもなおさずまさに「官人」たちの「休暇」の文学であったのである。「聊に休假の景に乗り」（10・春日翫鶯梅、葛野王）、「長王五日の休暇を以ちて」（65序、秋日於長王宅宴新羅客、下毛野虫麻呂）と明記されている場合もあるが、七夕や重陽の節句の宴にせよ、外国使節を迎えての宴にせよ、すべて休暇の範囲に類するものであったであろう。

宴の別天地性、別時間性は、侍宴詩を通じてほとんど過度にまで強調され誇張されている。それは単に文学的修辞の要求するところだけではなかったであろう。一つにはその宴が本来的に社交的、政治的な性格のものであったという事情がある。まさにその分だけ、この文雅の催しは非政治的・反政治的な風流の粋を尽くさなければならず、またそうあることによって一層よくその政治的機能を果たしえたはずであった。また、もう一つの事情には、さきほども触れたが、現実の時間、時計の時間からの脱出を維持するためには、たえずその宴に酔い続けることが必要であった。これもまた侍宴詩に過度の文飾をもたらした一要因であったと考える（もちろんこれには出典としての中国文学の問題があるが、結論的には同じことになる）。

こう見てくるとき、私たちは憶良の「憶良らは今は罷らむ子泣くらむそを負ふ母も吾を待つらむそ」（3・三三七）という罷宴歌の重い意味に気付くであろう。もちろん憶良がそこまでを意識したと言うのではない。まして彼が宴の解散をねらってこう歌ったというのでもない。宴終って去る時の、主人への挨拶の歌だと考える説に私は妥当性を認めるし、さらに想像を逞しくすれば、宴のはじめに憶良の歌った挨拶の歌が存在したとしてもあながち奇異とは言えないと思う。ただ、重要なことはこの罷宴歌での憶良の「今」が、現在の時間、時計の時間に向かって開かれ、またそのような時間によってほとんど満たされている、という点である。その「今」は、泣く子や、その母やの、涙や汗にまみれる現実生活の「今」である。

貧窮問答歌の「此の時は如何にしつつか」において、この時間意識はより明確にあらわされている。ここに示される「此の時」は、「われ」と「われよりも貧しき人」とが共有する、きびしい生活の「時」である。それが懐風藻詩宴の「現在」と相反する性格のものであることは説明を必要としないであろう。懐風藻の現在は持続が願われる現在であった。貧窮問答歌の現在は、すみやかな解消こそが願われるそれであり、しかもその現在は持続する。貧窮問答歌に限らず、「年長く病みし渡れば」（老身重病歌）とあるような、苦悩の持続ということが、憶良の「現在」の特徴である。すなわちこの苦悩には休暇がなく当然それは「休暇の文学」と対立する文学を生まざるを得ない。

㈢　未来との関連

まず、作品中に見られる願望および未来推量の表現を吟味しよう。

願望の中には、（A）実質的な願望と、（B）挨拶的・予祝的な願望とがある。もちろん両者の境界は明確でなく、また（A）（B）は必ずしも矛盾するものではないが、詠歌の場なども考慮に入れて以下のように整理してみた。さらに（C）として、未来推量を考える。

(A)　実質的な願望

Ⅰ　脱出願望

（ア）……月累ね憂へ吟《さまよ》ひことことは死なと思へど……（5・八九七、老身重病歌）

（イ）術も無く苦しくあれば出で走り去ななと思へど児らに障《さや》りぬ（5・八九九、老身重病歌第二反歌）

II　永生願望

（ウ）常盤《ときは》なす斯くしもがもと思へども世の事なれば留みかねつも（5・八〇五、哀世間難住歌反歌）

（エ）水抹《みなわ》なす微《もろ》き命も栲縄《たくなは》の千尋にもがと願ひ暮しつ（5・九〇二、老身重病歌第五反歌）

（オ）倭文手纏《しつたまき》数にも在らぬ身には在れど千年にもがと思ほゆるかも（5・九〇三、老身重病歌第六反歌）

（カ）士《をのこ》やも空しかるべき万代に語り続ぐべき名は立てずして（6・九七八、沈痾之時歌）

III　平安願望

（キ）……仰ぎ願はくは、頓《にはか》に此の病を除き、頼《さきはひ》に平《つね》の如くなることを得む。……（5・沈痾自哀文）

（ク）たまきはる現《うち》の限は平けく安くもあらむを事も無く喪も無くあらむを……（5・八九七、老身重病歌）

（ケ）……何時しかも人と成り出でて悪しけくも善けくも見むと…（5・九〇四、恋男子名古日歌）

これらの願望表現のいくつかが「ど」などの逆接詞を伴うのは現実認識として当然であろう。右の願望のうち（I）は家族のきずなによって否定せられる。（II）も背景の状況からして絶望的である。（III）もその願望が結局は達せられないことを認識した上での表現である。

(B)　挨拶的・予祝的願望

（ア）本願をもちて生を彼の浄刹に託《よ》せむ（悼亡詩）

（イ）天地の共に久しく言ひ継げと此の奇魂《くしみたま》敷かしけらしも（5・八一四、鎮懐石歌）

（ウ）万代に坐し給ひて天の下申し給はね朝廷《みかど》去らずて（5・八七九、餞酒歌）

（エ）……恙《つつみ》無く幸く坐して早帰りませ（5・八九四、好去好来歌）

（オ）　大伴の御津の松原かき掃きてわれ立ち待たむ早帰りませ（5・八九五、同反歌）

（カ）　難波津に御船泊てぬと聞え来ば紐解き放けて立走りせむ（5・八九六、同反歌）

当然、これらの願望には否定的要素は加えられない。すなわち、これらは憶良の未来の中で否定的でない、めずらしい例である。恋男子名古日歌の二首の反歌、

（キ）　若ければ道行き知らじ幣は為む黄泉《したへ》の使負ひて通らせ（5・九〇五）

（ク）　布施置きてわれは乞ひ禱《の》むあざむかず直に率去きて天路知らしめ（5・九〇六）

もここに含めてよかろうか。ただしここにはすでに諦念が前提として介在するわけであるが。

(C)　未来推量

（ア）　家に行きて如何にか吾がせむ枕づく妻屋さぶしく思ほゆべしも（5・七九五）

（イ）　妹が見し楝《あふち》の花は散りぬべしわが泣く涙いまだ干なくに（5・七九八）

（ウ）　言ひつつも後こそ知らめとのしくもさぶしけめやも君坐さずして（5・八七八）

（エ）　斯くのみや息衝き居らむあらたまの来経往く年の限知らずて（5・八八一）

（オ）　……今日長《とこしなへ》に別れなば、いづれの世にか覲《まみ》ゆること得むといひき……

（5・八八六、敬和為熊凝述其志歌の序）

（カ）　一世《ひとよ》には二遍《ふたたび》見えぬ父母を置きてや長く吾が別れなむ（5・八九一、同右歌）

（キ）　……千年の愁苦更に座の後に継ぐ（5・沈痾自哀文）

(C)のうち（エ）は一見、時間の経過そのものに留意した思索的な歌のようであるが、そうではあるまい。天平二年十二月六日筑前国司山上憶良謹上という左注のある「敢布私懐歌三首」の中のこの一首は、「天ざかる鄙に五

年」（前歌）の生活を「斯くのみや」（当歌）ととらえ、「奈良の都に召上げ給」う（次歌）ことを願って詠まれたものであるから、むしろ実質的願望の方に分類されるべきであるかもしれない。その意味でいまこの一首を別にすると、ここに挙げた五例は、いずれもその未来に悲哀を推量している点で共通している。

こうして、儀礼的世界を別とすれば、願望の場合からも推量の場合からも、憶良の未来には悲哀の感情や状況が付着していることが観察せられる。その原因はどこにあるのか、もちろん、老年と病とが重要な要因であろうけれども、やはりそれだけとは言い切れない、心性《メンタリティー》・個性の問題であろう。

以上、憶良の文学の発想を、過去・未来・現在との関連において検証してきた。それらにまたがるものとして、「言い継ぐ」という憶良の多用語が吟味されなければならないが、いまの私には、この問題をめぐる清水克彦氏の卓論（注18）に加えるべきものを持たないので、本節はここで閉じることにしたい。

第七節　高橋虫麻呂の時間

一

旅と伝説の歌人として知られる高橋虫麻呂の、文学的時間について考えようと思う。

管見によれば、はじめてこの問題を扱った研究者は、またしても森本治吉氏である。またしても、と言うと悪い響きを伴うようだが、私が言いたいことは逆である。これまで何人かの万葉歌人について時間の問題を調べて来たが、その都度森本氏の先駆的な仕事に逢着することがあり、今回また虫麻呂に関して、森本氏の、早い時期での論考にたどり着いて感嘆を深くしたわけであった。

すなわち、森本治吉著『高橋蟲麻呂』（一九四二年、青悟堂）は、表現の態度を論じた第四章に、虫麻呂の特徴として「移動性」を挙げて、次のように論じている。（カッコ内は粂川記入）

……彼の対自然歌は、立止って自然に視入った作ではない。（中略）それは常に流動し転位しつゝある芸術である。例へば、難波小旅行の六首は、歩きながら目に移《（ママ）》る自然を次々に述べ陳ねた歌である。六首の内に、地理的に移動してゆく虫麻呂の姿を発見出来る。又、目前の桜を、過去未来の時間の移行の内に投じて観察してゐる、虫麻呂の心理を看取できる。そこに見得るものは畢竟動けるもの丶美である。（原文改行）或は筑波関係の四首（歌番号略）の如く、目前の対境のみを述べるに安住出来ず、その対境と自分との過去の関係にさかのぼって時間的の移動を歌ひ込まうとする。（9・一七五三、一七五七番歌を例として、目前の対象以外のよそ事が加わっていることを述べ）此等のよそ事の混入は前述の多弁・不凝視と深い所で関係してゐる事柄で、一つの対境を対境丈として見つめる事が出来ずに時間的な観念を付加したもの、と見なし得る。（以下略。文中の圏点は原著者。）

引用文の前半に出てくる「桜」は、「春三月諸卿大夫等下難波時歌二首」という題詞を持つ第二歌（9・一七四九）にあるものであるが、左にその歌の全部を引いておこう。（反歌省略）

白雲の　龍田の山を　夕暮に　うち越え行けば　滝の上の　桜の花は　咲きたるは　散り過ぎにけり　含《ふふ》めるは　咲き継ぎぬべし　彼方此方《こちごち》の　花の盛りに　あらねども　君が御行《みゆき》は　今にしあるべし

つまり作者は、過去・現在・未来にわたる時間の流れを眺望する立場に立って、「今」を意義づけているわけである。「いわば儀礼的な事情による」「作者の感動など全然見られない単なる報告文に過ぎない歌」（金子武雄著『万葉高橋虫麻呂』昭和52年、公論社）であるにしても、この歌の発想の時間的構造には、注目すべきものがある。「散り過ぎ」「咲き継ぐ」という時間の流れが一連のものとして、抵抗なく自然に、つまりさしたる強調を伴わないで表現されている。言いかえれば虫麻呂は、特に身構えることなしに、過去や未来に身を置き換えることができている。

過去に身を置く、という点で言えば、「惜レ不登ニ筑波山一」の歌（8・一四九七）、

筑波嶺にわが行けりせば霍公鳥山彦響《とよ》め鳴かましやそれ

についても、同様のことが言える。ここにも過去への容易な参入（「わが行けりせば」）があり、過去の事実の現前化（「山彦響め」）が認められる。

未来についても例を挙げることができる。「四年壬申藤原宇合卿、遣二西海道節度使一之時」の虫麻呂作歌（6・九七一）がそれで、その一節、

……冬ごもり　春さり行かば　飛ぶ鳥の　早く来まさね　竜田道《ぢ》の　丘辺の道に　丹つつじの　薫《にほ》はむ時の
桜花　咲きなむ時に　山たづの　迎へ参出む　君が来まさば

には、未来の事実の現前化が顕著である。ついでに言えば、現実の自然の順序に従うならここは「桜花咲きなむ時の、丹つつじの薫はむ時に」となるはずのところである。虫麻呂は、そのような現実の季節の動きの詳細には無頓着であったか、あるいは文学的現実の方をより重視したかの、いずれかであろう。前途の無事を祈る儀礼歌として当然のことではあるが、虫麻呂はここに、花咲く春の、明るい景色を創造している。

それにしても、虫麻呂はどうしてこのように抵抗なく容易に過去や未来、とりわけ過去へと参入することができたのだろうか。

二

一般に伝説歌と言えば、過去への興味を主軸として物語るものと思われるが、虫麻呂の場合、過去に想いを馳せるという表現をはっきり用いて伝説を扱った作品は、浦島の歌（9・一七四〇）と、手児奈の歌（9・一八〇七）の二首があるのみである。以下しばらく「浦島の歌」を材料にして考察したい。

詠二水江浦嶋子一一首

春の日の　霞める時に　墨吉《すみのえ》の　岸に出でゐて　釣船の　とをらふ見れば　古の　事そ思ほゆる　水江の
浦島の子が　（中略）　海若《わたつみ》の　神の女《をとめ》に　たまさかに　い漕ぎ向ひ　相誂《あとら》ひ　こと成りしかば　かき結び
常世に至り　（中略）　老いもせず　死にもせずして　永き世に　ありけるものを　世の中の　愚人《おろかひと》の　吾妹
子に　告げて語らく　須臾《しましく》は　家に帰りて　父母に　事も告《かた》らひ　明日のごと　われは来なむと　（中略）
そこらくに　堅めし言を　墨吉に　還り来りて　（中略）　家ゆ出でて　三歳の間《ほと》に　垣も無く　家滅《う》せめや
と　この箱を　開きて見てば　もとの如　家はあらむと　玉篋《くしげ》　少し開くに　白雲の　箱より出でて　常
世辺に　棚引きぬれば　立ち走り　叫び袖振り　反側《こいまろ》び　足ずりしつつ　たちまちに　情《こころ》消失せぬ　若か
りし　膚も皺みぬ　黒かりし　髪も白けぬ　ゆなゆなは　気《いき》さへ絶えて　後つひに　命死にける　水江の
浦島の子が　家地《いへどころ》見ゆ

反歌

常世辺に住むべきものを剣刀《つるぎたち》己《な》が心から鈍《おそ》やこの君

伊藤博氏は、伝説歌の源流を考察して、「――を過ぎて――を見る」歌という伝統的な鎮魂歌の発想を挙げられた。それがやがて時代と共に鎮魂の性格を失い、人間的関心や背景への比重を増すことによって、相聞歌、叙景歌、伝説歌の三方向に分化して行った、というのが伊藤氏の論の骨子である（『萬葉集の歌人と作品』下、第七章第三節「伝説歌の形成」）。この虫麻呂の浦島歌などは、この考え方を実証するよい例であろう。「非業な最後を遂げた人々の因縁の場所に立って、その背後の亡き人々を思慕」（同書78ページ）し、「死人の本拠地である家郷を対比的に偲ぶ」（同77ページ）という、行路死人歌に代表されるような、故人への鎮魂の歌の構造を、これはそのまま保持しているようである。

しかし、それと同時に私たちは、この歌がその源流からいかに遠くへだたった内容のものに変化しているか、という点にも印象づけられる。その相違のいくつかを挙げてみよう。

1　作者がいるのは「春の日の霞める時」という、朦朧として浪漫的な時間であって、この設定は、故人への切実な感情を喚起しない。「釣船のとをらふ」も、のどかな風景である。

2　「古の事そ思ほゆる」の「古」は、伝説上の、遠い過去であって、故人の生涯の日々といった、共感し得る、近い過去ではない。

3　歌の主要部分は、おそらく、すでに流布している伝説そのままであって、作者自身による感情移入や追体験の姿勢が見られない。

4　作者は故人の行動に対して、理知的、批判的立場を貫いている。

すなわち、「古の事そ思ほゆる」と言っても、その過去は、強烈な精神集中や、悔恨や、苦痛をもって呼び戻さねばならないような、現在と断絶した、一回的な過去ではなく、すでに伝説として語り継がれて現存し、いつでも、また何度でも容易にたぐり寄せられるところの、いわば現在と共存している過去である。「古の事そ思ほゆる」という詩句自体は、強い懐古抒情を盛り得る器であるが、この歌ではそこに作者の力点が置かれているとは言えない。

虫麻呂が浦島伝説をどう処理しているかについて、さらにもう少し見ておこう。金子武雄氏が言われるように、この伝説には、①不老不死への願望、②異性に対する恋情、③父母・家郷に対する慕情、という三つの要素があるが、「この歌では不老不死への願望だけが強調され、これが他の二つを圧倒し、消滅せしめて」(金子氏上掲書)いるのである。虫麻呂の他の作品から推測すれば、虫麻呂としてはむしろ②に力点を置いて海宮の乙女の魅惑的な姿態を描いた方が本領を発揮できたであろうと思われるのであるが、虫麻呂がそうしなかったのは、浦島の行動への批判があるためであろう。ただし、その不老不死の問題も、この作品でさほど切実に扱われているわけではない。もともと、いわゆるリップ・ヴァン・ウィンクル型の、両界の時間差をテーマに持つ浦島伝説であるが、虫麻呂の主たる関心は、そのような時間の齟齬の問題の上にはなかったようである。虫麻呂にとっては、流布している伝説をどれだけ手際よく歌いあげるかということが、腕の見せどころとして大切だったのではなかろうか。

伝説をめぐる、過去と現在の関係は、「詠₂勝鹿真間娘子₁歌」（9・一八〇七―八）においても、ほぼ右と同様に認められる。

鶏が鳴く　吾妻の国に　古に　ありける事と　今までに　絶えず言ひ来る　勝鹿の　真間の手児奈が（中略）いくばくも　生けらじものを　何すとか　身をたな知りて　波の音の　騒く湊の　奥津城に　妹が臥せる　遠き代に　ありける事を　昨日しも　見けむが如も　思ほゆるかも

反歌

勝鹿の真間の井を見れば立ち平《なら》し水汲ましけむ手児奈し思ほゆ

語られている素材は、作者の体験に属する時代のことではなく、「古にありける事」「遠き代にありける事」であるが、しかしそれは「今までに絶えず言ひ来る」ことで「現在」の中に組み入れられて潜在しており、想像力と表現力さえあればいつでも「昨日しも見けむが如」く明瞭に再生され得る過去である。したがって、長歌末尾の「思ほゆるかも」にしても、反歌末尾の「思ほゆ」にしても、実質上の懐古性は希薄であって、かりに「周淮《すゑ》の珠名娘子《たまなをとめ》の歌」（9・一七三八）のようにこの部分を欠いて伝説相当部分が歌の全部を占めるとしても、歌として著しく変質することはない。

「菟原処女の歌」の第一反歌（9・一八一〇）、

葦屋の菟原処女の奥津城を往き来と見れば哭のみし泣かゆ

の末尾の句は、一見、時間の経過やそのもたらす浸食やに対する虫麻呂の感慨を表わしているかのようであるが、この句は長歌（一八〇九）の末尾「新喪の如も哭泣きつるかも」を受けたものであり、それは処女の悲劇そのものに対して流される涙であって、時間の経過に対する感動の涙ではない。

三

見て来たように、虫麻呂の「過去」は、彼自身が一回的な、厳粛な経験としてかいくぐって来た過去ではない。それを克服し、昇華させて今日に至り着いたという過去ではない。したがってそれは、とり返しのつかない、愛惜や痛恨の対象としての過去でもない。虫麻呂は、いわば自由に、そこへの出入りを許されている。とりわけ伝説歌の場合には、過去はすでに語り継がれて、複数の人たちの「現在」の中に潜在しており、虫麻呂はそれをあらためて語り直すことで、いくらでも現前化することが可能であった。

こうして、時間の問題を軸として虫麻呂作品を眺めるとき、私たちは、神話とこれとの奇妙な類似、そしてまた対立に気付くであろう。神話の場合、とくに神統譜や創世神話に顕著なことだが、人は宗教儀礼としての「語り」に加わることによって、自ら天地創造のわざに参画する。「過去」は「現在」によみがえる。そこにある時間は、永遠に回帰を繰り返す、円環の時間である。

同様のことが、しかし次元を低め、矮小化されて、虫麻呂の「語り」にも認められる。虫麻呂は過去を語り、人々はそれに参画し、過去は眼前に髣髴する。その意味で、そこには円環の時間の一端が姿をあらわしていると言ってよい。しかしこの時間は信仰によっては支持されておらず、代って浪漫的な内容への興味や視覚上の造形美などが、現前性の支えである。原初的な信仰を失った語り手も享受者も、時間の回帰のしくみの内側に入ることはできない。人は、直線に流れる歴史的時間の中に積み残されている。

虫麻呂の作品は、浪漫的性格の濃いものであるが、その抒情性は、厳密に言えば懐古的ではなく、共時的なものと言ってよい。

私の考える「虫麻呂の時間」は、およそ以上のようなものだが、これを虫麻呂という一人の個性に帰属させることは正しくあるまい。金井清一氏が論じたように（有精堂『萬葉集講座』第六巻所収「高橋虫麻呂」）虫麻呂の文学は、発表の場としてのサロンの存在をぬきにしては考えることができない。そこでの享受者の意識や嗜好に沿って作品が形成されたとするならば、この虫麻呂の時間意識は、サロンを構成した当時の貴族・官僚の時間意識と相矛盾するものではなかったであろう。「時間」はすでに動乱の時代の鋭角を失い、過去、現在、未来にわたって相互に浸透可能であるような、おだやかで人間くさいものに変わってきたのであった。

第八節　大伴家持の時間

第一項　家持抒情歌の時間

天平勝宝五年（七五三年）二月二十三日に、生年養老二年説を採れば三十六歳であった大伴家持は、「興に依りて」二首の歌を詠んだ。

①春の野に霞たなびきうら悲しこの夕かげに鶯鳴くも（19・四二九〇）

②わが屋戸のいささ群竹吹く風の音のかそけきこの夕かも（19・四二九一）

そして、一日置いた二十五日にはさらに、

③うらうらに照れる春日に雲雀あがり情悲しも独りしおもへば（19・四二九二）

の一首を加えた。これらの歌の評価には、留意すべき点があるけれども（本書368・369ページ）、しかしなお家持の抒情の極致を示す作品であると言ってよい。外界自然に耳目を傾注しながら、自己の世界に深く沈潜している。どの歌も、時の動きを停めたような、絵画的な境地であるが、しかしここにも「時間」は影を投げている。私たちはここに、次元を異にする二つの時間を認めることができるであろう。一つは外界の時間であり、もう一つは家持内部の時間である。

前者について言うならば、①の「霞」は、たなびきたゆたうものであるが、やがて宵闇に没して行く、ゆるやかな時の経過の一部である。②の「吹く風」も、同じく暮れなずむひと時の、断続して群竹を騒がせる風であって、時はここにも動いている。③はまさに「春日遅々」と左注にあるところの、緩慢な時の動きを背景とする。

これら外界の、低迷し駘蕩する時間に対して、むしろ動かぬと言っていい家持内面の時間が一方にある。心を領する「うら悲し」の時間、「悽惆」の時間、深部で持続する家持「独り」の時間である。

この二つの時間の間には、微妙な諧調が存在するが、またそこに一種の摩擦・軋轢のあることも無視できない。鑑賞家風に言えば、家持の「悲し」き心は痛々しく外界に曝されていて、緩慢な時のたゆたいにも耐えがたいようである。群竹のかそけき震えにさえ傷つくほどに、それは繊細かつ鋭敏になっている。

それにしても、かかる「悽惆の意」はどのようにして家持の内奥に貯えられることになったのか。彼が本来そうしたメランコリックな資質の持主であったということはおそらく前提としてよいであろうが、それに加えて私たちは、幾つかの家持作品を万葉集から拾い、さらに史実の断片を重ね合わせて、家持の憂愁の形成の跡をある程度まで推し測ることができる。

天平八年秋九月、家持十九歳の作品に、

④雨隠り情いぶせみ出で見れば春日の山は色づきにけり（8・一五六八）
⑤雨晴れて清く照りたるこの月夜またさらにして雲な棚引き（8・一五六九）

がある。連作四首の後半である。④の「いぶせし」は心が内にこもって晴れぬさま、原文は「欝悒」である。雨隠りの退屈や欲求不満という以上の深い意味をそこに想定する根拠はなく、文字通りに受けとるのが妥当であろう。ただしここにも「時間」の関与のあることは、やはり注目しておいていい。④に見られるのは、内なる時間と外なる時間との対置である。あえて「時間」と言うのは、それぞれに持続と展開があるからだ。停滞する内部の時間は、外部の時間の自然の展開によって救済される、そういう仕組みになっている。そして⑤は未来にかかわる。「雲な棚引き」と不安要素を取り込むところに特徴がある。ただしこれも一つの修辞として考え、深読みすることは避けておきたい。

青年期に特有の、あの浪漫的な憂愁を別とすれば、この時期の家持の心にさしたる欝屈があったとは考えにくい。父旅人の死からはすでに五年が経っている。もちろん、若くして大伴宗家を嗣ぐこととなった責任の重さはあったであろう。だがその重みが本当に家持の背にかかって行くのはもう少し後のことである。一方に坂上大嬢とのまだ青い恋があり、他方にはこの時すでに、やがて亡妾挽歌の対象となる女性との交渉が始まっていたかも知れないが、その経緯をつまびらかにする資料はない。

青年期の浪漫的憂愁について先に触れたが、家持の場合、それは単なる気分であるよりは、さらに観念の色彩を帯びるものであったと思われる。大宰府に集まる文化人たちを通して、幼い家持はおそらく無意識のうちに漢詩文の世界にも仏教の世界にも親しんでいたはずだ。自然美にせよ、恋にせよ、世間無常の思いにせよ、また、ほかならぬ憂愁にせよ、それらは体験によって実感される以前に、観念として、少年家持の情緒や美意識を捕えていた可能性が強い。

私はことさらに家持を、早熟な文学少年に仕立てあげようというのではない。後の世ならばありがちなあの倒錯、観念が現実から帰納されるのでなく、現実が観念を模倣するというあの倒錯に、早くも家持が陥ったのだなども言うつもりはさらにない。だが観念は現実を得て根付いて行く。

家持にとってその機会は早く来た。天平十一年、妻の死である。この時の家持の一連の挽歌は、万葉亡妻挽歌の系譜を受け継ぎ、直接には父大伴旅人のそれをほぼ踏襲する形であるが、それでも見易い一つの相違は家持歌に色濃い無常観である。その幾つかを抄出すれば、

うつせみの世は常なしと知るものを秋風寒み偲ひつるかも（3・四六五）

……跡もなき　世間《よのなか》にあれば　せむすべも無し（3・四六六）

世間は常かくのみとかつ知れど痛き情は忍びかねつも（3・四七二）

といった次第だ。無常はいよいよ現実のものとなって家持の身辺に及んできた。前々年、天然痘の流行がもたらした大量の死も、この感慨の下地をなしたことだろう。

ついでに言えば、この家持の亡妾挽歌には、死について、異る二つの観念が混在している。前引四六六番長歌の「……あしひきの山道を指して入日なす隠りにしかば」や、第二反歌（四六八）の「出でて行く道知らませばあらかじめ妹を留めむ関も置かましを」や、続く四七一番歌の「家離りいます吾妹を停めかね山隠しつれ情神《こころど》もなし」などに見られる古代的呪術的な死の観念が一つであり、もう一つはすでに引いた諸歌に見られる、仏教的な死の観念である。

続く年月、坂上大嬢への恋の苦悩がさらに現実のものになってくる。

ねもころに　物を思へば　言はむ術　為む術も無し　妹とわれ……白栲《たへ》の袖さし交《か》へて　さ寝し夜や　常にありける……現世《うつせみ》の　人なるわれや　何すとか　一日一夜も　離《さか》り居て　嘆き恋ふらむ　此思《ここ》へば　胸こそ痛き　其故《そこ》に　情和《な》ぐやと　高円の　山にも野にも　うち行きて　遊びあるけど　……いかにして　忘れむ

ものそ　恋といふものを（8・一六二九）

天平十三年、聖武天皇は、各地を彷徨の後、恭仁宮に到って朝政をとることとなった。内舎人家持はその恭仁から弟書持に歌を送る。

その題詞に、

橙橘初めて咲き、霍公鳥飜《かけ》り嚶《な》く。此の時候に対《むか》ひて、詎《なに》そ志を暢《の》べざらむ。因りて三首の短歌を作りて、鬱結の緒を散らさまくのみ。（17・三九一一・詞）

とある。前掲③歌の左注に酷似するが、歌三首に憂愁の嘆きの色が薄いことから推測すれば、この「鬱結の緒」は、中国詩論の文言を援用したという以上に深い意味を備えるものとは思われない。もちろん「鬱結の緒」なる観念自体への家持の執着は汲み取るべきであろうけれども。

思うに家持の心理の陰翳が格段に色濃くなるのは、天平十六年、安積皇子の死の前後からである。同年正月十一日「活道の岡に登り、一株の松の下に集ひて飲する歌二首」の一首は「一つ松幾代か経ぬる吹く風の声《おと》の清きは年深みかも」という市原王の作であり、もう一首が家持の、

たまきはる命は知らず松が枝を結ぶ情は長くとそ思ふ（6・一〇四三）

であるが、家持歌の上の句は、皇子に献上する正月の寿歌として異例のものと言わねばならない。長寿の祈りに「寿命は不定のものながら」と留保が付いているのであって、「神道の儀式に仏教の無常感が混り合っている」（山本健吉『大伴家持』一二九ページ）と評される通りである。そしてわずかに一か月の後、あたかも家持の予言が的中したかのように当年十七歳の安積皇子は急逝する。その死は、藤原氏の地位を確固たるものにしたのであり、大伴をふくむ反藤原の勢力にとっては痛烈な衝撃であった。大伴家の宗主として、家持はすでに否応なく、なま

ぐさい政治の渦中に引きこまれている。「十六年甲申春二月、安積皇子の薨りましし時、内舎人大伴宿祢家持の作る歌六首」のうち、後半の三首を以下に引く。

懸けまくも　あやにかしこし　わご王　皇子の命　（中略）御心を　見し明《め》らめし　活道山《いくぢ》　木立の繁に　咲く花も　移ろひにけり　世の中は　かくのみならし　（中略）天地と　いや遠長に　万代に　かくしもがもと　憑めりし　皇子の御門の　五月蠅《さばへ》なす　騒く舎人《とねり》は　白栲《しろたへ》に　服《ころも》取り着て　常なりし　咲《ゑま》ひ振舞　いや日異《ひけ》に　変らふ見れば　悲しきろかも（3・四七八）

反歌

愛《は》しきかも皇子の命のあり通ひ見しし活道の路は荒れにけり（3・四七九）

大伴の名に負ふ靭《ゆき》負ひて万代に憑みし心何処《いづく》か寄せむ（3・四八〇）

人麻呂以来の宮廷挽歌の格調をそのまま踏んだ長短歌だが、長歌に見える「咲く花も移ろひにけり　世の中はかくのみならし」という死生観や、第二反歌の大伴の自覚は、この時の家持の意識をよく示している。衰運の大伴家をどう盛り立てて行くか。過去の栄光をどう呼びもどすか。いかにも重い課題である。権謀術数渦巻く政争が前途にわが身を待ち受けているのを、家持はすでに見はるかしていたにちがいない。何もかも引き受けて行くしかない、引き受けるからには立派にやって行くしかない、と家持は心に決めたことだろう。詩を失い、現実にまみれて果てて行く自らの晩年をまでこのとき予見することはなかったとしても、である。大伴家の宗主としての、このような心理的重圧が、家持の憂愁の、一つの現実的要素であったと私は思う。そしてそれは、生涯、解消する見込みのないものだった。

話は後の時代に飛ぶが、家持には何度か政治上の危機があった。天平勝宝八歳（七五六年）の、大伴古慈斐の

〃朝廷誹謗〃事件の時もその一つであるが、より大きいのはその翌年の、橘奈良麻呂の変である。大伴古慈斐、古麻呂、池主など、一族の、家持と親しかった人たちが数多く連座して、殺されたり流されたりしたが、家持は事件に巻き込まれていない。どうしてそのようなことが可能であったのか。正論を貫いて孤を守ったのか、狡猾に振舞って難を避けたのか、それはいずれとも分らない。だがそこに生じた人間関係の軋轢がどれほどにも深刻なものであったかは想像がつく。怨恨、憎悪、悔恨、自責といった感情が入り乱れたにちがいない。家持は結局、そうしたことにも耐えたのである。

話を越中時代の家持にもどそう。天平十八年（七四六）から天平勝宝三年（七五一）まで、年齢にして二十九歳から三十四歳まで、五年にわたるその時代は、弟書持の死や自らの病臥など、もちろん苦難はあったけれども、概して平穏な日々であった。家持が最も苦しんだのは異境に暮らす無聊である。そのようすは、たとえば次の歌から読める。

大君の　遠の朝廷と　任《ま》き給ふ　官《つかさ》のまにま　み雪降る　越に下り来　あらたまの　年の五年　敷栲の　手
枕纏かず　紐解かず　丸寝をすれば　いぶせみと　情慰《こころなぐさ》に　石竹花を　屋戸に蒔き生し　夏の野の　さ百
合引き植ゑて　咲く花を　出で見るごとに　石竹花が　その花妻に　さ百合花　後《ゆり》も逢はむと　慰むる　心
し無くは　天離る　鄙に一日も　あるべくあれや（18・四一一三、庭中の花を詠《なが》めて作る歌一首）

さて、以上長々と述べて来たのは、家持の「いぶせし」「欝悒」「うら悲し」「悽惆」といった情緒の実質が何であり、またそれがどのように形成されて行ったかを見るための試みであった。私の理解を約言すれば次の通りである。すなわち、家持には、おそらく天与のものとして、あるメランコリックな情調があった。その培養基の上に、中国詩学の用語である「鬱結の情」といった観念が導入された。その観念は更に、身辺の人の死や、恋の苦悩や、政治の試練や、仏教的無常観やを契機として育ち、やがてそれ自体現実の情緒として家持の内部に定着することになったのである。その情緒がことばとして放出され、外界との間に、ある緊張を生みだすところに家持の詩があった。

遠回りをしたが、冒頭に掲げた三首の歌にもどりたい。私はそこに二種類の時間があることを述べた。一つは外界の、緩慢かつ幽かに流れる時間であり、もう一つは内面の、鬱積し滞留する時間である。ところが現実の家持には、この緩慢で幽かな外界のもう一つ外縁に、大伴家の伝統が担う壮大な時間や政治に絡む激動の時間があったことを、私たちは思わねばならない。家持が実際に生きたのは、そうしたしたたかな時間であったはずである。だからここで、霞たなびき、鶯が鳴き、群竹がかそけく騒ぎ、ひばりのあがる、のどかで幽かな時間というものは、家持がそういうしたたかな現実の時間を捨象して意識的に選択したところの、詩的な時間、詩的な現在であると考えてよい。そこまでを視野におさめて言うならば、この一連の抒情歌は、実は三種の時間を基盤として成り立っているのである。その輻輳した構造がこれらの抒情歌に独特の厚みを与えているのだと思う。

この三首は、家持がまだ十五歳（推定）であった天平四年の作

⑥うち霧《き》らし雪は降りつつしかすがに吾家の苑に鶯鳴くも（8・一四四一）

の発想に相通じるものがあるようだ。最も初期の作品であるこの歌にも、二つの時間が認められる。持続する冬の時間と、それに重なりつつ始動する春の時間である。本来重複することのない二つの時間の重なりを、逆接の接続詞「しかすがに」が明確にしている。そもそも「しかすがに」は、前後に矛盾するABを挙げるが、そのいずれかを全否定するのではなく、Aも認めBも認めつつ、どちらかと言えば重点をBに与えるという、ゆとりのある接続詞である。この⑥の歌には、天平二年の大宰府梅花宴における大伴百代の「梅の花散らくは何処しかす

がにこの城の山に雪は降りつつ」（5・八二三）のような先行歌もあり、また巻十の作者未詳歌中にもいくつかの類歌があるのであって、この「しかすがに」の発想は決して家持の独創ではない。だがこの発想の構造が家持の詩の世界によく適合するものであったことは事実である。家持は⑥の時から四半世紀の経過した天平宝字元年にも、

月数《よ》めばいまだ冬なりしかすがに霞たなびく春立ちぬとか（20・四四九二）

と同想の歌を詠んでいるが、「しかすがに」はおそらく家持にとって異和感のない、お気に入りの表現であったのであろう。

冒頭に引いた例歌③「うらうらに……」の一首にその接続詞はないが、私たちは「うらうらに照れる春日にひばりあがり、しかすがにこころ悲しも」のように補って読むことができる。そうすると、少くとも論理的には、③と⑥とは同じ構造になっている。両者の相違は何かと言えば、⑥では「しかすがに」の前後のＡＢが共に自然の時間であるのに対して、③では、上に詳述したように、Ａが外界自然の時間であり、Ｂが作者内奥の時間になっているという点である。同様のことは例歌①にももちろん言える。こうした自然の時間と人間の時間という異質の時間の対置法からも、これらの抒情歌の完成度の高さを証することができるであろう。

第二項 「時は経ぬ」考

妹之見師　屋前尓花咲　時者経去　吾泣涙　未干尓（3・四六九）

右は、天平一一年の家持の一連の亡妾悲傷歌のうち、「又家持作歌一首并短歌」と題する、その反歌三首の第三歌である。

第二句の「花咲」を終止形とみるか連体形とみるか連用形とみるかによって解釈が異る。古来この訓をめぐって諸説があったが、連用形であるべきこと、澤瀉『註釈』の説の通りであると思う。澤瀉説は、①宣長の「はなさきと訓べし、花咲クまでに時を経ぬる也、花さく時にはあらす、花さく時はへぬと訓ては、花の時過ぬる意になれば、長歌に、花ぞさきたる、とあるにかなはす、時はへぬは、死てより月日ノ経たるをいふ也」（『玉の小琴』）という説をそのまま認めて連体形を否定し、②終止形説に対しては、調子が小刻みになること、もし切るならば「ぬ」「けり」などの助動詞があるべきこと、しかもここで切るとまことに突然な感を与えること、を理由として反対し、③調子の破綻はなお救いがたいとしてもやはり連用形に読むのが妥当である、としたものである。

なお、屋前尓の「尓」に関して「ニの言穏ならず。爾は乃などの誤とするか又はこのままにてノとよむべし」

という井上『新考』の主張があるが、ここは文字の通りに「ニ」と読む以外にはないであろう。

以下私は、この歌を、

妹が見し屋前《には》に花咲き時は経ぬわが泣く涙いまだ干なくに

と読み、時間論の立場から分析を加えてみようと思う。

あらためて言うまでもなくこの歌は憶良の日本挽歌の一首、

妹が見し楝《あふち》の花は散りぬべしわが泣く涙いまだ干なくに（5・七九八）

の一部「楝の花は散りぬべし」を「屋前に花咲き時は経ぬ」に入れかえて成ったものと考えられる。この入替えによって歌はどう変化したか、あるいは、しなかったか。

まず、母胎になった憶良の歌の方から考えて行きたい。鴻巣『全釈』はこの憶良歌を解釈して「私ガ妻ノ死ンダノヲ悲シンデ泣ク涙ガ未ダ乾カナイウチニ、生前妻ガ見タコノ太宰府ニアル楝ノ花ハ、散ッテシマフダラウ。日ノ立ツノハ早イモノダガ、日ハ経ッテモ悲シサハ少シモ減ジナイ。」（傍線原著者）とし、「府舎の庭前の花、それは亡妻が病中に眺めたものである。今はそれが悲しい形見となったのであるが、それさへ何時しか散り失せむとしてゐると、悲傷徒らに綿々として盡きざることを嘆いたもので」云々の評を加えている。正しいと思うが、さらに敷衍して言えばここには、妻の死に続いて、妻が生前見た花さえもまた散って行く、妻につながるものがつぎつぎに消え去って行く、その寂莫感あるいは無常感が強く読みとられるのである。退場感覚というか脱落感覚というか下降感覚というか、いずれもことばは熟さないが、要するに憶良歌の前半の主題は「滅び」にあると言ってよかろう。そこに愛惜の情がともなうのはもちろんであるが。

視線を家持歌の方に移してみよう。ここでは、妹が見たものは花ではなく屋前ということになってしまったが、これはツギハギによって生じた変容として今は問題の外に置く。まず見定めておきたいのは「花咲き」と「時は経ぬ」との関連である。花が咲いて、それからまた時がたった、というのではないだろう。そう読んでは、歌のことばが不足になり、調子がいよいよ小刻みになり、長歌の内容ともそぐわなくなる。やはり宣長に従って「花咲くまでに時を経ぬる也」と考えるべきだと思う。花が咲いたのを見て、その時点までの時間の経過をあらためて認識したというわけである。連用中止法のところで文脈は停止し、作者はいったん元にもどって同じ文脈をなぞっていることになる。思いあわされるのは、次のような家持の歌である。関連部分だけを摘記しておこう。「山辺には花咲きををり　河瀬には年魚子《あゆこ》さ走り　いや日異《け》に栄ゆる時に」（3・四七五）、「鶉《うづら》鳴き古しと人は念へれど」（17・三九二〇）、「島廻《しまみ》には木末花咲き　許多《ここばく》も見の清《さや》けきか」（17・三九九一）、「霞たなびきしかすがに昨日も今日も雪は降りつつ」（18・四〇七九）、「霞たなびきうら悲し」（19・四二九〇）、「雲雀あがり情悲しも」（19・四二九二）、「川見れば見の清けく　物ごとに栄ゆる時と」（20・四三六〇）。以上いずれも傍線部の後に「そのようにして」「そういうわけで」「言いかえれば」のような語を補うことができ、「花咲き時は経ぬ」と類似の発想であることがわかる。これらの用例によって、右の理解は支持されるであろう。

次に考えたいのは、憶良歌の「滅び」の感覚がどう家持歌に受けつがれたかという点である。同じ鴻巣『全釈』は「一の句と四五の句は（憶良歌と）全く同じであるから二三句も亦同じ趣に見るべきで」あるとして「咲」を「咲く」と連体修飾格にとり「女ガ見夕庭ノ花ガ咲ク時ガ過ギテ花モ無クナッタ」と訳した。「同じ趣」とは、私の言う「滅び」の趣であろう。筋の通った解釈ではあるが、私たちは「咲」を連用中止法と考えるのであるからこの解釈を採用することはできない。

一般論として言えば、花が「散る」のと「咲く」のとではイメージがまさに逆である。「咲く」は登場であり繁栄であり上昇である。四六六番長歌の冒頭で家持が、「わが屋前に花そ咲きたる　そを見れど情も行かず」と逆接の助詞を用いているのは、もちろん家持においても一般論としては花咲くことが心慰められるものであったことを示している。しかし、家持にとってこの花は四六四番歌「秋さらば見つつ偲へと妹が植ゑし屋前の石竹花《なでしこ》咲きにけるかも」にある通り、かつて妹が「秋になったならば花を見て賞美なさい」といって植えた特別の花である。今その秋が来て花開いたなでしこを見ながら家持は妹を、なつかしく（せつなく）思い出している。傍線をもって示したように、ここには「偲ふ」の語義の二重性が生かされていると思われるが、故人の形見である花や木がいたずらに咲き繁茂するさまを挙げて故人への愛惜を強調する手法は、旅人の亡妻挽歌「妹として二人作りしわが山斎《しま》は木高く繁くなりにけるかも」「吾妹子が植ゑし梅の樹見るごとにこころ咽せつつ涙し流る」（3・四五二〜四五三）などにその直接の先蹤を見る。

　このような、「花」によって触発された「時は経ぬ」の感懐は当然「妹」の印象をもっていろどられている。「時はへぬは、死てより月日の経たるをいふ也」という宣長の解釈に異存はないが、あるひとの死を想うということは、とりもなおさずその人の生前を想うということでもあるわけだから、この「時は経ぬ」の内容には妹の死と、またその前後の時間とがともにふくまれていると言わなければならない。「死てより」という解釈は正しいにもかかわらず逆に、この時の経過の上限を死の時点に限定できないという自家撞着をふくんでいる。

　それはともかく、「時は経ぬ」の性格をさらに観察するためには、当然、先行の四六六番長歌を問題にしなければならない。

　わが屋前に　花そ咲きたる　そを見れど　情も行かず　愛《は》しきやし　妹がありせば　水鴨《みかも》なす　二人並びゐ
手折りても　見せましものを　うつせみの　借れる身なれば　露霜の　消ぬるがごとく　あしひきの　山道

を指して　入日なす　隠りにしかば　そこ思ふに　胸こそ痛め　言ひもかね　名づけも知らず　跡もなき
世間《よのなか》にあれば　せむすべも無し

要約すれば「花そ咲きたる、そを見れど、胸こそ痛め、せむすべもなし」という内容のこの長歌には、短歌の「時は経ぬ」に相当する表現は見当らない。けれども、四六九番短歌が、ならぶ三首の反歌の中でも特に長歌の冒頭句に回帰している点に注目しつつ、いま仮りに、大きな過不足なく長歌の内容に対応しているものと前提して考えてみれば、およそ次のようなことが言えるのではないか。すなわち、短歌の第一句第二句「妹が見し屋前に花咲き」は、長歌の「わが屋前に花そ咲きたる」に相当する。短歌の第三句はおいて、第四句第五句は、長歌の「露霜の消ぬるがごとく　あしひきの山道を指して　入日なす隠りにしかば　そこ思ふに胸こそ痛め」に相当する。したがって、対応不明な第三句「時は経ぬ」は、長歌の中から右の各部を消去した残余の部分と何らかの対応をなしている、という理屈になろう。そしてその残余の部分の内容は、(1)鬱情（情も行かず）、(2)未練（妹がありせば）、(3)無常感・無常観（借れる身、跡もなき世間）、(4)諦念（せむすべも無し）の四つにまとめることができる。消去法という単純計算の結果ではあるが、「時は経ぬ」の感懐はこれらの内容と無縁ではなかったと見当をつけてもそう謬つことはあるまいと思うのである。

そもそも「死てより」「花咲クまで」の家持のこの時間は、かねて彼が「今よりは秋風寒く吹きなむを」（3・四六二）と悲歎とともに予見したところの、色あせた時間であった。すでに家持が「時間」に失望していることは、また、続く「悲緒いまだ息まず、また作る歌」五首からも読みとられる。

かくのみにありけるものを妹もわれも千歳のごとく憑《たの》みたりける（3・四七〇）

は、永遠性への絶望であるとともに、今や孤独の家持が色あせた時間の中に生き続けていることの表現でもある。

「時は経ぬ」の時間は、この色あせた時間と同質である。

以上によって私は、家持歌の「屋前尓花咲時者経去」の内容が、「花咲」を「花咲き」と連用形に読んでもまた、決して明るい、向日性のものでなく、憶良の「楝の花は散りぬべし」とほぼ「同じ趣」の「滅び」の感覚に通じるものであることを立証したつもりである。

それならば家持歌は結局、憶良歌の単なる模倣に過ぎなかったのであろうか。私はやはりそこに家持独得の世界がかいまみられると思う。それはほかでもないが、「時は経ぬ」という、万葉集にほとんど類のない表現を彼が用いた点である。以下、このことの意義を考えてみたい。

万葉集中、「時」が述語動詞の主語となっている場合が二一例ある。（「時に成る」二例と「久しき時を過ぐ」一例とは、厳密には主語述語の関係にないが、ほぼそれと等価の表現とみてここにふくめた。また、家持の20・四四八三番歌「移りゆく時」は連体修飾格になっている当該動詞の実質主語が「時」であるから、これもここにふくめた。）この二一例を分類し列挙すれば以下の通りである（◎印の意味については323ページに述べる）。

過ぐ　八例

雲隠り雁鳴く時は秋山の黄葉片待つ時は過ぐれど（9・一七〇三、人麻呂歌集）

桜花時は過ぎねど見る人の恋の盛りと今し散るらむ（10・一八五五）

秋萩の下葉の黄葉花に継ぎ時過ぎ行かば後恋ひむかも（10・二二〇九）

橘を守部の里の門田早稲刈る時過ぎぬ来じとすらしも（10・二二五一）

◎信濃なる須賀の荒野にほととぎす鳴く声聞けば時過ぎにけり（14・三三五二、東歌）

遅速《をそはや》も君をし待たむ向つ嶺《を》の椎の小枝《さえだ》の時は過ぐとも（14・三四九三或本、東歌）

◎離磯《はなれそ》に立てるむろの木うたがたも久しき時を過ぎにけるかも（15・三六〇〇、遣新羅使人）
◎……秋さらば　帰りまさむと　たらちねの　母に申して　時も過ぎ　月も経ぬれば　今日か来む　明日かも来むと……（15・三六八八、遣新羅使人）

ある　四例
時はしも何時もあらむを情いたく去にし吾妹か若子《みどり》を置きて（3・四六七、家持）
出でて去なむ時しはあらむを故《ことさら》に妻恋しつつ立ちて去ぬべしや（4・五八五、坂上郎女）
……愛《は》しきよし吾弟《なおと》の命何しかも時しはあらむを……（17・三九五七、家持）
……垂乳根《たらちね》の御母《みおや》の命何しかも時しはあらむを……（19・四二一四、家持）

なる　三例
還るべく時は成りけり京師《みやこ》にて誰が手本をかわが枕かむ（3・四三九、旅人）
尋常《よのつね》に聞くは苦しき呼子鳥声なつかしき時にはなりぬ（8・一四四七、坂上郎女）
時守《ときもり》の打ち鳴す鼓数《よ》み見れば時にはなりぬ逢はなくも怪し（11・二六四一）

来向う　一例
日並皇子《ひなみしのみこ》の命の馬並めて御猟立たしし時は来向ふ（1・四九、人麻呂）

往く　一例
◎をとめ等が績麻《うみを》懸くとふ鹿背《かせ》の山時の往ければ京師《みやこ》となりぬ（6・一〇五六、福麻呂歌集）

経　一例
◎妹が見し屋前に花咲き時は経ぬわが泣く涙いまだ干なくに（3・四六九、家持）

経行く　一例

黄葉《もみちば》は今はうつろふ吾妹子が待たむといひし時の経ゆけば（15・三七一三、遣新羅使人）

移る　一例

天の原富士の柴山木の暗の時移《ゆつ》りなば逢はずかもあらむ（14・三三五五、東歌）

移り行く　一例

◎移り行く時見る毎に心いたく昔の人し思ほゆるかも（20・四四八三、家持）

これらを一覧して気付かれるのは次の諸点であろう。

(1) 人麻呂を例外とすれば、「時」が主語の位置にたつのは、おおむね万葉後期の作品である。

(2) 「時」を受ける述語動詞としては「過ぐ」が最も多く用いられている。「ある」は三例あるが個人的常套語の色あいが濃く、同じく三例ある「なる」は「時になる」が本来の形であろうから一応排除して考えると、残る動詞はいずれも一例にすぎない。したがって、最も多用されている「過ぐ」はまた、「時」を受ける最も普遍的・基本的な動詞であると認められる。

(3) 「時は経（ぬ）」という表現は、問題の家持歌だけに見られる。

(4) 「時」を、長さ（あるいは幅、ひろがり）としてとらえているもの（◎印を付けた）は六例で、他は「時」を時点としてとらえている。そして、この◎印のものは、およそすべて天平期の作品である。

問題を明確にするために、乱雑ではあるがここで一つの仮説を提出してみよう。「時」は本来「時点」を意味する語であった（ちなみに古事記では「時」の語は二六五箇所に見られるが、うち二六三例までは「時点」を示している。残る二例は「未経幾時《いくだもあらず》」で、明らかに長さであるが、「時《とき》」とは別語としてよかろう。）。したがって本来の「時」はつねに「○○之時」であって、続く用言と呼応する連用修飾句を形成することが多く、主語の位置に立つことはまれであったが、のちには主語として述語動詞を従える傾向を生じた。そしてその場合の述語動詞は「過ぐ」が基本であり、「時（は）過ぐ」は、ある時点が過ぎ去ること、ある時点が過去の方へ遠ざかることを意味した。卑近な例を用いれば、時点としてのこの「時」は、急行列車が通過する駅であって、語り手は列車の中で「浜松はもう過ぎた」のように認識するわけである。ところが天平の頃になって、「時」という語に時間の長さの意味を持たせる傾向が生じた。再び同様な例を用いれば、「時」はこんどは駅でなく、走る列車の方であって、語り手は（列車の中ででも外でもいいが）「発車してからどのくらい走ったろうか」とか「今の時速はどのくらいか」とか「思えば遠く来たもんだ」とか考えるわけである。「時」がこのような意味を負わされたことと、「時」を受ける述語動詞が多様化したこととは無縁ではないであろう。まさにこのような時期に家持の「時は経ぬ」が登場したのだった。

　説明が長くなったが、以上が私の仮説である。もちろん私は長さとしての時間の認識が天平以前には存在しなかった、などと言っているのではない。それは「年」「月」などの語で古くから表現されて来たところのものである。しかしその「年」や「月」が「時」という別のことばで表現され得るようになったとき、そこには単なる用語の取り替えでない、時間認識の質的な変化がともなわれていたのではなかったろうか。この点を、こんどは「時は経ぬ」の「経《ふ》」という動詞の側から検討してみよう。

　動詞「経」の用例は、「来経」四例、「経行」一例をあわせて集中に八九ある（一六六二番歌の「流経者」は「ながらへぬるは」の訓により除外した）。その主語を分類列挙すれば次の通りだ。「年」四四例、「月」二五例、「幾世」五例、「幾夜」二例、「時」二例。「百世」「三代」「命」「年月」「月日」「幾日」「今年」「今日」「一夜」各一例。他に「久に経る三諸の山の離宮地《とつみやところ》」（13・三二三一）および「屋《いへ》に経る稲置丁女《いなきをみな》が」（16・三七九一）の二例。これらを一覧して気付かれるのは以下の諸点だ。

(1)　動詞「経」は「年」または「月」を主語とすることがきわめて多い。「年月」「月日」をも合わせると全部で七一例、全体の八〇％である。

(2)　その他「百世」「幾世」など長い期間を意味する語が主語になる。

(3)　「今年」「今日」「幾日」は家持歌。「幾夜」二例中一例は家持歌（もう一例は巻一〇作者未詳歌）。「時」二例中一例は家持歌（もう一例は「経行」で遣新羅使人歌）。「一夜」は広縄の歌。問題の「時」は考察の外に置くとして、これらは比較的短い期間を意味する語であるが、こうした小刻みな時間が「経」の主語になるのは天平以降の傾向である（それは小刻みな時間をも長いものとして誇張的に表現しようとする心情に応じているだろう）。

すなわち「経」は本来、長い時間の経過を受けとめることばで、年が経、また月が経るというのは、その循環の長いひとめぐりを単位とする時間が経過することを指したものと思われる。家持が「経」の本来の主語「年・月」を捨てて「時」をその主語に導入したことの意味は、ひとつには時間を、循環する自然の時間の系列から、直線に流れる観念の時間の系列へと移行させたことにあり、もうひとつには、「時」という語の内容に長い距離感を与えたことにあるであろう。

ただしこの意義づけには、ただちに、少くとも二つの補足説明を加える必要があると思う。第一に、循環する時間から直線に流れる時間へという主題は、すでに人麻呂のものであった。「去年見てし秋の月夜は照らせれど相見し妹はいや年さかる」（2・二一一）の一首がそのことをよく示している。ここでは私はこの主題が万葉第三期を越え第四期に至って「時」ということばに定着して行くその帰結を、表現の問題として指摘しようとするのである。第二に、家持が「経」の主語として「時」を「導入した」と言ったが、家持個人がどこまで正確にこのことの意味を意識していたかは明らかでない。「妹に逢はずて月そ経にける」（8・一四六四）、「家離り年の経ぬればば」（19・四一八九）などの「月」や「年」と上記の「時」とが家持の意識において特に区別されていたかどうかは疑問である。したがって家持の「時は経ぬ」の表現は、時代の趨勢がこのような表現を家持にとらせたのだと考える方が適当であろう。しかしそれにもかかわらず結果的に見ると家持が亡妻挽歌の系譜の上に、かってないものを加えた事実は否定できない。人麻呂、憶良、旅人と、変貌しつつ続いて来た亡妻挽歌は家持に至ってまた小さな、しかし重要な屈折を生じたのだ。

以上で補足説明は止め、本論に戻って言うことだが、万葉亡妻挽歌の最後に位置する家持歌は、「時は経ぬ」という観念的抒情表現を導入することによって実質的にもこの系譜に終焉をもたらしている、としては誇張に過ぎようか。ふたたび憶良の歌との比較によってこの点を考えてみたい。

「楝の花は散りぬべし」も時間の経過を語っている。家持歌でそれに相当するのは「花咲き」である。憶良歌と同じ程度の時間意識はそこまでで表出が終っている。とすれば「時は経ぬ」は重複である。ただし、単なる重複でなく次元を高めての重複、いうならば水彩の具象画の上に同色の油絵具を塗って抽象画に仕立てた趣である。すなわち、(イ)「(妻の植えたなでしこの)花が咲いたことだ」という感懐を下地として、その上に、(ロ)「まことに時がたったことであるよ」という感懐を塗り重ねている。(イ)の感懐はすなおに亡妻に向かっているが、(ロ)の感懐はむしろ「時」の方に向かっている。一首の中で「時は経ぬ」の部分の抒情がいちじるしく色濃くなっていることは明らかだが、それは二度塗り重ねた色の、とりわけ二度目の絵具が濃いためであろう。(イ)の感懐は(ロ)のそれにおおわれてむしろ印象を弱めている。かすかながらここには亡妻悲傷としての「当事性」の回避があり、現実を超越して自己を「観照者」の位置に置こうとする志向が感じられるのである。『古義』がこの歌を釈して「吾カ悲嘆の涙は、なほ新喪の時に同じく、未夕乾もせぬことなるに、早妹が見し其ノ屋前に、花の咲時節の、移り来ぬるよとなり」としているのは、よくこの間の機微をとらえたものと言えよう。一首の重点は「わが泣く涙いまだ干なくに」にあるよりはやはり「時は経ぬ」の方にあるものと見なければならないからである。いわゆる「句切あるナクニ語法」をふくむ歌では多かれ少なかれ主題（主情）の二極化が見られるのは当然であるが、対置される二つの感動が適当なバランスを保ち、かつ相交錯することによってさらに高次の感動を相乗的に表出するところにこの語法の、文芸のことばとしての機能が認められるわけであろう。憶良の歌ではこの機能は正常に作動していると思われる。しかし家持歌では、二極の関係は弱まり、「屋前に花咲き時は経ぬ」の感懐が独立して別方向に歩きはじめるのが感じられる。後の宴席歌などに見られる家持の、時節の到来や時間の経過などに対する強い関心や執着がすでにここに姿をあらわしていると言えるし、それはやはり亡妻悲傷というワクからは逸脱して行く方向なのであった。(注1)

第三項「移り行く時見るごとに」考

一　はじめに

勝宝九歳六月廿三日於二大監物三形王之宅一宴歌一首

宇都里由久《うつりゆく》　時見其登尓《ときみるごとに》　許己呂伊多久《こころいたく》　牟可之能比等之《むかしのひとし》　於毛保由流加母《おもほゆるかも》（20・四四八三）

右兵部大輔大伴宿祢家持作

佐久波奈波《さくはなは》　宇都呂布等伎安里《うつろふときあり》　安之比奇乃《あしひきの》　夜麻須我乃祢之《やますがのねし》　奈我久波安利家里《ながくはありけり》（20・四四八四）

右一首大伴宿祢家持悲二怜物色変化一作之也

時花《ときのはな》　伊夜米豆良之母《いやめづらしも》　加久之許曽《かくしこそ》　売之安伎良米晩《めしあきらめめ》　阿伎多都其等尓《あきたつごとに》（20・四四八五）

右大伴宿祢家持作之

右の第一首（四四八三）は、橘奈良麻呂の変と関連があると思われる。注釈書類の多くはその立場でこの歌を説いてきたし、作歌の時期や「移り行く時」という表現やを考えれば、事件との関連は当然視野に入れるべきことである。とはいえ、その事件がどのように、また、どれほどこの歌にかかわっているかという事になると、にわかには断じがたいものがありはしないか。

ここにあらためて右の歌の解釈を試み、これらの疑問について考えてみようと思う。

一首の解釈上の問題は、大別して、

（一）「移り行く時」とは何か。

（二）「時」を「見る」とは何か。

（三）「昔の人」とはだれか。

の三点にしぼられるであろう。以下、順を追って考察するが、各節においていちいち諸説を引くことの煩を避けるため、はじめに一括して、先学の説くところを掲示する。引用中〈 〉で示した部分は粂川による要約や補足であり、各文末に〔 〕で示したものはその論者が「昔の人」をだれと考えたかを、粂川の理解で摘記したものである。

拾穂抄　時うつり事さりて栄達の人も世にをとろふさまを見るごとに古人を思ひ出ると也〈中略〉たとひ家持卿は其事にあづからず共朋友一族此さはぎにあへる折にいかで其心いたましからざらんさしも忠節の先祖の名も口惜しく侍けん遠くは大伴の武持の大連近くは父君旅人卿などの事思ひ出給ふべし〈以下略〉〔大伴武持〜旅人〕

代匠記〈初稿本〉これは三形王の父のおほきみ、たれとはしられねと、家持の得意にてかくはよまれたるなるへし〔三形王の父〕〈精撰本〉昔ノ人ハ指トコロ有ヘシ〔指ストコロアルベシ〕

考〈拾穂抄を引く〉

古義　歌意《ノ》は、移り変りゆく時節《トキ》のけしきを見る度毎に、過去《スギニ》し昔の人の思ひ出られて、さても心痛ましや、となり〈以下、代匠記初稿本を引く〉

新考　第二句を従来トキミルゴトニとよみたれど時ならば時ニアフなどいふべく見ならば物ミルなど云ふべし。又ミルならば此巻の書式によれば見流と書くべし。おそらくはもと時相とありしを後人のトキアフにては辞を成さずと思ひてさかしらに相を見に改めしならむ。げに後世の語法ならばトキアフとは云ふべからざれど本集には後世ならば省くべからざるニを省ける例多ければトキニアフをトキアフと云へりとすべし○ムカシノ人は三形王の父王をいへるならむ〔三形王の父〕

口訳〈折口信夫〉うつりかはって行く年月を思ひ見る度に、術ない迄に、昔なじみの人々が思ひ出されることだ。〔昔なじみの人々〕

万葉集抄〈折口信夫〉近代人の自分が時代の推移を、目に近く悲しみ驚く毎に、変化のない豊かな時代に生きた昔の人の生活が、羨まれるのである。〔変化のない豊かな時代に生きた昔の人〕

近代憂愁と古歌(注1)〈折口信夫〉世の中がだん〲推移してゆく。安心してゐてよかった時代から、安心のならない時代に。それを自覚させられる度毎に家持の心は疼く。そして人間としてのひろい祖先の、わだかまりなく栄えた時代が、しみ〲としのばれる、といふのである。〔人間としてのひろい祖先〕

日本古代抒情詩集〈折口信夫〉段々移動し、変化してゆく時の様子を見て、思ひ当るその都度、心が痛くなる程、さう言ふ事に無関心で生きてをった古代人が思はれて、なつかしい事よ。〔〈おおらかな〉古代人〕

新解　大伴氏の人々、多くこれに参与してゐるので、家持もほぼその空気を察し、仲麻呂の横暴を慨いてゐるものと思はれる。うつりゆく時といふこと、ほぼこれを指してゐるのであらう。昔の人は誰であるかわからぬが、或は橘諸兄をさしてゐるのであらうか。〔橘諸兄か〕

全釈〈訳〉移リ変ツテ行ク時節ヲ見ル毎ニ、私ハ昔ノ死ンダ人ガ、悲シク想ヒ出サレルヨ。〈語釈〉○宇都里由久時見其登爾――変遷して行く時節を見る度毎に。四季の光景が変って行くのを見ると。三形王の邸中の景色について言ったのであらう。新考に「〈中略〉トキニアフをトキアフと云へりとすべし」とあるが臆断である。○牟可之能比等之――昔の人とは、三形王の父などを指すのであらう。〈評〉懐旧の作。感傷的な家持の特色が見えてゐる。〈以下、新解の説を引き批評〉〔昔ノ死ンダ人＝三形王の父など〕

評釈〈窪田〉〈語釈〉○移り行く時見る毎に。移り行く季節を見る毎に。季節の移り目には、人を思はせられるものだとの意で云ってゐるもの。「時」は、季節であるが、広く時世の意にも用ゐ、同意義の語ともしてゐる。ここは季節の意で云って、時世を意味させてゐるものと取れる。○昔の人し思ほゆるかも。故人となった人が思はれることですねえ、の意。「昔の人」は、誰を指してゐるかはわからない。宴歌として王に対して云ってゐるのであるから、王の近親の人とすれば自然であるが、「心いたく」と云って、家持自身も甚だ苦しく感じてゐることとして云ってゐるので、系統不明な王の近親といふやうな私人的な人ではなく、公人を意味させてゐるものと思はれる。即ちかういふ云ひ方で、王も直ちにそれと解する人である。それだとこの年の正月薨じた橘諸兄であらう。諸兄は〈中略〉王も家持もひとしく心頼りにしてゐた人だからである。〈釈〉移り行く季節の変り目に逢ふ毎に、心が痛く、昔の人が思はれることですねえ。〈評〉〈奈良麻呂の変を説明して〉この宴はその直前のことで、王も家持も廷臣間のさうした空気は察し得てゐたであらう。此の時世の推移を目にしつつ、橘諸兄を思ふといふことは当然のことで、家持は王に対して、相共に、手の着け難い歎きを云ったものと解される。〔橘諸兄〕

全註釈〈訳〉移り行く時世を見るたびに、心痛く昔の人が思われるなあ。〈釈〉ウツリユクトキは、表面的には、季節年代の移り行くをいうが、三句以下の歌意によるに、ここは時勢の変化をいうものと解せられる。〈評語〉

〈奈良麻呂の変を説明して〉昔の人というのは、今年正月に死んだ橘の諸兄あたりをさしているものと思われる。そういう当時の事情を知って、この歌を読むと、慨世の気分の潜んでいることを感ずることができる。〔橘諸兄あたり〕

私注〈大意〉移って行く時のあり様を見る毎に、心が感動して、昔の人が思はれることとかな。〈作者及作意〉〈前略〉此年正月には前年致仕した諸兄は薨じ、七月には奈良麿の乱が起るといふあわただしい時代であるから、去就に迷ふ様に見える立場の家持にも、往時をなつかしむ心が痛切で、此の一首も成ったものであらう〈以下略〉。

古典大系〈大意〉移り行く時勢を見るごとに、胸は痛み、古人がつくづくと偲ばれることである。

注釈〈口訳〉移りゆく時世を見る毎に、心痛く昔の人が思はれることよ。〈訓釈〉「時」は時節とか季節とかいふ意味に用ゐるのが普通であるが、ここでは次に述べるやうに〈次の「考」の項で拾穂抄、新解等を引き時勢を説明〉時世とか時勢とかいふ意をこめて用ゐたものと思はれる。

古典文学全集〈頭注〉移り行く時見るごとに——家持はその圏外にあったが、時々刻々に危機感はつのり、この語を発した。○昔の人——誰をさすか不明。仲麻呂の父武智麻呂らが神亀から天平初年にかけて、自家の繁栄のために長屋王らの実力者を死に追いやった際、家持の父旅人が痛憤したであろうことをいうか。あるいはこの春没した諸兄らの保守派にみられたような寛濶温厚な生き方を懐旧したものか。〔旅人または諸兄ら〕

二　「移り行く時」について

「移り行く」は「時」の修飾語であるが、その修飾被修飾の関係には一種の特殊性があるので、まずその点を論述したい。

一般に、修飾のあり方は次の三種に分類することができるであろう（もちろん、他の分類法もあり得るが、今、便宜上この分類を用いるのである）。

（A）形容詞（およびその同類）による修飾。たとえば「めづらしき花」「紅の花」「みやびたる花」など。

（B）被修飾語以外の語を主語とする文、による修飾。たとえば「妹が見し花」「わがかざす花」など。ただし修飾文中の主語や客語が略されることは多い。

（C）被修飾語を主語とする述語が倒置されて行なわれる修飾。たとえば「咲く花」「飛ぶ鳥」など。それぞれ「花（ガ）咲く」「鳥（ガ）飛ぶ」という主述関係が基本になっている。

さて、万葉集中の「時」の語の用例は全部で二三〇ある（本書157ページ参照）。そのうち、修飾語を持たない独立的な「時」が四七例、修飾語に先導される「時」が一八三例である。その、修飾語を伴う一八三例を、右の分類基準で別けてみると、（A）一〇例、（B）一七二例、（C）一例となり、大部分が（B）に属するものであることがわかる。また、（A）の内容は、「久しき」五例、「時じき」一例、「いづれの」二例、「いかならむ」二例であり、「久しき」の語にかなりの集中が見られる。（C）は、当該の四四八三番歌「移り行く時」である。このように（B）の型が圧倒的に多いということは、おそらく「時」という語に固有の現象であろう。それは、「時」が本来、「PがQする時」のように、第三者（二人称であってもよいが）の具体的な行為や様態の時間的な場、すなわち時点や時間帯（大きく見た時点）をさし示す語であって、「PがQする」という修飾なしには実体を持ち得ない性格のものだからに違いない。

本来こういう性格であった「時」が、（A）ないし（C）のような修飾語をとるようになるためには、「時」そのものが実体として独立し、具象的に認識されるところまで成長しなければならない。裏返して言えば、それは抽象的思考の成熟ということでもある。

この成長の過程について、私は今一応、次のような二段階を推定している。その第一は、「PがQする」のPQが特定の内容に固定して行き、わざわざPQを言わないでも「時」と言うだけで意味が明らかになる段階である。たとえば「み吉野の耳我の嶺に時なくそ雪は降りける」の「時」は「一般に雪が降るべきとされる固有の時」という意味であり、「天の河水陰草の秋風になびくを見れば時は来にけり」の「時」は、「彦星が織女星を妻問う時」という意味である。この種の例は数多く挙げることができるが、そこにほぼ共通するのは、「時」が、「何かが最も熟する時期」「何かに最も適する時期」「約束の時期」のような意味に固定されているということである。この「時」は、なお、具体的な行為や様態の時間的な場、すなわち時点や時間帯をさし示すものではあるが、「PがQする」という修飾語を、いわば物理的に省略することによって、一歩、「時」としての抽象化・実体化を進めたものと言えるであろう。

第二の段階は、「時」が単なる時点や時間帯であることをやめ、それ自体の距離と方向と運動とを備えるようになるときであり、方法として言えば「時」が修飾語なしに主語の位置に立つ傾向（これは第一段階ですでに見られるところだが）を一層強めて、「時は今は春になりぬとみ雪降る遠き山辺に霞棚引く」（8・一四三九、中臣武良自）や「時はしも何時もあらむを情いたく去にし吾妹か若子を置きて」（3・四六七、家持）のように——この例ではなお「時点」としての性格を引きずっているが——一首の冒頭に位置するに至るような時期である。

「PがQする」という修飾を捨てて「時」そのものが実体化したとき——理解のために英文法式に言えば、「時」が関係副詞から名詞へと転じたとき——そこにはじめて（A）型や（C）型のような、別種の修飾語が導入される余地が生じたはずである。それが「久しき」であり「移り行く」であったと、一応は言うことができるであろう。ただしそのような「時」の成熟の時期が実際にいつごろであったかを考えると、この推論にはある矛盾が生じてくる。私の言う第二段階の成立は、家持の「時は経ぬ」(3・四六九)の表現などに徴して、万葉第四期と察せられるが(本書323ページ以下参照)、「久しき時」という表現は人麻呂作歌および歌集歌に集中して見られるからである。この矛盾の解き方は、

1　私の言う二段階が、実は通時的な現象でなく共時的なそれであると考える(したがって「段階」の語は適当でない)。

2　「久しき」は、「PがQする時」段階の、時点指示語としての「時」を修飾していると考える。すなわち「久し」は抽象化された時の長さを言うのではなく、ある時点の、現在からの遠さを言っているのだと考える。

の二つのうちのいずれかに帰着するであろう。

これは私にとって重要な課題であるが、今ただちに解決することができないし、本題からやや逸脱もしたので、後考を期することにして話をもとにもどしたい。

上述のように、「移り行く時」は、「時移り行く」という主述関係の倒置であるから、ここでの「時」そのものは、本来独立して意味を持つ語である。以下、この種の「時」を、「裸の時」(注2)と仮称することにするが、ではこの当該歌の裸の「時」は、どのような意味を負わされているであろうか。

万葉集中の裸の「時」の全例四七例から「時なし」などの慣用句を除いて、残る三八例を検討するとき、うち三三例までは、上にも述べた「何かが最も熟する時期」「何かに最も適する時期」「約束の時期」などの意味(以下、これを「時宜」と仮称する)で用いられていることがわかる。残る五例は、

㋐信濃なる須賀の荒野にほととぎす鳴く声聞けば時過ぎにけり（14・三三五二　東歌）
㋑見奉りていまだ時だに更《かは》らねば年月のごと思ほゆる君（4・五七九　余明軍）
㋒妹が見し屋前《には》に花咲き時は経ぬわが泣く涙いまだ干なくに（3・四六九　家持）
㋓移り行く時見るごとに心いたく昔の人し思ほゆるかも（当該歌）
㋔をとめ等が績麻《うみを》懸くとふ鹿背《かせ》の山時の往ければ京師《みやこ》となりぬ（6・一〇五六　福麻呂歌集）

である。

当該の㋓を除外して考えるとして、右の四例の「時」には、いずれも「経過するものとしての時間」の観念、ないしその観念に近似するものが認められる。（㋐は周知の通りその発想をめぐって論議のわかれる歌であるが、私はそこに「経過する時間」への詠嘆を認める立場をとりたい。）東歌の成立時期は不明だが㋑㋒㋔いずれも天平年間の作品と考えられる。そして特に、家持の「時は経ぬ」の「時」には、抽象化された時間の認識が濃厚であること、すでに前項「『時は経ぬ』考」で論じたとおりである。当該歌㋓が、この㋒より後の作品であることを根拠とすれば、当該歌の「時」もまた、「過ぎ行くもの」として抽象化・実体化された観念的時間である可能性は強いと言えるのである。

この点をさらに見きわめるために、ここであらためて、裸の「時」をもつ家持の歌を制作年代の順に列挙しよう。

①時はしも何時もあらむを情いたく去にし吾妹か若子《みどりご》を置きて（3・四六七）
②妹が見し屋前に花咲き時は経ぬわが泣く涙いまだ干なくに（3・四六九）
③……愛しきよし　吾弟《なおと》の命《みこと》　何しかも　時しはあらむを……（17・三九五七）

④時ごとに　いや珍らしく　八千種に　草木花咲き……（19・四一六六）
⑤時ごとにいや珍らしく咲く花を折りも折らずも見らくし好しも（19・四一六七）
⑥……咲く花も　時に移ろふ　うつせみも　常無くありけり……（19・四二一四）
⑦……御母《みおや》の命　何しかも　時しはあらむを　真澄鏡《まそ》　見れども飽かず……（19・四二一四）
⑧八千種に草木を植ゑて時ごとに咲かむ花をし見つつ賞《しの》はな（20・四三一四）
⑨移り行く時見るごとに心いたく昔の人し思ほゆるかも（20・四四八三）
⑩時の花いやめづらしもかくしこそ見し明《あきら》めめ秋立つごとに（20・四四八五）

当該歌⑨を除外して考えるとき、これらの「時」は、（Ⅰ）ひとの死期の早きを嘆くもの①③⑦と、（Ⅱ）花に関係するもの②④⑤⑥⑧⑩との二類にわけられる。

（Ⅰ）類は人麻呂の「いかさまに思ほしめせか」と同様の挽歌的固定表現であり、その語義は、最適の時期、当然の時期、すなわち上記「時宜」に準じるものと考えてよかろう。

（Ⅱ）類の④⑤⑧は、表現・内容ともそれぞれに共通するものがあるが、長歌・反歌として同時に作られた④⑤についてしばらく考察をすすめたい。この、四一六六、六七番歌は、題詞に「霍公鳥と時の花とを詠む歌」とあり、左注に「右は、二十日、時に及《いた》らずといへども、興に依りかねて作れり」とあって、その「時」が何を内容としているかは吟味を要するにしても、ともかく一貫して「時」への関心をあらわしている点で注目に値する。長歌および反歌それぞれの冒頭の「時ごとに」は、長歌の「いや珍らしく　八千種に　草木花咲き」云々に照らすならば、『注釈』に「この『時』は四季の時節で、その季節の移る毎に、の意」と説明されているのが妥当な解釈と了解されよう。

ではその「時ごと」の「時」は何によって区切られるのか、あるいは、何によって弁別され、認識されるものであるのか。再び歌によればそれは「八千種に　草木花咲き　鳴く鳥の　声も変らふ　耳に聞き　眼に見るごとに」意識せられるものであったわけである。すなわち時節は、あたかも花時計によるがごとくに、それぞれの時節に対応する花によって、また、対応する鳥の声によって、視覚的・聴覚的に確認されたのであった。

形式的に言えば、「時ごと」の一つ一つの「時」それ自体は、時節時節の静止せる一単位、一場面、時間的一局部であるわけだが、しかし実際に即して言えば、「時ごと」ということばがすでに「変化」への認識を前提としていること、したがってその一単位としての「時」自体も、先立つものに代って（つぎつぎに）立ち現れるという、おのずからの動きにおいて把握されていること、もちろんである。すなわちこの「時」はそれぞれの「花の咲く時」という関係副詞的性格を残しながらも、動いてやまぬ「時」という抽象名詞的性格に移行しつつあるのであり、その意味では、当該歌に並ぶ四四八四番歌（「咲く花は移ろふ時あり」）左注の「物色の変化」に近似の発想を備えるものと言えるのである。ただし四四八四番歌が「移ろふ時あり」と歌って、花の変化をもっぱらその凋落の相において把握するのと、この四一六六・六七番歌がもっぱら「いや珍らしく咲く花」として時節時節の賑わいを語るのとでは、そこに大きな径庭があることに注意しておかなければならないであろう。

さて、四一六六番歌題詞の「時の花」は何を意味しているのか。この長歌は、前半部で「時ごと」すなわち四季の変化の諸相について観念的に述べ、「木の晩の　四月し立てば」以下の後半部では、霍公鳥と菖蒲と花橘について具体的に述べているが、主想はその後半部にあると言ってよいと思われる。題詞において霍公鳥と並置されている「時の花」は、したがって直接には具体的に菖蒲・花橘を指すのであり、「時ごとの花」としての観念的な意味あいを直接負わされているわけではないであろう。ただし菖蒲・花橘が「時の花」と表現されること自体は、すでに菖蒲・花橘が季節感的時間の相において把握されていることの証左ではある。左注によればこの歌は依興予作歌であり、家持の依興歌が小野寛氏の言うごとく（注3）「対象の現実に心ひかれて歌うのではなく、歌を作ることに興がわいたという」事情を負うところの「空想」「非現実」の世界の創作であるとするならば、この題詞の「時の花」の、観念的性格はなお若干強調されてさしつかえないかも知れないのである。

左注の「時に及らずといへども」の「時」の意味は、『注釈』に「三月廿日だからまだ霍公鳥の鳴く時にはならないけれども、と云ったのである」と注されているとおりである。それはさらに、四一七一番歌の題詞「二十四日は立夏の四月の節に応《あた》れり。これに因りて二十三日の暮《ゆふべ》に、忽に霍公鳥の暁に鳴かむ声を思ひて」云々によって確かめられよう。それは「夏になればホトトギスが鳴くという季題的な考え」（古典大系頭注）をもって、立夏の日を「時」と表現しているのである。時点指示語でありながら、季題的観念性を濃くしているところに注目される。

以上④⑤の例について吟味してきた。⑧もまたこれらと同様の発想のものであることは一読してあきらかであろう。また⑩の例も、「秋立つごとに」の末句をたよりに、右の立夏の発想に重ねれば、その「時の花」の意味はすでにほぼ明らかである。（II）類の諸例でなお吟味を要するのは②と⑥である。ただし②の「時」の抽象的性格およびそこに付与されている抒情性については前項で詳細に論じたので今かさねては述べない。残る問題は⑥である。

⑥（四二一四番長歌）の「咲く花も時に移ろふ」は、続く「うつせみも常なくありけり」と類比の対句として対応している。したがってここに言う「時」は「常なし」に内在する時間意識と同質である。ここでは「時」は、「花」に「移ろひ」をもたらす原因（と言うのが正確でないとすれば少くともその背景）として認識されており、上述

④⑤例の「時ごと」の一種向日的性格に対して、無常観（反歌「世の中の常無きことは知るらむを情尽すな大夫にして」に徴しても、ここは無常感を超えたものと考えるべきだろう）的性格のものに転じているのである。この点はさらに動詞「移ろふ」の考察によって補われなければならないが（本書342ページ以下参照）、それはまた当該歌の「移り行く」ともかかわってくる問題である。家持歌の裸の「時」に関する吟味はひとまずここで打ち切り、さっそく「移り行く」に視線を注ぐことにしよう。

「移り行く時」が「時移り行く」という主述関係に由来する修飾被修飾関係であること、および（さきにCとして分類した）この種の修飾が、万葉集中の「時」の語に冠される修飾語全一八三例中、この家持の用例ただ一つであること、の二点にあらためて注目したい。

はじめに、「時（ガ）移り行く」という認識について考える。集中、主語「時」の述語となっている動詞を左に列挙する（本書179ページ以下および321ページ以下参照。文字の相違は無視し、意味によって一括した）。

　あり（17例、「時にあらず」5例をふくむ）、成る（8例、「時になる」5例をふくむ）、過ぐ（7例、「時を過ぐ」1例をふくむ）、来（3例）、来向ふ、往く、経、経ゆく、移《うつ》る、移《うつ》り行く（以上各1例）

すなわち「時」の述語としての複合動詞「移り行く」は孤例である。この「移り行く」に、家持はどのような感慨をこめたであろうか。類語「移る」「ゆつる」「ゆく」「うつろふ」などによって推定してみよう。

万葉集中「移《うつ》る」の語は単独には現れず、複合語としても家持の当該歌のほかには、

①秋山にもみつ木の葉の移去者《うつりなば》さらにや秋を見まく欲りせむ（8・一五一六　山部王の秋の葉を惜しむ歌）
②見れど飽かず座しし君が黄葉の移伊去者《うつりいゆけば》悲しくもあるか（3・四五九　縣犬養人上、大伴卿挽歌）

の二例があるだけであるが、この二例はともに「去」の字を従え、前者は散る木の葉への、後者は死者への愛惜

の情を歌っている。当該歌の「宇都里由久」の「由久」は「去」に相当すると言えようから、前者の木の葉、後者の死者に相当する「時」が、当該歌においてもやはり愛惜の情をともなって歌われていると考えることは許されるであろう。②の歌が家持に与えた影響については後にも触れる。

次に類語「ゆつる」の用例を示す。

③天の原富士の柴山木の暗の等《と》伎《き》由《ゆ》都《つ》利《り》奈《な》波《ば》逢はずかもあらむ（14・三三五五　東歌）

④真《ま》澄《そ》鏡清き月夜の湯徙去《ゆつりなば》者思ひは止まず恋こそ益さめ（11・二六七〇）

⑤ぬばたまの夜渡る月の湯移去《ゆつりなば》者さらにや妹にわが恋ひ居らむ（11・二六七三）

⑥松の葉に月は由移去《ゆつりぬ》もみちばの過ぐれや君が逢はぬ夜の多き（4・六二三　池辺王　宴誦歌）

以上の四つが全例であるが、ここにほぼ共通して認められるのは、㈠天体の月をその用言の主語とすること（③については後述）。㈡時間の経過にかかわること。㈢満たされぬ恋を語っていること、の三点である。これらの点から考えると③の「等伎」も本来は「ツキ（都奇、月輪）」であったものの東歌的転訛である可能性もないとは言えず、それはまた一般に、「月」と「時」との語源的関連にまで及ぶ問題でもあるが、ここでは表記の段階を尊重して、③については等伎＝時と理解しておくことにする。

「ウツル」と「ユツル」の関係については、『全註釈』が六二三番歌の注でユツルを移るの古語とした（論拠は示されていない）のに対し、『時代別国語辞典』が、

ウツルに対してユツルは古いといわれているが、ウツルは、万葉集中で、時の経過を示す一例を除いて、花やもみじの色が変わるのに用いられているのに対し、ユツルが時間の推移を直接もしくは間接に示す例ばかりである点からみて、新古の差とばかりはいい切れない。あるいはイ＝ウツルの約か。

と考察しているのが注目される。

ここでさらに気が付くことは、上掲①の「移去者更哉《うつりなばさらにや》」と⑤の「湯移去者更哉《ゆつりなばさらにや》」との語句上の類似および意味上の差異である。ウ（ユ）ツリナバ＝サラニヤのような結合句型が両者無関係に成立したとは考えにくく、それは一方が他をまねたか、両者共通の根を持つかのいずれかの事情であろう。しかも木の葉については「ウツル」とし（①）、天体の月については「ユツル」として（⑤）、ウとユの区別を保存していることは、両者の意味上の区分がなお存在したことを証するものではあるまいか。一方、家持を中心とする天平歌人の作品には、巻十一、十二の歌を下敷きにしたと思われるものがいくつかあって、これらの巻は彼らの作歌の参考書的な意味を持っていたと考えられている。（注4）また、家持は当然③の「等伎由都利奈波」をも知っていたであろう。とすれば家持は③や⑤の例にならって、時にかかわる当該歌を「由都利由久」と歌い出すべきではなかったろうか。しかし当該歌は「宇都利」であって「由都利」ではない。

その理由は、音韻上の美学的見地からも、時代による語義の変遷という見地からも、さまざまに想像できるが、その想像はあまりに放恣にわたるので、ここではさし控えることにしよう。ただ結果論として言えることは、家持が、時の経過を示す述語として、より慣用的であった「ユツル」を捨て、代りに「ウツル」を採用したということであり、その「ウツル」によって示される時の推移は、系統的には植物の変化からの類推であって、天体の月の運行からの類推ではない、ということである。もちろん、それらについて家持がどこまで意識的であったかは知ることができない。

次に、「うつる」のいわゆる再活用動詞「うつろふ」について吟味する。この語の万葉集中の全用例三四のうち一二例（35％）は家持のものであり、この語の家持作品における重要性は顕著である。左に、家持以前および家持の全用例を（家持以前は歌番号のみ）列挙しよう。挙例は『作者類別年代順万葉集』の順に従い、家持以後の用例は省略した。

①10・二〇一八（人麻呂歌集）、②11・二八二一、③12・三〇五八、④12・三〇五九、⑤12・三〇七四、⑥7・一三三九、⑦7・一三五一、⑧7・一三六〇、⑨10・一八四〇、⑩10・一八五四、⑪10・一八七六、⑫16・三八七七（豊前国白水郎）、⑬5・八〇四（憶良、一云）、⑭4・六五七（坂上郎女）

⑮……御心を　見し明らめし　活道山　木立の繁に　咲く花も　移尓家里《うつろひにけり》　世の中は　かくのみならし……
（3・四七八、天平十六年甲申春二月安積皇子薨之時）

⑯夏まけて咲きたる唐棣《はねず》ひさかたの雨うち降らば将移香《うつろひなむか》（8・一四八五、唐棣花歌）

⑰橘のにほへる香かも霍公鳥鳴く夜の雨に宇都路比奴良牟（17・三九一六、天平十六年四月五日独居平城故宅作歌）

⑱……別れ来し　その日の極み　あらたまの　年往き返り　春花の　宇都呂布麻泥尓　相見ねば…
（17・三九七八、天平十九年三月廿日夜裏、忽兮起恋情作）

⑲春花の宇部呂布麻泥尓相見ねば月日数みつつ妹待つらむぞ（17・三九八二、同右反歌）

⑳紅は宇都呂布ものそ橡《つるばみ》の馴れにし衣になほ若かめやも（18・四一〇九、教喩史生尾張少咋歌反歌感宝元年五月十五日）

㉑……春されば　花咲きにほひ　秋づけば　露霜負ひて　風交へ　黄葉散りけり　うつせみも　かくのみならし　紅の　色も宇都呂比　ぬばたまの　黒髪変り…（19・四一六〇、悲世間無常歌）

㉒……逝く水の　留らぬ如く　常も無く　宇都呂布見れば　にはたづみ　流るる涙…（同右）

㉓……世の中の　憂けく辛けく　咲く花も　時に宇都呂布　うつせみも　常無くありけり……
（19・四二一四、勝宝二年五月二十七日弔聟南右大臣家藤原二郎之喪慈母患）

㉔鶯の鳴きし垣内《かきつ》ににほへりし梅この雪に宇都呂布良牟可

（19・四二八七、勝宝五年正月十一日大雪落積尺有二寸因述拙懐歌）

㉕咲く花は宇都呂布ときありあしひきの山菅の根し長くはありけり（20・四四八四、悲怜物色変化）

㉖八千種の花は宇都呂布常磐なる松のさ枝をわれは結ばな

（20・四五〇一、宝字二年二月於式部大輔中臣清麿朝臣之宅宴歌）

右の26個の用例を検討して、次のように整理してみた。項目に続く数字は用例番号、それが( )で囲まれているのは、不明確ながら各頭記の示す傾向が認められるものである。用例番号14までが家持以前、15以降が家持ということになるのでそこに一線を画した。

（A）花・染色等に関連＝3 4 5 6 7 8 (9) 10 12 13 14 ― 15 16 17 18 19 20 21 23 24 25 26（ほぼ全体に分布、無関係は1 2 11 ―22のみ。ただし家持以前は、13の憶良歌が「咲く花」とする以外すべて、鴨頭草《つき》、唐棣花《はねず》、山ぢさ、梅のように具体名を言うのに対して、家持は、咲く花、春花、八千種の花のように一般化、概念化することが多い。）

（B）心・情・恋に関連＝1 2 3 4 5 6 7 8 12 14 ― 18 19 (20)（家持に稀）

（C）うつせみ・世間・無常に関連＝13 ― 15 21 22 23 25 26（家持に特徴的。家持以前は憶良のみ。25 26は永遠志向。）

（D）場所の移動に関連＝1 (2) 9 (11) ―（家持になし）

（E）天体の月の移動に関連＝2 (3)(4)(6)(7) 11 ―（家持になし）

このように、家持の「うつろひ」は、それ以前のそれとの間にかなりの相異を見せている。ただし⑬の憶良例は逆に、家持⑮例の直接の先蹤であると言わねばならない。それは憶良の「哀世間難住歌」のほぼ中程に、次のような形で挿入されている「うつろひ」である。

⑬……か黒き髪に　何時の間か　霜の降りけむ　紅の（一に云はく、丹の穂なす）　面の上に　何処ゆか　皺が来りし（一に云はく、常なりし　笑まひ眉引　咲く花の　移ろひにけり　世間はかくのみならし）……（5・八〇四）

傍線部と家持⑮歌との相違は助詞一字だけであって、家持が右を下敷きにしていることの可能性は高いであろう。

この、憶良の「哀世間難住歌」に歌われている時間は、とどめがたい勢をもって「取り続き」、人間を老いへと「追ひ来る」時間であるが、時間の、そのような容赦ない侵食作用を持続の相において直視し、文学として定着した者は憶良以前にはいなかった（本章第四章第六節参照）。家持の「うつろひ」の系譜が、この憶良の「うつろひ」を直接に受け継ぐ形で出発していることは重要である。家持は、そのはじめての「うつろひ」の語を安積皇子の挽歌に用いた。

安積皇子の死は天平十六年閏正月十三日である。第一挽歌と二首の反歌は、それから二十日後の二月三日の作であり、第二挽歌⑮と二首の反歌は、さらに二カ月近くを経過した三月二十四日によまれたものである。これら一群の安積挽歌で、「咲く花」にはいくつかの象徴的意味が与えられている。第一挽歌（四七五）では、それはまず、皇子の命《みこと》が「万代に食したまはまし」久迩の京の「いや日異《ひけ》に栄ゆる」さまを示すことばとして、「山辺には花咲きををり」と歌われた。その反歌（四七七）「あしひきの山さへ光り咲く花の散りぬるごときわご王かも」では、咲く花はわご王の命《いのち》にたとえられ、その花の輝きの突然の消滅が惜しまれている。第二挽歌⑮は、安積皇子の遊猟の地であった活道山を描出し、「咲く花も」「移ろひにけり」とその山の実景によりつつ凋落の時間の経過を嘆くとともに、その花の散ることをもって皇子の死になぞらえ、花また人の消滅を、いわば自然の摂理のごとく「世の中はかくのみならし」と半ば諦観し半ば慨嘆し、悲しみのうちに受け容れて行くのである。

咲く花に負荷されたこのような意義の総体が、ほかならぬ家持の「うつろひ」の意識の実質であると言えるであろう。この家持の安積挽歌には、語句にも構成にも人麻呂の影響が濃く認められるが、同時にそこに憶良に帰属する人生観・時間観が介在することに注目したいのである。第二挽歌（四七八）には、上述の「咲く花も移ろひにけり」云々と並んで、その末尾に「常なりし　咲《ゑま》ひ振舞　いや日異《け》に　変らふ見れば　悲しきろかも」という、措辞においても憶良を彷彿させる部分がある。しかもこの部分は、「咲く花も移ろひにけり」云々の思想を舎人の様態の上にうつして再述したものと見ることができる。そしてそこにはまた、第一挽歌の発想とも首尾照応するものがある。それらの関係は、左のように図示できよう。

	〔花〕	〔うつろひ〕	〔感懐〕
(a) 475	山辺には花咲きををり……いや日異に栄ゆる時に	逆言の狂言とかも…ひさかたの天知らしぬれ	せむすべもなし
	＝	＝	＝
(b) 478	咲く花も	移ろひにけり	世の中は　かくのみならし
	＝	＝	＝
(c) 478	咲ひ振舞	いや日異に変らふ見れば	悲しきろかも

もし今(b)を憶良的と言うならば、(a)も(c)も憶良に通じるものと言ってよかろう。「いや日異に栄ゆる」ものの「いや日異に変らふ」という——後者は舎人の様態についてのことではあるが——時間による侵食あるいは時間による変容への畏怖や失望を、「せむすべもなし」として直視し受容する心情は、まさしく憶良のものである。

家持の「うつろひ」の以上のような性格は、⑯例から⑳例までは隠れるが、㉑例以降すなわち天平勝宝年間に入ってからの作品にはきわめて顕著にあらわれてくる。勝宝九歳（題詞）の「移り行く時見るごとに」を課題としている本稿にとって、これは記憶にとどめるべき事実であろう。もし家持の意識において「移り行く」と「移ろふ」とが等価のものであったとすれば、われわれは以上の考察によって、「移り行く時」に負荷された意識や情感をおぼろげながら推定できることになるからである。

ここで思い合わされるのが、さきに「移る」の語の考察に際して引いた、縣犬養人上の歌（3・四五九、本書340ページ②例）である。いまあらためて同歌とその左注とを掲示する。

見れど飽かず座しし君が黄葉の移りい去《ゆ》けば悲しくもあるか

右一首。内礼正《うちのゐやのかみ》縣犬養宿禰人上《あがたのいぬかひのすくねひとかみ》に勅して、卿の病を検護せしむ。しかれども医薬験無くして、逝く水留らず。これに因りて悲しび慟《なげ》きて、即ちこの歌を作る。

左注の「しかれども医薬験無くして逝く水留らず」によって補いつつ歌を読めば、ここにまた、先の図式（花―うつろひ―感懐）は該当すると思われる。縣犬養人上と家持の関係は明らかでないが、父旅人の死に際して作られた人上の歌は、とりわけ強い印象をもってその後の家持の脳裏によみがえったと考えてよかろう。そしてその歌に「移りいゆけば」と表現される旅人の死の状況は、後の家持の語彙では安積挽歌の場合に等しく「うつろふ」に相当するものではなかったか。

私は、家持の「移り行く時見るごとに」の表現の下敷きとして、この人上の「移りい行けば」の存在を考えることができると思う。上述のように「移《うつ》る」の語は当該歌をふくめて集中にわずか三例をかぞえるのみであり、人上によるその一例が右の通り家持の熟知するところであったとすれば、人上、家持両歌の関係はある蓋然性をもって想定できるであろう。

三　「時見る」について

当該歌における「時」の抽象度を、こんどは「見る」との関係から吟味してみよう。ミル、ミユ、ミス、メス（見）の各動詞およびそれらをふくむ複合動詞の用例は、万葉集中に一二三〇例あるが、それらの用例のうち、見ることの対象となっているものが多少とも非現実的性格あるいは抽象的性格を持っている場合を拾って行くと、その数は必ずしも多くはない。

ただし、その作業の結果を報告する前に、非現実的、抽象的、ということばについて一応は限定しておくことが必要であろう。たとえば「見ずて」のように打消しを伴うもの、「見てしか」のように願望を示すもの、「見らむ」「見む」などのように推量や意志を表すものなどは、いずれも、現に見ているわけではないから、それはある意味では非現実であり、ある意味では観念の次元の問題である。川辺宮人の「難波潟潮干なありそね沈みにし妹が光儀《すがた》を見まく苦しも」（2・二二九）において、見ることの対象となる「妹が光儀」は全く想像の所産であるし、天武天皇の「よき人のよしとよく見てよしと言ひし」（1・二七）吉野は、信仰的に聖化された吉野であって、現実そのものでない、観念の吉野であると言えなくもない。

このように考えて来ると、一般に現実的・具象的と考えられているものについても、それと非現実との境界にはあいまいなもののあることが認められるし、そこから逆に、しからば現実とは何かという反問も生じて来るにちがいない。

したがって、「見る」の対象となるものの抽象性・観念性を計量するには、ある困難が伴うのであるが、本稿のめざすところは要するに、「移り行く時」の性格を明らかにすることであり、作業仮説としてこの「移り行く時」を抽象的・観念的時間と考えるときに、それに類するような抽象的・観念的事象がどれだけ万葉集において「見る」ことの対象となっているか、を見きわめることにあるのであるから、認識に関して過度に詳密な議論に陥ることは妥当ではあるまい。

そこで単純に、以下のように分類し、目につく例を拾ってみた。例の採取には主観が入るので、これをもって全例とは言いがたいが、網はできるだけ大きく拡げたつもりである（点傍線は、やや判定に苦しむもの）。

（A）見ることの対象が具象的事物でないもの

〔家持以前〕

①筑波嶺に背向《そがひ》に見ゆる葦穂山悪かる咎もさね見えなくに（14・三三九一　東歌）

②生ける代に恋といふものを相見ねば恋の中にもわれそ苦しき（12・二九三〇）

③久にあらむ君を思ふにひさかたの清き月夜も闇のみに見ゆ（12・三二〇八）

④……石枕　蘿生《こけむ》すまでに　新夜《あらたよ》の　さきく通はむ　事計《ことはかり》　夢に見せこそ……（13・三二二七）

⑤たしかなる使を無みと情をそ使に遣りし夢に見えきや（12・二八七四）

⑥……遠き世に　ありける事を　昨日しも　見けむが如も　思ほゆるかも（9・一八〇七　高橋虫麻呂）

〔家持および同時代〕

⑦夜昼といふ別知らずわが恋ふる心はけだし夢に見えきや（4・七一六　家持）

⑧秋野には今こそ行かめ物部《もののふ》の男女の花にほひ見に（20・四三一七　家持）

⑨…見る人の　語りつぎてて　……　あたらしき　清きその名そ……（20・四四六五　家持）

⑩物思ふと人に見えじとなまじひに常の面《おもへり》ありそかねつる（4・六一三　山口女王）

⑪物思ふと人には見えじ下紐の下ゆ恋ふるに月そ経にける（15・三七〇八　阿倍継麿）

（B）見ることの対象が具象的事物ではあっても、そのものの様態・動作・性格などに属する抽象的方面が特にとりあげられているもの。想像による表現をふくむ。

〔家持以前〕

⑫蘆原《いほはら》の清見の崎の三保の浦の寛《ゆた》けき見つつもの思ひもなし（3・二九六　田口益人）

⑬住吉《すみのえ》の出見《いでみ》の浜の柴な刈りそね未通女《をとめ》等が赤裳の裾の濡れてゆく見む（7・一二七四　人麻呂歌集）

⑭天の河水陰草の秋風になびくを見れば時は来にけり（10・二〇一三　人麻呂歌集）

⑮古の人にわれあれやささなみの故き京を見れば悲しき（1・三二　高市古人）

⑯旅にして物恋しきに山下の赤のそほ船沖へ漕ぐ見ゆ（3・二七〇　高市黒人）

⑰泊瀬川白木綿花に落ちたぎつ瀬を清《さや》けみと見に来しわれを（7・一一〇七）

⑱足柄の箱根飛び越え行く鶴のともしき見れば倭し思ほゆ（7・一一七五）

⑲……真土山　越ゆらむ君は　黄葉の　散り飛ぶ見つつ……（4・五四三　笠金村）

⑳鶯の声聞《おと》くなべに梅の花吾家の園に咲きて散る見ゆ（5・八四一　高氏老）

㉑……釣船の　とをらふ見れば　古の　事そ思ほゆる……（9・一七四〇　高橋虫麻呂）

〔家持および同時代〕

㉒……常なりし　咲《ゑま》ひ振舞　いや日異《ひけ》に　変らふ見れば　悲しきろかも（3・四七八　家持）

㉓……逝く水の　留らぬ如く　常も無く　移ろふ見れば　にはたづみ　流るる涙　止みかねつも（19・四一六〇　家持）

㉔うつせみの常無き見れば世のなかに情《こころ》つけずて思ふ日そ多き（19・四一六二　家持）

㉕……そきだくも　おぎろなきかも　こきばくも　ゆたけきかも　此《ここ》見れば　うべし神代ゆ　始めけらしも（20・四三六〇　家持）

㉖海原のゆたけき見つつ蘆が散る難波に年は経ぬべく思ほゆ（20・四三六二　家持）

㉗うつせみは数なき身なり山川の清《さや》けき見つつ道を尋ねな（20・四四六八　家持）

㉘世間《よのなか》を常無きものと今そ知る平城の京師の移ろふ見れば（6・一〇四五）

A群とB群の区別は、それぞれの冒頭に記したとおりであるが、もちろんその境界は明確とは言えない。たとえば㉔について言えば、私はこれが㉓の反歌であり、その㉓長歌の「移ろひ」は「……黒髪変り」云々という具象を内容としているものであることを考えて、B群に入れたわけである。しかしこの「常無き」には言うまでもなく強い観念性があり、その点からこれをA群に分類することも可能ではある。分類が絶対のものでないことは認めねばならない。

ただ、上記の作業によって、結果的に、A群は体言的、B群は用言的という、文法的な性格が浮かんできた。ともに抽象性をめやすとして例を拾ったのであり、その抽象度そのものの強弱を簡単に比較するわけにはいかないが、体言において具象との対応関係が希薄であり、用言においてそれが濃密であることは一つの特徴と言えるであろう。

そこで、「移り行く時見るごとに」の「見る」の対象についてであるが、これを「(移り行く)時(を見る)」と理解すればそれはA群の例となり、これを「(時の)移り行く(を見る)」と理解すればそれはB群の例となる。

しばらくA群について考えてみたい。家持が、見ることの対象として抽象性を負わせている体言は⑦の「心」、

⑧の「花にほひ」、⑨の「名」の三つである。もしそこに家持的な特性があるとすれば何であろうか。⑦は⑤との類縁関係の可能性があり、家持の独創とは断じがたい。⑧は「花にほひ」の語が当歌をふくめて集中に二例、いずれも家持の例であって、それを「見に」行くという発想は当然家持独自のものである。⑨の「見る」は「……子孫の　いや継ぎ継ぎに　見る人の　語りつぎてて　聞く人の　鏡にせむを　あたらしき　清きその名そ……」云々という長歌中の語で、「その名」にかかって行くのは実質的には「聞く」であり、その対句表現としてこの「見る」が置かれていると言うべきであろう。したがって「名」を「見る」という、一見魅力的な文脈のねじれは、やはり修辞上の不自然に過ぎず、そこに思弁的・哲学的な意味を与えて理解することは間違いとしなければならない。結局、家持的特色をあらわすものは⑧例のみ、ということになろう。それが「花にほひ」という感覚的・情緒的な語であることは注目に値する。

もっとも、もしあえて、他のA群の例と対比しての⑦⑧⑨の傾向を挙げよとならば、「心」「花にほひ」「名」それぞれの、名詞としての抽象性、その意味での独立性、完結性を指摘することはできる。それに較べて他の例は、概して、より事件的であり、文脈的であり、非独立的であると言えるであろう。ただしこのような区別は決して顕著なものではない。

さて、このA群の中に、当該歌の「(移り行く)時」を置いてみるとどうなるだろうか。「心」「花にほひ」「名」「時」と並べたとき、その抽象性においてそこに別段の不自然はない。問題は、より厳密に考えて、⑧例との関係はどうかということである。孤例を論ずるに他の孤例を基準とすることの危険はあるが、⑧が天平勝宝六年の作で当該歌の同九歳に近いこと、また、「花にほひ」と「見る」との組合せおよび「時」と「見る」との組合せがともに家持による孤例であることを重視すれば、この考察にはそれなりの意味があろう。容易に想像できることは、「（移り行く）時」もまた、「花にほひ」と同様に、感覚的・情緒的なふくみを持っているだろうことである。家持の「時」と花との密接な関連についてはすでに述べた。「時」を「見る」家持の視線が、花の「うつろひ」を見るような感覚性・情緒性を備えていることは推定に難くない。一方⑧の「花にほひ」にも「うつろひ」への視線はこめられている。この歌は「独り秋の野を憶ひて、聊かに拙懐を述べて作れり」と左注のある六首のうちの一首であるが、上の句の「秋野には今こそ行かめ」や、続くもう一つの歌「秋の野に露負へる萩を手折らずてあたら盛りを過してむとか」（20・四三一八）の下句によって考えるに、ここには、移り行く時節を今この時点において享受しようという、時間にかかわる意識が存在すると言えるのである。

こうして、「花にほひ」を「見る」視線と、「時」を「見る」視線とは、ある程度統一的に説明することが可能である。ただその関連の緊密度をどこまで評価するかは、さらに以下の考察を待って決めなければならない。

次にB群について考える。㉒〜㉗の家持の例を通じて観察されるのは、左の二点である。

（1）「P見ればQ思ほゆ」あるいは「P見つつQ思ほゆ」のような型の存在。

（2）「移ろひ」あるいは無常との関連。

「〜見れば〜」の型は、遠く国見歌・山見歌にその淵源を求めることができるであろう。土橋寛氏の説に導かれて、儀礼的・公的国見歌から、日常的・私的国見歌へ、さらに叙景歌へという流れを考えるならば、㉕㉖は「見る」ことの儀礼的・公的性格が意識的に活用されている例であり、㉒㉓㉔はそうした型が私的抒情の器となり「思ほゆ」のような個人的感懐を表わす語を型に組み入れて出来上ったものと言えるであろう。もちろん、この「思ほゆ」型の成立も、さかのぼってはるかに古く、家持はその抒情の型を踏襲しているのである。

「P見れば（P見つつ）Q思ほゆ」の「Q」のふくみをB群に即して拾ってみよう。⑫の田口益人が「もの思ひもなし」と言っているその「もの思ひ」の内容は当然不明だが、題詞から察すれば旅愁・懐郷のごときものかと考えられる。⑮の「悲しき」は懐古の情、⑯は「思ほゆ」の表現を伴わないが懐郷の情いや増したものと受け取れ、⑱も懐郷、㉑もまた懐古の情である。すなわち家持以前において「Ｐ見ればＱ思ほゆ」の抒情の質は、おおよそ懐郷懐古が主流をなしていたと言えよう。「移り行く時見るごとに……昔の人し思ほゆるかも」という当該歌の懐古的抒情は、全くこの伝統に即したもので（「見るごとに」と「見れば」との関係については後に触れる）、字余り句「心いたく」の破調にもかかわらず、全体を貫くなだらかな声調や情感の自然の流露が感じられるのも、そのように一般的な発想の型に身を委ねての詠歌であることと無縁ではあるまい。それはともかく、当該歌をＢ群中に位置せしめることの妥当性の一端は、以上によって示し得たと思う。

しかるに㉒㉓㉔㉗の家持例は（㉕㉖は儀礼歌の類とみて、今考察の外に置く）、すべて懐郷や懐古の情を歌っていない。「Ｑ思ほゆ」はここではより内省的、思弁的であり、無常を知っての悲しみや、解脱の願望やを内容とした抒情になっている。以下、さきに観察内容の第二点として挙げた、「移ろひ」あるいは無常との関連について述べることになるが、家持例では、「Ｐ見ればＱ」の「Ｐ」がすでに、それ以前のＰと異るものになっていることに気付くのである。

㉑例以前では、見ることの対象（Ｐ）は、若干の例外はあるがおおむね、実景としての事物の状態や動作であった。ところが家持においては㉓㉔例に典型的に見られるように、見ることの対象Ｐ自体が、「移ろひ」や「無常」という観念である。あるいは少くとも、そのように観念された現実である。しかもそれらは「変らふ」「移ろふ」「常無き」「清けき」のように用言をもって表現されている。そして、それを「見る」ことによって悲しみや解脱の願望やが触発される、という構造になっている。

当該歌を「(時の)移り行く(を見れば)」と読みかえるとき、右のB群家持例との同質性は明らかである。ただ、家持例の「Q」の悲しみは、当該歌では末句にではなく、第三句「心いたく」にこめられている。「心いたく」は一方で「昔の人し思ほゆるかも」を修飾しつつ、他方「見れば」を受けての述語になっているのである。これをまとめれば、左図のごとくになるであろう。

すなわち当該の歌をB群に置いてみるならば、それは家持独特の発想を核としつつ、それをさらに伝統の型で包みこむという、いわば綜合の姿をとっていることになる。

以上、当該歌をA群に置いた場合、B群に置いた場合のそれぞれについて吟味してきた。その妥当性はいずれ

		P		見れば（見つつ）	Q	
家持以前			〔実景〕	見れば（見つつ）		〔懐郷・懐古〕
家持	㉒㉓㉔㉗	〔観念〕		見れば（見つつ）	〔悲〕	
	当該歌	〔観念〕移り行く時		見るごとに	〔悲〕心いたく	〔懐古〕昔の人し思ほゆるかも

の場合にも認められたが、例数の多さ、無常との関連、「思ほゆ」との関連などを勘案すれば、B群との結びつきを、より濃密なものと認めなければならない。そしてそのことは、当該歌の「見る」の対象が「(移り行く)時」にあるよりは、どちらかといえば「(時)移り行く」ことの方にあるのであること、したがって「時見る」

の「時」に過度の抽象性、思弁性、哲学性を負わせて理解することは適当でないこと、を意味している。もちろん、だからといってこの「時」が抽象性を持たない、ということにはならない。その内容については先にも吟味したが、形式の面から言って「見る」の対象が「時」であることには変わりがなく、また、「移り行く」という述語の主語である「時」が何らの観念化をも経ていないというのは考えられないことである。

四　「見るごとに」その他について

「見るごとに」に関して考えるべきことは次の二点であろう。

（1）「ごとに」は反復を前提とするものと思われるが、それは、見られる対象の動作の反復であるのか、それとも、見る動作の反復であるのか。

（2）「Pを見るごとにQ」という発想について。

ここでもまた、万葉集中の全用例を考察の資料としよう。

〔家持以前〕

①……他夫《ひとつま》の馬より行くに己夫《おのづま》し歩《かち》より行けば見るごとに哭《ね》のみし泣かゆ（13・三三一四）

②葦辺ゆく雁の翅《つばさ》を見るごとに君が佩《お》ばしし投箭《なげや》し思ほゆ（13・三三四五、防人妻か）

③春日なる三笠の山にゐる雲を出で見るごとに君をしそ思ふ（12・三二〇九）

④……明日香の旧き京師は…夕霧に河蝦《かはづ》はさわく見るごとに哭のみし泣かゆ古思へば（3・三二四、赤人）

⑤鞆《とも》の浦の磯のむろの木見むごとに相見し妹は忘らえめやも（3・四四七、旅人）

⑥吾妹子が植ゑし梅の樹見るごとにこころ咽せつつ涙し流る（3・四五三、旅人）

⑦……吉野の川の川の瀬の清きを見れば…大宮人もをちこちにしじにしあれば見るごとにあやにともしみ…万代に斯くしもがもと天地の神をそ祈る畏かれども（6・九二〇金村）

⑧……わが着たる衣は穢《な》れぬ見るごとに恋はまされど（9・一七八七、金村歌集）

⑨ぬばたまの斐太の大黒見るごとに巨勢の小黒し思ほゆるかも（16・三八四四、土師水通）

〔家持〕

⑩佐保山にたなびく霞見るごとに妹を思ひ出泣かぬ日は無し（3・四七三）

⑪……花のみにほひてあれば見るごとにまして思ほゆいかにして忘れむものそ恋といふものを（8・一六二九）

⑫……花咲きにけり朝に日《け》に出で見るごとに息の緒にわが思ふ妹に…ただ一目見するまでには散りこすなゆめといひつつ…（8・一五〇七）

⑬……咲く花を出で見るごとに石竹花《なでしこ》がその花妻に…後も逢はむと慰むる心し無くは…（18・四一一三）

⑭石竹花が花見るごとに少女らが笑まひのにほひ思ほゆるかも（18・四一一四）

⑮……引き攀ぢて折りも折らずも見るごとに情和ぎむと…（19・四一八五）

⑯……にほへる花を見るごとに思ひは止まず恋し繁しも（右同）

⑰山吹を屋戸に植ゑては見るごとに思ひは止まず恋こそ益れ（19・四一八六、反歌）

⑱移り行く時見るごとに心いたく昔の人し思ほゆるかも（20・四四八三、当該歌）

⑲わが屋戸に黄変《もみ》つ鶏冠木《かへるで》見るごとに妹を懸けつつ恋ひぬ日は無し（8・一六二三）

〔同時代〕

⑳大君の継ぎて見すらし高円の野辺見るごとに哭のみし泣かゆ（20・四五一〇、伊香真人）

以上の用例を見渡しつつ、まず第（1）の問題を考えてみよう。右のうちで、対象の動作（事件の生起）の反復であることがほぼ明確と思われるのは①だけである。②④⑨⑩はいずれとも判別しがたい。これらの五例および当該歌を除いて、残る一四例は、その対象が分節的あるいは反復的動作を伴わなかったり、動詞が「出で見る」であったりするところから、見る動作（見る側の都合にもとづく、見る機会の生起）の反復であると判断される。すなわち対象に属する現象は、見ようとすればいつでも見ることができる状態にあって——一季節のように特定の時間の幅に限られることはあっても、その幅の中ではいつでも——そして見る者の目がその現象に触れるごとに、というのがこの一四例の「見るごとに」の意味であろう。さかのぼって①例を再考するに、これまたこのように解して不都合を生じない。

したがって、用例によって考える限り、当該歌の「移り行く時見るごとに」も、「移り行く時」という現象が引き続いて存在し、それに目が触れる、あるいは目を向けるたびごとに、という意味に理解すべきであろう。「移り行く時」という認識そのものにおいて、時節の交替や事件の生起などが里程標としての役割を果たしているであろうことは十分に想定することができ——それには338ページで述べた「時ごと」の内容も関係してくる——奈良麻呂の事件なども軽視することはできないが、すでに「見るごとに」という表現の場面に至っては、それは「移り行く時」としていわば一様化され抽象化され観念化されているのである。少くとも、「移り行く時」（を意識させる事件）が反復して生起するそのたびに、という理解をこの「見るごとに」から導く積極的な根拠はないと言える。

繰り返すことになるが、この「ごとに」は見られる側の動作の反復ではなく、見る側の動作の反復であるらしい。しかも、見る動作の反復とは言っても、「見るごとに」の意識には、その反復の契機や回数を特に問題にする傾きはない。それがほとんど「見れば必ず」「見ればいつも」の意味であることは、「ごとに」に続くQの部分が、変化について言うことが少く——⑧⑪⑰例に見られるように「増加」の意識は伴っているにせよ——恒常的状態を強調することが多いことからもわかる。反復という用語はあるいは適当でなかったかもしれない。

続いて第（2）の問題を考える。「P見るごとにQ」の構造において、Pの大部分は自然の事物に属している。なかでも家持の例は、⑩⑱以外のすべてが「花」の類であって、それには旅人からの影響が考えられるが、やはり家持例の一特徴となっている。このことからただちに⑱の「移り行く時」を花と等価のものとみなすわけにはいかないにしても、家持において、「移り行く時」を見る視線が花を見る視線と同質のものであろうことは、推定してさしつかえあるまい。次にQの部分であるが、それは⑦をのぞいて全例みな、人に対する恋情や愛情の吐露である（⑨はそのパターンによるからかい）。「……思ふ」「……思ほゆ」で受けとめられる例が多いのは、「見るごとに」が「見れば」と同じ機能を果たしているからだろう。①④⑥⑩⑳に見られるように、涙との関連も一つの型を作っているようである。ところで、恋情は当然に、離れてあるものへの思いであるが、それが空間的に離れていることと時間的に離れていることとはしばしば重複し、その境界が明らかでない。②⑧⑪などはその重複の例である。⑤⑥⑩⑳では懐古性が強くあらわれ、赤人の④と家持の当該歌⑱において、懐古の情はまさに正面に打ち出されている。

「心いたし」は金村の志貴親王薨時作歌に「聞けば哭のみし泣かゆ語れば心そ痛き」の一例があり、家持の亡妾悲傷歌に二例があって、死との関連の認められる表現であるが、他の例のほとんどは恋の苦痛に用いられている。「心いたし」の全例一五のうち六例は家持のもの（㋐3・四六七、㋑3・四七二、㋒17・四〇〇六、㋓18・四一二二、㋔20・四三〇七、㋕20・四四八三）であるが、㋒㋓㋔など当該歌㋕に近い作では死の影はなく、この表現を根拠として当該歌の抒情に挽歌的性格を認めることはできない。

「ムカシ」についてはすでに諸説があり、近くは近藤章氏の「古の人にわれあれや」(注5)に整理されているので、あらためては吟味しない。近藤氏も引かれる『岩波古語辞典』の説明「……最も古くは、なつかしい故人や自分が実際に体験・見聞した過去……」をここにあてはめてよかろうと思う。

「昔の人」の用例は集中に四つ、当該歌を除けばそれは、

ⓐささなみの志賀の大わだ淀むとも昔の人にまたも逢はめやも（1・三一　人麻呂）

ⓑ石室戸に立てる松の樹汝を見れば昔の人を相見るごとし（3・三〇九　博通法師）

ⓒ夜ぐたちて鳴く川千鳥うべしこそ昔の人もしのひ来にけれ（19・四一四七　家持）

の三例である。ⓑは事情が不明だが、ⓐは人麻呂の見聞ないし想像による近江朝官人たち、ⓒは同じく家持の見聞ないし想像による人麻呂や赤人などを指すものと考えられる。当該歌の「昔の人」も、およそ右の程度の距離範囲で考えられるのが妥当であろう。

五　まとめ――「昔の人」について――

以上、課題の一首を、主として語句の分析によって解釈してきた。この「移り行く時」は、すでに抽象的な観念であり、無常観的色彩を濃厚に備えているが、それはまた、より具象的な「花のうつろひ」への認識と密接にかかわりあっていると思われる。天平勝宝年間に入っての家持作品には、この傾向が顕著である。さきにもその一部を引いた「悲世間無常歌」（勝宝二年三月）を、あらためて左に掲げよう。

天地の　遠き始めよ　世の中は　常無きものと　語り継ぎ　ながらへ来れ　天の原　ふり放け見れば　照る

月も　満ち昃《か》けしけり　あしひきの　山の木末《こぬれ》も　春されば　花咲きにほひ　秋づけば　露霜負ひて　風交へ　黄葉散りけり　うつせみも　かくのみならし　紅の　色も移ろひ　ぬばたまの　黒髪変り　朝の咲《ゑ》み　暮《ゆふべ》変らひ　吹く風の　見えぬが如く　逝く水の　留らぬ如く　常も無く　移ろふ見れば　にはたづみ　流るる涙　止みかねつも（19・四一六〇）

言問はぬ木すら春咲き秋づけば黄葉散らくは常を無みこそ 一に云はく、常なけむとそ（19・四一六一）

うつせみの常無き見れば世のなかに情つけずて思ふ日そ多き 一に云はく、嘆く日そ多き（19・四一六二）

「移り行く時」は、このような時間認識の延長上で理解されなければならないであろう。そして同時に、窪田『評釈』が指摘するとおり、当該歌が宴席歌であることも重視されるべき点だと思う。「邸中の景色」のことはすでに『全釈』の説くところだが、いかにも宴席歌の常として、庭前の「時の花」などをよむのは最も自然なことである。六月二十三日、夏の花々が衰え、ようやく秋の気の迫るころ、宴席の人々が共感をもって「見」たであろう「移り行く時」は、何よりもまず庭の草木の無常のさまにあったのではなかろうか。そしてその想念や情緒の上に、時世への嘆きが重ねられたということは、当然あり得ることである。

要するに、この点についての私の解釈は、窪田『評釈』や澤瀉『注釈』の説明に加えて、無常観への配慮をやや強くほどこしたもの、ということになろうか。

いかに気を許した場所であるとは言え、事件発覚の直前にあたる、緊迫したこの時期に、慎重な家持が事件を暗示するような歌をよんで人々に聞かせたということは考えにくい。結果的にそれが奈良麻呂の事件にかかわる人物であったとしても、「昔の人」はまず、「昔なじみの」（折口）という非政治的・日常的関係の線から推測されるべきだと思う。私に具体的な答があるわけではないが、三形王の宴席に集まる人々が共通して回想する人物、となると、まず考えられるのは、かつてその宴席の常連であり、ともに庭前の花などを眺めあった人、しかも今は何らかの理由によってもはや同席しない人、ということになろう。その理由は死とは限らず、それこそ政治的事情のために袂を別った、というような場合も考えてよかろう。そのあたりに「心いたく」の真意もかかわるのではあるまいか。

もちろん、「昔の人」は宴の常連であったとは限らない。一世代前の人物であってもよい。代匠記・新考・全釈のように、三形王の父を挙げることができようし、同様に家持の父旅人を挙げることもできよう。旅人の「世の中は空しきものと知る時し」(5・七九三)と「移り行く時見るごとに」には響きあうものがあり、上引の県犬養人上の歌(3・四五九)との関連からも、また古典文学全集本の説く政治的状況からも、旅人は「昔の人」の一候補としての資格を失わないと思われる。

第四項　大伴家持の時間（上）

まえがき

大伴家持は、万葉集の中でもとりわけ「時間」にかかわることの多い歌人であった。そのかかわりがどのようなものであったかは次第に明らかにして行くつもりだが、まず、単純な事実を挙げるならば、家持の歌には、時間に関係のある語句が極めて多くふくまれているということが指摘できるであろう。試みに巻19の前半からいくつかの例を拾ってみよう。

春まけて物悲しきにさ夜更けて羽振き鳴く鴫誰が田にか住む（四一四一）
夜ぐたちて鳴く川千鳥うべしこそ昔の人もしのひ来にけれ（四一四七）
磯の上の都万麻《つまま》を見れば根を延《は》へて年深からし神さびにけり（四一五九）
毎年《としのは》に来鳴くものゆゑ霍公鳥《ほととぎす》聞けばしのはく逢はぬ日を多み（四一六八）
わが屋戸の萩咲きにけり秋風の吹かむを待たばいと遠みかも（四二一九）
古昔《いにしへ》に君が三世経て仕へけりわが大主は七世申さね（四二五六）

この際厳密な定義は省いてよいと思うが、ここに傍線をほどこしたような語句を仮に「時間詞」とでも呼ぶとして、家持の全作品四七六首のうちで時間詞をふくむ歌は二六二首あり、それは55％にあたる。（一首の中に数個の時間詞をふくむものもあるが、その数には関係なく一首として数えた。）同様の基準で他の主要歌人の作品を調べてみると、人麻呂作歌43％、人麻呂歌集30％、憶良28％、赤人36％、旅人33％、家持を除くこれらの平均34％であって、家持の55％がすぐれて高い数値であることがわかるのである。

一　これまでの研究

家持の作品を「時間」という観点から扱った論考としては、平野仁啓氏の『続・古代日本人の精神構造』が収める「大伴家持の時間意識」(注1)の項と、有木摂美氏の『大伴家持の認識論的研究』(注2)が収める「家持における『時間認識』より思惟への道」の項が最も詳細かつ包括的なものと認められるが、田中元氏の『古代日本人の時間意識』(注3)や、永藤靖氏の『古代日本文学と時間意識』(注4)にも、当然ながら相当の量の言及があり、さらに、他の数多い家持論の中に、あるいは断片的に、あるいは別の視点から実質上、「家持の時間」を論じた研究が少なくないことに注目されるのである。

例えば、一九三三年の『万葉集講座』（春陽堂）の「大伴家持」において吉沢義則氏が、天平勝宝五年の春愁歌三首を挙げて、

殊に三首ともこれを現在に於いて感じてゐるのは驚くべき事である（原文改行）。「けり」「らむ」「らし」など、過去として推量としてすべてを眺める平安朝の人々は、反省と、回顧と、推定との間に強ひて間接の美即ち「あはれ」を求めてゐる。が現実の中にやどる「あはれ」は直観そのものでなくてはならぬ。ここに情熱が洗練され盡して、しかも感傷の空疎に陥らぬ永遠の刹那がある（圏点は原著者）。

と述べられたのは、家持抒情詩の時間に触れたものであるし、

一九三五年の『万葉集考説』において久松潜一氏が

万葉第四期の特性としての感傷性ということは家持に於て最も著しく現れて居る。一体感傷的傾向をさすのではあるが、しかし浪漫的な未来への希望にみちた感情ではなくて過去への追憶の感情である。（中略）しかし家持はかくの如くして過去の中に生きた点があるとともに、一方に独創性をも見られ得るのである。（中略）若い時代の追憶的な情趣から感覚美的なものを求めて艶麗美を出してきたのを感ずる。

と述べられたのは、詩史的位置付けの面から家持作品の時間を論じたものである。

また、一九六七年に川上富吉氏が、「白い抒情――家持語彙をめぐって――」(注5)と題する、なかば随筆風の文章において、家持の歌に「潜流」する「何かしら空虚なもの」に触れ、「その荒涼とした白茶けた世界には、春愁三首に象徴された、何か痴呆のような等価性があり、さながら世界が停止し、時間が飛び失せたような、空間のしびれがある」と述べられたのには、川上氏もこのように感覚的に表現するしかなかったと察せられるところの、しかも家持の時間を考える上での重要な問題の提示が読み取られるのである。

以上は、単に二、三の例を挙げたに過ぎないが、本稿はまずそれら先行論文の数々を概観することによって問題の所在をさぐろうと思う。それらの論の主題は、大別して、①「うつろひ」、②無常感・無常観、③季節感と暦法意識、④長歌の時間、⑤神話的時間と歴史的時間、⑥美学的・哲学的研究、の六項目にまとめることができるであろう。①から⑤までが家持の人と作品に関する分類であるのに対して⑥が研究方法による点、整合性を欠くが、これについては⑥の部分で説明することとして、以下この項目の順に紹介と整理を試みたい。

①「うつろひ」の問題

青木生子氏は、早くから家持の「うつろひ」に注目し、まず「万葉集における『うつろひ』」(注6)において、ついで『万葉集の美と心』(注7)において、さらに「『うつろひ』の美学」(注8)において、その意味を追求された。青木氏によれば、万葉集の「うつろひ」は、「時間上における動的推移的変化の本質的属性に（加えて）、ものの衰退、消失しゆく価値的移行の意味を包蔵して」いるもので（カッコ内は粂川）、当初の直観性に代わって反省的思惟的志向へと移行するのが全体的傾向であった。家持の場合、最も早く「うつろひ」の用いられた安積皇子挽歌（3・四七八）において、すでに「自然の変移相が透視され、人の世の類推に及んで」いるが、そこではなお安積皇子の死が「うつろひ」の直接の因として大きく前面に現れている。ところが、「世間の無常を悲しむ歌」（19・四一六〇）では、直接の由因なしに「うつろひ」の思惟自体が主題的によまれており、「自然界の純然たる変移、循環の相が、専らその衰亡の面において把握され、一切がはかなき同一運命を担ってゐるごとく感受され」、かくて「無常」と「うつろひ」とは同一の世界観的意義を帯びるに到った。さらに家持は、その無常を悲しむ執着の念からも一歩脱して恒常的なものを欲する心意を有したが、しかし彼は「無常観本来が示す透徹した知的概念及びそれに徹した解脱ではなくして」「愛惜を中心に纏綿する深い悲哀美的情趣すら帯びた『うつろひ』の語感が最もよく現し得る」ところの境地にみずからの文学を築いたのである。このことを、青木氏はまた別の言葉でこうも言われる。すなわち、「いうなれば、自然の循環（恒常）が意味する永遠、無時間性でない何ものかの意識、つまりは時間が人生や人為的なものを消滅の方向に変化させてゆくものだという、うつろいの意識の優先である。家持にはとりわけこれが思念としていだかれ、彼の作歌生涯を通して流れてゆくのである」と。部分を引用したために文脈に無理が生じたが、補って言えば、家持の意識には「恒常」よりも「うつろひ」が圧倒的であったのであり、彼はその時間の悲哀を情趣美に転じることで超克した、というのが青木氏の論の趣旨であろうと思う。

もっとも、いま私が「超克」と言ったのは私が便宜的に用いた言葉であって、青木氏が明示的にそう言われているわけではない。余談だが、「うつろひ」を美に転じることで救われるのはあくまで「歌人」家持であって、全体としての人間家持ではない。人間家持が救われるのは、人間家持イクオル歌人家持という等号が成立した時か、または人間家持がたとえば仏教によって真に無常を超越し得た時かのいずれかであろう。一般的に言って、抒情詩と抒情詩人との間には、いつもこの種の問題が介在する。したがって青木氏の上述の考えは、私の理解が正しいとすれば、抒情詩の発想の本質にかかわる問題を提起していると言える。

「うつろひ」の時間に関連して挙げるべき論文のもう一つは、中西進氏の「古代和歌の終焉をめぐって」(注9)である。氏は、春苑桃李歌に代表される、勝宝初年の家持の感興歌とその周辺作品を、懐京の幻想詩であるとし、そこに用いられる「くれなゐ」の語に特に注目、万葉集中の「くれなゐ」の用例が、天平一九年三月家持病臥以降の時期にあっては、ほとんど独占的に家持のものであること、それはまたすべて美女の幻想に連なること、を指摘した。その上で氏は、「くれなゐ」の意味を問い、18・四一〇九、四一一一、四一六〇番歌において「くれなゐ」が「うつろふ」ものとして把握されていることを論拠として、「くれなゐ」とは「うつろいの形象であった」と論じられた。春苑桃李の作にあっては、この「うつろひ」の心理は無意識として「くれなゐ」に置換されていたのであり、それを、氏は土井光知の説を踏んで、『「くれなゐ」』とは、この家持の『うつろひ』の無意識（unconscious）である」と表現している。家持の「くれなゐ」の時代は勝宝二年をもって終わるけれども、「うつろひ」の心理は（条川注・色彩を失いながら）「悽惆の意」として家持の中に持続する、というのが中西氏の理解である。「うつろひ」が、時間に沿った衰退や消滅への認識であり感慨であるとすれば、中西氏の論はそのまま家持の発想に関する時間論として読み換えることのできるものである。

尾崎暢殃氏の『大伴家持論攷』(注10)にも、「うつろひ」の時間性についての言及がある。氏は17・三九一六、三九七八、三九八二、19・四二八七などにみられる「うつろふ」を挙げて、

> (これらの)ウツロフは、今まで顕著であったもの、鮮麗であり明確であったものが生気を失い、あせゆく意の語であって、これらの作では「うつろひぬらむ」「うつろふらむか」というように、推量の助動詞を添えて想像の世界を形象したり、「うつろふまでに」というように、花の褪色の事実をあげ、一定期間の経過したことを示すために格助詞までを添えて満たされぬ心を歎いたりしている。そこには、表現意識の底にチル・チラフの語におけるよりももっと心理的な細かい色あいが見出されてきている。

と述べ、また「悲世間無常歌」(19・四一六〇)を引いて、

> この作者の作ではしばしば花紅葉の色を借り来り、一時を栄えて移ろうものの姿が描かれるが、その移ろうものは作者にとって現象的な方面のみでなく、流れてやまぬ「時」(四四八三)でもあった。畢竟、人間存在を無常のものとなし、うつろいの相において眺める家持の内面の基調は、大筋においては変わるところがなかったのである。

と論じている。

小西甚一氏は、『日本文芸史』第一巻(注11)で家持の春愁歌について述べておられるが(「うつろひ」ではなく「はかなさ」ということばに関連して示されているけれどもこの項で紹介するのが適当であろう)、それは当時形成されはじめた「都人の歌」として当該作品を位置付ける試みで、以下のような、「時間」に関する比較文学上の指摘をふくむ。すなわち、シナにおいて、人生を大きい背景のなかで把握する表現態度が生まれたのは、六朝前期の中頃であった。その一つの流れは「永遠な時間の流れに浮かぶものとして人間をながめる」ゆきかたで陸機の「歎逝賦」を始め

とする。もう一つの流れは「茫漠たる宇宙のなかに漂う人間への省察から人生の『はかなさ』を実感させる」ものので、王羲之の「蘭亭記」にその立場がはじめて見られる。（粂川注、斯波六郎『中国文学における孤独感』による旨の注記あり）これらはしかし、思想としての表出であり、人生の「はかなさ」を叙景のなかに溶けこませた表現は、さらにおくれて陶潜あたりから見えるようである。小西氏は陶詩の例を挙げ、家持の「ひとりしおもへば」との近似を指摘した上でこう言われる。「この類の詩はほかにも少なくないから、（家持が）どの詩に触発されたかを論ずることは無意味であろう。しかし、シナには人生の天地間における孤独・寂寥をうたう『愁思』のモティーフがあると知っていたならば、家持が自分の所感をそれに合わせて造形するのは、まさに『都人の歌』を作ることだと意識されたにちがいない」「（春愁三首に）詠まれているのがすべて家持の実感だとするのは、あまりにも近代的な解釈である。この三首のような歌は、家持のほかに作品が見られないし、家持以後にもない。ということは、それらがシナの愁思詩に触発されて偶発的に生まれたものであり、家持が習練をかさねてたどりついた最後の歌境だとはいえない――と解するのが、いちばん適当であるらしい。」

家持の秀作への中国文学の影響については、横井博氏の「家持の芸境」(注12)にも具体的な指摘があるが、小西氏のこの論は本稿の主題により多く重なっており、中国文学における時間意識の日本文学への移植の問題を扱った重要な発言として、省かず長々と引いたのである。春愁三首を、詩人家持が到達した孤高の境地として賛美する立場が一般的である中で、この小西氏の指摘が持つ意味は大きいであろう。

②無常感・無常観

家持の「無常」について最も体系的に論じられたものは、藤田寛海氏の「大伴家持の回帰性と恒常性」(注13)であろう。藤田氏の論は、家持の作品を時期別に追い、その仏教思想に焦点を当てて論じたもので、要約すれば以下の如くである。

1　宮内官時代は「無常への覚醒」の時代である。亡妻挽歌や安積挽歌によって見れば、「単なる知識」としての無常観が、体験に即してやや深められ、家持は無常思想に漸次沈潜していったことがわかるけれども、この体験としての無常によっても、この期における彼の心情には、まだ真の自己実現のための精神的昂揚は見られない。

2　越中守時代の家持は、「無常観の深刻化と不滅性の探求」の過程にあった。すなわち、(a)赴任の事実、(b)弟書持の死、(c)自身の重患、という三つの試練によって、無常は「世の中」の本質として家持に理解されるに至った。思想的には、無常を徹見して超えることもなく、肯定と否定との間にあって割り切れぬものを残したが、「二上山賦」「立山賦」「橘の歌」などには、家持が「何か無常をもって律することのできないもの、不滅なるものを感じて来た」ところが読み取られる。

3　少納言として京に帰任して以後は「仏教的静観と不滅性の確立」の時期である。それまでの家持の無常思想が肉親の死や自分の病気などの現実の事件を契機とした悲傷の感情によって生じたものであるのに対して、この期の「悲世間無常歌」では無常それ自体が思惟の核心となって来ており、さらに「臥病悲無常歌」（20・四四六八、四四六九）に至ってはそこに家持の無常思想の一極限が窺い知られる。ただし、そこに介在が予想せられる家持の「来世観念」は、浄土への翹望を明確には含まず、むしろ輪廻思想に基づく「生まれ変るべき来世」観にとどまるもので、その意味で「現実に回帰」し来たっていることが特徴である。おそらく家持は「我々の現実は衆法仮合であり、そこに苦悩流転するとはいえ、苦悩を媒介とし、無常を媒介として絶対的真理の把握が行われるのであり、それは現世を厭離することによってなさるべきではない」という維摩経説の影響下にあったことが推定される。すなわち家持は、無常なる現世を厭離し切らずに再び現実へ回帰して「千年の寿を願」っている（20・四四七〇～）のであって、彼のこの回転——現実無常による修道生活欲求と現実への回帰——は、いわば螺線形を描いて彼の全人生を貫いていると考えられる。

以上が藤田氏の所論の大要であるが、それでは家持にあって不滅なもの、恒常なもの、移ろわぬもの、とは何であったのか、藤田氏が作品に即して挙げたところを拾えばそれは、（立山、二上山の）神、（花でなく木および実としての）橘、大伴の遠つ神祖の名、千歳の寿、常磐なる松、一族の功名、などである。

藤田氏の言われる「回帰」の意味は、上に紹介したとおり、その恒常性が彼岸浄土に確立されるのではなく、此岸の世界の中に、つまり現実に回帰したところに求められる、というところにある。しかも、私に興味深く思われるのは、その回帰の先が、土着信仰的な「神」や樹木、また神話的次元でそれらと密接にかかわる一族の祖先や名である点である。この意味で家持の「回帰」は、藤田氏が言われる以上に、二重の意味で「回帰」的だと言えるかもしれない。誤解を恐れずに誇張して言えば、それは仏教的時間から神道的時間への回帰という性格を持っていたのではないであろうか（「神道」という用語の後代性は承知の上でいま便宜的に用いている）。かようなものとして私は藤田論文を読む次第である。

前掲の、尾崎暢殃氏（『大伴家持論攷』）も、ほぼ同様の趣旨をもって、（条川注、注意されることは）彼が人生は無限の宇宙に孤立する有限のもの、数なきものと観じながらも、神秘雄大で無窮のものとしての性質を、常夏に雪の降りしく立山連峰の大観や「これを除きて　またはあり難し」と思われる秀つ鷹「大黒」の姿に見、歌っていることである。これはいわば、越中の守時代の家持の到りついた一つの境界であり、みのりある到達点であって、のちに彼が修道を願いながらも現実にふみとどまり、現実に回帰する次第を予見させるものであった。

と述べておられる。

なお、青田伸夫氏の『大伴家持の人と歌』(注14)にも、「悲世間無常歌」(20・四一六〇〜)および「臥病悲無常欲修道歌」(20・四四六八)をめぐって、断片的ながら、以上に述べたところにやや交錯する言及がある。すなわち青田氏の「家持によれば、無常感は仏説によるものではなく『天地の　遠き始めよ――語り継ぎ　ながらへ来』ったものであって、民族が歴史的な時間経過の中で獲得した固有の思想であると説いている」という指摘である。

③季節感と暦法意識

家持の、季節への関心の強さは、その作品に季節感によって成り立っているものの多いこと、また、編者として巻八をはじめ万葉集の四季分類に深くかかわっていることなどから、あらためて言うまでもなく明らかである。やや古くを言えば、大西克礼の『萬葉集の自然感情』(注15)が家持の歌にもふれつつ万葉後期の季節感と時間の問題に言及しているし、新しいところでは、新井栄蔵氏の「万葉集季節観攷」(注16)や、横井博氏の「万葉集の季節歌と季節語」(注17)や、阿蘇瑞枝氏の「万葉集後期季節歌の考察――その表現と場を通して――」(注18)や、多田一臣氏の『万葉歌の表現』(注19)の「暦法の導入と季節観」の項など、関連の論考は少なくない。

永藤靖氏の『古代日本文学と時間意識』(注20)は、「季節感における時間意識の発生と展開」の章で、本来目に見えない存在である時間の流れは自然物の変化を通して現れ、それが自然暦、農事暦であったが、自然はそこでは生活と密着した存在であって、美的な対象として享受されるものではなかった、物を美的な対象として眺め、そこに季節という時間の流れを感じる人たちが現れて来るのは、直接農耕生産に従事しなくてもよい階級の人々が生れてくる新しい時代に入ってからであった」という考えを基礎として記紀歌謡から万葉へさらに古今集までの時間意識の展開を追っている。そうして、続く「家持・業平・小町――春愁と鬱情の時間――」の章で家持の春愁短歌群を扱い、「春において何故このような悲哀感が生まれるのか」を問うて、次のように述べている。

> 秋の悲哀感が、自己の存在のあり方の投影として感情移入された情緒であるとすれば、この春の悲哀感は逆で、自然の豊かな生命力に対して共感的ではなく、むしろそれに対して離反する、反発的な情緒ではないか。（中略）自然と個我との対比的な世界がここにはある。自然の豊かな時間のダイナミズムに対する、人間の存在の有限性、つまり人間の時間の有限性を、詩人は直観的に感じているのであった。（中略）家持は春の日差しの中に、自然の持つ時間とは異なる人間の有限なる時間を認めたのであった。

以上が永藤氏の論の、家持にかかわる部分の要約である。

さて、家持の季節感に関して、最も特徴的なことは、暦の上の季節の到来と、実際の季節の風物の出現との間の、時期的な一致や不一致に対する、その敏感な関心である。これを、暦への関心の側から名付ければ、すでに広く用いられているように「暦法意識」と呼んでよいであろう。たとえば、

あしひきの山も近きを霍公鳥月立つまでになにか来鳴かぬ（17・三九八三）

卯の花の咲く月立ちぬ霍公鳥来鳴き響《とよ》めよ含《ふふ》みたりとも（18・四〇六六）

月数《よ》めばいまだ冬なりしかすがに霞たなびく春立ちぬとか（20・四四九二）

などは、その暦法意識を基礎として成り立っている歌である。

橋本達雄氏の「大伴家持と二十四節気[注21]」は、家持の作品には、題詞・左注などにそれと明示されていなくても二十四節気に対する意識が強く作用している場合が多いこと、またそれを知ることによって作品の読みが格段に深まることを実証したものである。例えば、節気の一つである「清明」は、春分から十五日後の、春たけなわの

「清浄明潔」な佳き日である。万葉集にはこの「清明」なる節日名は出て来ないが、橋本氏は家持作歌の日付けを検討して、家持がこの清明の日に作った歌を三例検出する。その一つは、かの「うらうらに照れる春日に雲雀あがり」(19・四二九二)であるが、他の二例(17・三九六二〜三九六四、20・四三九五〜四三九七)も、おそらくは「清明」を意識して創作したらしい、思い入れや高揚の感じられる作になっている、と橋本氏は言われる。

家持の「ほととぎす」と暦法意識の関連は作品に明らかであり、それについての研究も多い。ここでは、比較的最近のものとして、芳賀紀雄氏の「大伴家持――ほととぎすの詠をめぐって――(注22)」を挙げるにとどめるが、芳賀氏はそこで、家持のほととぎす詠に一貫して暦日とのかかわりが認められることを実証した後に、家持のほととぎすについて二つの特徴を指摘される。すなわち、その一は、「声の遥けさ」(8・一四九四)、「鳴く音遥けし」(17・三九八八)、「はろはろに鳴くほととぎす」(19・四一九二、四二〇七)のような、「遥かなものに対する美意識を伴った聴覚的態度」であり、その二は、ほととぎすと「夜」、とりわけ、ほととぎすと「月夜」とのイメージの結合である。芳賀論文はさらに家持における「遥けし」と「かそけし」の関連にも論じ及んでいるが、家持の「時間」について考えようとする私がこの論文によって触発される興味は、以下のようなことである。すなわち、家持のほととぎすが暦法意識に深く関連しているという理解をさらに進めて、家持がほととぎすを、いわば「時間の鳥」あるいは「時間を運ぶ鳥」として意識していたと理解することができはしないか、という問題である。そして、もしそうであったとすれば、ほととぎすの声を「遥けし」「かそけし」の相において美的に享受しようとした家持は、「時間」をもまた「遥けし」「かそけし」の相において美的に享受しようとした、ということに、少なくとも論理的にはなるはずである。そして、芳賀氏が言われるように、万葉集において、従来距離の隔たりについてのみ使用された「はろはろに」の語を、家持がはじめて「鳴く」と組み合わせ、聴覚表現に持ち来たしたとすれば、それはさらに、そのほととぎすを通して家持が、距離の「はろはろ」を時間の「はろはろ」に転じ用いたということにまでなりはしないか。

こうした問題は私にとって一つの宿題であるが、自然の聴覚的描写と視覚的描写の変遷を万葉集にさぐり特に家持のほととぎす詠を詳しく検証した稲岡耕二氏の「家持の『立ちくく』『飛びくく』の周辺」(注23)の論も、同様の宿題を私に与えるものである。それは万葉集において、あるいは家持において、時間の認識が聴覚、視覚のいずれと、どのような関連を持っていたかという、難しい問題に私を導くように思われる。

さて、暦法は、休みなく流れる時間に目印をつけるものである。それによって時間の流れは顕在化する。だが同時に、暦法は循環するものである。円環をなして循環する原始的時間が、やがて歴史の時代に入って直線かつ一方向性の時間に変化するという図式に乗って言えば、暦法は、その直線の上に、前代の車輪を転がして目盛りを印刻するようなものである。その意味で暦法は、不可逆的な時間と循環する時間との貼り合わせである。家持の前にあったのはそのような時間であったであろう。

④長歌の時間

家持の長歌を論じた論文の中には「時間」の問題に言及したものが少くない。それら、長歌をめぐる「時間」は、あえて分ければ、（A）長歌という器に盛り込まれる題材としての時間と、（B）長歌を構想する家持自身の意識としての時間とに分けられるが、当然両者は複雑に重なりあっており、それらを明確に区別して論じたものではない。したがって、その点はしばらく置いて、家持長歌論のいくつかを見ることにしよう。

まず、清水克彦氏の「大伴家持における長歌の衰退」(注24)の内容を摘記したい。同論文によれば、万葉集における長歌の構成方法には二つのタイプがある。その一つは、時間的な場合には過去から、また空間的な場合には遠方から歌いはじめて、現在、または作者の現に立っている土地に及び、最後に以上の叙述に対する作者の詠嘆の心を投ずるものであって、一首の主眼点はこの最後の詠嘆の部分にある。そして、その内容が時間的、または空間的な連続性を持っている事からも予想されるように、言語表現の面においても、一首の途中に切れ目を持たない線条的な表現になっているのが普通である。このタイプの典型は人麻呂の作に見られる。もう一つのタイプは、憶良の「貧窮問答歌」が典型的な例であるが、一つのテーマに対して、あらゆる角度から検討が加えられる。そしてそれに応じて、一首の途中に切れ目があり、一首が幾つかの段の総合から成っているのが普通である。そしてこの場合の主眼点は、各段の総合において把握すべきものであり、その意味でかかる長歌は、立体的な把握を要求するものであると言える。さて、家持であるが、家持は、語句の借用という点では人麻呂よりも憶良に負うところが多いが、長歌の構成方法という点では、むしろ上記の人麻呂型に属する。すなわち家持の長歌には内容と形式との間に齟齬があることが認められる。

その例として、清水氏はまず「防人の情と為りて思を陳べて作る歌」（20・四三九八）をとり、この歌が時間的かつ地理的順序に従って切れ目なく続いており、その意味で人麻呂型であるにもかかわらず、内容的には二つに分裂し、一首の主眼点が最尾の詠歎部分で焦点を結ぶ人麻呂型の構造になっていないことを指摘する。そうして、人麻呂の「近江荒都歌」では過去表現に過去形が用いられているのに、家持の当歌では、終の詠歎部に「嘆きつる」という現在完了形が一つあるのみで、他はすべて現在形になっていることに注目して次のように述べる。

過去というものは、現在を中心にしてはじめて考えうるものであり、人麻呂は終始現在という一点に立って過去を回想しているのである。従って、重点は常に現在という一点にある。過去は現在によって位置づけられた過去である。ところが、家持の場合、時間的に前にあった事をも、後にある事をも現在形で表現しているが、これは、家持の拠って立つところの一点がないという事を意味する。清水氏はさらに「放逸せる鷹の歌」（17・四〇一一）その他の長歌についても同様の検証を行い、結論として、

……家持の長歌は平板である。結局家持には、もう展開的な長歌を構成する能力がなかったのであろう。そして、時間的、ないしは空間的な関連を断ち切って一点を凝視し、それを短歌形式に凝集した時に、数少ない彼の秀歌が生まれたのだと思う。

と述べておられる。

金井清一氏の「大伴家持の長歌」(注25)は、表題のとおり家持の長歌の特徴を論じたものだが、中にしばしば「時間」についての言及があり、本稿の関心に重なる所が少くない。金井氏のこの論文は、家持がなぜ長歌という形式を求めたのか、その内的・文学的な理由を問うたもので、その結論を私なりに砕いて言えば、多様な感動を抑制なく盛り沢山に表現しようとした家持には、それに見合った長い叙述の形式が必要だったということである。家持はその長い叙述の中で徐々に、小出しに感情を解放して行き、したがって、最後で一気に感動を盛り上げるということがなかった。この家持長歌の平板性は、上に見たようにすでに清水氏の指摘するところであるが、清水氏がそれを主題の分裂という文構造の方面から論じたのに対して、金井氏はそれを感情の解放という作歌意識の方面から論じたのである。家持が長歌に求めたものは「自己の感性的実在感の充足」であった、という金井氏の規定は、同じく「凝集しない表現こそがその時の家持の心情の忠実な再現であった」という論点と併せて、私に、家持における心情的リアリズムとでもいうべき問題を考えさせ、これもまた遠く時間の問題に響き合うように思われるが、今は深入りしないで置こう。それよりも、金井氏がこの論文でより直接に時間の問題に触れている所をもう少し見ておきたい。その一つは、「世間の無常を悲しぶる歌」（19・四一六〇）を憶良の「世間の住み難

きを哀しぶる歌」(5・八〇四) と比較している所で、引用すれば、
(粂川注、憶良は)「せむすべもなし」と絶望を歌うが、その根底にあるのは人生への執着であり、絶望を余儀なくせしめる世間、年月(時間)、寿命などへの抵抗である。しかし家持にそのような執着と抵抗はない。(中略) 家持は執着しないが悟達もせず、胸中に、拡散し瀰漫する憂悩をたたえている。悲しみはその原因となるものに立ち向かっていく力に転化せず、悲しみによって生きている実感がより濃く味わわれるというだけの働きしかしない。

という部分であるが、ここで扱われている執着・不執着の対象を、同じ文中の「年月(時間)」にしぼって見ると、この部分はそのまま家持についての時間論に転じるであろう。すなわち、「(家持は) 時間に対して、執着しないが悟達もせず、……悲しみは時間に立ち向かっていく力に転化せず、悲しみによって、時間を生きている実感がより濃く味わわれるというだけの働きしかしない」、というふうに読み換えることができるはずである。

もう一つの箇所は、「庭中の花に作る歌」(18・四一一三) を論じた所で、金井氏は、一首の中核たる「いぶせし」の語が作の半ばに用いられてしまったために生じる「中だるみ」を指摘した後、次のように述べる。

次いで花々の叙述に移るのであるが、「いぶせみと　心なぐさに」なでしこやさゆりの「咲く花を出で見るごとに……」と意味的に続くのに、両者の間には「なでしこを　やどに蒔きおほし　夏の野の　さ百合引き植ゑて」となでしこを蒔き育て、さゆりを引き植えるという心なぐさに花を見る以前の行動が述べられている。つまり両句の間には数か月の時間の経過が再現されている。(中略) 前半のいぶせき感情の表現が後半までぐいぐいと盛り上がっていかないのは中途の感情表出によって心情の流れを一旦中断し、叙述を庭中の花に転換せんとして時間を後戻りさせたために中だるみを生じさせたことにある。(中略) 作者は、幾年もの

間積もり積もったいぶせき感情と美しい花々に寄せた女人のイメージとの両者を共に表現せずにいられなかったのがその時の真実の感情で、それは短歌形式では表現困難であると判断したのだと推測されよう。「いぶせみと心なぐさに」が「咲く花を出で見るごとに」に直接かかるというのは確かに明快な、そしておそらく正しい解釈であるが、しかし、その明快さには解釈する側からの論理化が手伝っていはしないか、作者自身の意識では、「いぶせみと心なぐさに」はやはり「……蒔き生し」「……引き植ゑ」にまずかかっているのではないか、と疑われるのである。だとすれば、私たちがこの歌に読み取るべき家持の時間意識の特徴は、現在と過去との区別の曖昧さ、あるいは、時間の重複・齟齬・戻反などに対する認識の薄弱さといったものではないであろうか。この意味で、「数か月の時間の経過」が「時間を後戻りさせた」形でいわば挿入されていると考えることには若干の疑問がある。もちろん、この一例から得た観察を、家持の時間意識として一般化するためには、さらなる検証が必要であって、これも私の本稿での課題の一つに加わるのである。

家持長歌の時間にかかわる発言として、次に挙げたいのは、青木生子氏の「宮廷挽歌の終焉——大伴家持の歌人意識——」(注26)である。氏は、家持の安積皇子挽歌（3・四七五〜四八〇）について、第一歌群がその第二反歌の「咲く花の散りぬるごとき」に象徴されるように「一時に散逸する状況」すなわち皇子の「薨去の事自体に即した」状況を歌うのに対して、第二歌群はその長歌の「咲く花も移ろひにけり」に象徴されるように「時間的経過を含んだ衰退」「時の経過による衰退の悲しみ」「時間的変化を底流にした皇子への回想、追慕」を主調とした内容になっていることを指摘する。そうして、詩史的見地から、安積皇子挽歌の特色として二点を挙げる。すなわち、宮廷儀礼歌は本来永遠をこめた現実讃歌であり挽歌といえども寿歌たるべき本性を失っていないはずであるが、家持の安積挽歌はそこにあらわな無常観を導入したことにおいて異例であること、というのが第一点であり、第二点は、人麻呂の例が示すように本来宮廷挽歌には作歌時に即した季節表現がなく、それは長い殯宮の期間中随時歌われることに応じた特色と理解できるが、家持の安積挽歌は作歌時の春の季節感をそこに盛り込んで特殊であり、それは裏から言えば、この挽歌が儀礼歌として繰り返しのきかない、その時点においてのみ有効な一回性のものであったことを語っている、という点である。

この青木氏の問題意識、つまりかようにして宮廷挽歌が終焉に向かったということともかかわるのであるが、家持には、一方において金井氏の言われるとおり、長歌形式によってしか表現できないような詩句内容があったという側面があり、また他方において、清水氏が言われるとおり――これは大方の見解が一致するところでもあるが――短歌によってのみその詩境が完成され得たという側面があって、この、一見矛盾する事態は、興味ある問題を提供している。私は、長歌をもって直ちに叙事詩と同一視するつもりはないが、しかしなお、ここには、あたかも叙事詩の「時間」と抒情詩の「時間」とが対比的に分け持つところの、時間意識の対立が、一つの有効な説明原理として働くのではないか、というような予感を持つ次第である。

【補注】　本節の内容は、一九九三年に「大伴家持の時間（上）」として発表したものである。参考にした先行論文は、当然、それ以前の資料に限られており、今回の補訂にあたっても、それ以降の文献を改めて渉猟する余裕は持てなかった。したがって、その後管見に入ったものへの恣意的な言及は避けたいが、例外として、廣川晶輝著『万葉歌人大伴家持――作品とその方法』（二〇〇三年、北海道大学図書刊行会）には、触れておきたい。特に、その第Ⅱ部第二章第二節（五）の「長歌・反歌の時間の描き方について」で述べられている「長歌の時間のすきま」という指摘は、興味深いものに思われる。

⑤神話的時間と歴史的時間

これまでに挙げた諸論文の中にも家持における神話的時間に触れているものは少くないが、平野仁啓氏の「大伴家持の時間意識」(注27)は、その後半において、最も広範かつ体系的にこの問題を扱っている。以下その内容を、できるだけ原著の順序に従いつつ、私なりに要約し、列挙してみよう。

1　藤原氏絶対優勢の政治状況のもとでは、旅人も家持も現実の力はなく、ただ神話や祖先の功績を回想・追憶する以外には自己を主張する有効な策を持っていなかった。

2　家持にとって、天孫降臨の神話は、すでに過ぎ去ってしまった出来事ではなく、現在の自己の生き方を規定するもの、自己と祖先との同一化を保証するものであった。そこでは時間は未来へ向かって流れることができず、常に神話的時間に戻ってくるのである。

3　原始の時間へと反復する時間は、原始農耕文化の生活から発生したと考えられるが、家持が「あらたまの年往き返り」「あらたまの年かへるまで」と言うところにも、この反復する時間の反映が認められよう。家持が永生を願っているとしても、それは決して未来へと流れる時間に生きることを考えているのではなく、単に循環する時間の長さが考えられているにすぎない。

4　もちろん、家持にしても、歴史という考え方と全く無縁であったわけではない。すでにそこには変化してゆく時間が激しく流れている時代になっていたから、もはや安らかに神話的時間に包まれて生きるわけにはゆかなかった。もし家持が完全に神話的時間に生きることが可能であったならば、かの春愁歌のような、風景と心理とが映発しあう独特の歌境は発生しなかったであろう。

5　家持はしばしば、藤原一族によって指導される新しい政治動向のために生じた神話的時間の裂け目から、社会と自然を眺めるとともに、いずこへとも知れず流れる時間にむなしく漂う自己を意識しなければならなかったが、新しい時代の動向を真に理解することができなかった家持は、「移り行く時見る毎に心いたく昔の人し思ほゆるかも」と回想の世界へ逃避するほかはなく、疎外感のみが濃厚になっていった。

6　家持の思想に儒教や仏教の影響が認められるにもかかわらず、それが家持にとって新しい存在様式をつくりだす力とならなかった理由は、例えば樹木霊崇拝や言霊崇拝などの原始心性が根深く生きていたからである。

7　家持の精神構造は、原始心性が枠となっており、その枠のなかに大陸渡来のさまざまな思想が存在し働き合っている。家持において原始心性の枠が崩壊をまぬかれたのは、家持の心に神話や氏族制度が確実に生きていたためである。それによって家持は、何処かへ激しく流れゆく時間をしだいにあざやかに感じながらも、なお神話的時間に生きようと努めることができたのであった。

家持の神話的時間に関する問題については、尾崎暢殃氏の前掲書(注28)にも言及がある。以下にその主要部分を引く。

1　大嘗祭の説明神話たる古事記の天孫降臨章に、御門祭の祭神天の岩戸別の神と大伴氏の祖神天の忍日の命との登場を説き、降臨後における天孫の宮殿の造営に言いおよぶのは、この神事を反照している。これらの事実を参照すれば、万葉集に宮殿・宮門の両方にかけてその永遠を呪禱した作（巻一、五〇・巻二、一九九）のあるのは、偶然でないことが知られる。われわれはここで今一度、大伴氏が「大王の　御門の守護」（巻十八、四〇九四、家持）として奉仕したことを想起したい。（一六ページ）

2　一体、スメロキの語は天皇の概念をいう語であって、当代の天皇をオホキミというのに対して皇祖の天皇をいう（中略）のが一般であるが、「未来をも含めて広く、継ぎ来たり継ぎゆく皇統そのものをもいう」（粂川注、時代別国語大辞典上代篇に拠るむねの注記あり）ことがあり、場合によっては現在の天皇を含めあらわすことがある。（粂川注、著者はここで家持の18・四〇九七、19・四二六七歌を例歌として挙げる。）このように、過去の天皇（ないし神話の中の皇祖神）と現在の天皇との区別が明らかでないのは、（一）当時、時間の観念にうらづけられた歴史観がすでに成立していた反面、（二）奈良朝の宮廷神道では古くからあった霊魂の死と復活、穀霊の衰亡と再生の思想をとり込んで王権と結びつけて考えた為であった。すなわち祖裔の別を没して、同一人であり一体であるとする立場を見出していて、（二）の見方がきわめて隠微な状態に潜在したためであった。

（九九および一〇〇ページ）

3　（粂川注、家持の18・四〇九八歌について）ここでは此の作者の時代認識のあり方が問題となるが、そのことの故をもってこの作者における詩性の希薄を言い、これを低くのみ評価するのは当らない。なぜなら、儀礼的動機にもとづくことが作品の質を低下させるとは限らず、切実に現在に引き据えてみるとき過去はよみがえり、働きかけてくるからである。そのことが表現力を集中させるからである。これを家持について言えば、白鳳の精神への回帰を願い、現在を否定的に考えがちであったが、ある意味では、そのような形での歴史とのかかわり方こそがこの種の作の根源にあるものを支えたのである。（二〇八ページ）

思い合わされるのが、小野寛氏の『大伴家持研究(注29)』に示されている、家持の皇統賛美に関する指摘である。すなわち小野氏によれば、

（粂川注、家持の「すめろき」の用例が、ある時期までは、すべて当代の天皇に関してだけのものであったとした上で）家持が「すめろき」を、初めて皇統賛美の意識で歌ったのは、やはり天平感宝元年五月だったのである。（中略）それを生ましめたのは、言うまでもなく「陸奥国出金詔書」であった。（中略）天平感宝元年五月の家持の突然の変化は大きな意味を持つ。自分中心に現在を考えるのみであった家持が、自分の立場を歴史の流れ

の中に考えるようになったと思われる。天動説から地動説に変わったほどの自己変革ではなかっただろうか。
（三一五ページ）

という意識の変化が家持に生じたのであった。これは、私が先に②の項で述べた、家持の「回帰」の問題とあわせ考えられるべきものであろう。

⑥美学的・哲学的研究

以上、五項目にわけて、家持の時間に関するこれまでの研究業績のあらましを見てきた。ただ、このような項目化に馴染まない論考もある。美学的・哲学的論考の一群がそれで、それらはいずれも、ある有機的な文脈の中にあり、それを対象素材によって分類・拡散しては真意を伝えることが困難である。あえて⑥を設けて一括する所以である。

まず始めに、大西克礼の『万葉集の自然感情』(注30)を見ることにしよう。著者は「自然界の個々の現象をば、主として季節的流動感の角度から把握し、四季折々の風物を、恰もその背後に於ける宇宙の大きな生命の流れの暗示として感得することは、万葉集全篇を通じて、到るところに一種の習慣的、定型的な美的自然体験の仕方になっていると言へる」として、自然観上の「コンヴェンション」を説明する。そして家持の「橘の歌」（18・四一一二）に四季の風物的変化が悉く歌われていることについて、「尤もこれは特に『非時の香の木実』を主題としてゐるのであるから、時間的流動の観点から、対象を詠ずるのが当然であるといへるかも知れぬが、しかしさういふ主題が特に選択されてゐるところに、既に特殊な自然体験の性格があることに注意すべきだ」と言う。著者は季節感的角度からの観照と自然美体験について更に数ページを費やした後にこう続ける。「かういふ自然体験の傾向が発展すると、更に光陰の迅速をなげき、人生の無常を感ずる心が、自然の風物に投入され、延いては一種の厭世的気分が、自然感情にも浸潤するに至る。」「飛花落葉の自然現象に、深く心を沈潜させて、仏教的人生観に彩られた生活感情の根底から、所謂『物のあはれ』を深く感ずることは、平安時代の特徴的な自然体験の仕方であるが（中略）さういふ方向に発展する素地は、万葉時代の自然体験の中にも、既に窺ふことはできると思ふ。」この大西の論は必ずしも家持についてだけのべたものではないが、家持の時間を考えるための一つの指標として有効であろうと思われる。

先に①でも触れた横井博氏の「家持の芸境」は、その後若干改訂され、「家持の感受性」という題目で同氏著の『詩歌における印象主義』(注31)に収められている。これは中国詩の家持への影響を論じた実証的な論文であるが、その根底には、家持の人と作品に関する美学的判断がある。以下、改訂後の本文に拠って、家持の時間に関連する部分を引用したい。

1　（粂川注、家持の作は玉臺新詠の）長詩中の半聯数句を採り来って一首に仕上げているような観がある。秩序と均整を尊び、男性的な骨格のたくましい姿をよろこぼうとする詩境ならともかく、そうではなくして、自然の微妙な一角を領し、移りゆく瞬時のたたずまいをかすめとり、浮動するあるかなきかの感傷をとどめようとするとき、漢詩ならぬ短歌こそ恵まれた器となるであろう。

2　（粂川注、家持を「春の詩人」であるとした上で）「春」に対するものは「秋」である。「春」の感情はそこはかとない「気分」に属し、「秋」の感情は鋭さ、激しさを内にふくむ「情緒」に属する。情緒が生や死や愛などに対する能動的な世界に関するものであるに対し、気分は生も死も愛も一つの所与として感ずる受動的な世界に関するものである。情緒は求める人の感動を内に含むに対し、気分は失われた人の虚無を内に含むであろう。家持はこの気分の人であり、失われた人である。

3　このような気分の芸術家は、外界を主たる前提とするために、外界の転移によってみずからも移りゆく「瞬間」の芸術家でもあることになる。彼は持続の詩人ではない。（中略）このような彼に、いつ、いかなるときに芸術的昂揚の時が訪れるかはわからない。そして、彼がそのような時に恵まれても、それは決して永続はしないであろう。――このようにして家持のこれらの作品は、きわめて隠微な「時」の恩恵のもとに成った。そしてその一瞬ともいえる時間（それは二度にわたって家持を訪れたのであるが）に、彼の芸術家としての価値に永遠性を与える作品のほとんどすべては成ったのである。

最後に、有木摂美氏の『大伴家持の認識論的研究』（注32）を見よう。氏の論の背後には、強力な主観と、道元およびカントの哲学解釈があるようであり、その文脈を把握しないとなかなか理解しにくいが、以下、同書の「家持における『時間認識』より思惟への道」と題する一章から本文の一部を要約、列挙したい。ことばは私の要約によるが、できるだけ原文の用語や文飾、ニュアンスを生かすように試みた。

1　巻八の季節分類にも編者家持の、世界を季節で知る理知性が感じられるが、そこにカントが純粋直観の形式として「空間認識」とともにとり出した「時間認識」が集約的に見られる。それは家持の世界観と思惟の基底をなすものである。

2　「夏まけて咲きたるはねずひさかたの雨うちふらばうつろひなむか」（8・一四八五）の歌で家持が歌っているのは、開花の喜びでも花の姿でもなく、その現象の背後の、開花しやがて凋落するであろう推移、現象の背後にあってそれらを包含し統括する、茫漠としたものであるがより確かな大なる存在、すなわち時である。自己を放擲し、自己をも世界をも同価値に客観する超越的な見地からすれば、事象の変化は通常のことで特に情緒を負うものではない。当歌の美しさは、情緒を越えた、「時間」という永遠性の真理の提示にある。

3　霍公鳥は家持にとって重要な世界の事象であり作歌上の対象であるが、それらの歌の内的テーマはいずれも時にある。そしてそれらは「時間認識」の先験の歌というよりも、時に対する観念の歌というべき思念的作歌である。

4　「空間認識」と「時間認識」は互いに助け合って働くものである。「空間認識」的若月歌や春雑歌二首（8・一四四一、一四四六）の後に夏雑歌の「時間認識」の歌があらわれるのも、家持の知性の進展上当然の段階とも考えられる。

5　家持が重大関心事としたのは、諸相の変化、すなわち「時間」の問題であった。醇化された魂に見られた自然現象の何れもが美しくてならなかったためであろう。対象への思い入れ、愛があって、「移ろひ」や変化が見え、それを理知的に普遍化した「時間認識」が彼のものとなるのである。時間という永遠相の中に普遍化、還元化させて考えるのでなければ、やはり「寂寥」に堪えられないことであろう。家持の知性と教養は、事象を永遠において見るものの見方を可能とした。

6　「悲世間無常歌」を見ても、家持は無常を悲しまなかったのではない。だが、この無常なる実相への対処の仕方を、「時間認識」の先験と明眼と、越中で得られた自然の永遠性への信頼によって克服したのである。崇高や優美と永遠性への包摂を実感し安らぐことができた、それが家持にとっての越中である。

有木氏の論の根底にあるのは、先験でしかとらえられない、ある抽象的意味、すなわち形相（抽象的本質）の有無、ならびにそれがいかにリアリティー（質料的実際性）と均衡しているか、という点をもって「模写的」芸術の成立条件とするという芸術価値観である。一観賞者としては私もかかる価値観に同感するところがあるが、しかし、家持をその価値の体現者として理想化するところから出発する有木氏の論には、研究方法上の疑問を持たざるを得ない。ただ、それにもかかわらず、ここに要約した有木氏の意見に、家持の時間を考えるための重要なヒントが含まれていることは否定できない。この点については後の章で触れることになるであろう。

第五項　大伴家持の時間（下）

前項（上）において、先行諸研究を整理する中から、私が、宿題として見出した事項は、次のようなものであった。

一、家持における「ほととぎす」と時間意識の関連について。
二、家持の意識における循環的な時間と不可逆的な時間について。
三、家持における心情的リアリズムと時間の関係について。
四、家持における時間区分の「あいまいさ」について。
五、家持における抒情詩的時間と叙事詩的時間について。
六、天平感宝元年五月の家持の時間意識の変化について。

以下、これらの問題を念頭に置きつつ、家持の「時間」について私見を述べる。

一　家持の時間と遥遠感覚

（一）遥遠感覚と家持

家持の歌には、対象を遠く遥かな距離（空間的・時間的・心理的距離）に設定して、その遥遠な感覚を賞味する趣のものが多い。例は長歌にも短歌にも見出せるが、今、短歌の中から何首かを拾えば、

聞きつやと妹が問はせる雁が音はまことも遠く雲隠るなり（8・一五六三）
ぬばたまの月に向ひて霍公鳥鳴く音遥けし里遠みかも（17・三九八八）
東風《あゆのかぜ》いたく吹くらし奈呉の海人《あま》の釣する小舟漕ぎ隠る見ゆ（17・四〇一七）
珠洲《すす》の海に朝びらきして漕ぎ来れば長浜の湾《うら》に月照りにけり（17・四〇二九）
朝床に聞けば遥けし射水川朝漕ぎしつつ歌ふ船人（19・四一五〇）

などを挙げることができる。

こうした情趣や感受性を、今仮に「遥遠感覚」と呼ぶことにするが、文字通りの「遥遠」は、もちろん家持の独占する美学ではない。例えば、神話的過去を描く人麻呂の作品や、伝説的過去を描く虫麻呂の作品は、客観的に見れば、その文芸の美を時間的距離に依拠しているのであり、後に本稿で触れることになる『文選』の「江賦」は、長江の流れを水源から下流まで延々と追うものだが、その文芸美は遥遠な空間的距離によって支えられているのである。

いったい「遥遠」が文芸の美の要因となり得るのはなぜであろうか。一つにはそれは、「崇高美」につながっていることに求められる。例えば、遥かなる時空の彼方に神の声を聞くとか、木の葉のそよぎにやがて来る嵐を

予感するというような場合に、伴うものは一種「崇高」の美であろう。対象と主体との間に距離を置かしめている原因・契機・運命・摂理といったものがあるはずであるが、それは主体や読者を悲劇的・宗教的感情に導くことがある。他方また「遥遠」は、「優美」の美学につながっている。設定される時空の距離の作用によって、対象はやわらかに、間接的に五感に触れる。加えて特に家持など比較的後代の抒情詩の場合には、次のような事情にも注目されよう。対象との距離が保たれている、ということは、主体の確立が前提にあるわけである。観照者としての余裕を持って、主体は対象に対峙する。作品の享受者は、その「余裕」を共感することで美を体験する。また「遥遠」なるものを把握するには繊細な感覚が必要である。読者は、作品世界を追体験することで、自身の感覚に目覚め、それを深め、楽しむことになる。さらに、距離を意識し、あるいはそれを追う姿勢は、浪漫的である。目標は未だ眼前に実現しておらず、その兆しのみがあるからである。

「遥遠」の文芸的な意義は、およそ以上のように、多岐にわたって考えられるであろう。私の目下の関心は家持における「遥遠」と「時間」との関係にある。家持において、空間的距離のみならず、「時間」的距離もまた「遥遠」のものとして上記のような文芸機能を果していたかどうか。ここで問おうとするのは、そのことである。

公的讃歌の類において、家持は人麻呂以来の讃歌の伝統に立って皇統を賛美し、大伴の家系を顧る。上述のように、そこに示される遥遠な時間的距離が文芸の美に寄与していることは確かであるが、多くの場合、そうした時間的距離の提示には、賛美という政治的・儀礼的な、その意味で実用的な意義があった。その意義と遥遠美とが渾然一体となって機能を果たした。しかし、周知のように、家持歌の中には、公的讃歌的詩句が実用性を持たず、結果として、単に遥遠美を醸す手だてとなっているものもある。例えば「独り幄の裏に居て、遥に霍公鳥の鳴くを聞きて作る歌」（18・四〇八九）の冒頭の「高御座　天の日嗣と　天皇の　神の命の」の系譜表現や、「私の掻き懐を陳ぶる一首（20・四三六〇）の冒頭「皇神祖の遠き御代にも」、またその末尾「うべし神代ゆ　始めけらしも」などの遡及表現は、畢竟、そこに置かれるべき必然性を持たないと言える。それは極言に過ぎるとしても、それらは、そのように置かれてもいいが、置かれなくてもいい、といった性質のものではなかろうか。そして、その分だけ、それらの文言は、遥遠表現としての文芸的効果を果たす結果になっている。家持がどこまで意識的であったかは別として、そこで家持が選び活用した遥遠な時間は、歌に崇高美や優美をもたらす枠組みとして機能しているのである。

家持における時間と遥遠表現との関連を、さらに「ほととぎす」詠について、改めて見てみよう。

（二）家持の「ほととぎす」[注1]と時間

1　「ほととぎす」と遥遠感覚

本稿（上）で触れたことだが（374ページ）、芳賀紀雄氏が言われるように[注2]、家持のほととぎすが暦法意識に深く関連しているという理解ができるとすれば、私たちは一歩を進めて、家持がほととぎすを、いわば「時間の鳥」あるいは「時間を運ぶ鳥」として意識していたと理解することが可能ではないか、というのが「ほととぎす」にかかわる第一の問題である。続く第二の問題は、これも芳賀氏が言われるように、万葉集において従来距離の隔たりについてのみ使用された「はろはろに」の語を、家持がはじめて「鳴く」と組み合わせ、聴覚表現に持ち来たしたとすれば、それはさらに、そのほととぎすを通して家持が、距離の「はろはろ」を時間の「はろはろ」に転じ用いたということにまでなりはしないか、ということであり、第三の問題は、ほととぎすの声を「遥けし」「かそけし」の相において美的に享受しようとした家持は、「時間」をもまた「遥けし」「かそけし」の相において美的に享受した、ということに、少なくとも論理的にはなるわけであるが、そのことは実証できるか、ということである。以上が、私にとっての宿題であった。

万葉集の中に、「ほととぎす」の語をふくむ歌は、一四四（未詳歌を合わせ家持以外82＋家持作歌62）首ある。他に、「ほととぎす」の語はふくまないが「ほととぎす」を詠んでいる歌が数首あり、また、題詞や左注にも32カ所に「ほととぎす」の語が見える。家持の歌もふくめてそれらの歌を概観するに、「ほととぎす」は、およそ次のような要素と結びついていることが認められる。それらを、十の項目に整理して、それぞれの数多い例歌の中から、三首のみを選んで示すことにするが、aは家持の歌、bは家持以外で作者のわかる歌（できるだけ家持以前の作者を挙げたが、同時代のものもある）、cは作者不明の歌である。ただし、これらはいわば常識に類することでもあり、紙幅の節約のため、ここでは、bは歌番号と作者名、cは歌番号のみを挙げるにとどめた。

①季節・暦法との関連　a吾なしとな侘びわが背子霍公鳥鳴かむ五月は珠を貫かさね（17・三九九七）、b（8・一四六五・藤原夫人）、c（10・一九三九）

②暁・朝・昼・夕・夜など、時刻との関連　a橘のにほへる香かも霍公鳥鳴く夜の雨に移ろひぬらむ（17・三九一六）、b（9・一七五六、虫麻呂歌集）、c（10・一九四八）

③（天体の）**月との関連**　aさ夜更けて暁月に影見えて鳴く霍公鳥聞けばなつかし（19・四一八一）、b（8・一四八〇、大伴書持）、c（10・一九四三）

④花・草・樹木との関連　a卯の花もいまだ咲かねば霍公鳥佐保の山辺に来鳴き響《とよ》もす（8・一四七七）、b（8・一四七二、石上堅魚）、c（10・一九五七）

⑤通行往来との関連　aわれのみし聞けばさぶしも霍公鳥丹生《にふ》の山辺にい行き鳴かなも（19・四一七八）、b

（8・一五〇五、大神女郎）、c（10・一九五九）
⑥過去との関連　aあをによし奈良の都は古りぬれどもと霍公鳥鳴かずあらなくに（17・三九一九）、b（2・一一二、額田王）、c（10・一九五六）
⑦未来との関連　a霍公鳥飼ひ通せらば今年経て来向ふ夏はまづ鳴きなむを（19・四一八三）、b（17・三九一四、田口馬長）、c（10・一九五八）
⑧時間の経過との関連　a……家離《さか》り　年の経ぬれば　うつせみは　物思繁し　そこ故に　情慰《こころなぐさ》に　霍公鳥鳴く初声を……（19・四一八九）、b（8・一四七四、大伴坂上郎女）、c（14・三三五二、東歌）
⑨感情・思想伝達の関連　aわれのみし聞けばさぶしも霍公鳥丹生の山辺にい行き鳴かなも（19・四一七八）、b（8・一四九八、大伴坂上郎女）、c（10・一九三八、古歌集）
⑩恋緒・思惟・瞑想の関連　a橙橘初咲、霍鳥飜嚶。対此時候、詎不暢志、因作三首短歌、以散欝結之緒耳（17・三九一一題詞）、b（8・一四七六、小治田広耳）、c（10・一九六〇）
例歌には、分類上多少の疑問の残るもの（例えば⑩の大伴坂上郎女の歌を懐旧歌と見ず懐郷歌と見る立場もあり得る、など）もあるが、おおよその傾向を見ることはできる。以上の分類のうちで①から⑧までは、いずれも、何らかの意味で時間に関連しているが、家持の歌とそれ以外の歌との間に、時間意識の面で顕著な差異は見出せない。相違があるとすれば、量の多寡・質の濃淡ということになろうが、その細密な検証はここでは省略してもよいであろう。

家持作の「ほととぎす」歌およびその題詞に、遥遠感覚を表現する語句を含み持つものは、以下の8例である。ここに言う「遥遠」とは、空間的・心理的な遠距離のことであるが、そこに時間的距離感がどう関与するかが、私の課題である。

A　夏山の木末の繁に霍公鳥鳴き響むなる声の遥けさ（8・一四九四）

B　（題詞）夜裏遥聞霍公鳥喧（17・三九八八）

C　ぬばたまの月に向ひて霍公鳥鳴く音遥けし里遠みかも（17・三九八八）

D　（題詞）独居幄裏　遥聞霍公鳥喧（18・四〇八九）

E　行方なくあり渡るとも霍公鳥鳴きし渡らばかくやしのはむ（18・四〇九〇）

F　……朝飛び渡り　夕月夜　かそけき野辺に　遥遥に　鳴く霍公鳥　立ち潜くと……（19・四一九二）

G　わが幾許慕《ここだしの》はく知らに霍公鳥何方《いづへ》の山を鳴きか越ゆらむ（19・四一九五）

H　……明けされば　榛《はり》のさ枝に　夕されば　藤の繁みに　遥遥に　鳴く霍公鳥……（19・四二〇七）

★例歌Aについて

　この「遥けさ」に時間の要素があるかどうかは、この歌自体からは判断できないが、これを、題詞で「霍公鳥の歌二首」として括られている、続番のもう一首の歌、「あしひきの木の間立ち潜《く》く霍公鳥斯く聞きそめて後恋ひむかも」（8・一四九五）と同時・同想の連作として考えれば、夏が来て、姿はまだ見えないながら霍公鳥がようやく遠くで鳴き始めたことを、この第一首（A歌）で歌い、その瞬間をさらに未来の側から懐旧的に想起するであろうことを第二首で歌う、という時間構造のものとして読み取ることができる。すなわち、A歌での遥遠感は、時間の進行をめぐって知覚されているのである。

★題詞Bおよび例歌Cについて

　時刻は夜であるが、この聴覚的遥遠感自体は、時間の意識とは関連がないものと思われる。

★題詞Dおよび例歌Eについて

題詞の「遥」は、距離的遠隔感を言うもので、時間には関連しない。反歌であるE歌には、さまざまな解釈が可能であるが、「行方なく」を霍公鳥を形容する朦朧表現と理解し、また「しのふ」を懐旧的態度と理解するとしても、その朦朧性はほととぎすが「鳴き」渡ることの聴覚性には関連しない。

★例歌Fについて

長歌のこの部分、朝と夕（夜）に別けてほととぎすが叙述されているが、その構造は、

a　二上山に　木の暗の　繁き谿辺《たにべ》を　呼び響《とよ》め　朝　飛び渡り
b　夕月夜　かそけき野辺に　遥遥に　鳴く
｝霍公鳥

であるから、この「遥遥に」は、少くとも散文脈の論理としては、もっぱら夜のホトトギスにのみ係わっているわけである（詩的効果としては若干はaに遡行して呼応しているであろうが）。朝から夜への時間の推移がab間に存在するとしても、この「遥遥に」は、その時間の推移には、文法の論理として関与していない。また、bの内部において、たとえばほととぎすの時間的移動が意識されているということもない。この意味で、この遥遠感覚は、距離のものであって、時間のものではないと、一応は判断すべきであろう。

ただし、このほととぎすは、次に述べるように、すでに抽象化されたそれであって、具体的・現実的な個々のほととぎすではない。すなわち「朝飛び渡」る霍公鳥と「夕月夜……遥遥に鳴く」霍公鳥とは、具体個別のほととぎすではなく、概念化・抽象化された同一の（同類の）「ほととぎす」という鳥である。すでに同一の鳥についての詩的叙述であるからには、「遥遥に」は、aの霍公鳥にも、bの霍公鳥にも、そして要するにこの歌一首の霍公鳥のすべてに影響する形容詞であるとは言える。

この点を強調して考えれば、この歌に流れる時間（朝から夕への時間であるが、特定の一日のこととして限定されているわけでもない。その朝夕の繰り返し、とも理解できる）に対しても、「遥遥に」は、その形容の機能を及ぼしていると考えてよかろう。

★例歌Gについて

「更に霍公鳥の鳴くことの晩《おそ》きことを怨むる歌」の題詞を持つ三首の第二首である。ここには、続く第三首の「月立ちし日より招《を》きつつうち慕《じの》ひ待てど来鳴かぬ」と同想の時間的発想があり、「何方《いづへ》の山を鳴きか越ゆらむ」は、場所を問うことで実は時間をも問うているのである。それは、微視的に見れば、ほととぎすをめぐる時間感覚と遥遠感覚との融合であると言えるであろう。

★例歌Hについて

この長歌は、久米広縄への社交的挑発戯歌であって、「遥遥に」は実際の距離であると同時に疎遠をなじる心理的誇張でもある。ほととぎすの到来を待つ点では、前項の例歌Gに通じるものがある。また、ほととぎすの概念化抽象化の点で、上述の例歌Fと性格を同じくする。その意味では、この「遥遥に」にも時間的関連を認めることができる。

以上の観察を総合すれば、ほととぎすと時間意識と遥遠感覚との有機的な関連が認められる家持歌は、ＡＦＧＨの四例ということになる。この事実は、おそらく二様の意味付けを許すであろう。積極的に言えば、家持の遥遠美の感覚は、時間の意識にも及んでいた、ということであり、消極的に言えば、しかしそれは、ＡＦＧＨ四例で吟味した程度にとどまるものであった、ということである。

例歌Ａには、ほととぎすを、現在・未来の時間の流れの中に据え、さらに未来から現在を追憶するという、私が「ブーメラン式」と仮に名付けるところの抒情形式が認められる。「ブーメラン」については後述するが(407ページ)、その抒情に「遥けさ」の感覚が寄与していることは指摘できる。ただしA歌で見出された、時間をめぐるこの種の遥遠美学は、この一首のみに終わって、以後発展することがなかったように思われる。例歌Gでは、それは単なる「待ち遠しさ」の程度にとどまっている。おそらくA歌の場合は偶然であって、「ほととぎす」を時間の遥遠美に関連させることにおいて家持が特に自覚的であった、とは言えないであろう。

2「ほととぎす」の抽象化・観念化

家持の「ほととぎす」は、写実の細密化が進行する一方において、同時に象徴化・抽象化も進行する。その様子を、時間性との関連で眺めてみよう。

「ほととぎす」を季節の象徴として扱うことが、すでに「ほととぎす」の抽象化であるが、この抽象化には当然、季節という時間の観念が関与している。「ほととぎす」は、家持の時間の観念に沿って抽象化されていると言えるであろう。

もちろん、家持以外の歌にも、同様の現象は見られる。たとえば、

……ほととぎす　鳴く五月には　菖蒲草《あやめぐさ》　花橘を……(3・四二三、山前王)
霍公鳥いたくな鳴きそ汝が声を五月の玉にあへ貫くまでに(8・一四六五、藤原夫人)
霍公鳥汝が初声はわれにもが五月の珠に交へて貫かむ(10・一九三九)
霍公鳥来鳴く五月の短夜も独りし寝れば明しかねつも(10・一九八一)
わが背子が国へましなば霍公鳥鳴かむ五月はさぶしけむかも(17・三九九六、縄麻呂)

この他、「卯の花」や「橘の花」と組み合わせて「ほととぎす」を歌った歌は多いが、それらは「卯」や「橘」

の季節性に依拠して歌想を得ているものであるから、登場する「ほととぎす」が季節到来の意識と係わっていることは言うまでもない。

この傾向は、家持の場合には、しかし、より濃厚顕著になってくる。そして「年往き返り」「毎年に《としのは》」などの語が、家持の「ほととぎす」歌に独特のものである点にも注目される。

……年往き返り春花の移ろふまでに……霍公鳥来鳴かむ月にいつしかも早くなりなむ……（17・三九七八）

……年往き還り月かさね……霍公鳥来鳴く五月の菖蒲草蓬《よもぎ》かづらき……（18・四一一六）

毎年に来鳴くものゆゑ霍公鳥聞けばしのはく逢はぬ日を多み（19・四一六八）

「ほととぎす」は、その時々の個別的写実ではなく、年単位で認識される「循環する時間」の里程標として表象されているのである。比喩としてあえて言うなら、ここで「ホトトギス」は、どこか、ある抽象的な次元から家持の歌の中に飛来する「時間の鳥」になっている。前項Fの例歌で見たように、その「時間の鳥」が、「遥遥に」と結びつくところに、私としては関心を持たざるを得ない。

重ねて言えば、以上の考察を通して、私が結論として言えることは次のようなことである。すなわち、家持は「ほととぎす」を、特に「時間の鳥」「時間を運ぶ鳥」として意識していたわけではない。しかし、家持の「ほととぎす」は具体個別の写実的な鳥ではなく、年単位の長い時間で家持の観念の中を飛ぶ抽象的な鳥であって、その鳥の声や気配に冠せられる「遥遥に」のような遥遠表現は、結果として「時間的遥遠性」を表現することになっている場合があると言える。

なお、家持のほととぎすをめぐる遥遠表現についてはすでに佐々木民夫氏に詳論[注3]があり、学恩に浴した。

二　家持の時間認識

（一）家持の時間における円環と直線

本書375ページで述べたように、円環をなして循環する原始的時間が、やがて歴史の時代に入って直線かつ一方向性の時間に変化するという図式に乗って言えば、暦法は、その直線の上に、前代の車輪を転がして目盛りを刻むようなものである。その意味で暦法は、循環する時間と不可逆的な時間との貼り合わせである。家持の前にあったのは、そのような重層的な時間であったと思われるが、そのことを、少し詳細に見てみたい。

以前、私は家持の、

妹が見し屋前に花咲き時は経ぬわが泣く涙いまだ干なくに（3・四六九）

を、憶良の、

妹が見し楝《あふち》の花は散りぬべしわが泣く涙いまだ干なくに（5・七九八）

と比較しながら、家持の「時は経ぬ」の内質について考えたことがあった（本書316ページ以下参照）。そこで私が指摘し得たのは、

①「時」が主語の位置に立つのは、おおむね万葉後期の傾向である。

②その際、「時」を主語とする述語動詞は、「過ぐ」が基本の形である。そして、「時（は）過ぐ」は、ある時点が過ぎ去ること、ある時点が過去の方へ遠ざかることを意味した。

③従来、時点を示す語であったこの「時」が、時間的距離（時間幅）の意味を併せ持つようになるのは、おおむね天平期以後のことと推定される。

④家持は、「時」を主語とする従来の述語動詞「過ぐ」に代えて、「経（ふ）」を用いたが、「経」は本来、月日、年月、百世、幾世など、長い時間の経過を意味する語を主語とする場合の述語動詞であった。家持は「時」を比較的長い時間の経過として意識していたのであろう。

⑤家持の「時は経ぬ」の内質は、鬱情・未練・無常感・無常観・諦念など、消極的・悲観的な傾向のものである。

⑥一首の抒情の重心は「わが泣く涙」よりは「時は経ぬ」の方に、やや傾いている。亡妾挽歌の系譜の中で、かすかながらここには亡妻悲傷としての「当事者性」の回避があり、現実を超越して自己を「観照者」の位置に置こうとする志向が感じられる。

といった諸点であった。敷衍して言えば、この抽象化された家持の「時」は、「やりなおし可能な」「循環する」時間ではなくて、「とりかえしのつかない」「不可逆的な」時間であった。そのような「時」を対象として、家持は観念的抒情を展開したのである。

同様の傾向は、家持の、

移り行く時見る毎に心いたく昔の人し思ほゆるかも（20・四四八三）

における「時・見る・毎に」の考察結果からも言うことができる（本書356ページ以下参照）。遠く国見歌や山見歌にその淵源を求めることができるであろう「P見ればQ」の型の万葉歌は、儀礼的・公的性格から日常的・私的性格へと変遷し、「思ほゆ」などの語を伴って私的抒情の器となる。この「P見ればQ思ほゆ」（およびその変形、「思ほゆ」の代わりに、相当する感懐の語を伴う）の抒情の質は、家持以外では（例えば、1・三二古人、3・二七〇黒人、7・一一七五、9・一七四〇虫麻呂）、おおよそ懐郷・懐古が主流をなしており、家持歌も、その多くは例外ではないが、

なお若干の例において家持独自の様相を示している。例えば、

……常なりし　咲《ゑま》ひ振舞　いや日異《ひけ》に　変らふ見れば　悲しきろかも（3・四七八）

……逝く水の　留らぬ如く　常も無く　移ろふ見れば……流るる涙……（19・四一六〇）

うつせみの常無き見れば世の中に情《こころ》つけずて思ふ日そ多き（19・四一六二）

うつせみは数なき身なり山川の清《さや》けき見つつ道を尋ねな（20・四四六八）

などの歌では、「見る」ことの対象Pが、実景としての事物の状態や動作ではなく、「移ろひ」や「無常」という観念になっている。しかもそれらの観念は「変らふ」「移ろふ」「常なき」「清けき」のように、用言の格をもって把握されている。このような傾向を根拠として考えるに、四四八三番歌「移り行く時見るごとに」で家持が繰り返し「見」ていた対象は、「移り行く」という用言で表現される、動的な時間であったと言えるであろう（本書353ページ以下参照）。

以上、家持における「とりかえしのつかない」「一方向に流れる」「不可逆的な」時間の認識について見てきた。もちろんそこには仏教の影響が色濃く認められる。本論の主題に即して言えば「仏教的時間意識」と限定して言ってもいい。

ところで、家持がとりわけ敏感であった、巡り来る季節、咲く花、鳥の囀りなど、時ごとに繰り返し、蘇生する自然の動きは、如上の家持の時間意識と、どのような関係にあったであろうか。まず、そのような「循環」を期待し、確信し、享受し、称賛するという趣の歌のいくつかを挙げてみよう。

……二上山は　春花の　咲ける盛りに　秋の葉の　にほへる時に　……　朝凪に　寄する白波　夕凪に　満ち来る潮の　いや増しに　絶ゆること無く　古ゆ　今の現《をつつ》に　……（17・三九八五、二上山賦）

卯の花の咲く月立ちぬ霍公鳥来鳴き響めよ含みたりとも（18・四〇六六）

……斯くしこそ　いや毎年に　春花の　繁き盛りに　秋の葉の　黄色《もみた》ふ時に　あり通ひ　見つつ賞美《しの》はめ
　この布勢の海を（19・四一八七、遊覧布勢水海）

新しき年の初めは弥年《いやとし》に雪踏み平《なら》し常かくにもが（19・四二二九）

八千種に草木を植ゑて時ごとに咲かむ花をし見つつ賞《しの》はな（20・四三一四）

時の花いやめづらしもかくしこそ見《め》し明めめ秋立つごとに（20・四四八五）

家持の二十四節気についての関心は深く、題詞などに明記されている以外にも、背後に二十四節気への作者の意識の存在を推定できる歌、またそれを知ることでわれわれの「読み」が一段と深まる歌が少なくない。すでに紹介した通りこのことは、橋本達雄氏の「大伴家持と二十四節気」[注4]に詳しい。

しかし、これらの歌にも、年ごとの繰り返しそのものを喜んだり、罪や汚れの浄化そして生活の再出発を期待したり、といった趣は、どちらかと言えば希薄である。儀礼歌、宴席歌、予祝歌などにその趣はあるにせよ、それらは言わば、外部からの要請に応えたもので、家持自身が個人的・内面的な信仰や思想や衝動から詠んだ歌というわけではない。個人としてはむしろ、その趣を否定する作品の方が遥かに多い。すなわち、

秋さらば見つつ偲へと妹が植ゑし屋前《には》の石竹花《なでしこ》咲きにけるかも（3・四六四）

妹が見し屋前に花咲き時は経ぬわが泣く涙いまだ干なくに（3・四六九）

あしひきの山さへ光り咲く花の散りぬるごときわご王《おほきみ》かも（3四七七）

……咲く花も　移ろひにけり　世の中は　かくのみならし　……（3・四七八）

世間《よのなか》は数なきものか春花の散りの乱《まが》ひに死ぬべき思へば（17・三九六三）

言問はぬ木すら春咲き秋づけば黄葉散らくは常を無みこそ（19・四一六一）

……世の中の　憂けく辛けく　咲く花も　時に移ろふ　うつせみも　常無くありけり……（19・四二一四）

咲く花は移ろふ時ありあしひきの山菅の根し長くはありけり（20・四四八四）

八千種の花は移ろふ常磐なる松のさ枝をわれは結ばな（20・四五〇一）

最後の二例において、「花」を循環する時間の表象とすれば、それに対置される「根」「松（結ぶ）」は、永続する時間の表象である。

(二)「しかすがに」と時間

「しかすがに」の語をとりあげてみたい。まず、万葉集中の全例を挙げる。

……草枕　旅を宜しと　思ひつつ　君はあらむと　あそそには　かつは知れども　しかすがに　黙然《もだ》得あらねば　……（4・五四三、笠金村）

★梅の花散らくは何処しかすがに此の城《き》の山に雪は降りつつ（5・八二三、大伴百代）

荒磯越す波は恐《かしこ》ししかすがに海の玉藻の憎くはあらずして（7・一三九七、「寄藻」）

★うち霧らし雪は降りつつしかすがに吾家の園に鴬鳴くも（8・一四四一、家持）

★うちなびく春さり来ればしかすがに天雲霧らふ雪は降りつつ（10・一八三二、「詠雪」）

★梅の花咲き散り過ぎぬしかすがに白雪庭に降り重《しき》りつつ（10・一八三四、「詠雪」）

★風交へ雪は降りつつしかすがに霞たなびく春さりにけり（10・一八三六、「詠雪」）

★山の際《ま》に雪は降りつつしかすがにこの河楊《かはやぎ》は萌えにけるかも（10・一八四八、「詠柳」）

★雪見ればいまだ冬なりしかすがに春霞立ち梅は散りつつ（10・一八六二、「詠花」）
妹と言はば無礼《なめ》し恐ししかすがに懸けまく欲しき言《こと》にあるかも（12・二九一五、「正述心緒」）
★三島野に霞たなびきしかすがに昨日も今日も雪はふりつつ（18・四〇七九、家持）
★月数《よ》めばいまだ冬なりしかすがに霞たなびく春立ちぬとか（20・四四九二、家持）

これら十二例中、★を付した九例が時間に関連しているが、いずれも冬と春との季節の進行・交代・重複・併存の認識を表現している。作者および歌数の内訳は、大伴百代1、大伴家持3、作者不明（巻10）5である。9例中8例で「つつ」の語を伴い、さらにそのうち6例が「雪は降りつつ」の句を共通に持っている。自然の、頑固な現状維持の力と、一方、妥協のない前進の力とが押し合っている。恣意的な比喩で言うなら、「さなぎ」の内側で成長しつつある時間へのまなざしが、この「つつ」にはあるであろう。さて、時間の方向は次のようである。

A「春しかすがに冬」――5・八二三百代、10・一八三二、10・一八三四、18・四〇七九家持
B「冬しかすがに春」――8・一四四一家持、10・一八三六、10・一八四八、10・一八六二、20・四四九二家持

Aは冬の名残を、Bは春の到来を強調することになるが、全例にわたって、また家持歌自体においても、AB両者がほぼ均等に存在しており、ABの選択に特に有意の差異は認められない。
少ない例数ではあるけれども、家持が「しかすがに」を愛用したことは、以上の観察からも言える。それがもたらすのは、冬と春との重なりの繊細微妙な瞬間を捕える、絵画の用語で言うなら「グラデーション」の美であるが、それが静止したものではなく、一進一退の時の進行を表現しているところが重要な点であると思う。

家持が、どこからこの「しかすがに」の歌想を得たかは、想像するしかないが、上掲大伴百代の歌をふくむ天平二年大宰府の「梅花の歌」群からの影響は最も考えられるところである。「梅花」では、春到来の喜び、現在の謳歌、未来の祝福、が歌想のほとんどを占めているが、「しかすがに」の語の有無は別として、季節の交代・重複・併存への感慨もまた認められる。それは、梅花と雪とのイメージの混交や、百代の上掲歌、また「追和歌」第一首の「残りたる雪にまじれる梅の花早くな散りそ雪は消ぬとも」（5・八四九）などに認められるところである。

繰り返しを含むが、家持の「しかすがに」の発想は、次の二つのことを私たちに示すものであると言えよう。

1　季節の推移に関する微妙繊細な感覚

2　季節に関する総覧的・概念的・俯瞰的視点の存在

だが、このことはまた同時に、家持の時間認識におけるある種の朦朧性、時間区分の曖昧性といった側面にも関連して来る。

（三）屈折する時間

あしひきの木の間立ち潜《く》く霍公鳥斯く聞きそめて後恋ひむかも（8・一四九五）

奈呉《なご》の海の沖つ白波しくしくに思ほえむかも立ち別れなば（17・三九八九）

玉桙の道に出で立ち別れなば見ぬ日さまねみ恋しけむかも（17・三九九五）

都方《みやこへ》に立つ日近づく飽くまでに相見て行かな恋ふる日多けむ（17・三九九九）

……年の緒長く　相ひ見ずは　恋しくあるべし　今日だにも……（20・四四〇八）

はふ葛の絶えず偲はむ大君の見しし野辺には標結《しめ》ふべしも（20・四五〇九）

これらの歌に共通するのは、（現在を過去として）「未来から振り返る」という点である。私はこれを「ブーメラン式」と呼んでいるが、この類の発想も家持の歌の特徴の一つに数えられよう。（本書28 37 262 398ページ参照。）

ただし、この発想は家持の独創というわけではない。たとえば、本章第四節で論じたが、山部赤人の「伊豫温泉」の長歌の尾部「遠き代に」は単純に「遠い未来に」と解するべきではなく、やがて遠い過去へと遠ざかり神さびゆくであろうところの、現在の行幸処の未来像を今推量しているものと考えるべきであろうし、同じく赤人の短歌「沖つ島荒磯の玉藻潮干満ちて隠ろひゆかば思ほえむかも」（6・九一八）や「明石潟潮干の道を明日よりは下咲《したゑ》ましけむ家近づけば」（6・九四二）など、いずれも「現在をやがて過去として回想するであろうような未来を、今から予想する」という「ブーメラン」構造を備えたものである。

家持が、こうした発想を意識的に踏襲したものかどうかは知り得ないが、家持がその様式を比較的多く用いて、その詩の世界に複雑な陰影を与えたことは確かである。

この「ブーメラン式」とは異なるが、「秋歌四首」の、

雲隠り鳴くなる雁の去きて居む秋田の穂立繁くし思ほゆ（8・一五六七）

の時間構造も単純ではない。雁は今どこに居るのであろうか。時制の矛盾を生じない唯一の合理的解釈は「今雲に隠れて鳴いている雁がやがて飛んで行って降りるであろう秋田の穂立のことが、雁はまだこちらの雲の中にいるけれども、未来のこととして、今からしきりに思われることである」ということになるが、おそらく歌の解釈としては正しくないであろう。正解は、時制の矛盾はあるけれども「今雲に隠れて鳴いている雁がやがて飛んで行ってすでに降りたであろう秋田の穂立のことがしきりに……」であるにちがいない。（「穂立」までを「繁く」を導

く序と見、「恋の相手を繁く思う」のを主想と考える解釈もあるが、ここではその解釈を採らない立場で考えている。）雁は、この歌の中で、同時に雲の中と秋田とに、つまり、同時に現在と未来とに、あるいはより正確に言えば、未来から見て過去である現在と、現在から見て未来である現在とに、存在しているのである。かような「現在」とは作者にとって何であるのか。写実的に扱われてはいるものの、私たちはこの雁を、実は作者の観念の次元に属する存在と考えざるを得ないのではなかろうか。本稿（上）で紹介した有木摂美氏の「形相とリアリティーの均衡」（注5）の論は、おそらく、こうした問題に関わるのであろう。

三　家持の長歌と時間

（一）長歌と叙事詩と抒情詩と

あえて言えば、家持は、その長歌において、抒情詩の内容を盛るに叙事詩の形式を以てした、ということができよう。叙事詩が構造として長さを要するのは、事実の時間的経緯を盛るためであり、それはおおむね、歴史的事実の展開に沿って年代記的に記述される。叙事詩人は、事件の終焉を一旦見極めた後に、その時点に立ち止まって事件を懐古的に振り返るのではなく、あらためて事件の発端の時点に立ち戻って再び事件を時間に沿ってなぞるのである。しかし、家持長歌（特にいわゆる「第三群」）においては、記述の眼目は歴史的事実の展開ではなく、心情そのものの展開にある。金井清一氏（注6）のことばを繰り返し引けば、それは、

おそらく彼には感情を自由に表現できる「空間」と「時間」が必要だったのである。長歌はそのために選ばれた形式だったのである。（中略）短歌形式でも間に合う内容を短歌形式で瞬間的に述べることでは気分は晴れず、長歌形式で時間をかけて心という空間の隅々までの思いを洗い出していくことで満足が得られたの

である。

といった事情のもとにある。

金井氏がここで「時間」と言われるところのものは、私流に分析すれば、二つの「時間」に分けて考えられるものである。一つは語りに要する時間であり、もう一つは内容の経過が求める時間である。前者は、簡単に言えば、長歌の冒頭から末尾までを持続して読むに要する時間のことであって、形式的・物理的な時間である。これに対して後者は、もしそれが尋常の叙事詩であれば、歴史的事件の展開の時間であるが、家持長歌の上述のような性格からして、それは事実の時間ではなく家持自身の心情的・抒情的事件の、心の中での展開の時間であるとしなければならない。

問題は、したがって、①家持長歌に盛られる「内容の時間」はいかなるものか、②その時間と、それを盛る長歌形式の物理的時間とは、いかなる関係にあるのか、という二つの点にしぼられのである。

まず問題の①について考えたい。金井氏が論考の素材とされた「庭中の花に作る一首」（18・四一一三）および「世間の無常を悲しぶる歌」（19・四一六〇）を、私も例として取り上げよう。

「庭中花」の歌に込められた「内容の時間」は、これまた二つの側面に分けて考えられよう。第一は、場面としての時間であって、越中に赴任した時点に始まり、以来孤独が続き、石竹花を蒔き百合を植え、それらの花の咲くのを毎年眺めながら、妻に会える未来の日を期待して過ごしている現在までの、五年の歳月が事実の説明としてこの一首の長歌に含まれている。第二は、金井論文が「一首の主眼は花の描写よりはいぶせき感情の表現にある」と述べるところの、「感情」の流れとしての時間、抒情の流れとしての時間であって、冒頭から「年の五年」までは、現時点から回想された時間であることが明瞭であるのだが、続く「丸寝をすれば」までの部分は、その五年にわたる生活の記述でありながらも、どちらかといえば現在の状態を主に述べていて、いわば「現在完了」的な時の相を示している。その感情の集約が「いぶせみと」の語であるが、金井氏がこの部分に関して、

「いぶせみと　心なぐさに」なでしこやさゆりの「咲く花を出で見るごとに……」と意味的には続くのに、両句の間には「なでしこを　やどに蒔きおほし　夏の野のさ百合引き植ゑて」と（中略）以前の行動が述べられている。つまり両句の間には数か月の時間の経過が再現されている。

とされたのも、「いぶせみと　心なぐさに」を、その「数か月」の後の、現在の感情や行動として理解されたことによるのであろう。ただし、私は本書379ページで述べたように、この「いぶせみと　心なぐさに」は、続く「石竹花を　屋戸に蒔き生し　夏の野の　さ百合引き植ゑて　咲く花を　出で見るごとに」全体に掛かっていると考えるのが自然であろうと思う。とすれば、「いぶせみ」は、「過去数か月」あるいはそれ以上の過去に遡上した時点での感情を含むことになるのである。なお、「出で見るごとに」も、その繰り返しの時間の幅は曖昧である。短く採れば「現在、毎日のように出て見ているが、そのたびに」のように解せられるが、長く採れば「毎年毎年、花咲くたびに」のように解することもできる。おそらく金井氏は前者の立場で逆算して「数が月」の過去を算定されたのであろうが、後者を採れば、二年、三年の時間幅を考えることもできるわけである。

では、「世間無常」歌では事情はどうか。「場面」の時間は、「天地の遠き始め」から「ながらへ」来て、「春」さり「秋」来たる幾年月、「黒髪変」わる人生一代、「朝」「暮（ゆふ）」の変化をふくめて、現在、さらには「逝く水の留らぬ如」き未来までをも暗示しつつ、世代を連ねた長い時間の推移として扱われている。では「抒情」の時間はどうであろうか。言うまでもなく、「……語り継ぎ　ながらへ来れ」の意識・感懐の立脚点は、その継続の到達点としての「現在」という時点にある。その「現在」の時点から、「過去」は詠嘆的に振り返られてい

るが、その「詠嘆」は、年月の長さに感動するとか、その神さびた神話的内容を畏敬するとかいうのではなくて、「世の中は常なきもの」という原理の運命性・絶対性への詠嘆であると言えよう。以下、天空の月の満ち欠けや、山の景色の春秋の変化や、人間の生命の消滅など、いずれも「現在」の時点からの言及であり、その詠嘆の性格も同一である。そしてそれは、「常も無く　移ろふ見れば　にはたづみ　流るる涙　止みかねつも」という、これまた明白な現在での感懐によって要約されている。通常の叙事詩では、(研究の方法として仮に)その「現在」からの抒情を差し引いた場合、歴史的事実や筋のある挿話が残る。家持の当該歌から抒情を差し引いたとき後に残るものは何であろうか。それは、自然と人間の「変化」であるが、人間も自然の一要素として並べられているわけだから、その点を強調して言えば、それはまとめて「自然の変化」と見ても差し支えないのである。

　ここで、当該歌を、憶良の「哀世間難住歌」(5・八〇四)と比較してみよう。憶良歌の冒頭「世間《よのなか》の　術なきものは　年月は　流るる如し　取り続き　追ひ来るものは　百種《ももくさ》に　迫め寄り来る」は、概念の提示である。後代のものではあるが、説明のために言及するなら、それは「平家物語」冒頭の「……諸行無常……生者必衰……」の部分に相当する。まずそのような、哲学的・宗教的な概念を提示し、本題の、具体的事実の叙述に入っていくのが叙事詩の一つの類型であろう。憶良の歌は、まさにその通りの形になっている。「少女らが　少女さびすと　唐玉を　手本《たもと》に纏かし　同輩児《よちこ》らと　手携《てたづさは》りて」という描写の具体性に注目したい。その具体的描写は、以下、「か黒き髪」「紅の面」「大夫の　男子さびすと　剣太刀　腰に取り佩き　猟弓《さつゆみ》を　手握り持ちて　赤駒に　倭文鞍《しつくら》うち置き　匍ひ乗りて　遊び歩きし……」「少女らが　さ寝す板戸を　押し開き　い辿りよりて　真玉手の　玉手さし交へ　さ寝し夜の」のように断続して現れるが、それらの描写は、「過去に立ち戻り、その時点を現在として叙述する」という叙事詩的な方法に依っている。そうしてそれが、量的には一首の長歌の大半を占めている。もちろん、今列挙したそれぞれの部分には、それを回想し時間による浸食を嘆く部分が続いており、その部分は、現在の時点からの詠嘆であって、抒情詩的発想になっているが、その量的比重はやや軽いと言えるのである。

憶良歌の以上の点を念頭に置いて家持の「世間無常歌」に視線を戻せば、両者の相違は歴然としている。冒頭の「天地の　遠き初めよ　世間は　常なきものと……」は、一篇の哲学的・思惟的概念の提示として憶良歌と共通するが、その後に続く「具体的事実」の期待される部分は、極めて異質のものになっている。すなわち「……照る月も　満ち欠けしけり……山の木末も　春されば　花咲きにほひ　秋づけば……黄葉散りけり」は、第一に、具体的事実と言うよりは、抽象化された概念であること、第二に、人事の推移が含まれていないこと、第三に、「過去に立ち戻って、その時点を現在として叙述」するものではないこと、などの点で憶良の場合とは大いに相違している。続く「紅の色もうつろひ　ぬばたまの　黒髪変はり　朝の笑み　夕変はらひ」は、詞章として憶良歌と共通するが、文脈の中で、それが一層概念化されていること、現在時点からの抒情の対象として限定されていること、が看取されよう。

㈡　家持の「過去」

家持歌に表わされる「過去」は、常識的な分類ではあるが、主題から見ておおよそ次の四種に分けられる。

1　神話的過去　「神」や「神代」のこととして言及される過去。

2　伝説的過去　神話時代から歴史時代への中間期のこととして想定される伝承的・民族的過去。ここでは「説話的」と同義で用いる。

3　歴史的過去　編年体歴史の中に事実として位置づけられる過去。

4　個人的過去　主として家持の実生活の範囲に属する過去。

以下、主として前二者について考え、後二者については例のみを挙げるにとどめたい。

神話的過去

そのほとんどは長歌に現れる。例を挙げれば、「天降り……天皇の……御代重ね天の日嗣と領《し》らし来る」（18・四〇九四、出金）、「高御座天の日嗣と……畏くも始め給ひて」（18・四〇九八、吉野）、「大汝《なむち》少彦名の神代より言ひ継ぎけらく」（18・四一〇六、小咋）、「天地の遠き始めよ……語り継ぎながらへ来れ」（19・四一六〇、悲世間無常）、「天地の初の時ゆ」（19・四二一四、挽歌）、「此《ここ》見ればうべし神代ゆ始めけらしも」（20・四三六〇、拙懐）、「ひさかたの天の戸開き高千穂の……皇祖の神の御代より」（20・四四六五、喩族）のごとくである。

本書383ページに引いたように、小野寛氏は、[注7] 家持の「すめろき」の語に注目して、天平感宝元年五月という時点で家持の歴史意識に大きな変革が生じたことを、主張された。同年以前の作品には皇統を讃える詞句が見当たらないこと、「陸奥国出金詔書」こそが、その変革の契機であること、を重視した論である。

その小野氏の論旨を肯定した上で考えることだが、いま列挙した神話的過去は、家持長歌においてどのような役割を果しているであろうか。家持の主観的意図はともかく、私の観察では、それらは単に、作品に一定の枠組み、言ってみれば一定の「古代色」を与えるに止まっている。神話的過去は抒情の要素としてのみ機能しており、家持の詩的想像力は、神話的過去そのものに深く入り込んではいない。ただ、そういう中で、「向京路上、依興預作侍宴応詔歌」（19・四二五四）の冒頭部分、

秋津島　大和の国を　天雲に　磐船浮べ　艫《とも》に舳《へ》に　真櫂繁貫《しじぬ》き　い漕ぎつつ　国見し為して　天降《あも》り坐し

掃《はら》ひ言向け　千代かさね　いや嗣継《つぎつぎ》に　知らしける　天の日嗣と……

には、微量ながら、特異なものが認められはしないか。

「天雲に磐船浮べ」以下の数句は、神武紀の「……東有美地。青山四周。其中亦有乗天磐船而飛降者。……厥飛降者、謂是饒速日歟。」「……復大己貴大神目之曰、玉牆内国。及至饒速日命、乗天磐船、而翔行太虚也、睨是郷而降之、故因目之、曰虚空見日本国矣。」に依っていると考えられるが、家持歌の「艫に舳に　真櫂繁貫きい漕ぎつつ」の部分は日本書紀には記述がなく、家持の補入と考えられる。このことが示すように、家持は、ここでは発想の次元を神話的過去にもどして、その世界を自らの筆で描こうとしているように見える。僅かながらそこには抒情詩とは異なる叙事詩的な発想が働いていると考えてよいであろう。もちろん、「真櫂繁貫き」の句は、家持歌を除いて、万葉集中に十六例を数えるのであって、家持の独創ではない。いわば慣用句であるから、家持歌の当該句の出所を問うことは無意味であるが、「越の海」や「（大伴）三津」のような、家持にとってゆかりの名称を含む笠金村の長歌（3・三六六、8・一四五三）などは、家持の脳裏に必ず去来していたであろうと推測できる。

伝説的過去

「田道間守《たぢまもり》」（18・四一一一）、「鴬の現真子《うつしまこ》」（19・四一六六）、「厚朴《ほほがしは》」（19・四二〇五）、「処女墓《をとめつか》」（19・四二一一）などがその例である。第一および第二例は橘家を意識した賀歌、第三例は皇統賛美をふくむ社交歌であって、それぞれの伝承は、主題に奉仕するために部分的に組み込まれているに過ぎない。これに対して第四例は、巻九の福麻呂歌集歌（一八〇一〜一八〇三）および虫麻呂歌集歌（一八〇九〜一八一一）の処女墓伝説の流れに立つ本格的な伝説歌である。家持歌題詞の「追同」（追ひて同《こた》ふる）は、特に虫麻呂歌に対するものであろうが、しばらく、この歌について考えてみたい。

　それらの長歌は、福麻呂、虫麻呂、家持のいずれの場合も、A古い事件が語り継がれてきた（語りつがれて行く）という事実の指摘、Bその事件の内容の記述、C（A・Bに関する）作者の感想、の三つの要素から成り立っている。その出現の順序、およびその要素に費やされる句数の全句数に対する比率（五音、七音などをそれぞれ一句と数える）を次に示そう。

福麻呂	A27句87%→（B　なし）→　C4句13%	全句数31
虫麻呂	B58句79%→　C11句15%　→　A4句55%	〃　73
家持	A4句9%→B9句21%→C1句3%→B20句47%→A5句12%→C2句5%	〃　41

家持の歌は、冒頭から約三分の一経過した第14句のところで「聞けば悲しさ」という作者の感慨Cが1句入るところに重要な特徴があるが、その点を度外視すると、句順はAにはじまり、Bを経てCで終わる、ということで福麻呂に近い。（ただし福麻呂歌はBを欠いている。）虫麻呂歌は、伝説内容の記述（B部）が79%を占め、いかにも伝説歌と呼ばれるにふさわしいものであるが、実は家持歌もB部の合計は29句67%に達するのであって、この意味では家持歌は、虫麻呂歌に近いと言えよう。

　福麻呂歌もそうであるが、家持歌の冒頭部がA「いにしへ……」で始まるのは、歌の枠組みとして、隔たる時代をまず設定することであり、時間の遥遠によって現在との異次元性を演出する効果をもたらしている。ならべて気付かれることは、この「いにしへ……」では、時が流れたということ自体への感懐は希薄だということである。家持の「言ひ継ぐ」に多少の賛嘆はこめられているにしても、冒頭部はやはり時点の指示以上のものではない。この、いわば「時間のカギカッコ始め」は、対応する末尾の「カギカッコ閉じ」の部分で現在時点に回帰し、そこで作者の感情が吐露される仕組みになっている。福麻呂歌は「見れば悲しもいにしへ思へば」の句で歌を閉じ、家持歌は「生ひて靡けり」という末尾の客観表現に感動を込めている。ついでに言えば、虫麻呂歌は、「カッコ始め」を欠き、「カッコ閉じ」のみがあるという変則的な形であって、読者は異次元性の認識はなしに作品世界に招致され、最後で「遠き代にありける事を昨日しも見けむが如も思ほゆるかも」という時間的感動へと導かれるのである。

上述のように、家持歌では、第14句目に「聞けば悲しさ」という作者の感情表現が挿入されている。これを、金井氏が(注8)「世間無常歌」を例にして指摘されるような「家持の感情は一首の高潮部分に一挙に表現されるのでなく、なしくずし的に随所に表現されていく」傾向の、もう一つの実例と考えるべきであろうか。実は私は、この「追同処女墓歌」の場合は、それとは異なると思う。この短いC部「聞けば悲しさ」は、続く長い叙事部分B全体を「悲しさ」の陰影で覆う役割を果たしている。あたかも挽歌の「いかさまに思ほしめせか」の類の句がその後に続く悲劇の叙述を導くように、である。

ここは作品論の場ではないので詳論は省くが、当該家持歌について指摘したいのは、叙事詩的に展開されていく過去も、あらかじめ現在の感情や情調で覆われているということである。

さて、伝説的過去に分類すべきかは疑問であるが、家持の「系譜的過去」についてもここで触れておきたい。わざわざ例を挙げるまでもないが、

大伴の遠つ神祖のその名をば大来目主と負ひ持ちて（18・四〇九四）
皇神祖《すめろき》の遠き御代にも……今の世に絶えず言ひつつ（20・四三六〇）
古ゆ清けく負ひて来にしその名ぞ（20・四四六七）

のように皇統賛美と綯い混ぜで表現される大伴家の系譜の自覚は、家持の過去意識の太い柱になっている。足踏み入れ難い「神話的過去」の観念の中に、家持として唯一現実感を伴って参入する手段となるのが、この系譜意識であったであろう。

歴史的過去（例のみを挙げておく。）

「活道《いくぢ》の路は荒れにけり」（3・四七九）、「滝を清みか古ゆ」（6・一〇三五）、「奈良の都は古りぬれど」（17・三九一九）、「遠き代（＝和銅）にかかりし事を」（18・四〇九四）、「古を思ほすらしもわご大君吉野の宮を在り通ひ見す」（18・四〇九九）、「古に君が三代経て仕へけり」（19・四二五六）、「皇神祖の遠き御代にも……難波の国に」（20・四三六〇）、「移り行く時見る毎に……昔の人し思ほゆるかも」（20・四四八三）、「高円の野の上の宮は荒れにけり」（20・四五〇六）

個人的過去（例のみを挙げておく。）

「妹を思ひ出泣かぬ日は無し」（3・四七三）、「昔こそ外《よそ》にも見しか……愛しき佐保山」（3・四七四）、「妹に逢はず久しくなりぬ」（4・七六八）、「昨夜《きぞ》は還しつ今夜《こよひ》さへ」（4・七八一）、「一目見し人の眉引思ほゆるかも」（6・九九四）、「吾が屋外に蒔きし瞿麦《なでしこ》」（8・一四四八）、「吾妹子が形見の合歓木《ねぶ》は」（8・一四六三）、「面影に見えつつ妹は忘れかねつも」（8・一六三〇）、「一昨日も昨日もありつ」（17・四〇一一）、「我が背子が古き垣内《かきつ》の桜花」（18・四〇七七）、「妻の命の……別れし時よ……月日数《よ》みつつ」（18・四一〇一）、「見が欲し君を見ず久に夷《ひな》にし居れば」（19・四一七〇）、「移り行く時見る毎に……昔の人し思ほゆるかも」（20・四四八三）

（三）「越中三賦」の時間

いわゆる家持の「越中三賦」については、中西進、橋本達雄、辰巳正明、江口洌氏などに詳論がある。(注9)それらの論の最大公約数として、次のことは確かに言えよう。すなわち、家持は、越中の二上山、布勢水海、立山についてのそれぞれの長歌に「賦」と題したが、それは池主によって啓発されながら、中国の「賦」を意識して、新しい「倭詩」を創作しようとした試みであった。

では、その家持の「倭詩」は、どのような特性を持っているか、ここでは、その内包する「時間」について吟味してみたい。

★二上山の賦　長歌　一七二字

まず「春花の」「秋の葉の」の対句によって、少なくとも一年以上の時間幅（時間の進行の幅）で対象を捕えている。もちろん、それは一種の抽象化・概念化でもある。「神故や」「皇神の」は、直接には必ずしも神代のことを含まず、同時代（現在）のこととしてもよいが、暗示的にはやはり古代への遡及を想起させる。「朝なぎに」「夕なぎに」の対句は、少なくとも一日以上の、ただし既出の対句よりも小刻みな時間幅（進行幅）で対象を捕えている。「いや増しに　絶ゆること無く」は、上を受けて「白波」や「潮」の量を言っているが、下に続いては、「古ゆ」「今の現に」至り、さらには見る人ごとに「懸けて」偲ぶであろう未来に及ぶ、永劫の時間を祝福している。このように、二上山は、全歌あまねく時間（進行時間）の意識に包まれている感がある。そしてそれは、第一反歌の「いやしくしくにいにしへ思ほゆ」という懐古的抒情と、第二反歌の「時は来にけり」という時刻到来・時間回帰の祝意によって、要約されている。

★布勢水海遊覧の賦　長歌　二二四字

「二上山の賦」と違って、ここにまず提示される時間は、遊覧の時間（進行時間）、つまり「道行き」に要する時間であって、概念化されない現実的な時間である。ただし、それは長歌末尾の「在り通ひ　いや毎年に」「斯くし遊ばむ　今も見る如」および反歌の「在り通ひいや毎年に」のように、終局では、観念的に期待され予祝される長い未来の年月に関連して行く。

★立山の賦　長歌　一八六字

まず「常夏に」とあって、少なくとも一年以上の時間幅で対象を捕えている。ついで「朝夕ごとに」で小刻みに述べる。対象はすでに観念化されている。「在り通ひ　いや毎年に」「万代の　語らひ草と」以下、反歌もふくめて、特に第二反歌の「行く水の絶ゆることなく」にみられるように、時間は永劫未来に継続する。

ここで、右の三賦を、中国の賦と比較してみよう。対象として、『文選』の中から二、三の例を引く。ただし、家持賦が何を典拠や参考作品としたか、そもそもそのようなことがあったかどうかが不明である以上、比較は恣意的にならざるを得ない。そこで、次の方法を採った。①山水・遊覧を主題とするものと比較する。具体的には、孫興公の「遊天台山賦」、木玄虚の「海賦」、郭景純の「江賦」そして江文通の「雑体詩三十首」のうちの「遊山」を取り上げる。前三者は、辰巳氏も言及されているものである。（注10）②家持三賦の、上記のような時間構造に類似する作品を文選の賦の中に捜す。①②を重ね合わせることで、一応の見当はつけられるであろう。

まず①の試みとして、文選の賦三例（以下便宜上「文選三賦」と仮称する）を検証しよう。

☆遊天台山賦（孫興公）　本文　八五〇字

初めに「玄聖之所遊化、霊仙之所窟宅」と言い、全編を通じて、仙境としての天台山を壮麗に描く。中に「追羲農之絶軌、躡二老之玄蹤」とあって伏羲、神農、老子、老萊子に言及し、時間を古代に遡らせる部分もあるが、全体として、時間の意識は希薄である。仙境の神秘は、主として空間の遥遠性・隔絶性によって強調されている。永劫未来への志向は記されない。

☆海賦（木玄虚）　本文　一〇七六字

「昔在帝嬀、巨唐之代」にはじまる「海賦」冒頭部は、尭舜禹の時代に遡って、太古の河川と海の様子を描写する。ついで、月の出、日の出のころ海に起こる嵐のさま、嵐静まって後のさま、王命を帯びて船出する航海の速やかさ、罪を負いあるいは誓を破って船出した場合に荒れ狂う海のさま、海流に翻弄され遠い異国に漂着する人々のさま、広大な海の神秘の数々、海に住む怪魚や怪鳥、海に遊ぶ仙人のさまなどを空想的に描写し、最後に大いなる水の徳を讃えて、一篇は終る。その間、時間の関係では、月の出・日の出を併記する視点があり、また、それと明記はされないが、生起する嵐や水流・潮流の勢いに伴って経過する自然の時間があり、水辺に「悠々」と「長生」する仙人たちの無時間的時間がある。ただし詩想の眼目は海の諸相を多面多彩に描くことにあり、時間にかかわる意識や感動が詩の中枢を占めることはない。

☆江賦（郭景純）　本文　一六八二字

この賦の内容は以下のように展開する。長江の水流を岷山の微々たる水源からたどり、それが群流を併呑しつつ滔々と流れて行く経路のさまを述べ、ついで、江および流域の産物、住む魚類、異形の生物、珍石、怪鳥、植物・動物、江辺の湖沼、往来する水夫と舟の様子、江辺の人々の暮らし、江水の持つ不思議な力を語り、最後に江を賛美して、一篇を閉じる。一言で言えば地誌的な作品であるが、それでも随所に「時間」は露呈している。まずは水源から発して南の果てに至るまでの、長い流れの時間構造がある。宇宙開闢の時を連想し（類胚渾之未凝、象太極之構天）、またしばしば「朝夕」と言い、「時に」と言って、時間の幅を提示し、風波の中に一生を終える漁人を点描して（尋風波以窮年）、世代を越える水流の時間を暗示したりもする。さらに賦の末尾では、太古の禹を始め、楚、呉、屈原、周の穆王など、国名人名を列挙して、歴史の視点を導入している。「遊覧」「山水」などテーマの類似によって選んだこれらの文選三賦と家持三賦とでは、決定的に異なるところが少なくない。

第一に作品の長さである。文選三賦は、表意・表音の字数差を無視してさえ、平均して家持賦の六倍強の量を持つ。作品の長さは、単に形式の問題としてではなく、そこにそれなりの時間が反映されるという意味で、叙事詩や叙景詩の発想の問題として重要であろうと思う。

第二に叙景の手法である。文選賦では、主題に関してその下位主題とでも称すべき話題を創造的かつ多面重層的に付加羅列する。それは、神話や叙事詩が、孤立するもろもろの挿話を吸収して体系に組み入れるのに似ている。家持賦に、この性格は希薄である。また、すでに指摘されて来ているように(注11)、家持賦の方法は、伝統的な国見歌や寿歌の系統を受け継ぐものであり、中国の賦とは発想を異にしている。

第三に語り手（作者）と聞き手（読者・聴者）との関係である。文選賦では、いわば作者は独立し、享受者に正面から対峙して、自作を誇示披露する立場である。家持の場合も、もちろん自作を披露するのではあるが、そこにはある種の相互性・社交性があり、享受者の側に半ば身を乗り出して、主題を共有しようとする姿勢がある。

第四に時間の意識である。叙事的と呼んでもいいが、ある時間幅（たとえば「朝夕」）で対象を語ること、それによって対象は観念化されること、また、時に叙述が古代に及び、過去と現在との脈絡が与えられることなどは、両者にある程度共通する性格ではある。しかし、江賦の末尾に述べられるような歴史意識は家持賦には存在しない。他方、家持三賦が提示する未来への継続の期待、予祝的な発想は文選三賦には見ることができない。

以上の諸点を勘案すれば、家持三賦と文選三賦との間の性格的な関連は認め難いとすべきである。もし家持が文選三賦のような作品を規範にしようとするのであれば、とりわけ、今挙げた第一、第二の点、すなわち作品の長さや叙景の重層化などは、ただちに注目されるところ、そして踏襲し得るところのものである。

次に②の試みとして、文選の賦の中に家持賦の時間構造に類するものが存在するかどうかを検証しよう。ただし、結論を先に言えば、そのような例は見出せない、と言わなければならない。文選の賦の中には、永劫未来を期待したり予祝したりする章句は比較的稀にしか現れない。「両都賦」の「寶鼎詩」の尾句「昭霊徳兮弥億年」や、同「白雉詩」の尾句「永延長兮膺天慶」や、「南都賦」の光武帝の子孫を讃える頌の「本枝百世」や、「甘泉賦」の尾句「子子孫孫長無極兮」や、「魯霊光殿賦」の尾句「瑞我漢室永不朽兮」やが、その少ない例であるが、それらは、家持三賦のように作者を含む人々の、「参加形」とも言える、積極的な意思や期待を表現するものではなく、対象を敬畏の距離の先方に置いて賛仰するものになっており、やはり性格を異にしている。他方、家持賦に見られる、古代への遡及や、朝夕・春秋などによる時間推移の感懐などは、文選賦が随所に言及するところであるが、それは余りに普遍的要素で、家持賦との影響関係を云々する手掛りとはならない。

さらに不思議に思われることは、文選賦の中には、家持の当時の境遇や心情にふさわしいと思われるものも一、二あり、もし家持が「倭詩」創造の意図をもって中国の賦に注目したのであったならば、なぜそれらに惹かれることがなかったか、池主との贈答以後の時期において、なぜそれらの影響を受けて長歌を詠むことがなかったか、ということである。この点は橋本達雄氏もすでに指摘されているのであるが、(注12)加えて具体的に言うなら、王仲宣の「登楼賦」などは、その良い例であろうと思う。その一部を小尾郊一訳(注13)で示せば、それは、

この高殿に登って四方を見渡し、しばらく暇を得て憂いを晴らそうとする。この建物の位置するところを

見るに、誠に明るく広々として並ぶものがない。（中略。この間、水辺の景観を述べる）誠に美しい土地であるが、我が故郷ではない。どうしてしばらくであってもとどまるに足ろうか。世の紛乱に遭い、あちこちに移り行き、いたずらに十二年を越えて今に至った。心はいつまでも故郷を恋い慕う。（以下略）

のように抒情性に富むものであるが、越中国守の館から海を見下ろす家持の心情には必ずや呼応するものがあったことであろう。だがそれは、家持の賦には現れない。

もちろん、「なぜ……なかったか」と問うのは、答の出ない質問であり、「ないものねだり」であるけれども、こうしたことも、また、家持が「倭詩」の創造において、その関心を形式や表記の面に集中して、歌の内容の「中国化」までは企図していなかったことの「状況証拠」の一つにはなり得るものと考える。

付説

本居宣長の時間

本居宣長において「時間」はどのようなものであったか、その輪郭を明らかにするのが本稿の狙いである。

○

宣長は、「時間」そのものを思弁的に考察することはなかった。例えば、古事記の、天之常立神や時量神の神名、木花之佐久夜毘売伝説、火遠理命の三年間の異境淹留譚、赤猪子の説話、などは、もし欲するならば「時間」について考察すべき好個の素材であるが、『古事記伝』は、語句の解釈以上には踏み込んだ論考を加えていない。同様のことは、『草菴集玉箒』において頓阿の「おもひいづる昔もとほし橘の花ちる里の夕ぐれのそら」という歌を評して「今按。むかしも遠しといひて。遠きいはれなければ。頓阿にとりてはよくもとゝのはぬ歌也。」と言っている、その一種のそっけなさにも現れているように思われる。

しかし、もちろん、宣長が「時間」を意識していなかったわけではない。それどころか、神代への信仰自体、すぐれて「時間」にかかわる問題であるし、時代の経過やそれに伴う万象の変化また不変化について、彼は随所で語り続けている。暦法への興味にも浅からぬものがあったことは『眞暦考』『眞暦不審考辨』だけでなく、『玉勝間』の「かなごよみ」（四九四）、「皇極經世書といふからぶみの説」（六七三）、「御世々に用ひ給ひし暦の事」（九〇二）などを記していることにも伺われる。

ところで、宣長は、すべての存在の根拠として「神」を信じた。

★目にこそ見えね、此天地萬の物の、出来始めしも、又むかし今の、世ノ中の大き小きもろ〳〵の事も、人の身のうへ、くひ物き物居どころなにくれ、もろ〳〵の事も、ことごとく神の御めぐみにかゝらざることはなきを……（『玉勝間』五九八）

★世の中のよろづの事はみなあやしきを、これ奇しく妙なる神の御しわざなることをえしらずして、己がおしはかりの理を以ていふはいとをこなり……（『玉勝間』九五九）

したがって、（宣長は「時間」ということばで明言していないが、論理の帰結として言えば）宣長にとっては、「時間」も「神の御しわざ」であり、「時間」の根拠は「神」にしか求められなかったはずである。では、「時間」はいつ始まったのであろうか。宣長のことばでは、それは「開闢のはじめ」（『石上私淑言』四）、「天地のはじまり」（『答問録』五六）を求めることである。ただし、その究明は宣長にとって容易なことではない。なぜなら、

★すべて何事も始は。後々のやうにさだかにはあらぬ物也。（『石上私淑言』四）

★すべて物の理は、つぎ〳〵にその本をおしきはめもてゆくときは、いかなる故とも、いかなる理とも、しるべきにあらず、つひに皆あやしきにおつる也、（『玉勝間』二一四）

と考えられるからである。宣長は、古典に記されている神の言動を丸ごと信じることによって、この不可知論を主観的に克服した。特に『古事記』の神話は、疑い得ない真実として宣長にとっては万物の「存在」の根拠とな

った。彼の論理はこうである。

★古ノ事イカテハカリ知ヘキ、古ノ事ヲ知ルハ、只書籍也、ソノ書ニシルシオケル事ナレハ、古ヘアリシ事明ラカ也、盡ク書ヲ信スルハ愚也トテ、信セサル時ハ、古ヘノアラユル故事、ミナ信セラレス、然ル時ハ昔ヲシルヘキタヨリナシ、（『排蘆小船』二八）

★天地ノ始マリヲ説クコト、漢國ハ漢國ノ説アリ、天竺ハ天竺ノ説アリテ、各國ソノ説同シカラズ（中略）天地ノハジマリニ二ツハナケレバ、ソノ説モ眞實ナルハ必タヾ一ツナラデハナキ事ナルニ、各國ソノ傳説ヲ信ジヨト云ハ、眞偽ヲモトハズシテ、タヾ己ガ國ノ傳説ト云バカリヲ用ルナレバ、コレ虚ニアラズシテ何ゾ、若シ實ニ皇國ノ説ヲ信用ストナラバ、他國ノ説ハ論モナク皆非ナレバ、少シモコレニ心ヲカクベキニアラズ、萬國コトぐヽク、皇國ノ説ヲ信用スベキモノ也トコソ云ベキ事ナレ（中略）吾ハ吾ガ古典ニヨリテ、他國ノ説ヲトリサバク也（『答問録』五六）

現在の私たちから見て、この論理の矛盾を指摘することは易しいが、それは本稿の目的ではないので、措くことにしよう。

宣長の「時間」は、古事記神話の冒頭から、その記述のままに始まることになる。

★あらたまの年の來經ゆき、かへらひめぐらふありさまは、はじめ終のきははなけれど、大穴牟遅少名毘古那の神代より、天のけしきも、ほのかに霞の立きらひて、和《ノド》けさのきざしそめ、柳などもえはじめ、鴬などもなきそめて、くさぐヽの物の新まりはじまる比をなむ、はじめとはさだめたりける（『眞暦考』）

その「神代」は、どのくらい遠いものとして宣長に意識されていたか。

★年また季《トキ》の日數も、始の日も、きはやかなる定まりはなかりしかども、神代よりいく萬の年をか經來りぬる、そのあひだに、かぎりなき世《ノ》中の人の中には、かしこく思ひがねのすぐれたらむも、さはに有《リ》ぬべければ……（『眞暦考』）

を文字通りにとれば、それは「いく万年」の昔である。

以来、暦が入って来るまでの長いあいだ、人々は周囲の自然を注意深く見守りながら、時の移り変わりをほぼ正確に、しかも悠然と眺めて暮らした。そのようすを、宣長は共感を込めて以下のように描いている。

★夏秋冬のはじめなかばするゑも、又そのをり〳〵の物のうへを見聞て知れりしこと、春のはじめと同じくて、天《ソラ》のけしき、日の出入《イデイル》かた、月の光の清さにぶさなどに考へ、あるは木草のうへを見て、此木の花さくは、その季《トキ》のそのころ（中略）稲のかりどきになるはそのほど、麦の穂のあからむはそのころ、といふごとくこころえ、あるは鳥のとこよにゆきかへるを見、蟲の穴にかくれ出るをうかゞひなど、すべて天地のうらに、をり〳〵にしたがひて、うつりかはる物によりてなむ、某季《ソノトキ》のいつほどとはさだめたりける、（『眞暦考』）

○

宣長は、時代を次のように区分する。

1 古・今
2 古・後
3 上古・後世（『答問録』一三）
4 上代・中古・後世・今の世（『うひ山ぶみ』ラ）
5 上古・中古・下古・今時（『排蘆小船』四六）

上古と上代を奈良時代以前、中古を平安時代、後世と下古を鎌倉・室町および江戸初期の時代に、おおよそ当てはめて考えてよかろう。そして未来には「末の世」のことばを当てている。

宣長によれば、それらの時間を通して、変化するものと変化しないものとがある。また変化には、良くなるものと悪くなるものとがある。その論の多くは歌にかかわって説かれたものだが、以下に、その幾つかを引こう。

★コレ上代も末代モ人情ニカハル事ハナク、今トテモ人ノ實情ヲサグリミレハ、上代ニカハラス、ハカナクオロカナルモノ也（『排蘆小船』五二）

右は人の本性の不変を述べた例である。

★マヅムカシハ、ツネノ言語モ古雅ニシテ（中略）且ツ心モ實オホク、人情フカケレバ、イヤトモ詞ガラウルハシク、心フカク意味アリテ（中略）シカルニ世ノウツリカハルニシタカフテ、ツネノ言語ハナハダカハリ、キタナクナリユキ、人情モヲノツカラ輕薄ニナリタル世ナレハ（中略）今ノ世ノ情ヲ、今ノ世ノ詞ニテヨミタラバ、イトミニクカルヘシ（中略）次第ニ世ニツレテ人情モスコシツヽカハリユク事、人ノアマネクシル所也、マヅ大率上古ノ人ハ、質朴ニシテイツハリスクナシ、後世ハ文華多ク、偽リ多シ（『排蘆小船』三六）

★今の人のおもふまゝなる心をよみ出たる歌を。古へのにくらべ見れば。たとしへなく鄙くきたなくて。さらに同じ物ならぬを見ても。そのけぢめはしるべし。（『石上私淑言』八七）

★上古の世は悪神あらびずして、人心もよかりし（中略）後世は悪神あらびて、上古のまゝにては治まりがたく成ぬる也（『答問録』一三）

右は、上代をよしとして、以後の下降を嘆く例である。

★古よりも、後世のまされること、萬の物にも、事にもおほし（中略）古にはなくて、今はある物もおほく、いにしへはわろくて、今のはよきたぐひ多し、これをもておもへば、今より後も又いかにあらむ、今に勝れる物おほく出来べし、（『玉勝間』九七三）

右は、文字通り、後世をよしとして、上昇を賞でる例である。

そして、早い時期の著作ではあるが、『排盧小船』のつぎの一節（五九）は、いわば結論を先取した見解とみなすことができる。

★スベテ何事モ盛ガキハマレハ衰へ、衰ガキハマレハ盛ニオモムクモノ也、ソノウチニ盛ノキハマラヌウチニ、ハヤ衰ハモヨホス也

文末でやや「衰へ」に視点が集中しているとはいえ、時間がもたらす変化に関して、この見解は楽観的・達観的であり、誇張して云えば時間の永却回帰を期待しているものと言える。それはいわゆる「神道的時間」の枠組みの中にある。

未来について、宣長はもちろん、神話の提示する無限未来を信じている。それは、

★千萬御世《チヨロヅミヨ》の御末の御代まで（『古事記傳』直毘霊）

★あめつちのむた、ときはにかきはに動く世なきぞ、此道の霊《アヤシ》く奇《クスシ》く、異國《アダシクニ》の萬の道にすぐれて、正しき高き貴き徴《シルシ》なりける。（同）

などの、古事記をなぞった解説文に示されている。それは、神と天皇と国家との未来である。

では、人間個人の未来はどうなるのか。「人は死候へば、善人も悪人もおしなべて、皆よみの國へ行事に候」（『答問録』一二）ということばは、最も端的に宣長の死後観を表現していると言えるが、問題はその後の死者の境涯であろう。安蘇谷正彦氏は、その著『神道の生死観』の中で宣長の「死」の問題を論じ、『古事記傳』三十

之巻、訶志比宮（仲哀）上巻における荒御魂・和御魂に対する注釈を引用した上で、死後の霊魂についての宣長の考えを以下のようにまとめられた。すなわち、1死後の霊魂は黄泉の国へ行くが、なおこの世に留まり、神と同様に人間に対して禍福をなす。2この世に留まる霊魂は、生前における位の尊卑、心の智愚、力の強弱によって、留まる時間が異なる。3黄泉国へ行くべき霊魂がこの世に留まるあり方は、神と同様である。そして、安蘇谷氏はさらに、「宣長の死後観は黄泉国に行くことを強調しながら、そのことは直ちに現世と来世との隔絶を意味するのではなく、この世とあの世との交流や死後の霊魂の現世に対する働きも肯定する、と捉えるのが正しい理解であると考えられる」と述べておられる。

『古事記傳』巻第三十は、起稿・脱稿・浄書とも一七九一（寛政三）年であり、その年宣長は六十一歳、死の十年前である。『答問録』の草稿は宣長四十八歳から五十歳の間に成っている。五十歳から六十歳までの間に、宣長の死後観に変化が生じた、ということになろうか。

○

『玉くしげ』において宣長はまず、万物は高皇産霊神・神皇産霊神二神の「産霊《ムスビ》のみたま」によって成り来たったものであって「世々に人類の生まれ出、万物万事の成出るも、みな此御霊にあらずといふことなし」とする。人類や万物の生成――それを今、私が「歴史」と呼び換えていいとすれば――歴史の展開の原基として「産霊のみたま」が前提されているのであるが、その「産霊のみたま」について宣長は「抑此産霊の神霊と申すは、奇々妙々なる神の御しわざなれば、いかなる道理によりて然るぞなどいふことは、さらに人の知慧を以て、測識《ハカリシル》べきところにあらず」と言い、歴史展開の原基が人智を越えたものにあるという認識を強調する。

ついで宣長は、天照大御神について、「御父大御神の御事依《ミコトヨサ》しによりて、永く高天原を所知看《シロシメ》すなり」「宇宙のあひだにならぶものなく、とこしなへに天地の限をあまねく照しましくて」として、その存在の永久性を述べる。イザナギの禊ぎによって生まれたというその出現の一回性を発端としながら、アマテラスは以後、無限に「過去」であり「現在」であり「未来」であるところの存在であって、それは「天照大御神と申し奉るは、ありがたくも即今此世を照しまします、天津日の御事ぞかし」という宣長の記述に明らかである。時間の文脈で言えば、歴史は「天津日」すなわち太陽の時間に重ねられていると言えよう。そして「本朝の皇統」は「此世を照しまします、天照大御神の御末にましまして、かの天壌無窮の神勅の如く、万々歳の末の世までも、動かせたまふことなく、天地のあらんかぎり伝はらせ給ふ」のであって、宣長において代々の天皇は、その世代的一回性にもかかわらず、太陽と等しく「過去」「現在」「未来」を超越した存在として認識されていると解釈してよいであろう。

このような「永遠性」「無時間性」の枠組みの中で、しかし歴史は変転し展開する。その展開の速度について宣長は次のように言う。

……文華早く開けたりとて、唐土を勝れたりと思ふも、ひがことなり、早く文華の開けたるやうなるは、万の事の早く変化したるにて、これ彼国の風俗の悪く軽薄なるが故なり、(中略)然るに皇国は、正直重厚なる風儀にて、何事もたゞ古き跡により守りて、軽々しく私智を以て改むる事はせざりし故に、世中の模様のよゝにうつり変ることも、おのづから速にはあらざりしなり、此の重厚の風儀は、今もなほ遺れることぞかし

歴史の展開において「尚古」「不易」「重厚」が徳とされている。とりわけ「己が思慮工夫」「私智」によって歴

史が干渉され改変されることを否定する。歴史の変化の超越性や自律性、人智を排した自然の展開が称揚されている。私はこれを、保守的時間意識、ないしは自然主義的時間意識と呼んでよいであろう。そしてこの意識は、上述の「太陽・天皇」信仰と深く関係しているはずである。ここで私が「歴史」の語を用いた所に「太陽」または「天皇」の語を置き換えれば、事情はかなり明確になる。すなわち、「太陽」は不易であり、人智に左右されることがなく、悠然として自然の運行を続ける。そしてそのように「天皇」もまた凡慮を越えて自律的であり、重厚であり、万古不易でなければならない。

宣長は続けて、変化の速度について言う。

猶此変化の遅速の優劣をいはば、牛馬鶏犬などのたぐひは、生れてより成長すること甚だ速なるを、人はこれらに比ぶれば、成長する事甚遅し、これらを以て准《ナゾラ》へ見るに、勝れる物、変化すること遅き道理も有べし、又かの成長することの速なる鳥獣などは、命短く、人は遅くて、命長きを以て見れば、世中の模様の、うつりかはれること早き処は、其国の命短く、うつりかはることの遅き国は、存すること永久なるべし、そのしるしは、数千万歳を経て後に見ゆべきなり

異国を鳥獣に、日本を人間にあてはめる世界観・差別意識についてはここでは触れない。宣長は、成長ないし変化の遅いことが「永久」を保証すると主張している。そしてその結果は「数千万歳」の後に実証される、という。敷衍して言えば、その未来の時点で異国は滅亡し日本国だけが健在している、という図柄がここには提示されているわけである。宣長の、未来方向への視線の射程が「数千万歳」と表現されるものであることにも留意しておこう。

○

『秘本玉くしげ』は、一七八七年（天明七年）、五十八歳の宣長が、藩主紀伊侯徳川治貞に直言した、経世・警世の書である。宣長が、単なる文献学者でなく、時の政治や経済や社会についても積極的な関心と見識を持つ批評家であったことが知られる。年貢に苦しむ農民への同情や、政治の状況を糾弾する姿勢には、相当の迫力があるが、その主張を端的に言えば、それは保守主義、改良主義である。

すべての事、たゞ時世のもやうにそむかず、先規の有来りたるかたを守りてこれを治むれば、たとひ少々の弊は有ても、大なる失はなきものなり、何事も久しく馴来りたる事は、少々あしき所ありても、世人の安んずるもの也、新に始むる事は、よき所有ても、まづは人の安んぜざる物なれば、なるべきたけは旧きによりて、改めざるが国政の肝要なり。

この主張は、具体的にはたとえば、藩の財政に関する次のような提言となって現れる。

戦国以来諸大名の武士をおびたゞしく扶持せらるゝこと、おのづから定まりと成て、久しく年代を経来りたる事なるに、其武士を過分に減ぜられては、公儀の御軍役も勤まりがたく（中略）年貢も今更俄に減ずることは、決してなりがたき御事也、又百姓も、年代久しくなれ来りたる年貢の事なれば、今の定まりほどは、必上るべきはずのものと心得居て、是を過分に多しとは思はぬことなれば、ふびんながらも、年貢は定まりのとほりなるべき事

この提言は、右に続いてすぐ「なれ共」と一部反転して、苦悩する百姓の現状を強調し、年貢はあくまで現状維持、「定まりの年貢のうへを、いささかも増さぬやうに、すこしにても百姓の辛苦のやすまるべきやうにと、心

がけ給ふべき事、御大名の肝要なるべく」として、藩主の自戒を求める文になっている。

また、世情ますます華美に流れる傾向を論じて、以下のように言う。

……此世上一同の華美おごりは、いかやうにしても、俄には停めがたく、年々月々に長じゆくばかり也、然れ共物はかぎり有て、のぼりきはまる時は、又おのづから降ることなれば、いつぞは又本へかへる時節も有べき也、されど此世上の奢などの、左様に自然と質素の方へかへるといふことは、まづは何ぞ変なる事などのなくては、復《カヘ》りがたきことなれば、その変の有て、自然とかへるを、安閑として待居るべきにもあらず……

この文脈から行けば、「変」に代わるべき積極政策が提言されなければならないのであるが、宣長の献策は以下のように抽象的で手ぬるいものになっている。

されば上にたつ人は、随分なるべきたけは、工夫をめぐらして、自他奢の長ぜざるやうに、少しづゝにても、質素の方へかへるやうに、はからひ給ふべきなり、すこしづゝにても、質素の方にかへりて、長ずることなければ、起るべき変事もおこらずして、長久に無事なるべし

ここにも、急激な変化をしりぞけ、徐々なる改善を希求する、宣長の改良主義的姿勢が顕著に見られる。それが「長久」を保証すると言う。

以上の引用は『秘本玉くしげ』上巻からのものであるが、同下巻にも同様の主張が散見する。一部を列挙しておきたい。

★俄に禁じがたき事は、常々に心をつけて、随分長ぜぬやうにはからひ、いつとなくそろ〳〵とこれを押へて、おのづからと止む時節をまつより外なし、万の事は、日々に増長することも、思ひの外に、又いつとなく衰

へゆく時節もあるものなれば、かならず事を急にして、しそんずまじき也、
★有来りたる事は、少々はあしくとも、大抵のことはそのまゝにて有べく、新規の事は、大抵はまづはせぬがよき也、すべて世中の事は、何事もよきもあしきも、時世の勢によるものにて（中略）極意のところは、人力には及びがたきものなれば、……
★（兵術軍法について）さて又時代のうつるにつきては、世中のもやう人の気質なども、うつりかはる物なれば、昔の法のまゝにては、今は宜しからざる事もあるべければ、其時代〳〵の世中のもやう、人の気分などをよく弁へて、昔の法をも、これに引当て考ふべきなり。

強調されているのは「時節」であり「時世の勢」である。それは「人力には及びがたき」自然の変化であるという。では、それに処するにはどうすればよいか。宣長の姿勢は必ずしも「なりゆきまかせ」ではない。また、硬直した原理主義でもない。「昔の法」を現実の変化に応じて柔軟に適応させよ、と言っている。

それにしても、ここには、時間のもたらす変化、特にその未来像において、悲観的なものが認められない。すべて、取り返しがつかないような厳しい一回性においては把握されていない。世界の終末や個人の壊滅は思考されず、一貫して「長久」への楽観が主調低音を響かせているのである。

◯

宣長の源氏物語論・「もののあはれ」論を代表する『紫文要領』『源氏物語玉の小櫛』からは、どのような時間意識が読み取られるであろうか。以下にその点を検証する。

『紫文要領』に、次のような記述がある。

★……たゝ世にあるさま〳〵の事をかけるものにて、それをみる人の心も、右にひける文共の如く、むかしの事を今の事にひきあてなそらへて、昔の事の物の哀をも思ひしり、又をのか身のうへをも昔にくらへみて、今の物の哀をもしり、うさをもなくさめ、心をもはらす也

★右のやうにふる物語をみて、今にむかしをなそらへ、むかしに今をなそらへてよみならへは、世の有さま、人の心はへをしりて、物の哀をしる也、そも〳〵物語は、物の哀をしるといふこと第一也

★四季おり〳〵の風景、はかなき木草鳥獣につけて、物の哀をしるといふは、（中略）箒木巻に、なに心なき空のけしきも、たゝ見る人から、えんにもすこくもみゆるなりけり、といへる如く（中略）物の哀しる人が見れば、かなしきときはかなしく見え、えんなるときはえんにみゆる也（中略）松風巻に、秋のころほひなれは、物のあはれとりかさねたるこゝちして云々、是は時節に感する也

★盛者必衰会者定離のことはりをしらしむといへるは、是はいかにも此世中のありさま此ことはりをまぬかれず、又それにつきて物の哀の深きすちおほけれは、巻〳〵に此心はへはおほく見えたり、されとそれは仏経のやうに、その道理をしらしめむためにはあらす、たゝ其すちの物の哀を見せたるもの也、もしそのことはりをしらせむためならは、必源氏のおはりをかくへき事なるに、源氏の終をかゝす、又老衰の事をもかゝす、只源氏は始終よき事はかりかきて、あしき事をかゝぬが、此物語第一の趣意也

また、『源氏物語玉の小櫛』には次のような記述が見られる。

★（「手習」「夢浮橋」の例文を挙げて）大かた物語をよみたる心ばへ、かくのごとし、昔の事を、今のわが身にひきあて、なすらへて、昔の人の物のあはれをも、思ひやり、おのが身のうへをもむかしにくらべみて、もののあはれをしり、うきをも思ひなぐさむるわざ也

『玉の小櫛』では、時間に関する言及は此の巻一の部分以外にはほとんどない。わずかに巻二に「古人は、月花をめでつる心の深きこと、又それにつけて、思ふ事のすぢを感ぜしほどなど、今の人とはこよなかりき」として、古人のもののあわれの感性の規範性に触れ、巻八「紅梅巻」の「時とられて」の語注に「時は、時にあふ、時をうしなふ、時めくなどの時也」として、「時」なる語の多義性に留意しているのが、目につくだけである。

さて、以上に列挙した引用部分から読み取れるのは、

①感受性次第では四季の変化や「時節」が、「もののあはれ」の情感の対象となり得るということ

②源氏物語に見られる「盛者必衰」の理は仏教的道理としてではなく「物の哀」を見せるものとして読まれるべきこと

③物語は、昔の人の「物のあはれ」を理解し、追体験して、自らの身のなぐさめとする、そのよすがであること

の三点であろう。②の関連で宣長は、歴史の変転という、時の流れに言及しているが、これは本稿にとって重要な点であるから、なお紙面を費やすことにしたい。

加藤周一氏は、その『日本文学史序説』において、源氏物語に関する自身の意見を次のように記している。

……しかし『源氏物語』の与える強い印象は、仏教思想でもなければ、「宿世」概念に代表される運命の仏教的解釈でもない、また理想化された美男美女の性格でさえもない。（中略）『源氏物語』がその五四章の全体を以てしか表現できなかったもの、『源氏物語』をして必然的に大長編小説たらしめたものは、何であったか。私見によれば、それは、時の流れの現実感、すべての人間の活動と喜怒哀楽を相対化せずには措かないところの時間の実在感、あるいは人生の一回性という人間の条件の感情的表現であった。「人の命、久し

かるまじき物なれど、残りの命、一二日《いちに》を惜しまずば、あるべからず」（「手習」）。「人の命」の有限性と「一二日」の裡に見出される永遠。

かような加藤周一氏の源氏物語理解には賛否があろうけれども、今仮にこの時間論的な解釈をもって現代の源氏物語解釈の一代表と考える時、この論は、宣長の源氏物語解釈の性格を照らし出す一つの指標となるであろう。儒仏の道理を排除し、人間感情の表出として物語を読む点で宣長と加藤氏は共通している。しかし、宣長が、作者や個々の作中人物の体験する「もののあはれ」と、読者によるその追体験とに、物語の文学的効用を認めたのに対して、加藤氏は、人間総体の活動の相対化そして時の流れの実在感の表現として物語を価値付けている。いわば、宣長は抒情詩として、加藤氏は叙事詩として、源氏物語を把握するのである。抒情詩は仰瞰し、叙事詩は俯瞰する。もちろん宣長も、『源氏物語年紀考』の著が示すとおり、物語内部の時間の経過に関心を寄せているが、物語が総体として提供する時間の存在論的な意味については、これを云々する意識を持たなかった。

〇

宣長は、事物や時間の変遷そのものに関心を寄せなかったようである。彼はただ、「いにしへ」を理想とし、強くその時代を憧憬した、その意味できわめて抒情詩人的であったと言える。ただし、彼は「いにしへ」と「いま」との間に横たわる長い時間の距離を、凡百の厭世的抒情詩人のように埋めがたいものとして詠嘆するのではなしに、その楽観的気質を反映してか、みずからの実践によって克服し無化しようと試み、少なくとも主観的には成功をおさめたのだった。「いにしへ」は、「ものまなび」の作業によって、その「からごころ」による曇りを拭いさえすれば、そのまま「いま」に再現される、と宣長は考えた。「いにしへ」と「いま」とは直結されるべきものであり、さらに、「いにしへ」と「いま」とは同体となるべきものである。

さて、ここでは、これまで作品に則して考えてきた宣長の時間意識を、もう少し抽象の次元に移して考えてみようと思う。すでに述べたところと重複する部分があるが、改めて整理を試みるものとして読者のお許しをお願いする。村岡典嗣著『本居宣長』および小林秀雄著『本居宣長』の両書に言及・依拠するところが多いであろうことも予め断っておきたい。一九二八年に出版された前者は、宣長に関する学問研究としては最初の、そして最も包括的かつ精緻な業績と言ってよく、今日なお研究上の基礎的文献として欠かすことができない。後者、小林秀雄の宣長論は、長く雑誌『新潮』に連載され一九七七年に単行本として出版（続く「本居宣長補記」は一九八七年に出版）されたものだが、「主観」「独断」として科学の立場からはしばしば批判されるところの宣長の発想を、あくまで宣長に寄り添い、宣長の内部に降り立って汲み上げ、擁護・代弁しようとした作品である。

小林の宣長論について、もう少し述べるなら、そこで小林が宣長に対して取った姿勢や方法は、小林が言うところの、宣長が古典に対して取った姿勢や方法と瓜ふたつであったと言える。小林によれば、

宣長が、思い切ってやってのけた事は、作者の「心中」に飛込み、作者の「心ばへ」を一たん内から摑んだら離さぬという、まことに端的な事だった。（新潮文庫上巻一八四ページ）

のであり、また、

古典が、在ったがままの姿で、現在に生き返って来るのは、言わばこの源泉の感情を抱いた宣長にとっては、まことに尋常な鮮明な知覚であって、もしそんな風に完全な姿で生き返らなければ、それはまるで生き返りはしない、どちらかだという考えは、宣長には恐らく自明なものであった、（同二八三ページ）

のであって、これらの文中の「作者」や「古典」を「宣長」に置き換え、「宣長」を「小林秀雄」に置き換えれ

ば、それはそのまま小林対宣長の関係の説明になるであろう。「私の仕事の根本は、何度繰り返して言ってもいいが、宣長の遺した原文の訓詁にあるので、彼の考えの新解釈など企てているのではない」(同二六八ページ)というのが小林の一貫した立場であった。

結果として提示されたのは、宣長と小林とが重なり合う同心円である。もちろん外円は宣長、内円は小林と言うことになろう。小林に若干の「深読み」はあるにせよ、その周到な読みによって、私たちは、宣長の「主観」がどのようなものであったかをよりよく理解することができる。その意味で私も今回、小林の仕事に教えられるところが大きかった。ただし、小林の発想が上記の如くである以上、内円がついに外円を越えることがないのは当然であり、また、それこそが小林の目論見でもあったはずだ。

「古事記」という謎めいた、訳のわからぬ物語を、宣長が、無批判無反省に、そのまま事実と承認し、信仰したについては、宣長が、内にはぐくんだ宗教的情操が、彼の冷静な眼を曇らせた、そう解釈するより仕方がない、とする考え方に、研究者は誘われ勝ちだが、これはいけないだろう。少なくとも、そういう余計な考え方で、話を混乱させる事はないように思われる。(同下巻一七五ページ)

という小林の宣長擁護の論も、わずかな語句の置き換えで小林擁護の論に変じるわけだが、宣長における、したがって小林秀雄における、主観性と客観性の共存という問題は、「研究者」としては、これを「余計な」問題として見過ごすわけにはいかない。

ここで、宣長の「過去意識」に光線を当てたい。

『家のむかし物語』に展開される詳細な家系記録は、この種の記録の常として先祖に対する敬慕の情と無縁ではないとしても、終始ほぼ淡々とした客観的筆致で記されている。この淡々とした形式もまたこの種の記録の常であって、宣長はその形式に従ったまでのことであろう。家系を、古い年代から新しい年代へとたどるのであるから、そのとき宣長の脳裏には時間の流れが意識されていたに違いないが、そのいわば世俗の時間の流れについて彼がなんらか積極的な感情や見解を抱いていたという状況は伝わってこない。

これに対して、すでに見て来たように、宣長の、古代という時間への関心には、真摯で熱烈なものがある。『古事記伝』完成に際して宣長は、

古事の　ふみをらよめは　いにしへの　てふりことゝひ　聞見ることし　（「鈴屋集」九、「石上稿」詠稿一八）

と、自信をこめて喜びの心境を詠んだが、小林秀雄はこの歌を引いて以下のように言う。

これは、ただの喜びの歌ではない。（中略）主題となる古事とは、過去に起った単なる出来事ではなく、古人によって生きられ、演じられた出来事だ。

小林の言葉を、続けてもう二、三引用すれば、宣長と「古代」との主観的な関係は、十分浮彫りにされるだろう。

神の物語に、耳を傾ける宣長の態度のうちには、真淵のように、物語の「こころ」とか「しらべ」とかいう言葉を喚起して、物語を解く切っ掛けを作るというような考えは、入り込む余地はなかった、と言っていい。あちら側にある物語を、こちら側から解くという考えが、そもそも、彼を見舞った事はなかった。

（同下巻一九九ページ）

伝説の肉体は、極めて傷き易く、少しでも分析的説明が加えられれば、堪えられず、これに化せられて歪むものだ。宣長が尊重したのは、そういう伝説のすがたの敏感性であり、これを慎重に迎え、彼の所謂「上ツ代の正実」が、内から光が差して来るように、現れて来るのを、忍耐強く待ったのであった。

（同二〇一ページ）

宣長による古事丸抱えの主観的経緯は、いかにもこのようなものであったであろう。そして自己と古代が一致した時、もちろん、両者の間の時間的距離は無くなるのである。

宣長において、時間の、縦の系譜的流れが無化されやすい傾向については、すでに何度か言及した。小林も引く、宣長の次の一文は、そのことを示すもう一つの例である。

（「次に何の神」とある、その「次に」という言葉は）其に縦横の別あり、縦は、仮令ば父の後を子の嗣たぐひなり、横は、兄の次に弟の生るゝ類なり、記中に次《ツギニ》とあるは、皆此ノ横の意なり、（中略）前ノ神の御世過て、次に後ノ神とつゞくには非ず（古事記伝三之巻）

これについて小林は、以下のように補って言う。

神々は、言わば離れられぬ一団を形成し、横様に並列して現れるのであって、とても神々の系譜等という言葉を、うっかり使うわけにはいかない。（中略）彼らの「時」は、「天地ノ初発ノ」という、具体的で、而も絶対的な内容を持つものであり、「時」の縦様の次序は消え、「時」は停止する、とはっきり言うのである。

（文庫下巻二一五ページ）

以上、小林秀雄の「訓詁」に依りつつ、宣長の「古代」を吟味して来た。内円である小林の「同心円」は、おそらく宣長の外円に限りなく接近しているであろう。しかし、私としては、ここで、同心円の外に出て、広く宣長の「古代」を眺めなければならない。

頼るのは、村岡典嗣の『本居宣長』である。村岡の所論に従えば、宣長の「古へ」なる観念は、もともと単なる事実としての過去たるに止まらないで、すでに「根本的」「規範的」また「理想的」性質を帯びていた。換言すれば、それは「理念」であったのである。しかも、彼の研究は、中古の古典を素材とする文学論から、上代の古典を素材とする古道説へと展開したが、この間、彼の「古へ」という観念の内容は豊富になり、「古文明」という観念が、一層完全に形成されて来た。

古代に係わる宣長の理念は「道」と呼ばれる。宣長は、古伝説を以て彼の世界観、人生観、すなわち「道」を意識的に説くに至ったのである。言うまでもなく宣長自身は、その「道」が儒仏のいう「道」と同列に論じられることを厭うであろう。しかし、客観的にこれを見れば、「その実、彼の所謂道は、又儒仏の言う道と意義に於いて、異るところがない」と村岡は断じる。

宣長の内部で古伝説に「道」の理念を求めようとする要求が強まる一方で、彼の実際の古典研究は、古伝説の「非・道学」的性格を明瞭にしていった。進行するこの矛盾を「対峙のまゝ調和」させる方法は、宣長にとって一つしかなかった。すなわち、古伝説そのものを、丸ごと「規範」にすることである。「古伝説の事実はやがて道なり、道はやがて古伝説の事実なりと言う事になる。即ち古伝説上の事実は、その伝説的性質を全く脱して、不知不識、彼の意識中には、絶対的の事実となり来るのである」（以上、村岡典嗣著・増訂版『本居宣長』三六八ページ以降から採意要約）。敷衍して言えば、「絶対的の事実」である宣長の「古代」は、時間の距離として遠くあるのではなく、ただ理想の角度として高きにあったのである。

そして、古伝説が内包する宗教と、そこに宣長が付託する宗教とは性質を異にする。前者は自然宗教であり、後者は普遍宗教・教義宗教である。村岡が「敬虔的信仰」と呼ぶ宣長のこの普遍宗教・教義宗教は、前者に比べてより高次の、後代的な宗教である。

では、宣長は如何にして、敢えて不合理を知りつつ、古伝説を丸ごと信じることが出来たのか。村岡は、その思想的根拠となった三つの要素を列挙する。すなわち、1国家思想（および尊皇思想）、2実證主義思想（および実証的不可知論的思想)、3敬虔思想の三つがそれである。1と2とは全く範囲を異にした思想であるが、宣長の場合、3の敬虔思想が両者を心理的に結びつけていた。

宣長がそのような敬虔思想・宗教的信仰を得ることになった源として、村岡が挙げるのは垂加神道と浄土宗との影響である。村岡の発言の根拠は、いずれも上田萬年編「本居宣長傳資料」にあるが、ここでは村岡の説明をそのまま引用することにする。

彼(=宣長)の為に、教養上、無視すべからざる宗教的事情について見ると、第一には、彼の家庭の宗教たる浄土宗がある。即ち彼は、寛延元年(一七四八)十九歳の十月二十五日に、菩提寺樹敬寺で、五重相伝を相承し、血脈を授かり、法号伝誉英笑道与居士を与へられたのを始め、その前後に於いて、しば〳〵融通念仏十万人講等の仏事を修した。はやく、寛保三年(一七四三)十四歳の秋には、元祖圓光大師御伝記を写した。第二に、神道の方面では彼が、太神宮所在地に近く人と為ったことは言ふまでもないが、つねに、参宮を事とし、養子先の山田在留中の如き、二年に約二十回を数へている。又、彼の近親には村田元次同前次父子の如き垂加派の神道家があった。(上掲書一四ページ)

小林秀雄は「だが(中略)例えば垂加とか太宰学とかと、いろいろ取集めてみても、そういう資材なり、手段なりをどう扱ってどういう風に開眼するに到ったかという、宣長の思想の自発性には触れることは出来まい」(文庫下巻一二四ページ)と言う。たしかにその通りだが、研究の立場からすれば、「自発性」だけに視点を限定する必要はなかろうと思う。むしろ、いわゆる「状況証拠」にも幅広く目配りすることが求められるであろう。その意味で、以下私なりに、浄土宗における「時間」の問題を考え、宣長の時間意識との接点を求めることにしたい。

今村岡著から引用した文中にあるように、宣長は十九歳の十月、樹敬寺で「五重相伝」を相承し、血脈を授かり、法号を与えられている。以下、藤田定興氏の「寺院の庶民定着と伝法――浄土宗寺院を中心として――」（圭室《たまむろ》文雄編『論集日本仏教史』7　雄山閣）に依ることになるが、浄土宗の伝法には、もとからの五重、宗脈、おくれの布薩という計三種のものがあり、碩学の衆に与えられる宗脈、奥義を伝える布薩に対して、浅学の衆に与えられるのがこの五重である。五重（五重相伝。化他五重、結縁五重ともいう）は、浄土宗の宗儀を、初重から五重まで、それぞれ書伝と口伝によって伝えるもので、はじめは僧侶を対象としたが、のち在家俗衆にも伝授されるようになったという。それは、釈迦、阿弥陀の仏像や、踏んで極楽に到るべき白道などが設けられた秘儀的道場において厳粛に行われる、疑死再生の儀礼であって、これを受けることで、生きながら浄土入りを果たすことができた。授与された血脈には誉号または良号の戒名が記されるが、この血脈は死亡したとき棺内に納められ、極楽往生の重要な証拠品となるのであった。

宣長が十九歳で、この浄土宗の「疑死再生」の体験をしたことの意味を具体的に問う手だてを、私は今持ち合わせないが、この儀礼が、未来における自己の死と救済とを考えることなしには経験しえないものであったろうことだけは確かに言える。

周知のとおり、「我等相果候はば」で始まる宣長の遺書は、われわれの目から見ると、いかにも奇異なものである。小林秀雄も長々と引用しているが、自分の屍体の処置法を詳細に指定した次の一節などは、その最たるものであろう。

沐浴相済候はば、如平日鬚を剃候而、髪を結可申候。（中略）棺中へさらし木綿之小キ布団を敷可申候。（中略）稿《ワラ》を紙に而、いくつも包ミ、棺中所々、死骸之不動様に、つめ可申候、但し、丁寧に、ひしとつめ候には不及、動キ不申様に、所々つめ候而よろしく候……

しかし、浄土宗の修行僧に伝授される化他《けた》目的の伝法を見れば、この宣長の遺書の内容がそれと同一の線上にあることを知るのである。化他の伝法は秘伝の上に口伝であるためその全容が知りがたいが、上掲藤田論文は新資料の「浄土名越派伝授抄」（東京小石川源覚寺文書、一八三四年四月書写）によって化他の伝を紹介している。その内容細目の中には「化他ノ用意」として、「臨終十念ノ大事」「気息ノ伝」「訃来時ノ大事」「沐浴之大事」「亡者ノ顔色ヲ見ル口伝」「亡者ノ髪ヲ剃ノ大事」「入棺ノ大事」「野辺ニ行時ノ心得」などが並び、それぞれに詳細な説明が付されている。これは死者を扱う立場の僧侶に対する指南の書であるが、思えば宣長の遺書も、棺中の死体を覗き込む世話人の視点で詳細に述べられているのである。

こうした死体処理への宣長の関心の深さは、彼の浄土宗儀礼への傾斜を示す一つの例と見てよいのではなかろうか。そしてそれはまた、宣長が未来の自己の死について、浄土宗の思想に添って考えたであろう可能性を示唆するものとも言えるであろう。

ところで、浄土宗における時間の観念はどのようなものであろうか。「浄土三部経」の中から、数ある時間に関する記述を、適宜抜粋してみることにする。（テキストは「國譯大藏經」経部第一巻。カッコ内の数字は同書のページ）

去来現の仏仏と仏と相び念じたまふ。（五八四。無量寿経。過去・未来・現在を通じての時間の眺望。）

乃往過去久遠無量不可思議無央数劫に錠光如来世に興出して、（五八五。無量寿経。過去の深さ。）

もしわれ仏をえたらむに、寿命よく限量ありて、下百千億那由他劫に至らば正覚をとらじ。

（五九二。無量寿経。那由他は千万億。寿命の長さ。）

無量寿仏の寿命長久にして称計すべからず。（六〇七。無量寿経。仏命の長久。）

人死して更に生じ、恵施して福を得ることを信ぜず（六三三。無量寿経。未来の転生。）

四衆、永劫よりこのかた五道に展転して憂畏勤苦すること（六三七。無量寿経。過去の深さ。）

寿は一劫百劫千万億劫ならむと欲せば、自在に意に随ひて皆これを得べし（六三八。無量寿経。寿命の無限。）

仏名を称するがゆゑに、念念の中において八十億劫の生死の罪を除く。

（六九二。無量寿経。「生死の罪」の時間的距離。）

かの仏の寿命および其の人民無量無辺阿僧祇劫なり、（七〇一。阿弥陀経。仏命の無限。）

なお、無量寿経の、

正心正意にして斎戒清浄なること一日一夜すれば、無量寿国に在りて善を為すこと百歳するに勝れたり。
（六四八）

に見られる、時間の二基準並行（ダブル・スタンダード）の発想は、先に私が「玉くしげ」から引用した宣長の、異国の時間と日本の時間の流れの速さを異なるものと論じる、二基準並行の発想に通底するものがあるように思われるが、どうであろうか。

万葉集の未来

21世紀は始まったばかりだが、例えばこれからの一世紀を、万葉集はどのように「生きて」いくであろうか。その享受・評価・研究・再生、といった各方面で、万葉集が今後辿るであろう運命を、私なりの期待を込めて、予見してみたい。

○

はじめに凡例にあたることを列挙しておく。

一、本稿で考える万葉集の「未来」は、百年程度の近未来のことである。

二、本稿で「日本人」と言うのは、日本語を母語とし、日本文化を母文化とする人々のことで、人種や国籍による定義とは必ずしも一致しない。

三、本稿で「朝鮮語」「朝鮮文化」と言うのは、韓半島・朝鮮半島の伝統的言語や文化を指すもので、現代の政治や領土の概念とは関係がない。

四、人名には敬称を略した。

◯

品田悦一「国民歌集としての『万葉集』」（ハルオ・シラネ、鈴木登美編『創造された古典』一九九九年新曜社刊所収）に詳しく述べられているように、万葉集が明治期日本の国家目的に沿って「創造された」「国民歌集」であるということは、事実として認められてよいであろう。品田の論を私のことばで要約すれば、当時の日本の指導者層は、先進諸国の例に倣って、日本にも、全国民がひとしく誇るべきVolksliedがなければならないと考え、万葉集に白羽の矢を立てて、公教育を通してそれを「国民歌集」に仕立て上げた、というのである。（注1）

そこで問題は、われわれがこの事実をどう受けとめるか、ということである。私自身が、日本人としてそのような教育を受けて育ち、長く万葉集に親しんで来たわけであるから、これを客観的に論じるのは難しいが、それでもできるだけ主観を退けて考えてみようと思う。

上記の「事実」に直面して取られる態度には、三つのものが考えられるであろう。すなわち、

① 「万葉集」を虚像として否定する。

② 「国民歌集」としての認識を維持する。

③ 「国民歌集」としての認識を捨てて、万葉集を再評価する。

このうち①は、言うまでもなく短絡であって、正しくは万葉集の何を否定するのかが問われるのでなければならない。つまり、万葉集から「虚像」性を剝ぎ落とした時に何が残るのか、あるいは何も残らないのか、が問われなければならないわけであるから、この立場は実は③に包含されるはずのものである。そして、②と③は共に、

A　「国家」と「文学」とは本来どのような関係にあるべきか。

B　21世紀、「国民国家」はどうなっていくか。特に、日本という「国家」はどう変容するのか。

というような重要な課題へとわれわれを導くものである。

◯

②③の問題はさておき、まずAについて、政治の側から考えてみよう。国家が、その統一の象徴として、なんらかの文化的事象を必要とすることは、当然である。それは独立や統一を達成し誇示するための有効な手段であるからだ。史書の編纂などは、そうした事象の代表的なものであるが、「文学」も、もちろん、重要な要素となる。国家は、時の国家目的に役立つ文学を選択して称揚し、またその作品の中でも、特に役立つ側面を強調したり、目的に反する側面を無視ないしは歪曲したりして、「国民文学」を構築しようとする（もちろん、実際には、ことはそれほど単純ではない。国家目的に沿わないような文学をもある程度称揚することで、文化政策の寛容さを示そうとすることもあり得る。これも、大きな意味では国家目的への奉仕である。）。

ところで、文学には、おおまかに言って、「酔わせる文学」と「醒めさせる文学」との二種類がある。前者は概して浪漫的なもの・抒情的なものであり、後者は概して写実的なもの・分析的なものである。この区別は、もちろん、「詩」と「散文」の区別に一致するわけではない。「詩」は抒情詩も叙事詩も、おおむね「酔わせる」文学に属するが、「散文」には、「酔わせる」散文も「醒めさせる」散文もあるからだ。国家が上記の目的で採用するのは、当然「酔わせる」文学の方である。明治の指導者が「万葉集」や「記紀神話」に着眼したのは、その意味において正しい選択であった。

次に同じくAについて、文学の側から考えてみよう。文学の本質には、本来「国家」や「組織」の理念に馴染まないものがある。多数決や統計や合理的思考や教条的徳目などから漏れ落ちるものの声を代弁するのが文学であろう。人間存在は、多数決や統計や合理的思考では覆いきれない広大深遠な精神的領域、そしてそれを無視しては結局、存在自体が脅かされるであろうような領域を蔵しているのであり、文学はその領域を確認し表現するための有効な手段の一つである。文学は国家や組織に近付くことによって、この固有で重要な機能を鈍化・喪失する危険を抱えている。文学が、厳格に自己の分を守って、時にはあえて反国家的・反社会的・反道徳的でなければならない理由は、ここにあろう。

だが、再び政治の側に戻って言えば、「文学」がそのようなものであればこそ、あえてそれを政治の側に取り込むことで、国家は、多数決や統計や合理的思考では扱いきれない、国民の精神的領域に介入し操作することが可能になるわけである。万葉集の「国民文学」化には、このような意味があったと言える。たとえば「海ゆかば」の一句が戦時に果たした効果一つを例にとっても明らかなように、当時の政治の側に立って言う限り、万葉集は国民文学としての役割を成功裡に果たしたのであった。

○

さて、Bの問題に移ろう。世界の国家・社会・文化をめぐって、現在地球上に起こりつつある変化は、国際化・地球化・多国籍化・多文化化・情報化など、さまざまな言葉で表現されている。国家枠を越えて相互に浸透し合う事象が、物質的にも精神的にも急増し、いわばこれまでタテ軸だけで系列分類されていたものが、ヨコ軸分類の系列と交錯し合い、そこに権益がからんで、多くの混乱を生じているといった状況である。

この状況を分析し、そこから21世紀の様相を予見しようとする研究や提言は少なくないが、中でもSamuel Huntington の The Clash of Civilizations and the Remaking of World Order（鈴木主税訳『文明の衝突』集英社一九九八年）は、その広範な資料を駆使した推論に説得力がある。ただしその論旨は単純に過ぎ、本稿の最後に述べるように、私はすべてに満足するというわけではないが、大筋においてハンチントンの意見を、あり得ることとして是認するので、以下同氏の論に依拠しながら、できれば万葉集の問題にまで考えを及ぼそうと思う。

ハンチントンによれば、「近代化」と「西欧化」を同義と見なすのは西欧的偏見であり、今後は西欧的価値観の浸透を排した「非西欧的」な「近代化」が、世界各地の非西欧圏で進むものと思われる。イスラム文明にせよ儒教文明にせよ、一定の文明に属する諸国民は、それぞれ既存の国家の枠を越えて連携を強める。中国文明とイスラム文明の勢力が拡大し、「儒教――イスラム・コネクション」が形成され、それと西欧文明圏が激突するに至る。なお、日本は西欧圏を離れて中国圏に帰属するものと思われる。……

ハンチントンが想定するこうした状況を一応念頭に置きながら、今後の日本をより具体的に想像してみよう。たしかに中国は経済的にも政治的にも急速な発展を遂げ、儒教・漢字文化圏の中核国であるとの自信を一層強めるであろう。それに対抗するのはアメリカを中心とする西欧圏であるが、当分の間日本は、政治的には可及的中立、経済的には両者依存、軍事的にはアメリカ側、という不安定な状態を脱することができないであろう。かつての「脱亜入欧」と、新しい「脱欧入亜」の志向とが、複雑に入り組み、それは文化の状況にも種々の影響を及ぼすだろう。一方、「地球化」の側面からいえば、日本国内の外国人の数はますます増加するにちがいない。それには、一時的な訪問者も、定住者も、難民も、密入国者もあるわけだが、本稿が当面問題にしたいのは定住外国人である。その大多数は中国、韓国・朝鮮、東南アジア、南米、イスラム圏からの人々であろうが、おそらく彼らは定住の後も彼らの母文化を捨てることはなく、日本という国土の中に、非日本的社会や文化を増殖させて行くであう。そうしたものを包含しながら、次代の日本が形成されて行くものと思われる。このような異なる母文化の定住外国人たちと、在来の日本人たちの間で直接に大規模な「文明の衝突」が起こるだろうとは考えにくい。おそらくそれは、日常次元での、異文化接触や異文化摩擦の問題、あるいは比較文化の問題として扱い得る程度のものであろう。より本質的な問題は、彼らの第二世代、第三世代が、いわば内面から日本文化と直面しなければならなくなった時、言い換えれば日本文化が、内面化された異文化の影響に応じる必要に迫られた時に顕在化するであろう。

さて、近い未来の日本の言語はどうなっていくだろうか。憲法をはじめ、現在の日本の法律は言語条項を欠いているが、やがてはその条項の必要が生じるかもしれない。現実的に考えれば、未来の日本の国語・公用語は、日本語および英語と規定される可能性が高いと思う。中国語の役割も増大するに違いないが、中国自体が英語を公用語の一つとして採用することもあり得るので、中国語が日本での公用語の一つになる可能性は少ないと言える。察するに中国では、一つには地域方言の多様性の克服（これはたとえば北京語の普及で補えるが）、二つには、中国語と英語との文法上の近似、三つには西欧文明との交渉の必要、四つには香港・シンガポールなど英語地域との関係から、英語の採用は有効な政策であると思われる。朝鮮語が日本の公用語の一つに加えられえる可能性も少いであろう。

以上のように想定される未来の日本の状況の中で、万葉集はどういう扱いを受け、どのように生き延びるであろうか。その存続に対して否定的に働くであろう事象を取り上げて見よう。

一、文化的活力の衰退。文化が爛熟の域を越え、人々は何事に対しても積極的な関心を持たなくなる。また、経済や政治上の危機のため、文化的な余裕が失われる。

二、文学への興味が失われる。特に詩への興味が失われる。人々の関心は、事実の情報に集中する。また、文学以外のジャンル（たとえば音楽やアニメーションなど）に興味が移行する。

三、日本古典への興味が減退する。一つには、過去の文化への興味がなくなり、二つには、万葉集自体への評価が低まるためである。

四、国語力が低下し、古典を原典で読むことができなくなる。

こうした否定的要素が増大すると、万葉集は、限られた人々だけの嗜好品か、学問的研究の対象としての意味しか持たなくなる。そうした事態を防ぎたい、というのが私の願望で、それは教育問題にも関係することになるが、今はしばらく措いて、次に進もう。

○

以上、前掲AおよびBの課題について述べた。以下、②および③の項目に戻る。

②の問題は、万葉集の国民文学的理解が今日でも意味を持つかどうか、ということである。私は、その点をめぐって二つのことを認めたいと考える。

第一は、万葉集にはたしかに、そのように理解される側面がある、ということである。明治の国家理念とは異なるにせよ、万葉集の成立には天皇国家の政治理念が関係している。すでに多々論じられて来ていることだが、万葉集の研究課題として、これは重要な一面である。

第二は、明治時代にその権威によって「創造された」「古典」であるとしても、そうした経緯に対する価値判断と、そうして「発掘」された対象自体に対する価値判断とは区別されなければならない、ということである。万葉集称揚の動機や手段への批判は、万葉集そのものの否定にはつながらない。

したがって、議論は、そのまま③の考察に継承される。

③の問題は、国民文学としての認識を捨てて万葉集を再評価することだが、以下、私はまず研究者的な立場と享受者的な立場を峻別して述べて行こうと思う。

言うまでもなく、万葉集は、歴史学、民俗学、言語学、文学（の学）、比較文化学などにとって貴重な研究資料である。いわゆる「万葉学」は現代における万葉集の文芸的な価値の吟味とは関係なく進められなければならない。幸にして、文献学を基礎とする、その学際的・国際的な研究はますます精緻を極めていくであろうが、それはまさにそうあるべきものである。古典学者としての万葉研究者の第一の責務は、万葉集研究の歴史を継承し、必要な加除訂正を施しながら、次の世代に引き渡して行くことにある。こうした、いい意味での職人的な学問に加えて、未知の学問的分野が今後付加されていくことも、もちろん、期待される。

さて他方、研究とは別に求められる、万葉集の、現代そして近未来における文芸的・内容的な価値は何であろうか。繰り返しになるが、私としては、多数決や統計には反映されないような、個人の深奥の声を認識し表現するという文学本来の機能を、万葉集が――もちろん、その作品のすべてではないが――現代においてもなおよく果たし得る、という点を強調したい。具体的な説明は省略するが、万葉集の作者たちは、人間の基本的な感性や感情を、意識的にせよ無意識的にせよ、その時代の方法で、よく認識し表現していると言える。どの歌からどのような価値を引き出すかは享受者によって異なるとしても、総じてそれらは、万葉の作者たちと私たち現代人とのそれぞれの世界の類似と相違とを鮮明に提示してくれており、私たちは時には共感を以て、時には驚愕を以てそれらを享受する。現代が既に失ったものを郷愁とともに思い起こすこともちろん少なくはない。

万葉集に限らないが、それも含めて、短歌の存在の意味が否定的に問われたことがかつて何度かあった。以下、山本健吉『いのちとかたち』（角川文庫ソフィア）に依って述べるが、その第一波は、尾上柴舟の「短歌滅亡論」が起った明治末期、第二波は、釈迢空が「歌の円寂する時」を書いた大正末期、そして第三波が桑原武夫の「第二芸術論」が投ぜられた終戦直後のことであった。一時は否定論者だった迢空（以下、折口と呼ぶ）だったが、「第二芸術論」の出現を契機として、彼は短歌という日本の抒情詩の存在の意味を肯定的に模索し始める。折口によれば、短歌には「非常にのんびりしたのどかな所」がある。その「のどかさ」が取りも直さず歌の存在理由であって、それ以上には意味のないものもある。そして、無意味、無内容でも、短歌にはある「美しさ」がある。だがその「美しさ」も「瞬間に消えてしまひ」、そのあとに「清らかな印象が心に残る」。それを折口は、降る雪にたとえて言う。「其を手に握って、きゅっと握りしめると、水になって手の股から消えてしまふ」。それが短歌における詩だ。山本健吉はこのように要約した折口の文脈を受け、それに重ねて「瞬間に消えてしまう淡い雪のような詩——あとに残るものは、内容も思想も何も残らない、まことにさっぱりして、清らかな印象だけが残る詩、たとえば枕詞や歌枕のような意味のない言葉が、『いのちの灯』のように消え残る詩」と述べる。万葉集からは、こうした日本の詩の枠を読み取ることもできるわけである。

○

万葉集の文芸価値の享受に関して、さらに、私自身の場合を一「症例」として報告しよう。私は、個々の作品から文学的感慨を得るのはもちろんだが、そのほかにも、部立てや、テーマ、そして修辞といった方面に関心を持って万葉集に接することが多い。それらは私に、ある種の詩学的な興味を感じさせる。例えば、儀礼歌、讃歌、挽歌、亡妾挽歌、相聞歌、讃酒歌、羇旅歌、望郷歌、嘆老歌、貧窮問答歌、叙景歌、寄物陳思、東歌、など、それぞれのジャンルについて考えることから、私は文学的な刺激を受けることができる。私は、いかにして現代の私たちに「讃歌」は可能か、というふうに考え始める。人麻呂が抱いた皇室賛美の感情に代わって、私たちが今ためらいなく賛美できる対象がこの世界にあるであろうか。私にはそれは無いが、しかし、なにかを賛美したいという感情そのものは無くはない。そこのところを突き詰めて行けば、なにか現代の詩情に行き着くかもしれない、などと考え続ける。人の死を悼む場合もそうである。様々な死に立ち会い悲痛な思いを抱きながらも、その感情から一篇の詩が生まれるかといえばそうではなく、生の感情と詩的感動との間の埋めがたい溝を意識することが多い。そのあたり、万葉集ではどうなっていたのだろう、人麻呂は、旅人は、家持は、などとまた考え始める。羇旅歌を現代に引き寄せるとどうなるだろうか。今仮に、アフリカを、ヨーロッパを、中国を、また南米を旅したとして、私たちはそれをどのようにして詩に取り込み得るだろう。「ご当地ソング」の域を脱して、それを本当の詩に高めるためには、地球と詩人との間にどのような緊張関係が必要なのだろう。また、讃酒歌について考えることも多い。酒をほめる歌、酒を飲んで歌う歌は現在、どのような意味を持つのか。演歌があり、カラオケというものがあり、民謡酒場というものがある。演歌には措辞行文に稚拙なものも多いが、中には万葉秀歌を凌ぐような傑作もなくはない。では、叙景歌はどうだろう。21世紀の風景とは何か。その風景を歌うとして、その視線はどこから発するのか。想像される万葉時代の宮廷サロンの存在は、現代社会では何に置き換えられるのだろう。「東歌」はどうだろう。東北弁で、沖縄弁で、現代詩はどう書けるか。現代の歌に枕詞の機能を復活させることの当否はどうか。もちろん、東歌も枕詞も技術の問題でなく、立脚点の問題なのだが。——などなど、私は万葉集の下部分類をもって、現代詩の可能性を照射する一つの光源にすることができる。万葉集にはそういう力があると私は思っている。

そしてまた、こんな空想を楽しみもする。万葉歌の作者は区々であるが、その全体を包括する一人の詩人を想定してみる。編集者という意味ではなく、万葉集全体を一人の作者による一冊の書き下ろし詩集と見なして、その詩人を想定してみるのである。その多面的詩人は、上に項目化して挙げた万葉歌の諸領域を、一人で自由に書きわけることのできる人物である。つまり彼は、万葉集の文学精神の抽象化された主体である。かつて明治の指導者層が万葉集を「天皇から庶民まで」の「国民歌集」に仕立てたのとは逆に（といっても、むしろ通底する発想かもしれないが）、これを一個人の文学意志の結晶に仕立ててみた時、そこに、時代の文学精神とでもいったものが見えて来るのではないか。もちろん、こんな架空の想像は、私の思考の戯れであるが、万葉集はこの種の戯れの対象としても、私にとっては大事な財産になっている。

○

私の場合を症例として、と言って書き出した文章が、思わず長くなりすぎた。打ち切って、先に進もう。ここまで、万葉集の価値について考えて来たわけだが、その延長線上で、文化遺産に関する問題を、さらに三つ挙げて置きたい。上記A・Bに続けて、課題C・D・Eという見出しで提示する。

C　文化事象の成立の、絶対年代の古さ（歴史の長さ）を価値（古さの価値）とする根拠は何か。

D　文化事象の成立の先後を比較し、相対的に古い方に価値（プライオリティの価値）を認める根拠は何か。

E　文化遺産を保存しなければならない（存続の価値）とする根拠は何か。

う。

始めに、Cについて考える。「古さに価値を置く」という立場は、以下のような理由から肯定できると私は思う。

1　その作者（が属する文化）が絶対年代として早い時期に文明の高い段階に達したことは、その作者（が属する文化）の文化的優秀性を示すものだから。（創造的価値）

2　その文物が残って今日にまで至っているということは、その間、累計すればそれだけ多くの人々がそのものの価値を認め支持してきたということだから。（質的価値）

3　そうした古い文物は、それに対面する私たちに、過去・現在・未来にわたる人間の営為の偉大さを考えさせるよすがとなるものだから。（規範的価値）

4　古い文物は、しばしば、それ以前のさらに長い時代を通して熟成された営為の、到達点での集約であるから。（熟成の価値）

5　その時代の文化の様子を知るための資料として貴重だから。（資料的価値）

これらに加えて、合理的な説明は付けにくいが、一般的に年代の古い物に対する人間の、本能的な価値感覚があるかもしれない。例えば異常な天然現象を「恐ろしい」と感じるように、古い事物を「尊い」と感じる感覚、上代の言葉で言えば「神さぶ」という、あの感覚である。

次に、Dについて考える。二、三の例を見てみよう。

柿本人麻呂の近江荒都歌、たとえば

大宮は　ここと聞けども　大殿は　ここと言へども　春草の　繁く生ひたる　霞立ち　春日の　霧れる　もしきの　大宮どころ　見れば悲しも

は、廃墟の美を歌ったものとして、杜甫の
　国破山河在　城春草木深……
よりも、その成立が約半世紀早く、また、芭蕉の
　夏草やつはものどもが夢の跡
よりも、千年近く早い。
　また、大伴旅人の讃酒歌、たとえば
　賢しみと物言ふよりは酒飲みて酔泣きするしまさりたるらし
　なかなかに人とあらずは酒壺になりにてしかも酒に染みなむ
は、オマル・ハイヤーム「ルバイヤート」（小川亮作訳・岩波文庫による）の
　あのしかつめらしい分別のとりことなった
　人たちは、あるなしの嘆きの中にむなしく去った。
　気をつけて早く、はやく葡萄の古酒を酌め、
　愚か者らはまだ熟れぬまに房を摘まれた。（第84歌）
　死んだらおれの屍は野辺にすてて、
　美酒を墓場の上に振りそそいで。
　白骨が土と化したらその土から
　瓦を焼いて、あの酒甕の蓋にして。（第78歌）
よりも、三百年早い。

この事実から、人麻呂や旅人の文学、またそれらを含む万葉集をその先行性の故に価値付ける立場があり得るであろう。だが、そのことの根拠は何であろうか。前項Cで価値の根拠としたもののうちで、ここでも根拠となり得るのは1の「創造的価値」だけである。また、前項であげた根拠以外に、他の根拠が見出せるとも思われない。もちろん、「創造的価値」は貴重なものだが、おそらく人は、むしろ人麻呂への個人的偏愛、旅人への個人的偏愛、また対外的には日本文化への個人的偏愛に基づいて、その「先行性」に価値を置こうとするのではないであろうか。感情移入と呼んでもいいその偏愛は、自己がその対象に、ある特別な関係で結ばれているという自覚から——言い換えれば「誇り」から来るのではあるまいか。

そこで、私が次に考えなければならないのは、「古さを誇る」姿勢についてである。これはC・D・Eの三項に共通して関係する問題である。「古さに価値を置く」ことと「古さを誇る」こととは、実は別の次元のことである。人麻呂や旅人の文学に価値を認めることは私が主体的にできることだが、人麻呂ならぬ、旅人ならぬ私は、いかなる資格によってその文学を、おのれの「誇り」とすることができるであろうか。人麻呂や旅人が属する日本という文化圏に、時代を隔てて私も属するということは、単に偶然のなせるわざであって、それを私の誇りとする理由にはならないはずである。

思うに、万葉集を「私」が誇り得る根拠があるとすれば、それは次の二点に尽きるであろう。

1　日本語を母語とし、日本文化を母文化とする者として、万葉集を最もよく理解できる立場に私がいること。

2　現在まで万葉集を保持してきた文化的継承性の流れの中に私もいて、現にその保持の努力に（享受者として、また、研究者として）参加していること。

たまたま万葉集を例として日本の場合を考えたが、この「誇り」の根拠は、どの国の文化においても、そしてどの国の誰においても等しく言われるべきことである。単に自己の属する国籍などによって文物のプライオリテイを競う議論は低俗な愛国主義であって、感情的で無意味な議論と言わなければならない。

この項の最後として、Eについて考えよう。文化遺産はなぜ守られなければならないか、という問題である。政治信条や宗教や思想の違いから、前代の有形・無形の文化遺産が破壊される現象は珍しくない。近くは中国の文化大革命や、タリバンによるバーミヤンの石像破壊などを、その例として挙げることができる。自己の理念や信条とは相反する立場によって成立した文化の遺産を――とりわけそれが象徴的な意味を担っている場合――自己の理念や信条に従って廃棄するということは、それなりに理解できる態度である。自己の理念への忠誠心が高まれば、反理念的遺物の破壊は、その文化の内部では当然、称賛されるべき聖なる行為として意識され要請される。その当為性をなお否定できる論理は、どこにあるであろうか。それは政治や宗教を超越した、いわば地球文化主義的な次元にしか求めようがないと私は思う。つまり、何であれ人類がいったん創造した物は、創造の動機や手段にかかわらず、我が財産目録に取り込んで行くのだという文化的貪欲と、異文化の創造物には何か自分たちの理解を越えた価値があるのかもしれないと考える文化的謙虚さとが、世界の人達の共通態度として確立されなければならないであろう。文化遺産は、いったん破壊されれば、再生することは不可能といっていいが、大切に保存されている限りは、将来また何かの意味で人類に寄与することがあり得るのだ。この議論は、近未来に禁書や焚書の災に会うとも思えない万葉集のためには無縁の議論のようであるが、微視的に見れば、私たちは、万葉集の価値の一部を日々見殺しにしつつあるのかもしれないのである。万葉集の存続に対してマイナスに働く要因については既に述べたので繰り返さない。

○

以上でC・D・Eの項目の吟味を終わった。次に万葉集の享受と研究との関係に目を向けたい。先に私は、両者の立場の峻別を説いた（研究者に対しては釈迦に説法であったが）。しかし、ここでは翻って両者の相互依存の必要を述べようと思う。研究者の多くは、はじめ万葉集の文芸的内容に魅せられて万葉集に近づくのが普通である。やがて、研究に専念するにつれて、内容的関心を峻別するか、切り捨てるか、喪失するか、という例が多いが、それは研究者として必要な過程である。ただし、対象への内容的な興味を全く抜きにして研究に徹することは、かえって問題点の発掘を鈍らせるなどして、研究そのものの進展をさまたげるという矛盾を招来する。当然ながら研究者もまた、作業の背後で文学的感性を新鮮に保っておくことが望まれるのである（これまた釈迦に説法であるが）。したがって、大局的視点に立って研究の発展を図るためには、そこから研究者も出自するところの、そしてやがては研究者を下支えすることになるところの、広範な読者層・享受者層が存在することが望ましい。同じことは、読者・享受者の側についても言える。研究の進化にともなって万葉集の読みが深まり、したがって享受の質が高まることは言うまでもないからだ。つまり、研究と享受とは、深層において相互補完の関係にあり、古典としての万葉集の永続を願う立場で言うなら、問題の解決は、次世代に対する、日本語・日本文学の教育――必ずしも学校教育だけを意味しない――をいかに分厚いものにできるか、にかかっていると思われる。

21世紀の日本の文化の状況は、前述のように推察されるが、そういう中で万葉集が深くじっくりと読みこまれるような機会が人々に提供されなければならない。学校教育について言えば、万葉集とはこれこれしかじかの歌集である、というような概念的・記憶主義的な教育を捨てて、作品のよさを実感できる授業が考えられなければならない。「国語・古典」の教育では、扱う古典の数を少なくして、その分、精読の時間を増やすべきであろう。その際、万葉集はその数少ない古典のリストに含まれるに値すると私は考える。大学受験資格（バカロリエート）をめざしたイギリス系の中・高等教育で行われているように、半年から一年をかけて一つの作品を深く読み込むといった授業が考えられていいのではないか。接する作品の数は少なく、種類も偏るが、生徒は文学とは何かを摑む端緒を得ることが出来、そうして身につけたものは、将来生徒が範囲を広げて自ら接するであろう古典の読みを、より深いものにするのに役立つだろう。

社会教育・生涯教育の中では、万葉集は今日でも多数の受講者を擁している。受講者の平均年齢は相当高いと思われるが、引き続いて現在の中年・若年層が参加するようであれば、万葉集の将来にとっては、それもひとつの吉兆と言えよう。

○

次に、万葉集の翻訳や、外国語による享受、また外国人研究者を交えた国際的研究について、触れておきたい。上述のような未来の状況からして、こうした面での一層の展開が予想されるからである。

再び山本健吉の『いのちとかたち』から引くのだが、折口信夫は、その晩年に発表した短歌論の中で「短歌は、我々日本人と運命を共にしてゐる様な所があって、それが又短歌のよい所でもあると思へるが、同時に大きな弱点だと思はれる点もなかなかあるのである。ただ日本語を話すことが出来ると言った程度では、短歌の意義の表面だけが、やっとわかるかわからないかと言ふ程度に止まるだらう。だから日本の旧領域以外に出て行く事の出来ない文学になってしまひさうな気がする。（中略）この詩形がもって生れた特別の表現法を、これに似たものを一つも持ってゐない世界の文学に寄与することが出来れば、どんなに幸福だらうと思ふ。だがその事が、障壁になって、短歌自身を世界文学から遮断してゐるのである。」と書いている。これは、翻訳の事には触れていないが、短歌を非日本語の世界に持ち出すことの願望と絶望とを述べたものである。だが、時代はすでに大きく変った。

たしかに文学の翻訳、とりわけ詩の翻訳が可能か、という否定的疑問は根強く世に存在する。しかし私の考えでは、完全な翻訳ということはあり得ないにしても、だからといって翻訳なすべからず、ということにはならない。(注2)翻訳が及ばないところ、翻訳によって捩じれたところは、別の方法である程度まで補うことができる。さらに専門的正確さを求める人は日本語を習得するしかないが、その機会も増えている。

これまで既に、万葉集は数カ国語に訳されている。いずれも訳者苦心の結晶であって、名訳と言うべきものも含まれている。ただ、それらの訳は、私の知る限りでは、当該言語または日本語のどちらか一方を母語とする単独訳者の手になるもので（分担訳という場合はあるが、協同訳ではない）、理想は、翻訳が複数の翻訳者の協力によって行われることである。万葉集に関する知識と感性を備えた当該外国語の母語話者と、同様資質の日本語の母語話者が、語句や文脈のニュアンスや背後事情にいたるまでを詳細に吟味し相談しながら翻訳を進めることが望ましい。そしてこのことを容易にする状況もまた増えている。

研究分野での国際協力も行われてきたし、今後の展開が想像される。とりわけ、影響関係を重視する比較文学的研究や、発生の仕組みや文化的意味の比較を重視する文化人類学的な研究や、物証を探る考古学・歴史学などは、期待される領域であろう。

○

最後に、もう一度「文明の衝突」について考えてみよう。ハンチントンは、上掲書の第12章で、あり得る将来戦争のシナリオを空想的に描いている。その予想によれば、日本はいずれ西欧圏を離脱して中国圏に帰属する。「日本はおずおずと中国にすり寄りはじめ」「積極的に中国寄りの中立へと立場を変え」「中国の要求にしたがって参戦国となる」「日本軍は国内に残っている米軍基地を占領し」「日米両国は大西洋西部で軍艦による散発的な戦闘を始める」というわけで、その空想はなかなか刺激的だが、よく読めば、それが同章後半で著者が提唱することになる「異文明間の大規模な戦争を避けるため」の諸条件を際立たせる伏線として述べられていることは了解できる。そしてその戦争回避のための提案とは——日本語版の訳者あとがきが簡明にまとめているのを引用するが——まず第一に中核国が他の文明内の衝突への干渉を慎むこと、第二に中核国が交渉を通じて文明の断層線（フォルト・ライン）で起こる戦争を阻止すること、そして第三に普遍主義（粂川注＝原理主義）を放棄して文明の多様性を受け入れ、そのうえであらゆる文化に見出される人間の「普遍的な性質」、つまり共通性を追求していくことが必要だ、とする。文明にもとづく国際秩序こそが、世界戦争を防ぐ最も確実な安全装置だというのが、ハンチントンの結論である。

この戦争回避のシナリオは、それとしてすぐれた叡知の産物と言えるが、日本の未来について論じている今の私の立場からして、もっと知りたく思うのは、中核国ならぬ日本がそこで果たすべき役割、あるいは日本が辿る命運は何であるのか、という点である。以下、私は徐々にその問題へと考えを進めて行こうと思う。

ハンチントンが、結論において、「普遍主義」と「多文化主義」とを排し、文明の「多様性」への寛容を称揚し、人間の「共通性」に希望を見出しているのは、興味深いことである。彼が排除する「普遍主義」とは、わが文明こそは全世界をあまねく覆うべき唯一優れた文化である、という考え方であり、同じく彼が排除する「多文化主義」とは、逆に、一国の中に複数の異文化を等しく共存させようとする考え方である。ハンチントンの主張は、要するに、各文明圏はその固有の文明を維持・強化し、互いに干渉せず、その上で人間の共通性をたよりに世界の秩序を構築しよう、ということだと理解できる。

ところで、ハンチントンの言う「共通性」とは何か。その最も見やすいものは道徳レベルでの価値観であるが、また異なる宗教の間にも共通する価値観が部分的に存在する。ハンチントンは、それらを模索し拡大しよう、と言うのである。

歴史を振り返って考え得られる日本の文化の特質には、このような問題の未来の展開に対する、いくつかの示唆がふくまれていると思われる。しばらく目を日本の文化に転じよう。日本は、六・七世紀の頃以来、それまでの基層文化の上に、中国文化や朝鮮文化の圧倒的な影響を受け、長年にわたってそれを消化・吸収し、19世紀後半に至って、さらに西欧文化の強力な影響をこうむった。しばしば指摘されるように、この過程において、二つの特徴が観察される。その第一は、文化の累積現象である。新しい文化の勃興や流入が、古い文化を駆逐するのではなく、その併存を許す、という点である。特徴の第二は、いわゆる「日本化」の現象である。移入された文化が、日本の基底文化の力によって、時にはその本来の性質を失うまでに変質させられるという点である。その基底文化とは何かと言えば、宗教的にはアニミズム、社会的には地縁・血縁共同体的心情、思想的には相対主義、というふうに、乱暴ながら言っておこう。そして、累積され日本化された文化の中にアジアと西欧の両文明の要素を包含している現代日本文化の状況は、一つには「文明の融和」のモデルとして、一つには「文明の矛盾」のモデルとして、次代の世界秩序の構築のプログラムに寄与するところがあるものと思われる。

自然宗教であるアニミズムとその線上にある神道とは、もともと、教祖教義や教典を持たず、仏教や儒教（ここでは儒教をその宗教的側面でとらえておく）やキリスト教などの創唱宗教を受け入れるのに寛容であった。また、この土壌では、神道も仏教も儒教もキリスト教も、相互に衝突することが比較的少なかったが、おそらくそれは「日本化」というもののおかげである。ここでは、社会の秩序は、神の裁きによってではなく、人倫の原理によって確立されたり破壊されたりした。もちろん、歴代、それによる犠牲者は出たが、それは例えば西欧をはじめ諸宗教文化圏で異教間戦争がもたらした犠牲者の数に比べれば、比率として格段に軽微であった。

未来における「衝突」が懸念される諸「文明」の主要なものは、キリスト教、イスラム教など創唱宗教を骨格にしている。「普遍主義」（「原理主義」）を排除して文明の衝突を避けるためには、それらの宗教の普遍主義・原理主義的部分が排除ないしは軟化され、あるいは「液化」されるのでなければならない。儒教も、その宗教的側面については同様である。そのような部分に有効に働きかけて、これを内面から相対化し液化する要素は何であろうか。日本文化の、悪評高い曖昧さ、宗教的不徹底や無神論的風土が、ここに翻って意味を帯びてくるのではないか。その基底にあるアニミズムに、私たちはあらためて注目していいのではないか（注3）。それら「環境にやさしい」そして「衝突しない」宗教を根底に有する文化は、日本にも、北欧にも、オセアニアにも、アフリカにも、南米にもある。地理的には拡散しているが、それらもまた一つの文明圏を形成して、次代の人類の存続に寄与し得るのではなかろうか。話が大きくなってしまったが、万葉集は、日本が提供することのできる、その種の文化の、小さいながら意味ある見本の一つであろうと思う。

○

私は本稿を二〇〇一年八月三一日に書き始めたのだが、半分ほど書き進めた九月一一日の夜に、ニューヨークの世界貿易センタービルとペンタゴンへの、イスラム過激派によると見られるテロ事件が発生した。不幸なことに、ハンチントンの言う「文明の衝突」がいよいよ本格化する気配ではある。

注

一、旧漢字・常用漢字の区別に関して、著者名・書名・論文名などは、原則として原題に依ったが、例えば人名の漢字が著者ご本人によって新旧混用されているような場合には常用漢字で統一した。また、雑誌名の「國語國文」「文學」「文藝」などの「國」「學」「藝」は、戦前のものも含めて「国」「学」「芸」で統一した。
一、年次表記は西暦を基本とし、和年号を小字で添えた。たとえば原典の奥付けが西暦のみで標記されている書籍の場合も、この和暦の添字を施しておいた。

ページ（注番号）

第一章　懐古的抒情の研究

第一節　懐古的抒情の展開

p6（1）土橋寛『古代歌謡全注釈　古事記編』（角川書店　一九七二年昭和四七年）当該部分参照。なお、本節での記紀歌謡解釈は、ほとんど同氏の著作に導かれたものである。

8（2）注(1)と同じ。

10（3）注(1)と同じ。

第二節　懐古的抒情の成熟

18（1）土橋寛『古代歌謡全注釈　古事記編』（角川書店　一九七二年昭和四七年）九七ページ
32（2）山本健吉『柿本人麻呂』（新潮社　一九六二年昭和三七年）一〇六ページ、白川静『初期万葉論』（中央公論社　一九七九年昭和五四年）第四章など参照。
37（3）ブーメラン（boomeran）は、オーストラリアの原住民が狩猟に用いる、「く」の字形の木製飛び道具で、前方に投げられて一定距離を飛ぶと、翻ってまた手元に戻って来る。

39（4）澤瀉久孝『萬葉集注釋』巻二―一一一番歌の「考」による。

第二章　古事記の時間

第一節　古事記の「今」

49（1）以下、原文・読み下し文ともに、岩波「日本古典文学大系」倉野憲司校注『古事記』による。

〃（2）「今者」を「今日」や「今夜」と同列に熟字とすることには問題があろうが、ここでは論の本旨にかかわることが少ないので、便宜上このように扱った。

〃（3）小島憲之『上代日本文學と中國文學』上巻（塙書房　一九六二年昭和三七年）一六七ページ以下参考

51（4）その二例は、①「この歌は、国主《くず》等大贄《おほにへ》を献る時時、恒に今に至るまで詠《なが》む歌なり」（応神記）、②「然るに其の正身、参向はざる所以は、往古より今時に至るまで（中略）未だ王子の臣の家に隠りまししを聞かず」（安康記）である。

52（5）たとえば景行記（倭建命薨去の段）の、「故、自二其国一飛翔行、留二河内国之志幾一。故、於二其地一作二御陵一鎮座也。」など参考。

〃（6）苗代清太郎「玉今思想と三三九度の盞」（『肇国』一九六九年昭和四四年六月号）には、これを真福寺本のままに「玉今」と読むという主張が見える。私はここに何字かの脱字があった可能性もあると思う。

〃（7）成立時現在のイマは、文字として書かれている以外にも、古事記三巻の中にあまねく散在している（特に、分注の部分）。

第二節　古事記の「スデニ」

67（1）已と既が同義であることは「已死訖」「既死焉」、「已経多年」「既経多年」などの字句から知られる。

〃（2）岩波「日本古典文学大系」倉野憲司校注『古事記』の分段による。

68（3）ここで言う「時間詞」とは、時間を表現する語彙を、品詞の別に関係なく一括して名付けた、ゆるやかな概念である。

〃（4）数多い時間詞の中から、ここでは「スデニ」に関係が深いと思われる、早・速・未・遂・猶・更の六語（仮名書きを含む）を、取り上げた。

76（5）「既―還」の対応については、小島憲之『上代日本文學と中國文學』（上巻六一九ページ）に説明がある。「既―更」の対応にも同質のものがあると思う。

77 (6) 宣長は次のように述べている。「さて 既《ハヤク》は、此《ココ》は、いかで早速《ト》くと願ふ意の波夜久にて、【既ノ字の意には当らざれども、既往《スギニ》しことを波夜久と云は、此ノ字に当れるから、通はして書るなり、語だに同じければ、字に拘らざるは古へのつねなり】死《シネ》と云に係れり、下に吾既死《アレハヤクシネ》とあるにて心得べし」（『古事記伝』巻二十七、筑摩版『本居宣長全集』第十一巻二一七ページ）

79 (7) 「スデニ」が雄略記に多いこと、歌謡をともなう説話と「スデニ」との間に相関が認められないこと、など、継体グループ説・白鳳層説に「スデニ」を結びつけるには困難が多い。しかし、「スデニ」が仁徳記にあらわれず、履中・顕宗記に多いことには何かの意味があるかもしれない。なお、神田秀夫氏の説は、同氏著『古事記の構造』（明治書院 一九五九年昭和三四年）二九ページ以下にある。

第三節 記紀の「涙」と時間

第四節 吉野と永遠

91 (1) 『古事記伝』巻十八

92 (2) 松村武雄『日本神話の研究』第三巻（培風館 一九五五年昭和三〇年）第一五章

93 (3) 土橋寛『古代歌謡の世界』（塙書房 一九六八年昭和四三年）一五七ページ以下

96 (4) 阿蘇瑞枝『柿本人麻呂論考』（桜楓社一九七三年昭和四七年）二八九ページ（増補改訂版も同ページ）

97 (5) 土橋寛『古代歌謡全注釈 古事記編』（一九七二年昭和四七年）二一三ページ

〃 (6) このあたり、阿蘇前掲書（注4）二八七ページによる。

98 (7) 土橋前掲書（注5）三三六ページ

99 (8) 岩波「日本古典文学大系」土橋寛校注『古代歌謡』

第五節 随想・古事記と時間

109 (1) 「歴史的時間」等の語は、西郷信綱『古事記の世界』（岩波新書 一九六七年）にあるのを参考にした。

第三章 万葉集の時間

第一節　万葉集の「今」

126（1）J・P・サルトル『存在と無』（松浪信三郎訳　人文書院「サルトル全集」第一八巻　一九五六年昭和三一年）第二部第二章

140（2）サルトル　右（注1）と同じ。

142（3）ここで言う「ふくみ」とは、語が文脈上負わされている含蓄・趣向・雰囲気・言外の意味、のことである。nuance, connotation

第二節　万葉集の「待つ」

第三節　万葉集の「時」

第四節　万葉集の「涙」と時間

179（1）小野寛「大伴家持の生涯」（有精堂『萬葉集講座』第六巻　一九七七年昭和五二年）による。

第四章　万葉歌人の時間

第一節　中皇命の時間

第二節　柿本人麻呂の時間

214（1）森本治吉『人麿の世界』（昭森社　一九四三年昭和一八年）

〃（2）中西進『柿本人麻呂』（筑摩書房「日本詩人選2」　一九七〇年昭和四五年）、のち、『中西進万葉論集』第七巻（講談社　一九九五年平成七年）所収

〃（3）平野仁啓「柿本人麻呂の時間意識の構造」（『文芸研究』第二八号　一九七二年昭和四七年）、のち、同氏著『続　古代日本人の精神構造』（未来社　一九七六年昭和五一年）所収。

215（4）エリアーデ『永劫回帰の神話』（堀一郎訳　未来社　一九六三年昭和三八年）一〇八ページ

217（5）曽倉岑「『この川の絶ゆることなく』考」（『論集上代文学』第一冊　笠間書院　一九七〇年昭和四五年）

218（6）阿蘇瑞枝『柿本人麻呂論考』（桜楓社　一九七三年昭和四七年）第二編第二章第二節

220（7）山本健吉『柿本人麻呂』（新潮社　一九六二年昭和三七年）「挽歌的発想」

221 (8) 杉山康彦「人麿における詩の原理」（『日本文学』一九五七年昭和三二年十一月号）

226 (9) たとえば、永藤靖「記紀・万葉における『見る』ことについて」（『文学』一九七四年昭和四八年六月号）

〃 (10) 金井清一「『すべなし』と歌うことは、――主として人麻呂の場合――」（『論集上代文学』第二冊　笠間書院　一九七一年昭和四六年）、のち、同氏著『万葉詩史の論』（笠間書院　一九八四年昭和五九年）所収。

227 (11) 稲岡耕二「人麻呂『反歌』『短歌』の論」（『萬葉集研究』第二集　塙書房　一九七四年昭和四八年）

〃 (12) たとえば、
金井清一「『軽の妻』存疑」（『論集上代文学』第一冊　笠間書院　一九七〇年昭和四五年）、のち、同氏著『万葉詩史の論』（笠間書院　一九八四年　昭和五九年）所収。
伊藤博「人麻呂の推敲」（『上代文学』二八号　一九七一年昭和四六年）、のち、同氏著『萬葉集の表現と方法』下（塙書房　一九七六年昭和五一年）所収。
渡辺護「流血哀慟歌二首」（『萬葉』七七号　一九七一年昭和四六年）

229 (13) 阿蘇前掲書（注6）第二篇第二章第四節

233 (14) 伊藤博「歌俳優の哀歓」（『上代文学』一九号　一九六六年昭和四一年）、のち、同氏著『萬葉集の歌人と作品』上（塙書房　一九七五年昭和五〇年）所収。

〃 (15) 渡辺前掲論文（注12）

234 (16) 伊藤博「磐姫皇后の歌」（『国語国文』二九四号　一九五九年昭和三四年）、のち、同氏著『萬葉集の構造と成立』上（一九七四年昭和四九年）所収　ほか。

235 (17) この項で挙げた「恋―別離―追跡―追跡の無効」の図式は、たとえば潘安仁の「哀永逝文」にも共通する。そういう面からの考察も必要であろう。

236 (18) 「過去を追懐する未来」「現在を未来の側から追懐する」といった発想の構造を、私は仮に「ブーメラン式」と名付けた。本書三七ページ参照。

第三節　高市黒人の時間

239 (1) 五味智英「黒人の船赤人の船」（『新世代』一九四六年昭和二一年十二月号）、のち同氏著『萬葉集の作家と作品』（岩波書店　一九八二年昭和五七年）所収。

〃（2） 佐佐木幸綱「高市黒人私記」（『文学』四三―四、一九七五年昭和五〇年）

240（3） 森朝男「高市黒人」（有精堂『萬葉集講座』第五巻、一九七三年昭和四八年）

〃（4） 生田耕一「『古人爾和礼有哉』の訓考」（『萬葉集難語難訓攷』春陽堂　一九三三年昭和八年）

〃（5） 近藤章「古の人にわれあれや」（『論集上代文学』第八冊　笠間書院　一九七七年昭和五二年）

241（6） 稲岡耕二「高市黒人」（『国文学』二〇―一五　学燈社　一九七五年昭和五〇年十一月臨時増刊）

246（7） 尾畑喜一郎「高市黒人」（『和歌文学講座』第五巻、桜楓社　一九六九年昭和四四年）

〃（8） 森朝男前掲書（注3）

第四節　山部赤人の時間

248（1） 五味智英「赤人の不尽の歌」（『文学』一九四六年昭和二一年七・八月合併号）、のち『萬葉集の作家と作品』（岩波書店　一九八二年昭和五七年）所収。

249（2） 風巻景次郎「山部赤人」（『萬葉集大成』第十巻　平凡社　一九五四年昭和二九年）

〃（3） 清水克彦「不変への願い――赤人の叙景表現に就いて――」（『女子大国文』五五、五六合併号　一九六九年昭和四四年十二月）、のち、同氏著『萬葉論集』（桜楓社　一九七〇年昭和四五年）所収。

251（4） 森朝男「高市黒人」（有精堂『萬葉集講座』第五巻　一九七三年昭和四八年）

254（5） 尾崎暢殃『山部赤人の研究』（明治書院　一九六〇年昭和三五年）

256（6） 川口常孝「山部赤人論」（『萬葉歌人の美学と構造』桜楓社　一九七三年昭和四八年）

259（7） 坂本信幸「時間・空間・山部赤人」（『国文学』二八―七　学燈社　一九八三年昭和五八年五月号）

〃（8） 森淳司「山部赤人――歌とその表現――」（『国文学』一九七一年昭和四六年二月号）、のち、『万葉とその風土』（桜楓社　一九七五年昭和五〇年）所収。

262（9） 梅原猛『さまよえる歌集――赤人の世界――』（集英社　一九七四年昭和四九年）

第五節　大伴旅人の時間

264（1） 清水克彦「旅人の宮廷儀礼歌」（『万葉』三七号　一九六〇年昭和三五年）、のち、同氏著『萬葉論集』（桜楓社　一九七〇年昭和四五年）所収。

伊藤博「未逕奏上歌――旅人論序説――」（『国語国文』四三六号　一九七〇年昭和四五年）、のち、同氏著『萬葉集の歌人と作品』下（塙書房　一九七五年昭和五〇年）所収。

265 (2)　伊藤博前掲論文（注1）と同じ。

〃 (3)　小島憲之『上代日本文學と中國文學』中（塙書房　一九七六年昭和五一年）第五篇第五章参照

第六節　山上憶良の時間

276 (1)　伊藤博「学士の歌」（『文学』三七巻三号　一九六九年昭和四四年三月、のち、同氏著『萬葉集の歌人と作品』下　塙書房　一九七五年昭和五〇年所収）の趣旨に従う。

〃 (2)　中西進『山上憶良』（河出書房新社　一九七三年昭和四八年）二二二ページ、のち、『中西進万葉論集』第八巻（講談社　一九九六年平成八年）所収。

279 (3)　川口常孝『萬葉歌人の美学と構造』（桜楓社　一九七三年昭和四八年）二〇四ページ以下（憶良の「世間」）

〃 (4)　永藤靖「時間の様相（上）」（明治大学文学部紀要『文芸研究』第三六号　一九七六年昭和五一年）

280 (5)　高木市之助「周辺の意味」（『国語国文』一九五五年昭和三〇年五月）、のち、『高木市之助全集』第三巻（講談社　一九七六年昭和五一年）所収。

金井清一「『すべなし』と歌うことは——憶良・家持の場合——」（『論集　上代文学』第三冊　笠間書院　一九七二年昭和四七年）、のち、同氏著『万葉詩史の論』（笠間書院　一九八四年昭和五九年）所収。

高木市之助『貧窮問答歌の論』（岩波書店　一九七四年昭和四九年）、のち、『高木市之助全集』第三巻（講談社　一九七六年昭和五一年）所収。

〃 (6)　小島憲之『上代日本文學と中國文學』中（塙書房　一九六四年昭和三九年）第六章九九五ページ

281 (7)　中西進前掲書（注2）二六九ページ

283 (8)　村山出『山上憶良の研究』（桜楓社　一九七六年昭和五一年）一五二ページ

284 (9)　村山前掲書（注8）一六五ページに、「『寄る所なし』と執筆からなお脱却し得ていないことによって」云々の指摘がある。

285 (10)　井村哲夫『憶良と虫麻呂』（桜楓社　一九七三年昭和四八年）一〇一ページ

〃 (11)　村山氏の論はすべて前掲書（注8）による。

287 (12)　清水克彦「憶良の精神構造——『語り継ぐ』『言ひ継ぐ』をめぐって——」（澤瀉博士喜寿記念『万葉学論叢』一九六

六年昭和四一年）、のち、同氏著『萬葉論集』（桜楓社　一九七〇年昭和四五年）所収。

288 (13) 井村前掲書（注10）八二ページ

〃 (14) 土井清民『山上憶良』（笠間書院　一九七九年昭和五四年）

289 (15) 中西前掲書（注2）、村山前掲載書（注8）に、それぞれ詳細な論がある。

290 (16) 芳賀紀雄「理と情　憶良の相剋」（『萬葉集研究』第二集　塙書房　一九七四年昭和四九年）

293 (17) 岩波「日本古典文学大系」小島憲之校注『懐風藻』八二番歌頭注

298 (18) 清水前掲書（注12）

第七節　高橋虫麻呂の時間

第八節　大伴家持の時間

第一項　家持抒情歌の時間

第二項　「時は経ぬ」考

327 (1) 本稿を書くにあたっては、特に左記の文献から教示されるところが多かった。語句の引用はしなかったので、ここに参考文献としてまとめて掲げ、謝意を表する次第である。

青木生子「亡妻挽歌の系譜」（『言語と文芸』第七四号　大修館　一九七一年昭和四六年）

尾崎暢殃「年の恋」（和洋女子大学紀要第一六輯　一九七二年昭和四七年）、のち、同氏著『大伴家持論攷』（笠間書院　一九七五年昭和五〇年）所収

木下正俊『萬葉集語法の研究』（塙書房　一九七二年昭和四七年）第Ⅰ部「修飾から逆説へ――『なくに』覚書――」

橋本達雄「大伴家持――『亡妾悲傷歌』をめぐって」（古代文学会編『万葉の歌人たち』武蔵野書院　一九七四年昭和四九年）

第三項　「移り行く時見るごとに」考

330 (1) 中央公論社『折口信夫全集』第三〇巻三三三ページ

335 (2) 「裸の時」については、本書一七三ページ参照。

339 (3) 小野寛「家持の依興歌」（『論集上代文学』第四冊　笠間書院　一九七三年昭和四八年）、のち、同氏著『大伴家持研究』（笠間書院　一九八〇年昭和五五年）所収。

342 (4) この部分の叙述は、岩波「日本古典文学大系」『万葉集』三の解説による。

360 (5) 近藤章「古の人にわれあれや」(『論集上代文学』第八冊 笠間書院 一九七七年昭和五二年)

第四項 大伴家持の時間(上)

364 (1) 平野仁啓『続・古代日本人の精神構造』未来社 一九七六年昭和五一年(当該の項は、はじめ一九七一年度の明治大学国内研究員研究報告「古代日本人の精神構造」所収)

〃 (2) 有木摂美『大伴家持の認識論的研究』(教育出版センター 一九八五年昭和六〇年)

〃 (3) 田中元『古代日本人の時間意識』(吉川弘文館 一九七五年昭和五〇年)

〃 (4) 永藤靖『古代日本文学と時間意識』(未来社 一九七九年昭和五四年)

365 (5) 川上富吉「白い抒情——家持語彙をめぐって——」(『文学碑』九号 一九六七年昭和四二年)

366 (6) 青木生子「萬葉集における『うつろひ』」(日本文芸研究会『文芸研究』第二集 一九四九年昭和二四年一〇月)、のち、同氏著『日本抒情詩論』(弘文堂 一九五七年昭和三二年)所収。『青木生子著作集』第一巻(おうふう 一九九七年平成九年)所収。

〃 (7) 青木生子『万葉集の美と心』(講談社 一九七九年昭和五四年)

〃 (8) 青木生子「『うつろひ』の美学」一九八五年昭和六〇年上代文学会大会講演、のち、『上代文学』五五号(一九八五年昭和六〇年)に掲載。

367 (9) 中西進「古代和歌の終焉をめぐって」(『文学』三六巻四号一九六八年昭和四三年)のち、同氏著『万葉史の研究』(桜楓社一九六八年昭和四三年)に「くれない——家持の幻覚——」の章として収録。『中西進万葉論集』第五巻(講談社一九九六年平成八年)所収。

368 (10) 尾崎暢殃『大伴家持論攷』(笠間書院 一九七五年昭和五〇年)

〃 (11) 小西甚一『日本文藝史』第一巻(講談社 一九八五年昭和六〇年)

369 (12) 横井博「家持の芸境」(『萬葉』第三九号 一九六一年昭和三六年)、のち、一部を改訂して、同氏著『詩歌における印象主義』(東寶書房 一九六二年昭和三七年)に「家持の感受性」の章として収録。

〃 (13) 藤田寛海「大伴家持の回帰性と恒常性」(『国語と国文学』一九四一年昭和一六年三月号)、のち同氏著『萬葉歌人の研究』(東京堂出版 一九八八年昭和六三年)に要旨を収録。本稿は後者によった。

372 (14) 青田伸夫『大伴家持の人と歌』(短歌新聞社　一九八七年昭和六二年)
〃 (15) 大西克禮『萬葉集の自然感情』(岩波書店　一九四三年昭和一八年)
〃 (16) 新井栄蔵「万葉集季節観攷」(『萬葉集研究』第五集　塙書房　一九七六年昭和五一年)
〃 (17) 横井博「万葉集の季節歌と季節語」(有斐閣『万葉集を学ぶ』第五集　一九七八年昭和五三年)
〃 (18) 阿蘇瑞枝「万葉集後期季節歌の考察——その表現と場を通して——」(『萬葉集研究』第一四集　塙書房　一九八六年昭和六一年)、のち、同氏著『万葉和歌史論考』(笠間書院　一九九二年平成四年)に収録。
〃 (19) 多田一臣『万葉歌の表現』(明治書院　一九九一年平成三年)
〃 (20) 永藤前掲書(注4)と同じ。
373 (21) 橋本達雄「大伴家持と二十四節気」(『大久間喜一郎博士古希記念　古代伝承論』桜楓社　一九八七年昭和六二年)
374 (22) 芳賀紀雄「大伴家持——ほととぎすの詠をめぐって——」(和歌文学の世界11『論集　万葉集』(笠間書院　一九八七年昭和六二年)
375 (23) 稲岡耕二「家持の『立ちくく』『飛びくく』の周辺」(『国語と国文学』一九六三年二、三月号)のち、同氏著『萬葉集の作品と方法——口承から記載へ——』(岩波書店　一九八五年昭和六〇年)所収。
〃 (24) 清水克彦「家持の長歌」(『女子大国文』第六号　一九五四年昭和二九年)
377 (25) 金井清一「大伴家持の長歌——花鳥諷詠長歌の機能とその成立契機——」(はじめ「大伴家持論」の題で『論集上代文学』第七冊　笠間書院　一九七七年昭和五二年に発表、のち、同氏著『万葉詩史の論』笠間書院　一九八四年昭和五九年に収録)
379 (26) 青木生子「宮廷挽歌の終焉——大伴家持の歌人意識——」(『文学』四三巻四号　一九七五年昭和五〇年四月)のち、同氏著『萬葉挽歌論』(塙書房　一九八四年昭和五九年)に収録。『青木生子著作集』第四巻(おうふう　一九九八年平成一〇年)
381 (27) 平野前掲書(注1)と同じ。
382 (28) 尾崎前掲書(注10)と同じ。
383 (29) 小野寛「大伴家持と陸奥国出金詔書」(学習院女子短期大学『国語国文論集』第一号　一九七一年昭和四六年)のち、同氏著『大伴家持研究』(一九八〇年　笠間書院　一九八〇年昭和五五年)所収。

384 (30) 大西前掲書（注15）と同じ。
385 (31) 横井前掲書（注12）と同じ。
386 (32) 有木前掲書（注2）と同じ。

第五項　大伴家持の時間（下）

392 (1) 本書第三章第三節　一七三ページ以下参照。
〃 (2) 芳賀紀雄「大伴家持——ほととぎすの詠をめぐって——」（和歌文学の世界11『論集　万葉集』（桜楓社　一九九一年平成三年）
399 (3) 佐々木民夫「遙に聞く音声——大伴家持の『遙けさ』の表現——」（『日本文芸思潮論』桜楓社　一九九一年平成三年）
403 (4) 橋本達雄「大伴家持と二十四節気」（『大久間喜一郎博士古希記念　古代伝承論』桜楓社　一九八七年昭和六二年）
408 (5) 有木摂美『大伴家持の認識論的研究』（教育出版センター　一九八五年昭和六〇年）
〃 (6) 金井清一「大伴家持の長歌——花鳥諷詠歌の機能とその成立契機——」（『論集上代文学』第七冊　笠間書院　一九七七年昭和五二年）、のち、同氏著『万葉詩史の論』（笠間書院　一九八四年昭和五九年）所収。
413 (7) 小野寛「大伴家持と陸奥国出金詔書」（学習院女子短期大学『国語国文論集』第一号　一九七一年昭和四六年）
416 (8) 金井前掲論文（注6）と同じ。
418 (9) 中西進「辞賦の系譜」（『ぐんしょ』一号・二号　一九六二年昭和三七年）、のち、『中西進万葉論集』第二巻（講談社　一九九五年平成七年）所収
辰巳正明「家持の越中賦」（『上代文学』第四四号　一九八〇年昭和五五年）
橋本達雄「二上山の賦をめぐって」（『萬葉集研究』第十集　塙書房　一九八一年昭和五六年）、のち、同氏著『大伴家持作品論攷』（塙書房　一九八五年昭和六〇年）所収。
江口洌『大伴家持研究』（おうふう　一九九五年平成八年）第五章「越中五賦の世界」
419 (10) 辰巳正明「家持の越中賦」（『上代文学』第四四号　一九八〇年昭和五五年）
421 (11) 橋本前掲書（注4）と同じ。
422 (12) 橋本前掲書（注4）と同じ。
〃 (13) 小尾郊一訳『文選』（「全釈漢文大系二七」集英社　一九七四年昭和四九年）

付説

本居宣長の時間

万葉集の未来

452 （1） この部分、イ・ヨンスク『「国語」という思想』（岩波書店　一九九六年平成八年）も参考にした。

468 （2） 条川光樹「『国文学』の『国際化』について」（明治学院大学国際学部紀要『国際学研究』第三号　一九八八年昭和六三年）で詳細に論じた。

471 （3） 雑誌『無限大』九二号（一九九二年平成四年冬）の特集「日本文学に流れるアニミズム」参照。

収載論文　初出一覧

懐古的抒情の展開	論集上代文学　第8冊	一九七七年一一月
懐古的抒情の成熟	万葉集研究　第16集	一九八八年一一月
古事記の「今」	古典と現代　33号	一九七〇年一〇月
古事記の「スデニ」	短大論叢（関東学院女子短期大学）42号	一九七一年　三月
記紀の涙と時間（旧題＝「古事記と時間」試論3）	古典と現代　40号	一九七四年　五月
吉野と永遠（旧題＝「古代吉野についての一考察」）	フェリス女学院大学紀要　11号	一九七六年　四月
随想・古事記の時間（旧題＝「古事記と時間」試論1・2）	古典と現代　37号	一九七二年一〇月
	古典と現代　38号	一九七三年　五月
万葉集の「今」	論集上代文学　第2冊	一九七一年一一月
万葉集の「待つ」	古典と現代　43号	一九七六年　九月
万葉集の「時」	フェリス女学院大学紀要　13号	一九七八年　三月
万葉集の「涙」と時間（旧題＝万葉集の涙）	玉藻（フェリス女学院大学）10号	一九七四年　五月
中皇命の時間（旧題＝「今立たすらし」考）	古典と現代　45号	一九七八年　二月

収載論文　初出一覧

柿本人麻呂の時間（旧題＝試論・人麻呂の時間）	論集上代文学　第4冊	一九七三年一二月
高市黒人の時間（旧題＝試論・高市黒人の時間）	論集上代文学　第15冊	一九八六年　九月
山部赤人の時間	国語と国文学　9月号	一九八六年　九月
大伴旅人の時間（旧題＝試論・旅人の時間）	論集上代文学　第6冊	一九七六年　三月
山上憶良の時間	万葉集研究　第8集	一九七九年一一月
高橋虫麻呂の時間	古典と現代　56号	一九八八年　九月
家持抒情歌の時間	古典と現代　57号	一九八九年　九月
「時は経ぬ」考	論集上代文学　第7冊	一九七七年　二月
「移り行く時見るごとに」考	論集上代文学　第10冊	一九八〇年　四月
大伴家持の時間（上）	論集上代文学　第20冊	一九九三年一〇月
大伴家持の時間（下）	論集上代文学　第25冊	二〇〇二年一一月
本居宣長の時間	古典と現代　65号	一九九七年　九月
	古典と現代　66号	一九九八年一〇月
	古典と現代　67号	一九九九年一〇月
万葉集の未来	古典と現代　69号	二〇〇一年一〇月

あとがき

「上代日本の文学と時間」と題するこの書において、論じ残したものは多い。「循環する時間から直線に流れる時間へ」という、正しいとはいえ、今となっては図式的で常識的な、その意味で閉塞的でさえある定式を、なんとか脱皮したいものと考えていたが、果たせなかった。また、世界の文学の、とりわけ中国その他アジア諸国の古典文学に見られる「時間」と日本のそれとを比較することも、当初からの宿題であったが、ようやくその入り口の見えた所で失速し墜落せざるを得なかった。また、もう一つ心残りなのは「トキ」の語源の問題に言及できなかったことである（参考図書として吉野政治《まさはる》著『古代の基礎的認識語と敬語の研究』〈二〇〇五年　和泉書院〉を挙げることで当座の責をふさぐしかない。同書は「トキ」の語源についてよく諸説を整理して考察しているが、語源のみならず、「トキ」という語の用法など私の関心と重なる分野の論が多く、興味深い）。

右の次第ではあるが、私として提出可能な研究報告は、すべてをここに纏めることができたので、今は一応安堵の気分でいる。研究報告と言ったが、実はむしろ実験報告と呼びたいところだ。白衣を着、「時間」という試薬をあれこれの素材に垂らして、そこに浮き出る色彩模様を顕微鏡で見詰める作業は、時には心ときめく楽しいものであった。

学生時代の私の指導教官は、五味智英先生である。お別れして長い年月が経ったけれども、先生の緻密な考証と、骨太くかつ繊細な感性とを遥かな目標として絶えず脳裏に据えながら、これらの論文を書き継いで来た。今や「日暮れて道遠し」の私であるが、今回の出版は、締め切りの過ぎたレポートを、夜更けにそっと、先生ご自宅の郵便受けに投げ入れに行くような、学生当時の気分を蘇らせてくれる。青臭い文学青年に学問の厳しさを教えて下さった堤精二助手（当時）にも「さっきポストに置いて来ました」とご報告したい。

もちろん、学恩について言うなら、更に数多くの先学や同輩のお名前を挙げねばならない。そのほとんどは、本書の注に、参考文献の著者として記した方々である。「時間」という、別の角度から眺め直したとはいうものの、それらの方々の業績を、私はただ、尺貫法からメートル法に換算しただけ、という場合も正直のところ少なくはないのである。

私の論文の多くは、所属する研究会「万葉七曜会」の『論集上代文学』、および「古典と現代の会」の同人雑誌『古典と現代』に発表したものである。私がとにかく今日まで続けて日本文学の研究に従事することができたのは、ひとえにこれらの会の友人たちのお陰である。わけても、ともすれば学問から逸脱しがちな私を陰に陽に励ましてくれた、金井清一君の友情に感謝したい。

出版を引き受けてくださった笠間書院の池田つや子社長、橋本孝氏、また直接の担当として、丁寧な本作りをしてくださった重光徹氏に、厚く御礼申し上げる。

なお本書の刊行に際し、独立行政法人日本学術振興会の平成十八年度の科学研究費補助金（研究成果公開促進費）の交付を受けた。記して感謝の念を表したいと思う。

二〇〇七年一月

粂川光樹

●著者紹介

粂川　光樹（くめかわ　みつき）

〔略歴〕

1932年生。

東京大学文学部国文学科卒業

同大学院修士課程修了

明治学院大学名誉教授

論文に

「〈国文学〉の〈国際化〉について」
（明治学院大学『国際学研究』第3号1988年）

「Creativity and Tradition in Poetry: The Case of Nishiwaki Junzaburo」
（東方学会『ACTA ASIATICA』第79号2000年）

「Modern Japanese Literature and Itinerancy」
（東方学会『ACTA ASIATICA』第89号2005年）

などがある。

上代日本《じょうだいにほん》の文学《ぶんがく》と時間《じかん》

平成19(2007)年2月28日　初版第1刷発行©

著者　粂川光樹

発行者　池田つや子

発行所　有限会社笠間書院

東京都千代田区猿楽町2-2-3［〒101-0064］

NDC分類：910.23　電話　03-3295-1331　fax　03-3294-0996

ISBN978-4-305-70339-2　藤原印刷・渡辺製本

落丁・乱丁本はお取りかえいたします。

出版目録は上記住所までご請求下さい。

http://www.kasamashoin.co.jp/

一般索引

★神名など、同一語彙で文献により表記が異なるものは、カタカナ表記で統一した場合がある。
★作品名など、略称・通称によった場合がある。
★研究図書・論文の著者名は、ここには含めず、別に「著者名索引」を設けた。

あ 行

か 行

さ　行

た　行

な　行

は　行

ま 行

や 行

ら 行

わ 行

著者名索引

★ここには、本書で引用または言及した研究図書・論文の著者名を収録した。ただし、注釈書類の著者名は原則として省略した。

あ 行

か 行

さ 行

た 行

な 行

は 行

ま　行

や　行

わ　行

万葉集歌引用索引

★原則として、句または歌番号だけを引用したものは省略し、一首全体を引用したもののみを採録した。

古事記歌謡引用索引

★歌謡番号は日本古典文学大系（岩波書店）『古代歌謡集』による。

日本書紀歌謡引用索引

★歌謡番号は日本古典文学大系（岩波書店）『古代歌謡集』による。